KB079046

셰리 공녀 이야기

아 일 린 장 편 소 설

I

동아

셰리 공녀 이야기 I

초판 1쇄 인쇄일 | 2021년 4월 16일
초판 1쇄 발행일 | 2021년 4월 26일

지은이 | 아일린
펴낸이 | 박성면
펴낸곳 | (주)동아

출판등록 | 제406 - 3960100251002007000071호.
주소 | 경기도 파주시 문발로 115, 세종대학교출판부 206호.
전화 | (031)8071 - 5201
팩스 | (031)8071 - 5204
E - mail | bear6370@hanmail.net

정가 | 12,000원

ISBN 979 - 11 - 6302 - 480 - 4 (04810)
      979 - 11 - 6302 - 479 - 8 (set)

아일린 장편소설

셰리 공녀 이야기

I

동아

목   차

프롤로그

"저 남자가 그 '토르' 경이야?"

"그렇습니다. 꽤 어려 보이지요?"

"으응, 어찌 보면 나보다도 어려 보이기도 하고."

심드렁한 기색을 지우지 못한 여자의 음성과 기대하듯 들뜬 남자의 목소리가 얽혀들었다.

"곁에 두고 꾸준히 즐기시기에는 저와 완전히 반대인 녀석이 나으실 테니까요."

"경과 반대인 타입이 뭔데."

무심하게 대답하는 여자의 시야로 독특한 머리색과 유난히 건장한 체격이 들어왔다. 게다가 이렇게나 멀리서 보아도 한눈에 들어올 정도의 잘생긴 청년이었다.

'확실히 기사의 정석 같은 느낌이긴 하네.'

그들이 서 있는 3층 테라스에선 기사들의 연무장이 훤히 들여다보였다.

위치 자체도 높은데다가 교묘한 각도로 쳐진 커튼이 바람을 타고 살랑였다. 덕분에 아래에선 고개를 치켜들고 자세히 살펴보지 않는 한 누군가 자신들을 지켜보는지 모를 만했다.

곧 훈련이 마무리되고 선배로 보이는 기사들이 연무장을 빠져나갔다. 그러자 비교적 어린 신참 기사들이 자리를 정리하기 시작했다. 새로 들어올 거라던 호위 기사도 그들 중 하나였다.

"흐응."

그 모습을 빤히 바라보던 여자의 맑은 올리브색 눈동자에 흥미로운 기색이 문득 스쳐 지나갔다. 새하얀 살결에 부드럽게 물결치는 장밋빛 머리카락이 인상적인 소녀, 아니, 이제는 소녀티를 완연히 벗은 여자가 붉은 입술을 천천히 움직였다.

"청록색 머리카락이라……. 피부가 조금 그을린 것만 빼면 꼭 엘프 같네?"

"가까이서 보시면 더 그렇게 느끼실 겁니다. 게다가 여자에는 영 면역이 없는 녀석이라 공녀님께는 색다를 테죠."

그 말에 공녀라 불린 여자가 한심하다는 얼굴로 남자를 응시했다.

"……왜 한스 경이랑 반대라고 했는지 알겠어."

"이거 왜 이러십니까. 저도 결혼하고 나면 건실하게 살 겁니다."

"됐고. 그렇게까지 말하니 일단은 저 사람으로 하지, 뭐. 기사단장에게 말 전해 줘."

말은 그렇게 하면서도 그녀는 싱싱한 나뭇잎을 꼭 닮은 머리색의 청년에게서 눈을 떼지 못했다. 그러자 옆에 서 있던 한스가 샘이 난다는 듯 부러 서운한 티를 냈다.

"아쉽군요."

"뭐가."

여전히 제게는 눈길도 주지 않는 그녀의 턱 아래로 가볍게 손가락을 대어 고개를 돌리기까지 하면서.

"모든 걸 뚫는 창과 여태껏 뚫린 적 없는 방패의 대결을 지켜보지 못하는 게 말입니다."

"그건 또 무슨 소리야."

"저는 사흘 후면 황도로 떠나지 않습니까. 그럼 지금 이 시간이 마지막이 될 테니까요."

감히 무례하게도 귀한 몸에 손을 올린 탓일까. 여자의 눈동자 위로 설핏 짜증이 스쳐 지나갔다. 그러나 제 턱에 닿았던 뜨거워진 손과 열기를 머금고 달아오른 남자의 눈을 마주한 그녀는 모른 척 생긋 웃어 보였다. 마치 그에게 응해 주기라도 할 것처럼 여자는 대뜸 남자의 목에 팔을 걸었다.

"그래, 마지막이니까. 그동안 고생한 경에게도 보상이 필요하다는 소리지?"

"그 어떤 남자보다도 셰리 님을 가장 잘 아는 건 제가 아니겠습니까."

"……그래?"

그 말을 마치고 남자는 셰리를 번쩍 안아 올렸다. 휘장을 걷고 침대맡에 다가간 그를 바라보는 여자의 눈빛이 싸늘하게 식었다. 그러나 그것도 잠시였다. 한스가 시선을 내리자 못마땅하던 기색은 순식간에 자취를 감추었다. 여전히 그의 목에 한쪽 팔을 걸친 채 그녀가 유혹적으로 손가락을 들어 까딱 거렸다.

그러자 잘생긴 그의 얼굴에 웃음이 번지는가 싶더니 이내 입술을 포개려 들었다. 서서히 다가온 남자의 입술이 그녀에게 닿으려는 찰나, 희고 가느다란 손가락이 그를 막아섰다.

한스는 잠시간 의아한 표정을 지었다. 하지만 그런 와중에도 셰리의 고운 검지에 연신 가볍게 입을 맞추는 걸 멈추지 않았다.

그때, 그의 얼굴이 약간 밀려났다.

"한스."

"예, 셰리 님."

순순히 대답하면서도 애가 닳은 남자의 목덜미가 붉었다. 셰리의 눈길이 잠시 그곳으로 닿았다 떨어졌다. 다음 순간 셰리는 여태까지 표면상으로나마 매달고 있던 은근한 미소를 깨끗이 지워 냈다. 그뿐만이 아니었다. 한스의 입술을 막아섰던 손가락에 힘을 주어 그의 얼굴을 완전히 밀어 버렸다.

"진짜 끝까지 이렇게 쓰레기같이 굴 거야?"

"하, 쓰레기라니요. 그래도 제가 한때는 공녀님의 스승이었는데, 너무하신 거 아닙니까."

이제 셰리는 한심하다는 기색을 노골적으로 드러냈다. 그러고는 한쪽 발을 들어 한스의 가슴팍을 퍽, 걷어찼다. 그래 봤자 기사인 그가 고작 이 정도로는 별다른 타격을 입지 않을 테다.

"윽."

"안 그래도 이번에 한 가지 더 확실하게 배웠어."

셰리는 한스의 입술에 닿았던 손가락을 치맛자락에 아무렇게나 닦아냈다.

"사람은 안 변한다는 거. 바람둥이는 더더욱."

그 말에 한스가 뜨끔한 표정을 지었다. 방금 전, 구두로 명치 부근을 얻어 맞은 것보다 더 매서운 일격이었다. 하지만 꼭 저 같은 유형이 아니더라도 어떤 남자가 그녀의 유혹을 마다할까. 여태껏 뚫린 적 없는 방패 같은 그 사내라도 말이다. 어림도 없지.

"그, 옛말에 사람이 변하면 죽는다는 말도……."

그를 멀찍이 밀어 낸 뒤 침대에서 내려와 옷매무새를 가다듬던 셰리가 도끼눈을 뜨고 노려보았다. 이게 정말 보자보자 하니까?

"죽고 싶다는 이야기야, 그거?"

"아닙니다, 시정하겠습니다."

허리를 곧게 세우고 입을 다문 그에게 셰리는 봉투 하나를 건넸다. 한 눈에 보아도 값비싼 고급 용지로 만들어진 물건이었다. 한스는 차마 받지 못하고 멀뚱히 바라보기만 했다. 기다리다 못한 그녀가 먼저 한스의 손에 봉투를 쥐어 주었다.

"이게, 뭡니까?"

"한스 말고, 새 신부인 줄리아를 위한 결혼 선물."

그제야 봉투 겉면에 새겨진 문양을 알아챈 그가 나지막하게 중얼거렸다. 마담 클로제의 부티크……. 어쩐지 익숙한 문양이다 싶었다.

"그러고 보니, 결혼식 준비는 잘 되어 가?"

"음, 셰리 님께서 여기저기 신경 써 주신 덕에 줄리아가 상당히 만족스러워하고 있더군요. 그리고……. 이건 황도에서 제일 유명한 디자이너의 드레스 우선권이 아닙니까."

단박에 알아챈 한스의 눈썰미에 셰리의 두 눈이 동그랗게 뜨였다. 겉봉투엔 아무것도 쓰여 있지 않았는데 바로 알다니, 그것도 여성복만 만드는 부티크의 문양을.

역시 제국에서 둘째가라면 서러운 바람둥이다웠다. 지금이라도 줄리아와의 결혼을 말려야 하는 건 아닐까.

"둘 다 서로 좋다고 하니까 긴말은 안 하겠는데, 한스! 줄리아를 정말 사랑하긴 하는 거지?"

이제 와서 제 약혼자와의 애정을 확인하려는 듯한 그녀의 단호한 물음에 한스는 너털웃음을 터뜨렸다.

"그렇습니다. 평생 결혼 생각이 없던 제가 그녀라면 좋다는 생각이 들었거든요. 이 정도면 사랑, 아닐까요."

줄리아와 자신이 생각하는 사랑과 결혼이 공녀님의 생각과는 좀 다르겠지만.

"하긴…… 처음이랑 비교해 보면 많이 달라지긴 했네. 이제 줄리아랑 결혼하고 나면 바람피우지 마! 부인 눈에 눈물 나게 하는 남자가 제일 나빠, 알지?"

"누구 명이라고 거스르겠나이까. 분부대로 하옵지요."

그 부인 될 사람은 바람을 피우지 않으면 눈물을 흘릴 텐데 말이다.

"그래서 아까 그 창이랑 방패가 어쩌고 하는 말은 무슨 뜻이야?"

연극이라도 하는 양 조금 과장되게 받아치며 셰리의 보드라운 손등에 쪽, 하고 입을 맞춘 한스가 마침 생각났다는 듯 아, 하는 소리를 냈다.

"제가 알기로 토르 그 녀석, 아직 여자 경험이 없을 겁니다."

"뭐? 그 외모에? 얼굴이 좀 앳되긴 했지만…… 말도 안 돼. 몇 살인데?"

"음, 올해 스물두 살이 되었다고 알고 있습니다. 아마도."

"스물둘? 얼굴만 보면 열여덟은 겨우 넘긴 느낌이었는데……."

그녀가 놀라 다시 테라스로 향하려 하자 한스는 아직 쥐고 있던 셰리의 손에 힘을 주어 막았다. 그러고는 여전히 아쉽다는 듯 입맛을 다셨다.

"열여덟이면 결혼도 가능한 나이인데 어리게만 보시면 안 되죠. 셰리 님의 열여덟도 남다르지 않았습니까."

"……."

벌써 2년이나 지난 일이다. 느물거리며 웃는 한스를 바라보는 셰리의 눈매가 새초롬해졌다.

"흠, 그리고 보니 본디 방패의 목적은 무조건 막기만 하는 게 아니었지요. 결국엔 뚫리더라도 창을 잡아 두기만 하면 성공한 것 아니겠습니까."

"……도대체 하고 싶은 말이 뭐야."

한스는 빙그레 미소를 지었다. 열여덟, 아니, 스물이 넘었어도 사랑을 겪어 보지 못한 자는 아직 진정한 어른이라고 할 수 없다. 갖고 싶은 것은 사람이 든, 물건이든 여태껏 손쉽게 손에 쥐었을 이 공녀님이라면 더더욱.

'이제부터 경이 할 일은 날 진짜 어른으로 만들어 주는 거야.'

불과 2년 전, 불안하게 흔들리는 눈빛을 한 채로도 제게 당당하게 명령 하던 올리브색 눈동자를 기억했다. '그' 일로 황도에서 영지 구석의 작은 별장으로 도망치듯 내려왔던 바로 그 무렵이었다.

뒤이어 한스는 자신을 볼 때마다 작게 흠칫대던 맑은 보랏빛 눈동자의 청년 기사를 떠올렸다. 그리고 그때마다 저를 향해 스쳐 지나간 미약한 부러움과 동경의 눈길 역시.

경험 하나 없는 애송이의 어설픈 마음 따위 눈치채지 못했을 리가 있나. 분명 그걸 알면서 골랐는데도 불현듯 심술이 돋았다. 그의 잘생긴 입술이 약간 비딱하게 올라갔다.

"말씀드렸듯이 저와는 영 반대인 타입이라서 말입니다. 음, 셰리 님. 제가 조언 하나 드려도 될까요?"

"갑자기 무슨 조언?"

뜬금없이 기사가 아닌 그녀는 알 수 없는 창이며 방패 이야기나 할 때 언제고. 무슨 조언을 하겠다는 건지…… 선뜻 짐작이 가지 않았지만 셰리는 가만히 고개를 끄덕였다. '영지 최고의 바람둥이'라는 위명은 저 잘난 얼굴만으로 얻은 게 아닐 테니까.

"여태 하시던 대로 무작정 찌르기만 하시면 그 녀석은 바로 도망갈 겁니다."

"그래서 내가 창이란 소리야?"

셰리의 고운 눈썹이 설핏 일그러졌다. 아까 분명히 모든 걸 꿰뚫는 창이라고 하지 않았나? 확실히 방패보다는 창이 낫긴 하지만…….

한스는 긍정의 뜻으로 어깨를 으쓱였다. 역시 눈치 하나는 빠른 공녀님이다.

"아니, 전에 제겐 다들 너무 쉬워서 재미없다고 하지 않으셨습니까."

"그럼 됐어, 고작 호위 기사 하나에 그렇게까지 시간 낭비하고 싶진 않아."

금세 흥미를 잃은 셰리가 잘 관리된 하얀 손을 들어 내저었다. 그러자 한스의 입이 다급하게 열렸다.

"한 번쯤은 직접 만나 보시고 결정하셔도 늦지 않습니다. 아, 그리고……."

"……?"

은밀하게 낮아진 목소리와 별안간 진지해진 그의 표정에 셰리도 귀를 기울일 수밖에 없었다.

"이건 비밀입니다만, 그 녀석……. 물건이 굉장하거든요. 목욕할 때마다 다들 깜짝 놀랄 정도입니다. 얼굴은 앳된 주제에 아마도 그쪽은 기사단 전체에서 제일 대단할 겁니다."

"경보다도?"

직설적인 셰리의 물음에 한스는 머쓱한 표정으로 뒷목을 긁었다.

"물론 저도 평균 이상이긴 합니다만, 전 크기보다 기술로 승부하는 편이라서요."

셰리의 조그맣고 촉촉한 입술이 천천히 벌어졌다. 그렇다면 한스보다도 훨씬 크다는 건데. 그가 이렇게 정색을 하고 말할 정도라면…….

궁금해진다. 미하르쉘 영지 최고의 바람둥이를 겸손하게 만드는 크기란 도대체 어떤 수준이란 말인가. 셰리는 저도 모르게 자그마한 손을 말아 크기를 가늠해 보았다. 설마하니 제 손안에 다 들어오는 정도를 두고 대단하다고 칭하진 않을 거고.

이쯤 되려나? 아니면 이것보다 더……?

그 모습을 바라보던 한스가 피식 웃으며 셰리의 손을 잡아 내렸다.

"그것은 후일의 즐거움으로 남겨 두시고, 제가 예전에 해 드렸던 말을 기억하십니까."

"무슨 말 하는지 알겠어. 마음에 든다고 바로 갖는 것보단 충분히 시간을 들여서 얻는 즐거움이 더 크다는 말이지?"

말은 그렇게 하면서도 셰리는 여전히 마뜩잖은 기색을 지우지 못했다. 그러나 어디 그 즐거움이란 걸 느끼게 해 줄 만한 남자가 있었어야 말이다. 이래 봬도 그녀는 제대로 된 유혹 한번 해 본 적이 없었다. 여태껏 눈만 마주쳐도 안아 달라며 먼저 달라붙는 남자들밖에 경험하지 못했으니까.

'남자는 다 뻔한 거 아냐? 그놈이 그놈이지.'

그래도 그 나이까지 여자 경험 없는 동정이라고 했으니, 이번엔 버텨 봐야 몇 시간 정도 되려나.

장미꽃처럼 진하고 매혹적인 향기를 풍기는 붉은 머리카락 아가씨의 머리 위에서 한스가 짓궂은 미소를 지었다.

'그럼 마지막으로 제 심술 한번 정도는 용서해 주시겠지요, 셰리 님.'

* * *

"당신이 오늘부터 내 호위 기사가 된 '토르' 경이군요. 제 이름은 익히 들어 알고 있겠지만 카셰이라 O. 미하르쉘, 당신의 미래의 주군이기도 하고요."

셰리의 짙고 기다란 속눈썹이 빠르게 위아래로 오르내렸다. 워낙에 풍성한 터라 그저 팔랑이는 모습마저도 우아하고 아름답기 그지없었다. 그리고 여태 까지는 그 정도의 눈짓만으로도 열 중에 아홉은 그저 넘어오곤 했었는데…….

"……만나 뵙게 되어 영광입니다. 카셰이라 공녀 전하. 저는 톨체르 베거티, 베거티 백작가의 여섯 번째 아들입니다. 부디 말씀을 편하게 하시고, ……'톨체르'라 불러 주십시오."

이쪽은 나머지 하나에 해당하는 부류였나?

여자에 면역이 없다길래 수줍어하는 모습을 기대했건만. 아무래도 딱딱 하게 굴면서 벽을 세우는 타입인 모양이다.

하지만 셰리는 그런 태도에 대한 불쾌감보다는 호기심이 불쑥 솟았다. 아무래도 기대했던 것보다도 더 훌륭한 외모 때문일지도 몰랐다. 가까이서 보니 듣던 대로 굉장한 미소년이었다. 아니, 저보다 두 살이나 연상이라고 했으니 미청년이라고 불러야 할까.

처음부터 느꼈던 것처럼 '기사의 정석'이라는 말을 그대로 사람으로 빚어 놓은 듯한 남자였다. 보통 귀족 영식들보다는 짧은 청록색 머리카락이 목덜미 위로 단정하게 정리되어 있었다.

한스가 훤칠한 미남자였다면 토르는 어쩐지 사람 같지 않은 외모였다.

귀만 뾰족했다면 아름답기로 유명한 전설의 엘프가 아닌가 착각할 정도로…….

웬만해서는 다른 이의 생김새에 크게 관심을 보이지 않는 셰리의 눈길이 유난히 길게 머물렀다. 처음부터 이상하게 시선을 잡아끄는 남자다 싶었는데, 가까이서 보니 묘하게 그녀를 자극하는 구석마저 있었다. 다른 이들과는 달리 뻣뻣하기만 한 태도도 그런 의도인 걸까.

그렇게 셰리의 눈이 그의 얼굴을 지나 유난히 건장한 어깨와 가슴 부근을 훑고 지나갔다. 그녀의 새로운 호위는 평균보다 장신이었던 한스보다도 큰 키인 듯했다. 그래서 셰리는 한참이나 고개를 꺾어서 바라보아야 했다.

떡 벌어진 어깨와 기사 복식 위로도 드러날 만큼 훌륭한 이 근육질 몸이 아직 여자 손을 안 탄 상태라니…….

'이런 얼굴에, 이런 몸을 갖고도 정말 검술에만 빠져 산단 말이야?'

타고난 체격에 운동 신경, 검에 대한 뛰어난 재능에 다들 지독하다 혀를 내두를 정도의 끈기마저 갖추었다고 들었다. 그 수준이 또래들을 압도하고도 남을 정도라고.

덕분에 그는 다소 어린 나이에도 불구하고 쉽사리 셰리의 새로운 호위 기사로 낙점되었다. 본래 호위 기사로 있던 한스 경이 후작가의 추천으로 황실 기사단에 들어가 마침 그 자리가 공석이 되었기에.

셰리는 이미 한참을 관찰했는데도 계속해서 떨어지지 않는 시선을 억지로 떼어 냈다. 그러고는 으레 그러하듯 약간은 새침한 목소리로 그에게 말을 걸었다.

"그래? 친한 사람들은 다들 날 '셰리'라 불러. 으음, 토르 경도 날 그렇게 불러 줬으면 좋겠는데…….."

"당치 않습니다, 카셰이라 님. 그리고 '톨체르'라 불러 주시는 것이 더 편합니다."

새로운 기사는 마치 기다렸다는 듯이 즉각 대답했다. 아마 그를 잘 아는 이라면 이 모습을 보고 전에 없이 긴장했다는 걸 알았을 테다. 그러나 그것까지 알 리 없는 셰리의 표정이 조금 뾰로통하게 변했다.

반말로 바뀐 제 말투는 아무렇지 않게 받아들였으면서 친근한 호칭은 거절하는 건가? 그것도 저렇게 단호하게?

심지어 그 뒤로 굳게 다문 그의 입은 다시 열릴 기색이 없어 보였다. 그렇게 눈을 내리깐 채로 침묵을 지키는 '토르'의 모습을 보면서 셰리는 조금 더 티 나게 얼굴을 찌푸렸다.

'여태 하시던 대로 무작정 찌르기만 하시면 그 녀석은 바로 도망갈 겁니다.'

과연 한스 경의 말대로였다. 잘난 얼굴만큼이나 그녀로서는 처음 만나는 타입이었다. 그럼, 이렇게 단단한 방어벽을 치는 남자는 도대체 어떻게 공략해야 하는 거지?

Ⅰ. 호위 기사 공략법

"토르 겨엉~ 이것 봐. 나 다 완성했어. 진짜 예쁘지?"

셰리의 손끝에서 숲속에서 흔히 볼 수 있는 야생화로 얼기설기 엮은 듯한 화환이 대롱거렸다. 토르는 그 모습을 보고 저도 모르게 입가가 조금 허물어졌다. 그러다 자신을 부르는 목소리에 겨우 정신을 차렸다. 손으로 입매를 매만지며 부러 얼굴을 굳히는 것도 잊지 않았다. 그래서였을까. 이번에도 의도치 않게 아가씨를 질책하는 듯한 말을 내뱉고야 말았다.

"카셰이라 님. 이렇게 깊은 곳까지 들어오시면 위험합니다. 그리고 톨체르라 불러 주십시오."

거기에 숲에서 야생동물이 튀어나오지나 않을까 경계한 것처럼 괜스레 주위를 두리번거리기까지.

"쳇."

그러자 직전까지만 해도 뿌듯한 기색이 함빡 스며들어 있던 셰리의 얼굴에서 미소가 사라졌다. 토르에게 보이지 않도록 다시 고개를 돌린 그녀는 못마땅한 표정을 감추지 않았다.

도대체 뭐가 이리 공략하기 어렵담.

인정하고 싶지는 않지만 한스가 말했던 대로였다.

첫날 그의 꼬장꼬장함을 몸소 체험한 셰리는 지금까지 해 왔던 대로 유혹해선 절대 그가 넘어오지 않을 거라는 사실을 깨달았다. 그래서 대놓고 유혹하는 듯한 모습은 진작에 집어 던지고 순진한 아가씨를 연기하는 쪽으로 선회한 참이었다. 하지만 그것도 서서히 한계인 듯했다.

'아, 진짜!'

동정(童貞)이면 동정답게 수줍어하면서도 정신 못 차리고 재깍재깍 넘어와야지, 어디 저렇게 전쟁터 나간 남편 기다리는 새색시처럼 자신을 방어하는 꼴이난 말이다. 한두 번 잡아먹는다고 닳는 것도 아닌데!

피차 피곤해지게 이런 묘한 대치 상태가 벌써 두 달째였다. 제 최대 장점인 예쁜 얼굴로 방긋방긋 웃어도 보았다. 은근슬쩍 달라붙어도 보았다. 그런데도 여태 애칭조차 허락해 주질 않는다. 그건 또 그것 나름대로 셰리의 오기를 자극했다. 그래서 매번 '토르'라고 꾸역꾸역 부르고 있을 만큼.

'내가 언제까지 역겹게 이런 맹한 얼굴을 해야 해?'

말이 두 달이지, 체감상으로는 몇 배는 더 길게 느껴지는 나날이었다. 그 소문 자자한 물건 맛 좀 보겠다는데 이렇게 앙탈을 부릴 일인가?

하, 그냥 포기할까.

셰리의 입에서 숨길 수 없는 작은 한숨이 포옥 새어 나왔다. 하지만 그도 잠시, 그가 저벅저벅 다가오는 소리가 들렸다. 그녀의 얼굴에는 다시금 순진무구한 미소가 덧씌워졌다. 그렇게 모른 척 토르를 향해 고개를 돌렸다. 그리고 다음 순간, 저도 모르는 사이에 입이 벌어졌다.

……포기라니, 어림도 없지.

아아, 저 봐라. 제멋대로인 자신에게 조금은 화가 난 듯 냉랭한 표정. 기가 막히게 잘생긴 외모라서 그런지 저런 모습조차도 매력적이었다. 저 얼굴이 자신이 주는 쾌락에 매달려 애원의 빛을 띠게 되는 걸 꼭 보고야 말 테다. 그날이 빨리 왔으면 하는 바람에 셰리는 저도 모르게 입맛을 다셨다.

"돌아가셔야 합니다. 일어서시지요."

이번에도 손을 뻗어 주지 않는 토르가 미워 셰리는 속으로 눈을 흘겼다. 아무리 몇 번쯤 토르가 내민 손을 잡아당겨 제게 쓰러뜨리려 했던 전적이 있어서라지만, 자신은 엄연히 그가 모시는 아가씨가 아닌가.

"아얏!"

그렇게 입술을 비죽이며 일어서려던 셰리는 다시 주저앉았다. 그러자 놀란 토르가 재빨리 무릎을 꿇고 그녀의 어깨를 붙잡아 지탱했다.

"카셰이라 님!"

다리 전체가 감각이 없고 찌르르한 것이 이번에야말로 진짜 쥐가 난 모양이었다. 셰리는 속으로 조용히 쾌재를 불렀다. 실은 이걸 노리고 벌써 반 시간이나 불편한 자세로 앉아 있었으니까. 하지만 저린 감각이 썩 유쾌하진 않았다.

거기다 오전 내내 서류만 보느라 지친 다리를 제대로 쉬게 하지도 못했다는 게 그제야 떠올랐다. 이런 천금 같은 휴식 시간을 그를 위해 쓰고 있다는 걸 토르는 알까.

'순진한 거 같으면서 이런 쪽은 의외로 예리하단 말이야.'

확실히 기사는 기사인가 보다. 거짓으로 아픈 척을 하면 토르는 귀신처럼 알아채곤 했다. 그러니 이렇게 거짓 반 진실 반 정도는 섞어 줘야 겨우…….

"……"

참 나, 호위 기사 하나 정복한답시고 제가 벌써 며칠째 이런 꼴인지.

셰리는 다시 한번 이젠 정말 한계에 달했다는 걸 실감했다. 하지만 이제 와서 포기하기엔 그녀의 자존심이 허락지 않았다. 거기에다 한스가 운운하던 창이 어쩌고 방패가 어쩌고 하던 말은 여전히 셰리의 신경을 긁고 있었다.

결국 그녀는 커다란 눈동자에 억지로 짜낸 눈물을 그렁그렁 담아 토르를 향해 슬쩍 올려다보았다.

"나…… 오래 앉아 있었더니 다리가 아파. 못 일어나겠어, 토르."

"……."

있는 감정 없는 감정 다 끌어 모아 금방이라도 눈물을 톡, 하고 떨어뜨릴 것처럼 셰리의 몸이 바들거렸다. 그러자 토르는 보기 드물게 당황한 기색이 역력한 채로 그만 굳어 버렸다. 모른 척 요염하게 안겨 오는 것은 딱 부러지게 거절하면서 이렇게 연약한 초식 동물처럼 구는 모습에는 유난히 어찌할 줄 모르는 듯했다. 셰리의 눈이 금세 샐쭉해졌다.

그렇게 당황하지만 말고 빨리 날 안아서 일으키란 말이야, 이 바보 머저리 같은 동정남 토르야!

"토르으……."

"……공녀님께 무례를 범하는 셈이지만, 그럼 제게 업히시겠습니까."

드디어 한 번은 걸려들었구나!

토르가 제 등을 내밀기 무섭게 셰리는 서둘러 두 눈을 깜박여 맺힌 눈물을 털어냈다. 기왕 이렇게 된 거 안아 주면 더 좋을 텐데. 아니, 아니다. 저렇게 순순히 업어 주겠다고 나서는 것이 어디인가.

'내가 괜히 이런 숲 속까지 온 줄 알아?'

여기는 성 안의 깊은 숲이다. 고로 자신의 방까지 가려면 적지 않은 시간을 들여 걸어가야 한다. 그 동안에 어떻게든 저 순수 청년을 조금이라도 꾀어내야 했다.

두 달이었다, 무려 두 달! 한스의 소개하에 밤의 즐거움을 알게 된 이래로 이토록 오래 참아 본 적은 처음이었다. 하지만 눈앞에 떡하니 드러난 넓은 등을 보자 그런 불만도 스르룩 녹아 사라졌다.

"카셰이라 님?"

"으응, 잠깐만."

셰리는 서둘러 하얗고 기다란 손가락으로 눈꼬리에 마저 매달려 있던 물기마저 지워냈다. 뒤이어 그의 어깨 위로 살포시 손을 올렸다. 그러자 안 그래도 굳어 있던 토르의 몸에 바짝 힘이 들어갔다. 그의 등에 업힌 셰리는 조금은 위험스러운 미소를 지었다. 그러고는 불쌍할 정도로 경직된 넓은 등을 달래주겠다는 듯 제 풍만한 가슴을 슬쩍 비벼 보았다.

"윽."

서로의 몸이 바짝 닿아 있어서일까. 토르가 움찔거리는 감각이 그녀에게도 고스란히 전달됐다.

'뭐야, 영 아무것도 못 느끼는 건 아니었나 보네.'

세간에서는 남자란 시각에 약한 동물이라고들 한다. 하지만 사실, 남자든 여자든 진짜 미쳐 버리게 만드는 건 그러한 시각을 차단한 채 다른 감각들만으로 자극하는 것이다.

보이는 것은 예측을 가능하게 만든다. 예측이 가능해지면 자연스럽게 상상력도 줄어든다. 그뿐일까. 토르라면 그에 대처할 방법을 단기간 내에 찾아내 버리겠지.

이제 셰리는 토르에 대해 너무나 잘 알았다. 여태까지는 자신의 은근한 유혹을 시작부터 차단하며 방어해 왔던 그다. 하지만 지금처럼 셰리가 뒤로 업혀 있는 상황에서는 어쩔 수 없을 테다. 뒤에 눈이라도 달리지 않은 이상 적어도 수십 분 동안은 무방비 상태에 놓일 수밖에.

'그래도…… 이 정도면 생각보다 더 예민한데?'

그의 뻣뻣한 반응이 만족스러웠다. 셰리는 토르의 목을 더욱 세게 끌어안았다. 당연하겠지만 이러면 제 가슴이 그의 등에 완전히 눌려 버리게 된다. 셰리가 의도한 대로 토르의 등은 점점 더 딱딱하게 굳어만 갔다.

그때, 등 뒤에 업힌 그녀의 눈에 불그스름하게 달아오른 토르의 귓불이 보였다. 셰리는 그대로 잠시 고민에 빠졌다. 그가 자신에게 반응한다는 걸 알아채자 그녀의 몸도 조금씩 달아오르고 있었다. 생각해 보면 제대로 된 사내에게 닿는 것도 오랜만이니까.

그럼 그냥 이대로 쓰러뜨릴까?

'아냐, 한 번만 더 확인해 보고.'

물론 지금이라도 당장 명령이라며 그에게 바지를 내리라고 할 수 있다. 하지만 셰리는 그렇게 강압적인 관계는 원치 않았다. 남자란 자고로 정신을 못 차리며 그녀에게 달려드는 것을 애태워야 제맛 아니던가. 거기다 그를 처음 보았을 때부터 마음먹었던 바이기도 하고. 여태껏 공략해 온 시간이 아까워서라도 그렇게는 못하지, 암.

무엇보다 자신을 거부하는 토르를 명령으로 정복한다면 그건 정말 범죄가 되어 버린다. 그러면 지금처럼 완전히 거부하지도, 그렇다고 그녀를 적극적으로 원하지도 않는 이 상황은 어떻게 해석해야 할까.

'도대체 뭐가 문제야!'

셰리는 제국 내에서 미모로는 견줄 자가 없다는 평에 익숙했다. 이런 제게 넘어오지 않는 남자라니…… 이전까지 그런 일은 없었고 앞으로도 있어서는 안 될 일이다.

그런 셰리의 시야로 짧은 청록색 머리카락이 들어왔다. 처음 보았을 때부터 마음에 흡족했더란다. 그의 붉어진 목덜미께에서 가지런히 흔들리는 움직임이 그녀를 자극했다.

'좀 그을리긴 했어도 이제 보니 목은 꽤 굵은 편이네? 잠깐, 붉어진 목덜미?'

무언가 골똘히 생각하던 셰리는 문득 그의 목 가까이 입술을 대고 바람을 불어 대듯 속삭였다.

"토르으, 나, 무겁지 않아?"

"……으, 무, 무겁지 않습니다. 카셰이라 님 정도는……."

이것 봐라? 일부러 숨을 불어 넣을 때마다 몸이 경직되고, 귓불과 목덜미는 더욱 뜨겁게 달아오른다. 틀림없이 느끼고 있는 모양이다.

아무것도 못 느끼는 불감증도 아니고, 나이도 찰 만큼 찼다. 그런데다 외모는……. 셰리는 저도 모르게 마른침을 삼켰다. 한스보다 더한 바람둥이라고 해도 매달릴 여자가 줄을 섰을 텐데.

그녀는 검에 대해서 관심이 없으니 잘 몰랐다. 하지만 요 며칠 그에 대해 평을 들어 보니 토르는 생각보다 훨씬 더 전도유망한 기사였다. 거기다 계승권이 밀리긴 해도 백작가 막내아들에, 후작가 정식 기사가 아닌가.

'이 정도면 충분히 인기 많을 조건인데, 왜 경험이 없지?'

셰리의 고개가 좌우로 갸우뚱 기울어졌다.

한편 토르는 등 뒤로 식은땀이 줄줄 흐르는 것만 같았다. 셰리가 의도적으로 목덜미에 미풍을 불어 넣는 줄은 꿈에도 몰랐으니까. 가까이서 들리는 목소리는 꿀이라도 탄 듯 달콤한데다 말투까지 교태롭기 짝이 없었다. 그가 감당하기엔 너무나 버거웠다. 그래서 토르는 턱뼈가 도드라질 정도로 입을 꽉 다물었다.

'하……'

여자보다는 검에 미쳐 있는 자신이지만 여자 보는 눈이 없는 건 아니다. 오히려 다른 이들보다 묘하게 눈이 높은 편이었다. 그런 자신이 보아도 어느 구석 하나 완벽하지 않은 곳이 없는 공녀님이시다. 지금도, 그리고 그녀를 처음 보았던 6년 전에도.

미처 대비할 틈도 없이 처음 본 순간 제 마음에 담았다. 그렇다 해도 뭘 어찌해 볼 수 없는 처지임은 진작 알았다. 그랬기에 천천히 묻을 수밖에 없었던 풋사랑이었다.

그저 세월에 바래지기만을 바랐다. 고민할 것도 없이 확실하게 포기하고 단념했다. 그런데 이상하게 그 이후에도 다른 여자는 좀처럼 눈에 들어오지 않았다.

그땐 차라리 잘되었다고 생각했다. 괜히 연애 같은 걸 하다가 다른 동료 기사들처럼 실연의 고통에서 허우적댈 필요도, 위험도 없어진 셈이니까.

그리고 드물지만 성욕이 거의 없는 타입도 존재한다고 들었다. 검술에만 매진하는 삶도 꽤 즐거웠다.

하지만 두 달 전, 그 모든 게 자신의 오만에 불과했다는 걸 깨달았다. 그동안 스스로를 금욕적이라 착각했던 게 무색할 정도로.

'당신이 오늘부터 내 호위 기사가 된 '토르' 경이군요.'

솔직히 말해서 그 당시에 무슨 말을 주고받았는지는 잘 기억나지 않는다. 그러나 떨리는 심장을 누른 채로 그녀 앞에 저를 내보였을 때 얼굴 다음으로 제 눈이 향했던 곳은……. 가냘픈 체형에 비해 조금 커 보이는 가슴이었다. 그리고 그 밑으로 뻗은 날씬한 허리에 자신도 모르게 시선이 머물렀다. 일련의 과정이 자연스럽기까지 해서 토르는 제가 어떤 눈으로 그녀를 보고 있는지도 의식하지 못했다.

막연하게 예상했던 것보다도 훨씬 더 아름다워지신 외모. 그런데다 그녀가 환하게 웃으며 '토르'라 애칭을 불러 주었을 때는, 솔직히…… 넋이 나가는 줄로만 알았다. 하지만 이내 마음을 다잡고 제게 연신 방긋방긋 웃어 보이는 그녀에게서 한걸음 떨어져 나왔다.

이게 꿈이라면 깨어났을 때 너무나도 고통스러울 테니까. 하지만 자신이 아가씨의 호위 기사가 된 건 꿈이 아니었다. 그 사실을 받아들이는 데에만 며칠이 걸렸다.

'토르 경! 잘 잤어?'

'어라, 머리 잘랐네?'

'그렇게 입으면 안 추워?'

게다가 그녀는 원래 그렇게 아무에게나 다정한 편인지 만난 지 얼마 안된 자신에게조차 스스럼없이 말을 걸었다. 거기다 가까이 있을 때면 팔이나 등이 슬쩍슬쩍 스치는 순간이 생겼다. 매번 셀 수 없이 심장이 달달 떨리고 눈앞이 아득해졌다. 그런 상황에서 나눈 대화는 제대로 기억하지 못하는 게 당연했다.

'토르 경, 내 말 듣고 있어?'

반짝반짝 빛나는 사슴 같은 눈망울로 자신을 곧게 직시하며 팔에 매달리실 때면…… 팔이 다 타 버릴 정도로 뜨겁게 뭉그러지는 무언가가 느껴졌다. 그렇게 정신이 반쯤 나가 있는 상태에선 종종 세상의 모든 소리가 물먹은 듯 웅웅거리는 소음으로만 들렸다.

하지만 토르는 그럴 때마다 한스 경이 황도로 떠나기 전날, 자신에게 넌지시 일러 주었던 말을 상기하며 정신을 다잡았다. 그리고 다소 냉정할 정도로 그녀의 곁에서 저를 떨궈 내었다.

'톨체르 베거티 경, 경은 아가씨께서 후작 영애인데도 왜 공녀님이라 불리는지 알고 있나?'

'……란델 공국의 '올리비아'이시기 때문이라 알고 있습니다.'

'그래. 적어도 제국의 이름이 지속되는 한, '올리비아'는 황녀만큼이나 고귀한 분이시지. 그러니 자네의 그 어쭙잖은 욕심을 들켜서는 안 되는 거야. 설령 셰리 님께서 경에게 친밀하게 구신다고 해도 괜히 호의를 착각해서 주제넘은 행동은 꿈도 꾸지 말게.'

'……당연한 일입니다.'

'꽤 자신 있나 보군. 뭐, 좋아. 쉽게 뚫지 못하는 경험도 아가씨께 필요할 테니까.'

한스 경이 남긴 모든 말을 이해하는 건 아니었다. 하지만 대부분 이해하고 납득했다. 그녀를 눈앞에서 보기 전까지만 해도 그건 당연하다 여겼다. 한스 경은 제게 욕심이라고 했으나 맹세코 자신은 여태껏 아가씨께 불손한 마음 한 터럭도 가진 적이 없었으니까.

그런데 실제로 만나 겪어 본 아가씨께서 매번 가슴이 떨릴 정도로 다정하셨기 때문일지도 모르겠다. 저는 하루에도 몇 번씩 분수에 넘치는 상상을 하고 있었다. 스스로도 이런 자신을 믿을 수 없었다.

한스 경의 말이 맞았다. 자신은 생각보다 뻔뻔하고 염치도 모르는 놈이었다.

'그만, 제발 그만둬.'

토르는 매일 밤 번민으로 몸부림쳤다. 이토록 추잡스러운 제 자신에게 구역질이 날 정도였다. 모시는 아가씨에게 감히 품은 상상이 차마 입에도 담을 수 없는 종류의 것이라.

점차 몸집을 불리기 시작한 욕심은 이제 그녀를 볼 수 없는 밤만으로 그치지 않았다. 셰리 님을 가까이서 수행하는 낮 시간에도 불온한 충동은 시도 때도 없이 불쑥 치솟았다.

가령 아름다운 장밋빛 머리카락만큼이나 촉촉하게 빛나는 저 입술이라든지, 가느다란 목선과 부드러워 보이는 팔…….

'젠장, 정신 차려.'

토르의 미간이 또다시 일그러졌다.

여태껏 여성에게 관심이 없는 삶을 살았으니 여자들의 외모를 평가한다든가 속으로 재는 일 또한 없었다. 하지만 눈이 달린 이상 자주 보는 여성 사용인들의 경우 어떻게 생겼는지 정도도 모르진 않았다. 자주 마주치는 이들은 곧잘 구분하고, 고개를 끄덕여 인사를 받아 주는 경우도 왕왕 있었다.

그러나 셰리를 만나고 나서는 모든 게 달라졌다. 이제 다른 여자들의 얼굴은 아예 눈에 들어오지도 않았다. 온 세상이 그녀만 빼고는 흐릿한 느낌이었다. 그리고 지금은 그런 그녀 때문에 제정신까지 흐릿해지려 했다.

"큭……."

차마 다 자란 아가씨의 엉덩이를 받칠 수 없어 주먹을 쥐고 허벅지만 받쳐 들었을 뿐이었다. 그런데도 팔뚝에 허벅지의 보드라움이 그대로 느껴졌다. 턱에 힘을 주어 이를 악물어야만 했다. 그렇지 않으면 새털처럼 가벼운 실제 무게와 달리 자신에게 와닿는 정신적 충격을 감당하기 어려워서.

여러 번 제게 말을 걸어도 필사적으로 아랫입술을 깨물고 버티느라 몇 번이고 대답할 기회를 놓치고 말았다. 그렇게 아가씨는 혼자 재잘거리다 지친 듯했다. 곧이어 그녀가 목을 끌어안은 팔을 느슨하게 풀어 제 등에 얼굴을 기대는 게 느껴졌다.

잠에 드셨나.

토르는 무심코 고개를 뒤로 돌렸다. 그러다 반쯤 눈을 내리깔고 있는 셰리와 그만 눈이 마주치고 말았다.

"⋯⋯!"

내심 크게 놀랐다. 하지만 짐짓 아무렇지 않은 척 고개를 앞으로 하고 묵묵히 걸었다.

6년 전처럼 여전히 순진한 소녀인 줄로만 알았는데 방금 제가 본 눈빛은 뭐지. 긴 속눈썹이 슬쩍 드리워진 눈가에 맴도는 야릇한 분위기. 순간, 온몸에 전기가 찌르르 흘렀다.

아가씨는 정말 여자였구나. 아니, 처음부터 여자이긴 하셨지만. 그러니까⋯⋯.

토르의 보랏빛 눈동자가 사정없이 흔들렸다.

반면 저를·무시하는 토르의 반응에 심통이 나서 등에 얼굴을 묻었던 셰리의 눈은 반짝이며 빛을 회복했다.

'뭐야, 날 싫어하는 게 아니라 오히려⋯⋯.'

이 정도면 호감은 이미 충분한 거 아니야?

무뚝뚝한 말투와는 달리 숨길 수 없이 솔직한 몸의 반응이나 방금 전에 제게 보였던 온기 가득한 눈빛이 그 증거였다. 이게 요즘 자유연애를 즐기는 사람들 사이에서 유행한다는 새로운 연애법인가? 저보다 두 살은 많은 주제에 튕길 걸 튕겨야지.

'그치만 내가 이런 상황을 또 어디서 겪어 보겠어.'

그렇다면 자신도 조금쯤 장단을 맞추어 줘도 되지 않을까? 밀기 다음은 당기기 차례겠지?

셰리는 한층 더 짓궂은 미소를 입가에 매달았다.

　　　　　　　　　　＊ ＊ ＊

"토르 경, 여기서 잠깐 내려 줘."

"……예에?"

귓가에 입술이 닿을 듯 그녀의 입이 가까이서 움직이는 바람에 토르는 소스라치게 놀랐다. 자리에 우뚝 멈춰 섰다. 그러고는 고개를 정면으로 유지한 채 간신히 의문을 표시했다.

여기는 기사들이 머무는 연무장 건물이다. 공녀님이 지내시는 본성으로 가려면 아직 조금은 더 걸어야 하는데…… 무슨 용건이라도 있으신 걸까.

"나 안 내려 줄 거야? 으응?"

어느새 그녀는 은근한 손길로 그의 어깨를 주물러 오며 또다시 달콤한 목소리를 냈다. 감히 제 모자란 판단으로 따르지 않을 수는 없다. 그렇다고 내려 주자니 묘한 아쉬움으로 가슴께가 뜨끔거렸다.

머뭇거리던 토르는 결국 조심스레 셰리를 내려놓았다. 애초에 제 아가씨의 말을 거부한다는 선택지는 존재하지도 않았다. 토르는 서둘러 서운한 기색을 감췄다. 어느새 그의 앞에 선 셰리가 생글 웃으며 다가오라는 듯 손짓을 했다.

무언가 말씀을 하시려는 건가? 워낙 키 차이가 많이 나는 터라 그가 먼저 허리를 굽힌 순간이었다. 셰리에게 제 고개가 가까워지는 것만 신경 쓰던 토르의 볼에 쪽, 하고 말랑한 무언가가 닿았다가 떨어졌다.

"……."

그렇게 그의 세계는 또다시 멈춰섰다.

갑작스러운 공격에 토르는 어정쩡하게 허리를 굽힌 채로 굳어 버렸다. 셰리가 배시시 웃으며 그의 얼굴을 두 손으로 바로잡았다. 그러고는 반대쪽 볼에도 쪽 소리 나게 입을 맞췄다.

"아?"

그제야 정신이 들었다. 황급히 허리를 세워 얼굴을 떼어 냈다. 그런 토르의 어지러운 시야 안에서 그녀가 쑥스러운 듯 몸을 배배 꼬았다.

"무거웠을 텐데…… 고마워. 토르. 항상 내가 고마워한다는 것 알고 있지?"

"……아, 아닙니다. 그리고……."

토르가 침을 꿀꺽 삼켰다. 그리고…… 그리고…… 자신을 바라보는 말간 눈동자를 보자 또다시 저를 충동질하는 묘한 감정의 물결이 폭풍처럼 몰아친다. 그는 눈을 살짝 감았다 뜨면서 스스로에게 속삭였다. 착각하지 말자, 이건 다정한 아가씨의 순수한 호의일 뿐이다. 인형이나 반려동물에게도 할 수 있는, 그런 친근함의 표시일 뿐이다.

"……톨체르라 불러 주십시오, 카셰이라 공녀님."

"뭐?"

이번에도 어김없는 철벽에 셰리의 얼굴이 일그러졌다. 토르가 무언가 잘못됐단 걸 알아챘을 때는 이미 그녀가 본성 쪽으로 걸어 나가 버린 후였다.

* * *

"이게, 무슨……."

그렇게 그녀가 가 버린 후 연무장에서 수련을 하던 토르는 기사단장의 갑작스러운 호출을 받았다. 그리고 짐을 챙겨 지시받은 대로 당도한 곳이 셰리의 방문 앞이었다. 토르는 뭐가 뭔지 도통 알 수가 없었다. 자신이 좀 전에 들은 이야기가 무슨 말인지 아직도 얼떨떨해서 이해가 되질 않았다.

'경은 앞으로 당분간 공녀님의 옆방에서 지내면 되네.'

셰리의 방은 딱히 연무장과 멀지도 않았고 후작가는 그 명성에 걸맞게 보안도 철저했다. 그렇기에 토르는 저녁이 되면 아가씨를 방 안에 남겨 두고 숙소로 돌아오곤 했다. 지금은 호위로 보직이 바뀌었을 뿐, 일단은 그도 후작가 기사단 소속이니까.

예전 그녀의 호위 기사였던 한스 경이야 종종 밤까지 그녀의 곁을 지키곤 했다는 말은 들었다. 하지만 자신은 도저히 아가씨 옆에서 밤을 지새울 용기가 없어 단 한 번도 그런 적이 없었다.

'혹여나 매일 밤 꾸는 꿈과 현실을 헷갈리기라도 한다면……'

차마 상상조차 할 수 없는 끔찍한 가정에 토르는 두 손을 들어 제 얼굴을 감쌌다.

공녀님이 심심하다며, 잠이 오질 않는다며 곁에 남아 주기를 자신의 손을 잡은 채 여러 번 요청했던 적도 있었다. 심지어 그를 위해 옷 방 하나를 줄여 호위 기사 전용 숙소를 만들어 주기까지 하셨다. 그러나 밤중에 과년한 아가씨 곁에 있는 것은 자칫 오해를 불러올 수 있다며 더욱 단호하게 거절했다.

'정말…… 이럴 거야?'

그때마다 아가씨가 짓곤 하시던 표정이 떠올랐다. 실망한 듯하면서 무언가 곧 터질 것 같은 감정을 억누르는 듯한 안타까운 얼굴이 너무……. 그저 회상에 불과한 데도 또다시 가슴이 쿵, 내려앉았다. 한 번쯤은 아가씨께서 이끄시는 대로도 괜찮지 않을까.

'아니, 아니야.'

토르는 다시금 흔들리는 마음과 표정을 단속했다. 제 결정은 그르지 않았다. 늘 그랬듯 이번에도 수없이 자신을 어르고 달랬다.

하지만 결국엔 이 야심한 시각, 그녀의 방문 앞에 서 있게 되다니……. 토르의 커다란 손이 제 옷가지가 들어 있는 작은 보따리를 불안하게 움켜쥐었다.

한참이나 멍하니 문 앞에 멈춰서 있던 토르가 드디어 용기를 냈다. 똑똑- 그녀를 모시러 오는 아침마다 항상 하는 노크였다. 하지만 이렇게 캄캄한 밤에는 처음이라 괜스레 긴장되고 입술이 바짝바짝 말랐다. 별로 크지도 않은 노크 소리가 적막한 복도를 쩌렁쩌렁 울리는 것 같은 착각마저 들었다.

"아, 토르! 왔구나! 어서 들어와."

"……"

노크 소리가 나기 무섭게 셰리가 문을 열었다. 기다렸다는 듯 토르를 방 안으로 잡아당겼다. 보따리를 들고 있는 채라 그는 속수무책으로 끌려 들어갈 수밖에 없었다. 그러느라 셰리의 옷차림을 뒤늦게야 알아차렸다. 토르는 내내 소중하게 품에 안고 있던 보따리가 발등 위로 떨어져 내리는 데도 눈치채지 못했다.

"……? 왜 그래, 토르."

"고, 공녀님…… 옷차림이 그, 무슨……!"

토르의 말에 셰리는 고개를 숙여 자신의 옷차림을 잠시 내려다보았다. 그 러고는 짓궂은 미소를 입가에 걸었다. 물론 그가 알아채지 못할 만큼 아주 희미했다.

'일부러 제일 무난한 잠옷으로 입었는데.'

기껏해야 평소에 입던 것보다 가슴께가 살짝 파인 수준이었다. 디자인으 로만 따진다면 황도의 사교계에선 이 정도는 노출 축에도 끼지 못했다.

다만 문제는 그녀의 몸매였다. 재질이 실크인데다 가슴이 큰 탓인지 상 체만 옷에 타이트하게 붙어 어딘지 모르게 야한 분위기가 풍겼다. 거기에 밤과 아가씨의 침실이라는 은밀한 요소까지.

이런 상황을 겪어 본 적이 없는 토르에겐 충분히 자극적이었다. 그의 보기 좋게 그을린 얼굴이 새하얗게 질렸다. 이번에도 셰리는 그 순진함에 애써 웃 음을 참아야만 했다.

'아하, 그러고 보니 이 정도도 아직이겠구나.'

되레 아무것도 모른다는 듯 순진한 표정으로 그를 빤히 응시했다.

"왜에? 이렇게 입으면 안 되는 거야? 으응?"

"다, 당연히…… 외, 외간 남자 앞에서는……."

셰리가 눈을 형형하게 빛내며 그에게 한 발자국씩 다가갔다. 토르는 이어 가던 말까지 멈춘 채 뒷걸음질하여 물러났다. 그런 모습이 그녀에게 묘한 오기를 심어 주었다.

토르, 너! 혼자 순진한 척 다하더니 다시 봤다. 저도 남자라고 다른 여자가 갖다 준 수건이랑 물통에 그렇게 싱글벙글 웃다니…….

토르가 알았다면 억울할 만한 억측이었다. 그는 오늘 하루 종일 싱글벙글 웃은 적이 없었다. 그러나 셰리의 머릿속에서는 이미 토르는 '아무에게나 웃어 주는 값싼 남자'로 전락한 지 오래였다. 아무렇지 않은 듯한 얼굴을 보자 갑자기 애써 삭였던 화가 다시 치밀어 올랐다. 셰리는 잔뜩 성난 목소리로 그에게 소리쳤다.

"오늘은 호위 같은 거 안 해 줘도 되니까 나한테 신경 쓰지 마!"

"카셰이라 님, 이게 무슨…… 그리고 호위를 안 하다니요."

오늘따라 카셰이라 님이라고 부르는 것조차 곱게 들리질 않았다. 그냥 셰리라고 불러 달라고 한 지가 언제인데 아직도 꼬박꼬박 카셰이라 님, 카셰이라 님 타령이야! 당황한 그의 잘생긴 얼굴이 너무너무 미웠다. 벌떡 일어난 셰리가 다짜고짜 그를 방문 밖으로 몰아냈다.

"몰라, 나가! 나가 버려! 앞으로 나한테 말도 걸지 말고 신경도 쓰지 마! 차라리 나가서 아까 그……."

아까 그 메이드와 잘해 봐, 라고 하고 싶었지만 그 말까지 하면 제가 너무 치졸해진다. 그러면 몰래 지켜봤다는 사실도 들키게 되는걸.

"자, 잠깐만요! 카셰이라 님? 윽."

셰리는 당황한 기색이 역력한 토르를 이를 악물고 떠밀었다. 끝내 방문 밖 복도로 쫓아내는 데까지 성공했다. 그러고는 문을 단단히 걸어 잠갔다. 그가 문을 두드리며 무슨 일이냐고 물었지만 두 손으로 귀를 막고는 고개를 힘껏 저으며 다시 로브와 마법 반지를 찾기 위해 움직였다.

아무리 생각해도 괘씸했다.

Ⅱ. 기회와 타이밍-마스터 (1)

"……지금 문 열긴 했으려나."

셰리는 밖으로 향하는 비밀 통로 문을 열려다 멈칫했다. 화가 난 채로 로브와 마법 반지를 찾자마자 나온 것까지는 좋았는데…… 이렇게 대낮에 술집에 가는 것은 처음이다. 항상 어스름한 저녁 즈음 갔었기에 영업시간을 따로 알아 두진 않았다.

그래도 성 밖 근처 술집 중 가장 익숙하면서 확실한 곳이다. 셰리는 망설이면서도 발걸음을 멈추지 않았다.

"어서 오십시오, 해리스 님. 오랜만이시네요."

지배인으로 보이는 남자가 반갑게 그녀를 맞았다. 다행히 가게는 이제 막 문을 연 듯했다. 종업원들이 바닥 닦기를 마무리하는 등 조금 부산스러웠다. 그래도 처음 왔을 때부터 어두컴컴하면서 고급스러운 분위기는 그대로였다. 그때, 지배인이 누군가를 찾는 듯 두리번거리며 물었다.

"그런데…… 오늘은 혼자 오셨습니까?"

"오늘따라 관심이 과하군요. 맨날 앉던 자리로 안내해 주세요."

"헙! 시, 실례했습니다. VVIP석으로 모시겠습니다. 이리로……."

셰리의 목소리가 조금 뾰족해졌다. 남자는 뜨끔한 얼굴로 입을 다물었다. 실수했다. 교육받을 때 마스터께서 절대 고객의 신상에 대해 궁금해하지 말라고 신신당부하셨는데.

자리에 앉자마자 셰리는 더욱 깊숙하게 후드를 눌러썼다. 오늘도 어김없이 바(Bar)에서 가장 좋은 자리였다. 안쪽에 위치해서 사람들 눈에 잘 뜨이지 않지만 밖을 훤히 볼 수 있기에 돈을 많이 쓰는 손님들만이 이용할 수 있었다.

"드로코나 스트레이트로 주세요."

로브를 벗지 않은 채로 셰리가 익숙하게 주문했다. 그러자 바텐더의 눈이 휘둥그레졌다. 주문할 때 들린 목소리가 청아했던 탓이다. 이른 시간부터 소녀가 먹기에는 좀 독한 술인데. 나이가 어릴 거라 짐작한 바텐더는 조심스레 입을 떼었다.

"실례합니다만, 드로코나는 손님께서 드시기엔……."

"당신, 신입이죠? 오늘따라 다들 왜 이래. 그냥 줘요, 더 이상 토 달지 말고"

뾰족한 목소리에 더해 잔뜩 날이 섰다. 그제야 입을 다문 바텐더는 멀찍이 서 있던 지배인을 뒤늦게 발견했다. 그는 팔을 엑스자로 교차한 채 격하게 고개를 내젓는 중이었다. 실수했다는 생각에 등 뒤로 식은땀이 흘렀다.

'우리 바의 차별점이 뭐라고 했죠?'

'손님께서 지불하신 금액에 걸맞은 최고의 서비스를 제공하는 것입니다!'

'특히 고객님의 프라이버시 보호에는 만전을 기해야 합니다. 아시겠습니까? 우리는 완전히 새로운 운영 방식을 도입할 거니까요.'

생김새와 다르게 냉철했던 마스터의 목소리가 떠올랐다. 두 달째 별다른 문제없이 근무했던 터라 그새 해이해졌다. 바텐더는 새하얗게 질린 얼굴로 드로코나를 내었다.

"여, 여기 나왔습니다. 손님."

알싸하면서도 잘 정제된 알코올 냄새에 셰리는 잠시 머뭇했다. 그러나 그도 잠시, 곧바로 들이켰다.

"크, 크으."

처음 마셔 보는 독주가 식도를 빠르게 할퀴고 내려갔다. 셰리가 주로 마시던 달달하고 맛있는 칵테일과는 달랐다. 하지만 오늘은 도저히 그런 어린애 같은 술로 답답함을 달랠 수 없으니까.

"이거 말고, 다른 것도 더! 주세요."

"네, 네에. 손님."

평소에는 마실 생각도 않던 드로코나는 물론, 다른 독한 술들도 할짝거리며 맛을 보았다. 아니나 다를까 셰리의 눈동자가 조금씩 흐릿해졌다. 점심을 제대로 먹지도 않은 채 홧김에 도수 높은 술을 들이켰으니 순식간에 취기가 그녀를 집어삼켰다. 화장실까지 다녀오고 나자 셰리는 눈이 반쯤 감긴 상태가 되었다.

'끅, 나쁜 토르 경! 얼굴만 잘생기면 다야? 감히 나한테⋯⋯!'

아무리 생각해도 괘씸하고 또 괘씸했다. 아까부터 메이드와 그의 손이 닿았던 장면만이 선명하게 떠올랐다.

"씨이. 나 한 잔 더 줘요!"

그렇게 바텐더를 향한 그녀의 손을 누군가가 붙잡았다. 셰리처럼 로브를 입고 후드를 깊게 둘러쓴 남자였다.

"잠깐, 그만 마시지 그래요. 꼬마 아가씨."

그 말에 거의 감겨 가던 셰리의 눈이 번쩍 뜨였다.

하, 건방지게 자신의 손을 잡은 것도 모자라 꼬마 아가씨?

제국의 성년은 열여덟이니 스무 살인 셰리는 이미 훌륭한 성인이었다. 다만 그녀는 체구가 좀 작은 데다 나이에 비해 앳된 얼굴 탓에 종종 미성년으로 오해받곤 했다. 그 덕에 셰리는 어린애 취급에 꽤 예민한 편이었다. 그래서 일부러 탁- 하고 그의 손을 세게 쳐냈다.

"언제부터, 꾹, 여기가 이렇게 참견이 심한 곳이 됐죠?"

"……."

바짝 약이 오른 셰리에게 매섭게 내쳐진 손을 남자는 물끄러미 바라보았다. 그러더니 다시 술을 마시려는 그녀의 몸을 덥석 안아 올렸다.

"뭐야, 놔아! 이거 안 놔?"

"내가 모시고 가도록 하지."

"……알겠습니다, 마스터."

달랑 들려서도 한참 바동거리던 셰리가 그의 어깨 위로 힘없이 고개를 떨궜다. 그제야 남자는 익숙하게 층계를 올랐다. 그리고는 마련된 방 중 가장 고급스러운 곳의 침대에 그녀를 살포시 내려놓았다.

"이봐요, 아가씨. 아가씨……?"

그새 잠들었나 보군. 이대로 두면 질식하겠는데.

남자가 그녀의 얼굴 전체를 덮은 후드를 살짝 벗겼다. 그러자 오목조목한 이목구비가 꽤 귀염상인 갈색 머리카락의 소녀가 모습을 드러냈다. 언제 반항했냐는 듯 얌전히 감은 눈에 발그레하게 물든 볼, 작은 입술 사이에선 색색 숨이 새어 나왔다. 분명 평범한데, 설명할 수 없는 위화감이 들었다.

"……이상하군."

남자는 아까 얻어맞은 오른손을 꾹 쥐었다가 폈다. 좀 전의 그 감각은 도대체 뭐였을까. 의아한 건 그뿐만이 아니었다. 목소리나 앉아 있던 몸태로 예상한 외양과 전혀 달랐다.

'연구소에서 별별 사람을 다 봐서 이런 쪽으로는 도가 텄다고 생각했는데……. 내 자만이었나.'

그러나 그런 생각도 잠시, 남자는 감흥 없는 얼굴로 문을 나섰다. 이윽고 돌아온 그의 손에는 얼음물이 든 컵이 들려 있었다. 협탁 위에 컵을 올려놓으려던 남자의 눈동자 위로 일순 어이없다는 기색이 스쳤다. 덮어 주었던 이불을 발로 차내고 아무렇게나 누워 있는 여자 때문이었다. 남자의 양 볼에 보조개가 슬며시 파였다가 사라졌다.

'마스터. 제 잘못으로 VVIP분의 심기를 거스른 것 같은데, 급히 좀 와 주셔야겠습니다.'

게다가 새로 들인 바텐더마저 도 넘은 참견을 해서 기분이 상했다는 보고가 이어졌다. 장부에서 예의 손님 '해리스'의 지출 액수를 확인한 남자는 열일 제쳐 두고 바로 달려왔다. 무슨 일이 있었는지 몰라도 대낮부터 독한 술을 퍼먹는 손님은 기분이 아주 나빠 보였다.

남자가 한숨을 내쉬며 이마를 짚었다. 직접 확인해 보니 다른 건 몰라도 귀족이 확실했다. 평소에는 호위 기사인 남자를 대동하고 온다던데, 오늘은 시간도 훨씬 이른 데다 혼자였다.

"후작령 치안이 제국 제일이라곤 해도, 요즘 아가씨들은 너무 무모한 거 아닌가?"

저야 이 바(Bar)의 주인이니 이런 생각 없는 귀족 아가씨들이 와서 돈을 펑펑 써 주고 홍보해 주면 좋기야 했다. 하지만 혹시나 과음하여 불상사라도 생긴다면 그 책임은 고스란히 제게 오게 된다. 아무리 촘촘하게 대비를 해도 리스크 관리가 늘 문제였다. 고급 바를 시작으로 귀족 대상 사업을 늘려 가려던 구상이기에 벌써 잡음이 생기면 안 될 일.

'이렇게 이 방을 쓰게 될 줄이야.'

바로 위 층에 마련한 고급 숙소는 그가 고안한 차등 멤버십의 일종이었다. 아직 본격적으로 도입하지 않았으나 이 전체 층은 VVIP들을 위한 공간일 예정이기도 했다. 그러니 그녀를 여기서 좀 쉬게 해도 크게 상관없겠지.

"좀 더 세분화해서 여성 전용 방은 따로 분리하는 방안도 생각해 봐야 겠군."

보완할 점을 생각하던 남자의 시선이 도로롱거리며 곯아떨어진 귀족 아가씨에게 무심코 닿았다. 로브가 답답해 자다가 풀어헤쳤는지 안에 입은 드레스가 드러나 있었다. 단조롭기는 해도 상당히 훌륭한 재질이었다. 가만,

이건 올린 상단에서 한정판으로 풀린 옷감 같은데. 더 자세히 보려 남자가 고개를 숙인 순간이었다.

"싫어!"

"윽."

"으음……."

잠꼬대를 하며 내지른 셰리의 주먹에 정통으로 턱을 얻어맞았다. 퍽 소리가 날 정도의 충격이라 남자는 그만 주저앉고 말았다. 뒤이어 가격당한 부위에서 느껴지는 이상한 감각에 미간을 찌푸렸다. 아까 손이 내쳐졌을 때의 바로 그 느낌이었다.

"설마 이것 때문인가."

그의 새파란 눈이 가늘게 접혔다. 그녀가 손가락에 낀 빨간 루비가 박힌 반지는 예사롭지 않았다. 게다가 어린 귀족 아가씨가 끼기에는 어울리지 않는 투박한 디자인. 이러한 종류의 마법 아티팩트에 대해서는 이미 일가견이 있는 그였기에 그것이 무슨 반지인지 쉽게 추측 가능했다.

방어용 마법 반지였으면 제가 그녀에게 허락 없이 손을 대었을 때 발동했을 테다. 그러면 남은 용도는 하나. 본래 모습을 감춰 주는 기능이 있는 제품일 테지.

어쩐지 외양에서 위화감이 느껴진다 했다. 거기다 그에게 확신을 더해 주는 사실이 또 있었다. 제가 기억하는 후작령 근방의 귀족 집안 영양 중에 '해리스'라는 이름의 아가씨는 없었다.

'저런 고급 옷에 한두 푼 하는 것이 아닌 마법 반지라…….'

성년을 갓 넘은 듯한 여식에게 저런 고가의 마법 반지를 쥐어 줄 정도의 재력은 흔치 않다. 필시 어지간한 집안이 아닐 테다. 게다가 마법 반지라기엔 정교한 루비의 세공이 독특했다. 자세히 살펴보고 싶은 마음이 불쑥 들었다. 그러나 남자는 호기심을 억누르며 자리에서 일어났다.

'이래서야 내가 직원들을 탓할 수도 없겠군.'

굳이 이 '고객님'의 신상까지 파악할 필요까진 없다. 그게 이 바의 운영 방침이니까. 그가 한숨을 내쉬며 차 버린 이불을 다시 그녀의 목까지 끌어 당겨 준 순간이었다.

"……흡,"

누워 있던 여자에게 갑작스럽게 목덜미를 잡혔다. 그리고 손쓸 새도 없이 입술이 겹쳐졌다. 반사적으로 밀어내리던 남자의 몸에서 힘이 빠져나갔다. 의외로 부드럽고 달콤한 느낌에 저도 모르게 눈을 감았다.

"아."

이윽고 아까 이상하게 여겼던 감각이 다시 한번 그에게 흘러 들어왔다. 맞닿은 입술부터 손끝까지 나른하게 풀려 나가는 기분이다. 결국, 남자는 그녀가 하는 대로 내버려두었다. 그답지 않은 행동이었으나 도저히 거부할 수가 없었다.

입술 사이로 알싸한 알코올 냄새가 파고들었다. 익숙하게 아랫입술과 윗입술을 번갈아 핥는 솜씨에 헛웃음이 났다. 신기하게도 예상했던 거부감 따위는 들지 않았다. 알코올 향마저 순간 자극적으로 느껴질 정도이니.

'한참 어린 아가씨인 줄 알았는데, 보기보다 나이가 좀 있는 건가.'

망설임 없이 능숙한 키스를 느끼자 문득 든 생각이었다. 마법 반지를 이용하면 몸은 바꿀 수 없어도 얼굴만큼은 바꾸는 게 가능했다. 비록 반지의 성능에 따라 제약이 있긴 해도. 그러니 고급형 마법 반지라면 머리색과 눈동자 색뿐만 아니라 이목구비나 얼굴형을 바꾸는 고난도의 변장도 가능할 테다.

남자는 습관대로 눈앞의 여자에 대해 분석하기 시작했다. 그때였다. 여전히 소극적으로 그저 그녀의 입술을 받아주기만 하던 그의 다물려진 입술 틈을 무언가가 간질였다. 그뿐만이 아니었다. 혀로 추정되는 것이 끈질기게 파고들려 시도했다.

"……!"

이 아가씨는 본인이 무슨 짓을 하고 있는지는 알고 있는 건가. 이런 쪽으로 직접적인 경험은 없는 그라도 이게 뭔지는 알았다. 다분히 성적인 유혹이었다.

'하, 어쩌지.'

술김에 하는 단순하고 짧은 입맞춤 정도에서 끝날 거라 여겼다. 낯선 기분에 남자의 입가가 바르르 떨렸다. 거기다 아까부터 느껴지던 생소한 감각이 그를 충동질하고 있었다.

간질간질하면서도 능숙한 셰리의 키스는 결국 남자의 입술을 열고 말았다. 뒤이어 끈질기게 기다리던 작은 혀가 그 틈을 비집고 벌렸다. 입술 안쪽 점막을 더듬으며 서서히 안쪽으로 밀고 들어와 끝내 그의 혀를 찾아냈다.

"훗."

속살을 파고드는 움직임이 주는 느낌이 묘했다. 순간 남자의 얼굴에 난감한 기색이 어렸다. 허나 이내 결심한 듯 그녀의 혀에 자신의 혀를 밀어붙였다. 그 바람에 여태 눌러쓰고 있던 후드가 뒤로 젖혀졌다. 뒤이어 드러난 달콤한 허니 블론드가 눈부시게 셰리의 얼굴로 쏟아져 내렸다.

후드 안에 감춰졌던 남자의 얼굴은 놀라울 정도로 미형이었다. 토르와는 달리 하얀 피부에 섬세한 이목구비가 돋보였다. 그러나 자칫 연약해 보일 수 있는 생김새인데도 턱선과 목울대는 지극히 남자다운 모습이었다. 게다가 여전히 로브에 가려진 몸은 제법 탄탄했다.

"아……."

오싹오싹한 기운이 전신을 타고 흘렀다. 그는 이제 나오는 신음을 굳이 참지 않았다. 언제부터인지 살짝 처진 순한 눈매가 나른한 빛을 띠었다. 남자 정도의 미남이 눈빛을 바꾸자 야살스러운 눈물점마저 묘하게 퇴폐적인 분위기로 보였다. 그는 곤란하다는 표정을 지으면서도 착실하게 그녀의 키스를 받아 냈다.

'하, 좀 부족한데. 아니, 내가 지금 뭐 하고 있……!'

순간, 매끄럽고 부드러운 셰리의 혀가 남자의 혀를 잠시 밀어내는가 싶더니 다시 입 안을 훑었다. 아찔한 자극에 그의 몸이 설핏 떨렸다. 이 여자, 도대체 정체가 뭐지? 반쯤 충동으로 시작했던 제 몸이 슬슬 달아오르고 있었다. 이제는 정말 위험하다. 당황한 남자는 얼굴을 떼려 했다.

"잠깐⋯⋯. 읏!"

셰리가 그의 목을 감싼 손에 더욱 힘을 주었다. 그러고는 아랫입술을 빨아 당기기 시작했다. 거기에 더해 입 안의 혀를 희롱하는 움직임은 조금 더 노골적으로 변해 갔다. 깨물었다가 빨더니 급기야는 짓쳐 눌렀다. 남자의 입에서 끝내 나지막한 신음이 터져 나왔다.

"윽. 흐으⋯⋯."

새파란 눈동자가 완전히 열기에 잠식됐다. 결국 그는 무언가 결심한 듯 천천히 그녀의 몸 위로 올랐다. 서로의 입술이 젖은 소리를 내며 붙었다 떨어졌다를 반복했다.

남자의 무게가 느껴지자 감겨 있던 셰리의 눈이 뜨였다. 마법 반지로 색이 변한 흐릿한 고동색 눈동자에도 어느새 정염이 서려 있었다. 그 모습을 확인한 남자는 심장이 저릿하게 조여드는 기분에 미간을 찌푸렸다. 분명 평범한 눈동자와 이목구비였다. 그런데 서로의 타액이 오가고부터는 이상하게 다른 모습이 겹쳐 보였다.

그래서 급히 그녀의 손가락을 더듬어 끼워져 있던 반지를 빼내었다. 갑자기 말도 안 되는 생각이 들어서다.

'모습을 변하게 하는 것 외에 상대를 성적으로 급격하게 달아오르게 하는 기능이 있었던 건가. 그게 아니고서야 지금 내 상태를 설명할 방법이⋯⋯.'

그러나 반지를 빼내어 그러한 기능의 유무를 확인할 틈도 없었다. 남자는 눈앞에 나타난 장밋빛 머리카락을 지닌 여자의 모습에 저도 모르게 숨을 들이켰다.

"아."

그의 아래에서 살짝 치켜뜬 눈매가 더없이 매혹적이었다. 원래의 색보다 조금은 탁하게 가라앉은 오묘한 녹색 눈동자가 남자의 시선을 옮아맸다.

그저 바라보는 것만으로도 심장이 거세게 뛰었다. 남자는 그만 얼어붙고 말았다. 그런 그의 밑에 누워 나른한 미소를 짓던 셰리가 손을 뻗었다. 그러고는 로브의 단추를 하나씩 풀어 갔다. 유혹적이고 느릿한 손길을, 남자는 그저 바라보기만 했다.

그가 넋을 잃은 사이, 로브는 물론이고 안에 입은 윗옷의 단추가 전부 풀어져 맨살이 드러났다. 그런데도 남자는 그녀에게서 눈을 뗄 수가 없었다. 스물다섯 해를 살아오면서 맹세코 처음이었다. 여자에게 색욕이라는 감정을 느끼는 건.

다시 셰리가 목에 팔을 걸어 그를 끌어왔다. 붉게 부풀어 오른 입술을 홀린 듯이 바라보던 남자는 힘없이 그녀의 입술에 자신을 겹쳤다. 아까보다도 더 농밀하고 질척해진 키스였다. 입술뿐 아니라 입가를 감질나게 혀로 핥고 빠는 움직임이 한층 더 노골적이었다. 참을 수 없어진 남자는 그저 어깨에 걸쳐져 있을 뿐인 셔츠를 벗어 던지고 적극적으로 셰리에게 응했다.

"흡, 하아……."

아까와는 반대였다. 셰리의 입 안에 제 혀를 넣고 그녀가 한 것처럼 여기저기 연약한 점막을 찔러대기 시작했다. 이번엔 그녀의 목구멍에서 갸르릉거리는 소리가 터져 나왔다. 그 소리에 더욱 불타오른 남자가 조심스레 그녀의 가슴을 옷 위에서 움켜쥐었다. 그러자 말랑말랑한 살덩이가 한가득 자신의 손에 잡혀 왔다. 앳된 얼굴에 어울리지 않게 상당한 크기.

가느다란 목을 살짝 받쳐 들고 키스를 이어 갔다. 급하게 드레스 뒤의 여밈을 풀자 옷이 스르륵 흘러내렸다. 이에 반응한 셰리는 남자의 맨 등을 가볍게 쓰다듬었다. 그 느릿한 손길이 더욱 남자를 미치게 만들었다. 결국 그는 드러난 가슴의 속옷도 한 손으로 뜯어내듯 풀어 버렸다. 조급함에 자꾸만 마른침이 넘어갔다.

'조금만, 조금만 더……'

역시 아까 짐작했던 바와 다르지 않았다. 가느다란 체구엔 버거울 만큼 탐스러운 가슴이 순식간에 눈앞에 노출됐다. 참지 못하고 한 손으로 움켜쥐었다. 그러자 녹을 듯 부드러우면서 탄력적인 느낌에 저도 모르게 신음이 흘러나왔다.

"흐읏."

어느새 자신의 남성도 서서히 부풀어 오르는 게 느껴졌다. 이젠 일일이 놀라기도 지칠 지경이다. 손으로 위로하며 직접 만져 대지도 않았는데 이렇게까지 저절로 반응하다니. 퍽 낯선 상황에 조금 당황했다. 그러나 다른 이가 끌어올린 성감은 생각보다도 훨씬 기꺼웠다. 남자의 눈동자가 욕망으로 이내 흐릿해졌다.

셰리의 입술에서 입을 떼어낸 그는 턱을 거쳐 길고 하얀 목줄기로 쪽쪽거리며 내려왔다. 그리고 잠시 고민했다. 과연 이 피부에 제 흔적을 남겨도 될 것인가.

그러나 그는 고개를 저어 충동적인 소유욕을 털어냈다. 아직 정체도 모르는 상태에서 흔적을 남기는 건 역시 위험하다. 결국 그저 혀와 입술로 훑어 내리면서도 어쩐지 아쉬웠다.

'그럼, 어린 나이에 결혼한 귀부인인가?'

얼굴로 보아 나이가 많아 보이지는 않았지만 유부녀일 가능성도 배제할 수 없다. 키스 정도로 제 것을 세울 수 있는 걸 봐선 오히려 남편이 있는 여자일지도. 미하르쉘 후작령에 자리를 잡은 지 얼마 안 된 중요한 시기다. 자칫 골치 아픈 스캔들이 터지는 것은 그 역시 사절이었다. 하지만 어쩐지 멈추고 싶지 않았다.

'머리가 고장이라도 난 것 같군.'

아쉽지만 연약한 피부의 살내음을 들이켜는 것으로 만족해야 했다. 어느새 두 손으로 주무르기 시작한 그녀의 가슴의 촉감은 놀라울 정도로 부드러웠다.

그의 아래가 더욱 뻣뻣하게 당겨 왔다. 거세져 가는 충동에 휩쓸려 분홍빛 정점을 두 손가락으로 가볍게 비틀었다.

"아, 하아웃."

달콤한 목소리…….

오싹한 기분이 남자의 등줄기를 타고 올랐다. 꿀처럼 달달한 건 키스만이 아니었다. 입에서 나오는 신음 소리 역시 다시 한번 마음이 흔들릴 정도로 교태로웠다. 몇 번 가슴을 만지작거리며 남자는 그녀가 상당히 민감하다는 걸 알아챘다. 다음 반응을 궁금하게 만드는 몸이었다. 서서히 입술을 가슴 쪽으로 내려 가운데를 살짝 빨았다. 셰리의 몸이 옆으로 휘었다.

"으응, 응. 기분…… 조하."

쾌락에 취한 듯 혀 짧은 목소리가 났다. 본래 옅은 분홍색이던 유두가 붉게 물들 만큼 혀로 살살 지분거렸다. 그러다 혀끝에 힘을 주어 꾹 눌렀다. 그때마다 그녀의 입에서 가느다란 한숨이 터져 나왔다.

입 안에서 돌리며 이로 자극이 될 정도로만 깨물어도 보았다. 이번에도 역시 셰리의 몸은 크게 움찔했다. 만족스러운 반응이다. 남자의 손이 드디어 아랫배를 거쳐 은밀히 감추어진 성역으로 향했다.

'실험하느라 보고 듣던 게 훌륭한 학습 방법이 될 줄은 몰랐는데……. 고마워해야 하나?'

특유의 관찰력과 좋은 머리는 자연스럽게 단계를 밟아 나가는 데 큰 도움이 되었다. 제가 생각해도 어이없는 상황에 실소가 터졌다.

뒤이어 남자는 순서에 맞게 아래로 손을 가져다 댔다. 예상대로 그곳은 이미 촉촉하게 젖어든 지 오래인 듯했다. 속옷이 지나치게 젖어 손가락을 마음대로 움직일 수 없을 지경이었으니까. 속옷을 벗겨 낸 그가 다시 조심스레 셰리의 은밀한 부위로 손을 가져다 대었다. 이윽고 갈라진 틈을 한 손가락으로 가볍게 훑었다.

"하앗! 흐으응! 응!"

앙앙거리는 소리가 커졌다. 여태까지와는 또 다른 반응이다. 가볍게 만졌을 뿐인데도 손가락에 미끈한 액이 가득 묻어 나왔다. 잠시 망설이던 그는 손을 자신의 입으로 가져다 대었다. 약간 시큼하지만 단내가 나는 것 같은, 형용하기 어려운 야한 맛이었다. 생전 처음 맛보는 흥분의 증거에 정신이 나갈 것만 같았다.

"훗, 흐읏!"

남자의 행동이 한층 거칠고 과감해졌다. 격정을 이기지 못한 그가 다시 한번 셰리의 가슴을 물었다. 갑작스러운 자극에 비틀리는 허리를 꽉 잡아 고정했다. 그러고는 그녀의 깊은 곳에 손가락을 가져가 조금 위쪽의 민감한 부분을 쓸어내리기 시작했다. 셰리의 손이 허공을 더듬다 남자의 어깨를 잡았다.

"아아, 하아, 으응……."

"……역시, 굉장한 반응이군."

작은 자극만으로도 더없이 만족스러운 결과였다. 남자의 집요한 시선이 조금 더 짙어졌다. 그는 이에 멈추지 않고 더 깊게 손을 놀려 작게 돌출된 것을 살살 굴렸다. 셰리의 허리가 크게 움찔거리며 이리저리 움직였다.

"정말, 더는 못 참겠는데."

남자의 눈가가 흥분으로 불그스름해졌다. 시각적으로 자극이 되는 크고 감도 좋은 가슴에 날씬한 허리, 거기다가 민감한 밑부까지……. 어느 것 하나 그를 부추기지 않는 요소가 없었다. 여태 생각했던 것과 달리 의외로 저는 시각에 약한 타입일지도 모른다는 생각이 들었다.

'하지만 이다음은…….'

이미 그의 앞섶은 부풀어 오를 대로 부풀어 오른 상태였다. 그러나 아무리 정욕에 취한다 해도 넘지 말아야 할 선이 있다. 남자는 망설였다. 그런 기색을 알아차리기라도 한 것처럼 셰리가 남자에게 바짝 붙었다. 그러고는 제 가슴이 뭉그러질 만큼 문질러 대며 입을 맞췄다.

셰리의 달콤한 타액이 다시 한번 그의 목구멍으로 넘어갔다. 그 순간, 잠시

번개라도 맞은 듯 남자의 움직임이 멎었다. 뒤이어 그는 다급하게 무언가를
갈구하는 것처럼 셰리에게 매달렸다.

"응, 읍……."

"하으, 아. 이게, 이게…… 윽, 무슨."

퍼뜩 입술을 떼어내며 저도 믿을 수 없다는 표정으로 남자가 숨을 헐떡
였다. 유리알 같던 그의 새파란 눈동자가 탁해져 있었다. 심장은 이제 단순
한 흥분 수준을 뛰어넘어 미친 듯이 폭주했다. 남자가 숨을 헐떡이며 제 가
슴을 꾸욱, 눌렀다.

마치, 마치 무슨 미약이라도 마신 것 같았다. 온몸의 혈관을 따라 알 수
없는 거대한 기운이 뻗어 나갔다. 가슴이 뜨끔뜨끔하게 아려 오는 것과 별
개로 그녀의 체액에 대한 갈증이 지독하게 치밀었다. 뇌가 완전히 절여졌는
지도 모르겠다.

'더, 더 맛봐야 해. 이걸로는 부족해.'

정상적인 성적 욕구와는 명백히 다른 감각이라는 건 알았다. 한 터럭밖에
남지 않은 최후의 이성도 그렇게 외치고 있었다. 그러나 남자의 흥분을 가라
앉히기엔 역부족이었다.

"큭……!"

잡아먹기라도 할 듯 정신없이 입을 맞추었다. 그러면서도 남자는 셰리의
다리 사이로 드러난 민감한 살갗 틈에 손가락을 끼웠다. 흐응거리며 바르작
거리는 그녀의 허리를 단단히 껴안는 것도 잊지 않았다. 쉴 틈을 주지 않는
자극에 허벅지는 물론이고 침대 시트마저 젖어 들어갔다.

'이런, 아깝게…….'

남자가 미간을 찌푸렸다. 그러고는 급하게 몸을 일으켜 그녀의 허벅다리
사이에 얼굴을 묻었다. 어차피 흘러내리게 둘 거라면 그가 받아 마셔도 상
관없을 테니까.

"힉! 흐응!"

혀로 질구 아래부터 예민한 작은 구슬이 있는 부분까지 한 번에 쓸어 올렸다. 과감한 애무에 셰리의 신음이 비명처럼 높아졌다. 겉을 혀로 깨끗하게 훑어낸 남자는 손으로 내부를 열어젖혔다. 그러고는 계속해서 액이 흘러나오는 입구에 입을 대고 쪽 빨았다.

"아악! 흣! 흑, 으응!"

허공을 휘젓던 셰리의 손이 그의 머리를 감싸 쥐었다. 달콤했던 신음 소리는 질척하고 다급한 소리로 바뀐 지 오래였다. 그녀의 내부에선 달콤한 샘이 여전히 솟아올랐다. 정신없이 입을 대고 마음껏 마시던 그도 슬슬 한계였다. 무릎을 세워 셰리의 다리를 벌린 남자는 급하게 바지를 끌어 내렸다.

"아가씨가 먼저…… 시작한 겁니다."

아까부터 성이 난 지 오래인 남자의 분신이 꺼덕이며 꿈틀거렸다. 섬세하고 성스러워 보이는 얼굴에 비하면 허리 아래는 어딘가 저속한 데가 없잖아 있었다.

이제 남자는 눈가뿐 아니라 깨끗했던 흰자위까지 붉게 물들인 채였다. 키스로 서로의 타액을 교환할 때는 그래도 '조금 많이 흥분한 정도'에 불과했다. 그러나 그녀의 아래를 맛보고 나서는 완전히 정염에 지배당한 듯했다.

정강이 부근에 걸려 걸리적거리던 속옷을 벗어 침대 밖으로 아무렇게나 던져 버렸다. 남자는 매끈하고 흰 셰리의 허벅지를 단단하게 잡아 고정했다. 그러고는 드디어 제 물건을 그녀에게 가까이 가져다 대었다.

'설마 이런 반응을 보여 놓고 처음은 아니겠지?'

머뭇거리던 것도 잠시, 유난히 뭉툭하고 두툼한 남자의 끄트머리가 셰리의 그곳에 닿았다. 또다시 새어 나온 그녀의 꿀 때문에 입구는 미끌거리도록 젖어 있었다. 순식간에 온몸을 태울 듯한 열기가 그를 휘감았다.

"윽, 흐읍……. 아, 제길."

이 불가해한 감각은 도대체 뭘까. 마력 보유자가 아니라 마법을 써 본 적도 없었건만 마법이라고밖에 설명할 수 없었다. 끝내 그의 자제력은 무력해지고야 말았다.

서서히 제 물건의 머리 부분부터 밀어 넣었다. 이성이 날아가 무조건 박아 넣을 뻔한 자신을 겨우 억눌렀다. 어느새 그의 이마에는 송골송골 땀이 맺혔다. 진입에 성공하자 동시에 두 사람의 입에서 신음이 흘러나왔다.

"하응, 읏…….”

"윽!"

겨우 앞부분만 들어갔을 뿐이었다. 그런데도 입구에서부터 조여 대는 통에 남자는 물건을 단단히 받친 채로 밀고 들어갔다. 남다른 그의 크기를 감안해도 마치 처음인 것처럼 빽빽하게 좁은 통로였다. 그러나 윤활유 역할을 하는 촉촉한 즙이 내부에서 계속 배어 나왔다. 거기다 조금만 기다리니 그녀의 몸이 서서히 열리는 게 느껴졌다. 남자는 기회를 놓치지 않고 끝까지 밀어 넣었다.

"아, 하아……. 큭, 훗?"

겨우 다 밀어 넣었나 했더니 그 이후부터는 엄청나게 조여 왔다. 어떻게 대처할 수도 없이 간헐적인 움직임이었다. 결국, 남자는 완전히 몸의 통제력을 상실했다. 두 손으로도 다 잡힐 만큼 가느다란 셰리의 허리를 부여잡고 미친 듯이 제 몸을 움직였다.

밀어 넣을 때의 저항감이 버거웠다. 그렇다고 몸을 뒤로 뺄 때가 쉬운 건 아니었다. 그녀가 제 물건을 물고 놓아주질 않는 바람에 힘에 겨웠다. 이마에 맺힌 땀이 턱을 타고 흘러내렸다. 하지만 멈출 수도 없었다. 그로 인한 쾌락이 몸 전체로 오싹오싹하게 퍼져 나가 절로 전신이 떨렸다.

"하아, 으응, 아아아…….”

"핫, 윽…… 으윽.”

굳이 체위를 바꾸지 않은 정상위만으로도 충분했다. 그녀가 주는 쾌감에 취한 남자는 점점 더 격하게 몸을 움직였다. 더욱더 빠르게 움직이지 않으면 그녀에게 그대로 잡아먹힐 것만 같았다. 도대체 이 말도 안 되는 조임은 무엇인지 모르겠다. 너무 조여서 힘들다 싶으면 느긋하게 팽창되어서 그를 방심하게 만들었다. 그러다 어느 순간 예고도 없이 꽉 물어 버린다.

차라리 처음부터 끝까지 조이기만 했다면 이렇게까지 정신이 나가 버리진 않았을 터였다. 오히려 풀어졌다 조였다 하는 통에 전혀 정신을 차릴 수가 없었다.

가냘픈 아가씨에게 이렇게 심하게 해서는 안 된다는 걸 모르지 않았다. 하지만 남자는 도저히 제 몸의 통제권을 찾아올 수가 없었다. 순간순간 퓨즈가 나가는 것처럼 머릿속이 하얘졌다가 다시 현실로 돌아오는 일이 반복되었다.

'아, 아아. 말도 안 돼…….'

현실감 없는 쾌감에 있는 힘껏 허리를 흔들었다. 다분히 본능적인 움직임이었다. 셰리의 교성이 찢어질 듯 높아졌다. 그녀가 절정에 다다른 모양이었다. 자신도 이제 곧……

이대로는 상체가 끊어져 나가지 않을까 싶을 정도였다. 세차게 속도를 올리자 그녀의 몸이 이리저리 흔들리며 바르르 떨리기 시작했다. 조금만, 조금만 더…….

"하아아앙, 아…… 안 대애, 시어, 하앗……으응!"

"웃,웃…… 큿……."

이윽고 눈앞에서 하얀색 불꽃이 터졌다. 그와 함께 그의 허리가 강렬하게 셰리의 안으로 튕겨 들어왔다. 그러고는 그와 그녀에게 찾아온 절정의 순간, 남자가 이를 악물고 제 것을 빼내었다. 울컥거리며 뿜어져 나온 토정(吐精)의 흔적이 셰리의 배꼽 위로 오목하게 고였다.

누구라 할 것 없이 둘 다 비명에 가까운 교성을 지르며 숨을 몰아쉬었다. 꽉 잡힌 손 안에서 탈출하기라도 할 듯이 그의 것이 꿈틀거렸다. 겨우 진정시킨 그가 잔뜩 쉬어 버린 목소리를 냈다. 더는 버티지 못하고 셰리의 위로 쓰러져 내렸다.

"하아, 하아아……흐음……."

"허억, 훗……헉. 이게, 도대체…… ?"

이렇게 머리가 띵할 정도의 쾌감이라니…… 조잡한 대용품으로는 단 한 번도 느껴 본 적이 없었다.

남자는 셰리를 믿을 수 없다는 눈으로 바라보았다. 그래 봤자 그녀는 가쁜 숨을 몰아쉬느라 대답조차 없을 뿐이지만.

"으윽."

잠시 멍해져 있던 그가 다시 얼굴을 찡그렸다. 아직도 제 물건은 간헐적으로 꿈틀거리며 그다음을 원하고 있었다. 입 안을 아프게 깨문 채 가까스로 자세를 추슬렀다. 한창 달아올랐을 때와는 달리 한껏 조심스러운 움직임이었다.

그때, 축 늘어져 있던 셰리의 다리가 그의 옆구리를 조였다. 정신이 없는 와중에도 그의 온기가 떨어져 나가는 게 아쉬운 듯했다. 거의 반사적인 접촉이었다. 하지만 이를 악물고 자제하던 남자에게는 작지 않은 충격을 주었다. 결국 다시 맞닿은 몸으로 찌릿한 감각이 발끝에서부터 올라왔다.

심장이 터져 나갈 것 같은 열기가 그의 몸을 재빠르게 데웠다. 제 몸을 간신히 달래며 마침내 그녀의 품에서 빠져나왔건만. 조금 전의 자극으로 제 아래는 또다시 빳빳하게 성이 나고 말았다. 방금 사정했다는 사실은 잊기라도 한 듯 뻔뻔스럽기까지 했다.

"하아……. 이럴 수가 있나?"

기가 막힐 노릇이었다. 아무리 보아도 저보다는 나이가 많지 않을 것이 분명한 아가씨였다. 경험에 다소 차이가 있다고 한들 사람에게는 연륜이라는 게 있는데……. 짐승이 홀레붙듯 정신 못 차리고 달려든 제 자신에게 혐오감마저 들었다.

간신히 몸을 빼내 그녀 옆에 풀썩 누웠다. 눈앞에 별이 핑핑 도는 듯한 기분에 숨이 고르지 못했다. 게다가 아직까지도 아랫도리는 찌릿찌릿했다. 도대체 얼마나 쏟아낸 걸까.

'듣기로 하룻밤에 여섯, 일곱 번을 하면 이렇게 지친다고 하던데.'

아니. 그 허약하고 음침한 인간들의 말을 곧이곧대로 믿을 수가 있나. 아마 그들은 이토록 황홀한 기분을 느껴 본 적도 없을 테다. 온몸에 힘이 빠져나가 멍하니 천장만 응시했다. 내심 진짜로 해 봤자 별것 아닐 거라 여겼는데, 완전히 다른 세계를 맛보고 말았다.

"아니면 이 아가씨가 내게 특별한 건가."

그의 시선이 곁에 누운 셰리에게로 향했다. 이미 잠들어 버린 그녀의 이마에 가볍게 입술을 눌러 맞췄다. 이제야 몸이 진정되고 있었다. 남자의 눈동자가 겨우 원래의 빛을 되찾았다. 제 성정을 고려해 볼 때, 이리 만족스러운 관계가 가능하리라고는 상상조차 해 본 적 없었다.

하지만 그저 과한 흥분으로 치부하기엔 무언가 석연치 않았다. 정사의 시작만 생각이 날 뿐, 중간 과정이 전부 날아가 버렸다. 그나마 남은 것도 흐릿하게만 떠올랐다. 확실히 아까의 그는 온전한 제 자신이 아니었다. 어떻게 이렇게까지 정신을 놓을 수가 있지?

"술을 마신 건 이 아가씨뿐이었는데 말이야."

발그레한 홍조를 띤 셰리의 볼을 손가락으로 가볍게 퉁겼다. 어찌나 곤히 잠이 들었는지 미동조차 없었다. 그렇게 남자는 잠이 든 셰리를 요모조모 뜯어보았다. 저도 몰랐던 제 여자 취향이 이렇게 대단한 미인이었던 걸까. 꾹꾹 눌러 두었던 호기심이 자꾸만 비집고 나왔다.

'실제 나이는 몇 살이려나. 신음 소리 말고 진짜 목소리는 어떨지 궁금한데…….'

문득 찬 공기 중에 그녀를 너무 오래 노출시켜 놓았다는 데에 생각이 미쳤다. 남자가 물수건으로 조심스레 정사(情事)의 흔적들을 닦아 내었다. 그러다 그의 손이 잠시 멈칫했다.

"음."

역시 좀 무리한 모양이다. 그녀의 연약한 여성이 살짝 부어올랐다. 제 물건도 만만찮은 크기인데 이렇게 자그마한 몸 안에 절정이 올 때까지 찔러 넣었으니 오죽했으랴. 남자는 머쓱한 표정을 지었다.

이윽고 그는 셰리의 몸 구석구석을 깨끗하게 닦아 주었다. 뒤이어 침대 바깥으로 시선을 돌렸다가 한숨을 삼켰다. 여기저기 거칠게 던져진 속옷과 드레스, 자신의 옷가지가 한데 섞여 뒹굴고 있었다. 급격히 몰려오는 피로감에 마른세수를 했다.

'하, 다른 사람도 아닌 내가 이럴 줄은 몰랐는데.'

아무리 생각해도 너무 성급했다. 뒤늦게 이런저런 가능성들이 떠올랐다. 혹시 유력한 귀족의 첩이나 아내이기라도 하면 어쩌려고, 아무리 먼저 유혹했다고 한들 잘 알지도 못하는 여자에게 넘어가서 마음의 준비도 없이……

생각할수록 자괴감만 들었다. 그러면서도 그녀에게 목까지 이불을 끌어올려 덮어 준 남자는 주섬주섬 제 옷을 챙겨 입었다. 마지막으로 다시 로브를 둘러쓴 그가 셰리의 얼굴을 뚫어져라 응시했다. 그러더니 무언가 떠올린 듯 빠르게 문을 나섰다.

그리고 얼마나 지났을까. 다시 방에 나타난 남자의 손에는 여성용 속옷과 척 보아도 값비싸 보이는 드레스가 들려 있었다. 색색거리며 단잠에 빠진 그녀의 손가락에 다시 마법 반지를 끼우는 것도 잊지 않았다. 셰리의 모습이 처음 그가 보았던 얼굴로 돌아왔다. 남자는 바뀐 얼굴까지 세세하게 제 머릿속에 새겨 넣었다. 그녀에 대한 단서는 많으면 많을수록 좋다.

'언제 어떻게 다시 만나게 될지 모르니까……'

침대 옆 협탁에 옷가지만 놓아두고 나가려던 그가 멈칫했다. 그러다 메모장에 무어라 써 놓고는 빠르게 방을 빠져나갔다. 마지막에 그의 발목을 진득하게 잡아챘던 미련이 대롱대롱 매달린 채였다.

* * *

"으음…… 아, 허리가."

비록 꿈이었지만 격렬한 정사였다. 셰리가 어이없다는 표정으로 눈을 떴다. 이게 욕구 불만이라는 건가? 아무리 그래도 그렇지, 사춘기도 아니고 제 나이가 몇인데. 요즘 들어 처음 겪는 일들이 너무 많았다.

'그치만 뭔가 이상한데……'

토르에게 열 올리느라 욕구 불만이 생겼다면 응당 그가 등장했어야 하는 게 아닌가. 그런데 꿈속 남자의 얼굴이 기억나지 않았다. 하지만 꿈도 결국엔 자신의 경험을 반영하기 마련인데. 지금까지 겪었던 그 어떤 관계와도 달랐다.

평소 그녀는 이렇게 폭풍처럼 쉼 없이 밀어붙이는 섹스를 선호하지 않았다. 애초에 자신을 상대로 주도할 만한 간 큰 남자가 없기도 했고. 그러나 이것도 괜찮다는 생각이 들었다.

'사실은 이런 방식으로도 해 보고 싶었던 걸까.'

정신없이 두 번이나 절정으로 끌려갔다. 늘 제가 원하는 세기와 시점만을 기대하고 고집하다가 등 떠밀려 오른 벼랑에서 굴러떨어졌다. 하지만 뜻밖에도 불쾌하지 않았다. 오히려 답답했던 마음이 뻥 뚫린 듯 시원했다.

제때에 해소하지 못한 욕망이 이런 쓸모가 있구나.

가뿐한 마음으로 몸을 일으키려던 셰리의 두 눈이 동그래졌다. 이불 속의 제 몸에 아무것도 걸쳐져 있지 않다는 걸 그제야 깨달았다. 그리고 그녀에겐 나체로 자는 버릇 따위 없었다. 놀라 일어나려 하자 허리께가 다시금 싸르르하게 아파왔다. 그녀의 얼굴에 당황스러운 기색이 비쳤다.

"뭐, 뭐야. 꿈 아니었어?"

설마, 현실이었나. 그럼 도대체 누구랑?

셰리가 급하게 방 안을 살폈다. 온통 어둑하게 가려져 있는 터라 눈이 적응하는데 시간이 좀 걸렸다. 역시 밤놀이를 즐기곤 하던 익숙한 공간이 아니다. 셰리는 아랫입술을 세게 짓씹었다.

이게 어떻게 된 일이지?

이불로 몸을 가린 채 조심스럽게 상체부터 들어 올렸다. 그제야 주위가 하나씩 눈에 들어왔다. 왼쪽 협탁에는 커다란 물통이 놓여 있었다. 그리고 그 아래엔 엉망이 된 그녀의 속옷과 거칠게 뜯겨 나간 듯한 드레스……. 셰리는 낭패한 얼굴로 두 눈을 꾹 감았다가 떴다.

"아니, 정신 차리자."

아까 흘깃 훑고 지나쳤던 협탁 위 물통 옆의 새 속옷과 다른 드레스가 눈에 띄었다. 누군지 몰라도 아주 무뢰한은 아니었나 보다. 심지어 행위 자체는 상당히 만족스러웠다. 어떤 남자인지 얼굴도 모른다는 게 마음에 걸리지만.

모습을 감출 수 있다 해서 여태껏 아무 남자나 만난 적 없다. 조력자인 한스 경이 확실하게 신상을 보장한 자가 아니면 눈길도 주지 않았었는데. 그가 떠나자마자 이런 실수를 저지르다니…….

목구멍이 타들어 가는 것처럼 바싹 말라 왔다. 급하게 물통의 물을 반이나 비웠다. 그러던 와중에 새로운 옷가지들 위에 놓여 있던 쪽지를 발견했다.

"……."

아마도 자신과 관계를 했던 남자가 남기고 간 듯했다. 셰리는 돌돌 말고 있던 이불을 걷어 보았다. 언뜻 봐도 몸에 남은 흔적은 없었다. 게다가 격렬하고 진했던 관계에 비해 몸이 깨끗했다. 사후에 남자가 닦아 준 게 틀림없었다.

'아예 자격 미달인 남자는 아니었나 본데?'

도대체 누구였을까. 이런 쪽의 매너에도 익숙한걸 보면 상대도 밤놀이를 즐기는 사람이었을지도.

그러고 보니 비싸 보이는 재질의 종이였다. 셰리가 손을 뻗어 쪽지를 펼쳤다. 가장 먼저 단정하고 우아한 지극히 귀족적인 필체가 눈에 띄었다.

[초면에 실례가 많았습니다. 저는 트라나이츠 바(Bar)의 마스터입니다. 앞으로 귀하의 '해리스'란 이름만 대시면 무엇이든 무조건 무료로 제공할

터이니 조만간 다시 한번 방문하여 주시길 간청 드립니다. 아름다운 장미를 허락 없이 꺾은 사례는 무엇으로든 하겠습니다.]

필체만큼이나 정중한 내용이었다. 그러나 이름이나 가문명은 어디에도 적혀 있지 않았다. 셰리는 종이를 뒤집어 여러 번 확인했다. 아무래도 그녀가 술 마시러 온 이 바(Bar)의 사장이었던 모양이었다.

"철저한 고객 관리로 유명해져 놓고 누가 날 끌고 가게 두진 않을 거라고 생각하긴 했는데……."

그런데 오히려 그런 방침을 만든 마스터가 손님과 이런 일을 벌여?

어이가 없어 헛웃음이 나왔다. 그러고 보니 지배인이나 바텐더, 가게 종업 원들의 얼굴이야 무수히 봐 왔지만 정작 마스터의 얼굴은 본 적이 없었다.

뒤늦게 호기심이 생긴 셰리의 눈에 마지막에 쓰인 거슬리는 문구가 눈에 들어왔다. 아름다운 장미……라고?

서둘러 손을 들어 머리카락을 확인하자 변장하고 나온 그대로인 갈색 머리 칼이 잡혔다. 마법 반지도 제대로 끼워져 있었다.

"이, 이 망할 마스터라는 남자가……!"

아무래도 이 마스터라는 남자는 반지를 빼서 제 본모습을 본 게 틀림없 었다. 그렇지 않다면 이 흔하디흔한 갈색 머리카락과 고동색 눈동자에서 장미를 연상할 수는 없었을 테니까. 이러면 그저 간단한 해프닝으로 넘길 수가 없다.

여태 그녀는 단 한 번도 자신의 정체를 드러낸 채 다른 남자와 관계를 가진 적이 없었다. 거기다 욕구 불만 해소를 위한 남자는 철저하게 한 번 만 이용하고 다시는 뒤도 돌아보지 않았다. 이제 와서 연애 같은 걸 하고 싶은 게 아니었으니까.

꽤 문란해 보이는 그녀의 사생활에도 나름대로의 규칙이라는 것이 있었다.

일단 성 안의 남자들에게는 절대로 손대지 않았다. 저보다 신분이 낮은 사용인이라고는 하나 권력으로 강제하는 건 취향이 아니었다. 게다가 아무리 쉬쉬한다고 해도 후작성엔 사람이 많았다. 집안에서 그런 일이 일어난다면 소문이 퍼져 나갈 가능성이 높아진다. 그래서 한스 경의 도움을 받았다.

'다른 가문의 영애들 말씀이십니까? 보통 밤놀이를 즐길 땐 변장하는 게 보편적이지요. 하지만 셰리 님 같은 외모는 머리색 바꾸는 정도로는 감추기가 어려울 텐데요.'

'그럼…… 마법 반지로 아예 얼굴을 바꾸면?'

미하르쉘 후작가는 아주 오래된 고위 귀족 가문이었다. 그런 집안의 유일한 후계자인 만큼 셰리는 훌륭한 고대 아티팩트를 물려받았다. 마탑에서 지금 조달용으로 내어놓는 그저 그런 아티팩트와 급이 달랐다.

덕분에 간간이 다른 남자와 관계할 때도 철저히 외모를 바꾸어 왔다. 혹시 모를 잡음은 피해야 했으니까.

그리고 마지막으로 누구든 간에 절대 자신의 몸에 흔적을 남기는 걸 허락하지 않았다. 관계를 나눈 순간 외에 정인도 아닌 남자의 흔적이 남는 건 어쩐지…… 거부감이 들었다. 그저 한순간 즐기는 것으로 충분했다. 셰리는 제 몸을 꼼꼼하게 살폈다.

'이번엔 다행히 흔적은 안 남았네.'

하지만 그게 무슨 소용일까. 제 정체를 들켜 버렸는데. 이곳은 후작성과도 꽤 가까운 위치였다. 미하르쉘 영지엔 다른 곳보다 붉은 머리카락을 가진 이들이 많았다. 하지만 작정하고 찾으려 든다면 시간 끌기용도 되지 못할 테다.

빨간 머리라고 해서 다 같은 색이 아니었다. 무엇보다 셰리처럼 탐스러운 장밋빛을 띤 머리카락은 흔치 않았다. 거기다가 그녀 정도의 외모라면 누구인지 금방 알게 될 텐데.

'혹시 이번 관계를 이유로 협박이나 부당한 요구를 하려는 것은 아니겠지.'

그쪽이 그렇게 나온다면 이쪽도 가진 권력을 총동원해서 대응하면 된다. 궁지에 몰리자 저를 친딸처럼 아껴 주시던 부인의 모습이 떠올랐다. 그러나 그것도 잠시, 셰리는 고개를 흔들어 상념을 털어 냈다. 그쪽과의 인연이 다 끊어진 지가 언젠데.

"이제 와서 무슨. 빨리 성으로 복귀나 해야겠다."

셰리는 원래 입고 왔던 속옷을 집었다가 그대로 떨어뜨렸다. 무슨 일이 있었는지 몰라도 도저히 다시 입을 수 있는 상태가 아니었다. 잠시 침묵했던 그녀는 협탁에 놓인 옷가지들에 손을 뻗었다.

누군지 몰라도 준비성 하나는 칭찬할 만했다. 그렇다고 어떤 요구를 하든 받아 준다는 뜻은 아니다. 이번엔 별수 없이 남자가 준비해 둔 대로 입어야 겠지만. 못 이기는 척 옆에 단정히 개어진 로브까지 둘러쓴 셰리는 서둘러 방을 나섰다.

물론 그녀는 제가 입었던 옷을 뭉쳐 들고 나오는 것도 잊지 않았다. 방을 나서자 중앙의 널찍한 계단이 나왔다. 조심스레 내려가 보니 자신이 술을 마셨던 그 바(Bar)가 나타났다. 정말 사장이었던 모양이다. 그런데 아무리 급해도 가게 안의 침실을 이용하다니 그 남자도 참⋯⋯.

"해리스 님, 몸 상태는 어떠십니까."

아래에서 대기하던 바텐더가 걱정스러운 목소리로 물었다. 물론 술이 다 깼냐는 뜻이었겠으나 다른 의미로 사고를 친 셰리는 그만 두 눈을 질끈 감고 말았다.

"괜찮아요. 그보다⋯⋯."

"예?"

"아니, 됐어요."

간신히 고개를 내저은 그녀가 출구 쪽으로 향했다. 다행히 저 바텐더는 제 고용주와 셰리가 무엇을 했는지는 모르는 눈치다. 혹시나 그 마스터라는 남자가 다시 나타날까 싶어 셰리는 종종걸음으로 문을 나섰다. 그 뒤로 바텐더가 급하게 외쳤다.

"해리스 님! 마스터께서 다음에 꼭⋯⋯!"

몰라! 앞으로 다신 안 올 거야. 이런 곳은!

* * *

캄캄한 밤하늘에 달이 높게 떠 있었다. 설마 했는데 역시 밤늦은 시각까지 머무른 모양이다.

'이번엔 집사장에게 말도 없이 나왔는데, 들킨 건 아니겠지?'

셰리는 조금은 불안하고 걱정스러운 마음으로 서둘러 성으로 돌아왔다. 제 방과 연결된 비밀 통로의 문을 닫고 로브를 벗었다. 뒤이어 마법 반지까지 빼내자 어둠 속에서 넘실거리는 붉은 머리카락이 드러났다.

천만다행으로 그녀가 오랜 시간 방을 비운 걸 아무도 모르는 듯했다. 만일 그랬다면 이렇게 성 안이 조용할 리가 없었겠지. 셰리는 다시 한번 바깥에서 과음하지 말 것을 속으로 굳게 다짐했다.

잠시 뒤, 그녀가 조심스레 잠겼던 방문을 열었다. 그러자 어둠 속에서 커다란 형체가 부스스 움직이는 게 보였다. 누군가 문 앞에 기대어 앉아 있었다.

"카셰이라 님!"

"아잇, 깜짝이야. 토르, 여기서 뭐 해?"

그러고 보니 토르를 매몰차게 몰아내고 그대로 문을 잠가 버렸었다. 워낙 많은 일이 있었던 탓에 아까 오전에 있었던 일은 까맣게 잊어버리고 말았다.

문에 기대어 졸았는지 토르의 목소리는 쉬어 있었다. 그런 와중에도 그의 얼굴엔 걱정스러운 기색이 가득했다. 셰리는 미안한 기분이 들었다. 저는 나가서 실컷 다른 남자와 즐기다 왔는데……. 이 가여운 순진남은 차가운 바닥에서 자신을 기다렸구나.

"아까 그런, 얼굴로 방 안에서 나오질 않으셔서…… 내내 걱정했습니다."

잘생긴 얼굴의 그가 나직한 목소리로 건네는 말은 셰리의 마음을 흐물흐물하게 만들었다. 분명 토르 때문에 화가 난 건 사실이었다. 하지만 그 감정은 이미 간곳없이 사라진 상태였다. 아까만큼 그가 밉게 느껴지지는 않았다. 하긴, 수건이랑 물통 좀 받아 준 게 무슨 대수라고.

"됐어, 이제 화 다 풀렸으니까."

토르는 안도한 눈빛을 내보였다. 결국 또 저 얼굴에 용서하게 된다. 잘생긴 남자는 참 편하기도 하지. 입술을 삐죽이던 셰리가 들어오라는 손짓을 했다.

참, 그의 거처가 그녀의 응접실 안 작은방이 된 참이다. 셰리가 문을 열어 주지 않으니 제 거처로 돌아갈 수가 없었을 테다. 그래서 하루 종일 문 밖에 쪼그리고 앉아 있었던 모양이다.

'내가 너무 못되게 굴었나 봐.'

셰리는 속으로 작게 혀를 찼다. 그러나 금방 제 방으로 돌아갈 줄 알았던 토르는 멀뚱히 서 있기만 했다. 그것도 그녀를 빤히 바라보는 게 무슨 할 말이라도 있어 보였다.

"왜 그래?"

"아, 저어…… 저, 그러니까."

입을 빼끔거리며 말을 잇지 못하는 그를 가만히 마주 보았다. 그러자 토르의 뺨이 조금 붉어졌다. 이내 셰리에게 무언가를 내밀었다. 음, 그러니까 이건…….

"……!"

"가, 감사히 잘 썼습니다. 아, 수건은 비록 쓰기는 했지만 바로 빨아서 말렸습니다. 오늘 볕이 좋아서 금세 마르더군요."

아까 시녀에게 건네받았던 수건과 깨끗하게 씻은 듯한 물통이었다. 이걸 왜 자신에게 주는 건지…….

이해할 수가 없어 미간을 좁히던 그녀는 문득 떠오른 생각에 묘한 표정을 지었다. 아마 토르는 아까 그 메이드가 준 수건과 물통을 셰리가 보낸 것으로 생각한 모양이었다.

메이드가 정말로 셰리의 핑계를 대었는지, 아니면 토르 혼자 착각하여 그렇게 여긴 것인지는 모르겠다. 하지만 중요한 건 아까 그가 보였던 쑥스러운 듯한 미소가 그 여자에게 향한 것이 아니었다는 사실이다. 그 생각에 마치 찬물을 뒤집어쓴 듯한 기분이 셰리의 전신을 타고 흘러내렸다.

그렇다면 그녀가 지금까지 냈던 화는 참으로 부질없는 것이 되어 버린다. 셰리는 괜히 제 치맛자락을 구깃구깃 잡았다.

"그런데, 옷을 갈아입으셨습니까? 소리가 없어서 저는 주무시는 줄로만 알고……."

"으응?"

토르가 예리하게 그녀의 바뀐 옷을 알아챘다. 깜짝 놀라 드레스를 잡았던 손을 놓았다. 그러고 보니 지금 옷은 그 남자가 마련해 둔 것이 아니던가.

"아, 아니야. 그럼 계속 여기에 있었던 거야?"

"……예. 세탁을 위해 잠시 자리를 비웠을 때만 제외하면요."

그나저나 의외였다. 냉정하게 자신을 밀어내기만 하던 토르가 제 호의라 생각되는 것을 순순히 받아들이다니. 심지어 꽤 기뻐 보이던 걸 두 눈으로 목격까지 했다.

뭐, 토르에게 명백한 호감을 보였던 그 메이드에게는 좀 안된 일이다. 하지만 역시 이 호위 기사는 제 손에 넣어야겠다. 잠시 시큰둥했던 그녀의 호승심에 다시 불이 붙었다.

"오후 내내 여기에 있었다고? 지금은 거의 자정인데?"

"제 오후는…… 온전히 카셰이라 님을 위한 시간이 아닙니까. 그러니 당연히……."

고개를 옆으로 돌린 토르의 목소리가 점점 작아졌다. 셰리는 이제 새어 나오는 미소를 참기 어려웠다.

물통을 씻는 것은 그렇다 쳐도, 수건까지 바로 당일에 빨아 말려 오다니. 저 덩치에 쪼그려 앉아 수건을 빠는 토르를 상상만 해도 너무너무 귀엽게 느껴졌다. 거기다 햇볕 잘 드는 곳에서 손수 말려 왔다는 데까지 생각이

미치자 어쩐지 설레는 마음을 참을 수 없어졌다.

"맞아. 토르의 오후 시간은 전부 내 거니까."

"아니, 그게 아니라. 저는…… 호위를 맡은 시간을. 그러니까……."

토르의 목덜미가 시뻘겋게 달아올랐다. 그러더니 고개를 푹 숙이고 횡설수설하며 잔뜩 당황한 티를 냈다. 그의 난데없는 순진한 모습에 셰리는 다시 마음이 동하는 걸 느꼈다. 그녀의 입가에 진한 미소가 그려졌다.

"……."

그러자 여태껏 그런 그녀의 웃음은 본 적이 없었던 토르는 다시금 눈을 내리깔았다. 순간 먹먹해지는 기분이 들었다. 가슴 안쪽이 따끔따끔한 것 같기도 하고.

어딘가 요염해진 표정이 된 셰리가 느릿느릿 입을 열었다.

"내가 지금부터 목욕을 할 생각인데, 술을 마셔서 그런지 몸이 좀 나른하니까 혹시 너무 오랫동안 안 나오면 꼭 구하러 와 줘야 해, 응?"

토르가 움찔했다. 구하다니. 욕조에 있는 그녀를? 목욕은 옷을 입고 하는 게 아니지 않나. 자신이 무언가 잘못 알고 있나? 그러다 문득 떠오른 단어에 셰리의 가까이로 다가갔다.

"뭐, 뭐야."

"잠시만……."

고개를 그녀에게 대고 잠시 킁킁거렸다. 과연 희미한 알코올 향이 셰리에게 맴돌고 있었다. 토르는 드물게 인상을 찌푸렸다.

"그렇다면 목욕을 안 하시는 게 좋지 않겠습니까? 아니면 제가 지금이라도 시중들 이를 불러……."

그러나 토르의 말을 끝까지 들을 생각이 없는 셰리가 위로 고개를 쳐들었다. 그 바람에 토르의 얼굴과 그녀의 사이는 더욱 가까워졌다. 화들짝 놀라 뒤로 물러서기 직전, 셰리가 먼저 손가락으로 그의 팔을 가볍게 쓸었다. 그러자 토르는 크게 움찔했다.

"지금 시간도 늦었는데 자고 있을 그 애들이 불쌍하잖아. 그리고 토르라면 안심이고. 내 말이 틀려?"

스친 팔의 살갗이 타오르는 듯 뜨거워졌다. 게다가 다시 바라본 셰리는 어느새 순진무구한 눈망울을 내보이고 있었다. 그런 그녀와 제 팔을 번갈아가며 끔벅거리던 토르가 급히 고개를 끄덕였다.

"예, 예. 그건…… 그렇지만."

하여간 이 순진한 남자는 갈수록 골려 먹는 재미가 있다니까. 셰리가 훗, 하고 짧게 웃었다. 그러고는 드레스의 앞 단추를 똑똑 따 내려갔다. 토르의 얼굴이 삽시간에 붉어졌다.

"아, 저, 저……."

"내가 '지금' 목욕을 하겠다고 했잖아. 설마 토르, 여기서 내가 옷을 벗는 걸 보고 있을 셈이야?"

"아, 아, 아닙니다! 저, 저는 이만……."

토르가 빛보다 빠른 속도로 줄행랑쳤다. 그 모습에 셰리는 작게 쿡쿡 웃으면서 침실로 돌아갔다. 새하얀 몸을 타고 고급스러운 드레스가 흘러내렸다.

그럼, 우리 귀여운 동정남에게 뭐부터 하나씩 가르쳐 줄까?

* * *

첨벙 첨벙 첨벙-

셰리는 아까부터 일부러 다리를 들어서 물소리를 내었다. 구조상 토르의 방은 셰리가 쓰는 욕실과 한쪽 면이 붙어 있었다. 그러니 지금 이 소리가 예민한 청각을 가진 그에게 들리고 있을 게 분명했다. 혹여 응접실에 나와서 대기하고 있다고 해도 마찬가지일 테고.

잘생긴 얼굴을 발갛게 물들이며 온몸의 신경을 곤두세우고 있을 그를 생각하니 셰리는 자꾸만 쿡쿡 웃음이 새어 나왔다. 생각할수록 귀엽단 말이지.

"너무 놀리면 불쌍하니까 오늘은 여기까지만 할까?"

토르가 그녀보다 나이는 두 살이 많았다. 그러나 경험이 전무하다 보니 남녀 간의 문제에 있어서는 번번이 셰리에게 말려들기만 했다. 당연한 일이었다. 바람둥이로 명성이 자자했던 남자들조차도 그녀의 앞에서는 절절매기만 했으니까. 하물며 아직 가격표도 안 뗀 토르는 말할 필요도 없다.

"앞으로도 이렇게 귀엽게 굴면 조금 더 봐주지. 뭐."

욕실의 뜨거운 수증기로 셰리의 볼에 홍조가 어렸다. 따뜻한 물속에 푹 담근 몸은 금세 노곤해졌다. 그러다 그녀의 숨이 서서히 가빠지기 시작했다. 아닌 게 아니라 아까 마셨던 술기운이 다시 올라오는 모양이다. 한번 인지하자 머리가 핑 돌았다. 셰리는 고개를 옆으로 뉘인 채 중얼거렸다.

"……목말라."

그런데 아까 물을 어디다 두었더라. 흐려지는 정신을 차리기 위해 애를 썼다. 두 눈을 깜박이던 셰리는 그제야 물통과 컵을 욕실 문 밖에 내놓았다는 사실을 떠올렸다. 토르를 어떻게 골려 줄까, 거기에만 신경을 쓰느라 갖고 들어오는 것을 깜박했나 보다. 자꾸만 눈앞이 흐릿해지는 게 진짜로 기절할 것만 같았다. 결국 셰리는 큰 목소리로 그를 불렀다.

"토르! 토르!"

"무슨 일…… 있으십니까?"

마치 바로 앞에 대기하고 있었다는 듯 문 너머로 즉각 대답이 들려왔다. 그런 토르의 목소리에 몽롱한 와중에도 그녀는 만족스러운 미소를 지었다.

'아, 오늘은 정말 그만 놀리려고 했는데.'

하지만 그의 도움 없이 욕조 밖으로 나가기 어려운 상황이다. 금방이라도 탈진할 것 같아 셰리는 고개를 좌우로 흔들었다.

"거기 앞에 물 있지? 가지고 좀 들어와 줘. 나 쓰러질 것 같아."

"아……."

물통을 발견한 모양이었다. 하지만 이어지는 대답이 없었다. 아마 욕실 안으로 들어오기를 망설이고 있을 모습이 빤하게 그려졌다. 평소라면 실컷 놀리고 반응을 봤겠으나 지금은 실제 상황이었다. 정신이 혼미해진 셰리의 목소리가 자꾸만 끊어졌다.

"빠, 빨리. 나 진짜, 하아. 윽."

"……실례하겠습니다."

힘을 잃은 몸이 욕조 안으로 주르륵 미끄러졌다. 이윽고 삐걱 문이 열렸다. 청각이 뛰어난 그의 귀에 가쁜 숨소리가 들린 탓이다. 그러나 토르의 걸음엔 머뭇거림이 묻어 있었다.

"카셰이라 님?"

증기로 가득한 욕실 안의 욕조에 고개를 돌리지 않으려는 노력이 안쓰럽기까지 했다. 그의 목소리에 잠시 정신을 차린 셰리가 숨이 넘어갈 듯한 목소리로 새액거렸다. 그녀의 입술 근처까지 차오른 물이 찰랑거렸다.

"우읍. 토르, 토르. 빨리!"

"앗, 카셰이라 님!"

푹 데쳐진 시금치처럼 처져 있던 셰리가 더 깊이 가라앉았다. 결국 자그마한 머리가 물속으로 잠기고 말았다. 당황한 토르는 그제야 급히 물통을 들고 곁으로 다가왔다. 서둘러 셰리의 얼굴부터 건져냈다.

"으, 푸우."

그에겐 다행히도 입욕제를 푼 욕조 물은 뿌옜다. 게다가 말린 꽃잎이 띄워져 있어 아가씨의 알몸을 보는 불충만은 막을 수 있었다.

"하아, 흑. 무울……."

정말로 탈진하기 직전이었는지 셰리의 볼이 새빨갰다. 눈을 뜰 힘도 없는지 젖은 입술에서 가냘픈 숨만이 새어 나왔다. 다급한 광경에 토르가 서둘러 잔에 물을 따라 그녀의 입에 가져다 대었다.

"여기 물, 물부터 드시고."

"읍!"

그러나 불안정한 자세로 덜덜 떠는 토르의 손은 번번이 어긋나기만 했다. 주르륵─ 삼켜지지 못한 채 셰리의 입술과 턱을 따라 물이 그대로 흘러내렸다. 토르는 어쩔 줄 몰라 불안하게 눈만 굴렸다. 좀 더 안정적으로 물을 마시게 하려면 목 뒤가 아니라 몸을 받쳐야 하는데, 그러면…….

그때, 그런 그의 팔을 갑자기 셰리가 붙잡았다. 얼굴 위로 흐르기만 하는 차가운 물이 감질났다.

"힘이, 없어서, 못 마시겠어. 토르가 입으로……좀, 해 줘."

"네에? 아, 안 됩니다. 저, 절대 그럴 수는 없습니다!"

"토르으."

예상대로 토르는 펄쩍 뛰며 절대 불가를 외쳤다. 갈증이 극에 달한 셰리의 올리브색 눈에 못마땅한 기색이 어렸다. 한숨을 내쉰 그녀가 몸에서 힘을 뺐다. 기껏 그가 건져 놓은 얼굴이 다시 반쯤 물에 잠겼다.

"하……. 카셰이라 님."

어느새 토르의 얼굴도 잘 익은 토마토처럼 붉게 달아올라 있었다. 망설이며 괜히 주위를 두리번거렸다. 그러다 이내 결심한 듯 제 입에 찬물을 머금었다.

'정신 차려라, 톨체르. 이건 긴급한 상황이다. 결코, 결코 그런 게…….'

더운 습기 때문에 평소보다 빨갛게 부풀어 올라 윤이 나는 아가씨의 입술이 보였다. 스스로를 부단히 다그치고 또 다그쳤다. 하지만 숨결이 느껴질 만큼 가까이 갔음에도 선뜻 제 입술을 댈 수가 없었다. 그 순간이었다.

"윽?"

토르의 목을 셰리가 확 끌어당겼다. 그러고는 아무런 예고도 없이 둘의 입술이 맞닿았다. 갑작스러운 행동에 놀란 토르의 입술이 벌어졌다. 그 바람에 셰리는 물을 절반도 삼키지 못했다.

아쉬운 대로 그의 입술을 가볍게 훑으며 가늘게 눈을 떴다. 셰리는 조르는 듯한 목소리로 다시 한번 속삭였다. 탈진 직전이던 아까의 기색은 온데간데없었다.

"토르, 토르. 나아…… 목, 말라. 조금만 더, 응?"

"카셰이라 님……."

갑자기 벌어진 일련의 사태에 토르는 터질듯 얼굴을 붉혔다. 그러고는 뒤늦게 손을 들어 입을 가렸다. 지금, 지금 무슨 일이 일어난 거지? 난생처음으로 이성의 입술이 제 것에 닿은 건가. 그렇다면, 그렇다면 이게 바로 첫, 첫 입 맞…….

"흐, 으응. 아직 부족한데……."

당황으로 절여진 그의 뇌가 제대로 된 인식을 하기 전이었다. 셰리가 눈꺼풀을 과장되게 파르르 떨었다. 결국 토르는 눈을 질끈 감았다. 다시 물을 머금어 셰리의 입술에 제 입술을 가져다 대었다. 불행하게도 그는 짓궂은 빛을 담고 슬쩍 뜨인 셰리의 눈을 보지 못했다.

"아으, 하. 조금만 더어."

목이 마르다는 게 거짓말은 아니었다. 하지만 망설이는 토르를 재촉하기 위해 셰리는 일부러 다급한 척했다. 은근슬쩍 그의 목에 매달리는 것도 잊지 않았다. 떨리는 그의 입술이 물에 젖어 매끈매끈한 느낌 그대로 와 닿았다.

"아……."

그녀의 입술에 착 달라붙는 게 야릇하게 설렜다. 이 와중에도 이 바보 같은 남자는 저보다 입이 작은 셰리를 배려하는 모양이었다. 한 번에 쏟아내지 않고 물줄기가 천천히 흘러 들어왔다. 감질난 셰리는 그의 아랫입술을 쪽 하고 빨아 당겼다.

"윽, 카셰이라 님!"

"토르."

아랫입술에 가해진 갑작스러운 자극 때문에 토르는 끝내 견디지 못했다.

온전히 전달하지 못한 물이 또다시 셰리의 턱을 타고 흘렀다. 그 모습이 지독하게 유혹적이라 토르는 저도 모르게 신음을 내뱉었다.

그녀와 거리를 띄우자 이번에는 이미 반쯤 흐려진 올리브색 눈동자가 시선을 사로잡았다. 게다가 틀어 올렸음에도 물기에 젖어 그녀의 붉은 머리카락이 흘러내려 있었다. 그중 몇 가닥은 흰 피부에 달라붙어 그의 시각을 끊임없이 자극했다. 도저히 제정신으로 목도하기 힘든 광경이었다. 그는 잠시 눈을 감고 날뛰는 가슴을 진정시키려 무진 애를 썼다.

'이건 긴급…… 긴급 상황이다.'

다시 눈을 떴다. 하지만 제 음탕한 눈이 이미 통제를 벗어난 듯했다. 입가와 턱을 거쳐 쇄골까지 흐르는 물줄기를 멋대로 발견해 버렸다. 본능적으로 더 아래로 향하려는 시선에 헛숨을 들이켰다.

'저 물줄기 안에 미량이어도 내 것이 섞여 흐르는 건가? 아, 아니야. 안 돼. 제발 그만.'

설상가상으로 미친 생각까지 들었다. 이제는 온몸이 불에 덴 듯 뜨겁게 달아올랐다. 끝없는 충동과 자기 번민으로 토르의 목이 뻣뻣하게 굳었다.

"토르……."

그걸 놓칠 리 없는 셰리는 다시 팔에 힘을 주었다. 이미 부풀어 오를 대로 붉게 부풀어 오른 제 아랫입술을 느릿하게 훑었다. 그의 손에 들린 물 잔에 흘깃 시선을 주었다. 다시 물을 먹여 달라는 의미였다.

그 눈짓을 토르도 모르는 바는 아니었다. 하지만 이미 제 입술은 물론이고 어느새 아랫도리도 불편할 만큼 달아오른 지 오래였다. 아까와는 또 다른 망설임이 들었다.

"토르는, 내가 이대로, 쓰러져 버리길, 하아, 바라는 거야?"

"그, 그건 아닙니다만……."

그의 보랏빛 눈동자가 곤란함으로 짙어졌다.

아가씨의 집요한 시선이 제 입술에 닿는걸 알았다. 아마 계속 입을 맞대길 원하시는 거겠지. 하지만 지금 이 상황을 누군가 보기라도 한다면…….

탈진한 아가씨께 물을 마시게 해 드리려고 입을 맞췄다?

자신이라도 곧이곧대로 믿지 못할 핑계다. 누군가 사실이냐고 물어 온다고 해도 다른 흑심이 없었다고 말할 수 있을까. 자신이 한 행동이 정말 순수하게 호위로서의 충심일 뿐이었나? 글쎄. 이미 제 몸부터가 불경하게도 그다음을 기대하고 있는데…….

'하지만, 안 돼. 난, 나는…… 자격이 없어.'

셰리를 향한 번민으로 가득 차 급기야 토르는 스스로를 비하하기 시작했다. 그의 불쌍한 아랫입술이 자근자근 씹혔다. 차마 제 입으로 먼저 이야기를 꺼내 본 적은 없다. 하지만 아가씨라면 제 과거에 대해 이미 알고 계실 테다.

같은 귀족이라고 해도 셰리와 자신은 태생부터 그 처지가 달랐다. '사생아'라는 단어가 그의 가슴에 콕, 하고 박혀 빠지지 않았다.

* * *

불과 몇 년 전까지 토르는 사생아 취급을 받으며 몸을 낮추고 살아왔다. 비록 어머니가 뒤늦게라도 후처로 인정받았다 한들 과거가 사라지는 건 아니었으니까.

하지만 토르는 날 때부터 눈에 띄는 외모와 체격에 백작가 대대로 내려오는 청록빛 머리카락을 지녔다. 거기다 어려서부터 검술에 두각을 나타냈다. 그래서인지 몰라도 나이 차이가 많이 나는 배다른 다섯 형들은 어린 그에게 끈질기게 관심을 보였다.

변경을 지키는 베거티 백작가의 남자들은 다들 키가 아주 컸다. 안 그래도 주눅 들었던 아이다. 둘러싸이는 것만으로도 공포였다.

'이야, 얘가 우리 동생이라고?'

'누가 봐도 형 아들인 줄 알겠는데?'

'……'

부모의 사랑이 부족하진 않았다. 그러나 토르는 과묵한 겉모습에 비해 눈치가 빠르고 생각이 많았다. 아무리 어미와 아비인 백작이 어여쁘다 보듬어 줘도 일찍 철이 들어 버렸다.

사생아를 낳았다는 세간의 수군거림에도 어머니는 굴하지 않았다. 한결같이 자신을 사랑해 주는 어머니를 위해 토르는 백작가 영식으로서 대부분의 권리를 포기했다. 가족들 모두 뒤늦게 만류했지만 그는 제 '주제'를 빨리 파악했으니까.

다섯 형님들은 다행히 어머니를 박대하지 않았다. 그러나 그 형님들과 연을 맺은 형수님들, 그리고 그 가문에서는 결코 어머니가 곱게 보이지 않았을 터. 형제 중 가장 베거티다운 아들을 낳았으니 당연한 일이었다.

'베거티 백작이 늘그막에 후처를 얻었다고? 사별한 지 한참 되지 않았나.'

'새파랗게 어린 영애라던데. 장남보다도 두 살이나 어리고.'

'나도 그 이야기 들었네. 안 그래도 아들을 낳았어. 심지어 초대 베거티 백작과 꼭 닮았다고 하더군.'

'이런, 뒤늦게 계승권 다툼이라도 벌어지려나. 그러게 왜 쓸데없이 애를 낳아서 분란을 일으켜?'

그러니 자신만 포기하면 된다. 그러면 그저 후처일 뿐인 어머니는 건드리지 않겠지. 그런 마음에서 기인한 결심이었다. 거기다 다른 이들이 그들 모자를 향해 속닥이는 악의 어린 말들로부터도 도망치고 싶었다.

계승권은 어차피 어머니가 정실로 인정받더라도 후순위로 한참 밀리게 된다. 그렇기에 포기하는 데에 일말의 망설임도 없었다.

[제 앞으로 된 모든 상속 재산과 계승권을 영구히 포기하겠습니다. 그동안 감사했습니다. 어머니를 잘 부탁드립니다. ……아버지.]

열여섯의 토르에게는 그저 다섯 형들의 관심과 다른 이들의 시야에서 빨리 벗어나고 싶은 마음뿐이었다.

그렇게 토르는 그대로 저택을 나와 정식으로 기사 수련을 시작하게 되었다. 하지만 출중한 기량에도 불구하고 다른 가문이 선뜻 데려가기엔 애매한 신분이 그의 발목을 잡았다. 그러던 차에 셰리의 아버지, 미하르쉘 후작이 그를 찾아왔다.

"네가 톨체르 베거티구나. 우리 미하르쉘 후작가의 기사가 되지 않으련?"

동부에서 가장 부유하고 영향력이 큰 대귀족 가문이었다. 모두가 선망하는 후작가의 기사가 된 지 어언 6년째였다.

당시 개국 공신 명문가라는 위치와 제국에서 둘째가라면 서러울 정도로 넘치는 재력보다도 후작가를 유명하게 했던 것이 있었다. 그건 후계자인 영애에 대한 세간의 기대였다. 겨우 열넷밖에 되지 않은 어린 나이임에도 명석한 두뇌와 빠르고 과감한 판단력, 성녀의 핏줄을 이었다는 고귀한 태생에도 오만하지 않은 훌륭한 인품까지.

'오죽하면 친어미도 아닌 공작 부인께서 제 아들보다 품에 끼고 도시겠어요.'

'폐하께서 가장 아끼는 황녀인 공작 부인의 총애라니, 사교계에 데뷔하실 날이 기대되네요.'

사실 영애에 대해 제일 많이 회자되는 건 태어나자마자 여읜 후작 부인을 쏙 빼닮은 외모였다. 그녀의 뒤를 이어 제국 최고의 꽃이 될 것임은 이미 공공연한 이야기이기도 했다.

'저분이야. 넌 공녀님을 처음 뵙는 거지?'

'아……'

그런 미래의 주군을 스치듯 뵈었던 기사 수련생 시절을 토르는 똑똑히 기억했다. 어찌 잊을 수 있을까.

최초의 만남에서부터 그는 선배가 제 옆구리를 쿡쿡 찌르며 불러도 알아채지 못할 정도로 넋이 나가 있었다. 가능한 오래오래, 할 수 있는 만큼 두 눈에 아가씨를 담아 버렸다.

누가 보아도 첫눈에 반한 것이 자명했다. 하지만 그것을 인정하는 건 또 다른 문제였다. 그래서 그는 기를 쓰며 회피했다. 제 처지에 감히 귀족 영애를 탐하기는커녕 평민 여성에게조차 썩 선호되는 신랑감은 되지 못할 것이라고 여겼기 때문이었다. 그만큼 그 당시의 토르는 자존감이 낮은 소년이었다.

어차피 그 후로도 그녀를 볼 기회는 기껏해야 일 년에 한 번 있을까 말까 했다. 하지만 찰나의 순간들만 내내 곱씹으면서 홀로 설레는 것만으로도 족했다. 신께 맹세코 분수에 맞지 않게 그녀를 욕심낸 적은 단 한 번도 없었다. 지위도 지위였거니와 이미 그녀를 처음 보았을 때부터 셰리에게는 오래된 혼약자가 있었기 때문이었다.

'이번에는 에드윈 공자님도 함께 오신다면서?'

'그럼 두 분은 언제 혼인하시는 거래?'

자신과 동갑이며 그 유명한 린데카이르 공작가의 후계인 에드윈 공자. 황제 폐하께서 가장 귀애하는 여동생의 외동아들이라고 했다. 과거 성녀의 미들네임을 물려받은 셰리 역시 황녀에 준하는 대우를 받고 있었기에 황족을 제외하면 가장 고귀한 두 귀족 자제의 결합이었다.

그녀가 열여섯 살 때였던가, 열일곱 살 때였던가. 토르는 딱 한 번 둘이 같이 있는 모습을 본 적이 있었다. 말 그대로 선남선녀의 조합이라 저도 모르게 탄성을 내질렀던 것을 기억한다.

공자는 차갑고 무뚝뚝한 데다가 가차 없는 성격이라고 들었다. 그런데 공녀님과 함께 있을 때만큼은 부드러워 보였다. 그래서 토르는 그녀가 조금 더 나이가 차면 공자와 당연히 결혼식을 올릴 것이라 생각했다.

제대로 한번 존재를 인정받지도 못한 외사랑이 그대로 짓밟혀 피를 철철 흘렸다. 하지만 토르는 그때도 제 심장의 비명을 애써 무시했다.

'어차피 이루어질 수 있는 것도 아니잖아. 늘 그렇듯 시작하지 않으면 돼.'

그렇게 피어 보지도 못한 채 가여운 소년의 짝사랑은 산산조각이 났다. 물론 그와 별개로 제국의 모든 이들이 두 남녀의 행복한 결말을 믿어 의심치 않았다. 아가씨가 열여덟 살이 되던 해에 갑작스레 그 둘의 약혼이 깨어지기 전까지는 말이다.

'들었어? 린데카이르 공작가랑 미하르쉘 후작가 말이야…….'

'정말 파혼이라고? 설마설마했는데.'

제국 내에서 가장 기대를 한 몸에 받았던 커플이 파국을 맞았다. 그는 물론이고 전 제국민들을 충격에 빠지게 하기에 충분했다. 곧 소공작으로 인정받을 예정이었던 공자의 파혼 사유는 외동아들인 그가 후작가의 데릴사위가 될 수 없다는 것.

후작 부인을 먼저 보낸 후 재혼을 하지 않겠다는 후작의 의지가 너무나 확고했다. 그렇기에 셰리는 데릴사위를 들여 저 자신이 작위를 물려받아야만 하는 상황이었다. 공작가에서도 자식이라고는 에드윈 공자 하나뿐이었기에 이를 내줄 수 없는 것은 당연한 일. 결국 둘의 파혼은 빠르게 진행되었고 모두들 안타까워했지만 어쩔 수 없는 일이라 여겼다.

그 후 한동안 그녀가 몸이 좋지 않아 외가인 공국의 한적한 곳으로 요양을 갔다는 이야기를 들은 게 다였다. 약혼자와 함께한 세월이 길었으니 파혼으로 생긴 마음의 상처를 달래러 간 것이었으리라. 그러나 반년도 되지 않아 그녀는 후작가로 돌아왔고, 다시금 생기발랄한 예전의 모습을 되찾았다고 했다.

'아……. 돌아오셨구나.'

토르는 그 소식을 듣고 참으로 다행이라는 생각을 했다. 그녀와 이야기를 나눠 보기는커녕 눈을 마주친 적도 없는 데다 얼굴을 본 것도 손가락으로 꼽을 정도였다. 하지만 저도 모르게 안도했다. 그러면서 다음에는 그녀를 도와 후작가의 영광을 이어 갈 좋은 남자를 만나 행복해지길 빌었다.

어차피 자신이야 후작위가 아가씨에게 넘어가 정식으로 인사드릴 때까지는 만날 일이 그다지 없을 것이라고 여겼으니까.

'친한 사람들은 다들 날 '셰리'라 불러. 으음, 토르 경도 날 그렇게 불러 줬으면 좋겠는데…….'

'당치 않습니다, 카셰라 님. 그리고 '톨체르'라 불러 주시는 것이 더 편합니다.'

그런데 갑작스러운 한스 경의 추천으로 공녀의 호위 기사가 된 지 어언 두 달 남짓. 그사이 곁에서 지켜본 그녀는 자신이 생각했던 것과는 조금 다른 분이셨다.

'토르는 귀족 영애의 호위 기사가 맡은 임무에 대해 알고 있어?'

'아가씨를 위험으로부터 안전하게…….'

'아니, 아니. 그런 거 말고! '밤'에 관한 거라든지 말이야. 한스 경이 말 안 해 줬어?'

'……?'

잘 웃고 밝은 것은 원래도 보고 들어 알고 있었다. 허나 워낙에 명석하기로 유명하여 이렇게 아이 같은 면이 있으신 분인 줄을 꿈에도 몰랐다. 거기다 종종 심장이 내려앉을 만큼 매혹적인 표정을 짓기도 하셨다. 그때마다 토르는 제 눈이 잘못된 것이라며 애써 삿된 마음을 억눌렀다.

하지만 '밤'에 관한 것이라니……. 그는 정말로 그에 대해 들은 바가 없었다.

전임 호위였던 한스 경이 했던 당부 중 가장 중요한 건 '업무가 과중한 아가씨의 심기를 거스르지 말라'는 것이었다. 그리고 가신들과 영지민들 앞에서는 후계자로서 위엄을 잃지 않으려는 노력의 반작용으로 최측근에게는 일반적인 수준 이상의 '친근함'을 표시하시니 절대 착각해서는 안 된다고 강조하고 또 강조했다.

거기다 대대로 후작가에서 일해 온 집사장께서도 어떤 경우에도 아가씨께 충심 이상의 것을 품어서는 안 된다고 누누이 주의를 주셨다. 그게 다였다.

그래서 토르는 셰리의 말이 무슨 의미였는지 뒤늦게야 깨달았다. 하지만 알았다고 해서 변하는 건 없었다.

"저, 선배님."

"이게 누구야, 우리 '토르' 경 아니신가."

"……안녕하십니까."

건장한 그의 어깨를 토닥이며 반가워하는 선배 기사의 말에 토르의 한쪽 눈썹이 미세하게 꿈틀거렸다. 평소대로라면 저를 놀리느라 농담 삼아 불렀을 애칭이라는 걸 안다. 하지만 다른 것도 아닌 아가씨께서 지어 주신 애칭이다. 그렇게 '토르'라는 애칭에는 조금 특별한 의미가 섞여 버렸다. 정작 아가씨께는 그 애칭을 허락하지 않고 있으면서.

원래는 새로운 애칭이 커다란 덩치나 딱딱한 본래의 이름과는 어울리지 않는다고 생각했을 뿐이었다. 그러나 어쩐지 셰리 님의 맑은 목소리로 듣는 애칭은 그것 나름대로 꽤 기꺼워서…….

아, 이게 아니지.

퍼뜩 정신을 차린 토르가 가볍게 머리를 흔들어 상념을 털어내었다.

"그래, 이 시간에 무슨 일이야."

"제가 하나 여쭈어도 되겠습니까."

선배 기사가 긍정의 표시로 어깨를 으쓱였다. 그러자 토르는 여전히 망설이는 기색으로 천천히 입을 열었다.

"선배님은 보통의 영애들과 호위 기사의 '밤' 관계에 대해…… 알고, 계십니까."

혹여나 누가 들을세라 주위를 살피며 은밀하게 목소리를 낮추었다. 그리고 그 순간, 장난기 어린 미소를 내내 유지하던 선배 기사의 얼굴에서 웃음기가 싹 사라졌다. 방금 물음으로 토르가 머뭇거린 이유를 알아채서였다.

"안 돼."

확연히 달라진 어조와 단호한 대답에 토르의 고개가 선배 기사를 향했다.

늘 흔들림 없던 보랏빛 눈동자가 당혹으로 물들어 가는 과정이 적나라하게 드러났다.

"예?"

"셰리 님은 안 된다고."

웬만해서는 당황하는 법이 없는 토르가 저도 모르게 그의 앞으로 한 발짝 다가섰다.

"아, 아닙니다. 감히 제가 삿된 마음을 먹거나 한 게 아니라……."

그리고 더듬거리면서도 필사적으로 내뱉은 말은 끝까지 이어지지 못했다. 선배 기사가 들어 올린 손에 막혀 뭉텅 잘려 나갔기 때문이었다.

"누가 경의 감정을 물은 줄 아나? 아가씨께서 원하신다고 해도 안 된다는 말이야."

"……."

격하게 흔들리기 시작한 두 눈을 숨기려 다시 고개를 숙인 토르는 슬며시 입 안의 살을 사리물었다. 그리고 그 모습을 바라보는 선배 기사, 제이드는 미간을 있는 대로 찌푸렸다.

'이런, 정말 한스 경의 말대로군.'

토르의 전임자인 한스 경이 떠나면서 그에게 남기고 간 말이 있었다. 처음 그 말을 들었을 땐 무슨 헛소리인가 싶었는데……. 제이드의 음성이 진검 수련 때처럼 날카로워졌다.

"일단 전제부터가 틀렸어. 셰리 님은 보통의 '영애'들과 같지 않으시니까."

본관으로 복귀하는 토르의 힘없는 발걸음 사이로 선배의 조언이 섞여 들었다.

'아가씨의 나이가 스물이니 그런 쪽으로 충분히 관심을 가지실 수도 있지.'

'그런 경우에도 보통은 어느 정도 능숙한 기사가 영애들의 '유희'를 도와주는 일에 불과해.'

'그런데, 경은 감당할 수 있냐는 말이네.'

감당……이라니.

토르는 그 말조차 감당할 수 없었다. 제이드는 에둘러 말하지 않고 직설적으로 경고했다.

'피임차가 있다고 해도 드물게 그게 듣지 않는 경우도 있다고 하니까. 하지만 경은 알아볼 기회도 없었겠지.'

'그건…….'

'그것도 아니라면 조절할 수는 있나?'

그 조절이라는 게 무엇을 의미하는지는 어렴풋하게 짐작할 수 있었다. 하지만 아직 한 번의 경험도 없는 토르로서는 쉬이 대답할 수 없는 문제였다.

'몇 번, 아니, 한두 번만 경험해 보면 저도 어느 정도는 능숙하게…….'

'그러니 내가 감당할 수 있냐고 물은 거야. 그러다가 사생아라도 생기면 경이 감당할 수 있겠느냐고.'

사생아라는 말에 토르의 얼굴이 하얗게 질렸다. 제이드 경이 의도한 건 아니었겠으나 그에겐 역린과도 같은 단어였으니까.

'명심해, '토르' 경. 셰리 님의 후계 문제는 우리 제국과 공국까지 연관된 사안이라는걸.'

알다마다. 린데카이르 공작가와의 혼담도 그 이유로 깨어졌는데.

그러나 아가씨께서 자신을 호위로 들인 이유를 알게 된 후, 그의 마음은 늘 격랑이라도 맞은 듯 속절없이 흔들렸다. 저를 가까이서 올려다보는 아름다운 눈망울과 마주하면 머릿속이 하얗게 타들어 갔다. 그뿐일까.

충고를 빙자한 경고들이 헛되게도 앳된 얼굴과는 다르게 발육 상태가 좋은 몸매는 자꾸만 시야 안에 끈질기게 박혀 들어 왔다. 애써 외면하려는 노력이 부질없게 느껴지는 순간들이 한둘이 아니었다.

여태 여자라고는 일절 생각하지도 않으며 검술을 갈고 닦는 데만 힘써 온

삶에 만족했는데…… 언젠가부터는 혼자 있거나 조금 여유가 생기면 자꾸 당치 않은 망상이 떠오르는 것이 너무도 괴로웠다.

"이 미친놈……."

앞으로 후작가를 이끌어 나가실 후계자인 금지옥엽 아가씨를 상대로 더러운 상상을 하는 자신을 죽이고 싶어질 때가 한두 번이 아니었다. 그녀의 다정한 한마디에 밤잠을 설치는 일도 허다했다. 그래서 더 이상 공녀님이 마음에 들어오지 못하도록 시종일관 정중한 태도를 유지했다. 필요 이상의 친밀함이 생성되지 않게 노력해야 했다.

하지만 허락지도 않은 특이한 애칭을 끊임없이 고집하며 마음대로 자신의 심장을 쥐었다, 놓았다 하는 공녀님의 행동만은 막지 못했다. 유난히 그녀의 손길을 많이 탔던 어제는…….

토르는 그 순간만 생각하면 다시 눈앞이 캄캄해졌다. 도무지 잠잠해질 기색을 보이지 않는 제 분신을 달래느라 얼마나 많은 시간을 허비했는지 모른다.

* * *

"내가 탈진해서 쓰러지길 바라는 게 아니면 도대체 뭔데."

"카셰이라 님……."

그런데 하루도 지나지 않은 시점에서 이런 상황이라니……. 아무리 탈진 직전인 아가씨를 위한 수분 보충 차원이라고는 해도 다른 쪽으로 의식이 되는 것은 어쩔 수가 없었다.

단지 입술과 입술의 겹침이건만 온몸의 털이 쭈뼛 서는 듯한 이 보드라움은 도대체 어디서 오는 것일까.

사실 여자와의 입맞춤이 처음이지만 그 순간을 강탈당해서 아쉽다거나 불만이라는 생각은 추호도 하지 않았다. 제가 뭐 그리 귀한 몸이라고 그런 사소한 문제에 일희일비하겠는가.

하지만 제이드 경이 했던 말과 일전에 단 한 번 보았을 뿐인 에드윈 공자의 모습이 다시금 떠올랐다. 감히 저 같은 호위 기사 따위가 그녀에게 닿는다는 것이 용납이 되겠는가 말이다.

지금도 그를 채근하는 본능에 따르자면 당장이라도 입술뿐 아니라 그녀에게 덤벼들어 못된 짓을 할 것만 같았다. 하지만 스물두 해 간 그를 지탱해 온 이성은 더 이상은 공녀님을 원해서는 안 된다며 질책하고 있었다. 이런 토르의 괴로운 마음을 알지도 못하는지, 아가씨는 계속해서 예의 그 사람 미치게 만드는 눈빛으로 재촉하기만 했다.

"어찌 제가 감히, 안 됩니다."

"토르, 토르는 내게 주제넘게 손을 대는 게 아니야. 이건 입맞춤이 아니라 목이 마른 나에게 호위 기사인 토르가 물을 먹여 주는 거라구. 자아, 어서……."

꿀물처럼 달콤하고 유혹적인 목소리가 그의 귓가에서 살랑거렸다. 거기다 욕실 안이라 목소리가 울려서 더욱 그를 혼란스럽게 했다. 이미 그녀에게 설득당해 반쯤 넘어가 버린 토르는 셰리가 아까처럼 숨을 헐떡이지 않는다는 사실도 놓치고 말았다.

'그래. 아가씨의 말대로 이건 내가 주제넘게 욕심내는 게 아닌 거야.'

어서, 라며 나긋하게 그를 부르는 공녀님의 목소리에 토르는 물 잔을 들고 제 입 안에 물을 가득 채웠다. 자신이 그녀에게 손을 대는 것이 아니라며 끝없이 저 자신을 안심시키면서.

"읍."

"아, 하으."

이제는 대놓고 그의 목을 한껏 끌어안은 셰리가 입술을 통해 넘어오는 물을 마셨다. 뜨거운 입술과는 다르게 입 안의 물은 차가워서 그런지 굉장히 자극적이었다. 사내 입술이라고는 믿지 않을 정도로 부드럽고 촉촉했다.

그녀의 입 안으로 물을 다 전달했는지 토르는 곧바로 얼굴을 떼어 내려 들었다. 그런 그에게 셰리가 목에 건 팔을 풀지 않으며 칭얼거렸다. 그 모습은 토르의 굳건한 이성을 느슨하게 만들기에 충분했다.

"아직 부족해…… 더, 더 줘."

"……예."

토르가 고분고분하게 다시 물 잔으로 입 안을 채웠다. 아까 셰리가 했던 말 때문인지, 이미 한번 해 본 과정이라서 그런지 이제는 망설이지 않았다. 만족스럽게 시중을 즐기던 그녀가 팔에 힘을 주어 그를 끌어당겼다.

"하아, 흐."

"으읍."

그렇게 입으로 물을 세 잔이나 비웠다. 토르의 것인지 그녀의 것인지 모를 숨소리가 처음보다 훨씬 거칠어져 있었다. 셰리는 감질나는 기분을 더는 참을 수가 없었다. 지금까지는 지나친 자극에 그가 뿌리치고 도망갈까 싶어 얌전히 있었을 뿐이다.

"으응."

천천히 물이 흘러 들어왔다. 받아들이며 다시 한번 그의 아랫입술을 쪽 소리 나게 빨아 당겼다. 놀란 그가 움찔하는 게 그대로 느껴졌다. 하지만 셰리는 거기까지 예상하고 이미 단단하게 매달린 채였다. 이번만큼은 쉽게 놓아주기 싫었다.

"아직 모자라. 토르 입 안에 남은 것까지 다, 줘."

"……카셰이라 님."

예쁜 보라색 눈동자가 탁하게 흐려졌다. 그 안에 간절한 애원의 빛이 깃든 걸 알았다. 하지만 셰리는 모른 척 무시했다. 오히려 혀를 사용해 그의 입 안으로 침입을 시도했다. 잠시 흠칫하던 그가 이내 체념한 듯 입술을 벌렸다. 그러자 그녀의 혀가 입술 안쪽부터 시작해 위아래를 살살 훑어 들어 가기 시작했다.

"훗, 으읍!"

입 안의 모든 물기를 빨아들이려고 작정이라도 한 것 같았다. 끊임없이 제 입술을 가만두지 않는 셰리 때문에 토르의 이마는 형편없이 찌푸려졌다. 게다가 제 분신은 쭈그려 앉아 있기가 버거울 만큼 팽창한 상태였다.

불편한 자세 따윈 이제 아무래도 좋았다. 점점 더 진한 키스가 이어졌다. 급기야 그의 혀를 붙잡고 셰리가 제 입 안으로 힘껏 빨아 당기기까지 했다. 결국 견디지 못한 토르가 그녀의 어깨를 잡았다. 내내 맞닿아 있던 입술이 겨우 떨어졌다.

셰리는 불만스러운 얼굴로 토르를 응시했다. 잘 하다가 왜 갑자기 뻗댄담?

"토르, 싫어?"

"아니, 저. 자세가 불편해서."

죽었으면 죽었지, 제 아랫도리가 뻐근해서 그렇다는 말은 못한다. 토르는 그렇게 얼굴만 붉혔다. 셰리가 눈을 가늘게 좁힌 채 뜯어보듯 바라봤다. 이 윽고 단단한 목에 걸고 있던 팔을 풀어 그를 향해 벌렸다.

"그런 거라면 토르가 욕조 안으로 들어오면 되잖아."

"네? 그, 그건 절대 안 됩니다. 저, 저는……."

잔뜩 당황해서 버벅이며 토르의 얼굴이 달아올랐다. 셰리는 조금 토라진 표정으로 새침하게 입을 열었다.

"그럼, 내가 욕조 밖으로 나갈까?"

"앗, 저, 그건!"

어떻게 할 거냐는 물음이 올리브색 말간 눈동자에 가득 담겨 있었다. 토르는 백기를 들었다.

'이 상태에서 카셰이라 님의 나신을 보느니, 차라리…… 내가 욕조에 들어가는 편이 나아.'

물론 선택지는 두 개만 존재하지 않았다. 두 가지 모두 거절한 채 욕실을 나가 버릴 수도 있다. 그러나 이미 토르는 정상적인 사고를 할 수 있는 상태가 아니었다. 다행히 후작가의 욕조는 넓었다. 덩치 큰 토르가 안에 들어간다 해도 무리는 없어 보였다. 일반 욕조보다 크다는 점이 그의 망설임을 희석시켜 주었다.

토르는 바지의 밑단을 걷으며 조심스레 욕조 안으로 들어왔다. 셰리가 그에게 손을 내밀었다. 얼떨결에 그녀의 손 위에 제 손을 얹고 말았다. 그 다음은 순식간이었다. 셰리에게 팔이 잡혀 욕조에 주저앉았다.

"……!"

겨우 정신을 차려 보니 그의 눈앞에는 어느새 셰리의 얼굴이 가까이 다가와 있었다. 가득 찬 욕조 안의 물이 간신히 봉긋한 윗가슴께에서 찰랑댔다. 아가씨의 맨가슴을 보는 사태만은 피했지만 안심하긴 일렀다. 곧이어 그의 입술에는 셰리가 가볍게 닿아왔다. 토르는 아예 눈을 질끈 감아 버렸다.

"큭!"

그의 어깨가 강하게 잡혔다. 셰리는 입술만을 천천히 부비며 토르를 탐색했다. 그러고는 더 이상 저항하지 않는 모습에 회심의 미소를 지었다. 한껏 굳은 목 뒤로 팔을 둘러 깊게 껴안는 움직임엔 한 치의 망설임도 없었다.

그녀의 맨가슴이 젖은 셔츠 한 장 위로 고스란히 닿았다. 놀란 그의 눈이 커다랗게 뜨이는 찰나, 셰리의 혀가 토르의 입 안으로 다시금 파고들었다.

"음, 읍!"

마치 혀 자체가 살아 있는 생물 같았다. 그의 입 안을 구석구석 더듬다가 굳은 혀 주위를 구슬 굴리듯 간질거리기 시작했다. 아까보다 더 최악이었다. 앞으로는 알몸인 셰리에게 밀착당한 데다가 물러나도 욕조 안일 뿐이다. 이런 직접적인 성적 자극 자체가 처음인 토르의 몸이 부들부들 떨려 왔다.

"하아, 읍, 웃……."

계속해서 그의 혀가 가볍게 문질러졌다. 이내 옆의 점막을 쿡쿡 찌르던 작은 살덩이는 다시 입가로 옮겨 가며 빠져 나왔다. 그제야 토르는 참았던 숨을 들이켰다. 그러나 그의 불행은 여기서 끝나지 않았다.

말랑말랑하고 축축한 무언가가 벌어진 그의 한쪽 입가를 감질나게 간질였다. 셰리는 반대쪽 입가도 자극하는 걸 잊지 않았다. 끊임없는 그녀의 자극에 토르의 가슴이 거칠게 오르락내리락했다. 평소에는 냉랭하게 굳어 있기만 했던 그의 보랏빛 눈동자가 서서히 이지(理智)를 상실했다. 셰리는 그에게 도무지 쉴 틈을 주지 않았다. 기다렸다는 듯 다시 그녀의 혀로 토르의 혀를 잡아끌기를 반복했다.

"흡, 윽!"

"아, 하아……."

입 안에 고여만 있던 토르의 타액이 셰리의 목구멍을 타고 꼴깍 넘어갔다. 이제 그는 난생 처음 겪어 보는 흥분을 감당하지 못해 작은 경련마저 일으켰다. 드디어 제 입술을 뗀 셰리가 탄탄하게 잘빠진 허벅지 위에 걸터앉았다.

"흐읍, 흐. 으윽!"

"괜찮아. 천천히 숨 쉬어."

제대로 숨도 못 쉴 정도로 흥분한 주제에 토르는 아직 이성의 끈을 놓지 못한 듯했다. 여전히 셰리의 몸에는 손가락 하나도 못 대고 헐떡였다. 결국 셰리가 그의 팔을 들어 제 등을 감싸게 했다.

"아……. 카, 카셰이라 님."

떨리는 손으로 토르가 셰리의 등을 껴안았다. 그러자 둘의 몸이 자연스럽게 밀착되어 서로의 아랫도리가 음탕하게 맞닿았다.

"아훗."

"흡."

제 남성에 가해진 자극에 토르는 또다시 어찌할 바를 모르고 떨어댔다. 그러나 이번만큼은 셰리 역시 놀라고 말았다.

'뭐, 뭐야. 왜 이렇게 커? 아직 바지랑 속옷에 눌려 있는 거 아니었어? 이런데도 어떻게 참는 거야.'

엄청난 부피감이었다. 한스가 그의 물건이 크다고 했을 때도 이 정도일 줄은 몰랐다. 하지만 그 위에 앉아 직접 느껴 보는 양감은 엄청나게 뜨겁고 묵직했다.

동정이라서 그런 걸까. 아니면 아직도 호위 기사의 그 대단한 이성이 그를 지키고 있는 걸까. 토르는 가만히 셰리의 어깨에 고개를 파묻고 몸을 간헐적으로 떨고 있을 뿐이었다. 정말로 그녀가 처음부터 끝까지 가르쳐 줘야 하는 건가. 아니, 그보다 여기서 그대로 삼켜 버릴까 말까부터 결정해야 하나.

"으음……."

셰리가 침음을 내며 드물게 망설였다. 안 그래도 제 체구는 작은 편인데 과연 그의 것이 들어갈 수나 있을까. 가늠하듯 다시 한번 그의 물건을 스쳤다. 그러자 전기에라도 감전된 것처럼 토르는 부르르 거세게 몸을 떨었다. 그대로 셰리를 밀친 그가 그대로 욕조에서 일어섰다.

"하아, 하아…… 죄, 죄송합니다. 저, 전 이, 이대로는 도저히……."

"자, 잠깐! 어, 어어?"

붙잡으려던 셰리의 손이 허공에서 맴돌았다. 그도 그렇게 젖은 바지 위로 드러난 토르의 적나라한 윤곽을 목격해서다. 이번엔 음영 따위가 아니었다. 바로 눈앞에서 보니 생각보다 더 대단해 할 말을 잃었다. 압박하고 있는 속옷과 바지를 벗겨 내면 얼마나 더 큰 것이 나오려고…….

여태껏 그녀는 토르의 저항을 예상 가능한 범위 내에서 차단해 나가며 자연스럽게 다음 단계로 이끌어 왔다. 그러던 움직임이 멈춘 최초의 순간이었다. 하지만 토르는 그녀의 당황한 기색을 눈치챌 겨를이 없었다. 제 아래와 머릿속을 점령한 적색경보를 무시하는 것만도 급급했다. 그렇게 토르는 그대로 줄행랑을 놓았다.

"와……. 뭐야."

금방이라도 무언가 일이 벌어질 것처럼 더운 숨과 헐떡임이 가득했던 욕실에 금세 적막감이 맴돌았다. 뒤늦게 정신을 차린 셰리는 아까운 마음에 입술을 비죽였다. 욕조 안으로 깊게 빨려 들어가듯 누우며 뿌연 천장을 응시했다.

저런 상태라면 조금만 더 밀어붙이고 유혹해서 당장 제 아래에 눕게 할 수도 있다. 하지만 욕조를 뛰쳐나가면서 보였던 모습에서 무언가 석연찮은 점이 느껴졌다. 흥분에 못 이겨 잔뜩 상기된 얼굴을 하고도 그는 시종일관 무언가에 저항하고 있었다.

"단순히 부끄러워서 그러는 건 아닌 거 같은데……. 뭐지?"

좀 더 근본적이고 심리적인 방어기제가 그의 이성을 단단히 옭아매고 있는 듯 보였다. 그럼 그걸 하나씩 벗겨 내 주어야 하나. 생각보다 더 귀찮은데……. 어차피 남자는 하늘의 별만큼 많다.

하지만 출중한 그의 외모가 떠오르자 셰리는 저도 모르게 마른침을 삼켰다. 게다가 아까 보았던 우람한 모습까지. 이제 와서 포기하기엔 지나치게 제 취향인 남자라 문제다.

"그래, 저 나이까지 동정이라서 그런 거야. 그리고 쉽게 넘어오는 남자는 이제 재미도 없고."

곁에서 손발이 되어 셰리의 밤놀이를 돕던 한스는 이곳에 없다. 그렇다고 그녀가 직접 나섰다가 또 오늘 같은 실수를 저지를지도 모른다. 결국 한스가 제안한 대로 고정적인 파트너를 만드는 게 가장 안전했다.

'셰리 님. 모름지기 가장 맛있게 먹는 법은 말입니다. 한꺼번에 벗겨 먹기보다 선물 포장을 뜯듯이 하나씩 개봉하면서 자기에게 맞게 길들여 가는 게 제일이지 말입니다.'

한스의 조언을 떠올리자 삐죽 솟았던 짜증이 가라앉았다. 사실 그의 말 중 틀린 건 없었다. 토르는 기사이니 기본적으로 체력은 훌륭할 테고 범상치 않은 물건마저 갖췄다. 머리도 좋고 운동신경도 뛰어나서 지금까지의 남자 중 가장 그녀를 만족시켜 줄 거라 호언장담을 했더랬다.

이제 남은 건 지나칠 정도로 튼튼한 그의 이성을 어떻게 함락시킬 것인가인데…….

'아예 안 넘어오면 차라리 포기라도 하지. 괜히 오기 생기게 정말.'

아까도 보았듯 융통성이라고는 없는 남자다. 되도 않는 호위 기사 놀이를 언제까지 고집할 참인지. 역시 모시는 아가씨와 부적절한 관계를 맺는다는 죄책감 때문에 버티는 걸까. 별수 없다. 가랑비에 옷이 젖듯 차근차근 어르고 가르쳐서 그 죄책감이란 것부터 덜어 내는 수밖에. 그래야 오롯이 제 것이 될 테다.

"나처럼 관대한 아가씨가 어디 있다고 자꾸 버티는 거야."

셰리는 괜스레 툴툴댔다.

* * *

느긋하게 목욕을 마무리한 셰리가 욕실 밖으로 나왔다. 곧바로 제 침실로 가지 않고 머뭇대던 그녀는 토르의 방문을 두드렸다. 아까 그렇게 급하게 뛰쳐나간 것이 못내 마음에 걸려서였다. 확실히 그에게는 강한 자극이었을 터.

"흠흠, 토르. 안에 있어?"

관대한 아가씨인 셰리는 인내심 있게 기다렸다. 애초에 시중인의 처소로 쓰이게끔 지어진 방이라 벽이 얇고 문에는 잠금쇠조차 달려 있지 않았다. 그런데도 그녀가 방문을 마음대로 열지 않는 이유는 단 하나였다. 제대로 욕구를 풀지 못한 신체 건강한 성인 남자가 방 안에서 할 만한 것이란 많지 않았으니까. 이 모든 것이 그의 수치심을 배려해 주기 위한 기다림이었다.

'전부 다 내가 처음이라고 하니까. 이 정도 예의는 지켜 줄 수 있지.'

분명히 첫 키스였을 테다. 심지어 알몸인 여자와 욕조에서 껴안고 비비적 대기까지 했으니 얼마나 놀랐을까. 어쩌면 고지식한 성격상 그것을 키스로 만들지 않으려 애써 가만히 있었을지도 모른다. 그녀가 이끄는 대로 몸만 맡겼을 뿐, 그는 입술 한번 움직이지 못했다. 그저 흥분을 못 이겨 들썩거리기만 했으니까.

'어쩔 수 없네. 키스부터 새로 가르쳐야지.'

셰리는 흐물거리는 입매를 굳게 단속했다. 아무리 앞뒤가 꽉 막힌 숙맥이어도 그렇지, 맨몸으로 여자가 안겨 오는데 그걸 바보처럼 꾹 참고만 있었단 말이야? 도대체 얼마나 자제력이 강한 건지 짐작도 할 수 없었다.

"토르! 나, 들어간다아?"

"……."

그런데 너무 오래 아무런 반응이 들리지 않았다. 문에 귀를 가까이 대어 봐도 안에서 기척이 느껴지지 않았다. 결국 더 이상 참지 못한 셰리가 조심스레 문을 열었다.

"뭐야."

혹시나 했지만 방 안에는 아무도 없었다. 단지 횅하게 열린 창문으로 바람이 불어 들어와 제 존재감을 알아 달라는 듯 펄럭거리는 커튼만이 눈에 뜨일 뿐이었다.

"하……. 이게 진짜."

셰리는 일순 허탈해졌다. 아예 방 밖으로 도망쳐 버릴 줄이야. 스무 해를 살면서 이토록 호승심을 자극하는 남자는 처음이었다. 침실로 돌아와 누우며 결심했다.

반드시 제 아래에서 앙앙대는 모습을 보고야 말겠다고.

* * *

"……님!"

누군가 그녀를 흔들어 깨우고 있었다. 노곤한 하루를 보냈던 셰리의 눈이 가까스로 반만 뜨였다.

"일어나셔야 할 시간입니다."

"토르?"

"……예."

다행히 토르는 돌아와 있었던 모양이다. 다만 그녀를 내려다보는 그의 시선이 미묘하게 비껴 나 있었다. 셰리는 어리둥절한 얼굴로 토르를 응시했다. 아침부터 얼굴은 또 왜 저렇게 붉혔담.

그에게 팔을 뻗으려던 셰리가 멈칫했다. 이불이 그녀의 목 끝까지 당겨 덮여 있었다. 게다가 토르가 양옆을 고정해 둔 터라 셰리는 옴짝달싹할 수가 없었다.

"뭐야. 왜 이래놨어."

"자, 잠시만요."

토르가 목덜미까지 벌겋게 붉히며 더듬더듬 말을 이었다. 자는 동안 가운이 벌어져서 맨살이 보였다는 이유였다. 셰리는 이불 안에 손을 넣어 제 몸을 확인했다. 기겁하기에 맨가슴을 다 봤나 했더니 기껏해야 가운 앞자락이 조금 벌어진 정도다. 저절로 불퉁한 목소리가 새어 나갔다.

"어차피 어제 다 봤잖아."

"안 봤습니다!"

"알았어. 잘 여몄으니까 이제 좀 놔줘."

불신에 가득 찬 토르의 시선이 그녀를 스치고 지나갔다. 셰리가 눈에 힘을 주어 맞받아쳤다. 그러자 이번엔 움찔한 그의 눈동자가 불안하게 흔들리기 시작했다. 이내 셰리 위의 이불을 고정시키던 힘이 느슨해졌다. 아침부터 이 무슨 귀여운 짓인지. 셰리는 풋, 웃음을 터뜨리며 그의 팔을 잡아당겼다.

"카셰이라 님!"

"……흠?"

놀란 토르가 목소리를 높였다. 어제처럼 침대 위로 엎어지는 걸 기대했는데, 벌써 학습한 모양이다. 그는 단단하게 버텨 내고 있었다. 그 상태에서 끌어당겨 봤자 힘으로는 셰리가 이길 수 없을 게 뻔했다. 순순히 포기한 그녀가 침대 밖으로 일어나려는 순간이었다.

"잠깐만요, 카셰이라 님. 드릴 말씀이 있습니다."

"뭔데?"

엉성하게 여며진 가운의 목깃을 토르가 가리듯 덮었다. 그러고는 셰리의 어깨를 잡아 다시 눕혔다. 어린애 다루듯 압도적인 힘 차이에 셰리는 두 눈만 깜박였다. 이렇게 갑자기 자신의 유혹에 응한다고? 놀라서인지 심장이 쿵 내려앉았다.

"……그게."

하지만 그녀가 기대했던 다음 동작은 이어지지 않았다. 여전히 입술을 꼬옥 깨문 토르가 드디어 입을 열었다. 머뭇거리며 내뱉는 잇새로 뿌득거리는 소리가 섞였다.

"아, 아무리 생각해도 저는 공녀님의 호위 기사가 되기에 수련이 많이 부족합니다. 차라리, 차라리 지금이라도 다른 기사로 교체하시는 것이……."

"싫어! 갑자기 이런 말 하는 이유가 뭐야? 토르, 내가 싫어?"

갑작스러운 이야기에 셰리가 날 선 목소리로 말을 잘랐다. 제 어깨를 누르고 있던 그의 손도 탁, 하고 치워 냈다. 그 바람에 헐렁해진 가운 사이로 가슴골과 배가 슬쩍 보였다. 토르는 헛숨을 들이켜며 벌어진 가운을 급히 여미었다. 그런 그의 손이 덜덜덜 떨리는 걸 흘깃 보면서도 셰리의 눈길은 여전히 사나웠다.

"아, 아닙니다. 절대! 그렇지 않습니다. 다만……. 저는, 저는 자격이 없습니다."

"……."

염려했던 대로 그놈의 견고한 이성이 문제인가. 그것도 아니면 지나친 충성심이라든가. 어떤 환경에서 자랐기에 이렇게 앞뒤가 꽉 막혔을까. 확실히 어제는 너무 과했던 모양이다. 하지만 토르도 알아야 한다. 그녀가 얼마나 그를 특별 대우해 주고 있는지.

"내 호위 기사의 자격은 내가 정하는 거지. 그걸 왜 토르가 판단해?"

"그건…… 예. 그렇습니다. 하지만 저는 정말 불충하고, 어리석어서……."

끝으로 갈수록 토르의 목소리에선 힘이 잔뜩 빠져나갔다. 셰리가 못마땅한 눈으로 그를 응시했다. 어젯밤 그렇게 뛰쳐나간 뒤, 아가씨에게 흥분한 제 자신을 심하게 질책하기라도 한 모양이다.

그런데 그거, 그녀가 보기엔 아무짝에도 쓸모없는 무의미한 죄책감이다. 하지만 그에게는 의미가 남다른 듯했다. 지금 이렇게 회한에 가득 찬 눈빛을 내보일 만큼.

"어휴."

나지막이 한숨을 내쉰 셰리는 이번만 그의 페이스에 맞춰 주기로 했다. 예상했던 것보다 훨씬 더 고지식하고 순진한 청년이다. 여태껏 겪어 왔던 남자들과는 정말로 너무나 달랐다.

"하, 토르가 무슨 말 하는지 난 하나도 모르겠어. 어제 욕실에 들어간 이후로는 기억이 안 나는걸. 일어나 보니 욕조던데, 내가 욕실에서 오래 나오지 않으면 들여다보는 게 호위 기사가 할 일 아니야? 내 허락도 없이 어딜 갔던 거야?"

"……저, 정말로 어젯밤 일은 기억에 없으십니까?"

셰리의 말에 보랏빛 눈동자가 그녀의 얼굴을 흘끗 훔쳐보았다. 예쁜 보석안은 비 맞은 처량한 강아지처럼 풀이 죽어 짙어진 채였다. 그 와중에 그녀의 가운을 여며 쥔 손을 놓지 않는다. 눈치를 살피며 바들바들 떠는 모습이 참을 수 없이 귀여웠다. 그대로 꼭 껴안아 침대로 쓰러뜨리고 싶을 만큼. 하지만 이제 셰리도 학습했다.

'무작정 내 마음 가는대로 하면 안 되겠구나.'

아주 절실하게 깨달았다. 다시 한번 터져 나오려는 한숨을 참아 내며 눈을 살짝 감았다가 떴다.

"그렇다니까. 술이 다 안 깼었나 봐. 그나저나 물이 다 식어서 감기라도 걸렸으면 어떡할 뻔했어? 토르는 정말 신경 써서 내 호위를 하고 있는 거야?"

"무, 물론입니다. 제 모든 신경은 온종일 카셰이라 님께만 집중되어 있습니다!"

얼핏 들으면 고백 같기도 한 토르의 외침에 셰리의 눈에 동그랗게 떠졌다. 온종일? 온종일이라고? 오전에는 토르가 수련하느라 같이 있지도 않았다. 무엇보다 평소에 그렇게 자신과 거리를 두려고 애썼으면서 모든 신경이 집중되어 있었다고?

"아……."

갑작스럽게 외쳐 놓고 저 자신도 아차 싶은 기색이었다. 토르의 얼굴에 난감한 기색이 어렸다. 얼굴에 도망가고 싶다는 표정이 적나라하게 드러났다. 하지만 두 손으로 셰리의 가운을 여미고 있는 그에게 남은 선택지가 없었다. 결국 몸 둘 바를 모르고 그가 고개만 푹 숙였다.

셰리는 더 이상 버티지 못하고 큭큭대며 웃었다. 도대체 왜 이렇게 귀엽게 구는 걸까. 처음엔 세상에 다시없을 냉정한 태도로 자신을 대해 놓고. 이미 순진함과는 한참 거리가 멀어져 버린 그녀에겐 없는 모습이었다. 흔하게 보이는 능글맞은 남자들보다 이쪽이 더 셰리를 동하게 했다.

필사적으로 옷깃을 쥔 토르의 손 위를 쓸었다. 그러자 그가 또다시 움찔하며 떨었다. 괜찮다니까, 지금 당장은 잡아먹지 않아. 지금 '당장은' 말이지. 대신 그녀가 질릴 때까지 더 놀려 먹을 작정이다.

'그 정도는 되어야 내가 덜 억울하지.'

그의 손을 부드럽게 떨쳐내고 제 손으로 가운을 꼼꼼하게 여미었다. 토르는 이미 도망갈 타이밍을 놓친 채 이러지도 저러지도 못했다. 그런 그에게 다시 한번 순진무구하기 그지없는 눈망울을 비추어 보였다.

"아아. 고마워, 토르. 토르는 정말 날 끔찍하게 생각해 주는 '호위 기사'구나."

"네? 네, 네……. 그렇, 습니다."

걱정했던 거부감은 보이지 않았다. 아니, 지금 하는 모습으로 보건대 확실히 제게 호감이 있었다. 그렇다면 이야기는 쉽다. 이제부터는 셰리가 아주 자신 있는 분야니까.

자각하지 못했다 해도 상관없다. 옆에서 죄책감 느끼지 않게 옆구리만 살짝살짝 찔러 주는 걸로도 충분하다. 곧 그녀의 침대로 끌어들일 수 있을 거란 확신이 들었다.

아마 토르는 의식하지 못하고 있을 테다. 지금 그의 얼굴이 어떤지. 셰리가 그의 관심을 호위 기사의 마음 씀씀이라고 단정 지어 버리자 실망한 듯 미묘한 표정이었다. 제 입으로 먼저 그녀의 호위 기사라고 언급했던 주제에 말이다.

'좋아, 어차피 올해면 끝낼 일탈인데. 이런 것도 나쁘지 않지.'

지금쯤 신혼의 단꿈을 꾸고 있을 한스에게 새삼 고마워졌다. 그리고 그가 제게 남겼던 말을 완벽하게 이해했다.

이런 멋지고 귀여운 방패를 남겨 두고 가다니. 비록 몸은 조금 욕구 불만에 시달릴지라도 '완고한 순진남'이라는 신선한 자극에 자꾸만 마음이 동했다.

저렇게 저항하면 저항할수록 정복욕도 불타오르고 말이지. 그녀는 여태껏 한 번도 져 본 적이 없다. 그건 이번에도 마찬가지일 테다. 셰리의 눈이 장난스러움과 오기로 반짝반짝 빛났다.

Ⅲ. 기회와 타이밍-마스터 (2)

"토르, 거기 말고 조금 더 아래로."

"······."

"앗, 하아. 기분 좋아. 그 옆도 좀."

토르의 입술이 불쌍할 만큼 짓이겨져 있었다. 이마엔 이미 굵은 땀방울이 송골송골 맺힌 지 오래였다. 그가 지금 얼마나 곤란한 상황을 애써 참고 있는지 알 수 있었다. 게다가 셰리가 나른한 신음을 터트리는 곳은 토르의 아래였다. 그의 몸은 가여울 정도로 흠칫흠칫 떨리고 있었다.

"토르! 내 말 듣고 있어? 목이랑 어깨가 이어지는 데가 뻐근하단 말이야."

"네? 아, 네."

"음, 음. 아, 거기! 응, 거기, 하아."

토르는 지금 당장이라도 체면 불고하고 자리에 주저앉아 엉엉 울어 버리고 싶었다. 아가씨가 입은 것이라곤 얇디얇은 옷 하나뿐이다. 그런 몸 위로 올라가서 이렇게 온몸 구석구석 안마를 해야 하는 고통이란······. 차라리 연무장을 2박 3일간 도는 게 마음은 편할 것 같았다. 거기다가 그가 들으라는 듯 촉촉하게 젖은 신음이 계속 이어졌다.

"……."

오전 내내 과중한 업무를 아가씨 홀로 처리하고 있다는 사실이 늘 안타까웠다. 피로해 보이는 모습에 마사지 방법에 대한 조언을 건넨 게 잘못이었다. 그러고 보니 어깨가 뭉친 것 같다는 그녀의 시무룩한 얼굴을 자신이 모른 척할 수 있을 리가. 하지만 그 결과가 이렇게 저 자신을 고문하는 것으로 돌아올 걸 알았다면…….

아니, 그래도 저는 결국 아가씨의 부탁을 거절하지 못했겠지. 셰리는 눈치채지 못한 얕은 한숨이 그의 입가를 비집고 흘러나왔다.

반면에 토르 밑에서 안마를 받고 있는 셰리는 아주 만족스러운 얼굴이었다. 처음에는 제 몸에 접촉하는 걸 자연스럽게 받아들이게 하고자 시작한 일이었다. 그런데 지난 며칠간 안마를 받아 보니 그렇게 기분이 좋을 수가 없었다. 종종 고용인들에게 받는 마사지와 차원이 달랐다.

'이렇게 좋은 걸 기사들만 알고 있었단 말야?'

기사단 특성상 선배 기사들에게 후배들이 안마를 해 주는 일도 더러 있다고 했다. 그래서 그런지 수련 기사 경험까지 6년 차인 토르의 손길은 완벽한 프로의 그것이었다.

토르는 뻐근한 곳을 놀랄 만큼 정확하게 찾아냈다. 꾹꾹 눌러 주는 손길도 좋았지만 혹시나 그녀의 몸이 바스러질까 시종일관 조심스러운 태도가 더 기분 좋았다. 그의 마음이 그대로 느껴지는 것 같아서.

정말 침대에 눕혀 놓고 마구마구 만져 주고 싶은 걸 얼마나 참고 있는지 모른다. 굳은살이 박여 단단한 손은 약간 뜨겁다 할 정도로 따뜻했다. 저절로 몸이 노곤노곤해질 정도였다. 문득 든 생각에 셰리가 눈을 데구르르 굴렸다.

'가슴도 뻐근하다면서 안마해 달라고 해 볼까?'

음, 아니지. 토르가 그 정도로 바보는 아니다. 게다가 정말로 쓸데없을 만큼 곧은 남자이니 역효과만 날 게 뻔했다. 일단은 등과 어깨만으로 만족하는 수밖에.

그렇게 하루에 한 시간 정도 토르에게 안마를 받게 된 것이 벌써 일주일째였다. 매번 울음이라도 터뜨리려는 듯한 표정도 일주일 내내 여전했다. 어제는 특히나 참을 수 없이 너무 귀여운 나머지 몸을 돌려 한쪽 팔을 껴안고 말았다.

아니나 다를까, 뻣뻣하게 굳어 또 뛰쳐나가 버렸다. 그럼 그렇지. 자신의 형편없는 자제력을 떠올린 셰리가 한숨을 내쉬었다.

'그래도 이젠 뛰쳐나갔다가 다시 돌아오긴 하니까.'

토르도, 셰리도 장족의 발전이라면 발전이다. 그녀로서는 정말 잘 참고 기다리는 중이었다. 그래도 오늘은 이대로 끝내고 싶지 않았다.

셰리는 어깻죽지 주위를 주무르는 토르의 손을 잡아끌었다. 그 바람에 놀란 토르가 어부에게 낚인 물고기처럼 파닥거렸다. 매번 그녀에게 당하면서 매번 지치지도 않고 신선한 반응을 보였다. 셰리가 짓궂은 미소를 지었다.

"토르, 나 안마해 주느라 많이 힘들지?"

"예? 아, 아닙니다. 전혀, 그렇지…….."

그런데 왜 얼굴이 그렇게 울상일까. 심지어 갑자기 울컥한 얼굴로 말을 잇지 못했다. 무언가 속에서 치받치는 게 있는 듯했다. 기사의 체력으로 겨우 한 시간쯤 안마해 주는 게 그리 힘든 일이 아니라는 정도는 셰리도 잘 알았다. 토르의 경우엔 육체적인 것보다는 정신적으로 힘들어서일 테다. 아무리 철벽 이성을 가진 토르라고 해도 남자는 남자니까.

'그러게 내가 손 내밀었을 때 눈 딱 감고 넘어왔어야지. 동정 기념비라도 세울 작정이야?'

셰리가 새초롬해진 눈으로 그를 응시했다. 물론 그 끔찍한 인내심은 여전히 유지되고 있었다. 저러다가 욕구 불만으로 죽지나 않으면 다행이다. 스물두 살이면 한창 그런 생각만으로 가득 차 몸이 뜨거울 나이가 아닌가.

매일 이렇게 끝없는 자극을 받고 표출을 못 하니 요 며칠 그의 눈가에 거뭇한 그늘이 드리워져 있었다.

"으……."

눈물이라도 참는 건지 토르는 두 눈을 꼭 감고 목울대만 일렁였다. 그런 그의 어깨를 셰리가 가볍게 쓸었다. 그러자 놀란 토르의 눈이 번쩍 뜨였다. 그 안에 미처 갈무리하지 못한 정욕이 번쩍 튀었다. 그의 팔을 꽉 붙든 채 셰리는 토르에게 가만히 기대 속삭였다.

"이번에는, 내가 안마해 줄게. 지금까지 토르한테만 너무 시켜서 미안했어."

"아, 아, 아, 아, 아닙니다. 당치도 않습니다. 제가 당연히 해야 할 일이었을 뿐입니다."

잔뜩 얼어붙은 와중에도 셰리에게서 떨어지려 몸을 움찔거렸다. 그녀가 그의 어깨 위로 두 손을 올려 살포시 잡았다.

"그럼 토르는 내가 이런 미안한 마음을 계속 가지고 있으라는 소리야? 토르에게 너무너무 미안해서 밤에 잠이 안 올지도 몰라. 그래도 좋아?"

"그, 그런 게 아니라."

완전히 억지였다. 말도 안 되는 소리였지만 차마 반박할 말이 없었다. 애초에 그에겐 타고나길 순진한 구석이 있었다. 몸만 쓰는 세월이 길었다 보니 더더욱 그랬다. 더구나 어떻게 모시는 아가씨를 말로 이기려 들까. 토르에게는 절대 불가능한 일이었다. 이번에도 맥없이 저항을 포기했다.

"……예."

등이며 어깨에 잔떨림이 이어졌다. 하지만 이제 그 정도는 가뿐하게 무시하는 셰리는 그의 어깨를 조물락거렸다.

"토르, 힘 좀 빼! 이러면 안마고 뭐고 아무것도 안 되잖아."

"제게는 최대한, 뺀……."

"와, 그럼 이게 다 근육이야?"

"……."

세상에, 정말 생김새랑 너무 다르다. 근육질일 거라 예상은 했다. 하지만 뒷목이며 어깨와 등까지 전부 탄탄한 근육으로 덮여 있을 줄이야. 옅은 구릿빛으로 그을린 피부색 덕에 근육의 굴곡이 더 도드라졌다.

"예쁘다."

그의 뒷목에 입을 맞추고 싶은 마음을 억누른 채 셰리가 손가락을 세웠다. 건반을 누르듯 등을 꾹꾹 눌러 내려갔다. 척추를 따라 손이 움직이자 토르의 몸이 크게 흔들렸다. 그러나 단단하면서도 부드러운 느낌에 홀린 셰리는 개의치 않았다. 오히려 손바닥으로 크게 그의 등을 쓸어내렸다.

"윽, 카셰이라 님!"

"토르, 몸이 정말 정말 예뻐."

"흡."

만지작거리는 손길이 점점 더 노골적으로 변해 갔다. 어느 순간부터 이건 안마가 아니었다. 더 늦기 전에 제지해야했다. 토르가 제 등 뒤에 달라붙은 아가씨에게 시선을 돌린 순간이었다. 저도 모르게 얼굴이 굳어졌다.

"아……."

자신을 올려다보는 셰리와 눈이 마주쳤다. 그녀는 진심으로 감탄한 듯 눈망울을 빛내며 그를 바라보고 있었다. 토르의 볼이 이내 벌겋게 달아올랐다. 급기야 한 손으로 제 얼굴을 감싸 쥐고 스스로 고개를 돌려 버렸다.

자신이 요 며칠간 무슨 생각을 하면서 살고 있는지 모르니 저러시는 걸 테다. 제 아가씨는 몸이 예쁘다는 둥 속을 뒤집어놓는 소리만 해 대고 있었다.

'정말 예쁜 몸은 카셰이라 님 같은 몸인데.'

전부 제대로 본 건 아니었다. 볼 기회가 생겨도 감히 눈에 담지 않으려 부단히 노력했다. 하지만 그의 뛰어난 동체 시력과 기억력은 조절할 수 있는 부분이 아니었다. 도무지 머릿속에서 지워지지가 않았다.

하얗고 커다랗지만 탄력을 잃지 않은 가슴이며, 잘록하기 그지없는 허리,

아름다운 굴곡을 이루며 다시 올라가는 골반까지. 어느 것 하나 부족한 곳이 없었다. 아무도 밟지 않은 흰 설원인 양 깨끗한 피부는 만지기만 해도 자국이 남을 것 같아 보였다.

그런 몸을 생각하며 더럽고 질척한 망상으로 자신이 얼마나 많은 밤을 지새우는지 그녀는 알까. 벌써 머릿속에서는 끊임없이 그녀를 범하고 또 범하며 제 욕구를 채우는 게 습관처럼 되어 버렸다. 그래서인지 셰리의 얼굴만 봐도 아래가 달아올랐다.

이렇게 단둘이 그녀의 침대 위에 올라와 있는 것 자체가 위험했다. 하지만 이런 불순한 욕망을 고백할 수도 없다. 토르는 입 안 연약한 살을 세게 깨물었다.

또다. 그녀만 생각하면 가슴께가 체한 듯 뻐근하고 정신마저 혼미해져 가는 이 감각. 뭔가 이상이 생긴 건 아닐까 싶을 정도의 고통이 엄습했다.

"토르, 토르. 등 한 번만 만져 봐도 돼?"

"예?"

셰리가 볼에 미미한 홍조를 띤 채 물었다. 수줍어하는 듯한 음성에 토르는 순간 의아스러워졌다. 지금껏 자신이 움찔하든 말든 마음대로 만진 곳이 한두 군데가 아닌데, 새삼스레 무슨……. 하지만 그녀 앞에서는 언제나 을이 되는 토르가 고개를 끄덕였다.

저런 눈으로 그녀가 무언가를 요청하면 더한 것도 허락하고 만다. 어떻게 거부할 수가 있을까. 거부했다가는 심장이 멎을 것만 같은데.

"괜찮다는 거지?"

"예? 예……."

토르가 재차 고개를 끄덕였다. 만면에 미소를 머금은 셰리는 지체하지 않았다. 그를 그대로 침대 위로 쓰러뜨렸다. 졸지에 침대 위에 거꾸로 엎어져 버린 토르가 버둥댔다. 서둘러 엉덩이 위에 올라탄 셰리는 그의 윗옷을 천천히 위로 끌어 올렸다.

"잠깐, 윽! 카, 카셰이라 님!"

"그렇게 움직이면 나 떨어져, 가만히 있어. 토르."

떨어진다는 말에 토르의 움직임이 즉시 멈췄다. 그는 잘 돌아가지 않는 고개를 힘겹게 돌려 떨리는 목소리를 내었다.

"이, 이러시면 안 됩니다. 비켜 주세요."

"싫어, 토르가 만져도 된다고 했잖아."

"카셰이라 님……."

이제 토르는 애원하기 시작했다. 그런 그를 무시하며 셰리가 상의를 어깨 가까이까지 말아 올렸다. 손바닥으로 무작정 그의 등을 쓸었다. 옷 위로 안 마하듯 가볍게 꾹꾹 누르기도 했다. 그을린 피부에서 물씬 풍기는 건강미가 그녀의 마음에 꼭 들었다. 하얗고 작은 제 손과 색이 대조되어 묘하게 자극 적이기도 하고.

"으, 웃. 읍."

셰리가 등에 접촉할 때마다 억눌린 신음이 그의 입에서 터져 나왔다. 그 렇게 참으면 더 힘들 텐데. 자칫 이라도 상하지 않을까 걱정한 것도 잠시, 셰리는 멈추지 않았다. 그의 살결이 손에 착착 감기는 탓이다. 볼이 발그레 해진 채 그의 등 위로 제 몸을 눕혔다.

"으웃, 카, 카셰이라 님. 제발, 제발."

"앗! 가만히. 이대로, 가만히 있어."

방금은 토르가 워낙 크게 들썩하는 바람에 옆으로 밀려날 뻔했다. 엉 겁결에 두 손을 그의 배 쪽으로 내려 꼭 껴안고 버텼다. 그대로 매달린 셰리는 그의 등 위에서 조그맣게 후후, 바람을 불었다.

"……큭!"

그러면서 부드러운 입술을 맨살에 슬며시 붙였다가 뗐다. 토르는 그만 머릿 속이 하얗게 질리고 말았다. 금방이라도 온몸이 부푼 풍선처럼 터져 버릴 것 같았다. 특히 제 분신은 아까부터 그에게 강력하게 항의하고 있는 중이었다.

"어, 복근도 엄청나네. 토르 몸, 정말 예쁘다니까?"

"흡, 홋. 카셰이라 님, 제발."

어느새 그녀는 그의 등에 매달려 배의 울퉁불퉁한 부분을 쓸어내리고 있었다. 토르가 급기야 흐느낌에 가까운 소리를 내기 시작했다. 손바닥으로 훑었을 뿐이지만 뚜렷하게 팬 것이 느껴졌다. 생각보다도 더 만족스러웠다.

'이게 여자는 거들떠보지도 않고 키웠다는 몸이구나. 그럼 이렇게 만지는 것도 내가 처음이겠네?'

갑자기 우쭐한 기분이 들었다. 손가락을 세워 파인 홈을 따라 만지작거렸다. 이 정도로 몸을 만들려면 얼마나 수련을 열심히 한 걸까.

한편 토르는 이미 제정신이 아니었다. 터질 듯한 아랫도리도 물론 큰 문제였다. 하지만 가장 큰 문제는 셰리의 맨가슴이 그대로 등에 느껴진다는 거다.

자신에게 안마를 받느라 그녀가 속옷을 입지 않았단 사실이 떠올랐다. 깨달은 순간, 앞이건 뒤건 그대로 불타 버릴 것만 같았다. 발끝이 떨려오고 심장에서부터 위쪽으로 무언가가 꾸역꾸역 쏟아지는 기분이 들었다. 두 손으로 입을 힘껏 막았다.

"어디 보자, 음. 와, 가슴도 예뻐."

"읍, 으으……. 으읏."

복근을 한참 만져 대며 셰리가 탄성을 내질렀다. 그리고 그녀의 손은 이제 가슴을 향하고 있었다. 토르는 이제 숫제 기절할 것 같은 숨 막힘을 느꼈다. 정말 이대로 피라도 토할 것 같았다. 아니, 피라도 토하고 싶었다.

여태껏 그가 살아온 인생이 주마등처럼 스쳐 지나갔다.

* * *

토르는 어릴 적부터 출생에 대한 콤플렉스가 적지 않았다. 그래서 그가 택한 길은 검을 휘두르는 것이었다. 혹여나 아버지인 백작이 가신들의 반대에 못 이겨 저희 모자를 포기할까 봐 늘 노심초사했다. 처음 검을 든 날부터 그는 이날 이때껏 쉰 적이 없었다.

'더, 더 강해져야 해.'

저도 인간인데 그렇게 독하게 훈련에 훈련만 거듭하는 것이 왜 힘들지 않았겠나. 다섯이나 되는 형님들이 돌아가며 오늘 배운 대로 휘둘러 보라고 시킬 때는 검술이고 뭐고 간에 다 때려치우고 싶기도 했다.

하지만 당시 사생아나 서자 취급을 받던 자신이 유일하게 신분 상승을 할 수 있는 길은 기사가 되는 것뿐이었다. 대귀족 가문의 기사가 되면 준귀족이 된다. 게다가 운이 좋아 작은 공이라도 세우면 귀족 신분을 얻을 수 있었으니까.

"어머니. 저는 그래도 기사가 되고 싶습니다."

나중에 서자 신세를 벗어나고도 그는 기사가 되는 길을 택했다. 의외로 제게는 검술에 재능이 있었다. 그리고 백작가를 벗어나기 위한 가장 빠르고 확실한 방법이었다.

솔직히 말해 아버지뻘의 다섯 이복형들이 그를 학대하거나 노골적으로 골린 적은 없었다. 토르가 무얼 하든지 불쑥불쑥 나타나 돌아가며 과도한 관심을 보이는 것 외에는.

하지만 그들의 새로운 가족과 친우들을 저택 안에서 종종 마주치는 일은 피할 수 없었다. 그들의 싸늘한 눈초리가 어리고 섬세한 소년의 마음에 생채기를 내었다.

그 무렵 토르를 처음 보는 이들의 반응은 하나같이 비슷했다.

'아아, 네가 바로 그……?'

하필 토르는 어느 형제들보다 백작가의 상징인 청록빛 머리카락과 보라색 보석안을 진하게 물려받았다. 머리부터 발끝까지 샅샅이 훑는 듯한 시선을 늘 감내해야만 했다. 그렇다고 그것만으로 아버지와 행복해 보이는 어머니께 걱정거리를 안겨 드리고 싶지 않았다.

그래서 어떻게든 백작가를 벗어날 방도를 찾는 일에만 몰두했을지도 몰랐다. 뒤늦게 입적이 되었을 뿐, 힘든 일 하나 겪어 본 적 없이 세상물정 모르는 도련님에 불과했던 토르의 생각은 급기야 계승권 포기와 가출로 이어졌다.

어디서 어설프게 주워들은 얄팍한 지식으로 계승권 포기 각서를 작성해 무작정 백작가를 뛰쳐나왔다. 이후, 후작가에 의탁하게 된 행운을 의심치 않을 정도로 그때의 그는 어린 소년이었다.

조금 더 머리가 굵어지고 나서야 사실 형들의 의도가 저를 괴롭히려는 것이 아니었을지도 모른다는 생각이 들긴 했다. 그러나 멀어져 버린 형제애를 이제 와 새삼 되살리려 할 만큼 토르는 살가운 성격도 못 되었다.

다행히 후작가 기사로서의 생활은 그에게 꼭 맞춘 옷처럼 만족스러웠다. 엄격하지만 기본적으로 다정한 후작가의 선배 기사님들과 상하관계가 명확한 사용인들까지. 이곳에서의 토르는 백작가의 영식도 아니었지만 그렇다고 서자 출신의 기묘한 이물질 같은 존재도 아니었다.

'다음에, 조금 더 자리를 잡고 나면…….'

몇 년 동안 연락 한번 제대로 드리지 못했다는 제법 묵직한 죄책감이 마음 한편에 자리 잡고는 있었다. 하지만 바쁜 훈련 일정을 핑계로 차일피일 미루다 보니 벌써 6년이라는 시간이 지나 있었다.

물론 핑계라고는 해도 토르만큼 성실하고 재능 있는 기사가 흔치 않은 건 사실이었다. 그 또한 그러한 주위의 기대를 알기에 검술을 향상시키기 위해서라면 안 해 본 것이 없었다.

한창 새로운 경지에 다다라 미친 듯이 검만 휘두를 때는 이틀 정도 잠도 안 자고 수련한 적도 있었다. 그뿐일까. 체력이나 정신력이 약해졌다 싶을 때는 그 길로 무작정 산에 들어가 일주일 동안이나 온 산을 누비며 자신을 혹사시킨 적도 있다.

여태껏 토르가 겪었던 가장 힘든 일들은 모두 그런 류의 육체적 고통이었다. 그게 아니라면 거대한 벽을 마주친 것처럼 한계를 느꼈을 때, 마음이 답답한 나머지 검을 놓아 버릴 뻔했던 정도였다.

'이제 이다음의 고통은 어디 전쟁터라도 가서 팔 한쪽을 잃거나 다리를 잃어서 반신불구가 되는 일일 거라 생각했는데……'

그동안 그는 세상을 잘 몰랐음이 틀림없다.

* * *

"후읍……."

토르는 불덩어리 같은 한숨을 토해냈다. 자신이 오만했다. 제대로 여자 한 번 만나 보지 못했으면서 제 이성을 지나치게 과신했던 동정남의 어리석음에 불과했던 거다. 지금 그는 뼈저리게 깨달아 가고 있었다. 생각지도 못했던 바로 지금의 이 상황이 토르 인생의 가장 힘겹고 고통스러운 순간이 아닐까.

지금 이 순간에도 몸속에서 뜨거운 용암이 솟구치며 끊임없이 토르에게 무언가를 요구했다. 하지만 그의 신념상 절대로 행할 수 없는 일이었다. 차라리 죽었으면 죽었지 어찌 감히 제가…….

"토르, 가슴이 매끈매끈해. 기분 좋아."

"학, 흡, 흐으……."

낮게 감탄하는 셰리의 입술 떨림이 등 피부에 와 닿았다. 제 등이 이토록 예민한 부위였나. 그의 머릿속은 잠시 정전된 듯 깜박였다. 곧이어 다시 한 번 더 암전(暗轉)이라도 된 듯 눈앞이 새까맣게 변했다. 그의 몸을 놔주지 않은 채 등에 짧은 입맞춤을 퍼붓는 그녀 때문이었다. 셰리는 토르의 억눌린 신음이 영 마음에 들지 않았다. 연신 가슴을 쓸어내리다 한쪽 팔을 들어 입을 막고 있는 그의 손 위로 얹었다.

"참지 마. 몸에 안 좋아."

"아, 안, 돼. 읏."

결국 그녀가 토르의 손을 부드럽게 잡아 끌어내렸다. 힘없이 그의 손이 입가에서 떨어져 나왔다. 완력으로는 상대가 안 될진대 이상하게도 그는 매번 제대로 저항할 수가 없었다. 가볍게 속삭일 뿐인데, 자신의 모든 것을 억죄고 흔드는 기분이 들었다.

다행히 그녀는 더 이상 그의 몸을 더듬지 않고 그저 가볍게만 끌어안기만 했다. 토르는 잠시나마 정신을 차리고 다급하게 외쳤다.

"아, 안마는 이쯤 하면, 됐습니다. 이제, 하아, 그만……."

제대로 말을 잇기 어려웠다. 숨이 차오르고 아랫도리는 멈춰진 자극에 더욱 광포하게 날뛰었다. 토르는 떨리는 손으로도 그녀를 떼어내려 했다. 그러자 셰리는 갑자기 그의 등에 슬쩍 이를 세워 앙, 하고 물었다. 어르고 달래던 목소리가 새침하게 변했다.

"안 돼, 가슴이며 배며 꽉 뭉쳐서 이렇게 딱딱하잖아. 내가 부드럽게 풀어 줄게."

그러더니 토르의 손을 밀어냈다. 다시 가슴을 문질렀다.

"큽. 그런 게, 아닙니다. 그냥, 그건 근육, 하아……."

문지르는 수준을 넘어 이젠 힘을 주어 조물거리기까지 했다. 토르는 재차 제 입을 막았다. 입술을 죄다 물어뜯은 지 오래다. 숨을 들이쉴 때마다 아릿한 혈향마저 풍기는 것 같았다. 제발, 이제……그만.

"이거 봐. 더 단단해졌어. 뭉친 게 맞다니까."

"흐으, 흡, 흣!"

아, 섰다. 셰리는 토르의 등에 대고 키득거리며 웃었다. 널찍한 가슴 위에 정점이 반듯하게 서 있었다. 손바닥으로 가볍게 눌렀다. 그러자 정신이 아득해지는 기분에 토르의 허리가 크게 들썩였다.

"꺅, 토르, 떨어질 뻔했잖아. 가만히 있어."

"캬, 카셰……. 흐흡, 읏."

셰리의 숨소리도 아까보다 가빠졌다. 짐짓 여유로운 척 웃고 있으나 이미 함께 달아오른 지 오래였다. 이상한 일이었다. 한창 삽입 중이나 파정하기 직전의 굵고 쉰 듯한 남자의 신음이 아닌, 감정을 꾹 눌러 담는 듯 흐느끼는 신음에 마음이 동했다.

'그리고 도대체 왜 이렇게 민감한 거야.'

큰 덩치에 비해 그의 몸은 제법 예민했다. 토르가 움찔움찔할 때마다 그 떨림이 너무 커서 이제는 꽉 매달리지 않으면 그녀가 떨어져 나갈 것만 같았다.

눈으로 굳이 확인해 보지 않아도 셰리는 알 수 있었다. 그의 물건은 이미 준비가 다 된 상태일 테다. 아까 허리를 크게 움직이는 것으로 보아서는 슬슬 한계에 달했을 게 분명한데. 어찌나 허리 힘이 강한지 좀 놀라우면서도 기대가 됐다. 정말이지, 신체적 조건은 훌륭하다 못해 완벽했다.

내심 감탄하며 셰리는 정신없이 몸을 떨면서 흐느끼는 토르의 배 쪽으로 다시금 손을 미끄러뜨렸다. 아, 아까보다 훨씬 경직된 배도 근육이 더욱 도드라진 게 느껴졌다. 눈으로 보고 싶었다. 그렇지만 역시 아직은 이르겠지.

"읍, 윽. 흐읏."

"우와, 여긴 왜 이렇게······."

아랫배 쪽은 벌써부터 뜨끈뜨끈한 열기가 그대로 느껴졌다. 도대체 얼마나 참고 있었던 걸까. 배부터 이렇게 달아올랐으니 그의 물건에 자칫 화상이나 입지 않을까, 말도 안 되는 걱정이 들었다.

"아, 하악. 흐······."

그러는 동안 입을 틀어막은 채로도 토르는 누구보다 예민하게 느끼고 있었다. 뱀처럼 배 쪽으로 기어가는 셰리의 손길마저도. 이제 그는 머릿속에서 경보음이 들리고 있음을 깨달았다. 안 돼, 이제는 정말 참을 수가 없다. 그녀의 손이 제 몸의 중심에 닿는 것만은 무조건 막아야 했다.

만약, 만약에 그렇게 된다면······.

토르는 눈을 감고 뿌득 이를 갈았다. 저지르고 말 거다. 그것도 엉망진창으로 저질러 버릴 게 분명했다.

그러한 그의 상태를 알아챘는지 셰리의 손은 느릿하게 방향을 틀었다. 아랫배를 지나 그의 물건에 바로 가 닿지 않고 살짝 비껴나간 채 토르의 골반 부근을 매만졌다. 위의 매끈한 살결과 다르게 약간 까슬한 바지의 촉감이 묘한 느낌을 줬다. 그러던 셰리가 결심한 듯 열기의 근원을 움켜잡으려는 그 순간이었다.

"아, 안 됩니다! 헉, 허억."

그녀의 오른쪽 손목을 잡아챈 토르가 갑자기 홱, 하고 셰리를 밀쳐냈다. 그의 얼굴은 잔뜩 일그러져 있었다. 볼에 붉은 기가 가득했고, 웃웃은 말려 올라가 상체 역시도 불그스름하게 물들어 있었다. 흥분하다 못해 발정했음이 명백했다.

"노, 놀리는 것은. 흡, 그, 그만두십시오."

아플 만큼 손목을 틀어쥔 토르 때문에 셰리가 인상을 찌푸렸다. 그녀를 손아귀에 넣은 힘이 점점 강해지고 있었다.

"놀린 거 아냐, 딱딱한 데는 다 풀어 주려고 한 거란 말이야. 아파, 놔!"

"지, 지금 무슨 짓을. 하아, 하시려고 했는지, 훗, 아십니까?"

아프다는 말에 손목을 쥔 토르의 손에 힘이 빠져나갔다. 허나 그녀를 붙든 손을 풀지는 않았다. 셰리가 속으로 작게 투덜거렸다. 당연히 알지. 아, 1초만 손이 더 빨랐어도 만져 볼 수가 있었는데…….

직전에 저지당한 아쉬움에 셰리는 심통이 났다. 이런 경험도 처음이지만 확실히 달갑지 않았다. 계획대로 실행하지 못한 그녀의 얼굴이 뾰로통해졌다. 토르는 숨을 학학 몰아쉬느라 바빠 그를 노려보는 눈길도 눈치를 채지 못한 모양이었다.

이제야 조금 진정한 토르의 손에서 완전히 힘이 빠졌다. 셰리는 일부러 매섭게 손을 빼냈다. 여전히 그의 가슴은 크게 오르락내리락거렸다. 하지만 눈에 총기가 돌아온 것으로 보아 무너질 뻔한 이성은 회복된 듯했다. 쳇, 어떻게 흥분시켜 놓은 건데!

"카셰이라 님, 제발. 저도, 저도 남자란 말입니다."

"나도 알아, 하지만 토르는 내 '호위 기사'잖아. 그러니까 내 말을 잘 들어야지."

불만 가득한 눈으로 자신을 올려다보는 셰리의 눈빛에 토르는 또다시 말문이 막혔다. 크게 한숨을 쉬던 그가 지친 표정으로 다시 입을 열었다.

"그런 건, 제가 응해 드릴 수 없는 것입니다."

"누가 응해 달래? 그냥 내가 하는 대로 내버려 두기만 하면' 된다니까?"

처음에야 몸을 맡기겠지만 점점 저절로 응하게 될 테다. 그러고는 그 쾌락에 먼저 덤벼들게 되겠지. 그가 말했듯이 토르는 호위 기사이기 이전에 '남자'니까. 뻑뻑한 손목을 문지르던 셰리가 다시 침대를 툭툭 쳤다. 그러자 토르의 얼굴이 처참하게 일그러졌다.

"이러시면 안 됩니다."

"안 되는 게 어디 있어, 내가 괜찮다는데."

셰리의 몸은 아직 달아오른 채였다. 그가 이렇게 만들었으니 책임지는 게 당연했다. 그의 팔을 잡으려 손을 뻗었다. 하지만 이번엔 토르가 화들짝 놀라며 그녀를 피해 뒤로 물러났다.

이건, 거부인가.

셰리의 올리브색 눈동자에 얼핏 분노가 비쳤다. 여태 여자를 모르는 듯 순진한 모습이 어여뻐서 제 발로 안길 때까지 곱게 다뤄 주려 했는데. 끝까지 자신을 거부해?

"하! 이제 됐어."

콧방귀를 뀌며 침대에서 일어났다. 토르는 긴장한 얼굴로 침을 삼키면서도 한 걸음 더 물러섰다. 셰리의 눈매가 한층 더 사나워졌다. 이런 상황에서까지 쓸데없이 경계심만 많아서는……. 이럴 때는 남자가 여자보다 힘이 센 것이 좀 불공평하다는 생각이 들었다. 온전한 물리력만으로는 토르의 손가락 하나 건드릴 수 없으니 말이다.

'그래, 이렇게 나온다 이거지? 자존심 상해서 이런 방법까지는 안 쓰려고 했는데.'

셰리는 토르에게 눈길도 주지 않고 그대로 서랍장을 뒤적거렸다. 뒤이어 로브와 마법 반지를 찾아냈다. 마법 반지를 손가락에 끼우자 셰리는 전혀 다른 모습으로 변했다. 토르의 눈이 휘둥그레졌다.

"지금 이게 뭐, 인 겁니까?"

"보면 몰라? 토르 때문에 열받아서 나가려는 거잖아."

"나가시다니요? 벌써 해가 이렇게 저물었는데……. 그보다 어떻게."

"상관하지 마! 어차피 토르는 내 말 듣지도 않잖아."

"카셰이라 님!"

셰리는 작정한 듯 로브까지 뒤집어쓰고 익숙하게 벽면을 눌러 무언가를 입력했다. 그 모습에 토르가 급히 그녀의 팔을 붙잡았다. 그러자 그녀는 여태까지와 다르게 토르의 팔을 떨궈 내었다. 전에 없이 매정하기 그지없었다.

"놔, 절대 따라오지 마!"

"그럴 수는 없습니다."

"놓으라니까!"

지금까지와는 정반대의 양상이었다. 떨쳐 내도 토르가 자꾸만 그녀의 팔을 잡으며 들러붙었다. 그를 한 손으로 제지하면서도 셰리는 입력을 끝마쳤다. 엄지로 벽을 꾹 누르자 갑자기 커다란 입구가 나타났다. 이젠 거의 껴안을 기세로 매달리던 토르가 멍하니 입을 벌렸다.

"이, 이건."

"후작가 비밀 통로야. 원래는 후작과 그 후계자밖에 모르는 건데……."

셰리가 뽀로통하게 토르를 흘겼다. 순순히 그녀에게 넘어왔다면 이 통로로 빠져나가 함께 밤놀이를 즐길 수도 있었을 테다. 하지만……

"뭐, 됐어. 토르는 내 말도 안 듣는 '남자'니까. 어디 가서 떠들고 다닌다 해도 보여 준 내 잘못이겠지."

"카셰이라 님!"

잔뜩 비꼬는 셰리의 말에 토르가 목소리를 높였다. 그래 봤자 저렇게 걱정이 덕지덕지 묻은 얼굴로는 설득력이 없다. 입술을 비죽이던 그녀가 어두컴컴한 입을 벌리고 있는 통로로 발을 옮겼다. 급하게 토르가 따라붙었다.

"따라오지 말라니까."

"이 밤에 공녀님 혼자 밖에 나가시는 건 절대 있을 수 없는 일입니다."

"흥."

새침하게 고개를 돌려 앞으로 걸어 나가는 셰리의 입가가 미묘하게 씰룩였다. 제 호위에게 방금까지 잔뜩 화를 내다가 웃음을 참는 표정이라니. 누군가가 보면 이상하게 생각할지 모를 일이었다. 하지만 이게 다 계획한 바가 있는 분노였다. 역시 예상대로 토르는 단순해 의심이라는 걸 못하는 위인이었다.

'내가 어디 좀 가자면서 좋게 좋게 말했으면 들었겠어?'

보기보다 토르는 학습 능력이 뛰어났다. 한번 당했던 수법엔 웬만해서는 걸려들지 않았다. 거기다가 셰리의 음흉한 의도는 어찌나 잘 알아채는지. 그뿐만이 아니었다. 이건 그녀 나름의 복수이기도 했다. 자꾸 거부당하는 기분이 유쾌할 리 없다. 자존심 상하기도 하고. 반쯤은 진심인 분노였다. 덕분에 머릿속에만 있었던 계획을 바로 진행했다.

'줄리아를 어떻게 꼬셨냐고요? 당겨서 안 넘어오면 밀어야지요. 이렇게 해서 정복 못 한 여자가 없으니 믿으셔도 됩니다.'

'글쎄, 나한테는 그럴 일이 없다니까?'

'셰리 님. 섣불리 자신하시면 안 됩니다. 살다 보면 적수를 만나기 마련이니까요. 저를 보십시오. 저도 이렇게…….'

토르만 셰리에게 익숙해진 게 아니었다. 그녀도 제 호위 기사가 어떤 성정인지는 대강 파악하고 있었다.

한껏 토르를 밀어내고 펄쩍 뛰며 화를 냈다. 예상대로 그는 당황했다. 그 틈을 타 절대 따라오지 말라고 하면 결국엔 그녀의 뒤를 따를 거라고 생각한 게 다였다. 단순하지만 이렇게 확실하게 먹히다니.

과연 후작령 제일의 바람둥이다웠다. 이럴 줄 알았으면 한스 경의 무용담을 더 들어둘걸 그랬다.

'그런데 생각보다 더 반응이 괜찮은데?'

평소에는 제가 무언가 요구하기 전까지 절대 먼저 몸에 손대지 않았었던 그가 먼저 팔을 잡아왔다. 커다랗고 긴 손가락이 그녀의 팔에 휘감겼다. 그 순간, 저도 모르게 마른침을 꼴깍 삼켰다. 떨쳐내기 아깝다는 생각도 잠시 들었다. 하지만 단호하게 밀어냈다. 아버님께서도 그러셨다. 대의(大義)를 위해서라면 작은 것쯤은 희생할 줄도 알아야 한다고.

두고 봐. 먼저 안달 나서 달려들게 만들어 줄 테니까.

어두운 통로를 더듬어 걸어가며 셰리는 자신만만하게 웃었다.

* * *

"……."

토르는 이런 내막을 짐작도 못했다. 터덜터덜 셰리의 뒤를 따르는 발걸음에 힘이 없었다. 아가씨가 제게 화가 난 것이라 자책으로 머릿속이 가득 찼다. 잔뜩 풀이 죽은 그의 어깨가 축 처졌다.

셰리의 말이 틀린 것은 아니었다. 저는 그저 공녀님의 호위 기사고, 아가씨의 명령에 따라야만 한다. 죽으라면 죽는 시늉이라도 해야 했다. 그렇다고 이유 없이 죽음을 강요하신 것도 아니지 않나. 생각해 보면 아가씨께서 제 몸을 좀 만지는 것과 죽음의 무게는 저울질해 볼 필요도 없었다.

'진짜로 싫었던 건 아니야. 그리고 아까는 솔직히…….'

부정할 수 없었다. 확실하게 느끼지 않았던가. 서툰 듯하지만 미묘하게 능숙한 손가락이 살갗에 닿는 걸 두고 보기만 했다. 심지어 그때마다 아래에서 느껴지는 나지막한 불평도 내심 즐기고 있었다. 나중에 또 다른 쾌감으로 이어진다는 걸 이미 알고 있었으니까.

사실 셰리가 아랫배와 골반만 느긋하게 만져 댈 때는 자신이 더 애가 탔다. 순간이지만 얼른 그녀의 손이 터질 듯한 제 분신을 어루만져 주길 바랐다. 그때 그녀가 아래를 움켜잡았으면 어떻게 되었을까.

"……."

지금쯤 정신을 못 차리고 무례하게도 그녀를 범하고 있었을지 모른다. 아니, 거의 확실했다. 하지만 그런 일까지 허락하실 리가 없는데…….

아직도 마음 한쪽 구석에서는 '아가씨가 먼저 유혹했으니 뭐 어때'라는 악마의 속삭임이 끊이지 않았다. 그러나 토르는 그쯤에서 그만둔 제가 잘못한 게 아니라며 계속 스스로를 달랠 뿐이었다.

* * *

"……."
"……."

어둠 속에서 꽤 긴 시간이 지났다. 그런데도 묵묵히 걷기만 할 뿐, 둘 사이에서는 단 한마디조차 오가지 않았다. 토르야 원래도 다소 과묵한 편이라 그렇다 쳐도 늘 먼저 조잘대던 셰리마저 입을 꾹 다물었다. 그러니 아예 대화자체가 단절되고 말았다.

토르는 그녀의 뒤에 바짝 붙어 눈치를 보았다. 혹시 모를 상황에 대비해 길을 익혀 두는 것도 게을리하지 않았다. 이렇게 길고 복잡한 비밀 통로는 처음 보았다. 후작성이 크고 오래된 고성이라 가능한 구조였다. 뭐가 이리 갈림길이 많고 복잡한지.

'한 번도 헤매질 않으시는군.'

그는 기사 수련을 하면서 어느 정도 경지에 올랐기에 오감이 일반인보다 훨씬 발달했다. 때문에 이 정도 어둠 속에서도 어렴풋한 형체 정도는 파악할 수가 있었다. 하지만 공녀님은 아닐 것이다. 수시로 그에게 부드럽게 닿아 오는 몸을 보면 수련은커녕 검이나 한번 들어 봤을까 싶을 정도였으니까.

그런데 그런 그녀가 천천히 벽을 더듬으면서도 착실하게 앞을 향해 나아가고 있었다. 마치 수십 년은 그렇게 해 왔다는 듯 망설임 없이 발을 내딛는 폼이 익숙해 보였다.

'혹시 저번에도 이렇게 성을 나가신 건가.'

문이 굳게 잠겨 있었는데도 방 안의 인기척이 사라졌다가 저녁 즈음 다시 나타났던 바로 그날 말이다.

무겁고 불편한 지금의 침묵 속에서 토르는 그제야 깨달았다. 여태까지 아가씨께서 먼저 말을 걸어 주셨기에 이 관계가 유지되고 있었다는 사실을. 그래서 그는 이번엔 제가 먼저 말을 걸어 볼까 망설였다.

'아니지. 호위가 용건도 없이 말을 걸다니, 무슨 생각을 하고 있는 거야.'

생각해 보면 아가씨는 제게 정말 관대한 주인이었다. 잠시 잊고 있었으나 자신은 엄연히 호위 기사였다. 그런데 자신이 빠져나가려 하거나 도망쳤을 때, 그녀는 단 한 번도 그에게 뭐라고 한 적이 없었다. 그저 어쩔 수 없다는 듯 웃으며 그를 기다려 주곤 했었다. 그래서 자신이 뭐라도 되는 줄 알고 우쭐했었나 보다.

이번에는 심상치가 않았다.

둘만 있으면 심할 정도로 엉겨 오던 아가씨가 한마디도 없었다. 그를 외면한 채 한 번도 뒤돌아보지 않고 그저 묵묵하게 걷기만 했다. 그 바람에 저도 모르게 애가 달았다.

'한 번만이라도 뒤돌아봐 주시지. ……이제 나한테 질리신 건가.'

토르의 낯이 창백해졌다. 그러고 보니 저번에 공녀님께 호위 기사를 바꿔 달라고 한 적이 있다. 그건…… 제이드 경이 제게 건넨 말의 여파가 너무 컸던 날의 실언이었다.

토르가 따끔거리는 가슴을 문질렀다. 그럼 혹시 아가씨께서 당장 내일이라도 그를 내치진 않을까. 제가 그동안 너무 유별나게 굴었나 보다. 그다지 귀한 가문의 자제도 아니면서.

'시간이 지나도 내 주제를 모르는 건 여전하군.'

이제 토르는 더 이상 '사생아'라는 말에 얽매이고 싶지 않았다. 아가씨가 특별한 만큼 그녀가 낳은 후계를 그 누가 사생아라고 낮잡아 볼 수 있을까. 그리고 첫 여자로 아가씨를 모시는 것도 나쁘진 않다.

아니지, 나쁘지 않은 정도를 넘어 제게는 너무나도 과분한 영광이었다. 감히 저 따위가 단 한 번이라도 명망 높은 후작가의 후계자이자 성녀의 후손인 분과 몸을 섞다니.

토르는 한번 시작한 땅굴파기를 멈출 수 없었다. 그의 얼굴이 어두운 통로 안처럼 금세 음울하게 변했다.

사실 여태 도망치기는 했어도 셰리에게 거부감이 있어서 그런 건 아니었다. 그녀에게는 한없이 자신을 낮추며 어찌 한낱 호위 기사가 무례하게 그녀에게 손을 댈 수 있냐고 말하곤 했다. 하지만 그런 말을 내뱉고 난 다음 순간부터 그의 또 다른 자아는 셰리를 마음껏 범하고 있었다.

이건 모순이다. 저도 알았다.

그럴 때의 제겐 충심 따위 존재하지 않았다. 진심으로 아가씨를 우러러보고 제대로 주제 파악을 했다면 감히 그딴 망상 따위는 할 수도 없었을 테니까. 밤마다 제 아래서 잔뜩 흐트러진 채 달콤한 목소리로 토르, 라고 불러 주며 입을 맞춰 오는 그녀를 상상했다. 감당할 수 없는 음심에 얼마나 괴로워했던가. 문에 잠금쇠가 없다는 사실이 매일 밤 그를 시험에 들게 했다.

'어차피 제대로 된 호위 기사가 되긴 글렀어. 이런 마음으로는 도저히……'

그저 저만 허락하면 되는 일이었다. 먼저 말하기가 어려우면 공녀님의 말에 고개를 끄덕여도 됐다. 그것도 아니면 가만히 그녀가 하는 대로 몸만 맡기고 있어도 되는 일이다.

"후……."

하지만 그를 채찍질하는 이성이 그래서는 안 된다고 늘 제동을 걸었다. 호위 기사로 보직을 변경한 최근에야 알고 말았다. 다들 자신을 가문의 수련 기사로 들이기 꺼려 했을 때 미하르셸 후작 각하만이 흔쾌히 받아 주셨다는 걸. 심지어 백작가 가신들의 항의를 무시하고 베거티 성을 그대로 달게 해 주셨다는 사실까지도. 토르가 질끈 눈을 감았다.

'어쩐지…… 내게 가출한 연유도 묻지 않으셨어.'

그런 후작 각하의 하나뿐인 금지옥엽 외동딸이자 후계자였다. 기사와 아가씨라는 지위 차이가 아니더라도, 배은망덕하게 그분의 따님을 자신이 감히 넘볼 수가 있는 것인가. 그런 생각 역시 아가씨에 대한 그의 마음을 가로막는 요소 중 하나였다. 온갖 핑계와 그럴듯한 이유에도 밤이 되면 또 번민에 휩싸여 몸부림치고 괴로워했다.

차라리 그녀가 명령을 내리거나 제 몸을 움직일 수 없게 압박했다면. 그래서 제게 선택권을 주어지지 않았다면……. 그러나 아가씨는 언제나 자신에게 도 망갈 틈을 조금씩 열어 주셨다. 그것이 그렇게 원망스럽고 안타까울 줄이야.

하지만 그것도 전부 자신을 생각해서 하신 행동이었다.

며칠 전 욕실에서 뛰쳐나왔을 때였다. 흠뻑 젖은 채로 로비를 가로지르던 저를 발견한 집사장이 끌끌 혀를 찼다. 마른 옷가지를 챙겨 주며 조용히 타일렀다.

'아가씨께서 짓궂은 구석이 있으시긴 해도 정말로 싫다고 하는 남자를 억지로 취하는 취미는 없으십니다.'

그러니 도저히 공녀님을 받아들일 수 없다면 솔직히 말해도 된다 했다. 부당한 처사를 하실 분은 아니시라는 말과 함께.

'요즘 세상에 순결이 그리 중요한건 아니니까요. 하지만 경이 이유가 있어 순결을 지키고자 한다면 그 정도는 충분히 이해하실 겁니다. 어차피 아가씨 께서도 미혼 시절의 여흥 정도로만 여기실 거고요.'

집사장의 말에 토르는 뒤통수를 얻어맞은 기분이 들었다. 아가씨는 제게 연애를 바라는 게 아니셨다. 자신은 도대체 어디까지 욕심내고 있었던 걸까. 정신이 아득해졌다.

한 번 파혼하시긴 했지만 서로의 작위 계승을 위한 불가피한 일이었다. 그러니 자신과 달리 흠이 생긴 것도 아니다. 게다가 후작가에도 누군가 부군으로 들어와야 한다. 그럼 아가씨는 적어도 몇 년 내에 결혼을 하게 되실 테다.

'내게 아무것도 약속하신 적이 없는걸 알면서도. 도대체 내가 뭐라고…….'

하지만 아무리 생각해도 아무렇지 않게 어른의 밤을 받아들일 준비가 되어 있지 않았다. 사실은, 정말 솔직히 이야기하자면 도저히 일회성으로 끝낼 자신이 없었다. 지금 이렇게 호위 기사가 다른 이로 바뀔지도 모른다는 생각만으로도 심장이 싸늘하게 식어 가고 가슴이 바짝 죄어 온다. 그런데 여기서 더 깊은 관계를 갖게 된다면 그녀에게서 헤어 나올 수 없을 것임을, 누구보다도 제가 가장 잘 알았다.

'결국 내 욕심이 문제였군.'

점점 더 아가씨를 욕심내게 될 거다. 급기야는 정부 자리까지 요구하게 될지도 모를 일이다. 하, 정부라니. 인정받지 못한 탓에 어린 시절 서자 취급을 받으며 자라온 제가 정부가 된다니. 그건 이제는 극복했다고 생각한 '사생아' 문제와는 또 달랐다.

전처가 이미 오래전에 작고한 상황에서 아버지를 만나 자신을 낳았던 어머니와는 상황이 완전히 다르다. 아마도 평생, 그녀를 온전히 가질 수 없겠지. 어차피 가질 수 없다면 포기하는 것이 낫다.

그동안 그렇게 살아왔고 그것이 가장 상처를 덜 받는 일임을 온몸으로 터득했다. 그래서 아예 이루어질 수 없는 셰리와의 관계를 무의식중에서도 갖가지 핑계를 대어 가며 계속 거부해 왔다. 그런데 제게 등을 돌리고 묵묵하게 앞으로만 나아가는 그녀의 모습을 보자니 자꾸 붙잡고 싶어진다.

시키는 대로 할 터이니 내치지만 말라고 사정해 볼까? 비록 저를 한순간의 유희 거리로 여긴다 하여도 기꺼이 감내하겠노라고 말하면 다시 자신을 받아 주실까? 일 초에도 수십 번 마음이 이리저리 움직였다.

'하지만 아무리 생각해도 역시 나는⋯⋯.'

이윽고 통로의 끝에 다다른 듯 셰리가 멈춰 섰다. 토르가 결심한 듯 두 주먹을 쥐었다가 폈다. 그러고는 셰리의 팔을 붙들며 자신이 잘못하였으니 방으로 이만 돌아가자고 말을 하려던 찰나였다. 그녀가 먼저 달각 문을 열어 밖으로 빠져 나가 버렸다. 순간의 망설임으로 잡지 못한 토르의 팔이 허공에서 힘없이 떨어졌다.

"토르, 뭐 해? 두고 간다?"

"⋯⋯."

그래도 다행이다. 아까보다는 화가 풀리신 듯했다. 관대한 아가씨께서 이번에도 자신을 용서해 주신 걸까. 그럼 앞으로 저는 아가씨가 하자는 대로 따르기만 하면 되는 것일까.

여전히 마음을 잡지 못한 토르의 발걸음이 위태롭게 바깥으로 향했다.

* * *

"아, 해리스 님. 오셨군요. 기다리고 있었습니다."

"맨날 앉던 그 자리, 비어 있죠?"

"물론입니다. 이미 그 자리는 해리스 님의 전용석이 되었습니다."

"⋯⋯?"

지배인이 유달리 셰리를 반기며 익숙하게 자리를 안내해 주었다. 그녀는 고개를 갸웃했다. 이 자리는 원래 전용석 따위가 아니었다. 아무나 앉을 수 있는 자리는 아니었지만 그래도 딱히 주인이 정해지진 않았는데…….

'설마 저번에 그 마스터라는 남자가?'

사실 셰리는 이 술집에 다시는 오지 않으려 했다. 정체를 들켜 버린 것도 있고, 마스터라는 사람과 술김에 이미 일을 치러 버리기도 했다. 심지어 그녀는 아직 그의 얼굴조차 모르지 않나. 거기다 말로 할 수 없는 찝찝한 기분이 들었다.

하지만 수족이 되어 주던 한스 없이 그녀가 안심하고 갈 수 있는 장소가 몇 없었다. 어차피 마스터라던 남자는 잘 들르지 않았으니 하루쯤은 괜찮을 테다. 저번 일로 협박을 하려면 진작했겠지. 이래저래 지난번 '사고'를 제외하면 모든 것이 완벽했다. 그리고……

'오늘은 혼자가 아니니까.'

셰리의 시선이 천장을 향했다가 토르에게로 이어졌다. 그때 그 침실……이번에도 빌릴 수 있는 거겠지?

지배인의 안내를 따라 셰리는 안쪽 깊숙한 자리로 이동했다. 그러고는 토르에게 옆에 앉으라는 눈짓을 보냈다. 그가 순순히 말에 따랐다. 심지어 그녀가 눈을 마주 보자 안심한 표정마저 지었다. 의아했다. 무슨 심경의 변화일까. 하지만 셰리는 짐짓 아무렇지 않은 척 입을 열었다.

"토르, 술 잘 마셔?"

"맥주 정도밖에 안 마셔 봤지만 못 마시는 편은 아닙니다."

흐응, 토르의 입에서 못 마시는 편이 아니라는 말이 나왔다면 꽤 잘 마신다는 소리였다. 저렇게 예쁘장하게 생긴 이들은 대체로 술을 잘 못하던데. 토르는 예외인 모양이다. 하긴 신체 능력이 일반인보다 월등해서인지 기사들은 다들 말술이지 않던가.

'어? 그러면 그건 또 그것 나름대로 곤란한데.'

비밀 통로를 걸어오며 세웠던 계획이 시작부터 난관에 부딪혔다. 후작성 밖이라는 환경 변화와 술의 힘을 빌려 철벽을 무너뜨릴 작정이었는데…….

그러나 이런 고급 술집은 어색한지 긴장한 기색이 역력한 잘생긴 얼굴에 계획을 속행하기로 결심했다. 그래, 반드시 취하게 만들 필요는 없지. 단박에 바텐더에게 주문을 넣었다.

"음, 저번에 마셨던 거 한 병 갖다 줘요, 이번에는 스트레이트 말고 온더록스로요."

"아, 알겠습니다."

셰리와 토르를 번갈아 쳐다보던 바텐더가 떨떠름한 표정을 지었다. 이윽고 리큐어가 든 갈색 술병과 얼음이 담긴 컵 두 개가 그들 앞에 놓였다. 셰리가 손수 술을 따라 토르 앞으로 한 잔을 밀어 주었다. 그는 어리둥절한 표정이었다. 제게도 권할 줄은 몰랐다는 속마음이 고스란히 읽혔다.

"이게, 뭡니까?"

"술이지, 뭐긴 뭐야. 독하니까 좀 있다가 마셔."

"성 안에서도 드실 수 있지 않습니까? 왜 굳이 여기까지 오셔서."

"성 안에서 어떻게 드로코나를 마셔? 이거 꽤 비싼 술이니까 토르도 마셔 봐."

"하지만 저는 지금 임무 중…… 예."

습관처럼 토를 다는 그에게 셰리가 눈을 흘겼다. 토르는 얌전히 순종했다. 그러고는 컵 안에서 동그란 얼음과 함께 찰랑이는 액체를 바라보다가 순식간에 입으로 털어 넣었다. 겨우 술 한 잔에 어울리지 않는 비장한 눈빛이었다. 그 모습을 본 셰리의 얼굴이 경악으로 물들었다.

"그렇게 빨리 마시면 안 돼, 토르는 이 술 처음이잖아."

"큭. 괜, 찮습니다. 술, 못 마시지 않습니다."

그새 액체가 목구멍을 싸하게 긁고 넘어갔는지 목울대가 꿀렁하고 움직였다. 셰리는 멍하니 그의 목을 응시했다. 토르는 목울대도 툭 튀어나와

묘하게 섹시한 구석이 있었다. 독한 술 때문에 눈썹을 살짝 찡그리는 모습이 야릇한 생각을 하게 만들어서 무척⋯⋯.

"아."

셰리는 급히 표정을 단속했다. 익숙한 후작성에서 벗어나자 제어 장치가 고장난 건 자신일지도 모르겠다. 이럴 때가 아니었다. 지금부터가 중요했다. 적당히 장단을 맞춰 조금씩 마시게 하면서 그를 살살 꾀어내야 하니까.

'어떻게 관계하는지 모르는 건 아니겠지? 그래도 스물두 살이나 먹었는데.'

아니, 그것도 괜찮다. 어차피 자신이 처음이 아니기 때문에 도와주면 된다. 혹시 처음이라 조절에 어려움을 겪어도 늘 피임을 하고 있으니 걱정하지 않아도 되고.

아주 완벽한 작전이었다. 지금까지는.

"기사 수련은 힘들지 않아?"

"힘들지 않습니다. 모두 제게 과분할 만큼 잘해 주십니다."

그냥 술만 마시면 어색해질 것 같아서 붙인 말에도 토르는 착실히 대답했다. 하지만 벌써 술이 넉 잔째였다. 이렇게 독한 술을 빠르게 마시면 너무 빨리 취해 버릴 텐데, 말려야 하나? 셰리는 잠시 망설였다. 그러나 붉은 기한 점 비치지 않는 멀쩡한 얼굴을 보고 입을 다물었다. 성욕도 자제하는 그이니 자신의 주량 정도는 알아서 챙기겠지. 이어서 질문을 던졌다.

"그럼 힘들거나 어려운 일은 없어?"

"⋯⋯없, 습니다."

미묘하게 긴 침묵 뒤에 씹어 뱉는 듯한 대답이 돌아왔다. 그러고는 연속으로 또 두 잔이나 들이켰다. 급기야 지켜보던 바텐더가 안절부절못하고 있었다. 셰리는 다시 한번 망설였다.

한편, 토르는 이 드로코나라는 술이 제법 마음에 들었다. 처음에는 목구멍을 넘기기가 힘겨워서 제 취향이 아닌 줄 알았다. 하지만 마시면 마실수록 배 속이 뜨끈해졌다. 식도가 화끈해지는 것이 답답했던 속을 확 날려 주는 기분이었다. 그나마도 다섯 잔이 넘어가자 싸한 느낌조차 사라졌다. 그냥 물을 삼키는 것 같은······.

"잠깐, 토르! 이렇게 많이 마셔도 돼?"

"괜, 찮습니다. 멀쩡합니다. 술이 좀, 약하군요. 물 같은, 것이······."

순간 셰리와 바텐더의 시선이 복잡하게 얽혀 들었다. 이렇게 독한 술을 물처럼 느끼다니. 완전히 취한 게 분명했다. 말도 전혀 더듬지 않고 얼굴은 여전히 멀쩡해 보였다. 하지만 더 이상 마시게 해서는 안 된다. 셰리는 벌써 밑바닥을 보인 술병부터 다급하게 바텐더에게 넘겼다. 계획이고 뭐고 그게 중요한 게 아니었다.

"여기 위층, 내가 쓸 수 있는 거죠?"

"예, 그렇습니다. 방을 준비해 드릴까요?"

"그렇게 해 줘요. 토르! 나 보여?"

여태 멀쩡해 보이던 건 착각이었나 보다. 가까이 다가가 토르의 얼굴을 받쳐 들었다. 눈의 초점이 흐려질 대로 흐려져 있었다. 보랏빛 눈동자가 탁해진 채 갈피를 못 잡고 흔들렸다. 모르긴 몰라도 제 주량을 한참은 넘긴 모양이었다.

"아니, 이렇게 될 때까지 마시면 어떡해!"

셰리가 두 손으로 얼굴을 받쳐 주자 토르는 목에서 완전히 힘을 뺐다. 그 바람에 고개가 자꾸 이리저리 움직였다. 어쩐지 힘든 일 있냐고 물었을 때부터 상태가 좀 이상하긴 했다.

'아까 화를 내서 생각보다 많이 상처받았었나. 하지만 그게 이렇게 갑자기 퍼마실 일이라고? 토르 너, 나보다 두 살이나 많잖아!'

셰리가 저도 모르게 쯧, 하고 혀를 찼다. 바텐더는 방을 준비하러 갔는지 보이질 않았다. 별수 없이 토르와 남겨진 셰리는 그의 뺨을 두들겼다. 그러자 토르가 그녀의 손목을 꽉 움켜쥐었다. 하필 아까 잡혔던 손목이었다. 셰리가 앗, 하고 소리를 내었다. 하지만 그는 이번엔 놓아주지 않았다.

토르는 억지로 초점을 맞춰 셰리의 눈을 마주 보았다. 달싹거리던 입에서 거칠게 쉰 듯한 목소리가 새어 나왔다.

"저는, 아가씨가아. 공녀님이, 밉습니다."

"뭐?"

"미워요, 정말……."

기껏 데리고 와서 좀 예뻐해 주려고 했더니 한다는 소리가 미워? 셰리의 단아한 눈썹이 일그러졌다. 취중에는 솔직해진다는 말이 있는 만큼 그의 입에서 나온 게 완전히 헛소리는 아닐 테다.

"토르! 진심이야? 내가 왜 미워."

"흐, 후으?"

기가 막혀서 토르의 이름을 부르며 다그쳤다. 그러나 그의 귀에는 제대로 들리지 않는 모양이었다. 고개를 갸웃거리며 느리게 눈만 깜박깜박했다. 그 와중에도 길고 예쁘게 뻗은 속눈썹이 셰리의 시선을 사로잡았다.

"아……."

또다시 마음이 약해질 뻔했다. 하지만 방금 한 소리가 무슨 뜻인지 확인해 보는 게 먼저다. 셰리는 자꾸 바닥으로 곤두박질치려는 토르의 얼굴을 두 손으로 단단히 잡았다.

"잠깐만! 눈 감지 말고. 여기서 자면 안 돼!"

그러나 그런 노력도 소용없었다. 결국 토르의 눈이 닫히고 말았다. 셰리는 그를 깨우기 위해 어깨를 흔들었다. 하지만 완전히 잘못된 선택이었다. 만취해서 힘이 빠진 토르는 그대로 셰리에게 쓰러져 내렸다.

"꺅! 토르! 정신 차려!"

워낙 큰 키에 근육질이라 토르는 제법 무거운 편이었다. 그런 그가 그녀의 몸 위로 내려앉자 셰리로선 버틸 재간이 없었다. 어떻게든 받쳐보려던 셰리의 몸이 기우뚱하게 기울어졌다. 허물어지는 토르와 함께 그녀가 주저앉을 뻔한 순간이었다.

"윽, 괜찮으십니까?"

"아, 고마워요. 음?"

뒤에서 누군가 토르의 몸을 잡아 일으켜 주었다. 덕분에 넘어지지 않았다. 한숨을 쉬며 도와준 이를 확인한 그녀의 눈이 가늘어졌다. 남자가 후드를 거의 턱 끝까지 내린 채 로브를 입고 있었기 때문이었다.

"누구시죠?"

셰리는 날카롭게 쏘아붙였다. 그러자 로브 입은 남자가 곤란한 듯 하아, 하고 길게 숨을 내쉬었다.

"역시, 기억 못 하셨군요. 그나저나 이 분, 많이 취하신 것 같은데. 연인이십니까?"

"제 호위 기사예요. 여기 바(Bar)의 스태프이신가요?"

"……일단은 맞습니다. 위의 침실로 옮기는 걸 도와드릴까요?"

일단은, 이라는 말에 셰리가 미심쩍은 표정을 했다. 그러나 지금은 토르가 우선이었다. 완전히 힘이 풀린 그를 그녀 혼자 옮길 수 없으니까. 셰리는 어쩔 수 없이 고개를 끄덕였다. 그러자 남자가 끙, 하는 소리를 내며 토르의 팔을 자신의 어깨에 걸쳤다. 부축한 채로 앞장서서 계단을 올랐다.

"보기보다 무거운 분이군요. 여기에 눕히면 되겠습니까?"

"네. 그렇게 해 주세요."

곧이어 따라 들어온 바텐더가 얼음물과 컵을 탁자에 올려놓았다. 푹신한 침대에 눕혀진 토르의 입에서 얕은 신음이 흘러나왔다. 그 모습에 바텐더를 따라 나가려던 남자가 발걸음을 돌렸다. 그러고는 신발과 겉옷까지 착착 벗겨냈다. 제 입으로 술집 스태프라더니 과연 취객을 다루는 데 능숙해 보였다. 아직 의심의 눈초리를 지우지 못한 셰리가 팔짱을 낀 채로 지켜보았다.

이윽고 토르의 몸 위로는 얇은 셔츠 한 장과 입고 온 바지만이 남았다. 남자가 베개까지 목 뒤로 받쳐 주자 토르는 한결 편해진 숨소리를 냈다. 한숨을 내쉰 남자가 드디어 셰리에게 고개를 돌렸다.

"바로 옆의 방도 비어 있는데 준비해 드릴까요?"

"아뇨, 됐어요. 나도 여기서 쉬었다 갈게요."

"아무리 호위 기사라 해도 남녀가 같은 공간에 어찌……."

남자가 난처한 목소리로 말끝을 흐렸다. 당연히 방을 따로 쓸 줄 알고 침대 한가운데에 누웠으니 말이다. 그가 무얼 걱정하는지 알아챈 셰리가 코웃음을 쳤다. 저렇게 엉망진창으로 취한 토르가 뭘 할 수 있겠나. 덕분에 그녀가 야심 차게 세웠던 계획이 전부 어그러지고 말았는데.

"어쩐지 일이 잘 풀린다 했어. 후……."

살짝 올라오기 시작한 취기와 허탈함에 별안간 웃음이 터졌다. 말없이 그녀를 바라보던 남자가 성큼 다가왔다.

"혹시, 아가씨께서도 취하셨습니까?"

"아뇨, 그냥 웃겨서 그래요. 저 남자는 워낙 고지식해서 내가 알몸으로 누워 있어도 손가락 하나 댈 사람이 아니에요. 그러니 안심하고 나가 봐도 돼요."

"……."

제 계획이 멋지게 수포로 돌아가 버린 탓에 어이가 없어서인지, 아니면 기가 막혀서인지 한번 터진 웃음은 자꾸만 입술 사이로 삐져나왔다. 그러자 남자가 커다란 두 손으로 그런 그녀의 얼굴을 가만히 감쌌다.

"얼굴이 아까보다 붉어지신 데다 숨도 거칠어지셨군요. 약간 취하신 것 같습니다. 이만 쉬시는 게, 읍."

그의 손이 닿자 셰리의 얼굴에 묻어 있던 웃음기가 싹 사라졌다. 그러고는 제게 닿은 남자의 팔을 그대로 잡아당겨 그의 입술에 제 입술을 겹쳤다. 화들짝 놀란 남자가 셰리를 밀쳐내고 뒤로 물러섰다.

"무, 무슨 짓……!"

"당신, 나 알죠?"

"저, 기억이 나십니까?"

셰리의 코끝에 남자의 잔향이 머물렀다. 역시 입술과 입술이 닿은 것만으로 정확하게 알기는 어려웠다. 하지만 은은한 향기와 그녀의 직감이 말하고 있었다. 로브를 쓴 이 남자가 지난번 그녀와 밤을 보냈던 마스터라고. 무엇보다 처음부터 묘하게 낯이 익은 목소리다 싶었다. 게다가 아까 나간 바텐더가 유난히 그를 어려워하는 기색이었으니까.

셰리는 제 말에 들뜬 목소리로 물어보는 남자에게 가만히 고개를 가로저었다.

"아뇨, 그날 술에 많이 취해서. 그치만 어쩐지 직원들이 당신 눈치를 보고 있더라고요."

"관찰력이 좋으시군요. 그날은 제가 초면에 실례가 많았습니다. 어디 몸이 불편하거나 하시진 않으셨습니까?"

"……술에 취한 여자를 마음대로 덮쳐 놓고 그런 말이 나와요?"

남자는 마치 귀댁은 오늘도 평안하십니까, 라는 말투로 물었다. 어이없는 태도에 셰리의 미간이 찌푸려졌다. 지금 그렇게 간단한 문제가 아니잖아. 보아하니 예의가 없는 남자도 아닌 것 같은데 가게의 마스터라는 사람이 취한 손님을 덮쳐? 그것도 VVIP를?

남자가 잠시 말이 없이 멀뚱하게 서 있더니 곤란한 목소리로 다시 입을 열었다.

"그건, 죄송하게 생각합니다. 하지만 그쪽에서 먼저 절 유혹해 오시는 바람에. 제 나름대로 조심하긴 했지만 혹시 만의 하나라도, 책임질 상황이 생긴다면……."

"됐어요, 그럴 일은 없으니 걱정 말아요. 그건 그렇고 내가 먼저 당신을 유혹했다는 거예요?"

후드 끝자락으로 보이는 입가가 애매하게 일그러졌다. 이내 남자가 고개를 끄덕였다. 믿고 싶지 않은 사실이지만 조금은, 아니, 상당히 설득력이 있었다. 애초에 그 당시에 상당히 욕구가 쌓인 상태이기도 했고.

'거짓말은 아닌가 본데……'

특히 남자의 묘하게 부끄러워하는 듯한 태도가 확신을 더해 주었다. 셰리가 먼저 시작한 것이 맞는 모양이다. 그랬다면야 이쪽에서는 할 말이 없었다. 그래도 같이 즐긴 셈이니 미안하다고 말하지는 않아도 되겠지? 셰리가 슬쩍 그의 눈치를 보았다.

만취한 토르를 살뜰하게 챙기는 것도 그렇고, 역시 경우 없는 남자는 아닌 듯했다. 책임질 상황 운운하기에 화들짝 놀라 말을 자르긴 했어도 말이다. 처음 만난 여자의 유혹에 속절없이 넘어간 자라 좀 더 가벼운 남자일 줄 알았더니…….

'이렇게 보니 이쪽도 닳고 닳은 타입은 아닌 것 같은데, 후드는 왜 쓰고 다니는 거지? 생각보다 나이가 어린가.'

후드 사이로 언뜻 드러난 손이 하얗고 고왔다. 시종일관 그녀의 눈치를 보느라 안절부절못하는 것하며, 이미 갈 데까지 간 사이인데도 키스 정도에 당황한 기색까지. 셰리는 그에게 흥미가 생겼다. 외모를 제외하고는 딱히 가리는 취향이 없다고 생각했다. 그런데 토르에게 공들이는 것도 그렇고, 의외로 저는 순진한 남자가 타입이었는지도 모르겠다.

"그건 그렇고 당신 말이에요."

곯아떨어진 토르를 제외하면 방 안에는 어느새 둘뿐이었다. 이상하게도 남자는 여전히 후드를 깊게 눌러쓴 채였다. 서로 볼 장 다 본 사이끼리 얼굴도 모르는 건 너무 웃기잖아? 그녀의 음심을 자극하는 저 숙맥 같은 태도에 얼굴까지 바람직하다면 사실 마다할 이유도 없고.

셰리가 그의 후드에 손을 뻗었다. 그러자 남자가 깜짝 놀라 그녀의 손을 덥석 잡았다.

"왜, 왜 이러십니까."

"얼굴, 안 보여 줄 거예요?"

"……기억을 못 하는 건 그쪽 아니십니까."

셰리가 취해 기억 못 하는 걸 은근히 서운해하는 기색이었다. 그렇게 나오면 그녀는 할 말이 없다. 짐짓 아픈 표정을 지으며 손목을 떨었다. 실제로 토르가 오늘 두 번이나 세게 잡아서 조금 시큰하긴 했다.

"아얏."

"죄, 죄송. 읍!"

남자가 당황해 잡은 손을 놓으려는 그때였다. 셰리가 그의 옷깃을 힘차게 끌어당겨 다시 한번 입술을 겹쳤다. 아까보다 가까이 닿은 탓에 다시금 시원한 아쿠아 계열 향기가 확 풍겼다. 아무리 생각해도 고급스러운 향이었다.

두 눈을 감은 셰리는 후드를 벗기려던 생각을 접었다. 여전히 남자의 정체가 궁금하긴 했다. 하지만 그러면 셰리의 신분도 모두 밝혀야 할 테다. 그리고 괜히 지금의 분위기를 망치고 싶지 않았다.

'아, 입술 부드럽다.'

셰리는 그대로 그의 목 뒤로 손을 둘렀다. 남자의 입술을 꾹 눌렀다가 살짝 벌려 간지럽게 훑었다. 그러자 그의 입에서 얕은 신음이 흘러나왔다. 남자는 셰리의 허리를 강하게 끌어안았다. 곧이어 안달 난 뜨거운 혀가 그녀의 입술 사이를 비집고 들어왔다.

어, 여기서 벌써 이, 이렇게까지 진도를 나가려는 건 아니었는데.

하지만 조금 두툼하다 싶을 정도의 혀가 입 안의 점막을 찌르며 제법 세심하게 움직였다. 슬슬 셰리의 몸도 같이 달아올랐다. 남자는 키스가 꽤 능숙하고 섬세한 타입이었다.

그의 혀가 감겨 올 때 입술만 움직여 응해 주며 남자가 하는 대로 내버려두었다. 제가 주도하던 평소와 달리, 가끔은 이런 것도 나쁘지 않았다. 이렇게 소중하다 듯 입 안 구석구석을 할짝거리는 입맞춤은 어쩐지…… 간지러웠다.

꼭 붙어 연결된 둘의 입 안이 뜨겁게 달아올랐다. 어느새 서로의 숨이 조금씩 거칠어졌다. 남자는 허리를 붙들었던 손을 떼어내 그녀의 엉덩이를 조심스레 받쳐 들었다. 점점 제 몸으로 가까이 가져다 대는 손길에서 흥분이 느껴졌다.

"읍, 응?"

"하아, 흐으."

그의 몸 중심에서 뜨겁게 달궈진 것이 셰리의 아래에 밀착됐다. 벌써? 설마하니 제가 처음일 리는 없을 테고, 이런 키스를 할 줄 아는 남자가 벌써 이렇게 서 버렸단 말이야? 그러고 보니 숨이 점차 거칠어지고 혀의 움직임도 끈적해졌다. 남자는 한껏 몸이 달아오른 모양이었다.

'저번에도 이런 식이었던 거 아냐?'

이번에도 시작은 셰리가 먼저 했으나 남자가 덤벼드는 꼴을 보아하니 그랬다. 아마 이것과 크게 다르지 않았을 테다. 정중한 태도와 목소리를 가진 남자가 처음 본 여자와의 하룻밤을 거절하지 않는 게 꽤 의외다 싶었다. 이제 보니 쉽게 흥분하는 타입이었나 보다.

뭐, 자제력을 쉽게 잃어버리는 남자들이 없는 건 아니었다. 이런저런 정황 상 동정이었거나 경험이 거의 없는 남자일 때는……. 하지만 셰리는 애써 그 가능성은 고려하지 않기로 했다. 이 남자에 대해 깊게 궁금해하지 않기로 마음먹었으니까.

'아, 조금 더 커졌다.'

지금 정도도 꽤 큰 편인 것 같은데 아직 더 커지려는 모양이다. 그리고 남자는 이제 셰리의 타액을 빨아들일 작정으로 입술을 세게 맞춰 오기 시작했다. 술을 마신 건 자신인데, 오히려 그쪽이 너무 심취한 거 아닌가?

"아, 하아……."

"응, 으읍."

역시 술을 마셔서인지 그녀의 몸도 금방 달아올랐다. 그래도 셰리는 남자보다 훨씬 제정신이었다. 잠시 망설였다. 어떡하지. 토르도 완전히 곯아

떨어진 참이다. 그냥 옆방으로 데리고 가서 모르는 척 넘어가 줄까? 남자는 더욱 격하게 아랫도리를 비벼 댔다.

고민하는 사이, 그의 손에 잡힌 엉덩이가 더 치켜 올라간 걸 알아챘다. 아니, 그걸 느꼈을 때 이미 그녀는 어느새 침대 앞 소파에 등을 대고 누워 있었다.

아니, 잠깐! 이건 아니잖아. 하긴 하더라도 여기서는 안 되지! 그보다 언제 이렇게 옮겨 온 걸까.

셰리는 술이 깨는 기분마저 들었다. 그는 정신없이 그녀의 작은 입술을 탐하면서도 착실하게 소파 위로 안착했다. 이걸로 확실해졌다. 남자는 이미 이성을 잃은 상태였다. 그제야 셰리는 상황이 심상치 않게 돌아가는 걸 눈치챘다. 남자가 헐떡이며 타액으로 질척해진 입술을 떼어냈다. 그러고는 셰리의 목덜미에 더운 숨을 불어넣으며 입을 벌렸다. 셰리가 새된 비명을 질렀다.

"잠깐! 흔적 남기지 마."

"……하아,"

그는 잠시 멈칫했다. 그러나 멈추지는 않았다. 깨무는 대신 목줄기를 따라 가볍게 혀를 미끄러뜨렸다. 살이 델 듯한 뜨거운 숨결이 그대로 목에 와 닿았다. 그것만으로도 셰리의 허리는 살짝 비틀어졌다.

"앗, 그런데, 여기서, 하아, 할 거야?"

"후우, 흡. 안, 됩니까?"

"앗?"

가슴께가 허전해졌다. 화들짝 놀라 내려다보니 목을 훑는 동안 이미 그녀의 로브가 벗겨져 있었다. 심지어 드레스도 가슴 바로 밑까지 내려온 상태였다. 셰리가 질린 눈빛으로 그를 응시했다. 이 남자, 능숙한 걸 넘어서 기척도 없었다.

'도대체 뭐 하는 사람이야. 왜 이렇게 손이 빨라.'

연둣빛 슬립에 가려져 있지만 봉긋한 윗가슴은 그대로 드러났다. 가슴 위로 손을 올린 남자가 어느새 그녀의 몸 위에 완전히 올라탔다. 푹신한 소파에 셰리가 파묻히듯 늘어졌다.

가만 보니 이 소파도 평범한 소파가 아니었다. 이곳에서 관계를 하라고 부추기는 것처럼 침대만큼 널찍한 크기였다. 셰리는 더더욱 남자의 정체가 궁금해졌다. 이곳의 독보적인 분위기뿐 아니라 이런 영업 방식까지 전부 그가 고안해 낸 걸까.

"흐……."

남자는 가슴을 가볍게 쥔 채 그녀에게 얼굴을 가까이 가져다 대었다. 코끝까지 가려진 후드 때문에 숨을 몰아쉴 때마다 후드 끝이 펄럭였다.

"후드, 하아, 벗기지 않습니까?"

"……."

셰리는 다시 망설였다. 아무리 생각해도 평범한 남자는 아니었다. 이 정도의 재력과 영업 수완, 귀족적인 말투까지. 최소한 중산층 이상일 테다. 그녀의 시선이 후드 아래 드러난 남자의 하관으로 향했다. 날렵한 턱선에 새하얗고 고운 피부였다. 붉고 잘생긴 입술 위로 솟은 높고 오뚝한 코끝만 보아도 알았다. 상당한 미남일 게 분명했다. 하지만……

'처음부터 정신 나간 것처럼 구는 게 너무 불길한데.'

마른침을 꿀꺽 삼킨 그녀는 결심했다. 역시 이 일은 '사고'로 남겨 두는 쪽이 좋겠다. 게다가 갈수록 구체화되어 가는 동정남 가설이 머릿속 한구석에서 떠나질 않았다. 처음부터 손 빠르고 절륜한 동정남이라니, 소설에서나 나올 법한 이야기이지만 구태여 확인할 필요는 없다. 어차피 오늘 밤이 지나면 앞으로 볼일이 없을 거라고 되뇌며 셰리가 고개를 내저었다.

"됐어, 얼굴 같은 거 몰라도 벌써 여기까지 왔는걸."

"모든 것은 당신의 뜻대로."

대화를 나누면서도 그는 셰리의 가슴을 가볍게 주무르는 손을 멈추지 않았다. 미련 없이 다시 고개를 숙인 남자가 그녀의 입술을 덮었다.

"으응."

아까의 키스로 부은 입술 때문에 민감해진 셰리가 인상을 찌푸렸다. 그저 촉촉한 살갗끼리의 접촉이라기엔 제 반응도 과한 데가 있었다. 이런 감각에 대해 들은 바가 있는 것 같기도 한데…….

남자는 이제 그녀의 등 뒤로 손을 넣어 슬립을 벗겨 내려 했다. 그러자 정신이 번쩍 든 셰리가 그의 가슴을 밀어냈다.

"자, 잠깐! 핫, 정말 여기서, 할 거야?"

"무슨, 훗, 문제라도?"

어느새인가 셰리는 자연스럽게 말을 놓았다. 그러나 남자는 전혀 개의치 않는 눈치였다. 대신 더욱 뜨거워진 숨을 얼굴 위로 쏟아내며 조급하게 물었다. 문제가 없긴 왜 없어! 아무리 넓어도 일단은 소파 위인 데다가, 무엇보다 토르가 바로 뒤의 침대 위에서 뻗어 있었다.

"우리만 있는 게 아니잖아."

셰리가 턱짓으로 뒤를 가리켰다. 남자는 그제야 깨달았다는 듯 아, 하고 침음을 흘렸다. 잠시 생각하던 그가 상체를 세우고 등받이 너머의 토르를 바라봤다.

"기사분이, 얼마나 드셨습니까?"

"드로코나 한 병을 거의 다 비웠는데 그중에서 내가 한 잔 정도 마셨으니 나머지는 전부."

"그럼 괜찮습니다. 드로코나를 다섯 잔 이상 마시면 앞으로 몇 시간은 절대 깨어날 수 없습니다. 이제 됐습니까?"

여전히 침착하면서도 명쾌한 대답이었다. 목소리와 달리 손놀림은 다급했다. 끝내 셰리의 슬립을 벗겨내어 소파 바깥으로 던졌다. 셰리는 황당한 표정으로 두 손을 모아 가슴을 가렸다. 다시 저지당한 그의 목소리에 이번엔 잔뜩 애가 탄 기색이 묻어 나왔다. 이미 남자는 그녀의 하얗고 가느다란 팔을 잡은 채였다.

"문제가, 더, 하아, 있습니까?"

"아무리 그래도 어떻게 다른 사람이 있는 데서! 딴 방으로 가."

"그때까지, 제가, 못 참습니다."

"꺄, 잠깐!"

많이 참았다는 듯 그녀의 팔을 홱 낚아채 들어 올렸다. 그 바람에 가슴이 훤하게 드러났다. 셰리가 버둥거리자 그의 입가에 작은 미소가 걸렸다. 도도한 말투나 태도와 다르게 가끔 보이는 이런 귀여운 반응이 기꺼웠다. 아래서부터 그녀의 가슴을 잡고 쓸어 올렸다.

"의외로 쑥스러움이 많으신 분이시군요, 하룻밤은 깨어날 수 없다니까요."

"그, 그렇지만……."

커다란 손에 가득 차고도 남는 가슴의 부드러운 감촉이 마음에 들어 손을 뗄 수가 없었다. 그렇게 몇 번을 더 주무르던 그가 아래로 몸을 더 낮췄다. 그러고는 잔뜩 붉어진 채 고개를 돌린 셰리의 귓바퀴를 가볍게 물었다. 갑작스러운 남자의 행동에 그녀의 입에서 참지 못한 신음이 터져 나왔다.

"제가 얼마나, 핫, 기다렸는지, 아십니까. 웃."

"으응, 그, 그만."

이제 노골적인 손길도 모자라 귓바퀴에 이를 세운 남자 때문에 셰리의 입에서는 달뜬 신음성이 터져 나왔다. 이리저리 몸을 틀며 움찔대는데도 남자는 물러서지 않았다. 입술만으로 귀의 윤곽을 천천히 더듬던 그가 급기야 귓불을 물고 빨아 당겼다.

"까아, 앗, 시, 시어. 그만해!"

"기다리느라, 훗, 미치는 줄, 하아, 알았습니다."

셰리가 신음을 흘릴 때마다 그는 한층 더 흥분했다. 자극으로 봉긋 솟은 가슴의 정점을 손가락 사이에 끼워 흔들었다. 그에 맞춰 셰리의 고개는 격하게 흔들렸다. 그런 모습을 위에서 내리누른 몸으로 느끼던 그의 입매가 조금씩 굳어졌다. 내내 양 뺨에 패여 있던 보조개가 자취를 감추고 대신 앙

다문 턱에 서서히 힘이 들어갔다. 셰리의 고개와 함께 자극적으로 흔들리는 가슴 때문에 더는 여유가 없어져서였다.

"아, 앗, 그, 그만. 흐앗."

"그럴 수, 없습니다."

끝내 그는 셰리의 등을 받쳐 올려 드레스를 완전히 벗겨 내었다. 다행히 이번엔 조금 구겨진 정도였다. 최대한 조심스레 바닥에 내려놓고 다시 그녀에게 집중했다. 몸이 여간 달아오른 게 아닌 터라 조급해 죽을 것만 같았다.

'그래도 저번처럼 무작정 들이댈 순 없지.'

아직 유실만 살짝 비벼 댔을 뿐이었다. 그런데 벌써 허리를 꺾으며 하얀 얼굴과 몸 곳곳에 홍조를 피우는 그녀를 보니 머리가 돌아 버릴 것 같은 기분이 들었다. 저번부터 느꼈지만 어떻게 이렇게까지 제정신을 온전치 못하게 만들 수 있는 건지. 왜, 왜 그녀는 뭐가 다른 걸까.

"훗, 으응! 하……."

셰리가 풀린 눈빛을 하면서도 자꾸만 소파 등받이 쪽으로 눈을 굴렸다. 남자는 이유를 눈치챘다. 침대에 뻗어 있는 호위 기사가 어지간히 신경 쓰이는 모양이다. 아, 그래서 이렇게 더 흥분한 거구나. 남자의 볼에 더욱 진한 보조개가 패었다.

'생각보다는 얌전하게 놀던 영애였나 보군.'

직접 해 보는 관계가 처음일 뿐, 간접 경험은 그도 셰리 못지않았다. 그 역겨운 실험을 가장 가까이서 관찰하고 기록했던 건 그였으니까. 최적의 결과를 위해 온갖 다양한 행위까지 억지로 봐야 했으니.

"……."

남자가 고개를 저어 불쾌감을 털어냈다. 아무튼 이 아가씨는 귀한 가문의 영애인 만큼 딱 정해진 선까지만 즐겼던 듯했다. 아마 달콤한 사탕 같은 키스를 해 주는 또래와 침대 위에서 일대일로 관계를 했겠지.

남자의 예상대로였다. 감히 아무나 셰리에게 손댈 수 있는 건 아니었다.

한스가 엄선해 온 남자들은 모든 면에서 제법 까다로운 검증을 거쳤다. 게다가 항상 최고급 비단 이불이 깔린 침대 위에서 한 사람씩만 상대해 왔다. 보호자가 있는 밤놀이란 으레 그런 것이니까.

'뭔가…… 아쉬운데.'

마법 반지로 평범하게 변장을 했다 해도 꽤 매력적인 얼굴이긴 했다. 하지만 지난번에 본 그녀의 원래 모습이 뇌리에 깊게 남아 떠나질 않았다. 흔하디흔한 갈색 머리칼 위로 타오르는 듯한 장밋빛 머리카락이 겹쳐 보였다. 한번 그 미모에 압도당한 남자가 그저 그런 외모에는 만족 못 하는 게 당연했다.

"흐으, 응……. 아읏, 학!"

잠시 뜸해진 손길에 셰리가 작게 숨을 몰아쉬었다. 그러나 남자가 오래 두고 보지 않았다. 이내 그녀의 분홍빛 유두를 노리고 주저 없이 입술을 가져다 대었다. 살갗에서 은은하게 풍기는 그녀의 체취가 그를 참지 못하게 만들었다. 가볍게 쪽쪽 입을 대다가 이내 조그마한 그것을 입술로 물어 버렸다.

"힉! 훗!"

그러자 셰리의 몸이 크게 튀었다. 저 가느다란 허리 어디서 이런 격렬한 움직임이 나왔는지는 모를 일이다. 원했던 만족스러운 반응에 남자의 미소가 더욱 짓궂어졌다. 셰리의 두 팔을 그녀의 등 뒤로 모아 쥐었다. 이제부터 시작인데 너무 움직이면 곤란하지.

"아앙, 핫, 아아, 음, 웃!"

할짝할짝 핥았다가 세게 빨아들였다. 그러다 혀로 꾹꾹 눌러 주며 다양하게 자극했다. 셰리는 이제 거의 정신을 못 차리고 있었다. 지난번보다 더 격한 반응에 남자는 가슴에서 입을 떼고 그녀를 올려다보았다. 어느새 볼뿐만 아니라 얼굴 전체가 분홍빛으로 물들었다. 반만 뜨인 풀린 눈 위로 기다란 속눈썹이 천천히 내려앉기를 반복했다.

'가슴은 이쯤 하면 됐고.'

남자는 아까부터 꾹 참았던 아래쪽으로 슬금슬금 손을 가져다 대었다. 과연 저번과 비교할 수 없을 정도로 그곳이 촉촉해져 있었다. 속옷까지 완전히 젖어 버려서 손가락이 스치기만 해도 몸을 흠칫흠칫 떨어 댔다. 그녀의 반응에 내심 남자가 더 놀랐다.

최음제를 먹은 것도 아니건만 이렇게 흥분하다니. 제가 그녀의 피부와 체액에 정신을 차리지 못하는 것처럼 이 아가씨도 비슷한 걸 느끼지 않을까.

지난번 이후로 온갖 자료를 다 뒤져 보았으나 여전히 원인을 알아내지 못했다. 이성과 본능이 아슬아슬하게 줄타기를 시도하는 와중에도 학자 특유의 호기심이 툭툭 그 존재를 드러냈다.

"당신은 도대체 뭡니까."

"훗, 으응……."

다정한 물음에도 셰리는 조르는 듯한 신음으로 대답했다. 알려 주지 않겠다는 태도가 너무 명확해서 남자는 허탈하게 웃었다. 뭐, 그게 아니라면 타고나길 민감하여 어설프기 그지없는 제 손길에도 반응하는 것인지 모르지.

이번에도 형편없이 젖어 버린 속옷을 벗겨 냈다. 셰리의 나신이 완전히 드러났다. 이미 흥분할 대로 흥분한 몸은 *그*가 당장 들어가도 될 것 같았다. 하지만 새큼하게 올라오는 달짝지근한 꿀 냄새가 진동을 해서 그냥 넘길 수가 없었다.

새하얀 피부에 음모가 적은 몸이었다. 덕분에 제대로 가려지지 않는 그녀의 붉은 비부가 남자의 눈에 자극적으로 들어왔다.

안쪽에서 투명한 액체가 끊임없이 흘러나오고 있었다. 입맛을 다시며 조심스레 손가락을 들어 쓸어 보았다. 맑은 액이 기다렸다는 듯 남자의 손가락에 달라붙으며 셰리의 입에서는 뜨거운 신음이 터져 나왔다. 다시 두 팔을 잡히는 바람에 그녀는 주어지는 자극을 꼼짝없이 받아들여야만 했다.

"아, 앗! 아앗!"

"굉장, 하네요. 역시 조금이나마 술을 마셔서 그런 겁니까, 아니면 저

기사의 존재 때문입니까."

갈라진 그녀의 속살을 가볍게 훑는 그의 손길만큼이나 목소리도 은밀했다. 셰리의 턱이 달달 떨렸다. 일주일 내내 토르 때문에 달궈지기만 한 몸이 그 이상을 원하고 있었다. 고작 이런 자극에도 머리털이 쭈뼛쭈뼛 섰다. 즐기는 듯, 그러나 느긋하게 그녀의 여성을 문지르는 남자 때문에 셰리는 애가 탔다. 결국 허리를 세게 흔들었다.

"하앗, 응, 앗. 그만."

"이렇게 젖었는데 아직도 그만, 입니까. 하……."

이내 그의 손가락의 움직임이 조금 더 빨라졌다. 그러자 셰리의 입에서 신음 소리가 더욱 크게 터져 나왔다.

"아, 앗, 흐앗, 앙, 싫……, 으응."

"후."

손을 움직이는 박자에 맞춰 셰리의 가슴이 흔들렸다. 흥분하지 않을 수 없는 몸이었다. 남자는 움직이던 손가락을 멈추고 제 혀로 묻어나온 액체를 핥았다. 일부러 보여 주는 듯 혀 놀림이 느릿했다.

"훗, 새콤달콤하네요."

"으응, 으흐. 그만해!"

수치스러움에 셰리의 얼굴이 터질 듯 붉어졌다. 그녀의 것을 꿀꺽 삼킨 남자의 입술이 일자로 굳었다. 그렇게 예쁜 반응을 보여 주면 더 이상 참을 수가 없다. 이번에도 머뭇거림 따윈 없었다. 다짜고짜 그녀의 탐스러운 허벅지를 움켜쥐고 다리 사이로 얼굴을 묻었다.

"앗! 잠깐, 잠깐만!"

"맛만 볼 겁니다, 맛만."

입술로 겉으로 드러난 속살을 전부 덮었다. 체취와 섞인 셰리의 은밀한 향이 양껏 그에게 밀려 들어왔다. 남자의 표정이 몽롱해졌다.

아, 바로 이거였다. 지난밤 이후로 내내 그를 고통스럽게 하면서 끊임없이 갈구하게 만들었던 바로 그 기운이.

그리운 마음에 만끽하던 것도 잠깐, 입술이 저절로 움직였다. 그러자 셰리의 몸이 다시 경직됐다. 그가 혀를 내밀어 겉을 쓸어 올리는 순간, 그녀의 손이 남자의 머리를 눌렀다.

"하윽, 앗, 앗! 안, 돼. 으응."

하지만 양쪽 다리가 잡혀 눌린 셰리가 할 수 있는 건 없었다. 남자는 천천히 겉에 묻은 투명한 액을 할짝이며 혀끝에 힘을 주었다. 그렇게 속살을 지분거리다 다리를 더 벌리어 불그스름한 안쪽 살이 드러나게 했다. 입술로 겉꽃잎을 밀어내고 가늘게 떨리는 그녀의 민감한 부분을 혀로 조금 더 세게 마찰했다. 남자의 후드를 감싸 쥔 손이 바들바들 떨렸다.

혀가 닿을 때마다 달콤하게 들려오는 신음은 그를 부추기기만 할 뿐이다. 혀가 약간 더 아래로 향했다. 끊임없이 말간 액체가 쏟아져 나오는 그곳에 입을 대고 빨아 당겼다.

"윽! 흑, 읏……!"

셰리의 숨이 일순 멈췄다. 허리도 팽팽하게 당겨 올라갔다. 그녀의 배를 살살 쓸어 눕히며 남자는 다시 입을 댔다. 약속했던 맛보기가 끝이 났지만 도저히 그만둘 수 없었다. 달기만 한 게 아니라 살짝 시큼한 것이 더 중독적인 맛이었다.

"제가 이렇게 만들었으니 책임은 져야 하지 않겠습니까."

"흑, 흐으. 앗! 됐으니까 이제 그마안. 차라리 그냥 빨리……."

혀로 질 입구를 깨끗하게 쓸어 닦아 냈다. 더 이상의 자극을 견디기 힘든 셰리가 이젠 거의 흐느끼는 소리를 냈다. 그도 이제 더는 한계였다.

남자는 급하게 바지의 버클을 끌렀다. 이미 속옷을 조금 적신 자신의 물건을 꺼내어 한번 손으로 쓸었다. 그의 것이 남자에게 항의라도 하는 듯했다. 크게 부푼 데다가 핏줄마저 돌아 올라 휜 채로도 꿈틀거리고 있었으니 말이다. 한참 전부터 참았던 정당한 대가를 그에게 요구하고 있었다. 숨을 몰아쉰 남자가 그녀의 허벅지를 벌리고 단단히 자리를 잡았다.

"이걸 원하시는 거겠죠?"

그새 또 그녀의 샘은 넘쳐흐르고 있었다. 아까 다 빨아 마셨다고 생각
했는데, 아깝게……. 입가에 묻은 액체를 혀로 살짝 훔치며 남자는 제 남
성을 셰리의 입구로 가져다 대었다. 아, 역시 참을 수 없는 이 미끌거림.
절로 헛숨을 들이켤 만큼 좋았다. 마침내 그는 유난히 두꺼운 머리 부분
부터 그녀의 안으로 밀어 넣었다.

"아, 아웃."

"윽."

아직 중간까지도 들어가지 않았는데 그때와 같은 엄청난 조임은 여전
했다. 조금만 힘을 빼면 오히려 제가 밀려 나갈 듯했다. 이를 악물고 끝
까지 허리를 밀었다.

"후아, 훗."

이내 그녀의 깊은 안쪽까지 진입한 그가 고개를 뒤로 젖히고 헉헉, 숨을
몰아쉬었다. 이 순간에도 셰리의 안쪽 내벽은 꿈틀거리면서 그의 것을 빨아
당기고 있었다. 잡아먹힐 것 같았다. 허리를 슬며시 뒤로 잡아 빼자 곧이어
엄청난 쾌감이 그를 따라왔다.

살아 움직이는 살덩이가 그의 것을 꽉 물고 놓지 않으려 고개를 흔드는
느낌이었다. 후드에 감춰진 남자의 이마에 땀이 맺혔다. 그가 할 수 있는 건
셰리가 이리저리 허리를 움직이지 못하도록 꽉 잡는 것뿐. 그제야 앞뒤로 부
드럽게 움직일 수 있었다.

"아, 아, 하앙, 응, 웃, 우으."

"헉, 훗, 윽."

점점 허리의 움직임이 빨라졌다. 하지만 도저히 속도를 줄일 수가 없었
다. 그녀의 교성이 높아지고 있는 와중에도 제 머릿속이 텅텅 비어 가고만
있었다. 그 소리조차 아련하게만 들릴 정도였으니.

'머리가…… 녹아 버릴 것 같아.'

저번과 크게 다르지 않았다. 허리를 격하게 흔들자 아래에 깔린 그녀의 몸도 제게 박자를 맞춰 왔다. 점점 더 수렁에 빠져드는 기분이다. 그를 물고 있는 내벽 안쪽의 조임 역시 더욱 강해졌다. 결국 그의 턱선을 타고 땀이 한 방울 주르륵 흘러내렸다. 그렇게 두 사람은 한참을 짐승처럼 흔들고 흔들리기만 했다.

"힉, 흐힉! 앗! 앗! 흐아아……!"

긴 전희 때문에 먼저 절정에 달한 셰리가 비명에 가까운 신음을 내질렀다. 정말 민감하고 예민했다. 그러나 이어지는 조임은 남자의 그런 감상조차도 더 이어지지 못하게 했다. 사람 하나 미치게 만들기에 딱 좋았다. 그를 꾸욱 짜내듯이 조이다가 탁, 하고 풀어지는 내벽이 그대로 느껴졌다. 셰리의 절정에 무방비하게 당한 남자가 있는 대로 미간을 구겼다.

"헉, 허억."

그래도 지난번의 경험이 도움이 되었다. 겨우 허리를 멈춰 사정감을 참아 냈다. 그러나 남자의 인내는 거기까지였다. 고비를 넘기고 나자 다시금 허리가 저절로 움직였다. 속도만 그대로 유지한 조심스러운 몸놀림이었다. 그러자 셰리가 움찔움찔 몸을 떨면서 여전히 흥분한 기색이 역력한 신음을 냈다.

'아, 이대로는 안 되겠어.'

벌써 끝내고 싶지 않았다. 하지만 절정이 오고부터 그녀의 내부가 더욱 축축하게 미끈거렸다. 부들부들해진 속살에 감싸여서 같이 녹아내릴 것만 같았다. 거기다 지독한 쾌감에 못 이긴 셰리가 그의 팔에 손톱을 세웠다. 결국 남자는 자세를 바꾸기로 결정했다.

"큿. 잠시…… 실례하겠습니다."

잠시 움직임을 멈추고 제 것을 힘겹게 잡아 뺐다. 셰리의 다리 쪽이 움찔거렸다. 마치 갑자기 멈춰진 자극이 불만족스러운 것처럼. 그의 표정에 곤란함이 스쳐 지나갔다. 정말로 자신을 완전히 잡아먹기라도 할 작정이었나 보다. 전신을 발갛게 물들이고 흐느적거리는 셰리에게 속삭였다.

"……죄송하지만 저는 더 즐기고 싶어서요."

남자는 소파에 엉덩이를 댄 채 그녀를 안아 세워 허벅지 위에 앉혔다. 그러고는 제 것을 빠끔거리는 입구로 가져다 댔다. 액체로 번들거리는 두툼한 물건이 잔뜩 성이 나 꿈틀거렸다. 그는 두 눈을 질끈 감으며 셰리의 안을 향해 박아 넣었다.

"꺄핫, 응, 으으, 앗, 앗."

"윽, 훗."

두 사람의 입에서 신음 소리와 한숨이 동시에 터져 나왔다. 자세를 바꾼 탓에 아까와는 다른 느낌이 들었다. 이미 한참 말랑말랑해진 안쪽으로 한 번에 진입하는 건 색다른 기분이었다. 잠시 그 기분을 만끽하던 남자가 그녀의 등을 안고 허리를 위로 튕겨 올렸다. 거센 진동에 셰리의 고개는 뒤로 젖혀졌다.

"흐잇, 윽, 흐응, 아흐……."

셰리는 눈조차 뜨지 못하고 흐느꼈다. 그 모습에 남자의 눈이 확 돌았다. 다짜고짜 셰리의 손가락을 들어 입으로 반지를 빼내었다. 그러자 꿈에서도 그리워했던 붉은 머리카락이 사방으로 흩어졌다.

"아, 역시 이쪽이 더……. 큭!"

더욱 하얗고 매끄러워진 그녀의 볼에 남자는 정신없이 입을 맞추었다. 허리 놀림에 박차를 가하자 셰리의 팔이 힘없이 흔들렸다. 그는 가여운 두 팔을 잡아 제 등 뒤로 두르게 했다. 이내 셰리는 남자의 어깨에 고개를 파묻고 숨을 몰아쉬었다. 마치 그녀가 온몸을 오롯이 그에게 맡긴 것처럼 보였다. 그제야 남자가 만족스러운 미소를 지었다.

"으응, 웃, 응, 아, 앙, 핫."

"헉, 어, 어떠, 십니까. 하아."

이젠 남자조차 제대로 말도 잇지 못할 만큼 허리의 움직임이 거세어졌다. 셰리는 그에게 속절없이 흔들리며 교성만 흘렸다. 그러다 흐릿하게 뜨여진 그녀의 눈에 침대 위에서 세상모르고 잠든 토르가 잡혔다. 남자의 허벅지에 올라가 있어 등반이 너머가 보이게 된 탓이었다.

나의 토르, 네가 날 자꾸 거부하니까, 이렇게…….

"아아앙, 흐앗, 아, 아, 앙."

"어딜, 보는, 헉, 겁니까."

순간, 남자가 더욱 거칠게 위로 턱턱 박아 넣었다. 그녀가 토르를 보고 있다는 걸 눈치챈 듯한 움직임이었다. 두 눈을 크게 부릅뜬 셰리의 고개가 또 뒤로 넘어갔다. 남자는 고개를 돌려 뒤에서 잠든 토르를 힐끔거렸다. 이내 그의 새파란 눈동자 위로 이채가 돌았다. 이윽고 셰리의 얼굴을 제게 당겨 입술에 키스했다. 그러고는 농밀하게 혀를 얽어 쪽 빨아들였다.

"읍, 으읍, 응! 흐응."

"하아, 지금은, 저한테, 집중, 윽, 하세요."

마치 그녀의 몸을 뚫어 버릴 듯했다. 남자가 허리를 퉁기며 다그쳤다. 하지만 셰리는 차마 입을 열 수 없었다. 자꾸만 몸이 튀어 올라 이대로 입을 열었다간 혀를 깨물 것이 뻔했다. 간신히 고개만 끄덕였다.

단단하고 커다란 것이 밑에서부터 끊임없이 밀고 올라왔다. 셰리는 도저히 당해 낼 재간이 없었다. 아까 한번 절정이 와 버린 후로는 더 속수무책으로 흔들렸다. 술에 취한 것처럼 몸이 둥둥 떠다니는 기분이 들었다. 지금 이 남자와의 섹스가 꿈인지 현실인지조차 헷갈릴 정도로. 흐릿해진 의식 속에서 떠오르는 건 단 한 가지뿐이었다.

아, 토르가 깨면 안 되는데…….

서로의 신음과 거친 숨소리만 진득하게 방 안을 채웠다. 끊임없이 허리를 흔들던 두 사람의 움직임이 더욱더 격해졌다. 남자가 곧 절정에 다다를 모양이었다. 빠르고 짧아진 허리 놀림이 이어졌다. 가느다란 셰리의 몸은 남자에게 매달린 채 가여울 정도로 흔들리고 있었다.

"앗, 앙, 아, 아, 으흥."

"핫, 하앗, 웃. 아가씨, 안에, 해도, 헉, 됩니까."

"괘, 괜찮……아응, 웃, 흐훗!"

대답하기 무섭게 셰리의 몸이 소파 위로 뉘였다. 자비 없는 허리 짓과 달리 남자의 손길은 시종일관 조심스러웠다. 그의 두 손이 셰리의 허리를 단단하게 잡았다.

짧은 틈을 타 숨을 고르던 셰리가 두 눈을 크게 떴다. 이어진 움직임은 여태껏 중 가장 빠른 속도였다. 도무지 정신을 차릴 수 없었다. 그녀가 인상을 찌푸린 채 허리를 들썩였다. 남자 역시 그때마다 숨을 들이켜며 괴로워했다. 그의 등줄기가 무언가 뭉친 것처럼 뻣뻣하게 굳어졌다.

"이, 이제. 흐읏, 큿."

"꺄아, 흐아, 앙, 아아앗."

그의 것이 가장 깊숙하게 그녀의 몸 안쪽으로 파고들었다. 순식간에 몸이 경직됐다. 그러다 무언가를 짜내기라도 하려는 듯 앞뒤로 다시 꾹꾹 누르며 움직였다. 곧이어 그 움직임조차 잦아들고 남자의 전신에서 힘이 빠져나갔다. 아래에 깔린 채 바들바들 떨어 대는 셰리의 몸 위로 남자가 무너졌다. 그렇게 숨을 몰아쉬던 그는 볼과 입술에 가볍게 입을 맞췄다.

"하아아, 하아, 너무, 좋았, 습니다."

"흐으, 으응, 하아아."

셰리는 아직 절정의 여운으로 가득해 몸을 떨었다. 그런 그녀를 더없이 사랑스럽다는 얼굴로 바라보던 남자가 천천히 몸을 세웠다. 그러고는 제 것을 빼내기 시작했다. 하지만 꽉 물린 내부가 여전히 움찔대며 그의 물건을 조여 댔다. 그의 미간이 다시 찌푸려졌다. 다소 고통스러운 신음이 새어 나왔다.

"으, 또, 흡."

"하으, 흐응……."

결국 남자가 움직임을 잠시 멈췄다. 대신 셰리의 얼굴에 붙은 머리카락을 조심스레 정돈해 뒤로 넘겼다. 땀에 완전히 젖어 엉망이었다. 눈을 감은 채 간신히 숨만 내쉬는 얼굴에 시선을 빼앗겼다. 다시 보아도 예쁜 얼굴이었다. 특히나 이렇게나 느낀 표정이 자신으로 인한 것인 만큼, 더더욱. 믿을 수 없을 정도의 충족감이 마음속 가득 차올랐다.

그런데 그런 그의 감상을 방해하며 제 존재감을 과시하는 것이 있었다. 중간까지 빼내다 만 제 남성이었다. 또다시 불끈불끈 성을 냈다.

"아, 이런."

"하으."

안에서 부풀어 오르고 있었다. 무슨 이유인지 몰라도 그녀의 체향과 체액, 그리고 점막 접촉이 제 이성을 마비시키는 것은 맞았다. 하지만 한 번의 사정으로 가슴 속 술렁거림은 이미 잦아들었다. 그러니 이번만큼은 순전히 계속해서 조여 대는 그녀의 몸 때문이었다.

'아무리 그래도 연속으로 하는 건…….'

새삼 자신과 그녀의 체구 차이를 의식했다. 자그마한 그녀가 감당하기엔 벅찰 테다. 조심스레 어깨를 흔들어 깨워 보았다. 그러나 두 번이나 절정에 달하고 술기운이 온몸으로 퍼져 나간 셰리는 쉽게 눈을 뜨지 못했다.

어쩌면 좋지? 남자가 고민하는 동안 그녀의 내부도 다음의 관계를 준비했다. 아까보다도 훨씬 세게 조여 왔다. 이미 부풀어 오르기 시작한 제 것을 충동질했다. 그 바람에 또다시 '그' 감각이 핏줄 사이로 타고 퍼져 나갔다. 남자는 눈을 질끈 감았다. 이미 늦었다.

"젠장."

거추장스러운 후드를 훌렁 벗어 냈다. 그의 숨이 다시 한번 거칠어지기 시작했다.

* * *

"으, 으응······."

셰리가 짜증스레 눈을 떴다. 이상하게 답답했다. 무언가로 꽁꽁 감싸여 몸이 제대로 움직이지 않았다. 그 상태에서 눈만 뜬 채 주위를 살폈다. 어느새 동이 터 오고 있는지 사위가 어슴푸레했다.

"뭐야."

팔이 움직여지질 않았다. 힘겹게 시선만 아래로 돌리자 제 몸을 돌돌 감은 검은색 로브가 보였다. 순간 피로감과 기시감이 갑작스레 몰려왔다. 어지러운 눈을 감고 몸 상태를 파악하던 셰리가 한숨을 내쉬었다. 이번에도 옷을 안 입고 있는 것 같은데······.

가만히 누워 눈을 굴려 옆을 바라보았다. 저쪽 멀찍한 침대 끄트머리에 토르가 누워 있었다. 본래의 피부색과는 달리 새하얗게 낯이 질린 채였다. 아무래도 여태껏 정신을 못 차린 모양이었다. 하지만 분명 처음엔······ 한 가운데에 눕히지 않았었나. 뭐, 지금 그게 중요한건 아니다.

결국 셰리는 꿈틀꿈틀 움직여 몸을 감고 있는 로브를 간신히 풀어냈다. 몸을 일으키자마자 허리를 짚었다.

"아윽······!"

간밤에 무리하긴 무리했나 보다. 셰리는 가만가만 기억을 더듬었다. 음, 그러고 보니까 그 마스터라는 남자도, 자신도 다시 한번 절정에 달했던 것까지는 기억이 난다. 하지만 그 뒤의 기억은 드문드문했다. 술 때문이라기엔 기묘한 기운 같은 것에 또 취한 것 같았다. 제대로 기억이 나질 않았다.

'나이를 먹어서 체력이 부족해졌나.'

바닥도 아니고 푹신한 소파 위에서 했는데 겨우 한 번 정도로 이렇게 허리가 아프다니. 요새 체력이 약해진 게 틀림없다. 절로 한숨이 나왔다.

상체만 겨우 일으켜 몸 이곳저곳을 살폈다. 역시 저번처럼 뒤처리 하나는 깔끔한 남자답게 흠잡을 곳이 없어 보였다. 물수건으로 닦아 냈는지 전혀 끈적거리지도 않고 남자의 정(精)도 묻은 곳 없이 깨끗했다.

대충 보아도 몸에 흔적을 남기지 않은 것 같았다. 꽤나 만족스러운 관계에 전희도 능숙했다. 그리고 이런 쪽의 매너도 있는 남자였다.

의외로 괜찮은데? 흐릿한 의식 속에서 그가 다소 격렬한 편이라고 느낀 것만 빼면 대체로 전부 괜찮았다. 요즘 들어 절륜하고 격렬한 관계도 좋다고 느낀 참이니까.

눈을 깜박이며 시선을 협탁으로 돌렸다. 저번처럼 새 속옷이 준비되어 있었다. 입고 온 드레스와 로브는 깔끔하게 옷걸이에 걸려 있었다. 정말 제대로 된 뒤처리네. 셰리가 가늘게 눈을 접었다.

'이런 일이 익숙한 사람인가? 그렇지 않고서야 도저히……'

그제야 여태 그녀가 덮고 잤던 로브에 생각이 미쳤다. 그럼 이건 그 남자의 로브라는 건데. 셰리는 저도 모르게 옷자락에 코를 대고 말았다. 옅은 땀 냄새와 약간의 잉크 향이 어우러진 시원한 향기가 났다. 하지만 겨우 이걸로 정체를 알아낼 수 있을 리 만무했다.

"아!"

문득 토르가 일어나기 전에 샤워를 해야겠다는 생각이 들었다. 셰리는 준비된 속옷을 집어 들고 맞은편의 욕실로 종종걸음 쳤다. 혹시나 그가 깰까, 한껏 발끝을 세우는 것도 잊지 않았다. 셰리는 욕실에 들어서자마자 문을 탁 닫았다.

"……!"

그런데 그 순간, 갑자기 그녀의 아랫배가 꿀렁이는가 싶더니 기분 나쁜 감각이 전신에 싸아, 하게 퍼졌다. 무언가가 허벅지 아래로 흘러내리는 게 느껴졌다. 셰리의 경악한 시선이 천천히 내려갔다.

희끄무레하고 조금은 묽은 액체가 다리를 타고 느긋하게 흐르고 있었다. 손가락으로 슬쩍 쓸어 보았다. 톡 쏘는 듯한 소독제 같은 향이 났다. 아무래도 그 남자의 흔적인 듯했다. 다리를 벌리자 작게 응어리진 것이 아래로 뚝뚝 떨어졌다.

"세상에."

도대체 안에 얼마나 쏟아 냈길래. 어쩐지 아랫배가 조금 불편한 기분이 들더니만. 제 안을 그것으로 다 채운 모양이었다.

보통 한두 번의 사정(射精)으로 이렇게 될 리가 없다. 그래서 허리가 아팠던 거다. 자신은 분명히……

"……."

셰리는 아랫입술을 슬며시 물었다. 흐릿한 기억 속에서 정신없이 흔들리고 흐느끼던 것밖에 떠오르지 않았다. 엄청난 양을 제 안에 부어 놓은 남자 때문에 순간 현기증이 일었다.

괜찮은 남자인 것 같다가도 이렇게 잘 알지도 못하는 여자를 정신없이 탐하는 걸 보면 확실히 정상은 아니었다. 그나마 거울로 다시금 확인해 본 몸은 흔적 하나 없이 깨끗했다. 그런걸 보면 남자도 아주 맛이 간 상태는 아니었던 모양인데.

자꾸만 허벅지를 끈적하게 타고 흐르는 느낌이 불쾌했다. 정체 모를 남자의 미련과 집착이 형상화라도 된 듯한 착각마저 들었다. 셰리는 물로 안쪽까지 싹싹 비워 냈다. 조금도 아닌, 이렇게 많은 양이 제 안에 머물렀다 생각하니 더욱더 찝찝했다.

'매달 피임차를 챙겨 마시고 있었으니 망정이지. 으……!'

셰리가 가장 신경 쓰는 일 중 하나는 사생아를 만들지 않는 것이었다. 고귀하게 태어나 그 특혜를 온전히 제 것으로 지켜 낸 그녀다. 제 핏줄이 갖는 일반적인 의미 이상의 것을 일찍이 잘 알고 있었다.

"이 남자가, 또 반지를!"

샤워를 마치고 돌아와 옷을 갖춰 입은 셰리가 로브로 손을 뻗다 멈칫했다. 잘 개어진 로브 위에 반지가 덩그러니 올려져 있었다. 어느 순간부터 또 제 손에서 반지가 빠져나갔었나 보다. 지친 한숨을 내쉬며 반지를 손가락에 끼웠다. 제 머리카락의 색이 갈색으로 바뀐 것도 재차 확인했다.

"이제 남은 건……."

셰리의 눈길이 침대 위 토르에게로 향했다. 어느덧 창밖의 어둠은 거의 다 물러가고 아침의 햇살이 창문 안으로 들어오는 시각이었다. 그는 간밤에 제 앞에서 무슨 일이 벌어졌는지도 모르고 색색거리며 잠에 빠져든 채였다. 토르에게 조금 미안한 마음이 느껴졌지만 셰리가 이내 입을 비죽였다.

"다 자업자득이야."

그러게 그만 좀 튕기고 넘어왔으면 간밤에 자신을 안는 이는 그가 되지 않았겠나. 셰리는 남아 있던 자책감을 털어냈다. 그리고 다시 그녀다운 여유를 되찾았다. 다행히 몸은 전에 없이 가뿐했다. 심지어 그 남자에게 무슨 기운이라도 받은 것처럼 고운 피부가 유난히 빛이 났다.

"진짜 잘 자네……. 토르! 이제 일어나."

셰리가 가만히 그를 흔들어 깨웠다. 토르의 자는 얼굴을 보는 건 처음이었다. 흔하게 볼 수 있는 모습이 아닌 만큼 더 감상하고 싶은 마음이 굴뚝같았다. 하지만 이제 돌아갈 시간이다. 혹시라도 제 부재가 알려진다면 난리가 날 테니까.

"토르, 일어나. 집에 가야지."

"으, 음."

여러 번 흔들었으나 토르는 짙은 눈썹을 꿈틀대기만 했다. 독한 술을 한꺼번에 많이 마셔서라기엔 괴로워 보이는 모습이었다. 깨어나지 못한 채로 토르가 그녀를 향해 팔을 허우적거리며 크게 휘둘렀다.

"꺅!"

셰리는 난데없이 날아온 그의 팔에 눌렸다. 기껏 일어난 몸이 침대에 도로 누운 신세가 되고 말았다. 셰리는 묵직한 그의 팔을 밀어내려 안간힘을 썼다.

"으, 무거워. 비켜, 토르!"

"으음."

괴로운 듯 신음성이 흘러나왔다. 잠결에 지독하게 낮아지고 쉰 목소리였다. 그 바람에 토르의 몸에 깔린 셰리가 잠시 얼굴을 붉혔다. 뭐, 뭐야. 지금 같은 신음은······.

하지만 가느다란 그녀의 몸으로는 거구의 남자를 버텨 내지 못했다. 덮쳐 눌린 채 옴짝달싹할 수가 없었다. 결국 작은 주먹을 들어 닥치는 대로 토르의 몸을 두들겨 댔다.

"무거워! 비켜! 숨 막힌단 말이야! 일어나, 토르!"

"아······ 으응?"

그제야 잠에서 깬 듯 몽롱한 말소리가 들렸다. 이윽고 초점이 덜 맞춰진 눈동자가 그녀의 얼굴 쪽으로 내려왔다. 그리고 다음 순간, 토르의 눈에 예리한 빛이 서리는가 싶더니 거친 손길로 셰리의 어깨를 잡아 그대로 내리눌렀다. 순식간에 다른 사람처럼 변해 버린 모습이었다. 그녀의 눈에 얼핏 두려움이 스쳤다.

"누구냐! 누군데, 내 방에 함부로······."

"자, 잠깐. 토르! 나야, 셰리."

"아."

익숙한 목소리에 토르가 손을 거두고 서서히 몸을 일으켰다. 반지 아티팩트로 변신한 모습이 낯설었던 탓이었다. 무턱대고 제압하여 경계하고 말았다. 가장 먼저 무의식적으로 제 바지 버클부터 확인했다. 입고 온 그대로라는 걸 확인한 토르가 뒤늦게 한숨을 내쉬었다.

"아, 저. 죄송합니다. 무심코 그만."

"으, 무거워. 누가 잡으러 오는 것도 아닌데 왜 그렇게 경계해?"

"······."

그녀에게 내민 토르의 손을 잡았다. 그에게 기대어 몸을 세우면서 셰리가 타박했다. 삐딱한 턱짓으로 옆에 단정하게 놓인 그의 옷을 가리켰다.

"어제 술 많이 먹고 그대로 뻗은 거 기억나? 곧 아침이야. 얼른 입고 가자."

"제가…… 그랬, 습니까? 하아, 그러고 보니."

토르는 한 손으로 머리를 짚고 애써 기억을 떠올려 보려 했다. 한참 인상을 찌푸리던 토르의 얼굴이 금세 벌겋게 달아올랐다. 호위해야 할 아가씨를 두고 제가 먼저 술에 취해 쓰러진 것이 뒤늦게 부끄러웠다. 그리고…….

'또, 그런 꿈을…….'

울부짖는 듯한 아가씨의 신음 소리가 지나치게 생생했다. 워낙 현실감 넘치는 꿈이라 자신이 드디어 저질러 버린 줄 알았다.

주섬주섬 옷을 집어 입는 토르의 뒷모습을 보던 셰리의 입술이 머뭇머뭇 작게 열렸다.

"혹시 어젯밤, 뭔가 기억나?"

"예? 제가 무슨 실수라도?"

들릴 듯 말 듯한 속삭임이었다. 그런데도 불구하고 즉각 반문이 돌아왔다. 겉옷을 걸치다가 돌아보는 토르의 표정에 난처한 기색이 한가득했다. 셰리는 살포시 웃으며 고개를 저었다.

"아냐, 어서 가자."

"……간밤에는 죄송했습니다."

"아니라니까, 서로 퉁친 셈 치지 뭐."

"……?"

그의 팔을 잡아당기자 토르가 그대로 끌려왔다. 예전과는 달리 미미하게 홍조만 띤 채 거부하지 않았다. 셰리는 거기까진 알아차리지 못한 채 방을 나섰다.

Ⅳ. 첫 키스의 맛

"……"

아무리 생각해도 요즘 토르가 이상했다. 팔을 잡는 건 물론이고 은근슬쩍 안겨 와도 순간 움찔하는 게 다였다. 예전처럼 자신을 밀쳐낸다거나 도망가는 일이 없었다.

'그렇다고 옳다구나 덤비기는 좀…… 그래.'

셰리가 접촉할 때마다 짓던 비장한 표정이 마음에 걸렸다. 그래서 바로 그의 동정까지 취하려 들지는 못했다. 뭐라고 말로 표현할 수는 없지만, 보랏빛 눈동자에 찬 괴로움이 자기혐오처럼 보이기도 해서 말이다.

저번에 화를 내서 그런 걸까, 아니면 술집에서 진탕 마시고 정신을 놓아 버린 것 때문일까. 그날의 반응을 보면 마스터라는 사람과의 정사(情事)는 목격하지 못한 게 분명한데…….

셰리는 뭐가 그를 이렇게 바꿔 놓았는지 짐작도 가지 않았다. 처음 계획으로는 약간만이라도 고분고분해지면 기회를 봐서 침대로 끌어들이려 했다.

하지만 저렇게 울 것 같은 표정으로 반항마저 안 하면 함부로 강제하기가 꺼림칙해지는 게 사실이다.

'차라리 왜 예전처럼 밀어내지 않는 거냐고 물어볼까?'

아니, 아니다. 셰리는 벌써 백 번도 넘게 목구멍까지 차오른 말을 꾹꾹 참았다. 그건 어쩐지 그녀의 자존심이 상하는 질문이라……

아무튼 토르의 이런 반응은 어쩐지 셰리의 의욕을 시들하게 만들었다. 그녀보다 압도적으로 힘이 센 주제에 나름 저항하려고 애쓰는 모습이 제법 신선하고 귀여웠는데. 셰리가 심통 난 얼굴로 물끄러미 그를 응시했다.

"……"

지금도 아닌 척하지만 그녀를 의식하고 있는 게 틀림없다. 그러나 끝끝내 토르의 입술은 굳게 닫혀 열리지 않았다. 안 그래도 말이 없는 편인 그가 작정하고 입을 닫으니 요즘은 셰리가 토르의 눈치를 보기 일쑤였다.

"그럼, 오늘도 편안한 밤 되십시오. 카셰이라 님."

"그래!"

"……"

셰리는 목 끝까지 이불을 덮은 채로 홱 돌아누웠다. 목소리에 담긴 불만 역시 그가 모를 리 없다. 하지만 그녀의 허락이 떨어지기 무섭게 토르는 오늘도 작은 방으로 가 버렸다. 셰리가 이불을 걷어차며 씩씩댔다. 이런 게 어떻게 아가씨와 호위 기사의 관계라고 할 수 있어? 입을 안 열겠다면 억지로 열게 하는 수밖에.

물론 그녀의 자존심이 허락하는 선에서 말이다.

* * *

"드디어 길었던 야만족과의 전쟁이 막바지에 이르렀다. 백여 년간 이어진 그들과의 전투는……"

결국 셰리는 토르에게 곁에서 제국의 소식지를 읽으라고 명령했다. 그게 벌써 일주일째였다. 아주 말이 안 되는 명령은 아니었다. 후작가 업무에 지친 그녀의 눈을 쉬게 한다는 명분으로는 충분했으니까.

'아, 목소리 진짜 좋다. 원래 목적은 이게 아니긴 했지만, 뭐 어때.'

침대에 편안히 누운 채로 셰리는 두 눈을 감았다. 비록 감정 없이 딱딱한 말투지만 워낙 미성이라 귀가 간지러울 만큼 좋았다.

"……헤아릴 수 없는 제국민의 희생을 낳았고, 북방 변경 지역을 통제 불가능 상태에 놓이게 했다. 그러나 그들의 우두머리인 탈라크의 사망으로 제국군이 우세한 상황에 놓이게 된 바, 지도자를 잃은 야만족들과의 전쟁도 끝이 보이고 있다."

새로운 기사에 셰리가 감은 눈을 떴다. 그러고는 소식지를 넘기는 토르에게 말을 걸었다.

"저번에는 탈라크 때문에 전세가 불리해졌다고 하더니, 적진 한가운데에 있을 자를 용케도 죽였네."

"그러게 말입니다."

그럼, 곧 전쟁이 끝날지도 모르겠네.

셰리는 침대에 비스듬하게 누워서 고개를 끄덕였다. 제국과 야만족의 전쟁은 벌써 백여 년간 지속된 골칫거리였다. 휴전에 휴전을 거듭해 가면서도 야만족들은 끊임없이 세를 불리고 국경을 어지럽혔다. 셰리의 작은할아버님 역시 출전했다가 전사하셨으니 그녀와 아주 무관한 이야기도 아니었다. 그런데 그 지리했던 전쟁이 이제 끝물이란다.

'어쩐지 아버지께서 황도로 급히 가시더니, 종전 논의가 시작됐나 보네.'

제국의 재무대신인 셰리의 아버지는 일찍이 부인을 잃고 딸 사랑이 끔찍하기로 유명했다. 그래서 일 년에 한 달은 후작령에 머무르려 애를 썼다. 그런 아버지가 후작령에 돌아오자마자 황도의 급한 전갈을 받고 떠나셨다 싶었는데……. 이런 이유였던 거다. 아무래도 전쟁이 마무리되면 처리할 일들이 많아지니까.

'셰리. 이 아비가 부족해서 또 네게 미안할 일만 만드는구나. 친구인지, 재상인지 하여간 내가 이번에 가면 담판을 짓고 오마.'

'공작 각하께 너무 그러지 마세요. 귀족의 도리를 다 하셔야죠, 아버지.'

'아직도 밤에 혼자 자기 무서우냐? 그럼 톨체르 경이라도…….'

'데이브, 아버지를 황도까지 잘 모시도록 해.'

일주일 전의 기억에 셰리가 잠시 이마를 짚었다. 정말 아직도 자신이 밤을 무서워하는 어린 딸인 줄 아시는 건가. 아무리 그래도 토르도 듣고 있는 자리에서 저런 말을…….

깐깐한 성정과 일처리로 악명이 높은 아버지는 유난히 셰리에게 무르게 구셨다. 그도 그럴 게 고위 귀족 가문에서는 흔치 않은 연애결혼을 하신 분이었으니까. 그래서 재혼도 하지 않고 떠난 어머님만 그리워하셨다. 셰리는 늘 궁금했다. 과연 자신도 그런 애달픈 순정을 느낄 수 있을지.

'뭐, 몰라도 상관없어. 어차피 혼인하고 나서는 남편한테만 집중할 거니까.'

하지만 누구와 맺어지든 지금 같은 사생활은 청산할 생각이다. 지금도 후작령 일을 처리하느라 충분히 바빴다. 결혼하고 정식으로 후계자 업무를 맡게 되면 더 시간이 없을 테니까.

이런저런 생각을 하느라 소식지를 읽던 토르의 말소리가 끊긴 걸 뒤늦게야 깨달았다. 셰리의 고개가 그에게로 향했다. 지금 가장 화제가 되고 있는 소식이니 저렇게 짧은 분량일 리가 없을 텐데?

"응? 그게 끝이야?"

"저, 음……."

토르의 얼굴엔 곤란한 기색이 가득했다. 심지어 소식지만 구깃구깃하게 붙들고 그녀의 눈치를 보고 있었다. 의아해진 셰리는 몸소 침대에서 일어나 그의 손에 들린 종이를 낚아챘다. 도대체 뭐라고 써 있길래 그토록 주저하며 읽지를 않는 것인지. 셰리가 빠른 목소리로 뒷내용을 읊었다.

"야만족들의 정신적 지주인 탈라크를 직접 격퇴한 이는 린데카이르가의 에드윈 공자······. 아, 설마 이거 때문에 안 읽은 거야?"

"······."

셰리의 얼굴에 황당한 표정이 스쳐 지나갔다.

에드윈 공자라면 분명 2년 전 자신과 파혼한 그 사람이었다. 하지만 어쩔 수 없는 상황이었고, 사람들의 입에 오르내리는 일도 이젠 없었다. 당사자 둘이 황도의 사교계에 남아 있지 않았으니.

셰리는 두 눈을 감았다. 잠시 2년 전의 그날이 떠올랐다.

'좋아요, 파혼하죠. 끝내요.'

'······당신의 처음은 내가 받아야겠어요.'

그리고 다시 뜨인 올리브색 눈동자는 작은 미련조차 없이 말끔했다. 솔직히 당시에는 많이 힘들었다. 어리기도 어렸고 결혼이라는 것의 의미를 알기 전부터 그가 미래의 제 짝이라 믿어 왔으니까. 어느 날 갑자기 파혼을 선언한 상황이 힘들지 않았다면 거짓말이겠지.

'그치만 벌써 2년 전이야. 나는 그때의 셰리도 아니고.'

어떤 상처라 해도 딱지가 덮이기에 충분한 시간이 흘렀다. 그런데 이 순박한 호위 기사는 그것을 신경 쓰고 있었던 모양이다. 아직도 제가 에드윈 공자를 잊지 못하고 있다고 여긴 걸까. 하긴 그 후로 약혼 이야기가 나오질 않았으니 그렇게 여긴 걸지도 모른다. 하지만 자신을 뭘로 보고!

셰리가 샐쭉해진 표정으로 토르를 살폈다. 그녀의 입에서 에드윈이라는 이름이 나오자 고개를 푹 숙인 채였다. 그리고 이어진 침묵. 이제 정말 아무렇지 않은 셰리는 우습기만 했다. 아버지고 토르고 도대체 저를 얼마나 어린아이로 생각하는 것인지.

"있잖아, 나는······. 아!"

그때, 셰리의 머릿속에 갑자기 앙큼한 계획이 스쳐 지나갔다. 위기는 기회라고 했던가. 안 그래도 그녀는 요즘 토르의 반응을 이끌어 낼 방법을 모색 중이었으니까. 이건 생각지도 못했던 좋은 기회였다.

셰리는 두 눈을 빠르게 깜박였다. 바삭하게 말라 있던 눈가가 어느새 눈가가 촉촉하게 젖어 들었다. 곧이어 약간 떨리는 듯한 목소리도 냈다.

"토르, 혹시 내가 여태 상처받았을까 봐 걱정해 준 거야?"

"아, 그……."

물기 어린 목소리에 놀란 토르가 고개를 들었다. 그러자 셰리가 살짝 시선을 돌린 채 애처롭게 고개를 떨궜다.

"제, 제가 주제넘었습니다. 용서해 주십시오."

토르의 눈에는 금방이라도 요정 같은 눈동자에서 눈물이 뚝뚝 떨어질 것처럼 보였다. 화들짝 놀란 그가 의자에서 일어나 무릎을 꿇으려 했다. 셰리는 이 기회를 놓치지 않았다. 토르의 팔을 잡아 제지하며 다가가 어깨에 얼굴을 묻었다. 이번에도 그는 움찔했다. 하지만 이내 숨죽인 채 가만히 셰리의 눈치를 보았다. 품에 안긴 셰리의 목소리가 더 애절해졌다.

"아냐, 토르도 나 파혼 당한 거 알고 있었구나. 하긴 그때도 이미 우리 가문 기사였을 테니 당연하겠지."

"카, 카셰이라 님, 파혼당했다니요. 그건 어쩔 수 없는 일이었습니다."

파혼'당했다'에 묘한 강세가 들어가 있었다. 토르는 적잖이 당황했다. 사실 에드윈 공자가 일방적으로 먼저 파혼을 통보했다는 건 당사자들만 아는 일이었다. 대외적으로는 셰리의 성년을 맞아 양쪽 가문이 협의한 것으로 알려져 있었다.

하지만 셰리는 토르를 위해서 이 정도는 가볍게 이용할 생각이었다. 여전히 자신을 이상적인 아가씨로 알고 있는 그이니 말이다. 좀 더 가련하고 안타까운 공녀님으로 보일 필요가 있었다.

"그럼 토르, 혹시 내가 파혼당한 다른 이유. 알고 있어?"

"예에? 다, 다른 이유라니요. 그럴 게 있을 리가……."

토르의 어깨에서 얼굴을 뗀 셰리가 눈가를 훔치는 시늉을 했다. 그러고는 다시 거짓 눈물을 그렁그렁하게 매달았다. 그 모습을 발견한 토르의 보랏빛 눈동자는 순간 복잡하게 흔들렸다. 셰리는 망설이지 않았다. 그와 눈을 마주하며 무릎 위에 올려진 커다란 손을 살짝 쥐었다. 그러자 토르는 이번에도 피하지 않았다.

"나, 사실 그 사람보다 많이 어렸잖아. 그때 난 막 성인이 된 어린애였으니까. 아무래도 내가 여자로 보이지 않았던 모양이야."

"그, 그럴 리가 없습니다. 그때도 이미 카셰이라 님은 누구보다도 아름다우셨습니다!"

급기야 토르가 그녀와 맞잡은 손에 힘을 꾹 주며 소리쳤다. 셰리의 눈이 휘둥그레졌다. '그때도'라고? 그녀는 얼마 전까지 그의 존재도 몰랐었는데. 지금의 말은 마치 토르는 예전부터 셰리를 알았다는 듯 들렸다. 뒤늦게 제가 무슨 말을 했는지를 깨달은 토르의 얼굴이 달아오르기 시작했다. 붉어진 낯뿐만이 아니었다. 시선을 피한 채 손도 잡아 빼려 꼼지락거리기 시작했다.

'아하⋯⋯!'

이러면 생각보다 일이 쉬워질지도 모르겠다. 셰리는 빠져나가려는 손을 붙들었다. 그러고는 내심 미소를 지으면서도 다시 입술을 꼬옥 깨물었다. 긴 속눈썹을 내리깐 채 다시 빠르게 눈을 깜박였다. 지금이 바로 맺혀 있는 눈물방울을 떨어뜨릴 최고의 타이밍이니까! 몇 번 반복하자 드디어 맑은 눈물방울이 또륵 굴러 내렸다.

"카, 카셰이라 님."

애석하게도 토르는 셰리의 깜찍한 연기를 알아채지 못했다. 그의 얼굴이 점점 더 당황으로 물들었다. 셰리가 이렇게 우는 모습은 처음 봤다. 토르의 입이 점점 벌어졌다.

늘 당차고 밝은 아가씨가 그의 손을 잡고 애처롭게 눈물을 흘리다니. 어느새 울컥한 감정이 올라왔다. 이렇게 가만히 눈물을 떨구는 모습조차도 넋이 나갈 것처럼 아름다운데! 여자로 보이지 않는다니, 그 공자는 눈이 삐어도 단단히 삔 게 틀림없다.

'만약, 만약에 내가 그 공자였다면…….'

가문이고 직위고 뭐고 간에 절대 그녀를 놓치지 않았을 테다. 그의 손에서 떠나간다면 분명 다른 남자에게 가 안길 게 뻔하지 않은가. 어떻게 밤에 편히 잠들 수 있을까. 토르의 눈동자 안쪽으로 조금씩 분노가 서렸다.

감히 굴러 들어온 복을 찬 모자란 공자 같으니. 게다가 누구보다도 아름다운 그녀를 여자로 보지도 않아? 순간 한 번밖에 본 적 없는 공자에게 살의마저 느꼈다.

토르는 자신도 모르게 셰리의 눈가에 제 손가락을 가져다 대었다. 싱그러운 올리브색 눈동자에 차오른 눈물이 너무나 안타까웠다.

"카셰이라 님, 귀한 눈물을 흘리시면……."

"가끔 난 그런 생각이 들어, 토르. 이다음에 누군가와 약혼을 하고 결혼을 하더라도 그 사람도 날 여자로 봐 주지 않을 것 같다는 생각이 말이야."

"그렇지 않습니다. 감히 어느 누가!"

이렇게 아름다운데, 이렇게 사랑스러운데. 그녀에게서 비롯된 것은 눈물 한 방울조차도 이 세상 그 무엇보다 소중했다.

토르는 셰리의 눈물을 조심스레 닦아 냈다. 그리고 그 와중에도 그녀의 뺨이 지나치게 부드럽다는 생각을 했다. 그때, 토르의 손길을 만끽하고 있던 셰리가 그의 품에 와락 안겨 들었다.

"앗, 카셰이라 님!"

깜짝 놀란 토르가 몸을 물리려 했다. 그러나 여기서 물러날 수 없는 셰리는 다급하게 말을 이었다.

"토르, 토르. 난 싫어. 다시는 그런 일 겪고 싶지 않아."

그 말에 그녀를 떼어내려던 손이 공중에서 멈춰 섰다. 이제 셰리는 그의 품에 안겨 급기야 흐느끼고 있었다. 토르는 그녀의 등을 바라보며 머뭇거렸다.

결국 결심한 듯 팔을 올려 감싸 안았다. 아, 작고 보드랍다. 셰리와 닿은 그의 몸 전부가 전기라도 흐른 듯 찌릿찌릿했다.

거기다 어디서 나는지 모를 좋은 향기가 토르의 코끝을 간질였다. 은은하지만 계속해서 맡고 싶은, 그런 중독성 있는 셰리 특유의 향기였다. 오감이 마비될 것만 같았다.

'아가씨는 이렇게 작고 여린 분이셨구나.'

주군으로 모시는 입장인데다가 워낙 당당한 성격이라 존재감만큼은 크게 느끼고 있었다. 그런데…… 이렇게 안아 보니 조금만 세게 껴안으면 바스러질 것만 같았다.

토르는 셰리의 머리카락에 얼굴을 묻고 한참을 편안한 느낌에 취해 있었다. 그러자 셰리가 어느새 품에서 얼굴을 떼고 그를 올려다보았다. 눈가가 촉촉하게 붉어져 있었다. 그리고 입술은 또 왜 그리 빨갛게 물들어 있는지. 참을 수 없이 귀엽고 아름다웠다. 토르는 홀린 듯이 셰리를 바라보기만 했다. 그의 목 뒤로 가느다란 양쪽 팔이 걸쳐졌다.

"토르, 토르는 내 호위 기사니까 내가 행복해지길 바라지?"

셰리가 가까이 매달리는 바람에 더욱 진하게 체취가 느껴졌다. 토르는 반쯤 홀려 그녀의 목덜미에 다시금 얼굴을 기댔다. 그리고 중얼거렸다.

"네……. 물론입니다."

진심이었다. 그녀를 처음 본 그 순간부터 지금까지 쭉 그랬다. 아가씨가 누구보다 행복해졌으면 하고 바라는 마음은 변한 적이 없다. 예상대로 순순한 그의 대답에 셰리는 토르의 귓가에 입을 가져다 댔다. 달콤한 속삭임이 이어졌다.

"그럼, 나랑 연습을 해 줘."

"예? 무슨?"

토르가 의아한 듯 물었다. 셰리는 일부러 그의 귀로 나른한 한숨을 흘려보냈다. 아직 토르는 그녀를 껴안은 손을 풀지 못한 채였다. 의자에 앉은 몸이 그대로 휘청였다.

"남자에 서툴다거나, 여자로서 매력이 없다는 말은 더 이상 듣고 싶지 않아. 그러니까 토르가 날 도와 달라는 얘기야."

"제, 제가, 도와드릴 수 있는 일입니까?"

당연히 지금껏 들어 본 적 없는 말이다. 실제로 남자들을 홀렸으면 홀렸지, 그런 시시한 취급을 당해 봤을 리가. 하지만 토르를 얻기 위해서라면 이 정도의 거짓말은 애교에 불과했다. 여자를 모르는 토르도 함께 알아가는 기회가 되면 더 좋고. 셰리가 싱긋 웃었다.

"앗?"

그리고 멍청한 표정인 그의 볼에 쪽, 하고 입을 맞췄다. 셰리가 한 말의 의미를 더듬고 있던 토르는 뛸 듯이 놀랐다. 결국 이번엔 그녀에게서 제 몸을 떼어냈다. 다만 혼이 날까 눈치를 보느라 손길만은 조심스러웠다. 셰리는 이 가여운 청년에게 기꺼이 알려 주기로 했다.

바보, 바보 같은 토르. 연습이라면 무슨 연습이겠어. 당연히…….

"남자랑 사랑하는 연습 말이야. 토르는 훌륭한 호위 기사니까 아가씨의 행복을 위해서라면 그 정도는 도와줄 수 있지?"

"……카셰이라 님."

아까 울먹였던 연약한 사슴 같은 공녀는 사라진 지 오래였다. 짓궂은 미소를 띤 아름다운 아가씨가 당황한 그 앞에서 웃음 짓고 있었다. 그 모습이 작은 악마처럼 보이기도 했다. 하지만 그런 미소조차 본디 타고난 것처럼 기가 막히게 어울리는 미모의 소유자였다.

토르는 혼란스러웠다. 그래서 그는 방금 전까지 촉촉했던 그녀의 눈가가 바싹 말라 버렸다는 사실도 눈치채지 못했다.

"아, 저는…… 그러니까."

그렇게 토르는 갑작스러운 말에 횡설수설하기만 했다. 셰리가 살포시 웃으며 다시 한번 쐐기를 박았다. 은근슬쩍 그의 품에 파고드는 것도 잊지 않았다.

"토르가 싫으면 밀어내도 좋아. 그런데 이렇게 안아 주는 것도 안 되는 거야?"

"그건, 아니지만."

토르는 품에 안겨 비비적대는 셰리를 곤란한 눈으로 바라보았다. 하지만 어느새 학습한 그의 손은 그녀의 등 위를 맴돌았다.

'지, 지금 손을 올려야 하는 건가.'

불안하고 초조한 심정은 격렬하게 박동하는 심장소리로 솔직하게 드러났다. 즐기듯 듣고 있던 셰리가 이번만큼은 도와주기로 했다. 아직도 제 몸에는 손도 못 댄 채 머뭇거리고 있는 불쌍한 손을 덥석 잡았다. 그리고 등 뒤로 두르게 했다.

어라, 못 이기는 척 따라오는 걸 보면 역시 영 싫은 건 아닌가 본데? 품에 폭 안긴 셰리가 두 눈을 감았다.

"토르는 몸이 엄청 따뜻해. 원래 이렇게 체온이 높아?"

"……불편하십니까?"

"아니, 아니. 그래서 더 좋아."

불편한 자세만 고치면 더더욱 좋을 것 같은데. 그래서 셰리는 벌어진 토르의 한쪽 허벅지 위로 걸터앉았다. 토르가 또 화들짝 놀라 그녀의 팔을 잡았다.

"카셰이라 님!"

"이게 편하단 말이야. 그럼 나더러 불편하게 있으라고?"

"……."

셰리의 팔을 잡은 힘이 서서히 빠져나갔다. 셰리는 이제 웃음을 숨기지 않았다. 그의 목 뒤로 팔을 둘렀다. 여전히 좀 움찔하긴 하지만…….

'이제 저항하는 건 포기했나?'

오히려 그을린 뺨이 붉게 익어 있었다. 셰리가 뿌듯한 얼굴로 그에게 상체를 밀착했다. 여태 제가 공들여 길들인 보람이 있구나 싶었다. 일부러 가슴이 닿도록 기대며 셰리는 달아오른 목덜미 부근에 작게 소곤거렸다.

"토르는 어때?"

"예?"

느긋하게 내쉰 숨결이 그의 목덜미에 민감하게 닿았다.

"내가 아직도 어린애인 것 같아?"

"으. 아, 아닙니다."

토르는 참지 못하고 들썩이며 떨리는 목소리를 냈다. 아까보다 몸이 더 뜨거워졌다. 셰리가 어깨 위에 고개를 묻고 쿡쿡 웃었다.

'처음 봤을 때는 여자한테 무심해서 어려울 줄 알았는데, 의외로 반응이 좋잖아?'

한번 틈을 파고들어 보니 오히려 조그마한 자극에도 민감하게 반응했다. 더없이 만족스러운 상대였다. 너무 쉽게 넘어오는 남자들은 이제 좀 지루하다. 셰리에게 토르는 관계를 맺는 것 외의 다른 즐거움에 눈뜨게 했다.

'나보다 연상인데도 귀여워.'

나이에 비해 어려 보이는 얼굴과 다르게 토르의 목은 보기보다 굵었다. 셰리는 더욱 가까이 매달렸다. 거기다 묘한 손길로 등을 쓸어주기도 했다. 그때마다 토르는 으윽, 소리를 내며 참았다.

의자 아래로 늘어진 토르의 팔이 계속 움찔거렸다. 이번에도 등에 손을 올릴까 말까 고민하는 모양이었다. 하지만 이제부턴 그녀가 매번 도와주지 않을 테다. 이 정도 했으면 학습하고, 익숙해져야지. 그리고 매번 기다려 줄 수만은 없다는 것도.

이윽고 토르의 팔에 결심한 듯 힘이 들어갔다. 그에게 바짝 붙어 있던 셰리도 금세 알아챘다. 아쉬운 듯 토르의 등을 한번 쓸어내린 그녀는 그대로 몸을 떼어냈다. 막 올리려던 토르의 손이 뒤로 물러서자마자 닿았다. 하지만 셰리는 무시하고 완전히 일어섰다.

"아?"

토르의 입에서 아쉬운 듯한 음성이 새어 나왔다. 셰리는 애써 모른 척

하며 몸을 돌렸다.

"토르, 우리 이제 도서관에나 가 보자. 나 오랜만에 책 읽고 싶어졌어."

"……예."

못내 아쉬운 투가 목소리에 진득하게 배어났다. 좀 더 적극성을 보이지 못한 것을 후회하는 반응이었다.

'밀고 당기기라는 거 꽤 쓸 만하네?'

애초에 번거로운 건 딱 질색인 그녀였다. 하지만 토르에게는 자꾸만 예외를 두게 됐다. 이런 귀여운 모습이라면 가끔 써먹어 주는 것도 괜찮지 않을까. 셰리는 미소를 숨기려 괜히 드레스를 탁탁 털었다.

"그럼, 갈까?"

"……예."

잔뜩 풀이 죽은 목소리였다. 셰리가 먼저 앞장서서 문가로 향했다. 슬쩍 뒤를 돌아보니 제 두 손을 빤히 바라보고 있는 토르가 눈에 들어왔다. 귀여워라. 자꾸 이런 식으로 자신을 즐겁게 해 주면 다음에 또 놀려 먹게 될 것 같은데.

웬만하면 토르의 손을 잡아 주었을 법도 했다. 하지만 이번에는 아쉬움이 금방 가시지 않도록 셰리는 일부러 두어 발자국 앞에서 팔랑거리며 걸었다.

'아, 아쉽다. 그래도 기회를 놓치면 두고두고 후회한다는 걸 지금부터 몸에 새기게 해야지.'

그래야 나중에 결정적인 순간이 오더라도 망설이지 않을 테다. 마지막 순간에 거부당하는 거, 의외로 짜증 나는 일이니까.

* * *

"……."

도서관에 도착해서도 셰리는 토르에게 눈길 한번 주지 않았다. 대신 책장에 있는 책들에만 시선을 고정했다. 아가씨가 책을 고르고 있으니 이 불쌍한 청년은 자리에 앉지도 못하고 뒤를 졸졸 쫓았다. 물론 그러면서 내내 눈치만 살피고 있다는 걸 셰리도 아주 잘 알았다. 딱히 뒤에 눈이 달리지 않더라도 말이다.

"와, 이게 아직도 있네."

처음엔 순전히 토르의 품에서 벗어나기 위해 댔던 핑계였다. 하지만 오랜만에 어릴 적 읽던 책들을 발견하자 감회가 새로웠다. 그러던 그녀의 눈에 동화책 한 권이 보였다.

'어? 이건…….'

셰리는 동화책의 내용을 떠올려 보았다.

호수에 사는 정령 아가씨의 이야기였다. 그곳에 자주 오는 인간 남자에게 반해 마녀와 계약을 하고 백 일간 사람의 모습을 할 수 있게 된다. 약혼까지 성공했으나 그녀가 인간이 아니라는 것을 들켜 파혼을 당하고 결국 호수의 물거품으로 변하게 된다는 슬픈 이야기. 대략의 내용을 기억해 낸 셰리가 눈을 흐릿하게 떴다.

'어렸을 때도 고작 남자 하나에 바보처럼 목숨 거는 게 이해가 안 돼서 다신 안 봤던 거 같은데.'

그래서인지 다른 책들에 비해 유난히 겉면이 깨끗했다. 힐끗 보고 지나치려던 셰리가 갑자기 눈을 반짝였다.

파혼, 파혼이라.

아까 토르가 제 파혼에 마음을 쓰던 게 떠올랐다. 그럼 이 책으로 조금이나마 그의 반응을 이끌어 낼 수 있지 않을까? 설마하니 백작가의 아들인데 이 책의 내용을 모를 리도 없으니 말이다. 셰리는 십여 년 만에 조우한 동화책을 품에 꼬옥 안았다.

"다 골랐어. 이제 방으로 가자."

그리고 방으로 돌아와 토르에게 책을 내밀었다. 그는 무슨 뜻인지 몰라 멀뚱멀뚱 셰리와 책을 번갈아 보기만 했다.

"읽어 줘. 오랜만에 이게 읽고 싶어졌어."

"아, 호수의 정령. 카셰이라 님. 이 책은……."

"나 누워서 들어도 되지?"

당연히 토르는 난감해했다. 그런 그를 제쳐두고 셰리가 침대로 가 달랑 누웠다. 결국 어쩔 수 없이 침대가로 다가온 토르가 의자에 걸터앉았다.

잠깐이지만 셰리의 손이 그에게로 향하려다 멈칫했다. 저 잘생긴 얼굴만 보면 자꾸 결심이 무뎌졌다. 이제부터는 토르가 스스로 안겨 오도록 유도하기로 했으니 참아야 한다.

"…그렇게 뭍으로 올라온 정령 아가씨는 공자와 무사히 약혼……을 했습니다."

"호수에 찾아오던 남자가 공작가 영식이었구나."

"예, 정말 계속 들으시겠습니까? 이 뒤는……."

"흠흠. 뒤에는 어떻게 되더라? 궁금한데."

하필 등장인물이 공자인 바람에 토르의 목소리가 드문드문 끊겼다. 당혹 감이 그대로 느껴져 셰리는 웃음이 나올 것 같았다. 하지만 여기서 작은 웃음소리라도 흘렸다간 계획이 수포로 돌아간다. 손등으로 입술을 꾹 누르며 셰리가 재촉했다. 토르는 마지못해 나머지 이야기를 읽어 내려갔다.

"결국 들키고 만 그녀는 파, 파, 파혼을……."

동화책을 든 커다란 손이 간헐적으로 떨렸다. 등장인물들이 약혼한 부분부터 느려지던 음성은 파혼에 이르러 더듬거리기까지 했다. 마치 본인이 헌신하다가 파혼이라도 당한 것처럼 말이다. 셰리는 더 이상 참지 못했다.

"큽!"

"카, 카셰이라 님?"

놀란 토르가 자리를 박차고 일어났다. 셰리는 재빨리 두 손으로 얼굴을 가렸다. 아, 목소리가 너무 좋아서 계속 듣고 싶었는데 이제는 무리였다.

비극적인 결말까지 읽게 하고 위로를 받겠다는 계획은 중지해야 했다. 그 전에 웃음이 터져서 들키게 될 게 뻔하니까. 셰리가 반대편으로 돌아누우며 이불을 뒤집어썼다.

"토르, 지금은…… 흣. 혼자 있고 싶어."

"아……."

애써 웃음을 참느라 그럴 듯한 소리가 나왔다. 심지어 이불이 들썩거리기까지 했다. 뒤에 선 토르는 안타까워하며 망설였다. 어떻게든 위로를 하고 싶었는지 셰리가 둘러쓴 이불 위 허공에 손이 머물렀다.

"으흡!"

"알겠습니다."

그러나 바른 청년 토르는 끝내 아가씨의 몸에 손을 대지 못했다. 침통한 대답만 남긴 채 그가 방을 나섰다. 베개에 얼굴을 묻고 필사적으로 소리를 죽이던 셰리는 그제야 고개를 들었다. 물론 청력이 뛰어난 토르를 의식해 입을 가리는 것도 잊지 않았다. 얼마나 참았는지 눈가가 발개져 있었다.

"흐아, 죽는 줄 알았네."

그때, 그녀의 방문이 다시금 열렸다. 약간 열린 문틈으로 토르가 고개만 돌려 조심스레 입을 열었다. 그러다 힐끔 방 안으로 시선을 옮겼다.

"저, 아까 말씀드리는 걸 잊었는데. 많이 힘드시면 집사장께 내일 일정을……."

그와 셰리의 눈이 마주쳤다.

"앗, 죄송합니다!"

그녀가 미처 반응할 새도 없이 문이 쾅 닫혔다. 뒤늦게 정신을 차린 셰리는 입가를 가리던 손을 천천히 내렸다. 그리고 눈가를 슥슥 쓸어 보았다. 약간이지만 축축한 물기가 묻어났다.

"음, 으흠?"

잠시 생각에 잠겼던 그녀의 입가가 허물어졌다. 아하, 이걸 보고 자신이 상처받아 울었다고 여긴 거구나? 셰리는 이마 위로 흐트러진 머리카락을 쓸어 올렸다. 그리고 얼굴에 작은 악마 같은 표정을 띄웠다.

'먼저 다가와 줬으니, 기대에 부응해 주는 게 인지상정이겠지?'

비록 의도와는 다르게 토르가 착각한 것에 지나지 않더라도 말이다. 셰리는 제가 얼굴을 묻었던 베개를 토독, 하고 두드리며 웃었다.

* * *

"토르, 토르."

"……?"

토르가 번쩍 눈을 떴다. 작고 가냘프게 자신을 부르는 목소리가 들렸다. 하필 달빛이 약한 밤이었다. 잘 맞춰지지 않는 초점 때문에 눈이 찌푸려졌다. 이윽고 그가 정신을 차렸을 땐, 이미 셰리가 머리맡까지 도달한 뒤였다.

"여, 여기는 어떻게……."

"……토르."

그녀의 품 안에는 베개가 있었다. 토르가 조금 더 위로 시선을 올렸다. 그러자 헝클어진 붉은 머리카락과 물기 어린 눈가가 보였다. 깜짝 놀라 몸을 일으켰다. 무슨 일이 있으신 걸까, 이 밤에 왜 여길 오셨지?

"나, 자꾸 악몽을 꿔. 토르으."

"카셰이라 님."

한 손으로 베개를 꼭 안은 채 눈가를 비비는 모습이 애처롭게 느껴졌다. 토르는 저도 모르게 껴안으려다 흠칫했다. 제가 언제부터 이렇게 주제넘게 행동하게 된 거지? 오늘 아가씨가 저에게 약한 모습 한 자락 겨우 보여 주었다 하여 우쭐해지기라도 했나. 감히 제까짓 것이 그녀에게 먼저 손을 내밀려 하다니, 잠이 덜 깬 게 확실하다. 토르는 입술을 깨물며 자책했다.

"읏?"

그때, 그의 얼굴에 뭔가 말캉한 것이 맞닿았다. 퍼뜩 놀라 고개를 떼어 냈다. 토르가 발견한건……. 눈앞의 새하얀 잠옷이었다. 그제야 침대에 걸 터앉아 있는 자신의 머리를 셰리가 끌어안았다는 사실을 깨달았다.

'그럼, 지금 얼굴에 닿은 이건…….'

겨우 천 하나 사이로 느껴지는 감촉이 적나라했다. 토르는 기겁해서 고개를 뒤로 뺐다. 그러자 순간 셰리의 얼굴에 뾰로통한 표정이 스쳐 지 나갔다. 그녀는 다짜고짜 침대의 이불을 걷어 내고 무릎을 올려놓았다.

"나, 여기서 자면 안 돼?"

"카셰이라 님! 그건, 안 됩니다."

"그치만 혼자 자면 자꾸 안 좋은 꿈만 꾸니까."

"……."

토르가 어찌할 바를 몰라 그녀의 양쪽 팔만 부여잡았다. 이에 짜증이 난 셰리는 콧등을 찌푸렸다. 쳇, 오늘은 여기서 끝인가? 그러기엔 아쉬운 데……. 문득 무언가를 떠올린 그녀가 시무룩한 얼굴을 했다.

"토르도 들었잖아. 아버지께서 밤이 무서우면 토르한테 지켜 달라고 하셨 는걸?"

"예? 하지만 각하께서 지켜 달라는 말까지는……."

"너무해, 토르! 알았어, 악몽을 꾸든지 말든지 내가 알아서 할게."

"카, 카셰이라 님!"

그의 팔을 뿌리치고 셰리가 그대로 발길을 돌렸다. 그제야 토르가 급하 게 일어나 그녀를 다시 잡아끌었다. 그러자 장난기로 초롱초롱해진 눈빛의 셰리가 기다렸다는 듯 와락 품에 안겼다.

"윽!"

그것도 잠시, 그의 가슴팍에 안긴 셰리는 이내 못마땅한 얼굴이 되었다. 기사라면 당연히 잘 때는 상체를 탈의해야 하는 거 아니야? 토르는 예상외로 얇은 옷 따위의 것을 입은 채였다.

"칫."

떡 벌어진 어깨나 팔 근육은 예상했던 대로였다. 하지만 기대했던 가슴 근육이나 복근에 직접 닿을 수 없었다. 아쉬웠다. 저번에 손으로만 만지지 말고 그냥 눈으로 봐 둘 걸 그랬다.

토르는 당황하여 여전히 굳어 있었다. 그런 그를 끌어안은 채로 셰리가 방문을 나섰다. 이윽고 제 침대 코앞까지 이끌었다. 이제 조금만 더 밀면 된다. 앞으로 두 발자국 정도면……!

'좋아, 지금이야!'

셰리는 허리를 껴안은 팔에 힘을 주었다. 그러나 그제야 정신을 차린 토르가 몸에 힘을 주어 버렸다.

"자, 잠깐만요. 이러시면."

"토르 침대보다는 내 침대에서 자는 게 낫지 않겠어? 그리고 아까 토르도 껴안는 거 정도는 괜찮다고 했잖아."

최대한 순진하게 눈을 빛내며 토르를 올려다보았다. 그러자 어쩔 줄 몰라 하는 게 빤히 드러났다. 역시 그는 이런 얼굴에 가장 약했다. 셰리가 살포시 미소를 지었다. 악동 같은 미소에도 넋이 나간 토르의 눈동자는 어지럽게 흔들리기만 했다.

"자, 그럼…… 몸에 힘 빼."

결국 셰리는 그 틈을 타 그를 밀어 넘어뜨렸다. 평소 같으면 혼자 힘으로 절대 넘어뜨릴 수 없었을 테다. 하지만 이번엔 속옷을 입지 않은 그녀의 가슴이 그에게 딱 밀착되어 있었다. 토르는 도무지 몸에 힘이 들어가지 않았다.

"윽, ……괜찮으십니까?"

그러나 그는 뒤로 넘어지는 와중에도 본능적으로 셰리의 몸을 감싸 안았다. 혹시 모를 충격을 최대한 줄이려는 게 과연 토르다웠다. 언제 어느 상황에서건 그는 아가씨의 안전이 최우선이었다. 그런 모습에 셰리는 어쩐지 설렘 비슷한 기분을 느꼈다.

'거절할거면 전부 다 쭉 거절하든가. 이런 식이니까 내가 포기를 못 하는 거잖아.'

이토록 호위 기사의 본분에 충실한 그이기에 더욱 정복욕을 자극했다. 이제는 궁금해졌다. 과연 앞뒤로 꽉 막힌 이 남자가 그녀의 부탁에 어디까지 허락할까.

"잠깐만."

침대 위로 착지한 셰리는 그의 품에서 벗어나 머리맡 쪽으로 올라갔다. 그러고는 이불을 걷어 냈다. 뒤이어 안으로 들어오라는 뜻을 담아 손짓으로 그를 불렀다.

"위로 올라와, 토르."

토르는 급격히 떨리기 시작한 표정을 숨기지 못했다. 쓰러진 자세 그대로 침대에 누운 채 그녀만 바라보고 있었다. 여전히 굳은 그의 한쪽 팔을 셰리가 꼭 껴안고 잡아당겼다. 다시 무언가가 뭉근하게 와닿았다. 토르는 움찔했다.

"자, 잠깐만요. 제가 알아서 올라가겠습니다. 파, 팔을 좀⋯⋯."

의도적인지 모르겠지만 아까보다 더 생생하게 닿고 있었다. 토르의 얼굴이 금세 화끈하게 달아올랐다. 이 이상은⋯⋯. 차라리 아가씨가 원하는 대로 해 주고 빨리 벗어나는 편이 나을 듯했다. 그녀의 품에서 팔을 슬며시 빼내며 토르는 이를 악물었다. 그리고 결국 푹신한 베개에 스스로 올려 두었다.

"잘했어!"

"⋯⋯."

그러나 잘못된 판단이었다. 제 침대와는 비교도 안 되게 푹신해 몸이 파묻히다시피 했다. 게다가 늘 셰리에게서 나는 체취로 범벅이 된 장소다. 정신이 아찔해져 왔다.

아까부터 심장이 거칠게 뛰고 있었다. 침착해야 했다. 토르가 충동을 억누르며 숨을 참았다. 그런 그의 어깨를 셰리가 두 손으로 밀었다.

"읏!"

폭신한 침대라서인지 속절없이 몸이 뒤로 넘어갔다. 어느새 토르는 어깨를 잡힌 채로 그녀를 올려다보고 있었다. 더욱더 어질어질해졌다. 그런데도 눈을 뗄 수가 없었다. 그 모습에 셰리가 싱긋 웃어 보였다. 그러고는 그의 한쪽 팔을 옆으로 길게 누이고 거기에 머리를 대었다. 토르가 소스라치게 놀라 목소리를 높였다.

"카셰이라 님!"

"나, 이렇게 하면 어렸을 때 아버지가 해 주셨던 게 생각나서 마음이 편해지는걸."

반은 진실이고, 반은 거짓이었다. 물론 후작이 팔베개를 해 준 적이 없는 건 아니다. 하지만 기억도 안 날만큼 어린 시절뿐이었다.

'그러고 보니 커서는 한 번도 없었네.'

철이 들고부터는 제법 다양한 남자를 겪었다. 그러나 극도로 정체를 숨겼던 탓에 이후의 시간까지 허락받은 이는 존재하지 않았다. 생각해 보면 남자의 팔베개는 셰리도 이번이 처음인 셈이었다. 토르의 팔에는 잔뜩 힘이 들어간 채였다. 긴장이 가득한 모습에 피식 웃음이 나왔다. 불쌍한 입술만 깨물며 천장을 노려보고 있는 그에게 모른 척 말을 걸었다.

"토르! 이쪽 좀 봐. 천장에 유령이라도 있어?"

"카셰이라 님……."

반쯤 울먹이는 목소리로 토르가 고개를 돌렸다. 그러자 셰리는 기회를 놓치지 않고 품으로 파고들었다. 당연하게도 토르의 몸은 더욱 뻣뻣하게 굳어졌다. 이대로 내버려 두면 밤새도록 전혀 움직이지 않을 태세였다. 셰리가 입을 삐죽거리며 얼굴을 들어올렸다.

"아버지는 안고 토닥토닥 해 주셨는데."

"……"

아마도 해 주셨을 것이다. 그녀와 눈이 마주치자 토르는 식은땀이 등을 타고 흐르는 것만 같았다. 안고 토닥토닥이라니……. 지금 이렇게 나란히 누워 있는 것만으로도 당장 목에 검이 들어올 일인데.

하지만 그녀의 눈이 점차 실망의 빛을 띠자 토르는 마음이 조급해졌다. 결국 눈을 질끈 감으며 셰리의 등을 감싸 안았다. 그렇지만 토닥토닥은 도저히, 불가했다. 지금도 그녀의 등에 닿은 손끝이 바들바들 떨리고 있었다.

"거봐. 잘 하네."

셰리가 기분 좋은 웃음소리를 내며 그의 품으로 더욱 깊게 파고들었다. 그런 것쯤은 개의치 않는 듯한 태도에 토르는 홀로 지옥을 맛봤다. 아, 서서히 열기가 아랫배 중심 부근부터 알싸하게 퍼지고 있었다. 좋지 않다. 정말, 정말로 좋은 상태가 아니었다. 거기다 심장은 이미 폭주한 지 오래였다.

게다가 옷을 입었다고 해도 말 그대로 얇은 천 쪼가리일 뿐이었다. 예민한 그의 감각으로는 맨몸이나 다름없는 상태다. 가슴에 코를 박은 그녀가 생생하게 느껴졌다. 그리고 닿아 있는 말캉한 가슴까지. 토르는 애써 의식의 흐름을 차단했다. 그것까지 제대로 의식했다가는 제정신을 유지하지 못할 게 틀림없다.

'정신 차려.'

참기 힘든 건 또 있었다. 가까이 있는 그녀에게서 끊임없이 살내음이 풍겼다. 인상이 찌푸려질 만큼 강한 향수 냄새가 아니었다. 잠옷 아래 느껴지는 아가씨의 부드러운 몸처럼 은은하고 달콤한 체취였다. 아까부터 계속 그의 코를 자극하고 있었다.

토르는 최대한 코로 숨을 들이쉬지 않으려 애를 썼다. 충동이라는 게 원래 이런 걸까. 한 번 억제하는 데에 성공해도 또다시 밀물처럼 몰려오곤 했다. 잠깐이라도 정신을 놓으면 그녀의 목덜미에 코를 박을 것만 같았다. 그는 자신을 다그치고 또 다그쳤다.

한편 셰리 역시 생각보다 기분 좋은 토르의 품에 놀라고 말았다. 지금 같은 계절에 딱 좋을 만큼의 체온이었다. 거기다 옷 아래로 느껴지는 근육이 꽤 훌륭했다. 군살 하나 없이 자잘하게 자리 잡은 곳에 입이라도 맞춰 주고 싶은 기분이 들었다.

'……거기까진 안 되겠지?'

올려다본 토르의 턱도 그렇고 제 등에 겨우 닿은 손가락이 딱할 만큼 경직되어 있었다. 어쩔 수 없다. 지금은 그저 안겨 있는 것에 만족할 수밖에. 하지만 아까부터 토르가 허리를 슬금슬금 빼는 바람에 그의 현재 상태를 눈치챘다.

바짝 끌어안은 상체와는 달리 허리 밑으로는 거리가 좀 떨어져 있었다. 그런데도 지금 토르의 중심을 달구고 있는 열기가 조금이나마 느껴질 정도다. 생각 같아서는 다리를 올려 갖다 대 보기라도 하고 싶었다.

그러나 셰리는 꾸욱 참았다. 그랬다간 토르가 뒤도 안 돌아보고 도망쳐 버릴 게 뻔했다. 도대체 그 대단한 물건은 언제쯤 제대로 맛볼 수 있을까. 바짝바짝 애가 탔다.

"근데 토르는 몸이 엄청 크다."

"……."

눈으로만 봐도 큰 체구에 몸통 두께가 상당했다. 하지만 제대로 껴안아 보니 팔이 모자라진 않을까 싶을 정도였다. 기가 질릴 만큼 커다란 몸이었다.

'얼굴은 볼수록 앳되게 생겼는데 몸은 정말 의외란 말이지.'

기사단 전체에서 제일 훌륭하다던 소문의 그 물건도 그렇고. 셰리의 눈꺼풀이 점차 느릿하게 깜박였다. 껴안고 있자니 따끈따끈한 몸 때문에 정말로 잠이 몰려왔다. 셰리는 저도 모르게 그의 가슴팍에 코끝을 비볐다.

"으응, 좋은 냄새……."

정말로 엘프의 피라도 섞인 걸까. 이 남자는 체취마저도 상큼하고 부드러운 향이 났다. 셰리는 어쩐지 점점 더 나른해졌다. 전설 속의 엘프는 숲처럼 싱그러운 향이 난다고들 했다. 그럼 그들도 토르의 머리색처럼 푸릇푸릇한 냄새가 나지 않을까.

결국 셰리가 잠에 빠져들었다. 하지만 토르의 불행은 이제부터 시작이었다. 따뜻하고 단단한 감촉이 낯선 탓에 그녀는 설핏 잠이 들었다, 깨기를 반복했다. 그때마다 미약한 신음 소리와 함께 그에게 더욱 단단히 달라붙었다.

"으······!"

그리고 그럴 때마다 토르는 흠칫흠칫 놀라며 한숨을 내뱉기만 했다. 살아서 생지옥을 맛보는 기분이었다. 그러나 전부 나쁘기만 하진 않았다. 토르의 고개가 아래로 슬쩍 내려갔다.

'기분이 좀····· 이상하군.'

제 품 안에 아가씨가 오롯이 잠들어 있다. 그 모습을 보고 있노라면 아래에서 나지막이 울려 퍼지는 불만도 참을 만했다. 셰리가 잠결에 몸만 들썩이지 않는다면 이렇게 껴안고 누워 있는 것도 꽤, 아니, 상당히 좋았다.

평소에 그녀를 보고, 지금처럼 이렇게 닿으면서 새삼 느끼는 게 있었다. 여자란 생물은 남자와는 전혀 달랐다. 어떻게 같은 인간이 이렇게 보드랍고 좋은 향기를 풍길 수 있을까. 알 수가 없었다. 게다가 안고만 있어도 말로 표현할 수 없는 많은 것들이 충족되는 기분이 들었다.

'이래서 선배들이나 다른 남자들이 여자를 안는 건가.'

실전 경험이 없어서 그렇지, 눈과 귀가 있는 이상 이것저것 보고 주워들은 것은 상당했다. 때문에 어떻게 해야 여자를 만족시킬 수 있는지, 어떤 순서로 밤을 보내야 하는지 정도는 알았다. 그리고 여자를 안을 때 무엇을 주의해야 하는지도 마찬가지이고. 이러니저러니 해도 남자들로만 이루어진 기사 집단에서는 음담패설이 심심찮게 화제로 등장했으니까.

순간 토르의 눈에 조금 어둑한 그늘이 드리웠다. 그에게 접근해 오는 여자들은 어린 소년 시절부터 있었다. 워낙에 특출났던 외모 탓도 있지만 후작가의 촉망받는 기사라는 이유가 더 컸을 테다. 하지만 그때마다 매몰차게 거절했다. 오죽 냉정하게 굴었으면 선배들이 상대 여자의 편을 들 정도였을까.

'야, 야. 저거 다 내숭 떠는 거라니까. 여자들한테 인기 좀 있다고 유난 떨기는!'

게다가 그를 질투하던 어떤 선배 하나는 몹쓸 장난을 친 적도 있었다. 토르가 성년이 되던 날, 거짓으로 유인해 어떤 여성과 억지로 한방에 집어넣은 것이다. 축하주를 잔뜩 마신 뒤였으나 그는 전혀 흐트러지지 않았다. 오히려 달라붙어 오는 여자를 무시하고 문을 부수었다. 그리고 토르는 그날 처음으로 화를 냈다. 그 뒤로는 누구도 그에게 장난을 치지 않았다.

'거봐. 톨체르 경은 원래 여자를 안 좋아한다니까.'

'이건 테드 경이 잘못했지. 솔직히 나라도 화냈을걸.'

'그래도 아예 기사 작위 박탈이 아니라 후작가에서만 제명하는 걸로 끝난 건 톨체르 경이 부탁드려서래.'

종종 듣곤 하던 핀잔대로 내숭을 떤다거나 유난을 떨고 싶어서가 아니었다. 거의 벗다시피 한 옷차림으로 침대에 앉아 있던 여자와 눈이 마주칠 때 느꼈던 감정은 불쾌함이었다. 그리고 그녀가 예전부터 좋아했다며 제 팔을 잡던 순간부터는 극렬한 혐오감까지 들었다. 그럼, 지금의 제 변화는 어떻게 설명해야 할까.

차라리 여자에 대해서 아무것도 몰랐다면 지금처럼 번뇌에 휩싸이진 않았을 테다. 어떻게 해야 온몸을 타고 흐르는 제 본능을 충족할 수 있는지 안다. 그러나 그렇게 해서는 안 되는 것 또한 절절하게 잘 알았다. 토르는 속만 바짝바짝 말라 가는 기분이었다.

'나도 결국엔 똑같은 짐승이었군.'

어느새 셰리는 안정적으로 새근거렸다. 조금 뒤척거리다 이젠 깊이 잠든 듯했다. 그녀의 무심한 정수리에 토르는 살짝 입을 맞췄다.

제가 생각보다 훨씬 무서운 남자라는 걸 알아 주셨으면 좋겠다. 먼저 밀어낼 수는 없으니 아가씨 쪽에서 자제해 주는 방법뿐이다. 하지만 또 한편으로는 모순된 생각이 들었다. 지금처럼이라도 그녀가 자신에게 계속 부탁하며 닿아 왔으면 좋겠다. 그 거부할 수 없는 부탁이 그녀에게 갖고 있는 충성심을 희석시키는 것만은 사실이니까.

＊ ＊ ＊

"토르, 나 졸려. 이제 그만 잘래."

"예."

셰리가 눈을 비비며 침대로 다가가 누웠다. 그러자 토르는 이불을 덮어 주며 제 몸도 눕혔다. 그것만이 아니었다. 그녀에게 익숙하게 팔을 내밀었다. 셰리가 싱긋 웃으며 그의 팔을 베고 눕자 몸을 돌려 살짝 끌어안기까지 했다.

"오늘은 꽤 일찍 주무시네요. 많이 피곤하셨습니까?"

"우웅, 토르가 연무장 도는 걸 두 바퀴나 더 추가했잖아."

"요즘 체력이 많이 약해지셨지 않습니까."

"체력이 약해진 게 아니라 토르가 안아 주면 자꾸 잠이 와서 늦잠 자게 된 거란 말이야. 으, 이번에 아버지 업무까지 내가 맡았더니 일이 너무 많아."

셰리가 투덜댔다. 머리 위에서 나지막하게 울리는 토르의 목소리를 들으면 저도 모르게 품에 안겨 응석을 부리게 됐다. 그러다 문득 무언가 생각났는지 고개를 치켜들었다. 그와 눈을 마주한 채로 말을 이어 갔다.

"토르, 우리 생크림이랑 딸기 안 먹을래? 올해는 딸기 농사가 잘되어서 엄청 달다던데. 아까 서류 검토하면서 봤어."

"저녁 드신 지 얼마 안 되셨는데."

"먹고 싶어. 갖다줄 거지?"

"……조금만 기다리십시오."

결국 침대에서 일어나 겉옷을 걸친 토르가 방문을 나섰다. 그제야 셰리의 얼굴에 짓궂은 미소가 걸렸다. 토르를 침대로 끌어들여 함께 밤을 보낸 게 벌써 2주째였다. 물론 껴안고 자는 것 이외에는 아무것도 하지 않았다. 그 덕분에 급속도로 가까워지고 있는 중이었다. 신체적으로건 소소한 일상생활 면에서건 말이다.

처음 며칠간은 뻣뻣하게 굳어서 억지로 하는 기색이 역력했다. 하지만 이제는 말없이 안겨 와도 익숙하게 끌어안아 주었다. 심지어 잠이 들 때쯤 이면 그녀의 이마나 머리카락에 입을 맞추는 일도 있었다. 아무래도 제가 잠들었다고 생각해서 몰래 그런 듯했다.

'뭐, 그 정도는 어린애한테도 할 수 있는 가벼운 키스니까.'

셰리는 딱히 언급하거나 제지하지 않았다. 이게 다 그의 철벽이 조금씩 허물어져 가는 증거가 아니겠나. 부드럽게 닿을 듯 말 듯 입술이 스치는 느낌이 어쩐지 기분 좋아서인 이유도 있었다. 셰리가 멍하니 중얼거렸다.

"그나저나 내가 생각해도 의외네."

이렇게 오랫동안 남자와 아무것도 하지 않고 보낸 건 간만이었다. 걱정했던 것과 달리 그다지 욕구 불만에 시달리지 않았다. 토르가 막 호위 기사가 됐을 당시와 비교해도 그랬다. 요즘 토르가 좀 고분고분해져서일까. 아니면 성욕이 라는 건 밤마다 남자를 껴안고 자기만 해도 충족이 되는 욕구였을지도.

하지만 역시 그것만으로는 부족하다. 셰리는 아무것도 모르는 소녀가 아니 었다. 토르가 먼저 다가와 주길 바라는 데에도 한계가 있다. 서서히 제 인내심 이 닳아 가는 게 느껴졌다. 그도 그럴 게 2주 동안 그가 먼저 한 행위라고는 하나뿐이었다. 그것도 누구한테나 할 수 있는 정수리 부근의 입맞춤.

"결국엔 내가 이끌어 줘야 하는 거네. 어쩔 수 없지. 목마른 사람이 먼저 우물 파는 법이니까."

셰리는 한숨을 내쉬며 어깨를 으쓱였다. 역시 서로의 위치 차이가 컸나 보다. 그녀가 나서지 않으면 쉽게 다음 단계로 나아가지 못할 듯했다. 아니, 토르가 일반적이지 않은 거다.

고로 셰리가 생크림과 딸기를 가져오라고 시킨 것도 다 이유가 있는 셈이 었다. 물론 정말 하고 싶은 용도로 사용하지는 못하겠지. 하지만 하루

종일 아무리 생각해 봐도, 다음 진도를 나가는데 이것보다 더 그럴듯한 방법이 없었다. 그때, 토르가 문을 열고 들어왔다.

"주방에서 도수 약한 과일주도 챙겨주더군요. 집사장께서 도와주셨습니다. 그런데 앞으로도 다른 고용인에게는 말하지 말고 본인에게 먼저 요청하라고……."

"그, 그것도 집사장의 업무 중 하나니까! 일단 들고 침대로 와."

셰리는 급하게 얼버무리며 손짓을 했다. 토르가 침대로 다가왔다. 그러고는 생크림과 딸기가 담긴 쟁반을 한 손으로 든 채 몸을 낮췄다. 그가 작은 포크로 딸기를 찍어 건넸다.

"그런데 왜 그렇게 서 있어? 토르도 침대에 앉아 봐."

"예? 저는 카셰이라 님의 식사 시중을……."

"계속 그렇게 허리 굽히고 있게? 불편하잖아. 자, 얼른!"

토르가 망설이다 걸터앉았다. 역시 그동안 그녀의 침대에 익숙하게 만든 덕분이었다. 셰리는 웃으며 제게 건네진 포크에서 딸기만 쏙 빼냈다. 그러고는 그대로 생크림을 듬뿍 찍어 토르의 입 안에 넣어 주었다. 얼결에 그는 입을 벌려 받아먹고 말았다. 셰리가 눈을 빛내며 물었다. 그러면서 손가락에 묻은 생크림을 핥았다.

"어때? 맛있어?"

"앗, 네."

그 모습에 토르의 얼굴이 조금 붉어졌다. 제 입술에 조금이나마 닿았던 손가락이었다. 한 번 의식하자 그녀의 입 안으로 들어가는 게 자꾸만 눈에 들어왔다. 이윽고 셰리의 붉은 입술이 작게 열렸다.

"그럼 나도 줘, 포크로 하지 말고 토르 손으로."

"……."

예전 같으면 못 하겠다는 말이 먼저 나왔을 테다. 그러나 요 며칠 토르도 확실히 변해 있었다. 단지 깨닫지 못했을 뿐. 다소 머뭇거리던 그가 이내 딸기에 생크림을 듬뿍 찍었다. 그리고 그녀의 입술 부근으로 손을 뻗었다.

"뭐 해. 넣어 줘야 먹지."

"아, 네……."

셰리는 일부러 손가락이 입 안까지 들어오길 기다렸다. 드디어 딸기가 입술에 닿았다. 그녀는 딸기와 함께 토르의 손가락 끝을 그대로 삼켰다. 멍하니 바라보고만 있느라 그는 뒤늦게 알아챘다. 제 손가락이 셰리의 입술에 닿은 것을 느끼고 화들짝 놀라 손을 뺐다. 하지만 이미 손가락의 생크림은 그녀가 거의 다 핥아 먹은 후였다.

"음, 맛있네. 올해 딸기가 정말 유난히 달아."

딸기는 약간 시큼하지만 달큼한 맛이 더 강했다. 이에 만족한 듯 셰리가 입맛을 다셨다. 평소보다도 배는 촉촉하게 젖은 입술에 토르의 얼굴이 아연한 빛을 띠었다.

"자, 그럼 이번엔 내 차례지?"

"제, 제가 먹겠습니다."

"싫어, 내가 먹여 줄 거야. 토르는 얌전히 받아먹기만 하면 돼."

말을 더듬으면서도 토르의 시선은 여전히 아가씨의 입술에 머무른 채였다. 그가 난처한 얼굴을 했다. 그러자 셰리가 재빨리 딸기에 생크림을 묻혀 그의 입술로 밀어 넣었다. 일부러 손가락뿐 아니라 손등까지 생크림을 치덕치덕 묻히는 것도 잊지 않았다. 그 바람에 토르의 뺨과 턱, 입술 옆에 크림이 묻고 말았다.

"아, 미안. 내가 닦아 줄게."

"아닙니다. 제가……."

급히 손을 뻗어 손수건을 찾으려는 토르의 손을 저지했다. 셰리는 그의 볼에 입술을 가져다 대었다. 처음엔 짧게 뺨에 입을 맞추는가 싶었다. 그러다 이내 혀로 가볍게 훑어 냈다. 결국 토르의 몸은 딱딱하게 굳어 버렸다.

"자, 잠깐."

"쉿, 가만히 있어. 토르."

셰리가 눈을 마주치며 주의를 주었다. 그러면서 볼에 묻은 크림을 할짝할짝 핥았다. 이제 토르의 보랏빛 눈동자는 정처 없이 이리저리 흔들렸다. 어느새 좀 더 아래로 입술이 옮겨 간 그녀가 혀로 턱 끝을 할짝였다. 토르는 참지 못하고 몸을 크게 떨었다. 그리고 마지막으로, 입가에 묻은 크림만이 남았다.

"아직…… 남았어. 가만히 있어야 해?"

입가에 가볍게 쪽, 하는 소리가 났다. 셰리는 혀를 세워 고양이처럼 야금야금 그 주위를 핥았다. 그러자 불안하게 흔들리던 눈동자가 힘없이 감겨들었다.

민감한 입가라 그런지 토르는 저도 모르게 그녀의 팔을 꽉 잡았다. 셰리는 심하게 지분거리지 않고 딱 크림만 핥아 낸 채 입술을 떼어냈다. 토르가 천천히 눈을 떴다. 그리고 그 안에는 감기기 전과 다른 묘한 열기가 자리했다. 셰리는 잡힌 팔을 빼내어 아직 크림이 묻은 손을 토르에게 가져다 대었다.

"내가 토르를 깨끗이 해 줬으니까 토르는 날 깨끗하게 해 줘."

"……."

이렇게까지 대답이 없을 땐 대부분 긍정이었다. 그래서 셰리는 그의 입술을 제 손가락으로 꾸욱 눌렀다. 역시나 토르의 입이 순순히 열렸다.

'그래도 한 번 정도는 저항할 줄 알았는데……?'

아무 말 없이 그녀의 손가락을 입에 머금었다. 셰리의 얼굴에 놀라운 표정이 스쳐 지나갔다. 그러나 방법을 몰라서인지 입술을 달싹거리고만 있었다. 셰리가 나른한 미소를 띠며 입을 열었다.

"혀를 써야지."

아까보다 훨씬 진해진 보라색 눈동자가 셰리를 마주했다. 순간 그녀는 어쩐지 묘한 기분이 들었다. 그 기분을 떨쳐내려 괜스레 토르의 입 안으로 더욱 깊숙이 파고들었다. 그러자 곧 혀가 손가락에 닿았다. 생각보다 뜨거워 셰리가 움찔, 손을 물리려 했다.

"앗?"

하지만 토르가 그런 그녀의 손목을 잡았다. 그러고는 도리어 본격적으로 혀를 움직이기 시작했다. 손끝을 살살 혀로 핥다가 그녀의 손가락이 빠져나가지 못하게 이로 가볍게 물었다. 크고 축축한 혓바닥이 가느다란 손가락을 휘감아왔다. 몰려오는 간지러움에 셰리의 미간이 찌푸려졌다.

'분명히 이런 것도 처음일 텐데?'

서툴렀던 움직임이 점차 능숙해지고 있었다.

약하게 잘근잘근 물어 오면서 손가락을 핥아 낸 토르가 이번에는 손등으로 입을 옮겼다. 먼저, 그녀가 했던 것처럼 살짝 입을 맞췄다. 이내 혀를 세워 조심스럽게 쓸어냈다. 오돌토돌한 돌기가 느껴질 만큼 느릿한 움직임이었다. 간지러웠다. 묘한 기분에 셰리가 어깨를 가볍게 움츠렸다.

'뭐, 뭐야. 방금…….'

뒤늦게 그의 보랏빛 눈동자가 그녀를 주시하고 있단 걸 깨달았다. 그뿐만이 아니었다. 한시도 떨어지지 않는 집요한 눈빛이 아까부터 계속 그녀의 반응을 살핀 모양새였다. 이제 셰리는 어딘지 모르게 오싹해졌다. 그리고 초심자인 토르의 혀에 조금이나마 느꼈다는 게 문득 창피해졌다.

"자, 잠깐만. 여기서 끝이 아니야."

어느새 크림이 다 사라진 손등을 억지로 떼어냈다. 그러고는 생크림만 손가락으로 떠서 그의 입술 선을 따라 묻혔다. 셰리의 얼굴이 오기로 물들었다. 오늘은 처음이라 그냥 가벼운 접촉만 하려고 했는데……. 이대로는 자존심 상해서 못 끝낸다.

"엇, 읍?"

토르가 당황스러운 음성을 냈다. 그 틈을 타 입술을 포갠 채 셰리는 도전적으로 눈을 마주했다. 아까 잠시 보였던 색기는 어딘가로 빠져나가고 없었다.

다시 그의 눈이 어리둥절한 빛을 띠었다. 그럼 그렇지. 셰리는 속으로 흥, 소리를 흘렸다.

보란 듯이 조금 더 진하게 입술을 맞댔다. 그리고 혀로 가볍게 살살 핥아 나갔다. 그들이 앉아 있는 침대가 출렁였다. 동시에 토르는 셰리의 허리를 잡고 동요한 기색을 보였다.

"흐, 읏."

그래도 다행히 거부하는 기색은 아니었다. 이윽고 토르가 천천히 눈을 감았다. 마치 이 상황을 받아들이기로 작정한 듯했다. 그 모습에 셰리는 아쉬움 없이 바로 입술을 떼어냈다. 타액으로 번들거리는 토르의 입술이 보였다. 저절로 싱긋 미소가 지어졌다.

"크림 맛있다, 그렇지?"

입술이 떨어지자 토르의 느릿하게 뜨여진 눈에는 아쉬움이 짙게 깔렸다. 역시 그것만으로는 부족했던 모양이다. 셰리는 두 눈을 가늘게 떴다. 이것 또한 그전에는 상상도 할 수 없었던 새로운 모습이라.

"조금만 더…… 먹어 볼까?"

"……"

이번에는 자그마한 딸기에 생크림을 아무렇게나 발랐다. 뒤이어 그의 입에 곧장 넣어 주었다. 그러고는 한 손으로 토르의 뒷목을 감싸 안고 눈을 지그시 맞추었다. 얼마 지나지 않아 다시 입술을 겹쳤다. 아까보다 뜨거워진 숨결과 반쯤 열린 입술이 매끈매끈했다. 셰리는 망설이지 않았다. 바로 혀를 넣었다. 아직 깨물지 않은 딸기가 그대로 입 안에 들어 있었다.

혀로 딸기를 휘감아 자신의 입으로 옮겨왔다. 그리고 반으로 쪼개어 나머지 반을 토르의 입으로 넘겨 주었다. 입술을 맞댄 채로 딸기를 씹자 둘의 턱 사이로 단물이 흘러내렸다. 턱 끝에서 뚝뚝 흐르는 딸기즙이 퍽 선정적이었다. 셰리는 나머지 한쪽 손으로 잔뜩 굳은 토르의 뺨을 감싸 쥐었다. 그러니 그제야 그가 입 안에 든 딸기를 조금씩 씹었다.

셰리는 토르가 딸기를 삼키는 동안 입술 여기저기에 가볍게 키스하며 기다려주었다. 어느새 그의 목구멍으로 딸기가 다 넘어간 것을 확인하고 다시 얼굴을 떼어 냈다.

"어때? 맛있어?"

"⋯⋯네."

이미 목소리가 잔뜩 쉬어 있었다. 거기다 숨소리도 티가 나게 거칠어진 채였다. 이토록 흐트러진 그의 모습은 처음이라 잔뜩 마음이 동했다. 당장이라도 키스를 퍼붓고 싶은 기분이 들었다. 그러나 셰리는 지금 그녀가 뭘 해야 할지 아주 잘 알았다. 이대로 일회성으로 끝낼 수는 없으니까. 그래서 두 손으로 토르의 뺨을 잡았다. 뒤이어 조르는 듯 달콤한 목소리가 입술 사이로 새어 나왔다.

"나랑 키스하는 연습, 지금 해 줘. 응?"

"⋯⋯."

셰리는 최대한 애절한 눈빛을 지어 보였다. 그가 부탁에 약하다는 것을 알기에 택한 방법이었다. 하지만 예상 외로 토르의 망설임이 길어졌다. 그러자 그녀는 짐짓 실망한 표정으로 고개를 돌렸다. 아니, 그런 척했다.

"토르는 날 도와줄 생각이 전혀 없구나."

"아닙니다! 아, 하지만. 카셰이라 님, 읍."

그때, 셰리가 토르에게 입술을 맞댔다. 그리고 아랫입술을 앙, 하고 물어 당기며 그의 반응을 살폈다. 토르는 거부 없이 눈을 감고 있었다. 이 정도면 허락으로 생각해도 될 정도로 조용했다. 그러나 아무리 자극해 보아도 지나치게 반응이 없었다. 셰리는 입을 떼고 지근거리에서 소곤거렸다.

"토르가 반응해 주지 않으면 내가 잘하는지 아닌지 알 수 없는걸, 그건 좀 슬픈데⋯⋯."

"⋯⋯."

말이 끝나기 무섭게 토르가 크게 숨을 들이켰다. 그러고는 셰리의 등을 감싼 채 그녀의 입술로 달려들었다.

"아."

그래, 그래야. 역시 아직 서투른 건 사실이었다. 게다가 긴장해서인지 힘도 제법 많이 들어간 상태였다. 하지만 여태껏 기다리던 확실한 반응이었다. 셰리는 약간 들뜬 기분을 느꼈다.

모든 게 처음인 토르는 부드러운 입술로 크게 덮었다가 셰리가 했던 것처럼 아랫입술을 살짝 물었다. 그대로 따라 하는 모습이 귀여워 그녀는 이제 견딜 수 없었다. 그의 어깨를 힘주어 잡았다.

"……넣을게."

"읏, 읍."

움직임이 잦아들길 기다리다가 벌어진 입술 사이로 대뜸 혀부터 집어넣었다. 처음부터 깊이 들어가기보다 입술 안쪽의 부드러운 살을 쓰다듬듯이 간지럽혔다. 그러자 그의 몸이 움찔거렸다. 확실하게 느끼고 있었다.

뒤이어 입천장을 스치듯 지나 얌전하게 그녀를 기다리고 있던 혀를 건드렸다. 그러자 토르가 똑같이 혀를 세워 입술을 핥았다. 마치 기다리기라도 했다는 듯 셰리의 혀를 감싸기까지 했다. 학습 속도가 제법 빨랐다. 심지어 저번 욕실에서 셰리가 했던 혀의 움직임마저 흉내내고 있었다. 그 영리함에 소름이 돋을 정도였다. 게다가 처음에는 어색했던 혀가 부드럽게 풀리면서 금세 익숙하게 굴었다.

'아무리 그래도 이렇게 빨리 배울 줄은 몰랐는데…….'

어느새 셰리의 혀를 가볍게 깨물었다가 빼는 움직임이 능숙했다. 저도 모르게 기분이 야릇해진 그녀가 토르에게 매달렸다. 셰리의 목 안쪽에서 얇게 갸르릉거리는 소리가 새어나왔다. 그 소리에 흥분한 토르는 조금 더 거칠게 입 안으로 밀고 들어왔다.

"음, 읍!"

숨이 가빠진 셰리가 몸을 꿈틀거렸다. 그러나 그는 여태까지와는 다르게 두 팔로 단단하게 그녀를 안고 놓아 주지 않았다. 셰리가 토르의 등을 주먹으로 마구 두들겼다.

"아……."

그제야 토르는 정신을 차렸다. 그리고 타액으로 범벅이 된 셰리의 입술에서 입을 떼어 냈다. 뺨이 붉게 달아오른 데다 눈동자는 여전히 풀린 채였다. 잠시 이성을 잃었던 모양이었다. 날것 그대로의 본능에 잠식된 모습이 적나라했다. 순간 숨이 턱 막히는 느낌이 들어 셰리는 제 아랫입술을 물었다.

"웃."

토르 주제에…….

이건 처음 의도와 다르게 역전된 상황이 아닌가. 괜스레 기분이 상한 그녀가 턱으로 쟁반을 가리켰다.

"하아, 나 그만 먹고 잘래."

"하지만……. 네."

그녀조차 숨을 몰아쉬는데 토르는 그다지 숨이 가쁜 기색도 없었다. 세차게 오르락내리락하는 가슴을 꾹 누르며 셰리가 입술을 삐죽였다. 역시 자존심이 상한다, 이런 건.

"그럼 다녀오겠습니다."

"그래."

토르가 나간 사이, 셰리는 옆에 놓여 있던 손수건으로 아무렇게나 입을 닦아냈다. 그러고는 팩 돌아누웠다. 이게 뭐야. 한순간이지만 약간 느껴 버렸다. 그것도 처음인 토르를 상대로…….

어느새 방에 돌아온 토르가 조심스레 그녀의 옆에 누웠다. 셰리는 자는 척하며 말을 걸어주지 않았다. 잔뜩 약이 오른 것과 별개로 계속 가슴이 두근거리는 게 거슬렸다.

'뭐야, 이게 뭐냐고…….'

그러고 보니 불만이 하나 더 있다. 첫날에는 그래도 얇은 옷이었는데 이제 그는 그런 옷조차 입지 않았다. 토르의 철벽만큼이나 두툼한 옷이었다. 이래서야 상체를 드러내기는커녕 더 가까이 닿는 느낌조차 나지 않는다.

'토르. 이런 거 말고, 그냥 처음에 입었던 옷 입으면 안 돼?'

'······.'

두어 번 정도 종용도 해 보았다. 하지만 아직 거기까지는 타협할 수 있는 대상이 아니었던 모양이다. 토르는 입을 꾹 다물고 대답을 피하기만 했다. 결국 그대로 내버려 둘 수밖에 없었다.

'그래도 언젠가는 아무것도 안 입고 내 침대 위에서 뒹굴게 될 테니까.'

그렇게 제 조급증을 억누르면서. 오히려 그와 함께할 관계가 더 기대됐다. 물론 키스와 섹스는 엄연히 다르다. 하지만 오늘 하는 것으로 보아 토르는 그쪽 방면의 테크닉 역시 굉장해지지 않을까.

"팔베개, 해 드릴까요?"

토르가 머뭇거리며 물었다. 그녀가 아직 잠들지 않았단 사실을 용케 알아챈 모양이다. 그러고는 셰리의 머리 밑으로 자신의 팔을 슬며시 들이밀었다. 셰리는 토르에게로 고개를 돌리며 심통 난 얼굴로 물었다.

"토르, 혹시 키스해 본 적 있어?"

"······카셰이라 님이 처음입니다만, 저에게는 영광입니다."

토르는 아직도 뺨이 발그레해진 채 대답했다. 여전히 흥분이 가시지 않은 모습이었다. 심지어 부끄러워하며 입술을 깨무니 청초해 보이기까지 했다. 결국 셰리의 마음은 언제 그랬냐는 듯 사르르 녹아내렸다.

너무 빠르게 태도가 변한 걸 스스로도 알았다. 하지만 어쩌겠나. 미인에게는 한없이 약해지는 게 사람의 본성인데. 셰리는 언제 짜증을 냈었나 싶게 그의 너른 가슴팍으로 파고들었다.

'그래! 배우는 게 빠르면 빠를수록 나한테 좋은 일이지, 뭐.'

밤일 잘 못하는 남자는 절대 사절이니까.

토르의 몸은 평소보다도 열이 올라 있었다. 마치 난로 같은 몸을 끌어

안으며 셰리가 속삭였다.

"그래서 어땠어? 토르의 첫 키스는?"

"……딸기 맛이 나고 기분이 좀 이상했습니다."

그 말과 동시에 셰리는 강하게 끌어안겼다. 아, 어떤 표정으로 이야기한 건지 꼭 보고 싶었는데……. 그의 가슴에 완전히 안긴 채로 셰리가 키득거렸다. 딸기 맛이라니, 어쩐지 삼류 가십지에 나오는 소녀들의 첫 키스 감상문 같잖아? 기분이 이상했다는 말은 느꼈다는 뜻일 테지. 그녀는 옷 위로 단단하게 느껴지는 토르의 몸에 입을 맞추었다.

"윽."

또다시 커다란 몸이 들썩였다. 키스에 익숙해지면 다음은 역시 여기로 해야겠다.

* * *

"음, 읍……."

커다란 손이 부드럽게 미끄러져 내리는 머리카락을 쓰다듬었다. 그러다 가느다란 셰리의 목을 받쳐 들었다. 다른 한 손으로는 부드럽고 가냘프기 그지없는 허리를 감싸 안았다. 그러면서 더 아래로 허리를 굽혔다.

그녀에 비하면 자신이 워낙 커다란 탓에 서 있을 때면 늘 몸을 낮춰야 했다. 그러나 그런 불편함을 감수하고서라도 매달릴 만한 키스였다. 할 때마다 달콤하기 그지없었다.

"흐읏."

제 목 뒤로 두른 부드럽고 작은 팔의 감촉이 느껴졌다. 뒷목이 쭈뼛 설 정도로 사랑스러운 감각을 견디기 힘들었다. 그때, 발꿈치를 든 그녀가 토르의 목을 조금 더 끌어당겼다. 익숙한 신호에 아가씨를 끌어안고 소파로 향했다. 그러고는 제 허벅지 위에 마주 보도록 앉혔다.

"불편하신 곳은 없으시지요?"

"응, 으응."

자세가 바뀌며 잠시 둘의 입술이 떨어졌다. 어느새 셰리의 얼굴에는 발그레한 홍조가 어려 있었다. 제 타액으로 범벅이 된 채 부푼 입술이 눈에 들어왔다. 아, 역시 지나칠 정도로 자극적이다.

셰리가 나른한 표정으로 눈꺼풀을 반쯤 들어 올렸다. 그러고는 손을 들어 그의 볼을 조심스레 쓰다듬었다. 토르는 가만히 눈을 감고 순종했다. 그녀는 종종 손바닥 전체가 아니라 손가락 끝으로 느릿하게 만지곤 했다. 이렇게 쓰다듬으면 기분이 상당히 묘해진다.

"토르, 기분 좋아?"

"……네."

셰리의 목소리가 뜨거운 한숨처럼 그의 얼굴로 쏟아졌다. 토르는 간신히 대답을 내뱉었다. 그러고는 동그랗고 예쁜 뒤통수를 조심스레 어루만졌다.

"얼마나? 많이?"

"예……."

셰리가 그의 손을 끌어 제 볼에 비볐다. 토르는 마른침만 꼴깍 삼켰다. 그녀가 이렇게 야릇한 표정으로 바라보면 늘 같은 반응이 찾아왔다. 지금처럼 아랫도리가 참을 수 없이 뻐근해지는 감각 말이다. 이윽고 셰리가 그의 손바닥에 쪽쪽 입을 맞췄다. 촉촉한 입술의 감촉이 살갗으로 스며들었다.

"윽!"

오늘도 새로운 한계를 체험한 토르는 몸을 움찔거렸다. 어째서 이렇게 매번 과도하게 느끼게 되는지 모를 일이다. 제 손바닥은 부드러운 그녀의 손바닥에 비하면 거칠기 짝이 없을 텐데도.

"이런 건 어때?"

"아, 카셰이라 님……."

첫 키스를 했던 그날 이후, 그들의 관계는 착실하게 앞으로 나아가고 있었다.

하루에 한 번 이상 이런 진한 입맞춤이 이어졌다. 토르는 키스라는 것이 이렇게 달달하고 흥분되는 행위인지 미처 몰랐다. 작지만 보드라운 혀가 제 입술에 닿을 때면 그곳이 뻣뻣해져 왔다. 거기다 꽉 끌어안을 땐 아가씨가 여자라는 걸 확실하게 말해 주는 말캉한 감촉까지.

'하, 만지고 싶어.'

처음에는 입술의 자극에만 정신을 빼앗겨 몰랐다. 하지만 시간이 지나고 그녀와의 키스가 일상이 되자 자꾸만 다른 욕심이 생겼다. 감히 아가씨의 몸을 만지작거리고 싶은 충동이 날로 거세졌다. 어쩌면 허리가 그리 가느다랄 수 있을까. 두 손으로 감싸면 전부 손아귀에 들어왔다. 그가 조금만 힘을 주어도 똑, 하고 부러질 듯 연약하기도 했다.

"아으, 흐읏……."

양껏 서로의 입술을 탐하고 나면 셰리는 눈을 감고 너른 가슴에 기대어 숨을 몰아쉬었다. 위에서 바라보는 토르의 보라색 눈동자가 까맣게 가라앉았다. 이번에도 참아야 한다.

"……."

매번 제 인내심과 충성심을 시험당하고 있었다. 저렇게 흐트러진 아가씨의 모습을 볼 때마다 그대로 밀어 쓰러뜨리고 싶은 욕구가 솟았다. 얼마나 참았는지 모른다. 사람이란 참으로 간사하기 그지없는 동물이 아닌가. 그리고 남자라는 생물은 더더욱.

불과 몇 년 전만 해도 그랬다. 어쩌다 그녀의 드레스 자락이나마 보게 되는 날엔 설레서 잠을 이루지 못했다. 아가씨와 눈을 마주치거나 인사를 나누는 건 감히 바랄 수도 없었다. 그런데 지금은 고귀한 그녀의 입술을 뜨겁게 마주 대고 있다. 심지어 제가 물고 빨아 당길 때마다 작게 신음하는 반응을 즐기기까지 했다.

하지만 요즘 들어서 그것만으로 만족할 수 없었다. ……부족했다. 입술만이 아니라 다른 부분들도 만지고 느끼고 싶었다. 입술을 잘근잘근 깨물다가 혀를 더 세게 빨았다.

"흐응……!"

역시나. 바라던 반응이 되돌아왔다. 그리고 더 깊이 안겨 오는 움직임까지. 온 신경이 셰리에게 집중되어 있었다. 약간이라도 그녀가 움찔거리면 바로 기억에 새겼다. 그리고 그 다음부터는 집요하게 그곳을 공략했다.

"웃, 응."

그러면 숨을 가쁘게 몰아쉬며 금세 얼굴을 분홍빛으로 물들였다. 그게 그녀의 약점이자 흥분하는 모습이라는 사실 정도는 알았다.

토르의 일과는 단순했다. 오전에 훈련을 마치고 오후에는 셰리의 곁을 지켰다. 그렇게 점심시간 이후 집무실 옆 응접실에서 아가씨를 기다렸다. 얌전히 기다리고 있노라면 거의 예외 없이 이런 비밀스러운 포상을 받았다. 이제는 거의 일상이 되다시피 한 일이었다. 소파에 앉거나 서서 기다리는 그에게 다가와 가슴팍에 다정하게 안기는 것부터 시작되곤 했다.

"토르는 정말 배우는 게 빠른 것 같아."

"……."

토르의 가슴에 손을 올린 채 셰리가 뾰로통한 표정을 지었다. 그런 그녀를 가볍게 끌어안으며 토르가 부드럽게 속삭였다.

"카셰이라 님 덕분이죠."

그러니까 그걸 배우는 속도가 너무 빠르다. 토르는 겨우 며칠 만에 셰리가 해 줬던 움직임을 완벽하게 익혔다. 그뿐만이 아니었다. 심지어 이젠 그녀의 반응에 따라 새롭게 응용까지 해냈다. 목구멍에서 간질거리며 올라오는 신음을 억지로 누르는 것도 한계였다.

'그런데 왜 먼저 손을 대지 않는 거지?'

불만이라면 불만이었다. 셰리가 안겨 입술을 겹치면 못 이기는 척 응해 오기는 했다. 하지만 가볍게 껴안거나 허리를 감싸는 것 말고는 더 이상의 접촉은 없었다.

처음의 그 까칠한 반응과 비교할 때 엄청난 발전이긴 하다. 하지만 이대로라면 도대체 언제쯤 침대에서 충실한 상대가 될 수 있을지 애가 탔다.

'오늘도 벌써 이렇게 잔뜩 세워 놓고……'

허벅지 옆에 뜨겁고 단단한 것이 닿았다. 조금쯤 기대했건만 역시나 융통성이라고는 없었다. 보통은 너무 끈적거리며 달라붙어 오는 게 문제였다. 그러나 몸으로는 뻔히 남자다운 반응을 보이면서도 이렇게 뛰어난 자제력을 발휘하는 남자는 처음이었다. 처음 겪는 타입 앞에선 셰리 역시 꽤 곤혹스러웠다.

동정남(童貞男)도 결국 남자가 아니던가. 약간만 자극을 줘도 정신을 못 차리고 넘어오는 게 당연할 텐데. 셰리가 토르에게 기대했던 건 그런 면이기도 했다. 닳을 대로 닳아빠진 뻔한 반응이 아니라 그런 거칠고 짐승 같은 점 말이다.

'저 머릿속을 열어서 무슨 생각을 하는지 확인해 볼 수도 없고.'

아무리 생각해도 토르는 지금껏 자신이 겪었던 남자 중 난이도가 제일 높았다. 자존심 상하게 언제까지 이렇게 먼저 유혹해야 하는 건지. 날이 갈수록 토르는 능숙해져 갔다. 이제 그의 키스에 몸이 달아올라 헐떡이는 건 자신이었다.

얹어 놓은 두 손바닥 아래로 탄탄한 가슴의 감촉이 느껴졌다. 그리고 그 안에서 쉴 새 없이 뛰는 심장 박동 소리가 요란했다. 셰리의 입가가 저도 모르게 슬쩍 허물어졌다. 여기까지 온 이상 어쩔 수 없다. 이렇게 공략이 어려운 남자일수록 정복했을 때 성취감이 더 달콤하길 바랄 수밖에.

"토르, 한 번만 더."

셰리의 말에 토르는 한층 더 짙어진 보랏빛 눈동자를 내보였다. 몸의 정직한 반응을 보면 말은 안 해도 그 역시 다음을 원하고 있는 거다. 오늘은 조금 더 진도를 나가 볼까. 저번에 보니 가슴이나 배도 꽤 예민하던데, 이 자세면 그 예쁜 근육들도 한 눈에 볼 수 있겠지?

먼저 볼에 쪼옥, 하고 입술을 찍어 눌렀다. 토르의 입에서 가벼운 숨이 터져 나왔다. 뒤이어 입술로 옮겨갔다. 그러자 토르가 갈구하는 것처럼 손가락으로 셰리의 등을 느리게 쓰다듬었다. 제법 야릇한 손길이었다. 셰리는 터져 나오려는 신음을 꾹 참고 이미 여러 번의 키스로 매끈해진 입술을 깨물었다.

"으, 읍."

토르는 셰리의 목을 끌어당기는 팔에 힘을 주었다. 그게 신호라도 되는 것처럼 셰리가 혀를 넣었다. 동시에 소파로 그를 밀어 넘어뜨렸다. 드디어 그녀가 토르의 몸 위에 올라탄 순간이었다. 셰리는 엉덩이를 뒤로 조금 뺐다.

그때, 정신없이 키스를 하던 토르의 움직임이 잠시 멎었다. 그녀가 바지 안에서 불룩하게 제 존재감을 드러내는 그것 위에 안착한 충격 때문이었다. 곧이어 그는 미간을 찌푸리며 괴로운 얼굴을 했다. 저도 모르게 셰리의 어깨를 단단하게 잡았다. 여간해선 견디기 어려운 자극이었다.

"아, 카셰이라 님. 자세가 좀."

"쉿."

"흡!"

셰리는 그의 상의 안으로 두 손을 밀어 넣었다. 마음에도 없는 말을 내뱉는 괘씸한 입을 막는 것도 잊지 않았다. 다시 입술이 겹쳐지자 토르는 으윽, 거리며 가슴만 크게 들썩였다. 셰리가 놀란 얼굴로 눈을 동그랗게 떴다. 생각보다 손에 와 닿는 토르의 살갗이 뜨거웠다. 이렇게 잔뜩 흥분한 주제에 도대체 왜 튕기는 거야.

토르는 밑에 깔린 탓에 키스를 피하지 못했다. 그렇다고 무작정 밀고 들어오는 셰리의 손을 저지할 수도 없었다. 수렁에 빠진 것 같았다. 참다 참다 이건 아닌 것 같아 그녀의 양팔을 잡으려던 때였다. 셰리가 엉덩이를 슬쩍 움직여 그의 것을 스쳤다.

"읍, 하윽."

순간 머리가 멍해질 정도의 충격이 토르의 온몸을 꿰뚫고 지나갔다. 자신도 모르게 몸 위에 걸쳐진 그녀의 허벅지를 꽉 쥐었다. 스타킹 특유의 거슬거슬한 느낌이 굳은살 박인 손바닥에도 느껴졌다.

"앗, 토르. 그렇게 세게 쥐면 안 돼."

"카, 카셰이라 님, 이러시면……."

"나한테 협조하기로 했잖아. 토르가 정 싫으면 다른 사람을 찾아볼까?"

"……."

가끔 그녀는 이렇게 잔인했다. 늘 제 시선을 옭아매던 천사 같은 미소에 할 말을 잃었다. 그러나 셰리는 그런 와중에도 토르의 상의 단추를 하나씩 따내려갔다. 그는 고개를 돌린 채 간신히 숨만 골랐다. 그새 셔츠를 풀어헤친 셰리가 옷을 활짝 젖혔다. 그러고는 작게 탄성을 내질렀다.

"정말 예뻐. 토르, 수련 열심히 했구나."

"윽!"

탄탄하게 올라붙은 가슴 근육하며 반듯하게 자리 잡은 복근이 나타났다. 이것만으로도 토르가 얼마나 올바른 자세로 수련을 해 왔는지 짐작하게 해 줬다. 그의 가슴팍은 어느새 조금 붉게 물들어 있었다. 그 위로 슬쩍 손을 가져다댔다. 그러자 토르의 몸이 저절로 들썩였다.

"느낌이, 어때?"

"아, 그만……!"

분명 아가씨는 저보다 체온이 낮았다. 하지만 그런 그녀의 손이 닿는 곳으로부터 아이러니하게도 온도가 올라가는 기분이 들었다. 그의 분신은 여전히 그녀의 엉덩이 밑에 깔린 채였다. 오늘도 끝을 모르고 부풀어 오른 지 오래다. 하지만 지금의 상황이 평소와 다른 게 문제였다. 이대로라면 오늘은 정말, 정말로 위험했다.

셰리의 표정은 토르와 딴판이었다. 다급하고 초조한 그와 달리 여유로운 표정으로 내려다보았다. 심지어 손가락을 들어 가슴에서 배로 쓸어내리기까지 했다. 그런 그녀 때문에 토르는 입 안이 바짝바짝 말랐다. 제가 할 수 있는 거라고는 그녀의 허벅지를 너무 세지 않게 움켜쥐는 일밖에 없었다.

"으응, 토르. 세게 쥐면 아파. 다리에 자국 남는단 말이야."

"죄송합니다. 아, 그치만……읏."

그녀가 맨살을 쓸어대는 바람에 안 그래도 딱딱한 배에 잔뜩 힘이 들어갔다. 그런데 셰리는 이제 과감하게 손바닥을 펴 꾸욱 누르고 있었다. 이를 악물고 버티는 그의 반응을 이 정도는 괜찮다고 판단한 듯했다. 토르의 손에 다시금 힘이 더 들어갔다. 셰리가 그에게 눈을 흘겼다.

"세게 쥐면 안 된다니까?"

"아, 학……."

셰리는 그의 손을 부드럽게 잡아 치마 속 허벅지 안쪽으로 이끌었다. 그러더니 슬슬 밀어내듯 손바닥으로 스타킹을 말아 내리게 만들었다.

"벗겨 줘. 엄청 얇은 거니까 안 찢어지게 살살, 알지?"

"하아, 예."

토르는 제정신이 아니었다. 셰리가 제게 가하는 손길을 멈추게 하고자 순간 잘못된 선택을 했다. 그녀가 이르는 대로 손바닥을 살살 굴려 스타킹을 벗겨 냈다. 그 과정에서 어쩔 수 없이 차갑고 부드러운 허벅지 속살이 손에 닿았다. 하지만 그녀가 직접 제 맨살을 어루만지는 자극보다는 참을 만했다.

셰리는 다리를 쭉 펴서 그가 벗기기 쉽게 만들어 주었다. 이윽고 돌돌 말려 내려온 밴드 스타킹이 그녀의 종아리를 지나 발목에 걸렸다. 그러자 셰리가 토르의 볼에 살짝 입을 맞췄다.

"잘했어."

그러고는 발목에 걸쳐진 나머지 스타킹을 셰리 스스로 벗어 냈다. 하얗고 작은 발이 그대로 눈앞에 드러났다. 토르의 목구멍으로 미처 숨기지 못한 욕정이 꼴깍 넘어갔다. 어느새 그는 치맛자락에 감춰진 허벅지 안쪽을 욕망 어린 눈으로 바라보고 있었다. 생각보다는 솔직한데? 이를 눈치챈 셰리가 빙긋 웃었다. 다시 그의 가슴을 더듬었다.

"윽."

셰리의 쭉 펴진 손바닥이 가슴의 정점을 스쳤다. 토르는 발끝이 찌릿찌릿하게 저렸다. 일부러 이러시는 게 틀림없었다. 입에서 터져 나오려는 신음을 간신히 꾹 참았다. 그러자 유륜 근처만 뱅글뱅글 돌던 셰리의 검지가 민감한 유두를 세게 눌렀다.

"앗!"

"피부가 흰 편은 아닌데, 여긴 분홍빛이네?"

"으웃. 제, 제발."

급기야는 엄지손가락까지 이용해서 두 손가락으로 정점을 비틀었다. 토르의 몸이 전에 없이 크게 들썩였다. 그리고 달달 떨리는 손으로 그녀의 양팔을 꽉 잡았다. 겨우 셰리와 마주한 토르의 눈동자는 욕망과 충동으로 탁해져 있었다.

"카셰이라 님, 안 됩니다."

"기분, 좋아?"

"……하아."

이젠 좋다, 안 좋다의 수준이 아니었다. 한숨만 내뱉은 채 토르는 입을 다물어 버렸다. 그러자 심통이 난 그녀가 엉덩이를 쭈욱 밀었다. 그 바람에 이미 성이 날 대로 난 그의 물건 위를 강하게 스쳤다. 그 순간, 토르의 머릿속에서 번쩍 하고 친 번개가 그대로 척추를 타고 내려왔다. 짜릿하다는 말 따위로 표현할 수 없는 감각이었다.

"아웃!"

"좋아, 그렇게 나온다 이거지? 입에서 좋다는 소리가 날 때까지 안 놔줄 거야."

"카셰, 으……! 아, 안 돼."

셰리는 그대로 엎드렸다. 그러고는 예고도 없이 곧장 그의 가슴 끝을 한 입에 물었다. 이제 토르는 딱 미쳐 버리기 직전이 됐다. 그녀의 가느다란 팔을 잡고 어떻게든 몸을 돌리려 애써 봤다. 하지만 그래 봤자 오히려 제 분신에 가해지는 자극이 더 커져서 괴로움만 더해질 뿐이었다. 셰리는 입술로 부드럽게 물어 쪽 하고 빨아 당겼다.

"하, 훗!"

토르는 바르르 몸을 떨었다. 그러자 그녀가 혀로 오돌토돌한 돌기를 살살 쓸었다. 그럴 때마다 토르의 핏줄을 타고 눈이 돌아갈 정도의 지독한 쾌감이 퍼졌다. 머리가 어질해져 왔다.

"윽, 으윽, 흡!"

어느 순간부터 입에서 나오는 끙끙거리는 소리를 감출 수가 없었다. 이제 셰리는 감질나게 핥다가 갑작스레 이를 세워 잘근잘근 물기 시작했다. 토르는 저도 모르게 고개를 뒤로 젖히고 거친 숨을 헐떡였다.

"하아. 아, 안 됩니다. 아윽!"

"좋아? 어때?"

셰리가 그의 가슴에서 고개를 들고 물었다. 그녀의 입술에는 반들거리는 타액이 고스란히 묻어 있었다. 아찔한 광경에 토르는 무조건 고개를 끄덕였다.

기분이 좋냐고? 그녀의 얼굴을 보거나 가끔 그녀의 생각만 해도 기분은 좋아진다. 이미 셰리가 안길 때부터 심장은 두근거리고 있었다. 하물며 지금은 어떻겠는가. 당장이라도 터질 것처럼 격렬하게 뛰는 중이었다.

그리고 더 큰 문제가 있다. 아직도 그녀 밑에 깔려 맹렬히 타오르는 그의 남성이었다. 그녀가 조금만 더 자신을 자극했다면……. 망측하게도 정(精)을 분출했을지 모르겠다.

사납게 날뛰는 분신을 진정시키려 토르는 눈을 감았다. 그리고 계속해서 고장 난 것처럼 고개만 끄덕였다. 내부에서 솟아오른 열을 이기지 못한 눈가는 이미 붉어져 있었다. 그 모습이 자못 가여웠다. 그래서 셰리는 이쯤에서 멈추기로 했다. 토르의 입술 위로 그녀가 가볍게 닿았다 떨어졌다.

"좋아, 오늘은 여기까지만. 잘했어, 토르."

"하아, 하아."

토르의 가슴이 쉴 새 없이 오르락내리락했다. 숨을 몰아쉬며 헐떡이는 모습을 보자 그제야 깎인 자존심이 좀 만회되는 듯했다. 셰리가 몸을 일으켜 그에게서 비켜났다. 토르는 황급히 벌어진 셔츠를 여미었다. 그리고 벌겋게 달아오른 얼굴로 그녀에게 꾸벅 고개를 숙였다.

"그, 그럼 잠시 의복을 단정하게 하고 돌아오겠…… 윽."

"아냐. 오늘은 집사랑 상단 일을 좀 처리해야 하니까 저녁 때 봐."

"네, 네."

토르가 도망치듯 문을 나섰다. 미묘하게 허리를 굽힌 자세에 셰리는 웃음을 참지 못했다. 장난기 어린 눈이 반짝반짝 빛났다.

밑에 깔린 채 아무것도 못하고 무기력하게 반응하던 모습이 자꾸만 떠올랐다. 어찌나 자극적이던지. 제게 이런 가학적인 면이 숨어 있는지는 미처 몰랐다. 그 예쁜 입술을 깨물고 잘생긴 미간을 있는 대로 일그러뜨렸다. 그렇게 해서까지 신음을 참는 모습은 정말이지…… 사랑스러웠다.

'이번에는 분명히 먼저 달려들 줄 알았는데.'

토르는 그토록 민감하면서도 충동을 자제하려 애를 썼다. 이상하게 지조를 지키는 그런 점이 그녀를 더 불타오르게 했다. 자존심이 상하는 불쾌감까지 기꺼이 감수하게 만들었다. 아니, 오히려 몰랐던 정복욕마저 일깨웠다.

"그건 그렇고 아까 그건 뭐야."

셰리의 엉덩이가 아직도 얼얼할 만큼의 부피감이었다. 바지를 입고 있던 걸 감안해도 흠칫 놀랄 정도로 부푼 상태였다. 참을 수 없이 궁금했다. 하지만 한 번 더 큰 쾌락에 눈을 뜨면 이런 모습을 보기 힘들겠지. 그럼 당분간은 이렇게 반응을 보아 가면서 예쁜 가슴을 마음껏 만져 보는 것도 좋은 여흥이 되지 않을까. 어차피 토르와는 끝까지 가 볼 생각이니까.

"흠, 그래도 역시 고민되네."

아쉬운 마음을 떨치기 어려웠다. 토르의 일취월장하는 실력을 보면 한 일주일만 지나도 완벽하게 자신의 취향으로 길들일 수 있을 것 같은데……. 백작가 혈통이라 그런가, 역시 머리도 좋단 말이지.

셰리는 천천히 심호흡을 했다.

'그래. 여태 잘 참았는데 조금만, 조금만 더 참아 보자.'

그녀는 토르가 온전하게 제 의지로 안겨 오는 모습을 꼭 봐야 했다.

* * *

'으음? 뭐야. 토르인가.'

곁에서 부스럭거리는 소리에 셰리는 설핏 잠이 깼다. 뒤이어 옆자리에 누군가가 누웠다. 분명 토르일 테다. 조심스럽게 누운 그가 이내 한쪽 팔을 뻗어 셰리의 머리 밑으로 손을 넣었다. 그러고는 그대로 그녀를 껴안았다. 맨 처음 보여 줬던 머뭇거림은 기억도 나지 않을 정도로 익숙한 움직임이었다.

'……토르네.'

적당히 따끈한 품이 포근했다. 거기다 그 특유의 좋은 냄새마저 진하게 났으니 틀림없다. 셰리는 신음을 흘리며 더 깊숙이 안겨 들었다. 그러자 토르가 잠시 멈칫했다.

그는 숨죽이며 셰리가 잠이 들었는지 한참을 확인했다. 그러다 머뭇거리며 셰리의 단정한 이마에 입술을 댔다. 뒤이어 적당히 솟아오른 아름다운 콧날에도 입을 맞추었다. 이윽고 양 볼에 도장을 찍듯 입술이 움직였다.

'뭐야. 왜 이래……. 뭐, 그래도 기분은 좋으니까.'

셰리는 반쯤 잠에 취한 채로 느긋하고 기교 없는 토르의 입맞춤을 받아 냈다. 그러던 그녀의 숨이 턱 막혔다. 곧이어 제 입술에 무겁게 내려앉은 그의 입술 때문이었다. 그저 아무런 움직임 없이 꾹, 하고 다정하게 입이 닿았다. 그런 입맞춤은 처음이라 저도 모르게 안타까운 느낌이 들 정도였다.

"셰리 님……."

셰리? 지금 그의 입에서 나온 말이 '셰리'였나? 도무지 믿기지가 않았다. 그와 함께한 수개월 동안 아무리 요청해도 거절당했던 애칭인데……. 물론 처음처럼 '톨체르'라고 불러 달라는 식의 까칠한 반응은 사라졌다. 하지만 여전히 애칭으로 그녀를 부르는 일만은 완곡하게 거절하던 토르가 아니던가.

무슨 심경의 변화가 생긴 건지 의아했다. 그러나 가슴이 간질거리는 듯한 묘한 기분이 앞섰다. 그녀의 입술에 말없이 자신의 입술을 부비고 있는 토르 때문이었다. 그의 목소리가 한층 더 애절해졌다.

"셰리 님, 셰리 님."

둘의 입술이 잠시 떨어졌다. 그러나 뒤이어 한 번 더 강하고 담백하게 그가 부딪혀 왔다. 이제 셰리는 잠이 싹 달아났다. 솔직히 열 손가락은 아득히 넘을 만큼 키스해 봤기에 입맞춤 자체는 그다지 큰 감흥을 주는 행위가 아니었다.

그랬는데, 그랬었는데……. 이렇게 간절하고 애틋한 입맞춤은 처음이었다. 마치 심장이 뜨끈하게 녹아내리는 느낌.

"……사랑합니다."

토르의 목소리가 나직하게 울렸다. 그 순간, 녹아내리다 만 셰리의 심장이 덜커덕 내려앉았다.

'사랑한다고? 누굴?'

굳이 묻지 않아도 뻔했다. 바로 자신이겠지.

입 안이 꺼끌하게 말랐다. 솔직히 말해서 이런 사태를 전혀 예상하지 못한 것은 아니었다. 오히려 처음엔 토르가 자신을 좋아해 주길 바랐다. 그래서 강압적으로 밀어붙이기보다 우회적으로 돌아오며 호감부터 쌓으려 노력하지 않았는가.

'나한테 호감이 있다는 건 알았는데…….'

요즘 토르의 눈빛이나 순순해진 태도 변화를 보면 누구라도 단박에 알아챌 수 있을 정도였다. 단순한 정욕뿐 아니라 그녀를 갈구하는 모습에 셰리도 내심 흡족했었으니까.

그런데, 그가 끝내 셰리에게 품어 버린 감정은 생각보다도 더 깊었던 모양이다. 안 된다 안 된다 하면서도 못 이기는 척 끌려오더니. 역시나 그녀를 마음에 담은 것 같았다.

'이 정도까진 원한 적 없어.'

지금처럼 이렇게 깊은 감정일수록 더더욱. 그녀는 단지 침대에서 말 잘 듣고 고분고분한 호위 기사를 얻고 싶었을 뿐이었다. 철없이 사랑 놀음 따윌 하고 싶었던 게 아니다.

비록 아직 혼처가 정해지진 않았다 해도 셰리는 유서 깊은 대귀족 가문의 후계자였다. 언젠가 다른 귀족과 결혼을 하고 후계를 이어야 할 의무가 있다. 그것 때문에 에드윈 공자와 파혼했는데 모를 리가.

그런 셰리의 중압감을 잘 알기에 집사장도 아가씨의 일탈 정도는 눈감아 주었다. 그래서 여태 한스와 함께 그 뒤처리를 맡아 주고 있었다. 어차피 혼인 후에는 그녀 스스로 정리하고 끝낼 사소한 사생활이니까. 그리고 그 대가로 후작가에 필요한 정략결혼을 하게 되리란 걸 셰리도 이미 잘 알고 있었다.

"······."

그래서 그녀는 여태 남자를 특정해 두지 않았다. 기간이 정해진 시한부 일탈에 불과하기 때문에. 그걸 잘 아는 한스는 천성적으로 엉덩이가 가벼운 바람둥이인데도 절대 선을 넘으려 들지 않았다.

그러나 종종 밤을 보내면 달라붙는 남자들이 있었다. 그들에게는 미안하지만 가차 없이 잘라 내고 외면했다.

이건 셰리에게 있어 일종의 '유희'였다. 아주 어릴 적부터 누군가의 위에 군림하도록 교육받은 그녀에게 공과 사의 구별은 자연스러운 일이었다. 그리고 그 '유희'는 완벽하게 사적 영역에 들어갔다.

'사생활에 진심은 필요 없어. 그건 앞으로도 마찬가지야.'

셰리는 순진하지 않았다. 그래서 더더욱 그 단순한 유희로 제국민들의 구설수에 또다시 오르고 싶은 생각이 없었다. 그건 토르도 예외가 아니었다. 그 나이까지 동정을 지키고 있는 것도 그렇고 여태껏 겪어 보지 못한 타입이라 그저, 흥미가 생겼다. 그뿐이었다.

하나 더 꼽자면 그가 한때 백작가의 서자였다는 사실 정도일까. 토르는 귀족이면서도 귀족 세계에 완전히 편입하지 못한 존재였다. 그게 아주 약간이나마 특별하게 여겨졌다. 어느 정도 귀족들의 생리에 대해 알고 있을 테니. 설마 제게 이렇게 깊은 연심(戀心)을 품을 것이라고는 예상하지 못했다.

'……안 돼.'

어찌 되었든 결론은 하나뿐이다. 셰리는 토르의 마음을 받아 줄 수도 없고, 받아 줄 마음도 없었다. 그렇다고 바로 내치기에는……. 심장이 조금 따끔거렸다. 이건 분명히 양심의 가책일 테다. 귀족 자제의 동정을 가지고 놀았으니까. 그렇다면 지은 죄가 있으니 좀 멀리하며 그의 마음이 식기를 기다릴 수밖에.

그녀를 안아 주는 토르의 가슴팍은 여전히 뜨거웠다. 하지만 품에 안긴 셰리의 얼굴은 냉랭하기 그지없었다. 그와의 밤을 기다리며 몸 달아 했던 것이 무색할 정도로.

V. 포기한 것과 얻은 것

토르는 요 며칠 초조한 기분을 감출 수가 없었다. 언제부터였을까, 공녀님이 저와 거리를 두려 한 것이.

'혹시 내가 무언가 잘못해서 아가씨의 심기를 어지럽혔나.'

아무리 되짚어 봐도 그녀의 앞에서 크게 실수한 건 없는 것 같은데…….아니, 짚이는 데가 하나 있긴 하다.

사실 어느 날 밤, 홀로 사랑을 고백한 적이 있다. 끓어오르는 마음을 그날은 도저히 억누르지 못했다. 심지어 마음속으로만 되뇌던 그녀의 애칭을 연신 부르기까지 했으니까. 하지만 그때는 잠들어 계신 걸 분명히 확인했다. 게다가 아가씨가 그 고백을 들었다면 이때다 싶어 당장이라도 그를 유혹하지 않겠는가.

'그럼 도대체 뭐가 문제지.'

불안하고 답답했다. 그런 심정에 잡아먹힌 토르는 오전 수련도 하는 둥 마는 둥 시간만 채우기 일쑤였다. 통 집중이 되지 않았다. 그리고 오늘도 어느 때보다 공들여 씻은 뒤 집무실로 향했다.

요즘 들어 아가씨는 집무를 보는 시간이 길어졌다. 그래서인지 몰라도 어느 순간부터 늘 해 오던 키스는 뚝 끊기고 말았다. 자신도 모르게 그녀를 원하는 눈빛을 했을지도 모르겠다. 하지만 아가씨는 그럴 때마다 오히려 조금 식은 얼굴을 했다. 담담하게 '이만 가자'라는 말이 원망스러웠다.

'그러고 보니 요새는 내 몸에 손도 대지 않으시고…….'

처음에는, 아니 얼마 전까지도 자꾸 접촉의 강도를 높여 오는 그녀가 부담스럽다고 생각했다. 그런데 막상 전혀 손을 대지 않으니 이젠 애가 달았다. 왜 갑자기 자신과의 관계를 칼로 베듯 잘라 버리신 걸까.

'혹시…… 다른 남자가 생기셨나?'

그런 가정만으로도 토르의 심장이 덜컥 내려앉았다. 지난번 집무실 문이 살짝 열린 틈으로 집사와 아가씨가 이야기하던 것이 불현듯 떠올랐다.

'아가씨. 전승 기념 행사가 열리면 황도에도……, 그러면……, 공작가나 다른……, 이제 더 미룰 수는 없습니다.'

'약혼 말이지? 하지만 그건…… 잖아.'

'후보라면 남작 가문이나 자작 가문에서도…… 습니다.'

자세히 듣지는 못했다. 하지만 약혼, 이라던가 남작가, 자작가라는 말을 들은 것 같기도 한데. 그 뒤로 저택 내에서는 아무런 움직임도 없었다. 그뿐 아니라 영지 내에서도 어떠한 소문도 들을 수가 없어 그저 흘려버렸던 사안이었다. 아가씨의 일이 아니라 다른 사람의 이야기일지도 모른다고 말이다.

그런데 지금 생각해 보니 그녀의 약혼 이야기가 맞는 듯했다. 사실 파혼한 지도 어언 2년이 넘지 않았나. 그동안 약혼 이야기가 전혀 나오지 않은 것이 이상한 일이었다.

토르의 가슴이 지끈거렸다. 짓궂음으로 가득해서 늘 저를 당황시키곤 했던 말투에, 작은 틈만 생기면 끊임없이 저를 유혹하던 셰리다. 그러던 분이 예전과 같은 사람이라고 느껴지지 않을 만큼 제게 무감정해진 이유가…….
절로 한숨이 새어 나왔다.

"하아."

도대체 왜 아가씨의 유혹에 순순히 넘어가지 못한 걸까. 한없이 자신을
쥐어박고 싶어졌다. 누군가 시간을 되돌려 주기라도 했으면 좋겠다. 그렇다
면 되도 않는 자존심을 세우지 않았을 텐데. 기꺼이 마음이 가는 대로 그녀
에게 제 몸을 내어줄 것이다. 차라리 지금이라도 아가씨께 매달려 볼까.

'감히 내가 뭐라도 되는 줄 알았던 건가.'

제까짓 게 무어라고. 셰리에게 끌리고 있음을 알면서도 고귀하고 아름다운
그녀를 번번이 거절했단 말인가. 마음 한구석으로는 특별 대우를 원했을지
모르겠다. 아가씨가 스쳐 지나갔을 다른 남자들과 똑같아지고 싶지 않다는
오기 어린 감정도 어느 정도 존재했다. 그건 부정할 수 없었다.

거기다 단지 동정이라는 이유로 자신을 선택했을지도 모른다는 불안도
한몫했다. 키스도 그렇고, 그녀는 매번 자신에게 처음이냐고 물었었다. 그
런 태도를 보건대 순결한 남자를 원하는 것 같기도 했으니까. 제가 동정을
잃고 나면 다른 동정남을 찾아 나설지도 모른다는 얄팍한 걱정이 늘 그를
망설이게 했다. 하지만……

'이제 와서 그게 다 무슨 소용이야.'

그러한 걱정들도 다 부질없는 것에 불과했다. 아가씨의 관심과 접촉이
서서히 멀어지고 있는 마당에 혼자 고고한 척해 봤자다. 끈 떨어진 연 신세
일 뿐이었다.

토르는 자신도 모르게 눈시울이 시큰해지는 걸 느꼈다. 그가 죄어드는 가
슴을 움켜쥐고 집무실 문을 열었다. 그때, 토르의 발이 우뚝 멈춰 섰다.

"아……."

평소보다 서둘러 일찍 온 편이었다. 그런데 그가 늘 그녀를 기다리던 소파
를 먼저 점령한 것은 셰리였다. 이곳에서 업무를 봤는지 탁자 위와 바닥에

서류 뭉치가 어지러이 널려 있었다. 푹신한 소파에 길게 누운 그녀는 잠이 든 듯 보였다.

셰리가 잠에서 깨지 않도록 조심스레 문을 닫았다. 이윽고 그녀의 앞에 다가선 토르의 눈이 크게 흔들렸다. 며칠 전부터는 팔베개도 필요 없다던 그녀였다. 완곡하게 돌려 말하는 바람에 차마 이유도 묻지 못했다. 그래서 더더욱 셰리와의 접촉이 전무해졌다. 그녀와 닿는 게 그 어느 때보다도 절실했다. 이젠 쳐다보는 것만으로는 목이 바짝바짝 말라 견딜 수가 없었다.

"······셰리 님."

토르는 그녀가 잠든 소파 앞에 얌전히 무릎을 꿇어앉았다. 그러자 붉고 탐스러운 머리카락에 가려진 하얗고 작은 얼굴에 눈에 들어왔다. 떨리는 손을 들어 머리카락을 뒤로 넘겼다. 길게 뻗은 속눈썹과 매끈하게 뻗은 코, 앙증맞은 진분홍빛 입술이 눈에 들어왔다.

한때 저 입술에 자신이 닿았다. 닿기만 했었나, 입술을 열어 마음껏 서로의 타액을 삼키고 은밀한 점막 부분까지 샅샅이 훑고 더듬었다. 그리고 저 작은 입술과 혀로 제 가슴이 마음껏 유린당하기도 했다. 그때 느꼈던 그 짜릿함이란······. 토르의 목울대가 크게 일렁였다.

몇 날 며칠이고 되돌려 그 장면만 반복했다. 아직도 그 기억이 이렇게 생생할 만큼. 그때 그녀의 몸이 닿는 곳마다 불길이 이는 듯했는데······. 상상만으로도 그의 아랫도리는 벌써 묵직해지고 있었다. 어떻게 한 번만, 한 번만 더 안 될까?

토르는 입술만 깨문 채 거친 숨을 몰아쉬었다. 그러다 결심한 듯 셰리의 얼굴을 들어 볼에 입을 맞췄다. 아, 여전히 부드럽고 조금은 차가운 듯한 감촉이다. 머뭇거리면서도 그대로 그녀의 입술로 향했다. 그리고 드디어 닿았다. 너무 간만이라 그저 닿은 것만으로도 머리가 어떻게 되어 버릴 것만 같았다.

"흣."

조심스레 제 입술로 셰리의 입술을 덮었다가 천천히 빨아 당겼다. 살짝 열린 입 사이로 숨결이 흘러나왔다. 토르는 하나도 놓치지 않고 오롯이 삼켜 냈다. 가슴이 먹먹해졌다. 조금만 더, 조금만 더……

어느새 그는 소파에 누운 셰리 위로 올라온 채였다. 그리고 그동안의 불안함을 해소하기라도 하듯 정신없이 입 안으로 파고들어갔다. 혹시 그녀가 깰까 조심스러웠던 처음의 행동들은 온데간데없이 사라진 지 오래였다. 다시금 지펴진 정욕(情慾)만이 그를 데우고 있었다.

"읏!"

셰리의 혀를 강하게 빨았다. 그녀의 감긴 눈이 움찔거렸다. 셰리는 딱히 예민한 편은 아니지만 둔하지도 않았다. 그래서 갑작스러운 키스에 서서히 깨어나고 있었다. 평소의 토르라면 진작 후다닥 물러섰을 테다. 하지만 오늘은 여러모로 이미 정상적인 사고를 잇기 어려운 상태였다. 더 깊게, 최대한 더 많이 그녀를 느끼고 싶었다.

"으음."

"하."

셰리는 여전히 비몽사몽인 채였다. 그러나 익숙한 느낌에 그녀도 모르게 누군가의 목 뒤로 팔을 둘렀다. 셰리에게도 오랜만의 키스는 달콤했다. 토르와 조금 거리를 두겠다고 생각한 이후로 마침 업무량 또한 무섭게 늘어났다. 의도한 건 아니지만 다른 남자를 취할 시간도, 여유도 없었다.

'아, 누군지 몰라도 혀를 쓰는 게 제법 능숙하잖아? 키스 잘하네.'

입맞춤은 꽤 길게 이어졌다. 잠이 깨며 누군가 그녀 위에 올라와 있다는 것도 알았다. 하지만 상대는 몸이 뜨거워졌는데도 이상하리만치 키스 외에 다른 접촉을 시도하지 않았다.

"음……?"

의아한 생각에 셰리는 슬쩍 눈을 떴다. 그러자 흐릿한 시야로 토르의 얼굴이 보였다. 아니, 토르……라고? 청록색 머리카락, 그리고 꽤 익숙해진 풋풋한 체취. 토르가 맞았다.

그런데 지금 이게 무슨 상황이지? 그때, 그가 정신없이 다시 그녀의 혀를 감아 올렸다. 순간 셰리는 완전히 잠에서 깨어났다. 동시에 무슨 일이 벌어진 것인지 머릿속으로 빠르게 되짚었다.

그러니까, 그녀는 분명 소파에서 업무를 처리하고 있었다. 잠깐 졸음이 와서 누웠던 게 마지막이었고. 아무래도 그대로 잠이 들었던 모양이다. 그리고 토르가 시간이 되어 들어와서…….

"……?"

들어와서, 자신을 덮쳤다고? '그' 토르가?

정체 모를 남자 때와는 달리 셰리는 술이라곤 한 방울도 마시지 않았다. 그런데 지금 상황이 이렇게 된 건……. 아무리 생각해도 토르가 먼저 셰리에게 손을 댄 것이 분명했다. 그 순간에도 두툼한 혀가 그녀의 예민한 점막을 콕콕 쑤셨다. 자극적인 성감에 셰리는 몸을 비틀었다. 그러나 그러면서도 의외의 상황에 어안이 벙벙했다.

"흡, 으음."

토르는 흡사 굶주린 것처럼 매달리고 있었다. 일단 그를 먼저 진정시켜야 했다. 셰리가 목 뒤로 둘렀던 손을 풀어 그의 뺨에 가져다 댔다. 그러자 토르가 타액으로 범벅이 된 입술을 겨우 떼어냈다. 여전히 그는 넋이 반쯤 나간 표정이었다. 멍한 눈으로 그녀를 응시했다. 셰리가 달래듯 입을 열었다.

"하아, 토르. 네가 먼저?"

"안, 됩니까?"

애처로운 보랏빛 눈동자가 금방이라도 터질 듯했다. 이미 탁하게 변한 채로 잔뜩 흔들렸다. 조금 열린 입술 사이로는 더운 숨결이 뿜어져 나왔다. 어쩐지 마음이 동했다. 아직 자신도 잠이 덜 깬 건 아닐까.

셰리는 잠시 망설였다. 그러나 망설임은 길지 않았다. 그녀가 토르의 목을 다시 끌어안았다. 그러고는 몸을 돌려 그를 눕히고 올라탔다.

'이런 게 차려진 식사라는 건가?'

토르는 밑에 깔린 채로 흥분을 못 이겨 숨을 몰아쉬었다. 그 모습에 셰리의 가슴이 술렁였다. 여태껏 해 왔던 결심이 흔들릴 만큼 이렇게 청초하고 아름다운 남자라니.

게다가 토르가 이렇게 적극적으로 무언가를 표현한 적이 있었나. 늘 적극적인 스킨십을 거절하기만 했지, 먼저 요구하거나 다가온 적은 한 번도 없었다. 이 정도 유혹으로도 들뜬 느낌이 드는 것을 보면 자신도 꽤 호감이 있었는지 모르겠다.

가볍게 손끝으로 토르의 볼을 쓸어내렸다. 아까보다 더욱 거칠어진 숨이 터져 나왔다. 몸을 들썩이는걸 보면 토르는 벌써 꽤 흥분한 것 같은데…….아무리 그래도 오늘은 한 번쯤 응해 주는 게 도리가 아닐까? 처음으로 자신을 원하며 다가온 게 기특하기도 하고.

'도대체 무슨 바람이 불어서 그 대단한 이성이 무너져 내린 거야.'

더불어 이성만큼 견고했던 충심까지 말이다. 왜냐고 물으려는 순간이었다. 셰리는 눈앞에 보이는 그의 얼굴에 할 말을 잃고 말았다. 토르의 눈꺼풀이 느릿하게 내려앉았다 다시 반쯤 열렸다. 잠깐이었지만 그녀의 이성을 마비시킬 만큼 치명적이었다.

그래, 그런 이유는 중요하지 않지. 나중에, 나중에 물어보면 되는걸. 셰리가 홀린 듯 그의 볼을 어루만졌다.

"어떻게, 해 주길 원해?"

"……."

그러고는 손가락을 들어 그의 입가로 긁듯이 내려갔다. 셰리가 고개를 까딱이며 묻자 이번엔 토르의 숨이 멎었다. 바라는 건 많았지만 아무 말도 할 수가 없었다. 그저…… 간절히 원하는 눈빛을 내보이기만 했다.

"그럼…… 내 마음대로 해도 되는 거야?"

셰리의 손끝이 아랫입술의 윤곽을 따라 천천히 움직였다. 반쯤 눈을 감고 이를 느끼던 토르는 침을 꿀꺽 삼켰다. 목울대가 다시 한번 울렁였다.

셰리의 시선이 그쪽으로 옮겨 갔다. 저런 부분을 보면 좀 곱상한 외모를 가졌다 할지라도 확실히 남자는 남자다. 아직 직접 확인하지는 못했어도 아랫부분도 지나치게 건장했으니까. 오히려 자신이 긴장할 만큼.

두 손으로 토르의 뺨을 가볍게 움켜잡았다. 그러고는 그대로 고개를 숙였다. 동시에 탐스러운 빨간 머리카락이 아래로 흘러내렸다. 셰리의 입술이 토르의 입술 위로 도장 찍듯 꾹 눌렸다. 그는 긴장으로 파르르 떨다가 조금 더 입을 벌리려 했다. 그때 쪽, 하는 소리와 함께 그녀가 고개를 들어 올렸다. 토르는 저도 모르게 아쉬운 소리를 냈다.

"하아?"

"키스해 줬으면 좋겠어?"

"……."

그 말에 토르가 얼굴만 발갛게 물들였다. 하지만 이번에는 역시 평소와 달랐다. 조심스레 고개를 끄덕였다. 그러고는 셰리의 목 뒤로 먼저 손을 넣어 잡아당겼다. 어라? 이것 봐라……. 셰리는 작게 킥킥 웃으며 끌려가 주었다. 그러고는 본격적으로 토르의 입술을 할짝이기 시작했다.

일부러 겉에서만 빙빙 돌며 핥으며 빨았다. 그러자 감질이 났는지 토르는 다른 쪽 팔을 들어 그녀의 허리를 강하게 끌어안았다. 그 바람에 셰리와 토르는 틈 없이 서로 바짝 달라붙었다. 이윽고 더욱 납작 엎드리게 된 그녀의 아랫배에 예전에도 느껴보았던 그것이 묵직하게 와 닿았다. 어지간히도 몸이 달은 것 같은데.

이미 꽤 단단해진 상태였다. 정확한 크기는 만져 봐야 알겠지만 벌써 걱정이 될 정도로 불룩했다. 설마 이것보다 더 커지진 않겠지? 셰리가 눈썹을 찌푸리며 가늠해 보려던 찰나였다.

"음, 읍."

"후우."

결국 토르가 참다못해 셰리의 입 안으로 혀를 밀어 넣었다. 얼마나 흥분했는지 제법 격했다. 하지만 정말 얼마 전까지만 해도 경험이 없었던 게 맞나 싶을 정도로 능숙한 움직임이었다. 더 이상 키스에 있어서는 셰리가 가르칠 것이 따로 없을 정도니까. 어느새 그녀가 민감하게 느끼는 부분에 강약을 조절하며 자극하고 있었다. 이러다 토르의 입 안으로 삼켜질 것만 같았다.

"흐읍. 응, 웃?"

셰리가 몸을 조금 떼려 했다. 그러나 허용하지 않겠다는 듯 그의 손이 강하게 허리를 눌렀다. 앗, 그러는 바람에 조금 더 음탕하게 그녀의 몸에 토르의 물건이 닿았다. 민감한 부위에 가해진 자극에 이번엔 토르도 잠시 흠칫했다. 하지만 곧이어 본능적으로 셰리의 부드러운 몸에 아랫도리를 비벼 댔다.

'자, 잠깐! 자꾸 이러면 나한테도 자극이⋯⋯!'

셰리가 허리를 비틀었다. 아래와 배가 전부 거칠게 쓸리는 기분이 생겼다. 이런 식으로 단단한 팔에 갇힌 채 꼼짝도 못하고 자극당하는 건 처음이었다. 그런데 이상하게도 서툴기 짝이 없는 움직임이라 몸이 더 달아올랐다.

"응, 토르. 잠깐⋯⋯."

그저 밀어붙이기만 했던 입맞춤이 점차 차분해졌다. 이내 부드럽게 서로의 입술과 혀를 탐미하는 수준으로 진정됐다. 그러자 그 틈을 타 셰리는 그의 가슴을 천천히 매만졌다.

"핫, 흡!"

생각보다 얇은 옷이었다. 민감하게 솟아올라 단단해진 가슴의 정점이 손바닥으로 느껴질 정도였으니까. 설마 작정하고 온 건가? 서툰 주제에 의도가 투명하게 드러나기까지 했다.

'둔해 빠진 곰인 줄 알았더니, 새끼 여우가 따로 없잖아?'

셰리의 표정이 조금 샐쭉하게 변했다. 이대로라면 마치 제가 일부러 방치해서 유도한 것처럼 상황이 흘러가게 될 테다. 썩 달갑진 않았다. 하지만 그렇다고 여기서 그만두고 싶지도 않았다. 이번만, 이번만 모른 척 넘어가 주는 거다. 그의 지나치게 잘생긴 얼굴이 문제였다.

"우웃."

이번엔 토르가 몸을 움찔댔다. 이렇게 크고 단단한 몸을 가진 주제에 토르는 정말 잘 느끼는 편이었다. 몇 번 문지르지도 않는데도 참을 수 없다는 반응을 보였다. 역시 동정이라서 그런 걸까. 적은 노력만으로도 금방 반응이 오는 야한 몸을 타고 났으면서 이걸 그동안 썩히다니. 셰리가 혀를 찼다.

'설마 본격적인 행위 중에도 너무 잘 느껴서 빨리 끝내는 타입은 아니 겠지? 그런 건 별론데……'

어느새 완전히 제정신을 차린 셰리가 끌려가던 페이스를 다시금 주도했다. 그러면서 노련하게 스킨십의 완급을 조절했다. 토르의 옷 속으로 손을 집어넣어 딱딱해진 배를 쓸어내렸다. 그러자 제법 안정을 찾아 가던 그의 호흡이 다시 격하게 흐트러졌다.

"학, 흐윽."

숨을 몰아쉬면서도 토르는 연신 침을 꼴깍거렸다. 그 모습에 셰리는 잠시 고민했다. 이 정도면 여기서 당장 바지를 내려도 될 것 같은데? 하지만 이내 마음을 고쳐먹었다.

그래도 처음인데 순식간에 관계를 맺어 버리는 건…… 그의 동정에 대한 예의가 아니다. 게다가 얼추 가늠되는 토르의 크기가 크기인 만큼 자신도 충분히 젖지가 않아서 무리일 테다. 그러니 아무리 급해도 단계를 하나씩 밟아 나가는 게 좋을 듯했다.

결론을 내린 셰리가 그의 옷을 살살 올려 목까지 걸치게 만들었다. 그러고는 싱글거리며 토르의 귀에 조그맣게 속삭였다.

"자아, 만세!"

"……?"

토르는 의문으로 가득한 눈빛을 내보였다. 그러나 순순히 두 손을 위로

들어 올렸다. 덩치에 어울리지 않게 순진한 그의 모습에 피식 웃음이 새어
나왔다. 셰리는 볼에 가볍게 입을 맞추며 한 번에 옷을 벗겨냈다. 그러자
탄탄한 상체가 바로 드러났다.

"아……"

"수련할 때도 상의 정도는 탈의하잖아. 부끄러워?"

새삼 허전한 몸이 쑥스러운 듯 토르가 두 팔을 교차시켜 가리려고 애를
썼다. 저번에도 가슴 여기저기를 빨려 놓고서. 셰리는 그런 그를 귀엽다는
눈빛으로 바라보며 부드럽게 팔을 치워 냈다. 다행히 큰 반항은 없었다. 그럼
방금은 동정남의 내숭…… 정도로 보아야 하나.

"그, 그건 아니지만. 윽!"

맨가슴이 그대로 드러나자 토르는 눈을 감은 채로 고개를 돌렸다. 셰리가
그의 얼굴 가까이서 후, 바람을 불었다. 그러자 오스스 일어난 솜털이 간지
러워 토르는 입을 꾹 다물었다. 뒤이어 점점 뜨끈해지는 그의 가슴 위에 셰
리가 손을 올렸다. 역시 조금은 서늘한 그녀와 비교하면 대단한 열기였다.

"으흣."

"이렇게 예쁜 몸을 왜, 부끄러워하는 거야."

"아, 그건. 윽."

토르의 입술이 다시 굳게 다물어졌다. 호기롭게 덤벼들었던 아까와 다르게
역전된 상황이었다. 어떻게 해야 하는지 이론으로만 아는 것과 실전은 확실히
달랐다. 아가씨의 손길 하나, 숨결 하나가 스칠 때마다 이토록 머릿속이 하얗
게 변하는데. 토르는 무엇을 어떻게 해야 할지 몰라 혼란스러워졌다.

"하아……"

바짝 붙은 셰리가 집요하게 나른한 숨을 불어넣었다. 가슴과 배 여기저
기를 쓰다듬는 걸로 모자라 이윽고 가슴팍에 쪽쪽 입을 맞추기 시작했다.
토르의 고개가 뒤로 넘어갔다. 척추 쪽이 당기는 바람에 저절로 나온 반응
이었다. 확실하고 착실하게 그녀를 향해 반응한다는 증거였다. 그리고 아까

부터 부풀어 있던 그의 중심은 곧 터지기라도 할 것처럼 단단해졌다.

유두를 만지작거리기만 하던 그녀가 드디어 촉촉한 입술로 물고 혀로 핥았다. 그러자 저번과 같은 충격이 온몸을 다시 한번 짜릿하게 강타했다. 아, 아랫부분이 저릿하게 느껴지는 게 점점 더 참을 수가 없다.

"아웃, 핫. 그만."

"토르, 기분 좋아?"

"하아, 네. 아! 이제…… 그, 그만."

급기야 토르의 입에서 노골적인 신음 소리와 애원이 터져 나오고 말았다. 그러자 셰리가 고개를 들고 부러 새침한 표정을 지었다. 아마 자신이 얼마나 신경 써서 세기와 강도를 조절했는지 이 동정남은 모르겠지.

"토르는 내 호위 기사인데 토르만 느끼는 건 불공평해. 잠깐 앉아 봐."

"후우…… 예?"

그래서 그의 몸 위에서 단호하게 떨어져 나왔다. 토르는 미뤄 두었던 숨을 학학 몰아쉬며 어리둥절한 표정을 지었다. 그러나 이내 시키는 대로 순순하게 소파 등받이에 기대어 앉았다.

'어, 음……? 뭐, 뭐야. 저건.'

무언가를 발견한 셰리의 얼굴로 질린 표정이 스쳐 지나갔다. 앉아 있으니 예의 대단한 물건이 당당한 위용을 뽐낸 채 드러났다. 바지를 입었음에도 전혀 가려지지 않았다. 하지만 지금 단계에서 걱정할 일은 아니었다. 그래서 셰리는 그의 허벅지 위로 등을 돌려 앉았다. 토르가 가운데의 그것 때문에 어정쩡하게 다리를 오므리며 어찌할 줄 몰라 했다.

"잘했어. 이제 이 정도는 어떻게 해야 하는지 알지?"

"네."

셰리는 고개를 돌려 한쪽 팔을 그의 목에 둘렀다. 그러자 토르가 그녀에게로 얼굴을 가져다 댔다. 얌전히 구는 그에게 다시 입을 맞췄다.

둘은 다시 시작된 키스에 열중했다. 그러면서 셰리는 슬금슬금 제 엉덩이를 토르 쪽으로 가까이 대었다. 그 바람에 서로의 아랫도리가 금세 바짝 붙었다. 놀랍게도 이번에는 그녀를 밀어내는 대신, 토르의 두 팔이 조심스럽게 셰리를 끌어안았다. 그로서는 대단한 용기를 낸 행동이었다.

그러나 셰리는 못마땅한 듯 콧등을 찌푸리며 키스를 멈추었다. 기껏 손을 뻗는 곳이 아직도 허리라서다. 내내 같은 자리만 맴도는 그의 손을 붙잡아 제 가슴 위에 얹었다. 당연히 토르는 화들짝 놀라 손을 거두려 했다. 그를 놓아주지 않은 채 셰리가 건조한 목소리로 입을 열었다.

"더 이상의 거절은 안 들을래. 여기서 싫다면 영원히 끝이야. 그래도 좋아?"

"……."

토르의 망설임은 길지 않았다. 이내 결심한 듯 조심스럽게 셰리의 가슴을 어루만졌다. 그러나 아무리 결심을 했다고 해도 긴장까지 감출 순 없었다. 힘이 제대로 들어가지 않아 토르는 덜덜 손을 떨었다.

"아, 하아."

손이 녹을 만큼 부드러웠다. 아직 옷을 입은 채로도 충분히 느껴졌다. 늘 상상해 왔던 것, 그 이상의 부드러움이었다. 게다가 부피감도 상당했다. 자신의 손에도 다 잡히지 않을 만큼. 시각과 촉각까지 모두 자극하는 느낌이란…… 말로 표현할 수조차 없었다.

토르는 뭉글거림에 취해 조금 더 용기를 냈다. 세게 모아 쥐자 이번엔 셰리의 몸이 작게 떨려왔다. 그와 몸이 밀착된 탓에 그녀의 몸에 힘이 조금씩 들어가는 것이라든가 자잘한 떨림 같은 반응이 고스란히 전해졌다.

"읏, 으응."

여자의 가슴이란 게 이렇게 말랑말랑한 것인 줄 미처 몰랐다. 그럼 과연 맨살의 느낌은 어떠할까. 매일 밤 상상만 해 왔던 감각을 느껴 보고 싶다는 충동이 문득 스쳐 지나갔다. 그래도 될까?

하지만 토르는 머뭇거렸다. 지금 아가씨가 제게 허락해 준 건 고작 가슴에 손을 없는 것뿐이다. 혹시 원하지 않았다면 요 며칠간처럼 내쳐지는 것은 아닐까.

"토르, 이제 어떻게 하고 싶어?"

"아, 저……."

셰리는 그의 망설임을 눈치챘다. 일부러 나긋한 목소리로 충동을 부추겼다. 그러자 마치 하고 싶은 말을 참는 것처럼 토르는 입술을 달싹거리며 목울대만 울렁였다. 하지만 욕망 어린 시선만은 적나라하게 드러났다. 잡아먹을 듯한 눈길이 셰리의 어깨를 지나 손 안에 가득 쥔 그녀의 가슴으로 향했다.

굳이 말로 하지 않아도 알기 쉬운 대답이었다. 어쩐지 그런 눈빛만으로도 얕은 흥분감이 셰리에게도 옮겨 온 듯한 기분이 들었다. 그래서 이번에도 그가 거절하지 못할 '부탁'을 했다.

"토르, 등 뒤의 매듭 좀 풀어 줘. ……답답해."

평소의 토르라면 이토록 뻔한 수에 넘어가지 않았을 테다. 대신 어디가 답답한 것인지, 답답한 것과 등 뒤의 매듭을 푸는 것이 무슨 상관관계가 있느냐고 되물었겠지. 하지만 이제 드디어 그는 셰리의 말 아래에 숨겨진 목적을 거부하지 않았다. 그렇기에 얌전히 고개를 끄덕이면서 순종했다.

"예. 기꺼이."

셰리는 탐스러운 머리채를 가지런히 모아 앞으로 넘겼다. 그러자 그녀의 등이 드러났다. 옷 매듭에 닿는 토르의 손은 여전히 떨렸다. 그러나 멈추지 않았다. 어느새 매듭이 서너 개쯤 풀리자 드레스가 양옆으로 갈라졌다. 그렇게 새하얀 그녀의 등이 드러났다.

"아, 이다음은……."

너무나 쉽게 나타난 살결 때문에 토르의 손은 잠시 정처 잃고 나머지 매듭 주위만 맴돌았다. 이 이상 매듭을 더 풀어내면 허리까지 노출될 테니까. 어찌나 마른침만 삼켜 대는지 목울대를 거쳐 가슴까지 들썩였다.

모른 척 가만히 기다리고만 있던 셰리가 작게 한숨을 내쉬었다. 역시 짐승처럼 달려들기보다는 지금처럼 머뭇거릴 거라고 예상했다. 이번에도 셰리가 토르의 두 손을 잡아 앞쪽 가슴 가리개로 가져왔다. 이제 쓸모없는 핑계 따위는 대지 않았다.

"앗, 그, 저. 전, 아직……."

"쉬- 세게 만지면 아프니까 살살, 알지?"

"아, 흐. 네, 네."

토르는 처음 느끼는 여체의 보드라움에 전율했다. 순간 손가락에 힘이 들어갈 뻔한 걸 겨우 억눌렀다. 저번처럼 허벅지를 쥐듯 세게 만져서는 안 된다. 다시금 셰리의 부드러운 가슴 위로 조심스러운 손길이 이어졌다. 조심조심 여러 번 손가락에 힘을 주어 주무르자 살덩이가 그 움직임대로 이지러졌다. 토르가 저도 모르게 숨을 헐떡였다.

"하, 하아. 너무, 너무 부드럽습니다. 셰리 님."

"으응, 조금 더 세게 쥐어도 돼."

그의 목소리가 평소보다 반 톤쯤 내려갔다. 기쁜 듯도 하고 감동한 듯도 한 기색이 그대로 묻어났다. 흥분으로 진득해진 음성을 바짝 붙은 채로 듣고 있던 셰리의 볼이 달아올랐다. 언제나 단정한 미성이었던 만큼 그 간극이 더 크게 느껴졌다. 믿을 수 없지만 목소리만으로도 조금, 동하는 기분이 들었다.

'왜 하필 저런 목소리로…… 셰리 님이라고 부르는 거야.'

셰리는 오싹한 느낌에 한쪽 눈을 찡그렸다. 토르는 제가 무심코 공녀님의 애칭을 불렀다는 사실도 모르는 눈치였다.

그렇게 불러 달라고 채근할 때는 모르쇠로 일관하더니. 저렇게 자연스럽게 입 밖으로 꺼낼 정도면 혼자 밤마다 그녀의 이름을 부르면서 손장난이라도 하는 걸까. 조금 전에 스치듯 느꼈던 그의 것이 떠올랐다. 그걸 지금 셰리의 가슴을 주무르는 저 손으로 밤마다 만지작거리면서…….

순간 떠오른 상상에 셰리는 저도 모르게 입술을 깨물었다. 이제 그녀도 어딘지 모르게 마음이 조급해졌다. 가슴 가리개의 가운데 이음새를 신속하게 풀어 내렸다. 맨살도 아니고, 고작 가슴 가리개 너머의 촉감에도 황홀해하는 토르에게는 안 된 일이지만. 배려에도 한계가 있는 법이다.

"앗?"

"토르도 벗고 있으니까……."

토르의 손길이 멈췄다. 갑작스레 벌어진 가슴 가리개 때문에 당황했을 게 분명하다. 고개를 돌려 확인해 보진 않았지만 그 정도는 선하게 그려졌다. 또 뻣뻣하게 굳어서 두 눈을 둘 곳을 몰라 하고 있겠지.

셰리는 과감하게 헐거워진 가슴 가리개를 아래로 내렸다. 그리고 완전히 드러난 맨가슴 위에 다시금 그의 두 손을 잡아 얹었다. 토르가 손가락을 오므리지 못하고 버텼다.

"고, 공녀님. 저, 저는……."

"자아, 맨살이 더 부드럽지 않아? 와, 토르 손 진짜 크다."

"공녀님. 윽."

당황해서인지 호칭이 다시 되돌아 갔다. 괘씸한 마음에 셰리는 엉덩이를 들어 다소 거칠게 토르의 앞섶에 비볐다. 그러나 그녀가 더 놀라고 말았다. 세상에, 이거 진짜 뭐야?

단순히 바지 바깥으로 형태가 드러나는 수준이 아니었다. 금방이라도 터질 것처럼 뜨거웠다. 어떻게 이 상태로 이성을 잃지 않고 버티는 거지? 역시 동정이라서? 셰리는 애써 침착함을 유지하며 틀린 호칭부터 고쳐 주었다.

"셰·리·님. 이라고 불러야지."

"……흑, 흐으, 으, 윽."

"내 허락 없이는 멈추지 마."

토르는 대답도, 생각도 할 수 없는 상태였다. 급기야 그녀의 어깨에 고개를 파묻고 끙끙 앓는 소리만 내는 게 고작이었다. 셰리는 더 이상 기다려 주지 않았다. 토르의 손을 끌어 마치 이 정도의 세기로 주무르라는 듯 가슴을 쥐여 주었다.

그러자 어깨에 얹혀 있던 토르의 숨이 단박에 거칠어지기 시작했다. 거기에다가 의도적인지 아닌지 몰라도 그녀의 엉덩이에 금방이라도 터질 듯한 제 것을 문지르면서 헐떡였다.

"셰리 님, 셰리 님. 제발, 제발……."

"토르, 고개 들어서 여길 봐. 응? 토르 피부색이랑 나랑 엄청 달라."

그 말에 토르는 겨우 고개를 들었다. 그러나 어깨 너머 제 손이 움직이는 대로 부드럽게 뭉그러지는 가슴을 보자 또다시 얼굴을 붉혔다.

"아."

거기엔 검술 훈련에 그을리고 거칠어진 커다란 제 손이 있었다. 투명할 정도로 흰 셰리의 피부 위에서 마치 하나가 된 듯 섞여 든 채로 말이다. 그 순간 기묘한 고양감이 느껴졌다. 게다가 손에 와 닿는 보들보들한 살결은 간헐적으로 뒷머리가 쭈뼛 설 정도의 이질적인 자극을 주었다.

토르는 홀린 듯 그 모습을 바라보다 제 손에 조금 더 힘을 주었다. 그녀의 가슴이 가운데로 모여 아찔했다. 셰리는 순간 조금 놀랐다. 하지만 능숙하게 기색을 숨기며 그를 칭찬했다.

"으응, 잘하고 있어."

등 뒤에서 셰리를 껴안고 있던 토르의 눈빛이 몽롱해졌다. 그녀의 예쁜 살결과 온몸으로 와 닿는 촉감보다 더 그를 자극하는 게 있었다. 어쩌면 그건 셰리의 웃는 얼굴일지도 모르겠다. 갑작스럽게 닥친 파정할 뻔한 위기를 있는 힘껏 버텨 냈다. 아랫입술을 깨물며 토르가 조금 쉰 듯한 목소리로 입을 열었다.

"이제, 이제 뭘 해야 하나요."

"웃, 응. 뭐부터 해 볼까."

셰리가 흠칫하며 어깨를 움츠렸다. 뭐야, 흥분할수록 목소리가 왜 이렇게…….

오히려 더 낮고 침착해진 목소리에 기묘한 흥분이 섞여 있었다. 무어라 표현하기 힘든 오싹한 기분이 들었다. 셰리는 가까스로 평정을 되찾았다. 그러고는 여태껏 등 돌려 앉았던 자세를 바꾸어 마주 본 채로 자신의 두 팔을 그의 목에 걸쳤다.

"응?"

그러나 토르의 반응이 의외였다. 가리개의 가운데가 열려 맨가슴이 훤하게 드러나고 있는데도 그의 시선은 오로지 얼굴에 꽂혀 있었다. 심지어 탁해지다 못해 아예 짙은 색으로 바뀌어 버린 집요한 눈동자로. 셰리는 저도 모르게 움찔했다.

"토르, 내 얼굴이 그렇게 좋아?"

"아, 예? 아……."

마치 다른 사람이라도 되어 버린 것 같았다. 그렇게 그녀의 얼굴만 뚫어져라 쳐다보던 토르는 그제야 정신을 차렸다. 그리고 뒤늦게 얼굴을 붉혔다. 제가 지나치게 아가씨의 얼굴에 넋이 나가 있었다는 사실이 부끄러워진 모양이었다. 붉어진 뺨을 숨기려 토르는 고개를 숙였다. 그러나 셰리의 맨가슴을 보고 다시 번쩍 머리를 들었다.

"아, 어……. 흐."

순식간에 얼굴이 새빨갛게 달아올라 있었다. 게다가 시선 둘 곳을 몰라 하며 격하게 흔들리는 눈빛까지. 셰리는 그만 풋, 하고 참지 못한 웃음을 터뜨리고 말았다. 이 순진한 동정남을 어찌해야 할까.

하지만 그 와중에도 토르가 흘린 나지막한 신음에 그녀의 가슴이 두근거렸다. 조금 쉰 듯이 낮은 저 음성이 문제였다. 셰리는 맨가슴을 그에게 더 밀착시켰다. 그러고는 그의 목 뒤로 두른 팔에 힘을 주어 얼굴을 가까이 대었다.

"왜? 내 얼굴이 예뻐? 아니면, 가슴이 더 예뻐?"

"저, 저는. 그러니까. 아……."

대답은 하지 않았지만 얼굴인 모양이다. 또다시 몽롱한 눈을 하는 걸 보아하니. 셰리는 입술을 삐죽이다가 토르의 어깨를 감싸 안았다. 그리고 적잖이 감탄했다. 와, 무슨 남자 피부가 이렇게 매끄럽고 난로처럼 따끈 따끈하지? 어디에 어떻게 닿아도 다 기분이 좋았다. 슬쩍슬쩍 비벼지는 셰리의 맨가슴 때문에 토르의 몸이 또다시 들썩였다.

"아, 하아. 셰리 님. 이, 이다음에 어떻게……."

"토르, 하고 싶어?"

"흐, 아니, 저는. 읏!"

셰리는 일부러 목덜미와 귓가 그 어드메에 속삭였다. 유혹적으로 바람을 불어 넣으며 대답을 종용하는 그녀에게 토르는 속수무책으로 이끌렸다. 숨을 헐떡이며 얕게 고개를 끄덕였다.

'아하, 토르는 목덜미랑 귀까지 민감하구나.'

이런 야한 몸은 타고난 걸까, 아니면 기사 수련으로 몸의 감각이 예민해진 탓인 걸까.

그러다 셰리는 문득 자신들이 집무실과 이어진 응접실 소파에서 끌어안고 있단 걸 떠올렸다. 여긴 방음이 완벽한 곳은 아니었다. 관계를 갖게 되면 복도 밖으로 소리가 새어 나갈 위험이 컸다. 그럼 역시 지금이라도 자리를 옮기는 게…….

'이런 데서 처음을 뺏는 건 좀 미안하기도 하고.'

셰리가 서둘러 옷매무새를 가다듬었다. 그러고는 멍하니 있는 토르에게 형편없이 구겨진 그의 셔츠를 건넸다.

"여기서 말고. '우리' 방으로 올라갈까?"

아쉬움에 셔츠를 꽉 쥐고만 있던 토르가 번쩍 고개를 들었다. 그리고 '우리' 방이라는 말에 다시금 얼굴을 붉혔다.

* * *

위 층의 제 방으로 셰리가 먼저 팔랑팔랑 걸어 올라갔다. 그리고 그 뒷모습을 지켜보던 토르는 그제야 제정신을 되찾았다. 하지만 입 안이 저절로 마르는 기분이었다.

'이제 방에 도착하게 되면, 아마도 그…… 것을 하게 되겠지?'

설렘보다도 걱정이 앞섰다. 제 물건은 상당히 큰 편인 것 같았는데 성공할 수 있을까. 너무 큰 물건은 여성을 아프게 하거나 다치게 할 수도 있다고 들었는데. 과연 저렇게 작은 체구의 공녀님과 가능하긴 한 걸까. 아니, 그보다 공녀님께 만족을 드릴 수 있을 만큼 제가 '잘' 할 수 있을까.

겪어 보지 못한 미지의 경험에 대한 불안함과 일말의 기대감도 있었다. 그러나 무엇보다 토르의 심장을 시시각각 좀먹어 가는 가장 큰 초조함은 역시나 그 생각 때문이었다.

'더 이상 동정이 아니게 되어도 셰리 님은 나를 필요로 하실까.'

제 딴에는 열심히 앞서 나가는 듯싶었던 셰리를 보폭이 큰 토르는 어렵지 않게 성큼성큼 따라붙었다. 그 덕에 방문 손잡이를 막 돌리려는 셰리의 뒤에 선 그가 머뭇거리며 입을 열었다.

"카셰이라 님, 그러니까."

"응?"

"저를, 저를 어떻게 생각하시는지 알고 싶습니다."

그 말에 셰리의 표정이 순식간에 싸늘해졌다. 직전까지도 발그레하게 상기되어 있던 뺨은 온데간데없었다.

"뭐?"

"저는, 그러니까 저는……."

그제야 토르는 찬물을 끼얹은 듯 냉각된 분위기를 알아챘다. 안절부절못하며 셰리에게로 다가가려는 순간이었다.

"토르, 지금 나는 너랑 사랑 놀음을 하려는 게 아니야. 내가 널 아낀다고 해서 예외일 거라고 착각했다면 오산이야."

"아, 아닙니다. 셰리 님, 셰리 님. 제가 잘못했습니다."

표정뿐만 아니라 목소리마저 언제 그랬냐는 듯이 딱딱하게 변해 있었고. 토르의 얼굴이 새파랗게 질렸다.

"모른 척 넘어가려고 했는데. 정말…… 어리석구나."

셰리가 그대로 방문을 열고 안으로 들어가 문을 닫아 버렸다. 그러자 문밖에 남은 토르가 문을 두드리며 용서를 빌었다. 물론 성 안의 고용인들이 듣지 못할 만큼 조심스럽게.

"셰리 님, 잘못했습니다. 제가 주제넘었습니다. 들어가도록 허락해 주십시오."

"……."

문을 걸어 잠근 셰리는 문에 기대어 한숨을 내쉬었다. 아까의 고양감과 흥분이 어디로 갔는지 알 수 없을 만큼 기분이 싸하게 가라앉았다.

어째서 남자들은 조금만 틈을 보여 준다 싶으면 더 많은 것을 원하는 건지…… 그저 몸과 몸이 맞부딪히는 그 순간만을 즐기는 사이로 만족하질 못하는 걸까.

'토르는 귀족 출신이니 그래도 이해해 줄 거라고 생각했는데. 내가 틀렸나.'

문밖에서는 아직도 그가 용서를 빌고 있었다. 하지만 셰리는 가차 없이 기댔던 몸마저 떼어냈다. 그리고 다시금 로브와 마법 반지를 착용했다. 외출할 준비를 모두 마친 그녀가 문 밖의 토르를 향해 한마디 내뱉었다.

"너도 머리 좀 식히고 있어. 앞으로 어떻게 할지는 나갔다 와서 생각해 볼 테니까."

"……."

그 말에 토르가 조용해졌다. 아주 잠깐 애처롭다는 생각이 스쳤다. 그러나 여기서 문을 열어 주며 거짓 사랑이나 속삭여 꾀어내고 싶지는 않았다.

계승권이 없다 해도 상대는 귀족 영식이었다. 잠시간의 여흥을 즐기자고 혹시 모를 대가를 감수할 만큼 토르가 제게 특별한 건 아니다.

'그러니까 이렇게 행동하는 게 서로를 위해 옳은 거야.'

어딘지 모르게 쓰려오는 속을 애써 무시하며 셰리는 미련 없이 자리를 떴다.

* * *

"해, 해리스 님. 어서 오십시오."

셰리가 등장하자마자 지배인이 허둥지둥 어쩔 줄 몰라 했다. 그 모습이 어딘지 모르게 수상했다. 그러나 오늘의 그녀는 누군가를 신경 써 줄 만큼의 여유를 잃은 상태였다. 그보다는 늘 앉던 VIP석이 개조된 모습이 시선을 먼저 사로잡았다.

다른 직원에게 무언가를 지시하며 셰리를 주시하고 있던 지배인이 늘 그녀를 전담하던 바텐더를 잽싸게 불러왔다.

"아, 그곳은 이제 해리스 님의 전용 좌석으로……."

"그 마스터가 시킨 일인가?"

"예? 예, 그렇습니다. 그리고 이 친구는 해리스 님 덕분에 승진했습니다."

늘 셰리의 말상대를 해 주고 종종 과음할 때면 제지해 주던 바텐더였다. 그가 그 말에 머쓱한 듯 뒷머리를 긁적였다. 안 그래도 심기가 불편했던 셰리의 한쪽 눈썹이 조금 치켜 올라갔다.

"뭐?"

"그, 그럼…… 여기서 오래, 아니, 오늘도 좋은 시간 보내십시오."

마스터라는 인간은 도대체 무슨 생각이야? 지배인은 끝까지 횡설수설하며 급하게 자리를 비웠다. VIP석은 이제 통유리로 만들어져 다른 좌석들과 아예 분리되어 있었다. 그녀가 착석하자 바텐더가 조심스레 말을 붙여 왔다.

"오랜만이시네요, 아가씨."

"당신은 내 덕에 승진하고, 여긴 내 전용 좌석이고?"

"그게, 마스터께서 지시하신 사항이라……."

흠, 이제 정말 단골 술집을 바꿔야 하는 시점인가. 막상 외출하려니 딱히 갈 만한 곳이 없어 결국 이곳으로 오긴 했다. 하지만 역시 마스터와 잠자리를 함께한 게 잘못된 선택이었나 보다. 아무리 술에 취했어도 사리분별은 했어야 했는데.

"휴."

셰리가 깊은 한숨을 내쉬었다. 완벽하게 잘 유지되는 것 같았던 그녀의 유희가 요즘 들어 이상하게 어딘가 조금씩 어긋났다. 토르도 그렇고, 제대로 신원도 모르는 이곳 마스터에게 제 얼굴을 보인 것도 그렇고…….

이제 마냥 어리다고 넘어가 줄 나이도 아니었다. 차라리 지금이라도 돌아가서 토르를 잘 구슬리고 가르쳐서 고정적인 파트너로 만드는 게 나을까? 언제까지 이런 아슬아슬한 사생활이 뒷말 없이 무사히 넘어가는 요행을 바랄 수는 없으니 말이다.

안에서는 밖이 보이지만 밖에서는 안이 보이지 않는 구조인 듯했다. 영업 준비를 하면서 이쪽을 힐끔대는 종업원들이 그대로 보였다. 이런 것도 마법적 처리가 된 걸까. 마법과 관련된 물품이면 마탑을 거쳐야 하니 여간 비싼 것이 아닐 텐데.

'그러고 보니 여기 마스터는 뭐 하는 사람이지?'

설마, 마탑 관계자는 아니겠지. 갑작스레 든 생각에 셰리의 등줄기가 싸늘하게 굳었다.

과거 마도 시대 이후 이상하리만치 급감한 마법사 수로 인해 모든 마법사는 마탑의 통제 아래에서 관리되고 있었다. 당연하게도 그 귀한 마법사 혈통의 보존을 위해 그들의 결혼에조차 마탑이 관여했다. 이를테면 마력발현이 잦았던 가문이나 같은 마법사끼리 짝을 지어 주는 것이 불문율이었다.

제아무리 공국의 비호를 업은 미하르쉘 후작가라고 해도 이쪽으로는 예외가 없었다. 그만큼 마탑의 일은 그러한 속세의 권력이 쉽사리 닿기 어려운 치외 법권 구역이나 마찬가지였다.

　'아냐, 피임은 완벽했어.'

　그러니 만의 하나라도 우려하는 일이 벌어지지는 않을 테다. 하지만 마탑 소속의 마법사와 밤을 보냈다는 사실 하나만으로도 심각한 추문이 생길 수 있었다. 그 음침한 작자들은 아직도 잦은 성관계가 마력을 소진시킨다고 믿는다니까. 모르긴 몰라도 한바탕 난리를 피울 것이 뻔했다. 게다가 후작가와 연계된 상단의 주력 물품이 마도구인데 자칫하면 공급에도 차질이…….

　순식간에 미하르쉘 후작가의 파산까지 생각의 가지가 뻗어 나갔다. 셰리가 제 이마를 붙들고 끙, 앓는 소리를 내었다. 심신의 안정을 위해 그녀는 차라리 생각하는 것을 멈추기로 했다. 고운 이마가 사정없이 찌푸려졌다.

　기분 전환을 하러 나왔던 바에서마저 이런 답답함이라니. 셰리는 불편한 기색을 숨김없이 드러냈다. 이에 아닌 척해도 그녀의 일거수일투족을 살피고 있던 바텐더가 조심스럽게 물었다.

　"오늘도 드로코나를 드시겠습니까? 마침 품질 좋은 린데카이르산 드로코나가 들어와 있습니다. 아니면 전에 드시던 카라민은 어떠신가요? 역시 최상품으로 준비되어 있습니다."

　그 말을 들은 셰리의 두 눈이 휘둥그레 뜨였다.

　린데카이르산 드로코나에 최상품 카라민? 두 가지 모두 웬만한 저택 한 채 값일 터인데 이런 바에 구비가 되어 있다고? 그것도 저를 위한 것임이 이렇게도 분명하게?

　이곳은 최소한 부유한 평민은 되어야 드나들 수 있을 만큼 꽤 고급스러운 바였다. 하지만 그렇다고 황도에 있는 최상급의 살롱에서나 볼 법한 저런 주류를 구비해 둘 만한 곳은 아니다. 거기다가 예전에 셰리가 즐겨 마셨던 주종이 아닌가. 그것만 골라서 최상급으로 비치해 둔 것을 보니 그 마스터가 저를 의식하고 있는 게 틀림없어 보였다.

'큰일이야. 망했어.'

처음 보는 여자와의 관계에서 집요하게 매달리는 꼴이 어째 좀 꺼림칙하더라니……. 역시나 잘못 건드린 모양이었다. 아무리 생각해도 여러 의미에서 이곳은 이제 그만 드나드는 것이 좋겠…….

"헉, 아, 아가씨. 드디어 와 주셨, 군, 요."

숨을 헐떡이며 누군가가 VIP룸으로 들어와 바텐더의 자리를 자연스럽게 밀어냈다. 마스터였다. 그가 가쁜 숨을 몰아쉬었다. 셰리가 멀찍이 서 있는 지배인을 노려보았다. 아까 유난히 지배인이 분주하게 움직인다 싶더니만. 마스터에게 연락을 취하러 갔던 모양이다.

"헉, 허억……."

마스터는 뒤집어 쓴 후드 끝이 펄럭거릴 정도로 격하게 숨을 고르느라 바빴다. 그런 그를 빤히 보면서 턱을 괸 셰리가 고개를 기울이며 말을 걸었다.

"이런 마법 통유리로 된 VIP룸에, 최상급 드로코나와 카라민까지…… 당신 지시라던데?"

"아, 알아주시는군요. 제가 이것들을 구하느라 얼마나……."

"내가 언제 올 줄 알고?"

빠르게 호흡을 안정시킨 마스터가 제법 감격에 겨운 목소리로 외쳤다. 셰리는 가차 없이 말허리를 잘라냈다. 그러나, 냉랭한 말투와는 달리 기울인 고개 그대로 빙긋 웃어 보였다. 그러자 잠시 마스터가 침묵했다. 주위를 잠시 둘러보던 그가 후드에 손을 대었다.

"아가씨, 괜찮으시다면 제가 후드를 벗어도……."

"아니! 갑자기 이제 와서 왜 그러는 거야?"

빠르게 그를 제지시킨 셰리가 의자에서 일어나 뒷걸음질 쳤다. 그러한 그녀의 태도에 마스터는 후드를 벗으려던 자세 그대로 멈칫했다. 뒤이어 망설임이 가득한 목소리로 입을 열었다.

"저만 아가씨를 알고 있는 것보다는, 제가 누군지 알려 드리는 것이……."

"당신, 내가 누군지 알아?"

"……."

그가 머뭇거리며 고개를 얕게 끄덕였다. 결국 셰리의 도톰한 입술에서 짙은 한숨이 새어 나왔다. 역시 그때 반지 아티팩트를 뺀 모습을 보고 알아챈 것이 틀림없구나.

다른 곳도 아니고 영지 내에 있는 바에서 제 본모습을 보였다. 알아보지 못할 거라 기대했던 게 얼마나 순진한 생각이었는지……. 이래저래 토르도 그렇고 뒷말이 나올 법한 상황이 연이어 벌어지니 정말 달갑지 않았다. 셰리는 입술을 앙다물었다.

"누군지 알았다면 얘기가 더 빠르겠군. 지금까지 있었던 일들은 함구하도록 해. 나는 당신이 누군지 모르고 시간을 보냈고, 앞으로도 모르는 거야."

"저, 그러니까. 제가 그, 명단에……."

"아니, 아니. 그만 일어나야겠어."

다시금 후드를 둘러쓴 셰리가 고개를 저었다. 그러고는 빠르게 가게를 벗어났다.

"아……."

강하게 부정하는 모습에 차마 그녀를 잡을 엄두도 내지 못했다. 마스터의 후드가 그제야 뒤로 젖혀졌다. 그러자 눈부시게 달콤한 금발이 쏟아져 내렸다. 조금 구불구불한 천연 곱슬의 머리카락에 새하얀 피부가 어우러져 흡사 성화 속의 천사와도 같은 얼굴의 사내였다.

남자는 뒤로 느슨하게 묶은 머리카락을 쓸어 넘기며 낭패한 표정을 지었다. 그의 유리알 같은 파란 눈동자가 상심에 물들었다.

"제가 누군지 알려 드리고 당당하게 아가씨 곁에 서고 싶었는데……."

* * *

"아, 정말!"

아무런 수확도 없이 성으로 돌아온 셰리가 조금은 신경질적으로 후드와 마법 반지를 벗어 내팽개쳤다.

당분간 성 밖으로 나가지 말아야 하나. 최악의 상황으로는 마탑 관계자거나 적어도 부유한 상회의 고위직일 터인데, 제 경고가 효과적으로 먹혀 들어갈지 미지수였다. 진작 그 가게의 주인이 누군지 알아봤어야 했다.

그동안 제게 맡겨진 일이 많았던 데다가 딱히 불미스러운 일 없이 넘어가는 것 같기에 안이하게 넘겼다. 그게 패착이었다. 역시 한스가 검증한 남자가 아니면 이런 성가신 일을 맞닥뜨리게 되는 걸까. 이번 일은 정말로 경솔했다.

'아무래도 날이 밝는 대로 트라나이츠 바의 소유주가 누군지 알아 오라고 지시하고 입을 막아야겠어.'

어느덧 해가 뉘엿뉘엿 넘어가 방 안이 제법 어두워졌다. 셰리는 두 손에 얼굴을 파묻고 어느새 느슨해졌던 제 자신을 자책했다. 그러다 문득 토르를 방 문 밖에 세워 놓고 외출했었다는 사실을 깨닫고 퍼뜩 일어섰다.

"설마……."

저번처럼 아직도 기다리고 있으려나. 토르의 성격이라면 잔뜩 시무룩해져서 기다리고 있을 확률이 높긴 한데…… 워낙 경황이 없어 고민하는 것도 잊었다. 정말로 호위 기사 보직을 다른 이로 바꾸어야 하는 것인지. 토르의 얼굴을 떠올린 셰리는 마음이 약해졌다.

'그치만 또 호위 기사를 교체한다고 해도 토르만큼 취향인 기사가 또 있을지는…….'

다시 원점으로 돌아가 새로운 기사를 물색할 생각을 하자 머리가 지끈거렸다. 토르 역시 한스 경이 마지막으로 엄선해 두고 간 남자였다. 그래서 제가 신경 쓸 것은 아무것도 없었다. 하지만 이번엔 그녀가 직접 알아보아야 한다.

"……쉬운 일이 하나도 없네."

안 그래도 후계자 수업을 핑계로 아버님이 떠넘긴 업무가 한 가득이었다. 이런 상황에 아까의 마스터까지 처리해야 하다니. 셰리가 결 좋은 붉은 머리칼을 쥐어뜯듯이 잡았다가 놓았다. 그럼 토르에게 한 번 더 기회를 줄까?

그래! 그동안 토르에게 들인 공이 적지 않으니까. 그리고 자주 호위를 교체하면 그것도 그것 나름대로 구설에 오르기 쉽다. 그렇게 결론 내린 셰리는 혼자 고개를 주억거렸다. 그리고 끝내 자기합리화라는 쉬운 길을 택했다.

후드와 마법 반지를 갈무리한 셰리가 방문을 열었다. 그러자 그녀의 예상대로 토르는 무릎을 꿇은 채 고개를 숙이고 있었다. 토르와 눈이 마주쳤다. 눈가가 붉은 것이 울기라도 했나 보다. 그의 보랏빛 눈동자와 기다란 속눈썹이 촉촉했다.

정말이지, 얼굴과 몸만큼은 셰리의 취향에 더없이 부합하는 남자였다.

"셰, 리님……."

"여태 찬 바닥에 꿇어앉아 있었던 거야?"

"제가, 제가 잘못했습니다. 죄송합니다. 저는, 저는……."

"흠. 일단 들어와."

토르의 눈을 바라보는 시간이 길어질수록 마음이 약해졌다. 이러다간 거짓 사랑을 속삭여서라도 관계를 요구하게 될 것 같았다. 셰리는 애써 그를 외면한 채 방 안으로 들어오라는 듯 손짓을 했다. 벌떡 일어난 토르가 살짝 휘청였다.

"윽."

"……괜찮아?"

"네, 네. 저는 괜찮습니다."

하긴 그 커다란 몸으로 몇 시간을 꿇어앉아 있었으니 그럴 만도 했다. 셰리의 가슴이 따끔거렸다. 그래도 금세 회복한 그가 조심스럽게 셰리를 따라 방 안으로 들어왔다.

"여기 앉아."

"예."

토르를 응접실 의자에 앉혔다. 애써 꾸며 낸 차가운 목소리를 내면서도 그녀의 시선은 토르의 다리로 향했다. 그래도 기사니까 정말 괜찮은 거겠지? 여태껏 제 얼굴에 흐물흐물해진 남자들만 보다가 제가 이렇게 남의 얼굴에 마음이 약해질 줄이야. 참으로 오래 살고 볼 일이다. 셰리가 턱을 치켜들며 말을 이었다.

"토르, 나는 미하르쉘 후작가의 유일한 후계자야. 그게 무슨 뜻인지 알고 있어?"

"……."

"너도 귀족이니까 알고 있겠지만 특히 후계자의 결혼은 철저하게 정략적인 결정이야. 그리고 난 미혼 시절의 '유희'를 결혼 이후까지 이어 갈 생각이 없어."

"……예."

가지런히 허벅지 위에 올려진 토르의 손이 움찔거리며 꽉 쥐어졌다. 손등에 파르라니 솟아오른 핏줄이 보였다. 셰리는 마음을 다잡으려 노력했다. 뻔히 보았음에도 애써 무시하며 더욱더 쌀쌀맞은 목소리를 냈다.

"내가 너를 어여삐 여긴 건 너는 이러한 내 상황을 이해해 줄 거라고 믿었기 때문이야."

"……예."

"그러니 선택해, 계속 내 호위 기사를 맡을 건지. 정히 마음을 못 억누르겠다면 다른 호위로 바꿔 줄 수 있어."

"그건, 그건……."

토르는 꽉 쥐어진 주먹을 몇 번 쥐었다 폈다. 그러다 결심한 듯 고개를 들어 셰리와 눈을 마주했다. 맑고 반짝거리던 보랏빛 보석 안에 미처 참아 내지 못한 물기가 가득했다. 그가 많이 상처받았음이 적나라하게 드러났다.

'뭐, 뭐야. 울었어?'

셰리는 그에 굴하지 않으려 마주한 눈에 더욱 힘을 주었다. 앞으로 소후 작의 지위를 얻게 되고, 또 후작으로서 자리를 지키다 보면 이보다 더한 선택의 순간들이 올 것이다. 벌써부터 이런 사사로운 일에서부터 정에 휩 쓸리면 안 되었다.

"저는, 이런 저라도 받아만 주신다면 기꺼이, 기꺼이 셰리 님의 충직한 신하이자 호위 기사로 살겠습니다."

토르의 눈에서 기어이 눈물이 한 방울 떨어져 내렸다. 결연한 빛을 띤 목소리와 낯빛과는 또 다른 처연한 모습이었다. 방문을 열어 주기 전까지, 무슨 일이 있더라도 단호하게 대처하겠다고 다짐했던 셰리의 마음이 순간 흔들렸다.

"흐음, 흠."

이번에는 그녀도 침음을 숨길 수 없었다. 제 앞에서 오열하고 울며불며 매달리는 남자들은 한둘이 아니었다. 그러나 단 한 번도 어떠한 감흥을 느 끼지 못했다. 그랬건만. 새삼 자신이 남자의 외모에 약하다는 사실을 오늘 에서야 깨닫고야 말았다.

'하, 정말 표정은 왜 저렇게 또……!'

어느새 단단해진 그 표정마저 제 취향이었다. 토르의 애절한 눈빛을 피 해 셰리는 눈동자를 이리저리 굴리며 회피해 보았다. 하지만 이러저러한 노 력에도 결국 성공하지 못했다. 셰리는 한숨을 포옥 내쉬며 고개를 절레절레 저었다. 그리고 그 고갯짓이 거부의 의미를 내포했다고 지레짐작한 토르의 낯빛이 순간 거멓게 죽었다.

"절대, 절대…… 결단코 선을 넘지 않겠습니다. 한 번만, 제게 한 번만 더 기회를 주십시오."

토르는 즉시 그녀의 앞에 무릎을 꿇었다. 그뿐만이 아니었다. 급기야 눈물 을 뚝뚝 흘렸다. 그 모습은 셰리의 양심이란 것을 콕콕 찔러 댔다. 처음부터 고지식하고 꽉 막힌 남자인건 알았지만, 연애 감정에 있어서까지 이다지도 우직하고 순정적일 줄은 몰랐는데.

그럼 과연 나중에 생길 일들을 알고 나서도 곁에 머무르려 할까? 셰리는 미리 시험해 보고 싶었다. 그때 가서 그의 비난을 받는다면…… 많이 속상할 것 같아서다.

"토르, 고개 들어 봐."

"흐, 흡. 네에. 죄송합니다. 눈물이……."

"나 곧 약혼할지도 몰라. 그래도 좋아?"

셰리의 손가락이 토르의 턱을 들어 올렸다. 그러자 눈물에 젖은 속눈썹이 파르르 떨리며 더 많은 눈물방울을 아래로 떨구어 내렸다.

정말 혈통에 엘프의 피라도 섞여 있는 게 아닐까. 꽤나 엄격한 미의 기준을 지닌 제 마음을 매번 흔들어 놓았다. 확실히 예사로운 미모는 아니었다.

'어휴, 여자로 태어났으면 그냥 평범하게 내 경쟁자였을지도 모르는데. 왜 하필 남자로 태어나서 이렇게…….'

실없는 생각 따위를 하며 셰리도 한쪽 무릎을 굽혔다. 그러고는 토르와 시선을 마주했다.

아가씨가 곧 약혼을 할지도 모른다는 말에 토르의 눈동자는 애처로울 만큼 심하게 흔들리고 있었다. 그러나 그러한 방황은 오래 걸리지 않았다. 이내 굳건해진 눈빛으로 그녀를 응시했다.

"예, 저는 셰리 님께 속한 몸. 저의 주군께서 무엇을 하시든 따르겠습니다."

"좋아, 토르는 그럼 계속 내 호위를 맡아."

토르의 매끈한 볼 위로 흘러내린 눈물 자국이 안타까웠다. 결국 셰리는 가볍게 입을 맞춰 주고 말았다. 그러고는 응접실과 복도가 이어진 문을 열었다.

"내일부터 칸토 지방으로 출장을 갈 거니까, 그렇게 알고 준비하고 있어."

* * *

그러니까, 칸토 지방의 출장이 예정되어 있던 것은 맞았다. 다만 그 시일이
매우 앞당겨진 데다 계획에 없던 토르와의 동행이 추가되었다. 딱 그 점만이
달랐을 뿐이다. 말이 출장이지, 근방의 시찰 겸 새로이 해변가에 지어진 별장
에서 휴가를 지내기 위한 일정이었다.

"그럼, 다녀올게."

"예, 아가씨. 무슨 일이 생기면 바로 연락드리겠습니다."

후작성의 집사장인 가우렌의 시선이 토르에게 닿았다. 그의 표정이 조금
엄격해졌다.

"경은 차질 없이 아가씨를 모시도록 하게."

"예."

"너무 그러지 마. 내가 그러고 싶어서 결정한 거니까."

그의 첫날밤을 조금 더 의미 있게 치러 주고 싶었던 셰리의 배려였다.
역시 토르의 눈물에 마음이 흔들린 탓이었다. 덕분에 칸토 지방의 별장으
로 향하는 마차 안에서도 그녀는 꼼짝없이 서류 업무에 시달려야 했다.

"답답할 테니까 토르는 마차 밖에서 호위해도 돼."

"아닙니다. 저는…… 아니, 집사장께서도 잘 모시라고 하셨고."

"그래, 그래."

토르는 굳이 마차 안에 자리를 잡았다. 그러나 그도 애초에 호위하려는
목적이 아니었다. 그저 조금이라도 아가씨를 더 눈에 담고 싶은 욕심에 불
과했다. 그래서 흘러내리는 머리를 연신 쓸어 넘기며 꼼꼼하게 서류를 검토
하는 셰리의 모습에 넋을 놓고 말았다.

"……"

제게 익숙한 공녀님이란 늘 저를 유혹하는 듯 철이 없는 모습이 대부분이
었다. 응접실에서 입맞춤을 나눌 때도 그녀가 일을 다 마친 후였다. 이렇게

진지한 모습을 코앞에서 보는 것은 처음이었다. 아무리 움직임이 적게 설계되어 마법으로 보완한 마차라고 하여도 어느 정도의 흔들림은 있을진대 완전히 업무에 열중하고 있었다. 그런 모습이 그에게는 새로운 모습으로 와닿았다.

저에게는 한 번도 허락되지 않았던 후계자로서의 모습이다. 고위 귀족이라는 혈통은 정말로 타고난 것일지도 모르겠다. 아가씨가 지금보다 어린 나이부터 이렇게 업무를 도맡아 왔다는 사실에 새삼 또 한 번 자신과의 격차를 깨달았다.

'나와는 이렇게나 다르신 분이야. 그러니까 주제넘게 또 욕심내면…… 안 돼.'

지난밤 셰리는 같은 귀족이 아니냐고 했었다. 하지만 백작가와 후작가의 계급 차이는 그렇게 한데 뭉뚱그려 말할 수 있는 것이 아니었다. 거기다가 미하르셸은 사실상 공작가의 위세에 버금가는 개국 공신 가문이다. 그런 후작가의 후계인 그녀와 백작가의 서자 출신인 저는 단순하게라도 같다고 보기 힘들었다.

그런데다 토르는 계승권마저 포기해 빈껍데기만 남은, 후처 소생의 여섯째였다. 그런 자신이 제 순결을 담보로 장래를 약속해 달라는 듯이 굴었으니…… 지난날 셰리가 왜 싸늘하게 돌변했는지 알 법했다.

"후……."

문득 밀려드는 수치심에 토르가 커다란 한 손으로 마른세수를 했다. 셰리가 서류 더미에 박고 있던 고개를 살그머니 들었다. 조각상처럼 꼼짝도 하지 않고 제 정수리만 뚫어져라 쳐다보던 그가 보인 첫 반응이었다. 그녀는 눈빛으로 의문을 표했다.

'쯧쯧.'

갑작스레 달아오른 귀 끝이며 회한에 물든 눈동자가 보였다. 또 무언가 혼자서 자책을 한 모양이었다. 뭘 그리 매번 복잡하게 생각하는지.

"왜 그래?"

"아, 아닙니다. 제가 방해했군요. 죄송합니다."

"얼마 안 남았으니까 조금만 더 기다려. 별장에 도착하기 전에는 끝내야 휴가를 느긋하게 즐기지."

아무리 숙맥인 토르라 한들 이 출장이 어떤 방향으로 흘러갈지 예상할 수 있었다. 시중인 하나 없이 호위 기사인 저 하나만 동행한 휴가가 아닌가. 다시금 그의 귀 끝과 볼이 발그레하게 달아올랐다.

"……."

지금 그의 심장은 여태까지의 모든 자책과 잡생각들을 날릴 정도로 거세게 뛰고 있었다. 마침내 서류 업무를 마친 셰리가 그의 어깨에 머리를 기대고 잠들어 있었다. 아가씨가 지끈거리는 관자놀이를 문지르며 옆자리에 가까이 붙어 앉았을 때부터 숨소리 하나 내지 못했다.

'조금만, 조금만 더……'

토르는 바짝 굳은 채 셰리의 숨소리가 규칙적으로 변하기를 기다렸다. 그리고 조심스러운 손길로 잠든 그녀의 볼을 쓸어 보았다.

"아."

말랑말랑한 감촉에 저도 모르게 탄성을 내뱉었다. 이쯤 되면 제 아가씨는 온몸이 부드러운 물질로 이루어졌다고 해도 믿을 법했다.

바로 곁에서 느껴지는 그녀의 체취와 여체 특유의 보드라움, 거기에 오랫동안 참아 왔던 야릇한 기대감으로 제 물건은 또, 기립했다.

* * *

"토르, 저녁은 어땠어?"

"아, 저는 다 잘 먹습니다만 셰리 님 입맛에는 어떠셨을지……."

"오늘은 토르를 위한 날인데, 토르 입맛이 중요하지! 잠깐 저택 좀 둘러볼까?"

식전주로 나왔던 와인을 좀 많이 마시는가 싶더니 셰리는 기어코 얼굴이 조금 붉어졌다. 그녀가 헤헤거리며 토르의 옆에 바짝 붙어 팔짱을 끼었다. 갑작스러운 스킨십에 놀라기도 잠시, 저를 위한 날이라는 말에 토르는 다시금 귀 끝이 뜨거워졌다.

그럼, 정말로, 오늘⋯⋯?

셰리는 저보다 머리 하나 반은 훌쩍 큰 토르를 2층 테라스 입구로 이끌었다. 그러고는 거대한 테라스 문을 활짝 열어 젖혔다. 순식간에 해풍이 불어닥쳤다. 그 바람에 장밋빛의 머리칼이 헝클어졌다. 토르가 정신을 차리고 그 앞을 가로막았다. 워낙에 큰 골격에 세밀한 근육으로 가득 찬 몸이라 그녀의 온몸을 가리고도 남았다.

"하, 시원하다. 여기 별장 어때? 토르는 바다 본 적 있어?"

"춥진 않으십니까? 바람이 아직 찬 것 같은데⋯⋯ 바다는 처음 봅니다."

생전 처음 보는 밤바다에 정신이 팔릴 법도 하건만 토르는 바다 쪽으로는 시선도 주지 않았다. 그보다 다소 가벼운 숄만을 걸친 그녀의 옷매무새를 고쳐 주느라 야단이었다. 그런 그의 모습에 셰리의 입꼬리가 기분 좋게 올라갔다.

'그러게 진작 이렇게 순순하게 굴었으면 좀 좋아?'

처음에 예상했던 것보다도 더 제게 푹 빠진 모습이 나쁘지 않았다. 몇 달간 그를 유혹하느라 안달 냈던 제 노력이 보상받는 기분이 들었다. 음, 그래. 굳이 관계만 맺는 게 아니라 이런 연애하는 듯한 느낌도 괜찮지 않나.

"토르, 좀 숙여 봐."

"읏?"

딱 기분 좋게 오른 취기에 셰리가 토르에게 손짓했다. 그러고는 기습적으로 목덜미에 팔을 걸어 입을 맞추었다. 순간, 셰리의 숄 앞섶을 쥐고 있던 그가 잠시 굳었다. 하지만 이내 큰 손으로 작은 뒤통수를 받쳐 들었다. 뒤이어 여태 망설이기만 했던 과거와 달리 적극적으로 응하기 시작했다.

　가볍게 촉촉, 맞추고 떨어지는가 싶었다. 그러다가도 슬며시 입술을 비비며 셰리의 입술을 한가득 덮어 버렸다. 적극적이고 저돌적인 토르의 반응에 그녀는 슬슬 몸이 달아오르는 것이 느껴졌다.

　"응, 읍, 토르, 내 방으로 갈까?"

　"예……."

　말이 나오기 무섭게 토르가 그녀를 번쩍 들어 올렸다. 소중한 듯 품에 안았다. 다정한 손길과는 달리 성큼성큼 급하게 발을 놀렸다. 아닌 척해도 그 말만을 기다려 온 티를 숨기지 못했다. 뭐야. 품 안에서 셰리가 작게 키득댔다. 역시 그의 첫날밤을 취할 장소로 이곳을 택한 건 탁월한 선택이었다.

　순식간에 방에 도착한 토르가 셰리를 내려놓았다. 그러자 기다렸다는 듯 그녀가 그를 침대로 이끌었다. 서로 짙어진 눈빛이 마주치자마자 둘은 정신없이 서로의 입술을 집어삼켰다. 그리고 어느새 셰리가 아래에서 토르를 응시하는 모양새로 누워 있었다.

　서로의 타액으로 입가가 반들반들해진 토르의 혀가 야살스럽게 셰리의 아랫입술을 훔쳤다. 그러자 그녀의 미간이 살짝 좁혀들었다. 도대체 어떻게 이렇게 금방 능숙해져서는 저를 도발하는지……

　"토르, 누워 봐."

　"아……, 네."

　토르는 좀 더 깊은 입맞춤을 원했지만 아쉬움을 감추고 얌전히 누웠다. 셰리가 그의 셔츠를 일부러 느릿하게 똑똑 따 내려갔다. 그 와중에도 집요하게 눈을 맞추는 그녀 때문에 토르의 입은 금세 바짝바짝 말라 왔다.

　이제 곧이다.

　아까부터 저 헝클어진 머리카락에 손을 넣어 제게로 끌어당기고픈 충동을 얼마나 참았는지 모른다. 방금 전 새하얀 침대보에 꽃잎처럼 흐트러진 그녀의 머리칼이 얼마나 자극적이었는지…… 평소에는 오묘한 빛을 내던 상큼한 올리브색 눈동자였다. 그런 눈이 조금은 질척질척한 늪과도 같은 빛을 띠며 저를 강렬하게 응시하는 모습도 온몸이 찌릿할 만큼 흥분되었다.

드디어 셰리 님과…….

어쩌나 마른침을 삼켜 대는지 그의 목울대가 연신 울렁거렸다. 셰리가 까르르 웃음을 터뜨렸다.

"많이 긴장돼? 무를까?"

"아뇨! 아뇨, 오늘은 꼭, 꼭…… 흣."

기세 좋게 외친 첫 마디와 다르게 얼굴은 붉게 물들었다. 다급하게 높였던 목소리도 기어들어 갔다. 셰리가 어느새 단추를 다 풀어 낸 셔츠를 젖혀 벗겼다. 그러면서 그의 가슴팍에 쪽, 하고 입을 맞추었다. 이런 건 처음이 아닌데도 토르의 몸이 파드득 떨렸다.

하, 이게 동정남의 매력이지. 정말이지 너무 좋아. 너무 신선하잖아.

"괜찮아, 토르가 가만히 있으면 내가 다 알아서 해 줄게."

이미 민감해진 맨살에 그녀의 입술이 가까이 붙었다. 그러자 연신 흠칫거리던 토르가 가만히 고개를 끄덕였다. 이날을 기다리며 다른 선배들과 동료들의 음담패설도 묵묵히 들어 주었다. 그뿐이랴, 서적으로 간접 체험도 해 보았으나 역시 실전 경험이 전무한 탓인지 걱정만 더 가득해졌다. 공녀 님께서 제 처음을 위해 이렇게 공을 들여…….

"흡, 흣."

"응? 근육이 이렇게 많은 데도 느껴져?"

셰리가 손가락만으로 그의 움푹 파인 복근의 골들을 따라 움직였다. 동시에 맨살에 입술을 가깝게 갖다 대었다.

"핫."

신음이 새어 나왔다. 토르는 황급히 두 손으로 제 입을 막았다. 잠시 다른 생각을 하느라 신음을 제대로 참지 못했다. 요상한 소리가 나왔다는 것이 수치스러웠다.

그러나 셰리는 아무렇지 않다는 듯 손가락을 위로 옮겼다. 뒤이어 모양 좋게 자리 잡은 가슴 근육을 눈에 담았다. 아, 약간 올라붙은 듯한 가슴 근육의 모습까지 제 취향이었다. 이전까지는 자신이 흰 피부를 좋아하는 줄 알았는데 아닌가 보다. 이렇게 적당히 그을린 피부도 제 피부와 색이 대조되어서인지 묘한 느낌을 줬다.

게다가 깨끗하고 연한 핑크빛의 유실이 또 의외의 조합이다. 셰리의 손이 저절로 그의 가슴팍을 어루만지게 했다. 여전히 끙끙거리며 앓는 소리를 내던 토르가 이리저리 몸을 틀며 반응을 보였다. 하지만 셰리는 그의 가슴을 괴롭히는 걸 멈추지 않았다. 재미가 붙은 그녀가 손바닥을 펴서 처음부터 빳빳하게 서 있던 그의 유두를 가볍게 스쳤다. 토르의 발끝에 힘이 들어갔다.

"으, 학! 흐, 흐으."

"저번부터 궁금했는데 어떻게 여긴 핑크색인거야?"

"저, 저는 잘 모르겠…… 흡."

겨우 손바닥으로 스쳤을 뿐인데 이렇게 파정할 것 같은 반응이라니. 하긴 저도 굉장히 잘 느끼는 편이라고 했으니 토르도 마찬가지가 아닐까.

'그러고 보니 기사들은 기감이 발달해서 그런지 의외로 잘 느끼는 사람이 많다던데.'

그런 주제에 체력은 좋아서 잘 지치지도 않고 말이다.

한 팔로 두꺼운 몸통을 끌어안은 셰리는 엄지와 검지로 가슴팍의 정점을 꼬집었다. 역시나 토르의 몸이 크게 흔들렸다.

"흡!"

아쉽게도 얼마나 입을 꽉 틀어막았는지 기대하던 신음 소리는 제대로 들리지 않았다. 하지만 그새 눈가가 발갛게 달아오른 미청년도 참으로 절경이라 셰리의 입가에 흐뭇한 미소가 떠올랐다. 자꾸 이러면 계속 시험해 보고, 놀리고 싶어지는 걸 정말 모르나?

'신음을 참아 내는 것도 기사의 순발력과 관계가 있는지 알고 싶은데.'

이번엔 제대로 토르의 몸 위로 올라앉았다. 셰리가 허벅지에 힘을 주어 단단히 제 몸을 고정시켰다. 그리고 고개를 숙여 그의 가슴팍에 입을 가져다 대었다. 토르가 시트를 두 손으로 꽉 움켜잡았다.

"훗. 으읏."

탄탄한 가슴에 가볍게 입을 맞추면서 유륜 주위를 감질나게 핥았다. 그리고, 드디어 수줍게 올라온 정점을 입에 담았다. 입 안에 잠시 머금었다가 작은 혀를 내어 할짝였다. 그러자 토르의 몸이 더욱 심하게 요동치기 시작했다. 물론 남아 있는 한 손도 쉬지 않았다. 다른 쪽 정점을 문지르고 꼬집어도 주었다.

"흐, 흐아, 그, 그만. 셰리 님. 제발…… 제발 그만……."

아까보다 더 강하게 빨아대자 이내 토르의 입에서 울음 섞인 부탁이 나왔다. 말로는 울먹거리며 그만둬 달라 애원하지만……. 셰리의 시선이 아래로 향했다. 바지춤 안에 숨겨진 또 다른 자아는 생각이 다른 모양이었다. 안 그래도 묵직하던 그것이 계속 부풀어 오르더니 급기야 본능적으로 그녀의 몸에 비비적대기 시작했다.

공략하는 과정에서 몇 번이고 고배를 마셔야만 했던 그 대단한 물건이었다. 그것이 지척에 있다는 성취감에 셰리가 이번에는 다른 쪽 유실을 앙, 하고 깨물었다.

"흐흥, 셰리, 셰리 님. 하아, 핫."

이제 토르는 달달 몸을 떨며 그녀의 팔을 잡았다. 혀로 오돌토돌한 유륜까지 함께 쓸어내리던 셰리가 새침한 표정으로 고개를 들었다.

"안 된다고 하지만 말고 잘 보고 배워 두란 말이야. 다음에 나한테도 해줘야지."

"하, 하아…… 흐, 흐으…… 네……."

그 말에 토르가 다소 격하게 고개를 끄덕였다. 어느새 그의 눈꼬리에는 눈물방울이 대롱대롱 매달린 채였다. 얼마 지나지 않아 옆얼굴을 타고 또르르 흘러내리는 눈물 자국이 길게 늘어졌다. 셰리는 마른침을 삼켰다. 발갛게 달아오른 눈가뿐 아니라 목덜미며 가슴 위까지 붉게 변해 있었다. 퍽 마음에 들었다. 아니, 그보다는 뿌듯한 느낌이었다.

"내가 처음이면 이런 모습은 아무도 모르겠네?"

"네, 으. 전부……, 전부 셰리 님이 처음……. 읍."

기특한 마음에 토르의 부어오른 입술에 다시금 입을 맞추었다. 그러자 그의 기세가 변했다. 방금까지만 해도 연약한 듯 파르르 떨던 모습은 거짓이었던 양, 그녀의 머리카락 사이로 커다란 손을 넣었다. 마치 잡아먹을 것 같은 키스였다. 그러면서도 계속해서 제 허벅지에 물건을 비벼 대는 움직임을 멈추지 않았다. 서툴지만 필사적인 몸짓이었다.

그에 보답하듯 이번에는 셰리가 손을 더듬어 내려가 그의 버클에 손을 댔다. 그러나 먼저 짐승처럼 하체를 비벼 올 때 언제고 그녀의 손이 철컥, 하고 버클을 풀자마자 토르의 몸과 혀가 딱 멈추고 말았다.

"왜, 싫어? 아직 부족해?"

"하, 아, 아뇨. 그게 아니라…… 저, 그러니까……."

무언가 할 말이 있는 것처럼 토르가 입을 달싹거렸다. 그러고는 한참을 머뭇거렸다. 결국 기다리다 못한 셰리가 완전히 버클을 풀어 바지춤을 끌어내리려 했다. 그러자 그가 급히 그녀의 손을 제지했다.

"이번엔 또 왜?"

"그게 아니라…… 셰리 님. 꼭 드리고 싶은 말이. 제가, 아니, 제 그게……."

단순히 거부를 하려는 건 아닌 듯한 말투였다. 셰리의 얼굴이 의문으로 물들었다.

아래에 큰 상처라도 있나? 아니면 아래는 그렇게까지 분홍빛이 아니어서? 그것도 아니면 모양이 좀 특이한가? 설마 동정인 만큼 털 관리가 안되어 있어서?

하지만 팔이며 다리며 몸에 털이 거의 없는 걸로 보아 아래가 그렇게 무성

하진 않을 것 같은데……. 아예 털이 하나도 없는 건 너무 미성숙한 소년에게 손대는 기분이라 적당히 체모가 있는 걸 선호하는 편이긴 하지만.

"읏, 그러니까……. 그러니까."

토르가 잔뜩 흥분한 목소리로 말을 더듬었다. 계속 셰리가 제 몸을 어루만지는 모습에서 완전히 눈을 떼지도 못했으면서 말이다. 셰리는 답답했다. 참다못한 그녀가 그의 바지춤을 확, 하고 끌어내렸다. 그리고…….

"어, 어……."

"앗, 아니. 셰리 님. 그게 아니라……."

아직 벗겨 내지도 않은 속옷 위로 무언가가 이미 비죽 튀어나와 있었다. 이번에는 셰리도 일순 동작을 멈출 수밖에 없었다. 비집고 나온 부분을 제외하고 속옷에 가려진 부분도 과하게 불룩했다. 하지만 아예 속옷으로는 그 크기를 다 가릴 수 없다는 듯 밖으로 노출된 윗부분이, 너무…….

"……크다."

"아, 제, 제가 다 설명해 드리겠습니다. 그게……."

아니, 이게 설명하고 말고 할 일인가? 설명하면 이게 작아지기라도 하나? 토르는 너무 당황한 나머지 끙끙거리며 아무 말이나 쏟아 냈다. 그러다 급기야 팔로 제 두 눈을 가려 버렸다.

"죄송합니다. 미리 말씀드렸어야 했는데……."

"어? 아, 아냐. 하, 하하."

이거…… 가능할까? 셰리는 뒤늦게 근본적인 의문에 봉착했다.

VI. 처음이란

"……."

다소 긴 침묵이 이어졌다. 금방이라도 달려들 것 같던 초반의 기세와 완전히 달랐다. 셰리는 토르의 얼굴과 그것을 번갈아 바라보기만 했다. 전혀 별개의 신체 부위니 어떠한 연관성도 없는 게 당연하다.

'그래도 저 얼굴에 이건 너무 심하게 다른 거 아냐?'

그러나 토르는 그 미묘한 간극을 눈치채지 못한 듯 보였다. 조금이라도 제 것을 덜 위협적으로 보이게 하려 애쓰느라 바빴다. 수치스러움과 당황스러움으로 그 외의 것은 이미 생각하기를 그만둔 것 같았다. 물론 몸 주인과 다르게 그것은 간헐적으로 불끈거리면서 제 존재감을 뽐내고 있었다. 그걸 바라보는 셰리는 흐릿한 눈을 했다. 속옷이 작아 보일 정도라니.

'아니, 그렇다고 안 예쁜 건 아닌데…….'

사실 크기를 차치하고 본다면 붉은 기가 강하게 도는 예쁜 분홍색이었다. 저런 분홍빛은 피부가 아주 하얀 남자한테서나 볼 수 있는 색인 줄 알았다.

그런데 간혹 피부색과 상관없이 나타나기도 하는 모양이었다.

이미 꽤 많이 발기되어 깨끗하게 껍질이 넘어간 상태였다. 그런 채로 꺼덕거리는 것을 멍하게 쳐다보던 셰리가 대뜸 손가락을 가져다 대었다. 워낙 물건 자체가 커서 그런가, 머리 부분도 평균보다 통통한 것 같았다.

"와, 와아…… 부드러워."

"아, 앗. 안 됩니다. 흐윽, 흡."

최초의 접촉은 아무런 기교도 없었다. 그저 셰리의 손가락이 닿았을 뿐이었다. 그러나 그것만으로도 토르는 파정할 듯이 바르르 떨어 댔다. 급격한 자극에 무방비하게 노출된 그 모습이 그녀의 가학심을 퍽 자극했다. 그래서 셰리는 단박에 그의 속옷을 엉덩이 아래로 끌어 내리고야 말았다. 여태껏 공들여 달래고 어르던 것이 무색했다.

"우와."

그리하여 불쌍하게도 터무니없이 작은 속옷 안에 감금되었다가 느닷없이 해방된 그 물건은…… 단연코 셰리가 여태껏 봐 왔던 그 어떤 것보다도 커다랬다. 다른 사내들의 것과 과연 같은 부위가 맞나 싶을 정도로.

간혹 눈에 띄게 큰 물건을 지닌 자들이 없잖아 있기는 했다. 셰리는 그들 앞에서도 나름대로 여유를 잃지 않았었다. 하지만 그들 중에도 이렇게 삽입이 가능할까 진지하게 고민하게 만들 만한 크기는 없었다.

누가 본다면 개선장군이라고 착각할 정도였다. 위풍당당한 위용을 뽐내며 곧추선 토르의 것은 셰리의 손가락이 닿았던 탓인지 찔끔찔끔 투명한 액마저 흘려 대고 있었다. 셰리의 계획에 전면적인 수정이 필요했다. 제가 잘 젖는 편이니 맨 처음엔 저에 대한 애무를 생략한 채 토르만 달래서 첫 삽입을 하려고 했었는데…….

"으음, 일단 한번 힘을 빼고 가는 게 낫겠다. 그치?"

"……."

낯 뜨거운 말에 토르는 여전히 두 눈을 가린 팔을 내리지 못했다. 그런 그를 위해 한 손으로 쥐어 본 셰리는 내심 감탄했다. 길이도 길이지만 그녀의 한 손으로는 다 쥐어지지도 않는 두께였다. 이런 게 바로 '팔뚝만 한 물건'이라고 하는 것인가.

거기다가 아까 옷 위로도 느낀 대로 열감이 대단했다. 삽입하면 살이 데이지 않을까 하는 엉뚱한 생각마저도 들 만큼. 보통 길이가 긴 남자 중에는 흐물흐물한 물건들도 더러 있다고 들었는데, 이 아이는 경도마저 놀라웠다.

'여태껏 이렇게 딱딱한 걸 속옷과 바지 안에 구겨 넣고 어떻게 참은 거지?'

셰리는 어느덧 그의 것을 익숙하게 잡았다. 그러고는 본격적으로 아래위로 잡아 흔들기 시작했다. 그러자 토르의 허리가 크게 튀어 올랐다.

"흐아, 흐아. 하, 핫. 그만, 그, 그만. 안 됩니다. 아, 아…….."

"쉬잇, 지금은 너무 힘이 많이 들어가서 바로는 못 넣어."

셰리가 달래는 듯 다정하게 얼렀다. 덕분에 조금은 허리 짓이 잦아드는가 싶었다. 그러나 그도 잠시, 셰리가 더 빠르게 흔들자 급기야 토르가 이리저리 몸을 배배 꼬기 시작했다.

한편, 토르는 온몸이 흥분에 절여진 상태였다.

'뭐가 어떻게 된 거지.'

지금 제 몸은 어떤 상태인지 제대로 파악하기도 어려웠다. 그 와중에도 약간 차가운 듯한 그녀의 손이 제 중심에 닿아 있다는 사실을 자각했다. 그러자 제 뇌는 그 순간부터 녹아내리고 있었다.

그러니까, 분명 처음에는 순식간에 하의가 벗겨지는 것으로 시작되었다. 미처 제 것이 일반적인 남성기보다 크다는 사실을 고백하기도 전이었다. 그렇게 마음의 준비도 없이 적나라하게 보였는데도 그가 전전긍긍하는 이유는 따로 있었다. 그녀에게 은밀한 곳을 다 드러냈다는 수치심 따위가 아니었다. 그보다는 크기 때문에 관계를 맺지 못하겠다는 말을 들을까 걱정됐다.

"크, 흐읏."

종종 제 손으로 달래곤 하지만 그건 순간의 욕정을 풀기 위한 수단에 불과했다. 이렇게 제 것에게 와 닿는 감각 자체를 즐기기 위함은 아니었다. 심지어 제 손을 이용해 자신이 좋아하는 각도로 적당히 흔들어 대는 것과는 확연히 다른 느낌이었다. 하지만 아가씨가 만져 준다는 사실만으로도 파정할 것 같았다.

저만 발가벗겨진 채로 수치스러운 일을 당하고 있는 걸 분명히 알고 있었다. 그러나 이미 오싹거리는 쾌락에 절여질 대로 절여진 뇌는 오히려 그 사실에 더욱 흥분한 듯했다. 너무 좋아서 미쳐 버리기라도 한 걸까.

"앗, 더 커졌네. 아까가 다 커진 게 아니었어?"

"흡, 흐, 흡."

만져 줄수록 더욱더 발기하는 제 물건이 신기한지 이제 아가씨는 두 손으로 잡아 흔들어 댔다. 한층 격해진 손짓에 등줄기를 타고 오르는 사정감을 참으려 해 봤지만……

"하, 하학. 셰리 님, 셰리 님. 이제, 이제……."

"알아, 괜찮아. 참지 말고 해도 돼."

양손으로 흔들던 그녀의 다른 손이 제 것의 머리 부분을 감쌌다. 그 순간.

"으, 으아. 으웃, 흐, 흐악."

저질렀다. 그것도 많이……

"엄, 청 많은데? 앗, 아직도 나와?"

그것은 무언가 생명이 있는 물체처럼 꿀렁거리며 짙은 백탁액을 잔뜩 뱉어 냈다. 심지어 계속해서 남은 액체를 토해 내고 있었다. 셰리는 조금 질리고 말았다. 이렇……게 많이? 보통 남자들이 이렇게까지 많이 사정하던가?

사실 손으로 사정시켜 보기는 처음이라 제 손놀림은 서툴기 그지없었을 터였다. 그런데도 생각보다 쉽게 사정하는 것도 그렇고, 사정 후에도 마치 살아 있는 것처럼 꿈틀거리는 모습은 셰리에게도 생소한 모습이었다. 그의 사정량은 그녀의 한 손 가득 넘치는 걸로도 모자랐다. 더 이상 손을 모아 담을 수 없을 만큼 흘러넘치는 수준이었다.

주위를 두리번거리던 셰리가 이미 벗겨진 그의 셔츠를 끌어왔다. 그러고는 온통 정액 범벅이 된 손을 닦아 내었다. 이럴 줄 알았으면 손수건이라도 미리 곁에 준비해 두고 시작할걸…… 아니, 이건 손수건이 아니라 아예 수건으로 해결해야 할 양이다.

"흐으으, 하아아."

토르는 한참을 움찔거리며 사정의 여운에 취해 헉헉거렸다. 다른 생각은 하나도 못한 채 숨을 고르느라 여념이 없는 듯했다. 그러다 무언가에라도 얻어맞은 듯 벌떡 상체를 일으켰다.

"죄, 죄송합니다. 제가, 제가 말씀드리지 못한 것이……."

"아냐, 아냐. 짐작은 하고 있었어."

이미 셰리는 근처에 놓여 있던 깨끗한 물수건으로 제 손과 토르의 물건까지도 닦아 낸 지 오래였다. 그리고 하얗게 질린 얼굴의 토르의 상체를 밀어 다시 눕혔다. 셰리는 잠시 생각에 잠겼다.

'내가 손으로 만져서 사정한 건 아직 경험으로 안 치겠지? 삽입이 진정한 첫 경험이겠지?'

그의 붉은 살덩이는 한 번 토해 낸 정도로 조금의 위용을 잃지 않았다. 다만 아까보다는 느릿하게 불끈거렸다.

"지, 짐작이라 하심은……."

"그 정도 되는 게 옷 위로 티가 안 날 거라고 생각하는 거 아니지?"

"……."

토르는 순순히 다시 누우며 얼굴을 붉혔다. 그러고는 모로 고개를 돌린 채 시트를 슬며시 두 손 가득 잡아 쥐었다. 뒤늦게 수치심이 몰려들었다. 저만 짐승처럼 헉헉대며 그녀의 손에 몸을 내던진 게 부끄러웠다.

"흠……."

셰리는 다시 꺼떡거리기 시작하는 것을 지그시 노려봤다. 그러고는 결심한 듯 간편하게 차려입었던 원피스의 끈을 풀어 내렸다. 토르는 사락거리는 소리에 셰리 쪽으로 고개를 돌렸다. 그러나 어느새 속옷 차림이 된 그녀를 보며 목덜미까지 붉게 물들이고 말았다.

선배들이 그랬더랬다. 혼자 스스로를 위로하는 것과 여체와 교합하는 즐거움은 비교도 할 수 없는 수준이라고. 그녀의 작달막한 손에도 이렇게 온몸에 힘이 들어가지 않을 정도로 느꼈다. 그런데 과연 그녀의 안은 어떠할지……. 몇 달간 망상해 왔던 그 순간이지만 막상 눈앞에 닥치자 조금은 두려워졌다.

이미 해가 져서 약한 조명을 제외하고는 제법 침실이 어둑했다. 그나마 그 사실만이 토르에게 약간의 안도감을 주었다. 밝은 곳에서 보면 더 크게 보일 게 분명하다. 그러면 징그러운 제 것에 질려 아가씨가 관계를 거부했을지도 모르는 일이니까.

그나저나 붉은 레이스로 된 아슬아슬한 가슴 가리개와 같은 디자인인 손바닥만 한 아래 속옷만 입은 아가씨는…… 정말…….

"여기 봐, 토르."

"……네, 네에. 너무…… 너무 아름다우셔서."

또다시 토르의 눈가가 불그스름해졌다. 게다가 무언가 목이 콱 졸린 듯이 낮아진 목소리를 냈다. 셰리는 못내 만족스러웠다. 그래서인지 그녀에게서 아이처럼 꺄륵, 하는 웃음소리가 새어 나왔다.

사실 셰리도 내심 긴장하고 있었다. 그의 크기가 크기인 데다가 이렇게까지 남자에게 공을 들여 본 역사가 없었으니까. 하지만 저보다 더 긴장한 모습이 여실한 토르를 보니 그 긴장도 사르르 풀렸다. 완전한 나체 상태인데도 참 아름다운 몸이었다.

"내가 위로 올라갈게."

이윽고 그녀가 속옷만 입은 차림으로 토르의 배에 올라탔다. 그러고는 그의 목 양쪽으로 팔을 짚었다. 토르가 잔뜩 긴장한 표정으로 침을 삼키는 게 보였다. 셰리는 고개를 살짝 틀어 입을 맞댔다. 그에 응하듯 토르가 쥐고 있던 시트를 놓았다. 뒤이어 그녀의 맨 살이 드러난 등을 감싸 안았다.

그의 혀가 그녀에게 매달리듯 파고들었다.

"흐, 흐응. 읍."

둘은 한참을 끈적한 소리가 나도록 입을 맞추었다. 셰리가 제 가슴 가리개를 느슨하게 풀어 내렸다. 가리개는 완전히 벗겨지지 않고 활짝 열려 달랑거렸다. 그대로 내버려 둔 채 그녀는 맨가슴을 토르의 가슴팍에 비비기 시작했다.

"하, 하아. 셰리 님. 아, 부드러워."

"으응, 좋아?"

토르는 대답 대신 그녀의 목 뒤로 손을 넣어 제게로 더 가깝게 끌어당겼다. 그리고 한 손으로 셰리의 가슴 가리개를 완전히 벗겨 침대 밖으로 던져 내었다. 이어서 제 가슴과 맞닿은 채로 조금 뭉그러진 그녀의 가슴을 조심스레 감싸 쥐었다. 탄탄하고 부드러워 절로 한숨이 나왔다.

몇 번 주물거리던 토르가 셰리의 아랫입술을 물어 잡아당겼다. 그리고 동시에 그녀의 유실에 과감히 손을 대었다.

"아, 앗? 잠, 잠깐."

"아까, 보고 배우라고, 하셔서."

목소리는 여전히 낮고 침착했다. 하지만 그러면서도 서툰 손짓에서 그가 다시 흥분했다는 게 여실히 드러났다. 그런 점이 어쩐지 셰리를 오싹하게 만들었다. 검을 잡는 자 특유의 거칠거칠한 손바닥이 느껴졌다. 그래도 워낙에 조심스레 문지르는 터라 아프진 않았다. 감질이 나면서도 지금의 흥분을 해치지 않을 만큼 적당한 강도였다.

'이런 식으로 나온다 이거지?'

이에 질세라 셰리는 엉덩이를 들었다. 그리고는 아직 속옷을 입은 제 은밀한 부분을 그의 대단한 물건에 가져다 대었다.

"아, 아흑."

"계속, 계속 만져 줘."

이미 물건의 끝자락에서 찔끔찔끔 액이 흘러나온 모양이었다. 속옷에 닿자마자 질척한 느낌이 들었다. 셰리는 그대로 비부를 부드럽게 비볐다. 그러고는 토르의 나머지 한 손마저 저의 다른 쪽 가슴에 올려놓았다.

"윽, 으읏. 셰리 님."

"멈추지 말라니까."

서로 물고 있던 입술을 떼어 상체를 세웠다. 셰리가 그의 물건에 제 몸을 느긋하게 문질렀다. 토르는 그런 그녀를 황홀하게 응시했다. 그러면서 두 손 가득 잡히고도 남는 가슴을 만지작대었다.

'꿈은…… 아니겠지.'

희미한 조명 사이로 풍성하고 결 좋은 붉은 머리카락이 새하얀 그녀의 나신을 타고 흔들렸다. 그리고 제 손이 닿는 모양대로 멋대로 이지러지는 커다란 가슴, 군침이 꼴깍꼴깍 넘어갈 만큼 날씬한 곡선이 골반까지 이어지는 가느다란 허리까지…….

아까 한 번 사정하지 않았다면 이런 여유도 없었을 것이 분명했다. 그렇다고 지금 여유가 넘치는 건 아니었다. 아가씨가 제 것 위에서 몸을 비벼 대며 나른한 표정을 짓고 있다. 그뿐만이 아니었다. 쾌감을 참느라 눈매를 가느다랗게 좁히는 셰리의 모습 때문에 다시 한번 사정감이 몰려오고 있었다.

'꿈이 아닐 거야. 이렇게 자세한 꿈은 꾼 적이…….'

하지만 혹여나 꿈일까 더럭 무섬증이 들었다. 저를 만져 주던 셰리와 교합을 하려는 순간 꿈에서 깨는 일이 한두 번이 아니었었다. 토르는 그녀의 허리 짓에 저도 모르게 비벼 대는 속도를 높였다. 그러다가 셰리에게 찰싹, 팔을 얻어맞았다.

"그렇게 보채도 아직 안 넣어 줄 거야. 기다려."

"흐…… 네에."

마치 그의 애를 태우는 듯한 말투였다. 하지만 실은 셰리 자신을 위한 일이었다. 눈으로 보는 것과 직접 가까이 대어 보는 것은 또 달랐다.

'으음, 역시 이대로는 도저히 안 들어갈 것 같은데.'

게다가 관계를 한 지 오래되어 제 아래쪽이 상당히 좁아져 있을 것을 감안하면 더더욱. 그렇다고 동정인 남자에게 제 아래를 애무해 달라고 하기엔 자존심이 상했다. 어쩔 수 없이 스스로 아래를 충분히 적시며 기다릴 수밖에.

"……넣고 싶어?"

"하아, 하아. 들어갈……까요?"

이렇게 허세를 부려 대면서 말이다. 사실 들어갈지 셰리 본인도 의문이었다. 그래도 이제 슬슬 충분히 젖어든 것 같으니 한번 시도는 해 볼까.

토르의 가슴을 짚은 셰리가 살짝 몸을 일으켰다. 그리고는 드디어 아래 속옷의 끈을 풀어냈다. 이미 질퍽하게 젖어서 끈적하게 실이 늘어지는 속옷이 시트 위로 떨어져 내렸다.

"아."

길게 이어지는 은빛의 실을 보고 토르는 놀란 표정이었다. 그러나 이내 셰리의 아래를 잡아먹을 기세로 집요하게 쳐다보았다. 그 새빨간 정욕으로 가득 찬 시선은 셰리를 한층 더 흥분하게 만들었다. 그렇게 그녀가 실오라기 하나 걸치지 않은 몸으로 토르의 위에 사뿐히 내려앉았다.

"흐, 훗. 느낌이……."

"으읏, 흐응."

속옷 위로도 꽤나 자극적이라고 생각했다. 그런데 역시 맨살만큼은 아니었던 모양이다. 셰리가 그의 물건 위로 비스듬하게 아래를 비벼 대자 토르의 고개가 뒤로 넘어갔다. 그녀는 두껍고 긴 기둥 위로 제 단물을 충분히 적셔 발라 문지르며 준비했다. 그리고 약간 할딱거리는 목소리로 다정하게 토르를 불렀다.

"토르, 토르. 여기 봐."

평소의 총기 가득한 눈빛이라든지 부끄러워하던 모습은 온데간데없었다. 까맣게 변한 토르의 눈이 번들거렸다. 그 새까만 눈이 그와 그녀의 접합부를 뚫어져라 응시했다. 두툼한 끄트머리를 잠시 손으로 만지작거리던 셰리가 드디어 토르의 것과 제 은밀한 곳을 가볍게 맞추었다.

"잘 봐, 여기로 이제 토르 거가 들어가는 거야."

"네, 네……."

셰리의 등줄기로 식은땀이 배어 나왔다. 호기롭게 그에게 큰 소리는 쳤지만 막상 제 아래쪽에 묵직하게 다가오는 부피감이 여간하지 않았다. 괜스레 아무렇지 않은 척 말을 이었다.

"괜찮아, 여긴 나중에 아기도 나올 수 있는 곳이니까."

"아, 아기……."

왜인지 모르게 아기라는 말에 토르가 다시금 얼굴을 붉혔다. 셰리가 한 말은 스스로에게 한 다짐과도 같았다. 이렇게 큰 물건을 스스로 먼저 넣어 본 적은 없다. 하지만 자신은 처음이 아니니 어떻게든 되지 않을까.

'여기 제일 통통한 머리 부분만 욱여넣으면 될 거 같은데. 그 다음에는 그대로 주저앉으면 될 테니까.'

그렇게 계산을 마친 셰리가 천천히 끝부분을 잡아 제 안으로 밀어 넣기 시작했다.

"아, 아……."

"흐응."

토르가 상체를 반쯤 일으켜 세웠다. 제 것이 처음으로 삽입되는 장면을 자세히 보고 싶었다. 생소한 촉감과 더불어 자신의 끝부분부터 먹혀 들어가는 게 보였다. 엄청난 시각적 자극에 차마 신음을 숨길 수 없었다.

'아, 안 들어가는데?'

그사이 셰리는 진땀을 흘리고 있었다. 별것 아니라고 생각했던 머리 부분의 삽입이 쉽지 않았다. 조금만 손에서 힘이 빠져도 밖으로 튕겨나갈 것 같았다. 왜 이렇게 잘 안 들어가지.

그 모습을 토르도 바라보고 있었다. 아무리 경험이 없다지만 겉 부분만

깔짝거리고 제대로 삽입이 되지 않는다는 것 정도는 알 수 있었다. 그래서 토르는 여전히 숨을 헐떡거리며 조심스레 물었다.

"제가, 저도 조금, 흣, 힘을 보태도, 되겠습니까."

"으, 으응? 그, 그래."

허락이 떨어지자마자 토르는 그녀의 손 위로 커다란 손을 겹쳐 올렸다. 아무리 보아도 제 물건에 비하면 너무나 자그마한 손이었다. 아주 약간의 양심의 가책이 느껴졌다. 하지만 그렇다고 그만두고 싶진 않았다. 그래서 나머지 한 손으로 그녀의 어깨를 부여잡은 채 제 물건을 찔러 넣었다.

"으응, 앗, 하앗."

"흡, 흣."

다소 억지로 눌러 넣었다. 그러자 드디어 뭉툭한 앞부분이 삽입되었다. 셰리는 땀에 젖은 머리카락을 뒤로 넘기며 이를 악물었다. 그리고 그대로 내려앉았다. 그녀의 눈이 튀어나올 듯 커다랗게 뜨였다.

"아, 흐아, 아파……."

"하, 하윽. 흐아. 하아."

둘의 고개가 약속이나 한 듯이 동시에 뒤로 넘어갔다. 셰리는 꽤 심하게 느껴지는 둔통에, 토르는 좁은 질 내부를 억지로 밀고 들어가느라 성기에 가해진 압박감 때문에.

잠시 시야가 암전될 정도로 충격적인 시간이 흘렀다. 둘 중 먼저 정신을 차린 건 셰리였다. 차마 약간이라고 말할 수 없는 거대한 이물감이 느껴졌다. 하지만 가까스로 이를 이겨내며 입을 열었다.

"봐, 다 들어갔어. 하, 하아…… 토르, 이제 동정 졸업이네?"

"흐, 흐으, 느낌이…… 이, 이상……."

토르는 무언가를 참는 듯 목 안에서 끓는 소리를 냈다. 그러다 셰리가 가리킨 서로의 접합부를 보고는 아랫입술을 세게 깨물었다. 제 커다란 물건의 대부분이 그녀의 안에 파묻힌 광경은 생각보다도 더 야릇했다. 흡사 그녀가 저를 머리끝부터 발끝까지 다 먹어 치운 그런 느낌.

'너무…… 너무 좁아.'

작은 체구만큼이나 안도 좁았다. 삽입할 때의 엄청난 저항감이 끝이 아니었다. 막상 안에 들어와 보니 그 저항감은 압박으로 바뀌어 제 분신을 눌러 내렸다. 평소에 발기되는 만큼 자연스럽게 벗겨지던 껍질보다 조금 더 끝까지 젖혀지는 느낌이 났다. 제 것이 따끔따끔했다.

그것도 잠시, 태어나 처음 느껴 보는 쾌락이 토르의 등줄기를 타고 올라왔다. 마치 엄청나게 물컹거리지만 조금은 빠듯하게 단단한 젤리 안에 처박힌 것 같았다. 아직 누구도 움직이지 않았다. 그러나 의지를 가진 듯 제 것을 훑어 내리는 그녀 내부의 느낌 때문에 금세 사정감이 몰려왔다. 입 안 살을 깨물어 차오르는 절정을 겨우 참아 냈다.

"학, 하악. 흡, 흣."

한순간 뿌옇게 느껴졌던 시야가 다시금 회복되었다. 그때, 저와 마찬가지로 힘겨운 얼굴로 굳어 버린 셰리가 눈에 들어왔다. 동그랗게 솟은 이마에 땀이 송골송골하 맺힌 채 그녀는 꼼짝도 하지 못했다. 잠시 의아해하던 토르는 제 크기를 떠올렸다. 역시, 아가씨께는 맞지 않았던 걸까.

"많이…… 아프십니까? 뺄까요?"

뺄 수 있을지 아닐지 모른다. 하지만 아파하는 그녀의 모습을 보자 억지로라도 뽑아내야겠다는 생각이 먼저 들었다. 그 말에 고개를 흔들며 겨우 숨을 토해 낸 셰리가 미간을 찌푸렸다.

"조금만, 조금만 기다리면 익숙해질 거야. 흣! 지금 빼면 더 아파."

저만 아픈 것이 아니라 제 물건으로 인해 셰리까지 아파하다니…….

안쓰러운 마음이 들었다. 토르는 팔을 뻗어 제 가슴 위로 엎드리도록 조심스레 그녀를 이끌었다. 셰리가 뜨끈한 가슴팍 위에서 학학, 숨을 몰아쉬었다. 잠시 익숙해지길 기다리는 그녀의 등을 토르는 가만히 쓸어 주었다. 그 덕에 셰리의 호흡도 점차 안정되어 갔다.

곧 그런 몸 상태에 그녀의 내부도 감응했다. 안쪽이 눅진하게 풀어지며 아릿할 정도로 심했던 압박감이 서서히 가셨다. 그러면서 조금 더 깊숙하게 제 것이 밀어 넣어지는 느낌이 들었다. 아, 역시 그 안쪽은 더 좁았다.

"크, 큽. 자꾸 그렇게 안쪽으로 넣으시면……."

"아, 하아. 이제 괜찮아. 움직일게."

셰리는 다시 상체를 일으켜 토르의 위에 앉았다. 그러고는 천천히 허리를 움직여 제 내부와 그의 것을 마찰시켰다. 움직임이 없을 때는 느끼지 못했던 미세한 돌기들이 순식간에 그의 예민한 곳들을 긁어내리고 다시 역으로 긁어 올라갔다.

소름 끼칠 만큼 적나라한 느낌에 토르의 등줄기가 다시 빳빳하게 굳었다. 시도 때도 없이 찾아오는 사정감을 이를 악물고 버텨 낸 그가 끙끙거리기 시작했다.

"흡, 흑, 아, 하아. 안……돼."

"괜찮아, 천천히 움직일게."

셰리는 내부를 꽉 채우는 부피감이라는 것이 어떤 느낌인지 절실히 깨닫는 중이었다. 질이 한계까지 벌어져 약간만 삐끗하면 내부가 찢어질 것 같은 둔통은 여전했다. 하지만 기교 없이도 무식하게 가득 찬 느낌이 기분을 묘하게 만들었다. 천천히 음미하며 제 몸을 그의 것에 적응시켜 나갔다.

"하, 흐읏."

별다른 애무 없이 시작한 삽입이었지만 이 정도는 감당할 수 있는 크기였나 보다. 셰리의 입에서 참았던 숨이 뱉어져 나왔다.

그의 탄탄한 가슴에 두 손을 올리고 밀려 나갔다가 반대로 쓸려 나가듯 허리를 움직였다. 집중한 셰리의 모습은 아래에서 지켜보는 토르에게는 이 중고에 가까웠다. 위에서 흔들리는 모양새 좋은 가슴하며, 저를 위해 땀까지 흘리면서 움직이는 그녀의 얼굴이…… 방금 전까지 동정이었던 제게는 전부 다 참을 수 없는 자극이었다.

그때, 셰리가 살짝 아랫입술을 깨물며 한쪽 눈을 찡그렸다. 그걸 본 토르는 크게 숨을 들이켰다. 또다시 사정감이 밀려왔다. 이번엔 정말로 참기가 어려웠다.

"흐, 흐으. 셰리 님, 셰리 님. 모, 못 참겠……."

"하, 하아. 못 참겠으면 해도 돼."

그 말에 힘껏 시트를 움켜쥐고 있던 토르의 손등에 힘줄이 돋았다. 마치 셰리의 허락만 기다리고 있었다는 듯 갑자기 허리를 쳐올렸다. 그리고 그녀 안의 깊은 곳에 처음으로 뜨거운 액체를 토해 냈다. 셰리도 등이 **빳빳하게** 굳었다.

예상하지 못한 일격이었다. 지금까지보다 더 깊은 곳의 속살을 찌르듯이 열고 들어와 무언가가 왈칵왈칵 쏟아졌다. 내부를 가득 채우는 감각 때문에 셰리도 갑작스럽게 얕은 절정을 맛보았다.

"으, 응. 아아."

"흐아아, 아아. 아……아아……!"

그래도 어느 정도 신음을 참아 냈던 아까의 사정과는 달랐다. 이번에는 입을 막을 손이 없었던 토르는 흡사 짐승같이 울부짖었다. 그러면서 본능적으로 그녀의 안쪽으로 제 물건을 더욱더 깊이 찔러 넣었다. 다 들어갔다고 생각했는데 더 들어갈 구석이 있었던 모양이다.

"아, 하아. 좋아."

전희가 거의 없었던 터라 사실상 삽입만으로 오르가슴을 느낀 것이나 다름없었다. 셰리가 기분 좋은 고양감에 몸을 떨었다.

'이런 거, 처음 느껴봤어.'

여태 삽입 시에도 가볍게는 느낄 정도로 민감한 몸이었다. 그녀도 알고 있었다. 하지만 정말 이토록 무식하게 단순한 삽입만으로도 절정에 달할 수 있다니……. 역시 잔기술보다는 기본 사이즈가 중요함을 새삼 느끼는 순간이었다.

"토르. 다 했어?"

"큭. 아직 조금 더……."

거대한 물건을 가지면 남들보다 더 많이 사정하기라도 하는 모양이다. 토르는 이번에도 한참을 그녀 안에 가득 토해냈다. 그러고는 거칠게 몰아쉬던 숨을 겨우 갈무리해 냈다.

"하, 하아. 셰리…… 님."

머리가 띵해질 정도의 쾌감이었다. 그게 어떤 건지 알아 버린 몸은 계속해서 그 쾌감을 좇으라고 명령했다. 여태껏 그는 어린 시절부터 철저히 감정을 죽이고 욕구를 억눌러 왔다. 그런데 방어 기제가 한번 무너지자 토르의 눈이 완전히 욕망으로 물들었다.

"아직, 아직…… 더…… 더 할 수 있습니다."

"꺄? 꺄악. 자, 잠깐."

순식간에 깔려 있던 몸을 뒤집어 그녀를 제 아래로 깔았다. 그리고 토르가 어색하게나마 허리 짓을 시작했다. 역전된 자세로 그녀를 내려다보는 얼굴은 땀에 흠뻑 젖어 있었다. 날것 그대로의 모습에 셰리의 심장이 조금 두근거렸다. 그러한 몸의 반응은 마침 이어져 있던 아래에도 고스란히 전달됐다. 그 바람에 안 그래도 거의 다 부풀어 오른 그의 것을 조이고 말았다.

"큭…… 아, 이런."

아까 같으면 벌써 사정하고도 남았을 감각이었다. 하지만 두 번이나 사정을 경험한 그는 벌써 적응을 마친 뒤였다. 이내 능숙하게 참아 냈다. 분명 아까까지만 해도 동정이었던 그의 것을 밀어내고 압박하여 쥐어짜내는 듯했던 그녀의 내부였다. 그런데 첫 사정 이후로는 마치 그를 인정한다는 양 부드럽게 찰싹 붙어 왔다.

"하아."

아직 빠듯한 느낌이 완전히 가시진 않았다. 그러나 빨판이라도 있는 것처럼 그의 것을 잡아끌었다가 어느 때는 밀어냈다. 순순히 밀려나가면 아쉽다는 듯 달라붙어오기도 했다. 그런 움직임이 토르의 뇌를 완전히 쾌락에 절여 놓았다.

"아, 홋. 하……."

이제 그는 몇 번의 허리 짓만으로 안정적인 자세와 리듬을 찾아냈다. 운동신경이 뛰어난 기사다운 능숙함이었다. 하지만 토르와 달리 아래에 깔려 흔들리고 있는 셰리는 갑작스레 들이닥친 지나친 쾌감에 가쁜 숨만 내뱉었다. 이게 어찌 된 일인지 통 영문을 알 수 없었다. 두 번째 사정의 여운을 좀 즐기나 싶었는데……. 갑자기 토르가 짐승처럼 돌변해서 그녀를 밀어붙이기 시작했기 때문이다.

'뭐야, 뭐야. 지금 어떻게 된 거야. 내가 왜…….'

평소의 그녀가 짐승 같은 거친 추삽질을 싫어하는 것은 아니었다. 아니, 오히려 좋아하는 편이었다. 그래도 그건 전부 다 그녀가 여유가 있을 때의 문제였다. 지금처럼 일방적으로 자극을 주입당하는 식은 아니었다. 하지만 알면서도 멈출 수가 없었다.

"흐응, 토르……. 아, 하읏!"

이래서야 방금 도달했던 얕은 오르가슴의 여운을 제대로 느낄 새도 없다. 다시금 억지로 절정으로 끌어 올려졌다. 굉장히 묘한 기분이었다. 조금은 불쾌하면서도 기껍기도 했으며, 약간 두려워지기까지 했다. 고작 한 번의 관계로 자신을 이렇게 몰아붙이다니……. 그런 토르가 무섭기도 했거니와 여태껏 기다렸다는 듯이 그를 게걸스럽게 먹어 치우는 제 몸의 반응 역시 생소했던 탓이다.

"으하아앙, 아앙, 힉, 흐앗."

"흐으, 하아."

제가 소리 지르듯이 신음을 내지르며 토르의 팔에 정신없이 매달린 것도 자각하지 못했다. 정말로 오래지 않아 셰리는 두 번째 오르가슴의 징조를 느꼈다.

눈앞이 깜박깜박 암전되었다가 돌아왔다. 뇌의 신경 어느 한 부분이 끊겼다가 다시 이어지는 것처럼 머릿속이 점멸했다. 그대로 머리가 펑 터져 버릴 것만 같았다.

"훗, 흐윽. 으응!"

"윽? 셰, 셰리 님. 큽!"

아까와는 비교가 안 될 정도의 절정감이 그녀를 덮쳤다. 셰리의 내부가 강하게 수축했다. 그러자 아직 사정할 때가 아니었음에도 토르 역시 갑작스레 파정하고 말았다.

셰리의 몸 위로 허물어졌던 토르의 입에서도 거친 숨소리가 터져 나왔다. 억지로 사정하게 된 탓이었다. 그녀 역시 거의 숨도 제대로 쉬지 못할 정도의 감각에 바르르 몸만 떨었다.

'위, 위험했어. 아, 방금은 정말……'

그저 어떻게든 유혹해서 침대에 들여 볼 생각이었다. 그래서 우습게 생각했던 토르에게 일말의 오싹함까지 느껴졌다. 이윽고 발작적인 떨림이 찾아들었다. 그의 가슴을 옆으로 밀어내며 셰리가 몸을 일으켰다. 그리고 토르의 것을 제 안에서 조심스럽게 빼내려했다. 순간, 미동도 없던 물건이 꿈틀댔다.

"으응. 토르, 안 돼."

셰리가 토르의 등을 찰싹, 때렸다. 그러자 그의 것도 움직임을 멈췄다. 거대한 물건은 빼내는 일도 만만치 않았다. 셰리는 바들거리면서도 기어코 그를 분리해 내는 데 성공했다.

"하아, 하아아."

"셰리 님…… 셰리 님……"

토르가 연신 그녀의 이름만을 불러 댔다. 셰리가 밀어낸 자세 그대로 엎드린 채였다. 그녀의 안에서 밀려나는 느낌이 어지간히 아쉬웠던 모양이다. 하지만 셰리는 그와 분리되기 무섭게 안에서부터 덩어리져서 흘러내리는 씨물에 경악했다. 혹시나 싶어 아랫배에 힘을 주어 보니 한참이나 꿀렁이며 더 쏟아져 나왔다.

"이게…… 무슨……."

가만, 이번에 피임차를 마셨던가? 쾌락에 젖어 제대로 사고가 되지 않았다. 뇌를 채찍질하여 다행히 미리 피임차를 마셨던 걸 기억해 낸 셰리가 포옥 한숨을 내쉬었다.

'이래서야 내가 토르를 잡아먹은 것 같지가 않잖아. 이건…….'

흡사 저를 짐승의 아가리에 밀어 넣은 셈이 되어 버린 것이 아닌가. 토르가 그제야 제정신을 차리고 무릎을 꿇어 고개를 숙였다. 그러면서 그녀가 말없이 물수건으로 제 흔적들을 닦아 내는 모습을 힐끔거렸다.

"그, 아니. 제가, 제가 잠시 정신이 나가서…… 저도 제가 왜 그랬는지…… 죄송합니다. 허락도 받지 않고……."

"안에 함부로 하면 어떤 일이 생기는지 알고는 있어?"

"……아, 기가 생길 수도 있다고……."

아기를 언급하는 대목에서 조금 머뭇거리기는 했지만 기본적인 성교육은 받은 듯했다. 토르의 얼굴이 이내 새하얗게 질렸다. 동정에게 첫 삽입 시 질외 사정까지 기대하진 않았다. 하지만 이건 정도가 심하잖아. 감히 허락도 없이 저를 깔아뭉개고 사정했다는 사실에 셰리는 조금 자존심이 상했다. 그래서 토르의 허벅지를 소리 나게 찰싹- 때렸다.

"알면서 그런 거면 더 질이 나쁜데?"

"아뇨, 아닙니다. 제가, 제가 어찌…… 지금이라도 씻어 내면."

"씻는다고 될 것 같아? 늦었어."

아무래도 전부 아는 건 아니었나 보다. 다행히 피임차로 인해 체내로 흘러들어간 것들은 무용지물이 되었을 터라 허둥지둥 침대에서 일어나려는 토르를 제지시켰다.

'여태 굳이 신경 안 썼었는데……. 기사단에서 제대로 성교육 실시하고 있는 거 맞아? 다시 체크해 봐야겠어.'

하여간 의외의 부분에서 손이 많이 가는 동정남, 아니 이제는 동정남이 아니지. 토르는 여전히 그녀의 눈치를 보느라 안절부절못했다. 셰리가 손을 들어 물수건들이 준비된 탁자 위를 가리켰다.

"내가 피임차 마셨으니까 그건 걱정 안 해도 돼. 그보다 앞으로는 나한테 꼭 물어보고 해, 알았지? 그리고 후작저로 돌아가면 남성용 피임차도 구해 놓을 테니 꼬박꼬박 마시고."

"아, 피임차…… 예, 죄송, 죄송합니다."

그녀가 피임차를 음용했다는 사실에 토르의 얼굴엔 묘하게 아쉬운 기색이 스쳐 지나갔다. 그것도 잠시, 이내 그가 물수건들을 조심스레 펼쳐 셰리의 아래에 가져다 대었다. 어둑한 방 안에서도 제가 얼마나 그녀의 안에 쏟아내었는지 적나라하게 보였다. 토르의 볼이 발갛게 달아올랐다.

'맙소사.'

공녀님의 몸을 꼼꼼하게 닦은 후, 토르는 제 몸도 다른 물수건으로 닦아 냈다. 그가 어느새 또 뻣뻣하게 일어선 제 물건을 보고 한숨을 내쉬었다. 이 물건은 어느 때는 저와 연결된 신체 일부 같다가도 이럴 때는 전혀 다른 별개 생명체처럼 굴었다. 지금도 아가씨의 몸을 닦아 주면서 다시 흥분한 모양이다. 분위기 파악은 뇌에게 온전히 떠맡긴 건지.

"……"

바짝 선 것을 눈으로 직접 확인하고 나니 묘하게 가슴이 수런거렸다. 이런 게 몸이 동한다는 감각이구나. 토르가 셰리를 돌아보았다. 할수록 늘어가는 것이 스스로도 체감될 정도였다. 다음엔 더 잘 할 수 있을 것 같았다. 그러니, 셰리 님만 원하시면 어떻게 한 번만 더…….

"아."

그러나 그러한 토르와 그의 분신의 기대는 금세 무색해졌다. 새로 깐 깨끗한 시트 위에 뉘어진 셰리는 이미 곯아떨어져 있었다.

* * *

응?

아무런 전조도 없이 셰리는 반짝 눈을 떴다. 어떻게 잠이 들었는지도 의문
이었지만 정말 꿈도 하나 안 꾸고 푹 잤다. 이게 얼마만인지 모를 일이다.
가뜩이나 승전 처리 문제로 당분간 후작령에 내려오지 못하시는 아버지 대신
처리할 일이 많아진 참이었다. 얼마 안 되는 수면 시간에도 개운하게 일어나
질 못했었는데…….

“아직 시간이 이릅니다. 더 주무셔도…….”

“음? 토르?”

낮아질 대로 낮아져서 잔뜩 갈라진 목소리가 들렸다. 그녀를 다시금 뜨
거운 가슴팍에 가두는 익숙한 손길에 셰리의 고개가 위로 올라갔다. 반쯤
뜨여 풍성한 속눈썹에 가려진 흐리멍덩한 보랏빛 눈동자가 자신을 응시하
고 있었다. 정말 토르인가 보다. 그리고 무엇보다…….

둘 다 아무것도 입지 않은 나신이었다.

“아!”

그 사실을 불현듯 깨달은 셰리가 헛웃음을 터뜨렸다. 간밤에 그녀는
자신의 귀여운 호위 기사를 성공적으로 손에 넣었다, 드디어.

그런데 해 보고 싶었던 것들의 반의반도 하지 못했다. 짐작건대 극심한 절
정감에 떨다가 그대로 잠이 들어 버렸던 모양이다. 으음, 자신이 먼저 잠든
것 같은데……. 아마 마차로 이동한 여정이 고단한 탓이겠지. 무조건 쌓인
피로 때문이어야 했다. 아무튼 그랬다.

‘아니, 아무리 그래도 그렇지. 덤벼든 내가 먼저 나가떨어지고, 처음이었던
토르가 뒤처리를 다 하도록 내버려 뒀다는 거야?’

애초에 남자인데다가 이미 출중한 기사인 토르와의 체력 차이는 염두에
두지도 않는 생각이었다. 그녀는 다만 제 ‘경험자로서의 자존심’에 금이 간

것만이 분했다. 그러고 보니 다 알아서 해 주겠다고 했는데 중간부터는 토르가 오히려 제 사정을 봐주지 않았던가. 생각할수록 처음 계획했던 것과 크게 어긋나 버린 지난밤에 셰리의 표정이 뾰로통하게 변했다.

"……."

토르는 턱 아래에서 시시각각 변하는 그녀의 표정을 지켜보았다. 그 모습이 귀여워 그만 먼저 이마에 입을 맞추고 말았다. 보들보들한 맨살의 그녀를 끌어안고 잠드는 충족감에 더해서 이렇게 아침에 막 일어난 사랑스러운 모습이라니. 왜 진작 그녀의 손에 몸을 맡기지 않았는지 지난 시간이 후회스러울 정도였다.

"잘…… 잤어?"

"예. 셰리 님께서는요?"

"잠은 잘 잤는데. 응? 또……?"

평소 같았으면 그런 토르의 적극적인 애정 행각에 무언가 반응을 보일 법했다. 하지만 아직도 잠이 덜 깬 탓일까. 어느새 상당히 달구어진 그의 중심을 뒤늦게 깨달았다. 셰리가 약간 힘을 주어 그의 가슴팍을 밀어 냈다.

"흠, 성에 돌아가려면 아직 일주일이나 남았으니까 오늘 밤까지는 이제 안 해."

"아, 밤…… 이요?"

사실 토르에겐 지난밤이 조금 모자랐다. 그래서 내심 아침에도 그를 취해 주지 않을까 슬쩍 기대하고 있는 중이었다. 그 기대가 무색해져서인지 토르의 얼굴이 조금 시무룩하게 변했다. 이미 그의 아래는 준비가 다 된 상태였으니 말이다.

쉬운 마음에 뜨거운 제 것을 셰리의 허벅지에 슬쩍 가져다 대 보았다. 하지만 그녀의 눈이 바로 샐쭉해졌다.

"안. 돼. 어제 씻지도 않고 바로 잤잖아. 그리고 오늘은 시찰도 다녀와야 해."

"아, 하아…… 예."

아마 좀 더 능숙한 남자였다면 금방 끝낼 자신이 있다고 셰리를 살살 달래서 원하는 바를 성취했을 테다.

그러나 토르는 이제야 갓 동정을 탈피했을 뿐이었다. 그저 맥없이 고개를 끄덕였다. 뒤이어 그녀를 시트째 감싸 욕실로 데려다주었다. 하지만 숨기지 못한 미련을 뚝뚝 흘리며 욕실 입구를 서성였다. 그러다 기어이 셰리에게 등을 얻어맞고는 쫓겨났다.

* * *

토르가 변했다. 아니, 이 경우엔 진화했다고 해야 맞는 말인가. 진득한 눈빛으로 그녀를 몰래 훔쳐보는 일은 있어도 여간해서는 먼저 닿을 생각마저도 못하던 남자였다. 그런 그가 껴안듯이 허리를 잡아 마차로 그녀를 올려 주더랬다.

그뿐만이 아니었다. 마차 문이 닫히자 마주앉은 토르는 은근하게 제 무릎으로 그녀의 무릎을 스치기 시작했다. 셰리가 알면서도 모르는 척 창문으로 바깥만 바라봤다. 그러자 그의 어깨가 티 나게 축 처졌다. 결국 셰리는 어설펐던 도발에 픽 웃고 말았다.

그녀의 반응이 거부가 아닌 것을 확인해서일까. 조금 더 과감해진 그는 기어이 그녀의 두 무릎을 제 다리 사이로 가두어 조였다.

"뭐야, 이거."

토르는 옴짝달싹 못 하게 다리에 힘을 주어 셰리를 가두었다. 기가 막혀 셰리가 슬쩍 눈길을 주었다. 의미가 뻔히 느껴지는 데도 정작 그는 바깥에 시선을 돌리며 딴청을 부렸다.

"……마차가 흔들리기도 하고."

창가 쪽으로 돌린 토르의 목덜미는 이미 시뻘겋게 달아올라 있었다. 그런 주제에 짐짓 아무렇지 않은 척 목소리를 꾸며 낸 그의 허벅지를 셰리가 가볍게 때렸다.

"안 치워?"

"앗."

도대체 무얼 기대하고 있었던 건지……. 나름대로 소리가 나게 짝, 때렸음에도 토르가 민감한 반응을 보였다. 안 그래도 근육 덩어리인 허벅지에 그저 소리만 요란하게 친 정도라 아프지도 않았을 텐데 펄쩍 뛰는 꼴이란.

치맛자락 그대로 그의 다리 사이에 갇힌 기분이 갑갑했다. 셰리는 나름 대로 힘을 주어 풀어 보려 했지만 그에게는 어떠한 타격도 주지 못했는지 미동도 없었다.

'오늘따라 왜 이렇게 들떴어?'

기대했던 첫 경험이 토르를 이렇게 만든 걸까. 셰리가 어깨를 으쓱였다. 자신은 첫 경험을 하고 나서도 아무런 생각이 안 들었던 것 같은데. 사람마다 이렇게 다를 수가 있구나.

어찌 되었든 제 힘으로는 도저히 풀 재간이 없었다. 눈에 더욱 힘을 주어 토르를 노려보았다. 그러자 곁눈질로 눈치를 보던 그의 허벅지가 느슨해졌다. 그러더니 제법 처연한 낯으로 눈을 내리깔았다. 무엇을 기대하는지 굳이 물어볼 필요도 없이 드러난 귓가가 더 벌겋게 물들었을 뿐이었다.

"밤까지는 안 된다고 했어."

"……"

그 말에 그래도 아주 약간은 더 버티던 토르의 허벅지가 힘없이 벌어졌다. 원래대로라면 건방지게 제 말에 재깍 대답하지 않는 그를 따끔하게 혼내야 했다. 하지만 지난밤의 여파로 실랑이할 기력이 없던 셰리가 투덜거리다 가만히 눈을 감았다.

"잠깐 눈 붙일 테니까 도착하면 깨워 줘."

"예……"

쓰고 있던 후드를 젖히고 팔짱을 낀 채 그녀는 마차 등받이에 몸을 기댔다. 오늘은 마법 반지를 착용한 상태였다. 그래서인지 이전에 보았던 평범한 듯 적당히 예쁘장한 갈색머리 소녀의 모습이었다. 나름대로 평범하게 바꾸어 본다고 노력했으나 워낙 본체가 미형인지라 한계가 있었다. 단정한 이목구비와 어딘지 모를 기품 서린 태도가 분위기만으로 묘한 매력을 풍겼다.

'아, 그래도 속눈썹이나 코끝, 윗입술은 그대로시네.'

바뀐 그녀의 모습에서도 본래 셰리의 모습을 귀신처럼 찾아냈다. 토르의 입가가 조금 허물어졌다. 이전에는 단둘이만 남게 되면 은근하게 몸을 비벼 오거나 그가 거절하기 어렵게 유혹해 오는 셰리 때문에 같이 있는 시간이 긴 것을 곤란해하던 시절도 있었다. 그런데 막상 벽을 하나 넘고 나니 단둘이 있을 시간이 절실히 필요했다.

목석같다고 놀림 받던 자신의 어디에 이런 구석이 남아 있었을까. 스스로도 놀랄 정도였다. 그러고 보니 아직 제대로 손을 잡아 본 적도 없고, 좀 더 시작하는 연인 같은 일들은…….

거기까지 생각하다 토르는 그녀와 제 상황을 퍼뜩 상기해 냈다. 심장 한 구석이 알싸하게 아려왔다. 또, 조금이라도 틈이 생기면 이렇게 주제넘은 생각이 불쑥불쑥 튀어나왔다.

'나라는 놈은 도무지 만족을 모르는군.'

게다가 저는 아니었지만 그녀는 간밤이 고되었던 모양이다. 어느새 안정적인 호흡을 내뱉으며 잠들어 있었다. 선을 넘지 않겠다고 그녀에게 애걸복걸하던 게 며칠이나 되었다고. 만족을 모르는 제가 한심스러웠다.

"하……."

혹여나 그때 언급했던 약혼에 대해서 여쭈어봐도 되는 것일까. 벌써 약혼 상대가 정해진 것인지, 약혼은 언제 이루어지는 것인지, 어떤 기준으로 약혼 상대를 고르고 계신 것인지……

워낙 급박하게 지방 출장 일정이 잡힌 터라 호위 동선을 체크하고 지역

지리를 미리 익히느라 바빠 여태 애써 떠올리지 않았던 주제였다. 하지만 그녀와 이렇듯 가까운 사이가 되고 보니 알고 싶기도 했고, 또 한편으로는 알고 싶지 않기도 했다.

괜스레 쓰려 오는 명치를 가만히 문지르던 토르의 얼굴이 괴로운 듯 일그러졌다. 이제 겨우 하룻밤을 보냈을 뿐이지만 그대로 그녀에게서 잊히고 싶지 않았다.

약혼은 결혼까지 염두에 둔 선택이라는 것일 테고, 그러면 미혼 때의 '유희'라는 말의 의미는…… 지금 저와 보내는 시간들도 아가씨에게는 한때의 여흥에 불과한 것일까.

'여기서 만족해야 하는데. 왜 자꾸…….'

걷잡을 수 없이 뻗어져 나가는 생각들 탓에 토르는 급격하게 울적해졌다. 그런 그의 코끝에 지난밤 내내 끈적하게 달라붙었던 셰리의 체취가 맴돌았다. 시찰을 위한 작은 마차다 보니 밀폐된 내부가 어느새 그녀의 향기로 가득 차고 말았다.

제게는 인생에 단 한 번뿐일 첫 육체관계의 순간이었다. 하지만 지나치게 흥분한 탓에 기억이 띄엄띄엄 끊겨 있다는 것이 그저 아쉬웠다. 그리고 두려워졌다. 고작 하룻밤만으로도 이렇게 그녀에게 제 존재를 심고 싶어 안달인데 과연 앞으로도 제가 아가씨를 욕심내지 않을 수 있을까. 토르가 아랫입술을 아프게 짓씹었다.

어딘지 모르게 조급한 마음이 들었다. 완전히 풀려 벌어져 있던 허벅지에 다시 힘을 주었다. 그러고는 그녀의 두 다리를 제 안쪽으로 더 깊이 끌어왔다. 뒤이어 자연스럽게 숙여진 상체를 셰리에게로 기울이니 달콤한 듯 고소하면서도 은은한 향취가 풍겨 왔다. 그걸 잠시라도 놓칠세라 한껏 들이켜자 다시금 저릿저릿한 성감이 올라왔다.

"아."

감히 잠든 그녀에게조차 닿을 용기를 내지 못하는 두 주먹은 허벅지 위에 얌전히 올려놓았다. 그저 마법 반지로 덧씌운 환영 속 셰리의 본모습을 필사적으로 떠올리기만 했다. 문득 토르가 단정한 입가를 파르르 떨었다.

'셰리 님께 나는 뭘까.'

제게 허락된 거리는 얼마정도일까, 아가씨에게 제 쓸모는 어디까지일까, 제 노력 여하에 따라 그녀의 곁에 머물 수 있는 가능성은 있는 걸까.

수려하다고 말하기도 아까울 정도로 미형인 청년의 얼굴에 애절한 미련이 뚝뚝 떨어졌다. 만약 셰리가 지금 눈을 떠서 보았다면 기꺼이 그와의 관계를 어느 정도 보장해 주었을지도 모를 만큼.

마차 창으로 살포시 비추어 들어오는 햇살에 잠든 셰리의 미간이 설핏 좁혀 들었다. 그러자 토르는 커다란 손을 들어 가만히 손 그늘을 만들어 주었다.

그래. 그녀가 전부 알아주지 않으면 또 어떠한가. 먼발치에서 그녀가 만개해 가는 모습만을 보며 설레어하던 시절도 있었던 것을. 감히 욕심내서는 안 될 아가씨를 마음에 품었고, 분에 넘치게도 저에게 손을 내밀어 주신 것만으로 일단은 되었다.

토르의 눈꺼풀이 떨리는가 싶더니 이를 악문 채로 느리게 한 번, 깜박 감겼다 뜨였다.

그런데, 그렇다고 생각했는데…… 큰일이다. 태어나서 무엇도 간절하게 욕심내어 본 적이 없었는데, 자꾸만 욕심이 났다.

* * *

"……리 님. 셰리 님."

마차가 정차하고 토르가 조심스레 이름을 불렀다. 그러자 깊게 잠들었던 것은 아니었는지 셰리는 금방 잠에서 깨어났다. 천천히 초점을 찾아 가는 그녀의 몽롱한 눈동자를 토르가 홀린 듯 바라보았다. 그렇게 눈이 마주치고서야 셰리는 제가 잠들었다는 사실을 퍼뜩 깨달았다.

설마, 쭉 보고 있었던 걸까. 정신없이 달게 자느라 너무 무방비한 모습을 보여 준 건 아닌지 모르겠다. 괜히 헛기침을 하며 셰리가 후드를 다시 둘러썼다. 그러고는 아주 쉽게 그의 다리 사이를 빠져나왔다.

"이제 내리면 아가씨 말고 해리스라고 불러."

"해리스…… 님이요?"

"님은 빼고."

마차 문을 열자 바닷가 항구 도시 특유의 시원하면서도 비린 바다 내음이 확 풍겨 왔다. 마침 맑고 화창한 날씨 덕에 평소보다 더 청량한 해풍이 기어코 셰리의 후드를 벗겨 냈다. 그녀가 웃으며 토르를 돌아보았다.

"미하르쉘 후작가의 미래를 보여 줄게, 가자."

"……"

자신만만한 얼굴로 활짝 웃어 보이는 셰리의 얼굴과 새삼 깨달은 사실에 그는 잠시간 할 말을 잃었다.

제가 사모해 마지않는 그녀는 보통의 아가씨가 아니었다. 앞으로 제국 동부 대(大)영지의 주인이 될 분이셨다. 그러니 고작 저 따위의 욕심으로 그녀의 앞길을 방해해서는 안 된다. 아니, 방해받지도 않으실 테다.

태어나서 처음 듣는 바다 갈매기들의 끼룩대는 소리가 아스라이 들렸다. 항구 도시 특유의 왁자지껄한 소음들도 그의 귀에 닿지 못했다. 심지어 오늘따라 그들 위로 따갑게 비추는 태양조차도 모두 그 존재감을 잃었다. 토르의 눈빛이 어둡게 가라앉았다.

어쩐지…… 제 마음을 그녀에게 제대로 보이기도 전에 세상에 의해 구겨져 버린 기분이었다.

그렇게 토르는 어른이 되는 계단을 오른 첫날, 지독한 상실감과 패배감을 동시에 맛보았다.

* * *

"칸토 지방이 백 년 전만 해도 해적들이 들끓는 지역이었던 건 알지?"

"예. 어린 시절에 배웠습니다."

토르는 셰리의 뒤를 따르며 자신이 알고 있는 내용을 되짚어 보았다. 그때는 제국이 한창 북쪽의 야만족들과 국지전을 치르느라 정신이 없던 시기였다. 그 틈을 타 연합한 왕국들이 호시탐탐 서쪽 국경을 침범해 왔다.

그렇게 제국의 국력이 분산되어 동부 해안은 사실상 공권력이 부재한 상황이었다. 오죽하면 그곳을 다스리던 남작가는 영지를 국가에 반납하고 영지 없는 이름뿐인 귀족으로 살기를 자처했다고 했다.

"그때 여기 동부 해안도시는 완전히 해적 소굴이 되어 버렸었대. 내 증조부이신 미하르쉘 후작께서 작위를 받자마자 여길 되찾아야 한다고 주장하셨다더라고."

"역사서에는 키가 2미터에, 새빨간 고수머리가 사자 같은 무인이라고 써 있던데, 그게 사실입니까?"

토르의 호기심 어린 말에 셰리는 그저 어깨를 으쓱였다. 확실히 성에 있는 초상화로 보면 틀린 말은 아니지만. 그가 제국의 역사서에 남은 이유는 단지 그것 때문이 아니었다.

"글쎄? 그치만 검기까지 발현할 수 있는 뛰어난 검사였다고 했으니까. 그리고 결국 해적 본거지는 다 부수셨다는 걸 보면 체격도 좋지 않으셨을까?"

소드 마스터도 마법사도 사실상 과거의 전설이 되어 버린 시절이었다. '검기 발현'이라는 말에 같은 기사인 토르의 눈이 반짝였다. 죽기 전까지 검기를 발현해 보는 건 모든 기사의 숙원과도 같은 일이었다.

"정말…… 대단하신 분이네요. 그런데 왜 이 도시의 명칭이 그분의 이름이 아닌 '칸토' 지방인 겁니까."

심지어 '칸토'는 해적 잔당 소탕을 끝낸 셰리의 할아버지 이름도 아니었다. 토르의 의문에 셰리가 답을 내놓았다.

"여길 계획된 항구 도시로 재건하신 분은 작은할아버님이셨거든. 그분의 애칭이 '칸토'셨대."

당시까지 야만족과의 극심한 소모전으로 제국은 쇠락한 상태였다. 그 명맥을 유지하는 데 가장 큰 힘을 보탰던 것이 바로 이 항구 도시에서 번성한 무역이었다. 그렇게 버려진 영지는 미하르쉘 후작령 아래 편입되었고, 도시 계획에 일가견이 있었던 그녀의 작은할아버지 덕에 칸토 지방은 동부 최대의 무역 도시가 되었다. 사실상 작은할아버지의 영지나 마찬가지인 곳이다.

민족 구성과 성별, 나이, 계급까지 세심하게 따져 단계적으로 영지민을 받아들여 정착시킨 칸토 지방은 그렇게 미하르쉘 후작령의 미래이자 제국의 미래가 되었다.

"나나 아버지가 할 일은 여기를 유지하고 더 발전시키는 거야. 그게 동부의 영지민들과 제국민들을 위한 일이기도 하고."

"……."

현 미하르쉘 후작 대에서는 그 번영을 모자라지도, 넘치지도 않게 유지하고 있었다. 하지만 셰리는 현 상태가 제 치하에서도 변치 않으리라고 믿는 이상주의자는 아니었다. 항구 도시 특성상 타 대륙인들과 외지인들이 빈번히 드나들고, 비교적 중앙과 멀리 떨어진 곳이다. 언제든지 다시 해적 소굴로 전락할 수 있음을 충분히 알고 있었다.

"이제 왜 매년 여기로 출장을 오는지 알겠어?"

매번 서류로 보고받기는 했다. 그러나 1년에 한 번씩은 꼭 직접 와서 시찰하려는 것은 바로 그 이유에서였다. 본디 미하르쉘 후작가가 비옥한 곡창지대를 지녔다 하나 그 가치가 더욱 상승할 수도, 형편없이 떨어질 수도 있는 것이 유통의 힘이기 때문이다.

"그리고 이번엔…… 별장도 막 지어졌으니까."

"아."

셰리가 칸토 지방에 갖는 애착을 알고 있는 후작이 그녀를 위해 지은 별장도 마침 완성된 참이었다. 이번엔 그 시찰을 겸한 휴가로 떠난 출장이었다.

그들이 별장에서 보낸 지난밤을 기억하고 토르의 뺨이 붉어졌다.

"흠. 일단 상회부터 들렀다가 가자."

간만에 맡는 바다 냄새를 음미하던 셰리가 익숙하게 발걸음을 옮겼다. 이윽고 도착한 곳은 주변에서 가장 큰 건물인 상회였다.

"어서 오십…… 아, '해리스' 님?"

"어쩌다 보니 일정보다 좀 이르게 오게 됐어, 알아서 둘러보다가 갈 테니 신경 쓰지 말고 하던 일들 해."

후작가의 후계자로 나서 자라 온 그녀로서는 신경 쓰지 말라고 하는 상사의 말이 오히려 가장 신경 쓰인다는 걸 알 리가 없었다. 그렇게 새로 단장한 로비를 이곳저곳 둘러본 셰리가 여전히 이국적인 광경에 넋을 잃은 토르를 데리고 그대로 시장으로 향했다.

"올린 상회 본점이 이곳이었습니까?"

"생각보다는 작지? 수도 지점이 아마 더 클 거야."

깔끔하게 나뉜 구획을 따라 곡물 가게부터 수산물, 직물 가게 등을 돌며 약간씩 사 모은 탓에 토르의 두 손이 이내 묵직해졌다. 풍족한 가문 후계자인 아가씨가 직접 사기에는 지나치게 평범한 물건들이라 토르의 얼굴에 서린 의문을 알아챈 셰리가 코를 씰룩이며 웃었다.

"그거, 아무것도 아닌 것 같아도 그런 것들이 이 제국 물가의 척도가 되는 소중한 표본들이야."

"물가……요?"

남들이 보면 여전히 무표정에 가까운 얼굴이었다. 하지만 이제 셰리는 어느 정도 토르의 표정을 구분해 낼 만큼 그에게 익숙해졌다. 그래서 그의 알쏭달쏭한 얼굴을 보며 그저 미소를 지을 뿐이었다.

기본적인 시장 조사를 마친 셰리가 출출함을 느낀 찰나, 길거리 음식을 팔던 상인이 그들을 불러 세웠다.

"아유, 총각이 정말 잘생겼네. 부부…… 아니, 애인인가? 응?"

결혼했다고 하기에는 셰리 쪽의 얼굴이 아직 어려 보였다. 그래서인지 연인 사이로 단정 지은 상인이 고소하고 짭짤한 냄새를 풍기는 고기 꼬치 두 개를 내밀었다.

"총각이 너무 잘생겨서 특별히 싸게 해 줌세."

그러면서 상인은 당연하게 셰리가 가격을 지불할 것처럼 그녀를 향해 손을 벌렸다. 그리고는 그녀에게만 들릴 정도로 은밀하게 속삭였다.

"아가씨가 능력이 좋구먼, 그래? 저렇게 잘생긴 애인도 두고. 여기 여자들이 다 아가씨 애인만 쳐다보고 있는 것 아우?"

"……?"

셰리는 무슨 소리인지 잘 이해가 가지 않아 잠시 눈썹을 들어 올렸다. 그제야 제가 마법 반지로 평범한 외양을 하고 있음을 상기해 냈다. 그러고 보니 토르는 본 얼굴 그대로였다.

평생을 누군가에게 외모로 묻혀 본 적이 없던 셰리다. 새삼 제 호위 기사가 얼마나 미형인지 깨달았다. 하긴 토르 정도의 얼굴이면 취향을 넘어선 수준이다. 특히 싱싱한 청록빛 머리색과 투명한 보랏빛 눈동자의 조합은 그의 외모를 더욱 특별하게 보이게 했다.

"어쩐지……."

시장을 돌아다니는 내내 따가운 시선이 꽂힌다 싶었다. 당연히 저를 향한 시선들이라 여기고 넘겼는데. 지금 제 모습은 잘 봐줘야 조금 예쁘장한 소녀, 그 이상도 이하도 아니었음을 잠시 잊고 있었다.

'그치만 토르는 전혀 신경 쓰는 기색이 없었는데?'

아마 기감이 뛰어난 토르는 진작에 그 시선들을 더 민감하게 느끼고 있었을 테다. 워낙 아무렇지 않은 표정이라 전혀 눈치채지 못했다. 하긴, 그도 타고나길 어여쁜 외모였을 테니 그러한 시선들에는 진작 익숙해져 있는 상태일 수도 있고.

그런데 그냥 넘기기엔 이상한 점이 있었다. 남들의 반응엔 무덤덤하게 굴면서 오히려 상인이 건네는 말에 그가 뺨을 붉혔다. 셰리가 주위를 휙휙 둘러보았다. 그나마 몰래몰래 훔쳐보던 시선들이 제 존재를 숨길 생각도 없이 몰려들었다. 모두들 부끄러워하는 미청년의 자태에 홀린 것 같았다.

"그, 그런…… 연인 같은 건……."

"아이구, 내가 너무 앞서 나갔나아?"

아들뻘인 아름다운 청년이 쑥스러워하는 모습은 상인에게도 제법 흐뭇한 광경이었다. 그래서 상인은 멀뚱히 주위만 둘러보는 셰리의 옆구리를 슬쩍슬쩍 찔러 댔다. 그만 튕기고 빨리 고백을 받아 주라는 눈치였다. 셰리는 애써 억지 미소를 매달았다.

'내가 살다 살다 이런 취급을 다 받네.'

한스도 꽤나 미남이긴 했지만 이 정도의 시선을 받지는 못했다. 그럼 정말 토르에게는 엘프의 피라도 흐르는 걸까. 아무래도 남녀노소를 막론하고 시선을 끄는 매력이 있는 모양이다. 두 손 가득한 짐 때문에 얼굴을 가릴 수도 없는 토르가 급기야는 발개진 얼굴을 푹 숙여 버렸다. 그러자 주위에서 탄성이 터져 나왔다. 이번에는 어쩐지 셰리도 이해가 되었다.

음, 외모 덕도 있겠지만 저런 부끄러운 새색시 같은 모습이 역시 그의 매력이겠지. 하지만 특히 소녀들과 젊은 여성들의 몽롱해진 표정에 셰리는 심통이 났다. 그래서 상인의 손에 아직도 들려 있던 고기 꼬치 하나를 휙 빼앗아 토르의 입에 가져다 대었다.

"자, 아- 해 봐."

"셰, 아니, 해리스 님……."

갑자기 디밀어진 고기 꼬치에 토르는 어쩔 줄 몰라 했다. 그러나 셰리의 찌릿한 눈초리에 눈을 한 번 끔벅이더니 그대로 두 눈을 꼬옥 감은 채 고기 꼬치를 한 입 베어 물었다. 토르는 이 행동이 분명 부끄러운 행각임을 자각하고 있었다. 그럼에도 불구하고 방금 먹은 고기 꼬치가 심장과 함께 입 밖으로 토해져 나올 듯이 가슴이 설레고 두근거렸다.

"자, 아직 더 있어. 더 먹어."

"……예."

그다지 하얀 피부가 아닌데도 새빨갛게 보일 정도로 얼굴이 물들었다. 하지만 토르는 군소리 없이 그 자리에서 셰리가 먹여 주는 고기 꼬치를 전부 다 먹었다. 그리고 셰리는 깎아 준다는 상인의 말에도 아랑곳하지 않고 고기 꼬치 두 개 값을 제대로 다 치렀다. 토르는 그때까지도 정신이 나간 것처럼 우물쭈물하며 서 있었다.

"오늘은 이쯤 하고. 우리 여기 구경이나 할까?"

셰리는 그의 손에 가득 들려 있던 짐들을 올린 상회에 맡기고 홀가분하게 빈손으로 나왔다. 그리고 이번에는 보란 듯이 그의 팔짱을 끼었다. 이리저리 얌전하게 그녀에게 휘둘리기만 하던 토르가 순간 석상이라도 된 듯 굳어 버렸다. 그러고는 어쩔 줄 몰라 하는 표정으로 주위를 살폈다.

"……셰, 해리스 님…… 누가 보기라도 하면……."

"성 근처도 아닌데 뭐 어때, 지금의 나는 별로 안 예뻐서 싫어?"

"아뇨! 아뇨, 아뇨. 언제나 그렇듯이 제게는…… 가, 가장 아름다우십니다."

마지막 말은 쑥스러움으로 속삭이듯 저절로 작아졌다. 그럼에도 펄쩍 뛰며 부정하는 그의 모습을 본 셰리가 짐짓 기분이 상한 듯 눈을 새치름하게 떴다.

"그럼 생각보다 눈이 낮은 거 아냐?"

"아닙니다. 정말로, 정말로 제게는 셰리 님밖에……."

조금 더 놀리면 울먹거리기라도 할 것처럼 눈가가 조금 발개졌다. 그러자 셰리의 낯이 짓궂은 빛을 띠었다.

"어차피 나나 토르나 여기서 알아볼 사람도 없을 텐데 오늘은 연인인 척 좀 하면 어때."

"……연인, 인…… 척이요."

또 어느 부분에서 의기소침해졌는지 토르는 약간 시무룩해졌다. 그의 커다란 손을 잡아챈 셰리가 앞서서 이끌었다. 질질 끌리는 듯한 걸음에 그녀가 뒤를 돌아보았다. 그제야 토르는 무언가를 결심한 것처럼 그녀와 맞잡은 손에 힘을 주었다.

"여기서만 파는 해산물 요리점이 있는데 가 볼래?"

"저는, 저는…… 아가씨가 가시고자 하는 길이면 다 좋습니다."

그 말에 담긴 의미가 식당을 뜻하는 바가 아님을 셰리도, 토르도 서로 너무나 잘 알고 있었다. 하지만 애써 말없이 미소를 지으며 잡은 손을 깍지로 바꿔 잡았다.

* * *

아직 물기가 채 마르지 않은 셰리의 머리카락을 토르가 수건으로 말려 주었다. 그러고는 조심스레 그녀의 고개를 제게로 돌려 입을 맞췄다. 아까부터 머리카락을 말리는 척하면서 은근하게 제 목덜미를 스치던 그의 손이며, 등 뒤로 뜨겁게 닿아 오는 그의 중심을 셰리도 이미 알고 있었다. 그렇기에 얌전히 그의 목에 두 팔을 걸었다.

"으음, 응."

한참을 더운 입술로만 비비던 그가 혀를 내어 그녀의 안으로 들어섰다. 동시에 셰리를 번쩍 들어 침대로 눕혔다. 둘 다 가운만 입은 터라 침대 위로 누운 셰리의 가운은 가슴팍이 살짝 벌어졌다. 그녀를 안아 올리면서 허리끈이 풀린 토르의 가운은 이미 훤히 벌어져 안에 입은 드로어즈가 드러났다.

'토르치고는 꽤 적극적이긴 한데……'

여전히 혀 놀림은 느긋하고 다정하기 그지없어 괜스레 셰리의 아랫배가 약간 조여 왔다. 셰리의 입 안을 전부 기억이라도 하겠다는 듯이 몇 번이고 혀끝으로 간지럽히는 통에 안달이 났다. 결국 그녀가 토르의 가운 옷깃을 잡고 매달렸다.

"토르……."

"예, 셰리 님."

조르듯이 매달리는 셰리가 기꺼웠는지 토르가 낮게 웃었다. 그렇게 자그마한 뒤통수를 쓰다듬던 그가 잡혀 있던 제 가운에서 셰리의 손을 떼어 내며 은근하게 물었다.

"오늘은, 아프지 않게 해 드리고 싶은데……."

"어떻게 하는지는 알고 있어?"

과연 충분한 전희를 할 수 있을지 의문이 든 그녀가 고개를 갸웃거렸다. 여태껏 기껏해야 셰리의 가슴을 손으로 만지작거려 본 게 다이지 않나. 그 귀여운 모습에 토르가 다시 웃으며 보들보들한 뺨에 입을 맞췄다.

"어제 많이 알려 주셨지 않습니까, 셰리 님이 가르쳐 주신 대로 잘 하는지 시험해 보시겠습니까?"

"으음, 뭐…… 그래."

셰리가 떨떠름하게 대답했다. 여자의 몸과 남자의 몸은 다를진대 과연 잘 해낼지 의문이다. 하지만 토르가 적극적으로 나오는 것은 모처럼의 일이었다. 그런데다 오늘의 그는 정말 눈을 뗄 수 없이 유혹적이어서 셰리는 홀린 듯이 가만히 고개만 끄덕였다.

그사이 토르는 그녀의 손등이며, 손가락에 천천히 입을 맞추었다. 그러다 셰리의 어깨를 만지작거리면서 목덜미 가까이에 입을 댔다.

"앗, 흔적은 남기면 안 돼."

"네……."

가까이서 한숨을 불어 넣듯이 낮은 목소리가 들렸다. 셰리의 몸이 조금 움찔했다. 여태껏 그녀가 그를 유혹하기 위해 목덜미에 대고 숨을 훅훅 불어넣을 때는 몰랐는데, 이거 굉장히…….

가볍게 입만 대어 쪽쪽, 소리 나게 목선을 따라가던 토르가 어깨를 주무르던 손을 천천히 내렸다. 그러고는 아직 가운이 입혀진 채인 그녀의 가슴과 옆구리 쪽으로 손을 미끄러뜨렸다. 얇은 비단 재질의 가운이라 맨살을 만지는 느낌과는 다르게 묘한 간지러움이 느껴졌다.

"핫, 흐응."

"목이 길고 아름다우셔서……."

"……아까 내가 놀렸다고 복수하는 거야?"

아직 옷도 안 벗었는데 벌써부터 달아오르는 느낌이 들었다. 예민해진 셰리가 톡 쏘아붙였다. 그러자 토르가 그녀의 뾰로통해진 입을 제 입술로 막으며 가운 위로 봉긋 솟아오른 정점을 비볐다.

"응, 읍."

생각해 보니 이거…… 여태 제가 토르를 유혹한답시고 자행했던 일들이었다.

입을 맞대고부터는 유륜을 따라 손가락을 빙빙 돌리기만 하고 정작 정점은 미묘하게 비껴 나갔다. 감질나는 손짓 때문에 셰리는 안달이 났다. 그러나 그녀의 작은 입술은 완전히 토르에게 삼켜져 있었다. 입에서는 읍읍 소리만 새어 나왔다.

'이거 지금 일부러 이러는 거지?'

분명히 셰리가 무어라 항의하고 싶어 하는 것도 알고 고개를 돌려서 입술을 피하려 하는 움직임도 모를 리가 없다. 그런데도 토르는 모르는 척 집요하게 그녀의 고개를 따라붙어 오면서 입술을 떼지 않았다. 거기다가 정작 유두는 만지지도 않았다. 겨드랑이 바로 아랫부분이나 옆구리만 넓은 손바닥으로 쓸어 대는 탓에 작은 근질거림이 차곡차곡 쌓이고 있었다.

결국 참지 못한 셰리가 자그마한 주먹으로 넓은 가슴을 통통 쳤다. 그러자 그녀의 아랫입술을 길게 물어 빨며 토르가 입을 뗐다.

"……셰리 님?"

"그, 그냥 옷 벗고 하면 안 돼?"

여태 관계해 보았던 남자들은 그녀의 맨살에 최대한 빨리 닿고 싶어 하던 자들뿐이었다. 그래서 이런 식의 느긋하게 애를 태우는 경험은 전무하다시피 했다. 셰리의 볼이 불그스름해졌다.

"안 아프게 해 드리고 싶은데, 벌써 벗으시면……."

"……."

"나 놀리느라 그런 게 아니고?"

"……제가요?"

그녀를 놀리느라 계속해서 가운 위로만 만지작거리는 줄 알았다. 그러나 사실은 토르도 애써 침착함을 가장하고 있었다. 셰리가 그 사실을 깨닫자 둘 사이에 잠시간 침묵이 맴돌았다.

'생각해 보니 좀 간지러워도 천천히 페이스를 맞춰 가는 편이 낫겠어.'

괜히 시각적으로 너무 자극을 줘서 다짜고짜 삽입하려고 들면 곤란하니까. 문득 어젯밤에 겪어 본 토르의 위용을 떠올린 셰리가 바로 마음을 고쳐먹었다. 멈춰 있던 토르의 손을 제 가슴 위로 다시금 살포시 올려 두었다.

"그럼, 천·천·히 하는 거지?"

"아…… 예. 조금, 조금 긴장되어서."

정말로 잔뜩 긴장한 모양이었는지 토르의 목울대가 울렁거렸다. 긴장한 것치고는 이제 제법 능숙해진 키스와 손놀림이 꽤 예사롭지 않았던 것 같은데…… 무언가 석연치 않았으나 기분 탓으로 치부한 셰리가 그의 목에 팔을 걸었다.

여전히 셰리의 가운은 내버려 둔 채 토르는 걸리적거리는 제 가운만 벗어 던졌다. 이번에는 커다란 손바닥을 펴서 그녀의 정점을 느긋하게 스쳤다.

"훗?"

셰리는 무심코 새어 나갈 뻔한 신음을 겨우 참아 냈다. 토르가 신기하다는 듯한 목소리로 감탄했다.

"역시…… 여자도 흥분하면 여기가 더 서는군요."

"……."

그러면서 그녀의 얼굴을 한층 집요해진 눈빛으로 바라보았다. 셰리는 등골이 조금 서늘해졌다. 어쩐지 처음부터 정점을 만지는가 싶다가 애매하게 다른 곳만 만지작거리더니. 셰리의 몸이 반응하는 모습을 천천히 보고 싶었던 모양이었다.

'감히 내 반응을 떠보려고 해?'

그 괘씸함에 셰리가 입술을 앙다물고 소리를 안으로 삼켜 냈다. 안 그래도 살짝 올라간 눈꼬리에 커다란 눈매가 고양이 같은 그녀였다. 새초롬해진 표정으로 저를 쏘아보자 토르는 속으로 낮은 신음을 흘렸다.

"……."

저번부터 생각했는데, 저를 향해 웃어 주는 모습도 좋지만 저렇게 살짝 아래에서 눈을 치떠서 흘겨보는 셰리 님이란……. 오늘은 꼭 아프지 않게 해 드리리라 결심했는데 큰일이다. 이미 제 물건은 한계까지 커진 지 오래라 벌써부터 아플 정도로 팽팽해졌다.

"흡, 읏."

광대 부근부터 시작해 점점 더 짙어지는 홍조에도 불구하고 셰리는 끝끝내 소리를 참았다. 그녀를 귀엽다는 듯이 바라보던 토르가 기습적으로 검지와 중지 사이에 그녀의 정점을 끼워 흔들었다.

"흐읏, 하, 하앙. 읍."

결국 참지 못한 신음이 입 밖으로 나오고 말았다. 곧바로 손으로 입으로 가렸지만 너무 늦었다. 토르는 그 모습에 나지막한 웃음이 터져 나왔다. 그러고는 이제 가운 위로 선명하게 드러난 유두를 입에 머금었다. 미끌거리는 얇은 원단을 사이에 두고도 예쁜 과실은 볼록하니 제 존재감을 드러냈다. 혓바닥으로 꾸욱 누르면서 빨아들이니 셰리의 목소리가 높아졌다.

"아, 아아. 오, 읏 위로 그러면……."

토르는 제 침으로 가운이 젖는 것도 아랑곳하지 않았다. 한쪽 가슴을 지분거리며 다른 한쪽 가슴은 여전히 꼬집듯이 비벼 흔들었다. 그 손길에 셰리의 아래가 순식간에 습해졌다. 아직, 아직 맨살에는 닿지도 않았는데…… 셰리는 본능적으로 두 다리를 교차시켜 스스로 허벅지를 조였다. 그러자 토르의 나머지 한 손이 아랫배를 쓸어내려가 다리 사이 가려진 곳에 멈춰 섰다.

"아, 셰리 님. 약간만 힘을 풀어 주시면……."

"흐앗, 아직, 아직……."

허락을 구하는 와중에도 여전히 커다란 한 손으로는 유두를 만지작거리고 있었다. 셰리가 고개를 도리도리 저었다. 토르는 잠시 망설였다. 그리고 결국 다시 그녀의 가슴을 크게 물었다. 셰리의 허리가 들썩이며 비틀렸다. 그렇게 그녀의 방어막이 허술해진 순간, 그는 아랫배에 멈춰 있던 손으로 너무나도 쉽게 다리 사이를 파고들었다.

"아? 힉."

힘을 쓸 것도 없이 가운 아랫자락에 가려진 둔덕에 가볍게 입성했다. 손바닥 전체를 이용해서 몇 번 쓸어 본 그가 고개를 들었다. 그리고 셰리와 눈을 마주했다.

"여자의 몸은 정말 아래에 아무것도 없이 매끈하네요."

"다, 당연하지. 그런, 말 하지 마…… 흐앙."

부끄러운 소리를 하는 토르 때문에 셰리는 눈을 꼭 감아 버렸다. 다른 의미로 지겨울 틈 없는 전희였다. 손가락 사이에 끼워서 흔들다가 손바닥으로 쓸어 보았다가 하면서 제 유실을 괴롭히는 와중에도 토르는 계속 질문을 던졌다. 희롱하기 위해서나 관계에서 서로를 흥분시키기 위한 더티 토크 같은 것이 아니었다. 정말로 순수하게 신기해하는 모습이라 더 민망했다.

토르는 아무런 기교 없이 그저 슥슥 아래를 훑어 내리기만 했다. 그러다가 가운 자락을 펼친 채 셰리의 속옷 위로 다시 손을 올렸다.

"아, 조금 축축한…… 이게 젖으신 겁니까?"

"……몰라, 그런 거! 훗."

토르는 벌써 그녀가 꽤 흥분했다는 증거에 들뜬 기분이 되었다. 전날에는 셰리의 일방적인 전희를 학학거리며 받아들이기에 바빠 그녀가 어느 타이밍에 젖었는지 알 길이 없었는데…… 묘한 희열이 느껴졌다.

그녀의 손길을 받는 것도 물론 좋았다. 하지만 이렇게 저의 손과 입으로 흥분한 아가씨를 보는 것도 어딘지 모르게 심장이 두근거렸다.

'아래도 정말…… 작으시구나.'

검을 쓰는 자치고는 손이 곱다는 말을 많이 듣는 자신이었다. 그러나 워낙 손 자체가 커서인지 그녀의 작은 아래를 다 덮어 버리다시피 했다. 그렇게 검지와 중지만을 이용해 그녀의 둔덕을 집중적으로 문질렀다. 셰리가 앗, 하며 몸을 다시 옆으로 꼬았다.

"앗! 하웃, 홋. 잠깐, 그만……!"

아쉽지만 가슴을 만지던 손을 떼어냈다. 그러고는 움직이지 못하도록 그녀의 허리를 단단히 잡았다. 좀 더 속도를 올려 문질렀다. 이윽고 셰리의 목 아래가 발갛게 달아오르기 시작했다. 그만하라며 신음을 주체하지 못하는 그녀의 모습에 온몸이 오싹오싹할 만큼의 쾌감이 제 등줄기를 타고 올랐다.

아, 이래서 아가씨가 여태 제 몸을 만지면서 기쁜 듯한 얼굴을 했구나. 어제는 정신이 없어 제대로 만끽하지 못한 셰리의 흐트러진 모습이었다. 토르의 눈빛이 탁하게 가라앉기 시작했다.

"셰리 님……. 아름다워요"

새하얀 시트에 펼쳐진 색정적인 붉은 머리칼이며, 새하얀 몸에 걸쳐진 미색의 가운. 그리고 그 가운의 가슴 쪽 부분에 흥건하게 젖어 진해진 제 타액의 자국까지.

순간 토르는 흐려진 눈빛으로 가운을 뜯어내듯이 벗겨 냈다. 그리고 드디어 맨몸을 드러낸 셰리의 가슴을 재차 입에 물었다. 여전히 속옷 위를 누비는 손가락의 속도는 늦추지 않았다. 그렇게 보드라운 가슴과 딱딱하게 서 있는 그녀의 정점을 마음껏 음미했다.

역시, 맨살이 좋다. 열심히 그녀의 유두를 쪽쪽 빨아들이면서도 가슴의 살 내음을 들이마실 수 있으니까. 킁킁거리며 체취를 맡자 머리가 쭈뼛할 정도의 충족감이 차올랐다. 그리고 얼마 지나지 않아 매번 은은하게만 맡아 왔던 고소한 살 내음에 더불어 무언가 좀 더 내밀한 곳을 자극하는 새로운 냄새가 더해졌다. 그는 강력한 최음제라도 마신 기분이 되었다.

"흐아, 토르! 앗! 하읏."

앙앙거리며 이리저리 몸을 트는 그녀 때문에 그의 손이 자꾸 셰리의 속옷에서 미끄러졌다. 거기다 손바닥만 한 속옷은 아래가 함뿍 젖어 들었다. 이 이상 속옷 위로 마찰이 일어나면 그녀의 연약한 살이 다칠 것 같았다.

토르는 지난밤 그녀가 골반에 걸쳐진 속옷 끈을 풀어내어 벗었다는 것을 기억해 냈다. 그리고 셰리의 입 안으로 제 두툼한 혀를 집어넣으며 단 한 번의 미적거림도 없이 속옷을 끌어 내렸다.

"앗, 음, 읍. 마, 말도 없이 벗기면……."

"후우, 하아. 아까는 옷을 벗고 싶어 하시길래."

"……."

셰리가 기가 막힌다는 표정을 지었다. 말을 말아야지. 아까 벗기라고 할 때는 곤란해하더니! 지금은 실컷 제가 하고 싶은 대로 해 놓고서 아까의 일을 들먹여?

하지만 뭐라 대꾸할 말이 없었다. 그래서 셰리는 그의 드로어즈 위로 이미 삐죽이 나온 물건에 무릎을 가져다 비볐다.

"큽, 아, 아직…… 아직 그러시면 안 됩니다."

"왜 안 돼, 토르는 하고 나는 안 돼?"

"……오늘은 정말, 아프지 않게 해 드리고 싶습니다."

토르가 슬쩍 몸을 틀었다. 그녀의 무릎으로부터 제 물건을 사수하며 진지한 목소리를 냈다. 그에 더해 토르의 눈은 순식간에 기이한 열기로 가득 차 버렸다. 그 눈빛을 마주하게 된 셰리가 들어 올렸던 무릎을 말없이 제자리로 돌려놓았다.

"그, 그래. 뭐……."

괜히 더 자극했다가 이성을 잃어서 저 무식한 물건부터 들이밀면 제 손해다. 어제의 별이 번쩍 튀는 듯한 둔통을 떠올리자 몸이 부르르 떨려왔다.

토르는 눈을 감고 무언가를 스스로 억누르는 듯 잠시 침묵을 지켰다. 그러나 곧 어느 정도 이성을 찾은 모양이었다. 다시 고개를 숙여 그녀 입안으로 파고들었다. 좀 전보다 거칠게 들어온 혀가 혀뿌리까지 집어삼킬 듯 그녀의 숨결을 장악했다.

"읍. 흐으, 응."

숨이 막혀 온다 싶을 타이밍이면 얕은 입맞춤이 잘게 나누어 돌아왔다. 이윽고 언제 그녀의 속옷을 완전히 벗겨 냈는지, 맨살이 드러난 밀부에 토르의 손이 조심스럽게 가닿았다. 처음 만져 보는 여성의 은밀한 곳이었다. 옅은 음모와 부드러운 살결이 손에 닿자 놀란 듯 잠시 움찔했다. 이내 조금 더 손을 내려 이미 습해지다 못해 끈적해진 음부를 문질렀다.

"아, 아아앗."

"하, 여기…… 너무 부드러워서……."

가슴이나 다른 부위와 다르게 미끌미끌했다. 게다가 그 주위엔 약간 통통한 살덩이도 느껴졌다. 생소한 감각에 토르는 손을 놀리며 정신없이 셰리의 목덜미에 입을 맞추었다.

무식하게 기둥 하나만 우뚝 서 있는 제 몸과 정말 많이 달랐다. 여태껏 여자의 아래는 밋밋한 언덕인 줄로만 알았는데. 자세히 만져 보니 가운데에 갈라지는 틈이 있는 데다 안쪽은 더 말랑말랑했다.

"읏, 으응. ……힉?"

검지와 중지로 문지르다 약간 힘이 들어갔는지 세로로 길게 갈라진 틈 사이로 손가락이 푹 빠졌다. 순간, 셰리의 신음이 길고 높아졌다. 그에 용기를 얻은 토르는 좀 더 질척하고 물 같은 애액이 나온 갈라진 틈으로 중지에 더욱 힘을 주어 문질렀다. 그러자 한층 더 매끈한 점막 같은 게 느껴졌다.

"하으, 잠, 잠깐……. 앗, 아앙……."

딱딱하고 굵은 손가락이 쑥 파고들어간 그대로 가장 연약할 부분을 자극했다. 셰리의 몸이 급하게 옆으로 틀어졌다. 아무리 겪어도 겪을 때마다 적응되지 않았다. 뭉그러진 성감이 토르의 손길을 피해 몸부림치게 만들었다.

그러나 겨우 그 정도의 움직임으로 그의 손아귀에서 벗어날 수 있을 턱이 없었다. 오히려 어설프게 도망치려는 모양새는 토르를 더 자극할 뿐이다.

"하, 셰리 님."

여태껏 봐 왔던 어느 순간보다도 격한 반응이었다. 몸을 가누지 못하는 셰리의 모습에 토르는 마른침을 꼴깍 삼켰다. 그러고는 그녀의 신음 소리에 맞춰 그 좁고 예민한 부분을 문질렀다. 아마 이 갈라진 틈 어딘가에 제 것을 빨아들였던 그곳이 있을 터였다.

아가씨의 가장 소중한 곳일 그 부분을 눈으로 제대로 확인하고 싶었다. 어제 대강 확인은 하여 남성기와는 전혀 다른 모습이라는 것은 익히 알고 있지만…….

어떤 이들은 그것을 처음 자세히 보았을 때 충격적이라는 말을 했다. 또 어떤 이들은 아름답다고 하기도 했는데, 과연 어떤 모습일까.

"셰리 님, 제가 그, 아래를……."

그녀의 격한 호흡이 조금 잦아진 틈을 타서 한참 비벼 대던 손가락을 떼어냈다. 아래로 시선을 돌린 토르가 허락을 구했다. 옅고 숱이 적은 음모 사이 반짝거리는 애액으로 범벅이 된 그녀의 아래, 제 것이 파고들 그곳을 더 자세히 보고 싶었다. 셰리가 숨을 할딱이며 대답했다.

"흐으웃, 하아. 보고 싶어서 그래? 그치만 지금 좀…… 엉망일 텐데……."

뒤늦게 찾아온 나른해진 기분에 빠져 셰리가 고개를 끄덕였다. 그러자 토르가 뒤로 물러나 그녀의 다리 아래로 자리를 잡았다. 그렇게 셰리의 허벅지를 잡아 올리려다가 손가락에 그녀의 액이 묻어 있는 것을 발견했다. 하지만 망설임 없이 혀로 핥아 냈다.

"앗? 뭐, 뭐 하는 거야."

"이게…… 셰리 님 맛인가요?"

거의 투명에 가까운 액체는 새큼한 냄새가 났다. 싸한 냄새가 나는 제 씨물과는 달랐다. 그리고 무언가 본능을 자극하는 맛이 났다. 토르는 손 가락 사이사이까지 남김없이 셰리의 흔적을 핥아 먹었다. 그리고 드디어 그녀의 허벅지를 들어 올렸다. 아래를 확인한 그는 할 말을 잃고 멍하니 입만 벌렸다. 민망해진 셰리가 닿지 않는 팔을 내저었다.

"아니, 너무 그렇게 높게 들어 올리면!"

"아, 아…… 예뻐요."

촉감으로 느꼈던 대로 갈라진 통통한 살 안쪽으로 밀부가 살짝 엿보였다. 그곳은 혀가 닿으면 사르르 녹아내릴 것 같은 진한 핑크빛이었다. 그런 데…… 생각보다도 더 작은 것 같은데, 여기 어디로 넣어야 하는 거지.

손가락으로 자세히 보고자 갈라진 틈을 더 벌렸다. 그러자 아직 흥분이 가 시지 않은 듯 조금 벌름거리는 꽃잎 같은 곳이 눈에 들어왔다. 음? 꽉 다물린 걸 감안하더라도 손가락 하나 들어가기도 벅차 보이는데 도대체 어디로…….

제가 삽입할 곳을 찾느라 가까이 들이댄 토르의 코에 아까부터 살 내음에 미묘하게 섞여 들었던 냄새가 점차 강렬하게 느껴졌다. 그녀의 애액에서도 났지만 역시 이곳에서 더 강하게 났다. 몇 번 킁킁거리다가 덥석 입으로 덮었다. 그 바람에 셰리의 고개가 뒤로 휙 넘어갔다.

"힉!"

토르는 아까 가슴을 애무한 것처럼 열심히 혓바닥으로 꾹꾹 눌러 핥았다. 한참 입을 대다가 그녀의 하체를 쭉 들어 올려 본격적으로 빨아들이기 시작했 다. 시트만 잡고 부들부들 떨던 셰리가 다시 팔을 뻗었다. 하지만 아랫도리가 위로 들린 채로는 손이 닿지 않았다. 신음만 더욱 높게 내지를 뿐이었다.

"하, 하악. 그만! 그만…… 안, 돼, 안 돼."

핥아 올리는 혓바닥의 위치나 빨아들임에 따라 그녀의 반응이 미묘하게

달라졌다. 토르는 민감하게 알아채고 뚫어져라 셰리를 관찰했다. 그리고 방금
전, 반응이 유난히 격렬했던 곳을 이로 슬쩍 긁었다. 덜 여문 꽃잎 같은 것의
바로 위에 무언가 볼록 나온 곳이었다.

"아아아앗! 아아. 하, 하지 마아……."

그에게 허리를 잡힌 채로도 셰리는 격하게 몸을 들썩였다. 덕분에 그녀가
느끼는 곳을 속속들이 알아낼 수 있었다. 토르의 입가에 작게 미소가 걸렸다.
제가 여태껏 하던 망상들이 얼마나 부실했는지 여실히 느껴지는 순간이었다.
그저 삽입이 다가 아니다. 이런 세세한 부분들은 역시 실제로 경험해 보지
않으면 모르는 부분이었다.

"흐힉, 학! 흐읏!"

혀를 뾰족하게 세워 톡 튀어나온 그곳을 살살 간질였다. 그러자 셰리의
몸이 급기야 달달 떨리기 시작했다. 그녀의 신음 소리와 호흡이 격해지는
정도에 따라 혀를 이용하여 입술로 부드럽게 쓸었다가 빨아들이기를 반복
했다. 그때, 거의 흐느끼던 셰리가 소리도 내지르지 못하고 순간 뻣뻣하게
굳었다.

"하악, 하아앙. 아아, 아학. 시, 싫어…… 아윽."

온몸을 잘게 떨다가 추욱 늘어졌다. 동시에 바로 안쪽, 좀 더 연분홍의
꽃잎 같은 곳에서 진한 애액이 퐁퐁 솟아나왔다. 그리고 배가 고픈 것도 아
닌데 이상하게 허기를 자극하는 듯한 내음이 났다. 홀린 토르가 그마저도
싹싹 핥아서 삼켰다.

"흐으……. 그만, 그만해애."

절정에 올랐음에도 계속해서 제 아래를 핥아 대는 토르 때문에 셰리는 쉽
사리 안정을 찾지 못했다. 그녀의 눈가를 따라 흥분으로 인한 눈물이 찔끔
흘러내렸다. 전신이 다 녹아내리는 듯한 전희에 정신이 하나도 없었다. 아직
본 게임은 시작도 못 했는데!

'이게, 이게…… 처음 해 보는 애무라고?'

분명히 초반의 어설픔을 생각하면 처음이 맞긴 맞는 것 같았다. 하지만 아무리 제가 민감한 몸이라고 해도 중간부터는 토르가 하는 대로 그저 앙앙 울기만 하면서 끌려가는 게 정상인가? 거기다가 토르도 보통은 아니었다. 제 반응을 봐 가면서 강약을 조절했다. 심지어 가장 잘 느끼는 부분을 집중적으로 지분거려 반드시 그녀의 반응을 끌어내는 능숙함까지.

'그저 아랫도리가 특출 난 흔한 동정인 줄 알았는데…….'

어제도 잠시 생각했지만 제가 혹시 건드려서는 안 될 것을 건드려 버렸나? 더럭 무섬증이 덮쳐 왔다. 셰리의 발그레 달아오른 뺨에 입을 맞춘 토르가 다시 무구한 표정으로 미소 지었다.

"셰리 님 몸은 정말 아름답지 않은 구석이 없어서……."

"으응, 우리…… 잠깐만 쉬었다가 할까?"

셰리는 슬금슬금 몸을 뒤로 물리며 다리를 오므리려 시도했다. 그러나 그녀의 허벅지는 너무나 손쉽게 토르에게 붙잡혔다. 그가 손바닥으로 음부 전체를 한번 스윽 문질렀다. 그러다가 중지를 세워 아까부터 음액이 새어 나오던 살덩이 안쪽으로 찔러 넣었다.

"핫, 아앗. 자, 잠깐."

"여기…… 맞지요? 아, 그런데 너무 좁은데……."

한번 절정에 다다라서인지 안 그래도 좁은 내부가 잔뜩 부풀어 있었다. 토르의 손가락 하나도 들어가기 빠듯할 정도였다. 손가락조차 굵은 그가 천천히 제자리를 찾듯이 밀고 들어오는 바람에 셰리의 몸이 다시금 확 달아올랐다.

"아, 아흐. 처, 천천히……."

"……네, 제 손가락이 먹힐 것 같아요."

이미 예열된 몸에 새롭게 치고 들어오는 감각도 아찔했다. 겨우 숨을 참아 낸 셰리의 질 안으로 토르의 손가락이 쑤욱 순식간에 들어찼다.

"으아아훗. 천천히…… 천천히 하랬잖아."

"아, 제가 아니라 셰리 님 몸이……."

토르는 토르대로 중간 즈음부터는 빨려 들어가듯이 밀려들어 간 손가락 때문에 잠시 당황했다. 하지만 제 손가락 하나로도 가볍게 느끼고 부르르 떠는 셰리의 모습이 지독하게 사랑스러웠다. 어서 빨리 제 것을 그녀의 안에 묻고 싶었다. 그러나 손가락 하나도 꽉 차는 내부에 도대체 어떻게 넣어야 하는 것인지 망설여졌다. 그래도 어제 분명히 들어가긴 했으니 가능하긴 하단 소리인데…….

'내부를 조금 넓히면 되지 않을까.'

문득 든 생각에 토르가 손목을 움직여 내부의 손가락을 눌러 돌렸다.

"……하으앙, 안 돼, 안 돼애……."

미끈하게 부풀어 오른 내부는 누르면 누르는 대로 또 늘어났다. 그럼 어떻게든 밀고 들어가면 되긴 할 테다. 토르가 셰리의 달뜬 얼굴을 응시했다. 아까의 절정 이후로 그녀의 속눈썹에는 눈물이 방울방울 매달려 있었다. 어찌나 처연해 보이는지 다시금 허리가 저릿하게 아팠다. 아, 더 이상 참기도 어려웠다.

"……넣어도 될까요?"

"으응, 응, 응. 그냥, 그냥…… 어떻게든 해 줘."

셰리는 두꺼운 손가락의 지분거림으로 다시 잔뜩 열이 오른 채였다. 되는 대로 내뱉으며 격하게 고개를 끄덕였다. 그러자 토르가 신속하게 속옷을 벗어 던졌다. 어차피 이미 밖으로 빠져나온 분신의 꺼덕거림을 약간 막아 주는 역할밖에 해 주지 못하고 있던 천 쪼가리였다. 토르가 빠르게 그녀의 다리 아래에 자리를 잡았다.

"너, 넣겠습니다."

어느새 넘칠 만큼 다시 새어 나온 애액을 조심스레 제 선단에 묻혔다. 토르가 손가락이 빠져나간 틈으로 살짝 열린 입구에 제 것을 가져다 대었다. 허리를 조심스레 꾸욱 밀어 보았다. 하지만 미칠 것 같은 매끄러움만 느껴질 뿐, 삽입하지 못하고 위로 팅기듯 비벼 올라갔다.

"아앗!"

"으읏."

순간 사정할 뻔했다. 너무 오래 제 분신을 방치해 둔 탓이다. 약간의 자극만으로도 금방 사정감이 올라왔다. 하지만 이미 그녀의 내부에서 사정하는 감각을 알아 버린 데다가······.

'이왕 할 거면 셰리 님 안에서······'

피임차 때문에 아무런 일도 벌어지지 않을 거라는 건 알고 있다. 그래도 제 씨앗이 그녀의 안에 머무르는 순간이 있다는 생각만으로도 좋았다. 아가씨에게 이런 식으로라도 제 흔적을 남기고 싶었다.

토르가 이번엔 한 손으로 단단히 제 것의 앞부분을 잡았다. 그리고 그녀의 질구로 힘을 주어 밀어 넣었다. 몸에서 가장 예민한 두 점막이 맞닿았다. 셰리든 토르든 극심한 성감에 이를 악물었다. 손가락마저도 겨우 허락했던 그녀였기에 끄트머리부터 너무 뭉툭하고 두꺼운 토르의 것을 거부했다. 그러나 억지로 밀고 들어오는 힘에 마침내 그 입을 빠끔하게 열었다.

토르는 아주 약간이지만 그녀의 입구가 제 물건을 받아들이기 시작했단 걸 예민하게 알아챘다. 그와 동시에 셰리의 허리를 두 손으로 잡고 강하게 허리를 밀어 넣었다.

"······흐!"

"크, 큽."

귀두가 밀려들어가면서 중간까지 쑥 들어가 버렸다. 셰리는 숨도 쉬지 못하고 빳빳하게 굳었다. 어제만큼의 둔통은 아니었지만 예민한 살을 지나치게 벌려졌다. 그 사이를 빠듯하게 비집고 들어오는 거대한 물건에 잠시 숨 쉬는 것마저 잊어버렸다.

"하, 하악."

토르는 아직도 그녀의 허리를 잡은 손을 놓지 못하고 헐떡였다. 중간까지 억지로 밀어 넣었음에도 밀려날까 두려웠다. 그의 이마에서 굵은 땀방울이 송골송골 맺혔다. 마치 심장이 아래로 가 붙은 것처럼 제 물건의 맥이 둥둥거리며 요란하게 존재감을 과시했다. 그대로 사정하지 않은 것만으로도 다행이었다.

그때, 토르의 시야로 눈을 부릅뜬 채 바들바들 떨고 있는 셰리가 들어왔다. 그녀가 제대로 숨을 쉬지 못하고 있었다. 그는 새하얗게 질린 얼굴을 매만지며 다른 한 손으로는 등허리를 조심스레 쓰다듬었다.

"천천히, 천천히 숨을 쉬세요."

"……하, 하아……학……."

그제야 밭은 숨을 내쉬던 셰리가 눈가에 매달린 눈물을 훔쳐내었다. 그래도, 그래도 어제보다는 안 아프고 훨씬 할 만했다. 길었던 전희가 도움이 되었다.

"많이 아프십니까? 그만둘까요?"

토르의 욕망 어린 눈동자 한편에 그녀에 대한 걱정과 염려가 가득했다. 동정 신세를 면한 지 얼마 안 되어 남은 자제심이 거의 없을 텐데도. 그런 그를 보자 안쓰러워진 셰리가 두 팔을 벌렸다.

"다, 다 들어와도 돼."

"아……."

토르는 제 등을 숙여 기꺼이 그녀의 팔에 몸을 맡겼다. 그리고 그녀의 안으로 나머지 부분까지 전부, 진입했다. 드디어 뿌리 부근까지 그녀의 몸에다 먹혔다. 토르의 발끝에서부터 찌릿한 감각이 타고 올라왔다.

"하, 하아……."

"으응, 웃."

셰리는 이번에도 숨이 막힌 듯한 신음을 흘렸다. 그러나 처음 삽입 시보다는 훨씬 안정된 모습이었다. 토르가 안도의 한숨을 내쉬었다. 다행이다. 아가씨를 다치게 하지 않고도 다 들어갔다.

잔뜩 힘이 들어가 잔근육이 팽창된 두 팔로 그녀의 가느다란 몸을 끌어안고 다독였다. 셰리도 가만히 토르의 머리를 쓰다듬었다.

"이제, 다, 들어간 거지?"

"네…… 역시, 아프시지요?"

"……조, 조금? 그러니까 천천히 움직여야 해."

서로 꽉 맞붙은 몸이 조금 떨어졌다. 그러자 토르의 이마에서 흐른 땀이 셰리의 가슴으로 후드득 떨어졌다. 그녀는 제 가슴팍에 비 오듯이 쏟아진 그의 땀을 신기한 듯 만져 보았다. 그리고 손을 들어 그의 이마를 훔쳐 주었다. 토르의 표정이 조금 편안해졌다.

"……많이 힘들어?"

토르는 이마에 닿은 손이 떨어져 나갈세라 서둘러 작달막한 그녀의 손을 잡았다. 그리고는 상기된 제 뺨에 가져다 대었다. 이제 그의 눈동자는 흡사 새까맣게 보일 만큼 가라앉아 있었다. 토르가 번득이며 그녀와 눈을 맞췄다.

"네, 참기가 힘이 듭니다……."

"그럼, 해 볼까?"

그녀의 손에 깍지를 꼈다. 그리고 침대에 누르며 얕게 허리 짓을 시작했다. 어제처럼 둔통이 오래갈 것이란 걱정이 무색하게 벌써 셰리의 몸은 적응을 어느 정도 마친 듯했다. 아릿할 정도의 감각 말고는 서서히 성감이 올라오고 있었다.

"윽."

아주 살짝만 제 것을 뽑아내었다가 다시 밀어 넣기를 반복하던 토르는 이가 악물었다. 전희로 셰리 내부의 감각이 죄다 살아난 모양이었다. 안쪽의 모든 면이 그를 오물오물 물어오기 시작했다. 그런데도 그녀의 몸이 다칠까 봐 이성을 유지해야 했기 때문이었다.

제 본능이 시키는 대로라면 그녀의 몸을 껴안고 정신없이 흔들고 싶었다. 찌르고, 흔들고, 박고 또 박아서 마지막에는 제 것을 그녀 깊은 곳에 묻은 채 흔적을 남기고 싶었다. 제게 이토록 파괴적인 성향이 있었나 놀랄 정도였다. 그는 통제 불가능한 본능을 억지로 누르는 중이었다.

"으흥, 하앗. 아, 좋아."

그래서 좋다는 그녀의 말에, 겨우 붙들고 있던 이성이 반쯤 나가 버렸다. 토르가 여태까지와는 다르게 좀 더 길게 뽑아내었다가 팍, 하고 치고 들어왔다. 그 바람에 셰리의 눈이 동그래졌다.

"자, 잠깐. 갑자기 너무 격, 하, 윽."

"하아, 하아…… 부족합니다, 아직."

무언가에 쫓기는 사람처럼 그녀의 몸에 매달려 다급하게 구는 토르는 여전히 버거웠다. 하지만 도저히 억누를 수 없어 쉰 듯한 그의 목소리가 셰리의 입을 막았다.

이런 순간이 아니면 평소에는 듣기 힘든 날것의 신음이다. 저 치명적인 음성이 아래에서 느껴지는 빠듯함보다 더한 자극을 주었다. 게다가 오늘은 그녀도 어제보다 여유가 있었다. 그렇기에 달뜬 신음을 삼켜 가며 셰리는 토르와의 관계에 서서히 익숙해졌다.

그의 것은 어디 한 군데를 집중적으로 찔러 오는 게 아니었다. 내부의 모든 성감대를 다 압살해 버릴 듯이 뭉그러뜨리며 드나들었다. 그런 낯선 감각이 아직도 약간은 선뜩했지만 처음 느껴 보는 꽉 찬 느낌에 숨을 할딱였다.

"으응, 응, 흐응, 조, 조금 더……."

"큭, 크아…… 하……."

지금까지는 셰리의 사정을 봐주기라도 했다는 듯했다. 그르렁거리는 소리를 내며 토르가 비교도 안 되는 속도로 추삽질을 시작했다. 깍지 끼여서 그에게 잡힌 두 손 때문에 셰리는 그저 밑에서 흔들릴 뿐이었다. 그러다 제 절정이 머지않았다는 사실을 깨달았다.

"하앗, 하아아. 나, 나, 나…… 이제, 흐, 흐앙."

"그럼……. 헉, 허윽. 큭!"

토르가 그녀와 깍지 낀 손을 풀어 그대로 등을 꽉 껴안았다. 그러고는 더욱 깊고 빠르게 내부로 저 자신을 쑤셔 박았다. 흡사 짐승처럼 헐떡거리는 토르의 숨소리가 귀 바로 옆에서 들렸다. 그러자 셰리의 절정감은 더 빠르게 그녀를 덮쳐 왔다.

"……!"

배꼽 아래에 찰랑찰랑하게 모여 있던 성감이 팟, 하고 전신으로 퍼져 나갔다. 동시에 셰리의 내부가 엄청나게 조여들었다. 토르의 움직임이 잠시 멎었다. 그리고 입술에 피가 나도록 깨물어 다시 한번 사정을 참아 냈다.

"큽, 큭."

어제도 느꼈지만 그녀가 절정에 달하는 순간이 오면 질구부터 시작해서 내부가 요동치듯 사방에서 꽉 조여들었다. 그래서 약간이라도 방심할 수 없었다. 순식간에 파정할 듯한 느낌이 닥쳐왔다. 그렇다고 그녀의 안에서 제 자신을 뽑아내어 회피하고 싶지는 않았다.

아가씨가 저로 인해 느끼는 모든 순간순간을 오롯이 제가 다 느끼고 싶었다. 한순간도 허투루 보낼 수 없었다. 언제까지일지 기약할 수 없는 관계에서 주어진 시간만이라도 제가 온전히 다 갖고 싶었다. 토르는 셰리를 더 깊게 껴안았다.

어느덧 셰리의 절정이 조금씩 잦아들어 질 내부가 다시 녹진하게 풀어졌다. 토르가 기다렸다는 듯 다시 허리를 움직이기 시작했다. 조금만, 조금만 더 하면…….

"흐아, 나, 나 아직…… 간 지 얼마 안 됐는데…… 잠깐. 하, 하아."

"윽, 너무 조이지 마세요. 또, 또 가시면 됩니다."

계속되는 극도의 성감에 셰리의 몸은 버티지 못했다. 그녀가 또 한 번의 절정을 맞자 이번에는 같이 속도를 높이던 토르가 저항하지 않고 제 사정감을 끌어올렸다.

"아아아, 하아, 으아앗, 앙."

"안에, 안에 할게요. 큭."

그 와중에도 토르는 미리 허락을 받으라는 셰리의 말이 떠올랐다. 착실하게 그녀의 귀에 속삭이며 그는 아가씨를 꽉 끌어안은 채 안에 제 모든 것을 쏟아부었다.

* * *

여전히 조금은 버거워하는 그녀 때문에 간밤에는 세 번으로 만족해야 했다. 하지만 토르에게는 사정을 조절하는 법을 터득하기 충분한 횟수였다.

"……."

아침 햇살이 길게 스며들 무렵 토르가 먼저 눈을 떴다. 늘 새벽처럼 일어나던 그에게는 다소 늦은 시간이었다. 익숙한 풍경이 아니라 멈칫한 것도 잠시였다. 맨몸으로 저를 빈틈없이 끌어안은 그녀를 발견하고 등허리에 두른 팔에 더욱 힘을 주었다.

커다란 창을 가린 모슬린 커튼 사이로 여린 햇살이 부서졌다. 은은하게 밝아진 쾌적한 침실과 제 품 안에 온전하게 들어찬 아가씨까지. 토르는 단연코 태어나서 지금만큼 충족감이 느껴지는 순간을 가져본 적이 없었다. ……행복했다.

그가 매끄럽고 하얀 등허리를 가만히 쓸어내렸다. 그러자 우웅, 거리며 셰리가 더욱 깊숙하게 안겨 왔다. 그 감각이 눈물 나게 사랑스럽고 또 어여뻤다. 결국 토르는 떨리는 마음을 애써 누르며 그녀의 이마에 가만히 입을 맞췄다.

'이대로 시간이 멈췄으면 좋겠어.'

종종 본모습을 감추고 어제처럼 시장에서 데이트도 하고, 이곳에 돌아와서 함께 사랑을 나누고 또 그렇게 잠에 들고……. 생각만 해도 행복한 상상이었다.

헝클어진 잔머리마저도 귀엽게 느껴졌다. 토르는 이마 선을 따라 진득하게 입을 맞추었다. 그 바람에 셰리 역시 잠에서 깨고 말았다. 살짝 드러난 맨 어깨가 조금 추웠다. 그의 등 뒤로 팔을 두르면서 아래로 파고든 채 고개를 들어 올렸다. 셰리의 눈에는 아직도 졸음이 가득했다.

"……몇 시야?"

"아직 더 주무셔도 됩니다."

"으음."

더 잘 것인지 이대로 일어날 것인지 고민하느라 셰리의 미간이 살며시 찌푸려졌다. 입술로 꾹꾹 눌러 펴내면서 토르가 그녀의 허리를 은근하게 문질렀다.

"몸은 어떠십니까? 아픈 곳은 없으시고요?"

"아래가 약간……."

인간은 역시 적응의 동물이라는 것을 새삼 느낀 지난밤이었다. 두 번째부터는 셰리도 정신없이 그에게 매달려 신음을 내질렀다. 목이 약간 잠긴 것 같았다. 그 커다란 것에 이틀 만에 적응하다니……. 셰리조차 제 몸의 신축성에 스스로 놀라고 말았다. 하지만 역시 약간의 저릿한 느낌은 어쩔 수 없는 모양이다.

거기다 몸을 대강 닦고 잠들었는데도 자세를 비틀자 지난밤의 흔적들이 약간씩 새어 나왔다. 찝찝했다. 셰리가 몸을 일으키려 했다. 그러나 상체를 반도 세우기 전에 허리를 짚으며 멈칫했다.

"나, 씻어야겠어."

"잠시만요, 제가 옮겨 드리겠습니다."

토르가 그녀를 조심스레 안아 올려 방과 연결된 욕실로 들어섰다. 별장 안에는 셰리를 도와줄 만한 고용인이 없었으니까. 아침마다 음식을 실어 나르는 마부를 제외하면 그들 둘뿐이었다.

조심스레 그녀를 욕실용 의자에 앉혔다. 토르가 욕조에 달린 마법석을 이용하여 온수를 틀었다. 그러면서 슬쩍 셰리의 눈치를 보았다. 오늘은 아무 말 않는 걸 보아 다행히 목욕 시중 정도는 들어 드려도 되는 것일까.

셰리는 커다란 배스 타월을 두른 채 지친 기색으로 꾸벅꾸벅 졸았다. 힐끔힐끔 바라보던 토르가 서둘러 제 아래도 수건으로 가리고 그녀를 깨웠다. 마침 욕조에 채워진 물의 온도도 적당하게 맞춰진 참이다.

"셰리 님, 셰리 님. 시중을 들어 드릴까요."

"으응, 응. 응."

게슴츠레하게 뜬 눈으로 셰리가 아무렇게나 고개를 끄덕였다. 그녀의 허락에 재빨리 제 앞으로 앉힌 토르는 천천히 배스 타월을 잡아당겨 열었다. 정신이 없던 와중에도 셰리는 제 몸에 흔적을 남겨서는 안 된다고 신신당부했다. 그 덕분에 그녀의 나신은 여전히 새하얗고 깨끗한 채로 토르의 눈앞에 펼쳐졌다.

"아."

셰리는 따끈한 토르의 몸에 등을 기댄 채 잠들었다. 그녀의 몸에 비누칠을 하고 물을 끼얹어 씻어 낼 때까지도 노곤함에 정신을 차리지 못했다. 토르가 마른침을 꼴깍 삼켰다.

이제 마지막으로 남은 곳은……

'아래를 깨끗하게 해 드려야 하는데……'

계속해서 제 씨물이 울컥울컥 새어 나왔다. 그때마다 물을 끼얹는다고 될 일이 아닌 듯했다. 물론 아가씨를 씻기는 와중에도 본능에 충실한 제 물건은 이미 하늘 높게 솟아 있었다. 게다가 위에서 그녀의 아름다운 몸을 바라보는 것은 또 다른 자극이었다. 토르의 목울대가 연신 일렁였다. 참지 못한 그가 셰리의 귀에 대고 속삭였다. 성대를 긁는 듯이 낮아진 목소리가 그녀의 귓속을 파고들었다.

"셰리 님, 아래를 씻으시려면 다리를 올려야 하는데…… 괜찮겠습니까."

"아, 으응."

그의 목소리에 놀라 셰리가 파드득 눈을 떴다. 그리고 엉겁결에 내뱉은 허락에 토르는 그녀의 허벅지를 벌려 위로 고정시켰다.

"앗, 앗. 뭐 하는 거야."

"자꾸…… 새어 나와서요. 그럼 **빼내겠습니다**."

그녀가 버둥거리는 사이에 토르가 굵은 손가락을 비부 사이로 쓰윽 끼워 넣었다. 그러고는 중지를 굽혀 안쪽을 긁어냈다.

"하, 하응. 갑자기…… 아침부터 그러면…… 아웃."

단순히 내부의 액들을 끌어 모으는 손짓에 불과했다. 하지만 지난밤 늦게까지 녹아내리길 반복했던 셰리의 안이 다시금 촉촉해졌다. 제 몸의 주인이 잠에서 막 깨어난 것도 모르고 간밤의 쾌락이 계속되는 줄 아는 모양이었다.

이제 토르도 그녀의 내부에서 저의 흔적을 어느 정도 **빼내었다**는 걸 알았다. 그러나 제 품 안에서 바르작거리는 셰리의 몸짓과 신음 소리에 또다시 몸이 동하고 말았다. 그가 손가락을 더욱 깊숙하게 넣어 휘저었다.

"흐아, 그, 그만. 그마안."

"계속…… 계속 미끈거리는 게 나오는데요. ……읏."

갑작스레 끌어올려진 성감에 셰리가 몸부림치며 엉덩이로 토르의 중심을 꾸욱 누르듯 스쳤다. 순간 몰려든 지독한 충동을 참느라 그의 잘생긴 미간이 찌푸려졌다. 아래에 걸친 수건이 둘 사이를 막아 주지 않았다면 또 조금쯤 이성을 잃었을지 모를 일이었다.

여전히 뜨거운 내부를 지분거리는 채로 토르는 그녀의 목덜미에 쪽쪽 입을 맞추었다. 그러자 셰리가 달아오른 얼굴을 하고 그를 올려다보았다. 급작스러운 전희에도 불구하고 눈 아래 뺨이 복사꽃 색으로 발그레하게 물들어 있었다. 흥분기 어린 예쁜 표정에 토르가 참지 못하고 입을 맞추었다.

"읍, 음. 읍. 하아."

"아, 흑."

둘 다 이대로 욕실을 나가기는 어려운 상황이 왔음을 깨달았다. 그러자 셰리가 그에게 잡혀 있던 몸을 잠시 뒤로 물렸다. 곧이어 곧추선 그의 성기에 가까이 가져다 대며 물었다.

"너무, 깊게만 안 넣을 거면…… 할까?"

"침대로…… 갈까요?"

"응? 아니, 여기서."

순진하긴……. 셰리가 꺄르륵 웃었다. 손을 뻗어 어리둥절한 표정의 토르의 볼을 잠시간 어루만졌다.

"있잖아. 토르랑 마주 보게 나 들어 봐."

그렇게 셰리는 그의 허벅지 위에 안착했다. 마주 본 채로 제 가슴을 아래에서 살짝 받쳐 들어 그의 맨가슴에 가만히 문질렀다.

"아, 훗. 셰리 님……."

"쉬, 착하지. 허벅지 딱 붙여서 오므려 봐."

"윽, 크흡. 예……."

그녀의 유두가 제 몸에 문질러지는가 싶다가 부드러운 살이 뭉그러지면서 비벼졌다. 아득하고 아찔한 느낌에 토르가 부르르 몸을 떨었다. 떨림을 자제하느라 이를 악문 와중에도 토르는 고개를 끄덕였다. 그리고 근육으로 꽉 짜인 제 허벅지를 가지런히 모았다.

그 바람에 토르의 것은 수건을 뚫을 기세로 팽팽하게 솟았다. 잠시 고개를 갸웃거리며 견적을 재던 셰리가 수건을 들어냈다.

"앗, 저……."

"토르 정말 큰일이네. 모시는 아가씨 몸을 씻겨 주다가 이렇게 돼도 되는 거야?"

"아, 그게……."

토르의 목덜미가 달아올랐다. 다 들켰구나. 졸고 있는 그녀의 목욕 시중을 들어주는 척하면서 흑심을 채우려 했던 의도를 말이다. 그러자 방금 전까지 보였던 제법 능숙해진 모습은 온데간데없이 사라졌다. 다시 어수룩하고 무뚝뚝한 동정 호위 기사가 돌아와 있었다. 셰리의 입가에 진한 미소가 걸렸다.

'그래 봤자 이제 동정 벗어난 지 이틀째인 병아리야.'

워낙 보기 힘든 사이즈여서 제가 고전했을 뿐이다. 경험이나 노련함으로는 이쪽이 명백하게 우위였다.

살며시 그의 것을 붙잡았다. 투명하게 새어 나온 액체를 제 엄지에 묻혀 귀두의 빠끔거리는 구멍에 비벼보았다. 그러자 토르의 허리에 힘이 바짝 들어갔다. 여전히 셰리의 허리를 잡아 주고 있는 팔 덕분에 꽤 안정적으로 토르의 물건을 희롱할 수 있었다.

"흡, 읍!"

이어 이를 악무느라 잔뜩 힘이 들어간 단단한 남성적인 턱선에 그녀가 입을 맞추었다. 그리고 핏줄이 불거진 목을 따라 입술을 미끄러뜨려 그의 쇄골을 가볍게 물었다. 셰리가 제 엉덩이를 토르의 허벅지에서 떼어내며 일어섰다. 그러자 기대감으로 그가 꿀꺽 침을 삼켰다. 하지만 이어진 말에 멍한 표정을 했다.

"두 손으로 내 엉덩이 받치고, 토르 허벅지는 절대 벌리지 마. 깊게 다 넣으면 빼 버릴 거야."

"으, 으윽. 네, 네에."

토르가 두 손으로 포동포동한 그녀의 엉덩이를 살포시 받쳐 들었다. 확인한 셰리는 빳빳하게 서서 꺼덕거리는 그의 물건을 잡아 제 아래로 밀어 넣었다.

"아, 아흥……."

"큿, 으읏."

무사히 머리 부분이 삽입되었다. 씻느라 끼얹어진 물과 이미 상당 부분 흘러나온 셰리의 꿀 덕분이었다. 또다시 성욕으로 흐려진 탁한 토르의 눈동자를 마주 보며 그녀가 엉덩이를 더욱 아래로 내렸다. 기둥이 반 이상 삼켜졌다.

"큿!"

토르의 고개가 뒤로 넘어갔다. 그런데도 셰리의 엉덩이를 쥔 손에만 힘이 바짝 들어갈지언정 그녀의 말을 철석같이 지키고 있었다. 그런 모습이 귀여워 셰리가 그의 턱 끝에 입을 맞춰 주었다.

"하아, 아. 잘했어. 이제 엉덩이를 들었다 올렸다 해 봐. 절대 손 떼지 말고, 다리도 벌리지 마."

"……아, 흐아…… 예."

습기가 가득 찬 욕실에서 머리끝이 젖은 미청년이 흥분할 대로 흥분한 채 얼굴을 붉게 물들이고 있었다. 이 모습도 꽤 절경이라 셰리의 심장이 약하게 설레었다.

예전에 연무장에서 땀에 흠뻑 젖은 모습을 보고 느꼈던 건데, 토르는 물기 어린 모습이 훨씬 섹시했다. 새하얀 피부의 남자들과는 다르게 건강한 피부색에 떠오른 홍조는 또 다른 느낌이었다.

그래서 셰리는 그의 얼굴도, 몸도, 훌륭한 그 물건까지도 모두 좋아졌다. 거기에 그녀의 말이라면 일단은 충실히 지키려고 노력하는 순종적인 모습까지…….

흥분한 상태에서는 약간씩 어긋나긴 하는 모양이었지만 그 정도는 허용 범위였다. 그리고 종종 저를 잡아먹을 듯이 구는 모습도 꽤, 나쁘지 않았다.

셰리는 팔을 뻗어 이미 땀이 배어나온 그의 너른 등을 껴안았다. 스스로 엉덩이를 들었다 올렸다 하며 리듬을 맞추어 움직였다.

"아아, 큿, 아, 셰리 님, 셰리 님……."

"흐아앗, 아응. 다 안 넣어도, 너무…… 굵어."

이 자세로는 반보다 조금 더 들어왔을 뿐이었다. 하지만 굵기는 줄일 수 있는 것이 아니기에 여전히 내부를 무자비하게 밀고 들어오는 부피감만은 그대로였다. 어떻게 된 남자가 길이도 굵기도 완벽할 일인가. 대신 지나치게 민감한 몸을 지닌 탓에 기교는 좀 부족했다. 푹푹 쑤셔 넣는 것뿐이었지만 이 정도의 물건이라면 기술이 부족한 정도는 흠도 아니었다.

그녀가 맞춰 주는 박자에 더 흥분했는지 치받는 속도가 눈에 띄게 빨라졌다. 결국 토르의 어깨에 셰리가 얼굴을 묻었다. 이제 그녀가 움직이는 게 의미가 없을 정도였다. 그가 온몸을 움직여 셰리의 내부로 파고들었다.

"아흣, 흡, 셰리 님, 다, 다 넣고 싶어요……."

"……흐응, 안, 안 돼. 다 넣으면, 그만할 거야."

그저께와 어제도 그렇게 시달렸는데 오늘 아침까지 저 커다란 것을 전부 다 넣으면 몸살이 날지도 모른다. 딱 붙여 오므린 허벅지와 그녀의 엉덩이 밑에 받쳐진 제 손 때문에 토르는 온전히 다 들어가지 못했다. 감질나는 상황에 그의 입이 바짝바짝 말라 왔다.

어제처럼, 더, 더 깊숙하게……. 아가씨의 가장 깊고 내밀한 곳에 파고들고 싶었다. 토르는 죽을힘을 다해 제 분신과 본능의 강력한 항의를 뿌리쳤다. 대신 최대한의 쾌락을 얻어 보려는 움직임은 급격한 추삽질로 나타났다.

"으아앗, 아응, 너, 너무 빨라. 하앗."

더 이상 그녀의 말이 들리지도 않는 듯했다. 쉬지 않고 셰리의 내부로 돌진해 대는 토르 때문에 그녀의 등줄기가 금세 쾌감으로 빳빳하게 굳었다. 그리하여 셰리가 토르의 어깨에 이를 박아 넣으며 절정에 다다른 순간, 그도 파정하고 말았다.

"크, 크으……. 흐아."

끝끝내 저를 깊게 넣어 주지 않았다고 불만을 표하듯 토르의 것이 꿀렁거렸다. 그러면서 내부로 쏘아 올려지는 따뜻한 액체의 감각은 셰리에게까지 느껴졌다. 셰리는 한참 느긋하게 그 여운을 만끽했다. 그리고 토르의 어깨에서 입을 떼며 질책했다.

"아, 하으…… 또 씻어야, 하잖아. 바보."

"……죄송합니다."

"……."

토르의 눈동자 위에 여전히 가시지 않은 열기가 아른거렸다. 입으로는 죄송하다고 말하면서 전혀 그래 보이지 않았다. 셰리가 뜨끔한 얼굴로 시선을 피했다. 이 이상 자극하면 안 될 것 같은데?

그녀는 절정의 순간에 세게 깨물어서 잇자국이 나 버린 그의 어깨를 두어 번 쓰다듬었다. 그리고 재빨리 몸을 일으켰다.

"아……."

하지만 그 바람에 토르는 목격하고 말았다. 아직도 바들바들 떨리는 그녀의 허벅지를 타고 적나라하게 흘러내리는 제 흔적들이 눈앞에 있었다. 노골적인 욕망의 결과물을 마주한 토르의 얼굴이 흥분 반, 수치심 반으로 물들었다.

VII. 호위 기사의 덕목

어느덧 해가 뉘엿뉘엿 넘어가는 시간이었다. 아무런 문양도 달지 않은 마차가 외따로 난 길을 따라 도심지를 향해 달려갔다.

마부석에 앉은 청년은 눈이 휘둥그레질 만한 미남이었다. 그것만 제외하면 마차를 끄는 말도, 마차도 평범하기 그지없었다. 그리고 그 안에는 단출한 원피스를 입은 여자가 앉아 있었다. 중지에 끼워진 반지를 빙빙 돌리면서.

'결국 나오긴 했는데……. 이거 잘한 일일까.'

셰리가 생각에 잠겼다. 이틀 내내 이어진 격한 정사로 지친 몸은 어느 정도 회복된 상태였다. 하지만 그렇다고 해서 함께 야시장 구경을 하고 싶어 하는 토르의 말을 들어줄 필요가 있었을까. 뒤늦게 고민되었다.

'제가 아까 우연히, 정말 우연히 들었는데 말입니다. 오늘 시장 거리에 야시장이 선다고……. 혹시 함께 가 주실 수 없습니까?'

'응? 나도 마음 같아서는 가고 싶은데, 마차가 아니면 별장에서 도심까지 갈 수 있는 거리가 아니야. 마부는 아까 퇴근했잖아.'

'제가 미욱하게나마 마차를 좀 몰 줄 압니다. 그래도…… 안 되겠습니까?'

또 그놈의 애절한 눈빛과 얼굴에 져주고 말았다. 셰리는 눈으로 바깥의 토르가 등을 대고 앉아 있을 만한 위치를 그리듯 훑었다. 보통의 마부들보다 한 뼘쯤 키가 크고 어깨가 넓으니 저기쯤이려나.

"……"

그래도 토르는 여태 하룻밤 정도로 그쳤던 다른 남자들과는 달랐다. 큰 욕심이 없는 타입이었다. 곧 약혼자를 들일 것이라는 말을 듣고도 고분고분 하게 받아들였다. 게다가 제게 잠자리 이상의 무언가를 바라거나 장래를 보 장해 주기를 바라는 눈치도 아닌 것 같았다.

'그렇다고 딱히 고백을 하려는 것 같지도 않고.'

아직 그는 지난날의 애절한 사랑고백을 셰리가 들은 줄 모르고 있을 테다. 하지만 그 이후로는 고백 비스무리한 어떤 것도 내비치지 않았다. 그저 관계 이후로 셰리의 손길을 보다 자연스럽게 받아들이고 있을 뿐이었다. 결코 무 리하게 먼저 선을 넘지도 않았다.

그런데, 그런데도…… 종종 보이는 진득한 눈빛들이 묘하게 마음에 걸렸다.

이런 식으로 곁에 오래 둔 남자는 토르가 처음이었다. 약혼자였던 에드 윈 공자와는 남녀 관계라기보다 소꿉친구에 가까웠으니까. 마지막 날만 제 외하면 말이다. 셰리는 문득 떠오른 기억에 이마를 찌푸렸다. 그러고 보니 그날 밤 공자가 침대에서 보였던 눈빛도……. 아니, 이미 다 끝난 일이다.

'차라리 한스가 좀 능글맞긴 해도 그런 쪽으로는 칼 같았는데.'

한스는 그녀가 에드윈을 잊고 밤을 즐길 수 있도록 도와준 착실한 조력자 였다. 그리고 비밀스러운 조력자일 때와 아닐 때의 경계가 확실했다. 마치 다른 사람이라도 된 듯 약간 허물없는 아가씨와 호위 기사 정도의 거리가 늘 유지되었다. 종종 셰리를 어린 누이를 대하듯 안쓰러워하는 기색은 있었 으나 거기까지였다.

그래서 토르가 머뭇거리며 부탁을 했을 때 셰리의 마음속에 조금 경계심이 움트고 말았다. 겨우 이틀 잠자리를 했다고 해서 제게 특별한 사람이 되길 원하는 것인가 싶어서 말이다.

'만약 조금이라도 그런 기색을 보이기라도 하면……'

마치 토르가 눈앞에 있기라도 한 것처럼 셰리의 눈이 샐쭉하게 접혔다.

셰리는 그의 외모도, 올바른 성정도 모두 어여삐 여기고 있었다. 하지만 만약 그가 필요 이상으로 선을 넘으려 한다면 언제든지 쳐낼 각오도 했다. 그러니 이건 실은 그를 시험해 보기 위한 일이다. 토르의 제안에 순순히 고개를 끄덕인 것도 그래서인 거다. 셰리가 팔짱을 더 단단하게 끼었다.

'이까짓 시장 구경이 뭐가 그렇게 좋다고. 바보처럼……'

그녀가 어떠한 생각을 하고 있는지도 모르고 말이다. 뛸 듯이 기뻐하며 나들이를 준비하던 토르의 모습이 생각나 짠한 마음이 들었다. 그러나 셰리는 그에 대한 경계를 여전히 거두지 못했다.

길게 생각해 볼 것도 없는 일이다. 이번 칸토 출장 내내 지켜보고 주제 넘는 욕심을 내비친다면 그대로 잘라내면 된다. 그렇게 마음먹었으면서도 셰리의 마음 한편에는 약간의 불편함이 자리 잡았다.

'그런데 내가 왜 이렇게까지 신경 써야 하는 거야?'

이 불편함이 어디서 비롯된 것인지는 셰리 스스로도 알지 못했다. 평생을 함께하기로 했던 혼약도 이해관계가 달라지면 하루아침에 손바닥 뒤집듯이 깰 수 있는 것이 귀족의 삶이었다. 하물며 더 불확실하고 추상적인 한때의 연애 감정이야 말할 것도 없다. 그리고 그녀는 단순한 귀족 영애가 아닌 만큼 그런 비합리적인 감정에 휘둘려서는 더더욱 안 되는 몸이었다.

머리로는 알고 있는데…… 지난 2년간 단 한 번도 잊은 적이 없는데. 토르의 눈빛과 태도가 지나치게 달아서 조금 감상적이 된 모양이다.

'셰리 님은 나이에 비해 좀 복잡하게 생각하시는 경향이 있으시더군요. 제가 아가씨라면 그렇게 어렵게 안 살 겁니다.'

'……한스 경이 너무 쉽게 사는 건 아니고?'

'크음! 제가 이래봬도 나름의 규칙이 있어서……. 아무튼, 흠! 셰리 님이라면 한두 번쯤은 순간의 감정에 휩쓸리더라도 괜찮지 않습니까.'

'왜?'

그때 그녀의 물음에 한스가 뭐라고 답했더라. 기억을 떠올리느라 셰리는 고운 눈매를 조금 찌푸렸다.

그래, 그녀에겐 먼저 바로잡을 수 있는 충분한 권력이 있으니 너무 앞서서 걱정하지 말라며 덧붙였던 것 같기도 하다.

"도착했습니다. ……셰리 님."

셰리의 눈앞으로 커다란 손이 불쑥 내밀어졌다. 생각에 빠져 있느라 마차가 멈춘 것도 몰랐다. 그녀의 시선이 커다란 손과 뼈대가 굵은 손목을 타고 토르의 얼굴로 향했다. 그러고는 그를 물끄러미 바라보았다.

'아.'

어쩐지 셰리는 여태까지 했던 모든 고민과 의심, 경계심이 흩어지는 기분에 속으로 한숨을 삼켰다.

은애해 마지않는 첫사랑과의 데이트에 대한 기대를 감추지 못하는 들뜬 표정이 고스란히 드러난 얼굴이었다. 그래, 저 얼굴이 문제였다. 그저 좋아 죽겠다는 눈빛을 숨길 생각조차 없는 토르의 얼굴이 지나치게 잘생긴 탓이었다.

* * *

반지 아티팩트 덕에 이번에도 셰리는 얼굴을 드러낸 채였다. 토르와 야시장을 구경하던 그녀는 그들이 지나갈 때마다 쏟아지는 시선을 고스란히 느꼈다.

"그러니까 내가 어제 저녁에……어, 어어."

"와, 와아."

"봤어? 방금 봤어?"

분명히 거리는 많은 사람들로 북적거렸다. 그런데도 셰리와 토르가 지나가면 다들 말을 잃은 채 길을 비켜 주었다. 게다가 그들의 뒷모습을 약속이나 한 듯이 뚫어져라 응시했다. 주로 그 시선들이 여성들의 것이었다는 점에서 두말할 것 없이 토르 때문임을 알 수 있었다. 그리고 셰리의 뒤로는 의문 어린 눈길이 따라붙었다.

저렇게 잘생긴 미남이 왜 평범한 여자랑? 이런 뜻임은 굳이 말로 듣지 않아도 알 것 같았다. 물론 그런 눈총에 굴할 셰리가 아니었다. 그래서 그녀는 보란 듯이 토르의 팔에 제 팔을 다정하게 끼워 넣었다.

"아……?"

"가만히 있어."

"……예."

모두들 경악하는 와중, 토르는 그저 순수하게 기뻐했다. 아무래도 자신의 미모를 향한 시선에는 다소 둔한 모양이다. 그게 아니면 남들을 의식하지 못할 만큼 셰리에게만 집중하고 있거나.

"하지만 셰, 아니, 해리스 님. 이러면 호위를 하기가 어렵습니다."

"괜찮아. 여기 치안은 황도보다도 좋으니까. 지금껏 여기서 소매치기 하나라도 본 적 있어?"

"아……."

무역이 발달한 신흥 항구 도시답게 야시장이 섰다. 하지만 치안에 많은 힘을 기울여서인지 외부인이 많음에도 불구하고 소매치기로 인한 작은 소란도 없는 듯했다. 밤에도 이 정도의 치안을 유지할 수 있다면 크게 걱정할 일이 없을 터였다.

"칸토 지방은 내가 어릴 때부터 관여해 와서 잘 알지."

셰리가 자신만만하게 가슴을 펴고 우쭐댔다. 그 모습에 토르의 얼굴에는 한층 더 짙은 그늘이 드리웠다. 이렇게 남다른 아가씨의 면모를 알아갈 때마다 자랑스러우면서도 씁쓸했다. 자신과는 전혀 다른 세계의 사람인 것만 같아서. 두 사람은 같은 풍경을 보면서도 서로 다른 생각을 했다.

"자, 여기야. 오늘은 여기서 먹고 가자."

"예."

셰리가 그를 이끌고 한 식당으로 들어섰다. 한스라면 너무 서민적인 곳이라고 말렸을 법한 가게였다. 밀려드는 손님을 맞으며 분주하던 주인장이 그들을 반겼다. 그리고 뜬금없이 맞닥뜨린 미청년의 외모에 홀려 버렸다.

"아이고, 어서 오십…… 으응?"

"두 사람이 앉을 만한 자리가 있나?"

그 바람에 그는 셰리의 자연스럽게 하대하는 말투도 눈치채지 못했다. 과연 중년의 남자마저도 보는 순간 움찔할 정도의 미모였다. 토르가 안내받은 자리로 향하며 홀을 가로질렀다. 그러자 찬물이라도 끼얹은 듯이 왁자지껄했던 공간이 조용해졌다. 이번에는 토르도 분위기를 알아챈 듯했다.

'하긴 그냥 잘생긴 것도 아니고 토르만큼 귀티 흐르는 미인은 여기서 보기 힘들 테니까.'

이제 셰리는 그런 반응 하나하나에 놀라지 않았다. 하지만 남다른 미모를 감안하더라도 이건 좀 과하지 않나. 마치 사람이 아닌 존재를 보는 것처럼 놀라워하니 말이다. 그제야 머쓱해졌는지 토르가 뒷머리를 긁적였다.

"아직 제국 바깥 어딘가에는 엘프가 있다고 믿는 사람들이 있어서 가끔 이런 일이 있습니다. 죄송합니다."

"……그러게, 여긴 제국 사람들보다 외지인이 더 많은 것 같으니."

셰리가 어깨를 으쓱였다. 그런 이유도 있었나, 내심 생각하며.

마도시대가 끝나고 엘프나 드래곤 같은 이종족이 사라진 지 몇백 년이 지났다. 그녀의 어머니 쪽 혈통인 성녀도 마찬가지고. 그러나 아직도 사람들은 청록빛 머리카락을 보면 고대 엘프를 떠올리곤 했으니까. 셰리의 시선이 토르의 머리로 향했다. 그는 뒷덜미를 덮은 제 청록빛 머리칼을 만지작거리고 있었다.

'하긴 나도 처음에 봤을 땐 엘프 같다고 생각했었지.'

토르는 지나친 관심이 불편했던 모양이다. 일부러 안내받은 자리를 지나쳐 구석에 자리 잡았다. 사실 청록빛의 머리카락보다는 정말 엘프가 현신했다고 믿을 만한 외모 탓일 가능성이 더 컸다. 하지만 셰리는 굳이 그것을 지적하지는 않았다.

"무, 무엇을 주문하시겠어요?"

또래로 보이는 여종업원이 토르를 향해 얼굴을 붉혔다. 그런 그녀의 눈빛에 셰리는 조금 삐딱한 마음이 들었다. 그래서 일부러 매력적으로 보이는 미소를 지으며 대신 나섰다. 갑작스레 들리는 청아한 목소리에 종업원이 그녀를 돌아보았다. 그곳엔 여태 있는 줄도 몰랐던 갈색 머리의 평범한 소녀가 미소를 짓고 있었다.

"여기서 가장 잘하는 음식이 무엇이지?"

"어, 아…… 그, 닭고기에 특제 소스를 절인 조림이랑 매콤한 야채 스튜가 제일……."

"그럼 그 두 개로 부탁할게."

셰리가 싱긋 웃으며 말을 잘랐다. 그러자 다소 얼빠진 표정을 짓던 종업원이 고개를 끄덕이며 주방으로 도망치듯 달아났다. 토르는 그녀의 얼굴에서 미미한 홍조를 발견하고 한숨을 내쉬었다.

"셰, 아니, 해리스 님. 밖에서 그렇게 웃으시면……."

"왜, 난 토르처럼 엘프 같은 모습도 아닌걸."

비록 크게 눈에 띄지 않는 외양이었지만 셰리에겐 본디 타고난 자신감에서 나오는 당당한 미소와 행동이 있었다. 그게 그녀를 매력적으로 보이게 한다는 것을 모르는 모양이었다. 지금 여기서도 그녀가 눈매를 사르르 접어 웃을 때마다 제게 쏠리던 시선들이 셰리에게로 다시 옮겨 가고 있었으니까.

이 광경을 뭐라고 설명해 주기 어려워 토르는 입술만 달싹거렸다. 그러나 이내 든 생각에 입을 꾹 다물고 말았다.

'이러니 본모습이신 상태에선 모두가……'

시선을 빼앗긴다는 사실을 굳이 언급하기엔 입이 아플 지경이었다. 저도 처음 뵈었던 당시 열네 살에 불과했던 그녀의 모습에 모조리 시선을 빼앗겼을 정도니까.

누가 후작 부군이 되든 간에 그녀를 사랑하지 않고는 배기지 못할 것이란 생각이 들어 다시 토르의 심장이 아프게 죄어들었다. 그녀와의 밤을 아예 몰랐다면 모를까, 함께 보내는 은밀한 시간들이 얼마나 황홀한지 알아 버렸다. 그런 제가 순순히 마음을 접을 수 있을까.

'아니. 아마 안 되겠지.'

하루, 아니 그녀와 함께 하는 매 시간마다 아가씨에 대한 마음이 깊어져만 간다. 제가 에드윈 공자였다면 절대 파혼같은 어리석은 결정을 하지 않았을 텐데……. 태어나서 어느 누구도 부러워해 본 적 없었는데 겨우 스치듯 몇 번 본 에드윈 공자가 지독하게 부러웠다.

날 때부터 당연하게 주어졌던 그녀의 혼약자라는 지위가 얼마나 소중한지 모르는 자였다. 제게 그런 기회가 단 한 번이라도 주어졌다면 절대, 무슨 일이 있어도 셰리 님을 놓치지 않았을 것이다. 토르의 꽉 쥔 주먹이 바르르 떨렸다.

"여, 여기! 닭고기 특제 조림과 매콤야채 스튜 나왔습니다!"

다른 손님이 먼저 주문한 요리를 새치기한 게 아닐까 싶을 정도로 빠르게 요리가 나왔다. 이번에 서빙 온 종업원은 또 다른 여성이었다. 그녀는 마치 거칠게 몸싸움이라도 하고 온 것처럼 숨을 학학 몰아쉬었다. 뭘 위해서 쟁탈전을 벌였는지 알만 했다. 셰리가 한숨을 내뱉었다.

"고마워. 그리고 이건 팁이야."

"가, 감사합니다. 그리고 두 분은…… 어, 음. 앗!"

종업원은 셰리와 토르의 얼굴을 번갈아 보며 우물쭈물했다. 그러다가 토르와 눈이 마주치자 얼굴을 새빨갛게 물들인 채 줄행랑을 쳐 버렸다. 셰리는 테이블에 턱을 괴고 짓궂은 얼굴로 입을 열었다.

"흐응, 토르. 인기 많네?"

"……저들은 제 외양에만 혹했을 뿐입니다."

토르의 입에서 다소 불퉁한 언사가 튀어나왔다. 토르 정도의 외모라면 어려서부터 여자들의 무수한 눈길을 받아 보았을 텐데. 예쁘고 잘생기면 좋은 것 아닌가? 셰리가 갸우뚱 고개를 기울였다.

"나도 토르 외모 좋아하는데?"

"……아, 아. 그건…….."

그녀가 덧붙이는 말에 토르의 얼굴에서 뚱한 표정이 사라졌다. 순식간에 볼이 붉게 물들었다. 그가 손으로 입을 가린 채 고개를 숙였다.

제게 외모 칭찬을 하거나 좋아한다고 고백해 오는 여자들이 꽤 있었다. 하지만 그때마다 곤란함 이상의 감정은 한 번도 느껴 본 적 없었다. 그랬건만, 셰리가 툭 던지는 말은 언제나 제 마음에 커다란 파문을 일으켰다.

'나도 토르…… 좋아하는데?'

제 외모를 칭찬한 것이지 어떠한 연인 같은 감정을 느껴서 좋아한다고 말한 건 아니었다. 그도 잘 알았다. 하지만 이미 그녀의 말을 곱씹어 보는 토르의 심장은 두근두근 뛰었다. 그래서 닭고기 조림을 집어 그의 입가에 가져다 대 주는 셰리의 행동에도 차마 입을 가린 손을 떼지 못했다. 손을 떼면 그대로 입 밖으로 심장이 튀어나올 것만 같았다.

"자, 아-해."

"읏?"

셰리는 토르의 부끄러움이 가실 때까지 기다렸다. 그리고 싱긋 웃으며 그의 입에 기어이 넣어 주었다. 저 너머에서 그들을 지켜보고 있던 손님들과 종업원들을 향해 다소 도발적인 눈빛으로 고개를 까딱이는 것도 잊지 않았다. 감히 내 것을 탐내지 말라는 뜻을 담아서.

그렇게 그들이 식사를 막 시작했을 무렵, 커다란 술잔 두 개가 그들의 테이블 위로 올라왔다. 고개를 들어보니 잔뜩 상기된 얼굴의 주인장이 호기롭게 술잔을 가리키고 있었다. 식당 주인은 기분이 아주 좋아보였다.

"하핫! 손님. 이것도 함께 드셔 보시지요."

홀을 꽉꽉 채운 손님으로 모자라, 저 일행을 더 오래 보겠다고 다 먹은 손님들까지 추가 주문을 계속해서 넣은 덕에 매상이 훌쩍 올랐기 때문이다. 셰리가 경계하며 물었다.

"술은 시킨 적이 없는데?"

"이건 저희 가게가 손수 담근 특제 술인데, 돈은 받지 않겠습니다! 꼭 드셔주시면 좋겠습니다."

"우린 오늘 여기 술을 마시러 온 게 아니야."

셰리가 앞에 놓인 술잔을 슥 밀어냈다. 그러자 주인이 울 듯이 매달렸다. 그는 오늘 같은 기회를 이대로 놓칠 수 없었다. 이 두 사람이 맛있게만 마셔 준다면 연계 판매를 노릴 수 있다. 이미 직원들을 시켜 창고에서 술통을 잔뜩 꺼내 두었단 말이다.

"제가 장담합니다. 이건 여기가 아니면 어디서도 맛보실 수 없으실 겁니다! 무려 백 년 전에 칸토 자작님께서도 즐기신 바로 그 술이란 말입니다."

"그분께서도? 좋아. 한 번 마셔 보도록 하지."

주인장의 애원에 술잔을 한 모금 들이켠 셰리의 눈이 동그랗게 커졌다. 곧장 토르에게도 한번 마셔 보도록 권유했다.

값비싼 양주나 와인에 비할 바는 아니었다. 하지만 흔하디흔한 곡물주에서 느껴지는 텁텁함이 상당수 제거되어 깔끔한 뒷맛이 생각 이상이었기 때문이다. 의아한 표정이었던 토르의 입에서도 오, 하는 탄성이 터져 나왔다.

"이렇게 목 넘김이 부드러운 곡물주는 드물 텐데요."

그녀의 생각과 일치하는 의견이었다. 셰리가 손을 번쩍 들고 더 많은 술을 요구한 것은 당연했다. 안 그래도 요즘 보다 대중적이면서도 조잡하지 않은 주종의 개발에 관심이 있던 차였다. 그런데 '칸토'의 이름과 역사를 모두 부각시킬 수 있는 술이라니!

"오! 향이나 뒷맛도 제법······."

"자, 잠시만요. 그렇게 한 번에 드시면 안 됩니다."

"괜찮아. 겨우 곡물주잖아. 토르도 마셔보고 어떤지 말 좀 해 봐."

토르의 제지에도 결국 셰리는 과하게 마셔 버리고 말았다. 어느새 알싸하게 취기가 도는 걸 느꼈을 땐 이미 늦은 상태였다. 귀가해야겠다는 생각에 일어나던 그녀의 무릎이 앞으로 꺾였다.

"앗, 셰리 님."

"으, 으음. 해리스라고 부르라니까아."

그 와중에도 서둘러 부축한 토르를 질책했다. 토르는 크게 한숨을 내쉬었다. 그녀의 눈가가 발개진 것이 꽤 취한 것이 틀림없었다. 셰리를 부축한 채로 토르가 가게를 나서며 계산대로 다가갔다.

"술까지 전부 얼마지?"

"아이고, 아닙니다! 아니에요! 계산은 무슨. 제가 오히려 드려야 할······. 흠, 흠흠. 아무튼 다음에도 꼭, 꼬옥! 와 주시면 그걸로 됩니다."

"······."

주인이 거듭 손사래를 치며 토르의 손을 부여잡았다. 토르는 부담스러운 눈빛과 접촉에 그의 손을 떨쳐냈다. 그리고 재빨리 식당을 빠져나왔다.

"후우. 셰, 아니, 해리스 님."

"우웅······."

토르가 그녀를 고쳐 안다가 한 손으로 이마를 짚었다. 갑자기 술기운이 핑 도는 느낌이 들었다. 이런, 저도 꽤 취한 모양이다. 이대로는 마차를 몰기에 위험한데. 토르가 급하게 주변을 두리번거렸다.

제법 멀끔해 보이는 숙소 하나가 있었다. 그렇게 하룻밤 지내고 가기로 결정한 토르에게 숙박업소 직원이 의례적인 질문을 던졌다.

"두 분이 같이 묵으실 거죠? 2층 세 번째 갈색 문고리 방으로 가시면 됩니다."

"아……. 그러지."

이미 그들을 연인으로 단정한 듯했다. 토르는 잠시 망설였다. 그러나 끝내 방 두 개로 내어 달라고 정정하지 않았다. 자신도 술기운에 머리가 어떻게 되어 버린 걸지도 모르겠다.

당연하게 그들을 연인으로 취급하는 시선과 대접들을 부정할 수 없었다. 아니, 하고 싶지 않았다. 다시 후작성으로 돌아가면 당분간 언감생심 꿈도 꾸지 못할 일들이다. 그러니 조금만, 조금만 더…… 이렇게 소중한 순간들을 욕심내어도 되는 거겠지?

"흐응."

그때, 품 안에 안긴 셰리가 바르작거렸다. 그녀를 바라보는 토르의 눈빛이 짙어졌다. 그 안에는 그동안 결코 그녀에게 드러내지 못했던 일말의 소유욕이 일렁거렸다.

* * *

"으음. 무, 무울……."

"아, 천천히. 천천히. 제가 잡아 드리겠습니다."

타는 듯한 갈증을 느끼고 셰리의 손이 허공을 휘저었다. 그리고 누군가에 의해 부드럽게 잡혀 내려갔다. 셰리는 입가에 잔을 가져다대는 팔에 매달려 꼴깍꼴깍 물을 받아마셨다. 단단한 팔과 몸을 가진 누군가가 그녀의 상체를 부드럽게 일으켜 등을 받쳐 주고 있었다.

"앗?"

그제야 알아채고 퍼뜩 놀란 셰리가 급하게 눈꺼풀을 들어올렸다. 정신없이 제 갈증이 해소되어 가는 감각에만 집중하다 보니 눈치채지 못했다. 누군지도 모를 이의 손을 간절하게 잡고 있었다는 걸 너무 늦게 깨달았다. 그런 그녀의 시야에 요 며칠 가장 익숙해진 형체가 들어왔다.

눈이 어둠에 익숙해지기를 기다려 몇 번 깜박였다. 그러자 걱정스러운 표정으로 미간을 좁힌 채 저와 눈을 마주하는 미청년이 어슴푸레 보였다.

"토르?"

"정신이 드십니까? 혹시 어디가 불편하시다거나……."

토르는 먼저 셰리가 충분히 목을 적신 것을 확인하고 물 잔을 협탁에 올려놓았다. 뒤이어 커다란 손으로 그녀의 이마를 짚었다. 차가운 컵 표면을 만지던 손이라 그런지 평소와는 달리 시원한 감각이었다. 그게 마음에 들어 셰리의 눈이 느릿하게 다시 감겼다.

"여기, 어디야?"

"죄송합니다. 술에 취한 상태로 귀가하기에는 위험할 것 같아 근처의 여관을 이용했습니다."

토르는 이마를 짚은 손을 슬그머니 치우려 했다. 하지만 셰리가 그의 손목을 더듬어 잡아당겼다. 그러고는 토르의 손에 제 뺨을 묻으며 입을 달싹였다. 토르가 한쪽 눈을 찡그렸다. 그녀가 내뱉는 숨결이 예민한 손바닥에 고스란히 와 닿았다.

"옆에서 잤어? 그렇게 안 봤는데 응큼한 구석이 있네."

"앗! 아, 아닙니다. 저는 바닥에서……."

토르가 잔뜩 당황한 기색으로 고개를 내저었다. 안절부절못하는 것을 보아하니 거짓말은 아닌 듯했다. 하긴 잠자리 몇 번 했다고 해서 그 고지식한 면모가 어디 갈 리가 있나. 바로 얼마 전까지만 해도 토르의 그런 점을 못마땅해했는데. 셰리가 피식, 웃음을 흘렸다.

"왜 바닥에서 자고 있어. 침대도 넓은데."

"제가 감히, 허락도 없이 셰리 님의 곁에 누울 수는…… 게다가, 아, 아닙니다."

토르가 수상했다. 그녀에게 잡힌 손목을 빼며 계속 몸을 뒤로 물리려 애썼다. 셰리는 더 단단하게 그의 팔을 붙잡았다. 그리고 얼굴을 가까이 가져다 대었다. 어두워서 그런가 여전히 잘 보이지 않았다. 하지만 그간의 경험으로 토르의 얼굴이 붉어졌으리라는 것을 쉽게 예상할 수 있었다.

"혹시 내가 덮치기라도 했어?"

"그건, 아니지만. 계속 입을 맞추시려고……."

"아, 역시."

이미 여러 번인 전적에 셰리는 드디어 제 술버릇을 인정하기로 했다. 인사불성으로 취하면 곁에 있는 남자를 건드리는 타입이었나 보다. 앞으로는 어딜 가든 취할 정도로 마시는 것은 자제해야 할 듯싶었다.

"그래서 차가운 바닥에서 잔 거야?"

"……."

마신 술이 아직 깨지 않은 탓인지 셰리는 다소 흐트러진 모습이었다. 거리도 너무 가까웠다. 금방이라도 제 품 안에 가둘 수 있을 만큼. 토르는 목이 바짝 말라 왔다. 아까부터 그런 그녀를 코앞에서 보고도 계속 인내해야 했다. 그에게 매달려 몸을 비비며 안겨드는 아가씨를 그때마다 억지로 떼어 냈다. 제 심정이 얼마나 지옥 같았을지 알고는 계실까.

심지어 아까 입 맞추려는 셰리의 입술 사이로 급하게 손을 끼워 넣어 막지 않았다면…… 취중의 느슨해진 자제심을 핑계 삼아 어떤 일이 벌어졌을지 말하지 않아도 뻔했다.

이젠 그녀와의 작은 접촉만으로도 제 분신은 기대감에 부풀어 충동질했다. 그 부추김을 참아 내는 고통조차 익숙해질 지경이었다. 곁에 있는 이에게 엉겨붙는 것이 셰리 님의 잠버릇인지 술버릇인지는 모르겠다. 토르는 주먹을 꽉 쥐었다.

'그래도, 아무리 그래도 이런 식은 싫다.'

맑고 강한 시선으로 제 눈을 마주하고, 저 작고 예쁜 입술을 열어 확실하게 제 이름을 발음하며 원해 주는 아가씨를 알아 버렸다. 또렷하게 제 존재를 인지하고 자신이 필요하다고 부딪혀 오는 셰리 님을 겪은 이상 '누구여도 상관없는 존재'가 되는 것이 끔찍하게 싫었다.

언감생심 마음까지 바라지는 않는다. 지금처럼 제 몸만 원하신다고 해도 좋았다. 그러니까, 그런 몸뿐인 관계라도 아가씨에게 쓸모 있는 존재가 되고 싶었다. 이왕이면 유일한, 그런 존재. 제가 아니면 안 되는…….

'……그만.'

거기까지 생각한 토르의 얼굴이 지금까지와는 비교할 수 없을 정도로 새빨갛게 달아올랐다. 그를 빤히 다 지켜보고 있던 셰리조차 알 수 있을 만큼 급격한 변화였다.

"응?"

"새벽이 되면 바로 출발하겠습니다. 조금 더 주무십시오."

토르가 그녀의 손힘이 느슨해진 틈을 타 재빨리 침대 아래로 내려갔다. 그러고는 셰리에게 등을 돌려 무릎을 세운 채 그 사이로 붉어진 제 얼굴을 처박았다.

"토르?"

"……죄송합니다."

도대체 무슨 생각을 했길래 얼굴이 갑자기 빨개졌을까. 그래도 단 하나, 그녀가 넉넉히 예상하고도 남을 만한 것은…… 그 상상이 꽤 불순했을 것이라는 사실이었다. 셰리의 시선이 토르의 등으로 옮겨 갔다. 얇은 셔츠 하나만 걸친 널찍한 등이 바르르 떨리고 있었다. 셰리의 손가락이 등줄기를 따라 천천히 훑어 올라갔다.

"훗."

억눌린 신음을 참는 듯한 소리가 났다. 그리고 등 근육에 팽팽하게 힘이 들어간 게 느껴졌다. 이제는 파들파들 떨리기 시작하는 가여운 움직임을 무시하고 올라간 손가락이 목선을 가볍게 스쳤다. 조금 더 올라가 보들보들한 머리카락 사이를 파고들었다. 토르가 어깨를 크게 떨었다.

"여길 봐. 왜 그래, 갑자기. 뭔가 해서는 안 될 생각이라도 했나 보네."

"읏…… . 그게 아니라."

늘 보던 결 좋은 머리칼은 그대로였다. 하지만 자세히 보니 옆머리가 눌려 있었다. 바닥에 앉은 채로 머리를 기대 잠든 흔적이었다. 셰리는 풋, 하고 작게 웃음을 터뜨렸다.

'주인 기다리는 강아지야, 뭐야.'

정말로 제 허락 없이는 함부로 굴지 않는 충직한 호위구나. 저 커다란 덩치로 얌전히 제 옆을 지키며 잠들었을 모습을 생각하니 그가 참을 수 없이 귀엽게 느껴졌다. 토르에게 귀엽다는 감정을 느낀 것이 벌써 몇 번째인지…… .

동그랗고 예쁜 뒷머리를 비껴 나가 눌린 옆머리를 거쳐 뜨거워진 그의 귀에 손이 닿았다. 토르의 어깨가 한 번 더 움찔 튀었다. 셰리는 푹 숙이고 있던 고개를 자신 쪽으로 돌렸다. 그러자 손으로 제 얼굴을 반이나 가린 토르가 곁눈질로 눈을 마주쳐 왔다.

"셰리 님? 왜…… ."

순진하게 빛나는 눈동자 사이에서 슬그머니 피어오르기 시작한 정염을 발견했다. 그녀의 얼굴에 어느새 만족스러운 미소가 걸렸다.

"올라와도 좋아, 토르. 내가 허락할게."

"…… ."

"착하게 굴었으니까 상을 받아야 하지 않겠어?"

다시 귓바퀴를 만지작거리던 셰리의 손이 토르의 턱선으로 옮겨 갔다. 그리고 그녀에게로 완전히 방향을 틀게 했다. 홀린 듯이 셰리의 얼굴만 바라보고 있던 그의 턱이 힘없이 끌려왔다. 두 사람의 눈이 정면에서 마주쳤다.

"상……?"

"그래, 상. 토르도 받고 싶지?"

셰리가 먼저 허락하듯 고개를 끄덕이자 토르도 그에 응하듯 작게 고갯짓

했다. 그 모습에 셰리는 한층 짙어진 웃음을 입가에 걸었다. 그리고 몸을 일으켜 그의 입에 제 입술을 포개었다.

* * *

"으응, 응, 응. 하아, 앗."

"윽, 웃."

정신없이 몸이 흔들렸다. 익숙한 듯 익숙하지 않은 거대한 이질감이 제 아래에서 느껴졌다. 그 바람에 잠시 물러났던 술기운이 다시 몰려오는 것 같았다. 셰리가 흐려지려는 정신을 차리려 애를 썼다. 눈을 깜박거리며 겨우 초점을 잡아 가는 그녀의 눈꺼풀 위로 토르가 연신 입을 맞췄다. 그에게서 거친 숨소리가 섞인 목소리가 터져 나왔다.

"아, 흣. 죄송, 합니다. 도저히 참을, 수가, 없어서."

"……자, 잠깐. 잠깐만, 흐앗, 멈춰 봐."

셰리가 그녀 위에 올라와 있는 거대한 상체를 두드렸다. 토르의 움직임이 점차 잦아지더니 잠시 멈추었다.

"처음에는, 웃, 천천히 하라고, 했잖아."

그저 가만히 멈춰 있는 것도 참기 힘든 듯 토르의 미간이 형편없이 일그러졌다. 그의 이마에서 진득하게 땀이 배어나왔다. 고개를 숙이자 셰리의 얼굴로 몇 방울인가가 떨어져 내렸다.

"아, 그게 참기가, 어려워서……큭."

토르는 계속해서 허리 짓을 하고 싶은지 꿈틀꿈틀 움직였다. 허리에 다리를 감아 옴짝달싹 못 하게 만든 셰리가 그의 볼을 꼬집었다.

"기사가 되어 갖고 이 정도도 못 참아?"

"아, 크윽, 그게, 아니라…… 술이 아직, 죄송합니다……."

"……."

기사인 것과 삽입 중의 성감을 참아 내는 것은 아무런 상관관계가 없다. 셰리가 다소 억지스러운 말로 핀잔을 주었다. 그런데도 토르는 반박하는 것이 아니라 순순하게 제 잘못으로 받아들였다. 할 말은 잃은 쪽은 오히려 그녀였다. 설마 토르도 술이 안 깬 거였어?

그런 셰리의 눈치를 보던 토르가 조심스레 말을 이었다.

"그, 그만둘까요?"

술을 마셨을 때 본 성격이 나온다고들 하던데 토르는 자제심이 약간 흐트러진 것만 빼면 평소와 다른 점이 없었다. 물론 저런 물건을 가진 남자가 자제력을 잃는 건 큰 문제가 되긴 하지만. 셰리는 조금 더 그를 시험해 보고 싶었다. 그녀가 짓궂게 웃으며 물었다.

"내가 그만두라면, 그만둘 거야?"

"……흡, 네…… 으, 하지만. 네……."

그녀의 명령을 들으려는 이성과 본능이 치열하게 다툰 모양이다. 횡설수설하며 망설이던 토르가 가엾게도 눈가를 축 늘어뜨렸다. 그러고는 고개를 끄덕였다. 그 모습에 셰리는 픽, 웃음을 흘렸다. 그의 허리에 감아 두었던 다리에 힘을 주어 제게 끌어당겼다.

"그치만 토르 아래는 생각이 다른 모양인데?"

"윽!"

순식간에 그녀의 내부로 더 깊숙하게 들어갔다. 토르는 제 분신을 마구잡이로 흔들고 싶은 본능을 초인적인 절제력으로 참아 냈다. 이제는 울먹임에 가까운 목소리로 애원했다.

"으, 흑, 셰리 님, 제발……."

"아까도 말했듯이 딱 두 번이야, 두 번 동안은 내가 주는 상이니까 토르가 하고 싶은 대로 해 봐."

드디어 셰리의 도발 어린 허락이 떨어졌다. 토르는 두 눈을 깜박여 속눈썹에 매달린 눈물을 털었다. 그러고는 언제 그랬냐는 듯 뿌드득, 이 갈리는 소리를 내며 눈빛을 바꾸었다.

그가 가장 먼저 한 일은 그녀의 손가락에 끼워진 마법 반지를 빼내는 것이었다. 갈색의 머리카락이 끝에서부터 빨갛게 물들며 원래의 색을 찾아갔다. 토르는 매끄러운 머릿결을 한 줌 잡아 제 입가에 가져다 대었다.

"……어."

토르는 허물어진 입가를 가리고자 한 일이었다. 하지만 그의 느긋한 손짓에 시선을 고정하고 있던 셰리는 보고 말았다. 순식간에 지었다가 사라진 토르의 미소를. 아찔한 기분이 들었다. 한쪽 입꼬리가 다소 삐딱하게 위로 올라가는 게 뭔가 잘못 건드린 것 같은 기분인데…….

그게 착각이거나 기분 탓인지 다시 생각해 볼 여유도 없었다. 토르는 셰리의 어깨를 두 손으로 잡고 예고도 없이 제 물건을 거세게 박아 넣었다.

"아악, 아, 아앙. 아학."

"윽, 윽, 큿, 흡."

토르는 괴로워하는 것인지 신음 소리를 내는 것인지 알 수 없을 만큼 평소보다 거칠고 큰 소릴 냈다. 말 그대로 그녀의 몸을 게걸스레 탐했다. 그런 토르의 밑에서 흔들리며 셰리는 방금 전의 허락을 조금 후회했다.

'한 번으로 할걸……'

그녀의 아래에 들락날락거리는 게 아니라 뇌에 바로 쑤셔 박히는 것 같은 기분이 들었다. 어느새 셰리의 몸은 익숙한 절정에 성큼 다가섰다. 하지만 이번엔 평소와 좀 달랐다. 단계를 밟아 올라가듯 착실하게 누적된 쾌락이 아니었다. 늪에 처박혀 있던 그녀의 몸을 단번에 쑤욱 뽑아 올리는 것 같은 급격한 절정감이었다. 그에 셰리가 소리도 제대로 내지 못하고 굳었다.

"……흐!"

"흡, 윽, 셰리 님, 윽."

토르는 그녀의 어깨에 올린 두 손을 떼고 몸을 꽉 감싸 안았다. 그리고 셰리의 안에서 고스란히 그 절정의 순간을 함께 느꼈다. 위험했지만 참아 냈다. 점점 더 조절이 능숙해지는 게 느껴졌다. 토르가 그녀의 목덜미에 정신없이 입을 맞췄다.

"저도, 저도, 너무, 좋아요…… 좋습니다."

"으아아아…… 하, 하아."

셰리의 호흡이 천천히 돌아왔다. 토르가 이번에는 그녀의 허리를 조금 들어 올렸다. 그리고 그대로 제 아래에 딱 맞붙게 잡아당겼다. 질척한 소리와 함께 접합부가 강하게 부딪혔다.

"힉! 흐읏!"

"아."

절정이 휩쓸고 지나간 셰리의 내부가 그를 사정없이 조였다. 토르는 이번에도 역시 잘 참아 냈다. 어쩐지 뿌듯한 기분이 들어 저도 모르게 씩, 웃음을 지었다. 열에 들뜬 눈으로도 그 모습을 본 셰리가 질린 듯한 얼굴을 했다. 벌써 이런 절륜함까지 갖췄다고?

"하, 셰리 님. 방금은 정말 위험했습니다."

정말, 정말 참기 힘든 사정감이 몰려왔다. 하지만 단 두 번이라는 셰리의 횟수 제한을 떠올려 가까스로 참아 냈다. 기왕이면, 더, 더 오래…… 최대한 버틸 수 있는 만큼 그녀를 탐하고야 말 생각이다.

"홋, 으응. 토르, 너무…… 깊어."

"으."

허리가 들린 자세라서인지 그 어느 때보다 셰리의 몸이 토르의 몸과 바짝 맞붙었다. 다른 이들은 근처에 가 보지도 못했던 가장 깊은 곳이었다. 토르의 몸은 본능적으로 저만이 닿을 수 있는 곳이라는 것을 알아챘다. 그리고 제 존재감을 뚜렷하게 새겨 넣기 위해 분주히 움직였다.

"앗! 흐으읏……! 힛. 흐읍!"

그녀는 엉덩이를 찰싹찰싹 치대는 토르의 고환을 느낄 새도 없었다. 셰리의 뇌는 술기운과 쾌락이 엉망으로 뒤섞여 하얗게 녹아내렸다. 너무 느끼게 되면 앙앙거리는 신음 소리가 아니라 목이 졸린 듯이 꺽꺽거리는 소리가 나오게 된다는 사실을 몸소 체험하며 셰리가 두 번째 절정에 올랐다.

그래서일까. 이번에는 자제심이라는 그의 브레이크가 살짝 고장 난 모양이었다. 토르는 그녀 내부의 거대한 흐름에 맞서지 못하고 속절없이 저를 해방시키고 말았다.

"크으윽, 아아, 하악. 흡."

대신에 그 아쉬움을 담아 그녀의 안으로, 더 깊숙한 안쪽으로 제 것들을 꾹꾹 짜내어 밀어 넣었다. 간신히 숨을 고르며 그녀를 마주했다. 그러자 저로 인한 흥분으로 몸의 이곳저곳을 붉게 물들인 나신이 눈에 들어왔다.

어슴푸레하게 새어 들어오는 달빛 아래 땀에 젖은 붉은 머리카락과 촉촉하게 빛나는 아름다운 몸, 지독한 쾌감에 몽롱하다 못해 잔뜩 절여진 짙은 올리브색 눈동자가 보였다. 그 모든 것이 자신의 심장을 꽉 쥐고 놓아주지 않는 기분이었다.

'안 돼. 부족해. 더, 더 원해.'

그제도, 어제도, 오늘도 아가씨를 품었지만 부족했다. 마치 갈증이 이는 자가 마시는 바닷물처럼. 삼키고 또 삼켜도 갈증은 그때그때 잠시만 해소되는 듯하다가, 그를 더 큰 목마름에 시달리게 만들었다.

도대체 제 마음의 갈증은 어떻게 해소해야 하는 걸까. 토르는 알 길이 없었다. 그래서 제게 주어진 바닷물과 같은 셰리의 몸이라도 게걸스럽게 먹어치우는 방법을 택할 뿐이다. 어차피 영원히 해소할 수 없는 갈증이라면 매번 알면서도 바닷물을 삼키는 수밖에.

"바로 두 번째로 가겠습니다."

"흐으으……."

저를 가득 품고 있는 채로 숨을 고르는 셰리의 아랫배를 가만히 쓸어내렸다. 그녀의 진정을 도운 토르가 가녀린 허리 아래에 쿠션을 단단하게 받쳐 넣었다. 그리고 느리게 움직여 귀두 부분까지 길게 뽑아내었다가 천천히 꾸욱 박아 넣었다. 어느새 눅진해진 셰리의 내부를 느긋하게 즐겼다.

빠르게 속도를 올려 마찰하며 느끼는 쾌락도 저를 미치게 했다. 하지만 이렇게 자제심을 끌어올려가며 그녀의 내부에 제 모양을 각인시키듯 삽입하는 것도 또 다른 쾌감을 가져다준다. 직접 겪지 않았다면 평생 몰랐을 감각이었다.

"이런 것도, 괜찮으시죠?"

"으응, 흣. 응······."

무작정 추삽질 할 때는 제대로 느끼기 어려웠던 춤추듯 움직이는 그녀 안의 미세한 돌기들이라든가, 예민한 점막들이 제 것에 달라붙어 따라 들어왔다가 나왔다가 하는 감각들에 오롯이 집중했다. 물론 어여쁘게 앙앙대고 조르는 아가씨의 목소리를 함께 만끽하는 것도 놓칠 수 없었다.

"으읏, 토르, 흐응, 더, 세게, 세게 와 줘."

"······예, 뭐든지, 셰리 님 분부대로······."

이렇게 감질나게 안을 파고들면 드물게 애원하는 듯한 목소리도 내 주신다. 마구잡이로 파고들고 싶은 본능을 억눌러 얻어 낸 반응이었다. 토르가 만족스레 그렁거렸다. 사소하다면 사소한 것이었다. 하지만 그런 것들이 존재하는지도 몰랐던 정복욕을 자극했다.

그는 다시 제 동물적인 감각이 시키는 대로 셰리의 몸을 드나들었다. 허리가 들린 자세에도 그녀가 제법 적응한 듯했다. 토르는 셰리의 비부가 다 보이도록 다리를 들어 올려 제 어깨에 걸쳤다. 그러곤 아래에 펼쳐진 광경에 잠시 할 말을 잃었다.

"······."

작고 여린 그녀의 은밀한 부분이 제 흉포한 물건을 빈틈없이 감싸 안아 삼키고 있었다. 정면으로 마주하는 것은 처음이었다. 그저 아래로 들락날락 제 것이 사라졌다가 나타나는 모습을 보는 것만으로 매번 흥분했었는데······. 아, 지금 이 장면은······.

"왜, 왜 멈췄어."

셰리가 몸을 비틀었다. 한참 다음의 절정의 파도를 향해 달려가다가 멈춰 선 게 불만스러운 목소리였다. 뒤이어 새빨갛게 익은 그녀의 점막이 그에게 재촉하듯 달라붙었다.

"윽, 아, 이런……."

"하아, 하, 자꾸 이렇게 쉬면, 두 번째는 없는 걸로 칠 거야."

숨이 차서 가슴이 오르락내리락하면서도 셰리가 눈을 흘겼다. 그러고는 그에게 두 팔을 뻗었다. 토르는 셰리가 참을 수 없이 사랑스러웠다. 그렇게 다시 짐승 같은 신음 소리를 내며 그녀의 손에 깍지를 끼고 침대로 내리눌렀다.

방 안에는 삐걱거리는 소리가 요란했다. 고급품이 아닌지라 버텨 내는 침대의 운명이 걱정될 정도였다. 셰리의 몸을 제 아래 완벽하게 깔아뭉갠 그는 있는 힘껏 그녀에게 묻었다.

"아, 아아. 읏, 너무…… 으응!"

아까보다도 더욱 깊이, 깊이 들어왔다. 이번엔 바뀐 자세로 인해 민감해질 대로 민감해진 비부와 묵직해진 아랫배가 모두 눌린 상태였다. 셰리는 그 압박감까지 견뎌 내야 했다. 하지만 결국 몇 번인지 모를 정도로 닥쳐온 절정감을 이기지 못했다.

새로운 자세의 자극에 취약한 것은 토르도 마찬가지였다. 이 상황에서 지금이 허락된 마지막 횟수라는 사실을 떠올릴 새도 없었다. 그의 물건도 파정을 맞았다. 방금 전, 시각적인 흥분은 토르의 아래까지 착실하게 전달됐다. 그래서인지 몰라도 그녀의 배 속을 전부 채울 듯 한참이나 그의 욕심만큼 많은 양을 쏟아내었다.

그렇게 둘은 기진맥진하여 서로를 껴안고 잠이 들었다. 그리고 셰리가 눈을 뜬 곳은 정오가 다 되어 갈 무렵의 별장 침실이었다.

* * *

"윽. 아으, 머리야."

곡물주 특유의 숙취가 몰려와 셰리가 관자놀이를 짚으며 정신을 차리려 애를 썼다. 그러다 제 몸에 걸쳐진 것이 어제 입고 나간 옷이나 잠옷이 아니란 사실을 깨닫고 아래를 내려다보았다. 깨끗한 흰 소매를 들어 킁킁 냄새를 맡아 보니, 한눈에 보아도 남자의 옷이란 것을 느낄 수 있을 만한 넉넉한 품에 쌉싸래한 풀냄새 같은 익숙한 향취가 났다.

마른 햇볕 냄새에 더불어 토르의 체취가 강하게 밴 셔츠였다. 그리고 그 아래의 제 몸은 실오라기 하나 걸치지 않은 알몸이었다. 셰리의 침묵이 길어졌다.

"왜 이런 꼴로……."

어쩐지 어제 술맛이 좋더라니, 순식간에 취해서 낯선 숙박업소에서 토르와 몸을 섞은 것까진 기억이 났다. 하지만 어느 사이에 별장의 제 방으로 돌아온 것인지 떠오르지 않았다.

여전히 아래가 살짝 부어 저릿한 느낌이 났다. 하지만 정신없이 풀어져 짐승처럼 맺은 관계는 만족스러웠다. 슬슬 달리는 게 느껴지는 체력과는 별개였다.

'생각보다 너무 빠르게 익숙해지는 것 같긴 한데.'

딱히 뭔가 더 가르쳐 주지 않아도 점차 능숙해지는 토르의 테크닉은 셰리를 아주 흡족하게 했다. 만약 그가 분수 넘치는 욕심만 부리지 않는다면 오랫동안 곁에 데리고 있고 싶을 정도였다. 그렇게 되면 결혼이야 좀 더 미룰 수도 있는 거고.

몇 년 내로 자신은 소후작으로서 가문의 정식 후계자가 될 테다. 그렇게 되면 지금까지처럼 정체를 감춘다고 해도 바깥에서 남자를 물색하는 것은 위험 부담이 컸다. 그리고 저번에도 생각해 본 바와 같이 지난 2년간 꽤 다양한 타입과 해 볼 만큼 해 봤으니 굳이 모험을 할 필요성이 느껴지지 않았다.

"음, 그런데 지금처럼 알몸에 제 셔츠를 입혀 두는 건……. 토르 취향인가."

어찌 해석해야 하는지 모르겠지만 말이다. 거기다가 그런 주제에 목 끝까지 단추도 꼼꼼하게 다 채워 두었다. 그녀의 두 손을 다 합쳐야 엇비슷해질 만큼 커다란 손으로 잠든 그녀에게 셔츠를 입히고 작은 단추를 잠갔을 곰 같은 덩치의 청년을 생각하자 셰리의 입가에 작은 미소가 떠올랐다.

단추를 다 여미었어도 자그마한 셰리의 체구에 비해선 너무 큰 셔츠였다. 그래서인지 목 부분이 휑뎅그렁하게 남아돌았다. 거기에 팔은 어찌나 긴지 걷어 올리느라 한참을 낑낑대었다. 겨우겨우 물을 마시며 갈증을 해소한 셰리가 보이지 않는 토르를 찾아 이불을 걷어 낸 순간이었다.

"아, 일어나셨습니까."

그녀가 아직 잠들어 있을 것이라 생각했는지 노크 없이 문이 벌컥 열렸다. 토르의 손에 스튜와 흰 빵이 놓인 쟁반이 들려 있었다. 그의 시선이 넉넉한 제 셔츠를 입은 셰리의 몸에 꽂히듯 머물렀다. 이내 막 침대 아래로 뻗어진 하얀 맨 다리로 이어졌다.

언뜻 보이는 흰 허벅다리와 종아리, 자그마한 발끝까지 느릿하게 훑어 내리던 토르의 눈동자가 다시 셰리의 얼굴로 올라왔다. 다소 부스스한 모습의 그녀와 눈이 마주쳤다. 그러자 무언가 나쁜 짓을 하다가 들키기라도 한 것처럼 눈동자가 급격하게 흔들렸다. 곧이어 귓가를 벌겋게 물들였다. 들고 있던 쟁반을 어쩌지 못한 채 그대로 뒤를 돈 토르가 눈을 질끈 감았다.

"그, 제, 제가 셰리 님 여분 옷을 찾지 못해서……."

"그럼 어제 입었던 옷은?"

"……별로 상태가 좋지 않, 습니다."

급기야는 고개를 푹 숙이며 훤히 드러난 뒷덜미까지 익어 버린 모습에 셰리가 고개를 갸웃 기울였다. 혹시 제가 술에 취해 이물질이라도 묻힌 걸까. 의아했지만 한 번 입었던 옷보다야 깨끗한 셔츠가 나왔기에 대강 납득하고 넘어갔다.

"그거 나 주려고 가져온 거 아냐? 거기 계속 서 있을 거야?"

"그, 그, 그러니까…… 어, 그, 그러니까…… 스튜가 식은 것 같은데, 다시 데워 오겠습니다."

분명히 김이 모락모락 올라오는 그릇을 보았는데도 토르는 음식이 식었다는 핑계를 댔다. 그 뒤로 바로 줄행랑을 친 모습에 셰리가 허탈한 웃음을 지었다.

아니, 지난밤에 제 몸을 실컷 물고 핥고 온갖 야한 짓은 다 했잖아. 거기에다 닦아서 옷까지 입힌 것도 토르 아닌가. 새삼스럽게 부끄러움을 탈 이유가 뭐람. 비록 안이 나신이긴 해도 비치는 것도 아니고…….

'하여간 저 덩치에 정도껏 조신해야지.'

이제 동정 탈출 3일 차 청년의 감성을 따라가기에 셰리는 너무 메말랐다. 혀를 끌끌 차며 드레스 룸으로 향했다. 그리고 거기서 엉망진창으로 찢겨지다시피 한 어제의 외출복을 발견했다. 이번엔 침묵이 좀 길었다.

* * *

"그럼 드신 건 제가 뒷정리를 하겠습니다."

"그래. 나는 씻고 내려갈게."

"저기……. 그, 이번에는 의복을 제대로 갖추시고…….."

"왜? 이게 토르 취향 아니야?"

셰리가 의자에 앉은 채로 일부러 다리를 반대로 꼬았다. 그러자 토르가 벌떡 일어나 뒷걸음질 쳤다.

"아, 아니. 그건 아니지만. 아뇨! 저는 그런 취향이…….."

"지금은 속옷 입었어. 장난친 거야."

그 말에 다시 한번 탈출하려던 토르가 얌전히 탁자로 다가왔다. 그리고는 낭패한 얼굴로 제 이마를 감쌌다. 그의 커다란 손 아래로 드러난 눈빛이 자못 형형했다. 이번엔 셰리가 움찔거렸다.

"너무 놀리시면 안 됩니다. 아무래도 둘만 있다는 걸 아니까 자제가 잘 안 돼서."

"으응. 알았……어."

"……로비에서 기다리고 있겠습니다."

셰리는 씻고 간편한 원피스로 갈아입었다. 그러고는 아래층으로 내려와 그를 찾았다. 그러고 보니 기껏 바닷가 별장을 아버지께 받아 놓고선 정작 주위를 둘러볼 기회가 없었음을 깨달았기 때문이다.

첫날 보아하니 정원은 아직 마무리가 필요한 듯했다. 하지만 프라이빗 해변으로 이어지는 길목은 얼추 준비가 끝나 보였다.

"으, 꼭 이렇게 끈으로 묶어야 하나? 답답한데……."

셰리가 턱밑으로 묶은 리본을 만지작거리며 계단을 내려왔다. 강한 바닷가 햇살과 바람 때문에 꼭 써야 한다며 후작성의 사용인들이 신신당부를 하며 챙겨 준 것이었다. 챙이 넓은 모자에 달린 끈이 어색했다. 어릴 때야 자주 썼었지만 이젠 어린애도 아닌데, 왜 이런 걸……. 못마땅해진 셰리가 양 볼을 부풀렸다.

"아, 토르!"

"……."

그리고 그런 그녀를 로비에서 마주친 토르는 또다시 멈칫하고 말았다. 아가씨는 아무런 장식 없는 연한 노란 원피스에 모자를 쓰고 화장기가 없는 얼굴이었다. 그럼에도 마치 인형같이 깜찍해서…….

이미 사랑에 푹 빠진 청년의 눈에 상대의 모습이 어떻든 예뻐 보이지 않을 리 만무했다. 하지만 객관적으로 보아도 누구든 이의를 제기하지 못할 만한 미모였다. 아무리 수수하게 걸쳐도 정열적으로 타오르는 채도 높은 빨간 머리카락과 싱그러운 올리브색 눈동자가 돋보이는 이목구비는 그 자체로 화려했다.

"그래서 마부한테 오늘 일찍 퇴근하라고 전했어?"

"예, 길을 따라 마을로 내려가는 것까지 확인했습니다."

"그래? 그럼 이제 나가자."

그러고선 해변가로 향하는 셰리의 가벼운 발걸음을 좇아 토르는 말없이 뒤를 따랐다. 노란 원피스가 가녀린 허리선을 따라 퍼져 내려가며 밑단이 팔랑거렸다. 그녀의 걸음걸이에 맞춰 등 뒤의 붉은 머리카락이 물결치듯 흔들렸다.

"와……."

해변가로 향하는 길은 생각보다도 훨씬 이색적이었다. 작은 돌을 촘촘하게 깔아 바닥을 만들고 양옆으로 해풍에 강한 키 작은 관목들과 색색의 꽃이 심겨 있었다. 그 풍경이 점차 가까워지는 바닷가와 잘 어우러졌다. 온갖 아름다운 풍경을 보고 자란 셰리마저도 감탄하며 걸음이 느려질 정도로. 하지만 그 와중에도 토르의 시선은 오직 그녀의 뒷모습에 가 박혀 있을 따름이었다.

그에겐 태어나 처음 와 보는 해변가였다. 늦은 오후의 햇볕이 아름답게 부서져 내리고 있었으나 정작 그에게는 아무런 감흥도 주지 못했다. 그저 그녀의 뒷모습과 간혹 보이는 옆모습에만 집중하는 토르의 입이 바짝바짝 말라 왔다.

해변가 초입에 다다라서야 셰리는 무언가 이상한 걸 느끼고 뒤를 돌았다. 토르가 한마디도 없이 제 뒤만 졸졸 따라오고 있었다. 표정을 보아하니 처음 보는 광경에 넋이 나간 건 아닌 듯했다.

"……응? 바닷가는 처음이라고 하지 않았어?"

"예, 다, 처음입니다."

얕은 육체적 접촉도, 그보다 더 은밀하고 깊은 성적 접촉은 물론이고 심장과 뇌를 전부 먹어치우는 듯한 정신적 접촉마저…… 모두 처음이었다.

단순히 멀리서 동경하던 풋풋한 감정에서 그녀가 제 존재를 알게 되고 일상을 함께하게 된 기쁨, 그리고 그 기쁨이 설렘으로 바뀌고 기대감으로, 끝끝내는 질척한 애정으로 변모하는 데에는 시간이 얼마 걸리지 않았다.

거기에 기회만 주어지면 훅훅 치고 들어오는 욕심들까지.

한창 사춘기에도 겪어 보지 못했던 격변하는 감정들에 토르는 두려우면서도 초조했다. 어디까지 드러내도 좋을 것인지, 제가 얼마나 더 감출 수 있을 것인지 알 수가 없어서…….

누구도 가르쳐 주지 않았고, 감히 어느 누구에게도 털어놓을 수 없는 고민들이 가여운 청년의 가슴을 까맣게 좀먹어 갔다.

그래도 날것 그대로의 제 감정을 아가씨께 전부 드러내서는 안 된다는 것만은 경험으로 터득한 토르였다. 그렇기에 자신을 올려다보며 고개를 갸웃거리는 셰리 앞에서 아무렇지 않은 척 미소를 지어 보일 수 있었다.

"아."

셰리의 표정이 순간 조금 멍해졌다. 방금 전까지는 기분이 가라앉아 보인다 싶더니, 갑자기 입꼬리를 올려 시원하게 웃음 지은 토르 때문이다. 이를 내보이며 그의 잘생긴 얼굴에 새삼 또 홀리고 말았다. 이내 마주 웃어 주며 그의 팔을 잡고 이끌었다.

"바닷물에 발 담가 본 적 없지? 처음엔 되게 기분 이상하다?"

"……네, 정말 이상합니다."

아직 경험해 보지도 않은 일에 대한 말이라고 보기에는 묘한 대답이었다. 하지만 방금 토르의 미소로 살짝 설렌 셰리는 눈치채지 못했다.

* * *

아무도 없는 해변가에서 신발을 벗어 두고 물장난을 치느라 두 사람은 조금 축축해졌다. 그리고 돌아온 로비에서 서성거리는 마부를 발견했다. 분명히 아까 퇴근하라고 지시했는데 왜 다시 돌아온 거지?

셰리가 무슨 일인지 묻기도 전에 마부는 둘을 발견하고 반색했다. 다가온 마부의 손에는 전보가 들려 있었다.

[황도에서 종전으로 인한 전승 기념 행사가 있을 예정이니, 속히 황도로 올라올 것.]

간단한 내용이지만 확실하게 황도에서 온 전보였다. 이미 후작성을 거쳐서 칸토 지방까지 전달된 전보인 모양인지 후작의 간이 인장에 더불어 집사의 인장까지 찍혀 있었다. 야만족과의 지리한 전쟁을 마친 제국 기사단이 드디어 귀환하는 모양이다. 셰리가 마부에게 지시했다.

"오늘은 늦었으니 내일 오전 중에 출발하도록 할게. 자네는 올린 상회로 돌아가서 내 귀성 소식을 알리고 그쪽에서 전해 주는 걸 가져와. 그럼 내일 아침에 출발하면 되니까."

생글생글 웃던 미소를 싹 사라지고 셰리는 후계자의 얼굴을 내보였다. 마부가 고개를 끄덕이며 물러났다. 전보 내용을 보지 못한 토르가 의아한 얼굴로 물었다.

"무슨 일이 생겼습니까?"

"아버지께서 황도로 올라오라고 하셔. 전쟁이 끝났으니까."

"……."

"으, 치마 끝이 다 젖었네. 찝찝해서 얼른 갈아입어야겠어."

다리에 달라붙는 치마를 잡아당기며 서둘러 올라가는 그녀의 뒷모습을 토르가 멍하니 지켜보았다. 그럼 벌써 돌아가야 하는 건가?

'일주일은 함께할 수 있을 줄 알았는데 이렇게 빨리…….'

토르의 눈동자가 또다시 암울한 빛으로 침잠했다.

* * *

저녁을 간단히 데워 먹고 잠자리에 들려는 셰리의 방문 앞까지 토르가 졸졸 따라왔다. 그러고는 문고리를 잡은 그녀의 손 위로 제 손을 올렸다. 그의 방으로 가지 않는 토르에게 셰리가 의문을 표했다.

"……왜?"

"저, 저어. 그러니까, 그럼 오늘 밤은……."

"내일 일찍 출발하려면 나도, 토르도 쉬어야지?"

오늘 밤은 저를 품어 주지 않겠다는 뜻이었다. 마치 당연하다는 듯한 셰리의 말에 찌르르 심장이 아려 왔다. 하지만 꾹 참아 냈다. 토르가 긴 속눈썹이 처연하게 보이도록 시선을 아래로 내리깔며 조심스레 말을 이어갔다.

"그럼…… 그저, 그저 셰리 님 곁에서 머무르기만 하면."

"같이 자고 싶어?"

"……네, 아무것도 안 해도 좋으니까…… 네."

같이 자고 싶냐는 말에 토르는 볼이 발그레하게 붉힌 채 차마 눈을 들지 못했다. 그의 부탁에 셰리가 으음, 하며 침음을 흘렸다.

'오늘은 후작성으로 돌아가서 할 일을 생각하다 자려고 했는데. 뭐, 그냥 껴안고 잠만 자는 거라면…….'

거절할 이유가 없었다. 지난날엔 토르와 그저 껴안고 잠만 자기도 했었고. 무엇보다 여기에 와서는 혼자 잠들었던 적이 없기에 그의 제안이 나쁘지 않았다.

"내일 일찍 일어나야 하니까 정말 아무것도 안 하고 잠만 잘 거야. 기대해도 아무것도 안 할 거니까 괜히 헛물켜지 말고."

"……예!"

"그럼 씻고 건너와."

"예!"

어딘지 침울해 보이는 토르의 코를 가볍게 검지로 눌러 주었다. 셰리의 허락에 언제 그랬냐는 듯 그의 얼굴이 환하게 밝아졌다.

이미 갈 데까지 간 사이인데도 저렇게 좋아하는 토르가 셰리는 신기했다. 이제 경험 없는 동정도 아니고 같이 붙어 있다 보면 하고 싶어질 텐데, 정말로 단순히 곁에서 잠을 청하는 것만으로도 만족해서 저러는 걸까.

그가 원래 그녀의 말을 거역하고 막무가내로 구는 타입이었다면 딱 잘라 거절했을지도 모른다. 하지만 평소의 토르를 잘 아는 셰리였기에 이번에도 그를 밀어내지 않았다.

* * *

 따뜻한 물로 씻고 나오자 셰리는 금세 온몸이 노곤노곤해졌다. 마차로 이동해서 여독을 풀기도 전에 토르와 격렬하게 첫날밤을 치렀다. 계속해서 시찰을 이어 가고, 또다시 밤마다 그와 뒹구는 나날들이었다. 그 때문에 안 그래 보여도 많이 지쳐 있었나 보다.

 '토르 오기 전에 잠깐만 누워 있어야지.'

 생각할 거리가 있었다는 사실도 까맣게 잊고 침대에 몸을 파묻었다. 셰리가 까무룩 잠이 든 무렵, 누군가가 부드러운 손길로 다 마르지 않은 그녀의 머리를 닦아 냈다. 그렇게 아가씨가 잠에서 깰까 부드러운 손길로 머리카락의 젖은 물기를 털어 냈다. 그가 소중하게 말아 쥔 머리끝에 입을 맞추었다.

 "셰리 님……."

 지난밤에는 술까지 그리 많이 드셨으니 저 작은 몸으로는 체력적 한계에 부딪혔을 법했다. 그리고 계속해서 제 몸을 받아 내셨으니…….

 거기까지 생각이 미친 토르의 얼굴이 화끈 달아올랐다. 아랫도리도 뭉근하게 부풀어 올랐다. 하지만 약속은 반드시 지켜야 했다. 그는 필사적으로 억누르며 셰리의 옆에 조심스레 몸을 뉘었다.

 침대가 출렁이지 않도록 조심하면서 셰리의 목 아래로 한쪽 팔을 밀어 넣었다. 품 안으로 말랑한 여체를 껴안자 몸 깊은 곳에서부터 따뜻한 충족감이 올라왔다. 입을 꾹 다물고 그르렁거리는 소리를 참아 낸 토르가 셰리를 안은 팔에 조금 더 힘을 주었다.

 '왜, 벌써…….'

 제 마음 따위 알아주지 않아도 좋았다. 그러니 그녀의 침대를 덥히는 것은 오롯이 저였으면 좋겠다. 이 감각을 누군가와 공유하고 싶지 않았다. 때때로 치솟아 오르는 독점욕을 슬그머니 내비치며 셰리의 동그란 이마에 도장 찍듯 입술을 누른 토르의 눈꺼풀이 꾹 감겼다.

후작저로 돌아가면 이번 시찰에서처럼 무절제하게 관계를 맺기 어려울뿐더러 몸가짐을 조심히 해야 할 것이다. 집사장은 그와 그녀의 지난 밀회도 어렴풋이 눈치채고는 있는 듯했지만. 혹시 다른 이들에게 들켜서 호위 기사직에서 밀려나는 사태만은 막아야 했다.

'그리고 그보다 더 큰 문제는……'

토르가 힘겹게 눈을 감았다 떴다. 황도로 돌아오는 제국 기사단의 선봉에는 '그'가 있을 것이 자명했다. 지난 2년간 간간이 그의 소식을 소식지로 들어 알고는 있었다. 하지만 공녀님과 그가 다시 재회하는 순간이 못내 두려웠다. 아가씨는 파혼했다는 사실을 더 이상은 떠올리지 않게 된 것처럼 보였다. 하지만 직접 얼굴을 마주했을 때는 과연 어떨까.

'아……'

불현듯 몇 년 전 공자가 후작성에 방문하여 셰리와 다정한 한때를 보내던 모습이 떠올랐다. 그러자 토르의 심장이 꽉 하고 아프게 조여 들었다. 누구도 부정할 것 없이 그림같이 잘 어울리는 한 쌍이었다. 서로를 마주 보며 웃는 얼굴에는 구김살이 없었고, 냉랭하기로 소문난 공자의 눈에서는 감출 생각이 없는 애정이 뚝뚝 떨어져 내리고 있었으니까.

'괜찮아. 아직 벌어지지도 않은 일이다. 불안해하지 말자.'

다시 한번 제 자신을 다그쳤다. 그러나 이미 술렁이기 시작한 마음은 쉬이 다스려지지가 않았다. 결국 토르는 그때마다 셰리의 이마와 볼에 연신 입을 맞추며 속으로 삭여야만 했다.

* * *

셰리는 따끈한 체온에 기대어 간만에 푹 잘 수 있었다. 후작성을 향한 준비는 이른 아침부터 시작되었다. 따로 데려온 인원이라곤 호위 기사인 토르와 마부뿐이었기에 짐은 단출했다. 셰리가 제게 주어진 별장 저택을 물끄러미 바라보았다.

예정보다 이르게 떠나게 되었지만 나름대로 이곳에 방문한 소기의 목적은 모두 달성한 셈이다. 매년 정기적으로 이루어지는 칸토 지방의 시찰, 그리고…… 토르의 처음을 갖는 것.

'그러고 보니 토르한텐 목적 달성하자마자 떠나는 것처럼 보이려나.'

힐끔 토르에게 시선을 돌려보니 마부와 함께 마차를 점검하느라 정신없어 보였다. 곁에 있는 자도 후작성 전속 마부다 보니 일반 남자보다 체격이 훌륭했다. 그런데도 불구하고 그런 마부가 왜소해 보일 정도로 장신인 토르의 뒷모습에 눈이 갔다.

"바퀴 이음새는 내가 아까 확인했지만 한 번 더 살펴 주시오."

"아이구. 이 무거운 걸 혼자 들어서 조이셨습니까?"

"그렇게…… 무겁지는."

장신일뿐더러 골격 자체가 크게 타고나서인지 토르는 손도 발도 굉장히 컸다. 셰리가 마른침을 꿀꺽 삼켰다. 남들보다 큰 그 골격 사이사이를 꽉 채운 근육들이 침대 위에서는 어떻게 꿈틀거렸는지 기억났다. 이 와중에 딴생각이 드는 것을 보아하니 푹 잘 쉬어서 체력이 완전히 회복되긴 한 모양인데…….

본격적으로 후작령의 외성을 통과하기 전까지는 혹시 모를 보안을 위해 마차의 후작가 문양을 가리고 이동하기로 했다. 그런 까닭에 오늘도 셰리는 중산층 평민이 입을 법한 가벼운 옷차림이었다. 여차하면 위기의 순간에는 마법 반지를 껴서 정체를 감출 수 있으니까.

'황도에 다녀오고 나면 이제 다음 방문은 내년이나 빠르면 올해 말 정도쯤일까.'

셰리는 속으로 제 일정을 하나씩 체크해보았다. 바다가 처음인 토르는 아마 겨울 바다도 본 적 없겠지? 자신도 여태껏 겨울 바다는 본 적이 없는데.

돌아가면 집사에게 미리 일정을 조율해 보라고 일러 볼까.

비록 이번에는 미진했던 제 별장의 단장도 그때쯤이면 모두 마쳐져 있을 것이다. 후작가에 귀속된 것이 아닌 온전히 그녀를 위한 곳이다. 제 취향대로 지어진 별장을 처음 가져 보는 셰리의 감회 어린 눈빛이 저택을 한 바퀴 돌았다.

'그때도 토르와 함께 오게 될까? 음, 글쎄······.'

당장 후작저에 도착하자마자 제가 처리해야 할 일이 떠올랐다. 셰리의 마음에 이유 모를 아쉬움과 허전함이 깃들었다.

그렇게 두 눈에 별장 구석구석을 새기듯 넣으며 생각에 빠져 있던 셰리 위로 커다란 그림자가 겹쳐졌다.

"준비가 끝났습니다, 오르시겠습니까?"

"응, 가자."

그의 손을 잡고 마차에 오르며 다시 한번 뒤를 돌았다. 그리고 토르와 별장의 전경을 함께 응시한 셰리가 살포시 눈을 감았다 떴다. 짧은 휴가가 끝났으니 이제 일상으로 돌아갈 시간이었다.

* * *

다그닥다그닥-

서걱서걱-

올린 상회로부터 마부가 가져온 서류들을 살피며 몰두하던 셰리가 뻐근해진 어깨를 주무르며 고개를 들었다. 어느새 마차 안이 조용해졌다 싶었더니 맞은편에 앉은 토르가 팔짱을 끼고 앉은 자세 그대로 잠들어 있었다.

"응?"

어제는 아무것도 안 하고 그저 함께 잠만 잤을 뿐인데 피로를 다 못 풀었나? 하긴 토르가 제 방에 들어오는 것도 못 보고 잠들어 버렸으니 달밤에 근래

못했던 수련이라도 했을지 모르는 일이다. 지난밤 토르의 인내심 수련을 알 길 없는 셰리가 다시금 서류로 고개를 숙였다.

물가 상승률도 안정적이고, 갑작스러운 방문에도 치안 역시 나무랄 곳이 없었다. 외지인이 많은 곳의 특성인 현지인과의 갈등 관리도 잘 되어 가고 있는지 딱히 배타적인 분위기도 느껴지지 않았다.

'그러고 보니……'

어제 들렀던 식당의 곡물주가 꽤 훌륭했다. 많이 마시면 어느 정도의 숙취는 어쩔 수 없을 테지만 가격에 비해 깔끔한 맛에 목 넘김이 남달랐다. 이 정도로 괜찮은 술이라면 내륙으로 금방 유통이 이루어졌을 텐데도 그 근방에서만 판매가 되고 있다는 점도 의아했다.

주인장이 소박하게 자체 생산 자체 소비로 만족하는 타입이라면 몰라도 어제 본 바로는 그래 보이지 않았는데 말이다. 이건 따로 체크해 두고 후작성으로 돌아가면 어떻게 된 상황인지 살펴보아야겠다. 그렇게 체크 목록에 따로 휘갈겨 쓰던 와중이었다. 끙끙 앓는 소리가 들려왔다.

"으……, 읏!"

생각지도 못한 신음에 펜을 쥔 셰리의 손이 멈칫했다. 시선을 올려보니 나쁜 꿈이라도 꾸는지 토르의 미간이 좁아진 채였다. 아까는 보송했던 이마에 식은땀이 송골송골하게 맺혀 있었다. 무언가 지독한 악몽에라도 시달리는 듯했다.

'어쩌지, 깨워야 하나.'

셰리의 얼굴에 망설이는 기색이 떠올랐다. 예전에 잠든 토르를 깨우려다 날카로운 반응에 놀란 적이 있었으니까. 그러나 토르의 신음 소리가 길어지자 더는 두고 볼 수가 없었다. 혹시 모를 사태에 대비하여 서류들을 가지런히 모아 서류철에 꽂아 두고 둘 사이에 펼쳐진 간이 탁자를 접어 넣었다.

그럼 뭐 어떻게 깨워야 하지? 갑자기 소리를 내면 너무 놀랄 것 같고, 가볍게 손을 대면 일어나려나. 그러려면 팔을 흔들어야 하나? 아니면……

셰리는 머뭇거렸다. 고명한 귀족 집안의 영애로 태어나 평생 깨워져만 봤지, 제가 먼저 누군가를 깨워 본 적은 없으니까. 그러다 다소 어정쩡한 자세로 어느새 창백해진 토르의 뺨에 살짝 손을 대었다. 그녀의 손이 뺨에 가 닿자마자 번쩍 눈을 뜬 토르가 가냘픈 팔을 잡고 휙, 하니 잡아당겼다.

"어, 으, 으앗."

그렇게 의도하지 않게 토르의 앉은 몸 위로 올라타게 된 둘의 시선이 마주쳤다. 기어이 옆얼굴로 흘러내리는 식은땀과 함께 형형하게 뜨인 보랏빛 눈동자에 놀란 셰리가 숨을 들이켰다.

잠시 제 상황을 되짚어 보는 듯 시퍼런 안광을 감추지 못하고 그대로 내뿜던 토르의 동공이 급격하게 흔들리기 시작했다. 그제야 정신이 든 모양이었다.

"아, 아아…… 아가씨, 셰리 님."

"으응, 팔 아파. 놔줘."

제가 그녀의 팔을 여태 잡고 있던 것도 잊었는지 토르가 화들짝 놀라 손을 떼어 냈다. 그런 그의 위에 그대로 앉은 채 셰리가 뻐근한 팔뚝을 문질렀다. 다행히 멍이 들지는 않을 것 같지만 어찌나 세게 잡았는지 빨갛게 손자국이 남았다.

하여간 저번에도 그러지 않았나. 귀한 백작가 막내아들이 자면서 경계할 일이 무에 있다고 이리 예민하게 구는 건지 모르겠다. 하필 잡힌 쪽이 펜을 쓰는 오른팔이었던 탓에 셰리는 더럭 짜증이 났다. 그래서 몸을 물리고 원래 제가 앉았던 토르의 맞은편으로 자리를 옮겼다.

"……죄송합니다. 많이, 아프십니까."

"평소에 누가 괴롭히기라도 해? 왜 그러는 거야, 정말."

"그건 아니지만, 종종 잘 때 건드리는 사람들이 있어서. 죄송합니다."

"누가? 베거티 백작가 영식들?"

"일부러 괴롭히려는 건 아니었을 겁니다. 그리고……."

핀잔하듯 쏘아붙이는 셰리에게 변명조로 내뱉던 토르의 입이 아교라도 붙인 듯 굳게 닫혔다. 그러자 셰리의 눈이 가늘어졌다. 전처소생인 베거티 가문 영식들과 토르의 나이 차이가…… 스무 살가량이던가?

수도에서 지내던 시절 파티에서 몇 번 마주친 적이 있다. 언뜻 보기엔 호탕하게 잘 웃는 소탈한 인사들인 것 같았는데. 스무 살이나 어린 아들뻘인 막내 동생을 못살게 굴기라도 했다는 것인가. 하긴 대외적으로는 호인의 가면을 쓰고는 뒤돌아서서 악랄한 짓을 눈 하나 깜짝 하지 않고 저지르는 인간들이 한둘이던가.

셰리는 그가 뒤에 덧붙이려다 만 말이 뭐였는지도 궁금했다. 어찌 된 일인지 자세히 물어보고 싶었다. 하지만 고개를 모로 돌리고 완강하게 입을 다문 토르의 태도에서 이미 거부의 의사를 읽은 셰리가 어깨를 으쓱였다. 말하고 싶지 않은 트라우마까지 제가 억지로 캐낼 필요까진 없다. 다만 거슬리는 건…….

"앞으로도 내가 건드리면 이런 식으로 반응할 거야?"

"……아, 아닙니다. 죄송합니다. 다시는……."

"흠, 그건 곤란한데, 날 지켜야 하는 호위 기사가 내 팔을 이렇게 만들고 말이야."

"……."

토르가 금세 후회와 당황이 뒤범벅된 얼굴로 그녀의 빨개진 오른팔을 응시했다. 그 반응에 삐죽 심술이 돋았다. 그러나 한편으로는 차마 셰리의 팔에 닿지 못하고 손만 꼼지락거리는 꼴이 우습기도 했다. 괜히 제가 건드려서 악화시킬까 봐 걱정되어서겠지.

어차피 이 팔로는 서류도 더 못 볼 것 같고, 이미 집중은 깨질 대로 깨져 업무를 볼 기분도 아니었다. 거기다가 외성에 다다를 때까지는 한참 남았는데 보안 문제로 커튼을 열어 창밖을 구경할 수도 없다. 그리고 셰리는 새삼스레 깨달았다. 지금 이 마차 안에는 정상 컨디션을 되찾은 자신과 더불어 그녀에게 처음을 바친 충직한 기사와 단둘뿐이라는걸.

잠시만, 이 마차의 방음 상태가 어땠더라. 되짚어 보던 셰리의 입가에 짓궂은 미소가 떠올랐다.

"그러면, 내 팔을 이렇게 만든 벌을 받아야겠지?"

"예?…… 예."

순식간에 바뀐 그녀의 유혹적인 표정에 뜨끔한 듯 토르는 고개를 숙였다. 그의 목소리가 작게 흘러나왔다. 무언가를 기대하는 듯 아닌 듯 순종적으로 커다란 어깨만 움츠린 채였다. 그런 토르의 모습에 셰리가 미소 짓는 낯으로 짐짓 엄한 목소리를 내었다.

"그럼 토르가 무슨 벌을 받아야 내 기분이 나아질까, 응?"

"……무엇이든, 셰리 님께서 원하는 대로."

셰리는 토르의 귀가 일말의 기대로 붉게 물든 걸 보면 어쩐지 즐거웠다. 이제는 동정도 아니고 그녀에게 황홀한 밤을 선사할 수도 있는 남자가 아직도 이렇게 순진한 반응을 보이다니. 이건 계산된 걸까, 아니면 원래 타고난 그의 특성인 걸까.

뭐, 어느 쪽이든 상관없다. 모쪼록 선만 넘지 않으면 되는 것이고 제 흥미를 끌 수 있는 것이면 그것으로 족했다.

여전히 고개를 숙이고 있는 토르의 무릎으로 하얀 니 삭스를 신은 셰리의 발이 올라왔다. 팔은 아직 저릿하니까 역시 발로 혼내는 게 좋겠다.

* * *

토르는 움직이지 말라는 아가씨의 명령대로 두 팔을 모아 뒷짐을 진 상태였다. 그의 잇새로 뿌득거리는 소리가 새어나왔다.

"아, 아학. 그, 그만."

"어허, 허리 펴야지. 다리도 더 벌리고."

토르의 상체가 구부러지고 그녀로부터 제 중심을 보호하듯 고개마저 숙여졌다. 그러자 셰리가 이를 질책하며 그의 어깨에 발을 올려 꾹꾹 밀었다.

거칠게 숨을 몰아쉬다 이를 악물고 고개를 든 토르의 얼굴이 이미 홍조로 온통 물들어 있었다. 심지어 치밀어 오르는 흥분에 눈가마저 발개져 있었다. 셰리가 질린 표정으로 혀를 쯧쯧 찼다. 그저 바지 위로 조금 문질렀을 뿐인데 이 얼마나 예민한 몸뚱이인지.

뒤이어 그녀가 턱짓으로 토르의 시선을 끌었다.

"바지 더러워지면 안 되니까 벗어 봐."

"······셰리 님, 셰리 님. 팔, 움직이게 해 주세요."

울먹이는 목소리를 내는 토르가 가소로워 셰리는 기가 막혔다. 움직여도 된다고 하면 그 즉시 그녀를 잡아먹을 듯한 눈을 하고 있으면서. 그래서야 벌이 아니라 상이 되어 버리지 않나.

"안, 돼. 벗어."

"······흐, 흣."

여전히 번들번들한 눈을 감추지 못한 채 토르는 수치스러워 죽을 것 같은 표정을 지었다. 주저주저하며 바지를 벗어 무릎 아래로 내린 뒤, 다시 얌전히 자리에 앉았다. 음, 아무리 봐도 드로어즈는 토르의 물건을 감당하지 못하는 것 같은데 굳이 입을 필요가 있는 걸까.

드로어즈 위로 기세등등하게 존재감을 드러낸 중심에 맑은 이슬이 고여가고 있었다. 어차피 제 기능도 못하는 거 드로어즈도 같이 벗어 버리는 편이 나을 것 같다. 저 좁은 감옥 같은 틈에 갇혀 제대로 꺼덕이지도 못하는 게 가여워 보일 정도였다.

"······다, 벗어."

"하, 흐으."

이제 그는 반론도 제기하지 못하고 바들바들 떨기만 했다. 하지만 끝내 고개를 푹 숙인 채로 드로어즈를 쑥 내렸다. 덕분에 자유를 되찾은 그의 물건이 기분 좋은 듯 움찔움찔 흔들렸다.

'정말 볼 때마다 새삼스럽게 느끼지만…… 크다.'

처음에 보았던 예쁜 선홍색은 그대로였다. 다만 흥분으로 인해 끝부분이 더 진한 붉은 색이 되었을 뿐이다.

간혹 비유가 아니라 진짜로 '흉기'라고 부를 수 있을 만큼 울퉁불퉁하고 검붉은 성기를 지닌 자들이 있는데, 그에 비하면 토르의 것은 정말 깨끗하고 갓 태어난 느낌이었다. 물론 그 크기와 굵기는 전혀 귀엽지 않았지만 말이다.

모든 여자들이 바라는 이상적인 물건을 지닌 남자가 훨씬 작은 제 발에 희롱당하면서 괴로워하는 모습이라니…….

토르가 느끼는 모습에 셰리는 어느새 동하고 말았다. 그래서 니 삭스를 신은 발끝을 들어 온전히 맨살을 드러낸 그의 것을 살짝 건드려 보았다. 그러자 그의 허리가 지금까지 중에 가장 격렬하게 튀었다.

"으핫, 학, 하아. 핫."

역시 옷 위로 문질러질 때보다 자극이 셌나 보다. 급작스레 커진 목소리에 셰리가 주의를 주었다.

"쉿, 마부가 들으면 어쩌려고 그래. 참아."

"……흐, 흐흡."

셰리의 흰 발가락이 꼼지락거리며 맑은 액이 새어나오는 첨단의 중심부를 살살 문질렀다. 그러다 엄지발가락을 세워 발가락 사이의 틈을 만들곤 그대로 굵은 기둥을 훅, 쓸어내렸다.

"윽!"

면직물로 만든 조금 거친 니 삭스의 질감이 가장 예민한 부분에 고스란히 느껴졌다. 토르는 제정신을 유지하기 힘들었다. 뒷짐 지는 것처럼 뒤로 모아 반대편 손목을 결박하듯 잡은 양손에 힘이 바짝 들어갔다. 딱 미쳐 버릴 것 같았다.

역방향으로 앉은 자신의 바로 뒤에는 마부가 앉아 있을 테다. 안면이 없는 사이도 아니고 앞으로도 호위를 하다 보면 계속 마주쳐야 하는 자였다. 그런 마부에게 제 신음 소리를 들킬지도 모른다니. 생각만으로도 수치스러워 토르는 있는 힘을 다해 소리를 죽였다.

"후, 읏."

슬슬 쾌감에 적응해 나가는지 토르는 끅끅거리면서도 신음을 잘 참아 냈다. 그러자 셰리가 여태 쓰지 않았던 다른 쪽 발을 들어 그의 탄탄한 허벅지로 올렸다. 그 위를 느릿하게 그대로 꾸물꾸물 기어가는가 싶더니 힘이 잔뜩 들어간 허벅지를 발바닥으로 슥슥 쓸었다. 그러면서 터질 것 같은 열기를 뿜어 대는 그의 중심 근처로 다가갔다.

"아."

토르는 그 모습을 잔뜩 긴장한 표정으로 바라보았다. 그렇게 숨죽인 채 눈을 부릅뜨고 있던 때였다. 그녀의 발이 제 물건으로 착, 달라붙었다. 순간, 그의 고개가 뒤로 넘어갔다.

"……읏!"

이제 슬슬 사정할 줄 알았는데 그걸 참았어? 그럼 이번에도 참을 수 있나 한 번 볼까.

셰리는 토르의 초인적인 자제심에 내심 놀랐다. 뒤이어 두 발을 마주 모아 그의 기둥을 문질렀다.

"하, 하아."

고개를 뒤로 젖힌 토르의 눈에는 핏발이 잔뜩 서 있었다. 목울대를 울렁 거리며 본능을 참아 낸 그의 흰자위가 실핏줄이 터진 양 더욱 붉어졌다. 큰 위기가 지나가자 헉헉거리던 고개가 정면으로 돌아왔다. 하지만 달라진 점 이 있었다. 그녀에게 꽂힌 눈빛이 다소 흉흉해졌다. 이상하게도 셰리는 그 눈길에 오히려 제 아래가 조금 젖는 기분이 들었다.

제가 시키면 구두 밑창이라도 핥을 듯이 구는 모습과 이번에 봤듯이 저를 엉망진창으로 범하고 싶어 하는 모습, 둘 중에 어느 모습이 진짜 토르일까.

급기야는 반짝거리던 보랏빛 눈에서 굵은 눈물이 뚝뚝 떨어졌다. 진짜로 묶인 것도 아닌 상황에서 꼼짝없이 희롱만 당하는 상황이 견디기 어려웠던 모양이다. 게다가 셰리가 신음 소리도 제대로 못 내게 하니 슬슬 한계에 달한 듯했다.

"……습니다."

"뭐?"

여전히 그의 아래를 문지르는 발을 멈추지 않은 채 셰리가 귀를 기울였다. 그러자 빠득빠득 이 가는 소리와 함께 더없이 낮아져 거친 목소리가 들려왔다.

"넣, 고…… 싶습니다."

"안 돼, 그럼 벌이 아니잖아."

"제발…… 훗, 제, 발……."

셰리에게 일언지하에 거절당하자 급기야 긴 속눈썹에 방울방울 눈물이 매달렸다. 애처로이 흐느끼는 절세미남의 모습은 확실히 자극적이었다. 그 모습에 심장을 저격당한 것은 셰리도 마찬가지였다. 그녀가 아랫입술을 지그시 깨물었다.

아직 시간이 좀 남았으니, 해 볼까? 한 번 정도면 부담도 없고 딱 될 것 같은데? 아니, 시간과 체력이 문제가 아니었다. 저걸 넣으면 아직은 아래가 좀 저릿할 테니까. 게다가 뒤처리 문제도 있었다. 토르는 질외 사정 경험도 없고, 지금 저렇게 맛이 간 상태에서는 가르쳐 준다고 들을 것 같지도 않은데 또 안에 해 버리면 어떻게 한단 말인가.

이미 반쯤 토르에게 넘어간 상태라는 걸 그녀만 몰랐다. 그때, 현실적인 걱정들로 고민하던 셰리의 본능이 위험스럽게 새살거렸다.

―그럼, 안 넣으면 되잖아.

―안 넣고 어떻게?

―안 넣고 다리 사이에서 비비기만 하면 충분히 느낌도 나고 서로 좋잖아.

―지금 토르를 벌주는 중인데, 그건 벌이 아닌걸.

―넣게 해 달라는데 못 넣게 하는 게 벌 아냐?

"……."

결국 셰리는 제 본능과 극적인 타협을 이뤄 냈다. 그의 중심을 주무르던 발을 떼어 내고 비릿한 액체로 잔뜩 흥건해진 니 삭스를 벗었다. 그리고 애원하듯 올려보는 토르의 앞에서 천천히 치맛자락을 걷어 올려 속옷을 벗어 내렸다.

제가 간절히 원하던 모습에 토르는 순식간에 숨이 거칠어졌다. 숫제 짐 승처럼 헐떡거렸다. 그의 눈이 셰리의 비부로 가 꽂혔다. 내내 갈 곳 없이 온몸을 돌아다니며 쾅쾅 부딪히던 열기들이 그의 뇌를 불태워 버릴 기세로 위로 쏠렸다.

"아, 흐아…… 하, 셰리 님."

"으음, 넣는 건 안 돼. 대신 다른 걸 가르쳐 줄게."

실망으로 조금 흐려진 토르의 눈꺼풀이 느릿하게 닫혔다가 열렸다. 그러자 속눈썹에 맺힌 눈물이 한 번 더 뺨 위를 굴렀다. 그 모습을 감상하며 셰리는 완전히 걷어 올린 치맛자락을 두 손으로 잡았다. 이어서 등을 돌린 채 그의 허벅지 위로 안착했다.

"웃."

부드럽고 무게감 있는 여체가 내려앉자 돌덩이처럼 더욱 딱딱해진 그의 허벅지가 움찔거렸다. 고개를 내려 확인해 가며 부풀대로 부푼 토르의 물건에 제 아래의 갈라진 틈을 맞댔다. 그러고는 마침내 토르의 가슴팍에 등을 기대었다.

"으, 뜨거워. 자, 여기 봐. 내가 다리를 오므릴 테니까 그럼 다리 사이로 비비면 돼. 알았지?"

"하, 하아. 너, 넣고 싶어요."

"안 된다니까! 허락 없이 넣으면 가만 안 둬."

계속되는 거부에 토르가 힘없이 그녀의 어깨에 두 눈을 묻었다. 그의 눈 물로 셰리의 어깨가 금세 축축하게 젖어들었다. 음, 지금 건 좀 불쌍하긴 했지만 역시 안 되는 건 안 되는 거다.

"그럼…… 손은요?"

옷 위로도 토르의 뜨겁고 거친 숨이 그대로 느껴졌다. 셰리는 그의 물건을 가운데에 둔 채로 허벅지를 조였다. 으, 뜨거워. 그 열기에만 정신이 팔려 있던 그녀가 무심코 허락의 말을 내뱉었다.

"뭐, 넣지만 않으면 이제 손 정도는 써도 돼."

그러자 기다렸다는 듯이 커다란 손이 그녀의 가슴을 움켜쥐었다. 셰리가 깜짝 놀라 파드득 떨었다. 그 바람에 그녀의 부드러운 허벅살이 토르의 것에 닿았다.

"앗, 잠깐."

"아, 아흐. 사, 살이, 닿았……."

미칠 것 같은 감촉에 토르는 잠시 전율했다. 뒤이어 씩씩거리는가 싶더니 다소 거칠게 허리 짓을 시작했다. 계속되는 괴롭힘으로 미끌미끌해진 토르의 기둥은 무리 없이 그녀의 허벅지 사이를 드나들었다. 셰리의 아래가 반응하며 점점 더 젖어 갔다.

"아학, 하, 학."

"으응, 응, 너, 너무 거칠……."

그녀의 목덜미에 계속해서 입을 맞추었다. 그리고 여태껏 참았던 본능대로 미친 듯이 비벼 댔다. 그 바람에 오히려 셰리의 아랫배에 힘이 바짝 들어갔다.

'내, 내가 생각했던 그림은 이게 아닌데…….'

조금 더 느긋하게 토르를 희롱하면서 저도 즐기려 했던 계획이 순식간에 틀어졌다. 셰리의 얼굴이 당황으로 물들었다.

그 와중에 그의 딱딱하고 미끄러운 분신이 마찰하며 일으키는 열기는 그녀의 꽃잎과 그보다 조금 앞의 작고 동그란 과실에도 고스란히 전달되었다. 혼란스러움으로 점철된 그녀의 머리와는 반대로 셰리의 몸도 급격하게 달아오르기 시작했다.

"아, 하악, 너, 너무 급해. 조금만, 천, 천히……."

"훗, 헉, 셰, 셰리 님. 아, 너, 넣는 것 같아요. 아, 흐, 좋아……."

극도로 흥분하면 토르는 그녀의 말을 영 듣지 못했다. 이번에도 완전히 정신이 나간 것처럼 귓가에 속삭이는 토르 때문에 셰리의 뒷목에도 소름이 오스스 돋아났다.

평소의 목소리도 미성이라 듣기 좋았지만 관계시 잔뜩 흥분해 갈라진 목소리는 마치 악마 같았다. 그것도 여심을 음욕에 절이는 인큐버스(Incubus; 몽마夢魔)말이다.

"하웃. 그, 그만."

녹아내리는 것같이 달콤하면서도 셰리의 심장을 긁어내리는 듯 둔탁했다. 그녀의 귀가 빨갛게 달아오르며 가려워졌다. 서둘러 제 귀를 감싸며 토르를 피하려 했다. 앞으로 상체를 기울였다. 그러자 그가 그녀의 움직임을 따라 반쯤 일어섰다.

옷 위로 마음껏 그녀의 가슴을 지분거리면서 토르는 거센 허리 짓의 속도를 줄이지 않았다. 그러자 당연하게도 셰리의 몸이 그녀가 앉아 있던 앞좌석으로 기울어졌다.

"앗, 잠, 잠깐."

"아, 아아. 하아."

너무 심하게 오래 괴롭힌 모양이다. 그녀의 목소리가 전혀 안 들리는 눈치다. 이미 이성을 잃어 저만의 세상에 빠진 토르 때문에 셰리는 간신히 좌석에 팔을 짚어 몸을 지탱했다. 그녀의 다리가 후들후들 떨렸다.

'미쳤, 미쳤어.'

어지간히 큰 물건이 아니었던지라 그녀의 여린 겉꽃잎들을 죄다 짓무르듯이 뭉개며 자극했다. 진짜로 삽입한 것도 아니었다. 하지만 마치 삽입했다고 착각할 만큼 빠른 움직임과 압박감은 셰리의 성감을 일깨우기에 충분했다.

그리고 토르의 손은 벗겨내지 않은 그녀의 옷 위로도 유두가 있을 법한 자리를 집요하게 문지르고 자극했다. 셰리의 신음 소리가 같이 높아졌다.

"으아, 아흥, 앗, 앗."

토르는 자꾸 내려오는 치맛자락이 거슬려 휙 걷어 올렸다. 그러자 뽀얀 엉덩이가 드러났다. 그걸 본 토르의 시야가 빨갛게 물들었다.

이렇게 위에서 그녀의 엉덩이를 바라보는 자세는 처음이었다. 비록 나신을 보인 건 아니었으나 그에게 등을 내보인 채 속절없이 흔들리는 아가씨와 하얗고 탐스러운 엉덩이…….

머리가 핑핑 도는 듯한 쾌감을 느끼며 토르가 허리 짓에 더 속도를 올렸다. 여태까지 겪었던 쾌락에 겨우 적응하여 이게 다인가 싶으면 또 다른 세계가 열렸다. 더, 더, 더 하고 싶다. 제가 몰랐던 모든 것들을 아가씨와 함께 알아가고 싶었다. 어떻게, 어떻게 이런 감각과 기분이 존재할 수 있는 거지.

"훗, 아흑. 아, 안 돼. 으응!"

제게 먼저 마차의 방음을 주의시켰던 셰리의 신음 소리가 더없이 높아져 있었다. 그에 아무런 위화감도 느끼지 못한 채 토르는 저도 그녀를 만족시키고 있다는 자신감으로 끝없이 허리를 놀렸다. 아까는 그렇게 신경 쓰였던 마부 따위는 어찌 되든 상관없어졌다. 그깟 수치심, 그게 뭐 어쨌단 말인가.

평소의 토르로서는 생각할 수도 없는 미친 의식들이었다. 그렇게 그가 이성의 통제를 벗어나 날뛰는 동안 셰리는 어느새 제가 거의 절정에 이르렀음을 느꼈다. 다리가 달달 떨렸다.

다, 다리에 힘이…….

셰리는 갓 태어난 초식 동물처럼 파들거리다 주저앉았다. 그러나 허리를 빠르게 낚아챈 토르 때문에 그녀는 거의 공중에 떠 있는 상태였다. 그런 채로 계속해서 행위가 이어졌다. 억지로 띄워진 하체 탓에 팔꿈치로 간신히 몸을 지탱하던 셰리가 더는 견디지 못하고 먼저 쾌감을 터뜨려 버렸다.

"으앙, 하앙, 아아아, 아항, 앙."

"으, 으읏. 아, 하아."

절정으로 인해 그녀의 비부에서 뜨거운 액체가 왈칵 쏟아져 내렸다. 그리고 바짝 닿아 있는 그의 물건을 자극했다. 이제 토르도 거친 소리를 내며 빠르게 사정감을 끌어 올렸다.

"학, 하악, 이, 이제……."

"아항, 하, 하앗……."

그녀의 뒤를 이어 제 열기들을 해방하고 싶은 욕망에 몸부림치던 토르의 몸이 경직된다고 느낀 순간이었다. 셰리는 정신이 몽롱한 와중에도 벗어 둔 니 삭스를 빠르게 잡아채 그의 물건을 감쌌다.

"크, 크으윽, 흣, 흐읍, 큭……."

다행히 늦지 않았다. 그녀가 니 삭스를 가져다 대자마자 토르가 파정과 동시에 셰리의 등 위로 허물어졌다.

"하아, 하아……정말……."

"으, 으읏……."

그녀를 껴안은 채 앞으로 고꾸라진 자세 때문에 셰리는 등받이에 얼굴을 박아야 했다. 여전히 격렬하게 맥동하는 그의 물건을 쥔 손에 힘을 주었다.

"앗, 윽, 셰리 님……."

"무거워, 좀 비켜 봐."

그제야 정신이 든 모양이지? 비척비척 커다란 상체를 일으킨 토르를 향해 셰리가 뒤로 고개만 돌려 노려보았다.

"누가 이렇게 마음대로 하래?"

"……그, 넣지만 않으면 된다고…… 하셔서……."

이성을 잃었던 수치심이 그제야 몰려오는지 토르의 볼이 붉어졌다. 그러나 아직 흥분이 가시지 않은 얼굴로 씨근덕거리며 눈을 치켜뜨는 셰리의 모습은 역효과였다. 그는 죽을 듯이 부끄러운 와중에도 또 심장이 두근거렸다.

"앗, 왜 커지는 거야."

"그, 그…… 죄송합니다."

셰리는 팔꿈치로 두툼한 가슴팍을 간신히 밀어내며 그를 마주 보았다. 그리고 정액으로 완전하게 흥건해진 니 삭스를 토르의 눈앞에 디밀었다.

"이거 어떡할 거야. 이렇게 다 젖어서 어떻게 신어."

"……."

토르가 민망함으로 잔뜩 달아올라 할 말을 잃고 고개를 숙였다. 그런 그에게 무어라 한마디 더 쏘아붙이려는 순간 마부의 목소리가 들려왔다.

"곧 외성으로 진입합니다, 아가씨."

마차 전체에 둥둥 울리는 듯한 마부의 목소리에 토르의 고개를 번쩍 들어 올려졌다. 그제야 저와 셰리가 어느 순간부터 신음을 참지 못했다는 것을 상기해 낸 그의 얼굴이 울듯이 일그러졌다.

"어, 어쩌지요. 다…… 들렸을 텐데……."

"흥, 내가 타는 마차인데 방음 장치가 안 되어 있을 것 같아?"

바깥의 소리는 적당히 들리지만 내부의 소리는 마법석을 작동시키지 않는 이상 거의 완벽한 방음이 가능했다. 겉보기와 달리 값비싼 마차였다. 그 사실을 셰리가 설명하자 토르는 그제야 두 손을 얼굴에 묻으며 안도의 한숨을 토해 냈다.

"아, 다행……."

"지금 그게 문제가 아니야. 내 니 삭스 어쩔 거냐구."

"……."

마차가 후작성에 들어서자, 토르는 마중 나온 사용인들을 아가씨가 잠이 드셨다는 이유로 물러나도록 했다. 결국 셰리가 잠이 든 척 토르에게 안겨 침실까지 이동하는 식으로 위기를 모면할 수 있었다.

* * *

처음은 자는 척이었다. 하지만 마차로 먼 거리를 쉴 새 없이 달려온 여정과 일련의 해프닝은 셰리에게 제법 고된 일이어서 익숙한 침대에 몸을 누이자 정신없이 잠에 빠져들고 말았다.

그렇게 저녁때를 넘겨 일어난 셰리가 늦은 저녁식사를 마쳐 갈 무렵 집사가 다이닝 룸으로 들어섰다. 그녀가 후작성으로 돌아오는 동안 집사는 자리를 비운 상태였다. 아직 전보와 관련된 이야기를 듣지 못한 셰리가 반색하며 그를 맞았다.

"가우렌, 안 그래도 찾고 있었는데……."

"급히 알아볼 일이 있어 부득이하게 셰리 님의 귀택을 지키지 못했습니다. 죄송합니다."

"됐어, 그냥 잠깐 휴가였는데 뭘."

손사래를 친 셰리의 접시가 거의 다 비워진 것을 본 집사가 룸 안의 사용인들을 눈짓으로 모두 물렸다. 그 와중에도 꿋꿋하게 그녀의 뒤에 서서 자리를 지키는 토르를 보고 가우렌은 한쪽 눈썹을 치켜 올렸다. 그리고 셰리에게 조심스럽게 청했다.

"톨체르 경도 바깥에서 대기하게 하시죠."

"음, 토르도 물려야 하는 이야기야?"

"……보아하니 그래야 할 것 같습니다."

막내 삼촌뻘의 젊은 집사이지만 수족이나 다름없게 된 자였다. 가우렌의 판단은 전적으로 신뢰할 만했다. 그래서 셰리에겐 일말의 망설임도 없었다. 토르에게 잠시 다이닝 룸 밖에 나가 있을 것을 명했다.

"잠깐만 나가 있다가 들어와."

"하지만, 저는……. 예."

그녀와 떨어지고 싶지 않은 듯 토르는 잠시 미적댔다. 그러나 셰리의 단호한 눈빛에 어깨를 축 늘어뜨린 채 다이닝 룸을 나섰다.

"결국, 하셨군요?"

"뭐…… 가우렌도 이왕이면 믿을 수 있는 사람으로 고정하는 게 낫다고 했잖아."

"……."

종종 있어 왔던 셰리의 일탈을 알고 있는 유일한 관계자인 만큼 단 며칠 만에 둘 사이에 달라진 공기를 눈치챈 모양이었다. 거기에 사용인들을 모두 물렸다고는 해도 '그' 토르가 잠든 셰리를 굳이 안아서 침실로 옮겼다는 사실이 집사장인 그의 귀에 들어가지 않았을 리 없다. 매우 합리적인 추론이었다.

다양한 일회성 파트너를 만드는 위험성에 대해 내내 잔소리해 오던 그였다. 그런 제가 한 말을 고스란히 되돌려 받아서인지 당분간 토르로 만족하겠다는 듯한 아가씨의 말에 큼큼, 헛기침을 했다.

사실 토르가 일단은 백작가 직계인 귀족 영식이라는 점 때문에 가우렌은 그런 그를 호위 기사로 임명하는 것도 처음에는 반대했었다. 그러나 선을 넘는 남자들에게는 가차 없는 셰리의 성정을 믿고 뒤에서 말이 새어 나오지 않도록 여러모로 애쓴 자도 집사장인 가우렌이었다.

'톨체르 경은 나중에 따로 이야기를 나눠 봐야겠군.'

아가씨에게 내내 따라붙는 시선의 농도가 심상치 않았다. 혹시 허튼 생각을 하는 것은 아니겠지. 복잡해진 심경을 내색하지 않은 가우렌이 서류 가방을 열어 보고서 네 뭉치를 식탁 위에 올려두었다.

"너무 촉박하지 않게 준비하시려면 늦어도 모레쯤엔 출발하셔야 할 것 같습니다. 우선 후보라도 정해 주심이……."

"원래 염두에 두고 있던 건 셋 아니었어?"

"추가된 한 명은 직접 확인해 주십시오."

맨 앞장에 첨부된 것은 또래의 젊은 영식들의 사진과 초상화였다. 어렵지 않게 그 보고서들이 그녀의 약혼자 후보들에 대한 것임을 알 수 있었다. 셰리는 가장 먼저 내밀어진 보고서부터 휘적휘적 대강 넘기고 두 번째 보고서도 비슷한 속도로 훑어 냈다. 그러다 세 번째 보고서의 사진을 보고서 흠칫했다.

"기어코 할아버님께서 한 명은 성공하셨구나."

"……제 능력으로도 딱히 큰 흠을 잡아 낼 수 없었습니다."

대공가 특유의 다갈색 머리카락에 시원하게 웃는 모습이 매력적인 사내였다. 사진에 힐끗 눈길을 준 셰리가 보고서를 빠르게 검토했다. 객관적으로 호감형을 뛰어넘은 미남이었지만 크게 감흥을 주지 못했다. 엘프에게도 견줄 만한 토르의 미모를 이미 알아 버렸으니까.

"사생활도 깨끗하고, 교우관계도 그럭저럭 원만한 데다 아카데미 성적도 꽤 괜찮네? 그러니까…… 나랑 먼 친척이다 이거지?"

그래 봤자 외할아버지인 대공의 꼭두각시일 테다.

미들 네임인 '올리비아'를 물려받은 제가 제국인과 약혼했던 것도 탐탁지 않게 생각했던 분이셨다. 그러니 에드윈과의 파혼 이후 그녀의 혼약자로 손수 준비시킨 방계 혈족일 것이다. 물론 올리비아 이름을 지닌 저의 일이니만큼 제일 우수한 자를 들이미셨겠지.

셰리가 후작가 영애임에도 불구하고 공녀로 불리는 이유가 바로 이것이었다. 셰리의 어머니는 란델 공국의 공녀이자 초대 대공비의 세속명(世俗名)인 '올리비아'를 물려받은 여식이었다.

그 옛날, 성녀가 진짜로 이적을 일으키기도 했던 시절. 당시엔 왕국이었던 제국의 혈통과 성녀의 결합으로 세워진 나라가 란델 공국이었다.

성녀를 위시로 한 신성 제국과 마탑과의 알력 다툼은 성력과 마력의 그 특성상 반발 작용 문제를 차치하고서도 꽤 오랫동안 대치 상태가 이어졌다. 대륙의 주도권을 잡기 위한 그들의 소모적인 다툼은 양쪽 세력 모두의 쇠락을 가져왔고 지금에는 둘 다 유명무실해져 역사 속에서나 남은 이름이 되어 버렸다.

신성 제국과 성녀는 이제 사라졌지만 특이하게도 대대로 딸들에게만 이어진 '올리비아'라는 호칭은 남았다. 그러나 그 호칭은 그저 이름만 남은 흔적이 아니었다. 어느 때라도 공국의 계승자를 결정할 시 '올리비아'는 우선순위로 고려되었으며, 본인이 계승자가 되고 싶지 않더라도 후계자를 결정하는 데 결정적인 발언권을 행사할 수도 있는 막대한 특권이었다.

이번 대에 이르러 '올리비아'를 물려받은 셰리가 후작가를 잇는 것이 확실시되었지만 향후 그녀의 딸이나 그녀가 지정하는 란델 공국 혈통 여식에게 그 이름을 물려줄 수 있는 권한은 여전했다. 이렇듯 단순히 후작 영애로만 보기 어려운 특수성이 셰리에게 공녀의 지위가 허락된 이유였다.

'할아버님께서는 아직도 어머니를 제국의 후작 따위에게 빼앗겼다고 생각하시나 봐.'

엄밀히 말해서 미하르쉘 후작가의 고유 권한인 후계자의 혼사에까지 관여하려고 하시니……. 그런 것을 감안해도 지금까지 본 세 명의 후보 중에서 가장 조건이 훌륭한 자는 란델 공국의 방계 영식이었다.

꼬장꼬장한 할아버님의 목소리가 떠오르는 듯해 셰리는 이마를 눌러 짚었다. 뒤이어 마지막 남은 네 번째 보고서를 집어 들었다.

"……응? 이게 사진이라고?"

최대한 잘생기게 나오려고 노력한 다른 셋의 사진과는 달랐다. 네 번째 후보자의 사진은 앞머리로 눈가를 덥수룩하게 가린 모습이었다. 심지어 최근 사진도 아니다. 9년 전, 열여섯 살 때의 사진이란다. 나머지 사진은 아주 어린 시절인 것 같은데 백금발을 깔끔하게 넘긴 네댓 살쯤 된 귀여운 꼬마가 책을 읽는 모습이었다.

"설마 아들은 아니겠지?"

"……영식의 20년 전 모습이라고 합니다."

"제대로 된 사진도 없는 사람을 도대체 왜 후보에 올린거야?"

"보고서를 넘겨 보시죠."

가우렌이 추가로 시간을 들여 작성한 보고서이니만큼 무언가 이유가 있긴 있는 모양이었다. 처음에는 건성으로 보고서를 넘기던 셰리의 눈이 금세 이채를 띠었다. 다시 맨 앞으로 돌아와 이름을 확인하니…….

"레이먼드 올린……."

"올린 남작가 차남입니다."

다른 세 후보는 후작가에서 조건에 맞춰 자체적으로 물색한 것이라면 네 번째 보고서의 주인공은 직접 자기소개서를 보내 왔다고 한다.

미하르쉘 후작가에서 슬슬 약혼자 후보를 추리고 있으리란 사실은 예상 가능한 부분이긴 했다. 그러나 파혼 이후 셰리가 사교계를 떠나 후작령으로 내려가 버렸다. 그렇기에 약혼을 청할 명분이 없어서 누구도 섣불리 나서지 못했을 뿐이었다.

거기다 셰리 정도의 지위라면 먼저 혼담을 제안하는 법이지, 그보다 지위가 낮은 가문에서 감히 약혼을 요청해 오는 일은 없었다. 그런데 가문 이름으로 요청한 것도 아니고 심지어 차남 본인이 자기소개서처럼 제안서를 써서 보내다니…….

'올린'이라는 성이 아니었다면 진작 쓰레기통으로 향했을 자기소개서였다. 하지만 집사 가우렌의 추가 정보들로 보강되어 셰리의 앞에 다다랐다.

"그 집안 차남은 어렸을 때 아카데미에 입학해서 학자 쪽으로 간다고 하지 않았어?"

그렇기에 애초부터 후보군에 고려되지도 않았던 자였다. 자기소개서에도 정작 사진은 없었고, 최근 것도 아닌 저 사진들은 가우렌이 남작가에 직접 요청하여 받아 온 것이라고 했다.

그러나 제 치하에서 가장 중점을 두고 발전시킬 곳이 칸토 지방이었다. 그런 점을 감안하면 그곳을 장악한 올린 상회의 올린 남작가야말로 가장 이상적인 약혼자의 조건이 아닐 수 없었다.

"마법 공학 전공에, 마도구 부전공이라고? 그리고 사생활 란은 왜 비어 있는 거야?"

"그게……. 공란으로 비워 둘 수밖에 없었습니다."

가우렌의 설명을 들은 셰리의 한쪽 눈썹이 치켜 올라갔다. 지원자가 아무리 많아도 시험에 통과하지 못하면 그 해의 신입생은 아예 뽑지 않는 걸로 유명한 마법 공학 전공이었다. 거기다 공부량이 어마어마하다고 알려진 마도구 부전공이라니.

심지어 사생활은 깨끗하다 못해 전무. 주로 연구실에서 숙식을 해결하고 종종 마법 공학 논문에 필요한 물품을 구하기 위해 올린 상회에 드나드는 것이 전부인 수준이었다. 심각하지 않은 수준이라면 차라리 어느 정도의 흠이 있는 편이 현실적일 텐데 너무 아무것도 없어서 외려 의심스러웠다.

'하지만 이 남자를 제외하면 후작 부군이 될 만한 가능성이 제일 높은 건 할아버님이 추천한 사람이 될 텐데.'

단순히 예비 약혼자라고 해도 그것만은 피하고 싶었다.

"아가씨, 어차피 당장 약혼자를 결정해야 하는 건 아닙니다. 정 내키지 않으시면 더 두고 고르셔도 됩니다."

"나도 알아. 하지만 이번에 황도에 같이 가야 하니까……."

"그럼, 약혼자 후보로 보일 만한 자가 필요하신 거로군요."

"응, 아무래도 황도로 가면 그분을 만나야 할 상황이 생길 거야."

셰리가 한숨을 내쉬었다. 그녀의 시선이 네 번째 보고서에 오래도록 머물렀다. 올린 남작가라니, 의외로 나쁘지 않았다. 거기에 상회에서 아티팩트 제품 개발 부분을 맡은 마법 공학 전공자라면 더할 나위 없이 이상적인 부군감이 아닌가.

후작가와 힘겨루기를 하지 않아도 될 만큼의 적당한 작위의 귀족 가문인데다가 추후 이해 충돌의 여지가 있는 영지도 없다. 무엇보다 작은할아버님 대의 인연으로 올린 상회와 여태 우호적인 관계를 유지해 왔다. 이 기회에 확실한 혼맥으로 이어 두면 더할 나위가 없을 테다.

"좀 찝찝하긴 한데, 그렇다고 다른 대안이 있는 것도 아니고."

셰리는 이제 스무 살이었다. 아주 어리진 않지만 약혼을 서두를 만한 상황도 아니었다. 그런 그녀가 이번 황도행 이전에 예비 약혼자라도 결정하고자 한 이유가 있었다.

물론 간만에 참석한 사교 파티에서 부군 자리를 노리고 부나방처럼 덤벼들 여타의 영식들도 문제긴 했다. 하지만 그 이유 때문은 아니었다. 그렇다고 전쟁 영웅으로 당당하게 금의환향할 에드윈 공자에게 그럴싸한 약혼자가 있음을 보여 주기 위해서도 아니었다.

가장 큰 이유라고 할 만한 것은 셰리의 대모나 다름없던 에드윈 공자의 모친인 린데카이르 공작 부인이었다.

셰리에게 어머니라고 하면 태어나자마자 여읜 친모보다는 린데카이르 공작 부인의 애정 어린 손길과 다정하게 안아 주던 품이 먼저 생각났다. 그녀의 파혼 후 대부분의 사교 행사에는 발을 끊으셨다고 들었는데 아마 이번에 황도에 가면 조우하게 될 터였다.

정작 먼저 파혼을 요구한 당사자는 아들인 에드윈이었다. 그런데도 제 손으로 키운 며느릿감을 잊지 못하셨는지 근 반년 동안 절절한 편지를 보내셨던 분이다. 완곡하게 거절의 의사를 밝힌 제 답장과 더불어 에드윈이 출정하고부터는 편지가 끊기긴 했다. 그러나 묘한 고집이 있으신 분이니 겸사겸사 대비해 두는 편이 나았다.

"후, 사실상 선택지는 하나뿐이네."

"……내일 남작가에 서신을 보낼까요?"

"그래, 뭐 어떻게 생겼나 얼굴이라도 한번 봐야지."

여기서 얼굴을 한번 본다는 것은 셰리든, 집사든 '황도에서'라는 장소가 생략된 말이었다. 그러나 예상과는 달리 오전 중에 서신을 보내기 무섭게 점심 무렵 승낙이 도착했다. 급기야 오후에는 아직은 지나치게 이른 청혼서를 들고 남작가에서 사람이 찾아왔다. 나타난 이는 레이먼드 올린, 본인이었다.

VIII. 내 아가씨의 약혼자

당당하게 약혼 승낙을 들고 왔다고 밝힌 금발의 미청년으로 인해 후작저가 발칵 뒤집힌 것은 당연한 일이었다. 그동안 출장 때문에 소홀히 한 훈련량을 채우느라 수련장에 늦게까지 머물고 있던 토르의 귀에도 들렸다. 마치 청천벽력과도 같았다.

"공녀님 약혼자가 찾아왔다고?"

"아직 약혼자는 아니고 일단 예비 약혼자라던데?"

"그럼 곧 약혼하신다는 소리잖아."

동료 기사들부터 시종들까지, 온 저택에서 작은 주인님의 갑작스러운 약혼에 대해 수군거리는 소리가 여기저기서 들려왔다. 하지만 토르의 귀에는 그저 웅웅거리는 이명으로만 느껴졌다.

왜? 벌써?

지난 며칠간 그녀와 누구보다도 가까이 있었다. 그러나 전혀 그런 기색을 못 느꼈는데……. 앞으로 곧 약혼할 거라곤 하셨지만 그때 그녀의 어조를 떠올려 보면 더더욱 그랬다. 근시일 내이긴 커녕 확정된 일도 아니라는 뉘앙스였다.

토르는 수련장 정리를 위해 모아 두었던 목검 다발을 끌어안은 채 잠시 멍하게 멈춰 섰다. 그러다 그것들을 와르르- 쏟아 버리고는 그녀가 있을 본관으로 달려갔다.

하지만 기껏 정신없이 도착해서도 아가씨를 만날 순 없었다. 가우렌으로부터 이미 응접실에 기다리고 있는 예비 약혼자와 만나기 위해 방에서 단장 중이시라는 말만 들을 수 있었다.

"지금 경의 꼴이 어떤지는 알고 있습니까?"

토르는 이것저것 경황을 따질 여유도 없이 바로 올라가려 했다. 하지만 집사의 제지를 받은 토르가 그제야 스스로를 돌아보았다. 방금 전까지 훈련하느라 땀에 푹 전 옷 하며, 급하게 달려오느라 흙먼지가 그대로 묻은 초라한 모습.

"아."

소식을 듣자마자 제가 어떤 차림이었는지도 잊은 채로 달려온 모양이지. 엉망인 토르의 모습에 가우렌의 눈초리가 가늘어졌다.

아가씨의 꼬임에 쉽게 넘어가지 않는 모습을 보고 제 위치를 아는 위인이라고 생각했는데. 단 사나흘 만에 아주 푹 빠진 모양이었다. 아니면 아가씨를 사모하는 마음을 용케 재주껏 잘 숨겨 온 것일지도……

"단장하시려면 시간이 더 걸리니, 일단 좀 씻고 오는 게 좋겠군요."

완전히 넋이 나간 그의 어깨를 툭 건드리며 제안했다. 그러자 토르가 기사단 숙소로 부리나케 달려갔다. 그 뒷모습에 가우렌이 혀를 끌끌 찼다.

제가 모시는 아가씨이지만 참으로 죄 많은 분임이 틀림없었다.

* * *

셰리는 모처럼 편한 차림으로 집무실에서 업무를 보던 중이었다. 그런데 전혀 예상하지도, 기대하지도 못한 타이밍에 들이닥친 남작가 차남 때문에 그녀의 몸에 부랴부랴 격에 맞는 드레스와 최소한의 치장이 더해졌다.

"고마워. 두 시간은 걸릴 줄 알았는데, 이걸 30분 만에 해냈네."

유능한 사용인들에게 칭찬의 말을 건넨 그녀는 서둘러 1층 응접실로 내려왔다.

그런 셰리의 눈에 머리끝이 젖어 더욱 진하게 보이는 청록색 머리카락의 청년이 가장 먼저 들어왔다. 달려오기라도 했는지 가쁜 숨을 참지 못해 가슴팍이 오르락내리락했다. 그가 중앙 계단 아래에서 그녀를 향해 고개를 숙였다가 들었다.

"……응접실에서, 손님이, 기다리고 계십니다."

옆에 서 있는 집사를 의식했는지 다소 담담해 보이는 목소리였다. 그러나 울듯이 일그러진 그의 눈매에 셰리의 가슴이 따끔거렸다.

분명 이런 순간이 언젠가 올 것이라는 것쯤은 예상하고 그를 안았지만 이런 식으로 겪게 하고 싶지는 않았는데…….

그녀가 머뭇거리며 나머지 계단을 내려오지 못하고 멈춰 섰다. 가우렌이 큼, 하고 헛기침 소리를 내었다. 마치 이럴 줄 모르고 가까이 있는 자를 건드렸냐는 듯 질책하는 엄한 눈빛이었다. 셰리가 숨을 크게 들이켰다. 그러고는 1층 응접실을 향해 걸었다.

'정신 차려야 해, 난 카셰이라 올리비아 미하르쉘이야.'

그래, 자신은 토르의 셰리가 아니다. 하지만 칸토 별장 일정 중에 정작 선을 넘어 버린 쪽은 토르가 아니라 그녀였을지도 모르겠다는 생각이 문득 들었다.

하지만 불현듯 떠오른 생각을 곱씹어 볼 틈도 없었다. 이번에도 집사의 제지로 응접실 바깥에 토르를 세워놓은 채 셰리가 착잡한 마음을 끌어안고 문을 열었다. 그 사이로 뉘엿뉘엿 넘어가는 주홍빛 노을을 함빡 담은 금발

청년의 뒷모습이 드러났다.

응접실에 들어선 셰리의 뒤에서 문을 닫으며 토르의 입매가 비틀어졌다. 창가를 향해 등을 돌리고 뒷짐 진 남자의 모습을 눈에 새기듯 담는 것도 잊지 않았다. 제 아가씨와 외간 사내를 단둘만 한 공간에 두는 것이 마뜩잖았다. 그러나 이 이상은 제가 참견할 수 있는 영역이 아니다.

과거 그가 불쑥 선을 넘으려 할 때면 단호하고 냉정하게 돌변했던 셰리를 떠올렸다. 토르는 쓰린 속을 뒤로하고 천천히 문을 닫았다.

그리고 그런 토르의 어두운 표정에 집사가 가만히 어깨를 두드렸다. 비록 전부 마음에 쏙 드는 구석만 있는 호위 기사는 아니지만 집사의 눈에도 그가 퍽 안쓰러워 보였기 때문이었다.

"경은 이대로 문 밖에서 대기하시면 됩니다."

"……."

여전히 마르지 않은 젖은 머리카락 끝이 뒷목에 차갑게 달라붙는 게 느껴졌다. 토르가 말없이 고개를 끄덕였다.

* * *

남자는 노을에 물든 후작가 정원의 정취에 흠뻑 빠져 있느라 그녀가 들어온 것도 모르는 눈치였다. 기다리다 못한 셰리가 헛기침으로 인기척을 내었다.

"아……."

"레이먼드 올린 영식."

나이는 셰리가 다섯 살이나 어리지만 명백히 우위인 신분이라 인사는 마땅히 남자가 먼저 건네야 했다. 하지만 아무런 소리도 들려오지 않자 그녀가 고개를 약간 기울였다.

남자는 열여섯 살 때의 덥수룩한 앞머리를 싹 정리했는지 어깨 조금 아래까지 내려오는 허니 블론드를 하나로 묶은 채였다. 그리고 기대 이상의 미남자였다. 하지만 남자는 어딘가 넋이 나가 있었다. 석양 탓인지 조금 붉게도 보이는 황금색 옆머리가 옆얼굴을 타고 흘러내린 것도 잊은 듯했다. 유리구슬 같은 새파란 눈동자까지 방금 성화에서 빠져나왔다고 해도 믿을 법한 모습이었다.

'확실히 전형적인 미남이네.'

일단 셰리는 미남의 정석 그 자체인 외모에 합격점을 주었다. 그리고 다시 한번 큼, 하고 그의 주의를 끌었다. 보고서에서는 열한 살에 아카데미에 입학할 정도로 수재라던데, 실제로 보니 어딘가 멍해 보이는 게 나사가 하나쯤은 빠진 것 같았다.

"그, 아, 저, 인사드립니다. 저는 올린 남작가 차남 레이먼드입니다."

그제야 남자가 허둥지둥 정중하게 한쪽 손을 가슴에 대고 인사를 올렸다. 뒤이어 셰리의 얼굴을 살피며 눈치를 보았다. 단순히 제 외양에 홀려 버벅거리는 건 아닌 듯한 모습에 그녀도 그의 얼굴에 시선을 고정했다.

이미 안면이 있던 사이던가? 그렇다고 하기에는 저 정도의 미남을 제가 기억하지 못할 리가 없는데……. 올린 상회를 드나들 때는 매번 마법 반지로 모습을 감추기 때문에 먼발치에서라도 제 본 모습을 볼 일이 없었을 테다.

"우리가, 만난 적이 있던가요?"

"……아, 아닙니다."

셰리가 직설적으로 물었다. 그녀는 고귀한 출생 덕분에 굳이 빙빙 돌려 묻는 화법을 굳이 사용하지 않았다. 남자의 얼굴에 묘하게 실망한 듯 안도한 기색이 스쳐 지나갔다. 그러나 그는 이내 표정을 바꿔 빙긋이 웃었다. 그 바람에 양 볼에 오목하게 팬 보조개가 드러나 잘생긴 얼굴에 소년 같은 풋풋함이 덧씌워졌다.

'어? 저 보조개는……. 어디서 본 거 같기도 한데.'

웃음 짓자 완전히 다른 인상으로 변모했다. 청년의 보조개에 잠시 시선을 빼앗겼던 셰리가 서둘러 고개를 저었다. 그러고는 맹렬하게 머리를 굴려 여태 마주쳤던 몇 되지 않는 금발 남성들에 대해 떠올리고자 노력했다. 하지만 결국 포기하고 형식적인 미소를 입가에 달았다.

뭐, 어딘가 사교 행사에서라도 저를 보았던 모양이지. 비록 제 기억에 남아 있지는 않으나 이제부터라도 알아 가면 되는 일 아니던가.

'마치 처음 보는 사람처럼 대하시는군. 하긴……'

내심 기대했던 마음이 푸시식 식은 레이먼드는 매력적인 제 입꼬리를 더욱 끌어 올렸다. 이제 겨우 세 번 보았을 뿐이다. 후드 벗은 모습을 보인 적 없으니 기억하지 못하는 것도 무리는 아니었다. 게다가 그중 두 번은 그녀가 술에 취해 있기도 했었고. 그래도 제게는 처음이었을뿐더러, 굉장히 의미가 깊은 관계였는데 눈치채 주지 못하는 셰리가 못내 서운했다.

사실은 제가 바로 그녀가 자주 들르던 트라나이츠 바의 마스터라고 말을 할까 말까 레이먼드가 고민했다. 그사이 셰리가 먼저 응접실의 소파에 앉았다. 어서 앉지 않고 뭐 하냐는 눈빛에 서둘러 맞은편에 앉기는 했으나 레이먼드의 내면에서는 여전히 치열하게 갈등이 들끓었다. 그런 그를 향해 셰리가 지극히 의례적인 미소를 지으며 말을 걸었다.

"그럼, 어찌해서 영식이 먼저 저에게 혼담을 넣었는지 그 이유를 물어도 될까요?"

"……"

여태 보아 왔던 대로 느슨하게 풀린 채 유흥을 즐기던 아가씨의 모습이 아니었다. 완벽히 귀족적인 태도였다. 그래서 레이먼드는 그때까지 하던 고민을 깔끔하게 접었다. 여기서 예전 그녀의 사생활을 언급하는 순간, 가차 없이 약혼에 대한 논의는 물 건너갈 것이라고 그의 동물적인 감각이 경고했기 때문이다.

달콤하고 나른하게 생긴 외양과는 다르게 영민한 그는 상황 파악이 빨랐다. 그래서 그때까지도 새어 나오려던 미련을 싹 갈무리하여 꽁꽁 숨겨 두는 데에 성공했다.

곧게 허리를 펴고 두 주먹을 허벅지 위에 다소곳하게 올린 청년은 마치 면접이라도 보러 온 구직자처럼 진지하게 입을 열었다.

"저를 선택해 주시면 후회하지 않게 해 드릴 자신이 있습니다. 올린 상회는 물론이거니와 마탑과 아카데미, 그리고 미하르쉘 후작가를 잇는 확실한 징검 다리가 되겠습니다."

일반적인 혼담 제안서가 아닌 자기소개서를 첨부해 무작정 들이댈 때부 터 알아봤지만 하여간 어딘가 좀 엉뚱한 작자였다. 한눈에 반했다는 둥 헛 소리를 늘어놓거나 후작가의 원조를 바란다고 했다면 약혼을 재고해 볼 생 각이었는데……. 어찌 되었든 셰리가 그에게 바라던 역할을 정확하게 짚어 낸 셈이다. 그녀의 눈에서도 일말의 호감이 피어났다.

그러나 일찍이 후계자로서 내·외정을 관리해 온 셰리는 일방적인 사탕 발림에 바로 고개를 끄덕일 만큼 호락호락한 이는 아니었다. 세상에 공짜 점심은 없는 법.

제 혼사는 후작가의 미래와 직결될지도 모르는 중요한 일이었다. 하물며 공부깨나 한 귀족 영식이 아무것도 바라는 것 없이 제 성을 버리고 기꺼이 후작 부군이 되려 한다니. 더더욱 있을 수 없는 일이었다.

"그래서, 영식은 이 혼담으로 뭘 얻게 되죠?"

"저는……."

묘하게 결연해 보이던 여태까지의 태도는 잠시 온데간데없이 남자의 하얀 볼이 설핏 붉은 기운을 띠었다. 어쩐지 제 미모 앞에서 넋을 놓곤 하던 이들의 모습과 겹쳐 보이려던 순간이었다.

"영지 없는 남작가의 둘째 아들에게는 사실 주어진 선택지가 그리 많지 않습니다. 솔직히 말해 저는 아카데미와 연구소에서의 영향력을 원합니다. 그리고……."

"그리고?"

여기까지는 셰리의 예상에서 크게 벗어나지 않는 조건이었다. 후작가가 그를 발판으로 제국 아카데미와 마법 공학 연구소에까지 힘을 쓸 수 있게 된다면 그녀에게도 충분히 기꺼운 일이었으니까. 조용한 응접실 안에서 레이먼드가 꿀꺽, 마른침을 삼키는 소리가 들렸다. 도대체 무슨 말을 하려고 저렇게 뜸을 들이는…….

"차차기 후작의 아버지가 되기를 원합니다."

마치 굉장히 무리한 조건을 제시하기라도 한 것처럼 발언 직후 남자가 셰리의 눈치를 보았다. 뭘 말하려고 망설이나 했더니, 그녀가 애초에 상대가 제시할 것이라고는 고려하지도 않은 부분이었다.

"영식이 걱정하지 않아도 제 후계는 정식 남편의 핏줄이 될 거예요. 더불어 사생아는 없을 것이라 약속드리죠."

"……아!"

당연하다는 듯이 덤덤한 말에 레이먼드의 얼굴이 이곳에 온 이래로 가장 환하게 밝아졌다. 셰리는 조금 의아해졌다. 제국에서 사생아의 취급이 박하다는 것을 모를 리가 없을 텐데 그게 그렇게 기뻐할 일이람.

하여간 여태 어떻게 살아 왔는지 궁금해질 정도로 어딘지 미묘하고 특이한 자였다. 아카데미에서의 지난 행적이 완전히 드러난 것은 아니었지만 일단 그것은 약혼 기간 동안 차차 조사해 봐도 될 일.

'그래, 이게 보통 귀족들의 혼약이지.'

불확실하고 미적지근한 감정만으로 맺어지는 꿈같은 이야기는 로맨스 소설에서나 등장할 뿐이다.

아주 잠깐 응접실 밖에서 초조하게 기다리고 있을 토르에게 생각이 미쳤다. 그것만으로도 어딘지 모르게 마음 한구석이 불편해졌다. 그 감정을 애써 무시하며 셰리가 먼저 악수를 청했다.

"일단 아버지께 허락을 받아야 하겠지만. 우리, 어쩐지 잘 맞을 것 같네요."

"아! 감사합니다. 카, 셰이라 공녀님."

"이제 약혼자가 될 사이인데 셰리라고 불러도 좋아요."

"……그럼 저는 레이라고 불러 주시면 됩니다."

레이먼드는 깎아 놓은 상아처럼 하얗게 빛나는 그녀의 부드러운 손을 맞잡았다. 그러곤 도근도근 기분 좋게 뛰는 심장을 필사적으로 억눌렀다. 언젠가 사실대로 이야기할 순간이 올 수도 있겠지만…… 아무렴 말하지 않은들 어떠한가. 그녀의 공식적인 옆자리에는 이제 제가 서게 될 터인데.

진심 어린 기쁨으로 새파랗게 반짝거리는 눈동자와 그의 성스러운 외양을 조금 위험스럽게 보이게 하는 눈물점이 빛이 났다. 아주 잠시간 시선을 빼앗겼던 셰리가 이내 맞잡은 손을 마주 흔들었다.

그렇게 황도에서 맞춰 입을 옷의 색이나 장신구에 대해 이야기를 나누던 와중 바깥에서 작은 소란이 일었다. 똑똑- 노크 소리와 함께 들어온 집사의 시선이 곤란하다는 듯 레이먼드의 얼굴에 가 닿았다.

"저, 아가씨. 올린 영식과 함께 로비로 나와 보셔야겠습니다."

"무슨 일인데?"

"올린 남작과 그 가족분들이 오셔서 들렸는데……."

평소 보기 힘든 집사의 당황한 모습에 셰리가 몸을 일으켜 레이먼드와 함께 로비로 향했다. 그리고 마주친 것은 집사의 고뇌를 알 수 있을 법한 광경이었다.

제법 커다란 덩치를 가진 남작이 남작 부인에게 안겨 엉엉 울음을 터뜨렸고, 장남으로 보이는 이는 제 아비가 못마땅한 듯 인상을 찌푸리면서도 남작의 등을 쓸어 주고 있었다. 집사의 빠른 조치로 다행히 경력이 지긋한 사용인들만이 로비를 지키고 있어 다행히도 이 괴상한 풍경을 목격한 자는 얼마 되지 않았다.

여기서 이럴 것이 아니라 응접실로 들어오시라는 말에 안으로 들어온 남작가 일행은 레이먼드를 보고 입을 딱 벌렸다.

"어, 음, 레, 레이……?"

"예, 오랜만입니다."

얼마나 놀랐는지 손수건을 흠뻑 적실 정도로 오열하던 남작은 울음을 그쳤으며, 고상해 보이는 남작 부인은 안 그래도 커다란 눈을 왕방울만 하게 키웠다. 그리고 꽤 이지적으로 생긴 남작가 장남은 급기야 삿대질을 해 대며 말을 더듬었다.

"누, 누구……?"

"레이먼드입니다."

가까이 다가와 자신들의 둘째 아들을 살피는 그들의 모습은 차라리 코미디에 가까웠다. 차마 닿지는 못하고 다 큰 청년의 모습에서 무언가를 필사적으로 찾아내려고 노력하던 그들은 이제 그를 시험하듯 물음을 던졌다.

일반적으로 기억하기 힘든 세 살 무렵의 일까지 물어보더니 급기야 남작가의 내밀한 사정까지 내뱉으려 했다. 직전에 셰리가 제동을 걸었다.

"나머지는 본가로 돌아가셔서 하시고, 그래서 이 자가 귀댁의 차남이 맞습니까?"

"예, 예에……. 맞긴 맞는 것 같은데……."

이 응접실에서 가장 어린 셰리의 날카로운 말투에 움츠러든 그들은 서로 눈치를 보며 고개를 주억거렸다. 뭘 어쨌기에 자기 집 막내도 못 알아봐? 셰리의 의아한 눈빛에 레이먼드가 앞머리를 쓸어 올리려다 이제 아무것도 없는 이마를 멋쩍게 긁적였다.

"음, 9년 만에 처음 뵙는 거여서요."

"……."

"흑, 흑. 우, 우리 레이가 이렇게……."

다시 눈물샘이 터진 남작이 이미 질척해진 손수건에 콧물을 팽- 하고 풀자 셰리의 표정이 더욱 싸늘하게 가라앉았다.

이 약혼…… 지금이라도 엎을까?

* * *

당장 내일 황도로 출발해야 하기에 셰리는 같이 이동하면서 서로에 대해 좀 알아보려 했었다. 하지만 방금 전의 해프닝으로 당초의 계획이 달라졌다. 가족과의 회포를 풀라며 레이먼드와 남작가 식구들을 내보냈다. 뒤이어 급격하게 몰려오는 피로감에 셰리는 집무실 의자에 털썩 주저앉았다.

열한 살에 아카데미에 입학해서 열여섯 살 생일날 딱 한 번 아카데미로 면회 온 가족들을 만났고, 그 이후로는 9년 만에 처음 보는 것이란다. 앞머리로 얼굴의 반이나 덮었던 그 사진은 그때 기념으로 찍어 두었던 거고.

그보다 기골이 장대한 겉모습과 다르게 눈물샘이 상시 개장되어 있는 것 같은 남작은 대체……. 올린 상회, 이대로 괜찮은 걸까.

아니지, 의외로 공적인 면에서는 또 다른 모습일 수도 있고, 그나마 담담하고 침착한 남작 부인이 대신 이끌어 나가고 있을 수도 있다. 아니면 제법 눈빛이 날카로웠던 장남이 실질적인 경영을 맡고 있을 수도 있고.

올린 상회와 나름대로 많은 거래를 하고 있긴 하지만 아주 내밀한 남작가 사정까지는 굳이 알려고 하지 않았던 셰리였기에 뭔가 뒤통수를 세게 얻어맞은 기분이었다. 칸토 지방에서 올라온 지 겨우 하루밖에 되지 않았는데 제대로 쉬기는커녕 폭풍처럼 들이닥치는 일련의 사태들에 골이 지끈지끈 울리는 것 같다.

그때, 조금 뭉툭한 노크 소리가 이어지더니 누군가가 찻잔과 약간의 간식을 담은 트레이를 들고 들어왔다.

"탁자에 놔두면 좀 이따가 먹을게."

"……."

의자에 기대 잠시 눈을 감은 채라 들어온 이가 당연히 집사일 것이라고 생각해 던진 말이었다. 시간이 지나도 대답이 없자 셰리가 살그머니 눈을 떴다. 그리고 집무실의 닫힌 문에 기대서서 가만히 트레이를 들고만 있는 토르와 눈이 마주쳤다.

"아, 토르……."

"집사장께서 저보고 들어가 보라고 하셔서……."

오랫동안 입을 열지 않았다가 한참 만에 소리를 내는 것처럼 잔뜩 잠긴 음성이었다. 약간 쉰 듯한 그의 목소리에 셰리도 입을 다물어 버렸다. 여기서 미안하다고 말할 수는 없다. 이미 그에게 저는 선택권을 주었고, 그가 선택한 일이다.

다만 그렇게 진득하게 그를 꾀어 몸을 취해 놓고 일주일도 지나지 않아 다른 남자와 약혼하겠다는 소식을 듣게 한 것에는 약간의 죄책감이 느껴졌다. 조금 아쉽긴 해도 그가 저와의 관계를 끝내고 싶다고 하면 그것도 어쩔 수 없는 일이다.

아무 말도 없이 물끄러미 응시하고만 있는 토르의 눈빛을 셰리는 견딜 수가 없었다. 그녀가 먼저 일어서서 들고 있는 트레이를 건네받으려 손을 뻗었다. 그 바람에 손가락이 살짝 스쳤다. 뒤이어 토르가 파드득 어깨를 떨었다. 하지만 이내 고개를 꾸벅 숙이고는 탁자에 트레이를 올려놓았다.

"음, 잠깐 얘기 좀 할까?"

"……."

칸토 별장에서는 그녀를 향한 기대감과 애정으로 내내 반짝반짝했던 눈동자가 그의 눈매처럼 축 처져 있었다. 그게 자못 안타까워 셰리의 마음이 흔들렸다. 처음의 그 돌같이 무뚝뚝하던 얼굴이 기억도 나지 않을 만큼 그는 이제 제법 풍부한 감정을 담아 셰리에게 비추곤 했다.

얼굴이 앳되어서 그렇지, 골격이며 어깨는 또래보다 훨씬 건장한 토르가 셰리가 이끄는 대로 힘없이 소파에 주저앉았다. 그녀와 제대로 시선도 맞추지 못하고 아랫입술만 지그시 깨물고 있는 모습이 처연하기 그지없었다. 셰리가 저도 모르게 그의 옆에 가 앉았다.

"내가 약혼 곧 할 거라고 얘기했잖아."

"……당장 한다고 하시진 않으셨습니다."

투정 어린 말투라기보다 고저 없이 담담한 목소리가 그가 얼마나 상처 입었는지를 보여 주는 것 같았다. 셰리는 허벅지 위에 올려진 그의 커다란 주먹을 살짝 감쌌다. 토르가 또 흠칫했다. 그러나 손을 피하지는 않으며 토르가 고개를 더욱 푹 숙였다.

"저는…… 그럼, 저는……."

"혹시 많이 괴로우면 호위 기사를 다른 이로 바꿔 줄까?"

"아뇨! 아뇨, 그건…… 아닙니다."

솔직히 말해서 제게 제법 약한 모습을 보여 주던 셰리였기에 그는 미약하게나마 기대를 품었다. 그러나 기대와 달리 약혼을 무르겠다는 생각이 전혀 없어 보였다. 토르는 끝내 치솟아 오르려는 눈물을 꾹 참았다.

'정말로 저는 아가씨께 곁에 두고 취하기 쉬운 남자에 불과했습니까?'

제가 그녀에게 어떤 존재인지, 저 하나만으로는 만족을 못 하시는 것인지 묻고 싶은 마음이 턱 끝까지 차올랐다. 하지만 그랬다가는 예전의 아무것도 아닌 기사와 아가씨 사이로 다시 돌아가게 될까 봐 두려웠다.

거기다 아주 잠시 보았을 뿐이었으나, 아가씨의 예비 약혼자라는 남자는 같은 남자인 제가 보아도 잘생긴 청년이었다. 으레 동화책에 나오는 왕자님이나 성화에 그려진 천사같이 반짝반짝 빛이 났다. 크게 신경 쓰진 않았다고 해도 잘생겼다는 말을 많이 들으면서 제 외모에 대해 어느 정도 자각은 하고 있었다. 그런 그에게 심각한 위기감을 느끼게 했으니 말이다.

심지어 그 올린 상회의 올린 남작가라니, 정세에 어두운 편인 그가 보아도 앞으로 아가씨의 영지 발전에 크게 이바지할 수 있을 조건을 지닌 남자였다. 그에 비하면…… 저는 일단 백작가의 영식이기는 하지만, 정계에서 크게 힘을 쓰는 가문도 아닐뿐더러 이재(理財)에 밝은 집안도 아니다.

고작 남작가 영식이라고 무시할 만한 상황이 아님을 알기에 토르의 얼굴이 더욱 어두워졌다. 게다가 실속 없는 백작가의 아들이라는 말뿐인 지위보다는 차라리 지위가 좀 차이 나는 알짜배기 남작가를 사돈으로 삼는 것이 후작가에서도 환영할 만한 조건일 것이다.

그리고 아카데미에 조기 입학할 만큼 우수한 두뇌를 가졌다고 했다. 그런데다 여태 학자가 되기 위해 수학해 왔다고 하니 식견도 탁월한 자일 게 분명했다.

'그러면 내게는 뭐가 있지?'

쉬이 떠오르지 않았다.

종종 그녀가 그에게 무어라 무어라 이야기해 주곤 했었다. 하지만 경영이나 통치, 외교 전반에 대해 후계자 교육을 받은 바 없던 토르로서는 대부분 바보같이 반문만 할 뿐. 그러면 셰리는 더 이상 이야기를 이어 가지 않고 빙그레 웃어 주기만 했다. 아무리 생각해도 그자보다 제가 나은 점을 하나도 찾을 수 없어 토르의 어깨는 더욱 침울하게 내려앉았다.

그렇게 그의 성향상 의도한 바는 아니었으나 순식간에 얼굴 위에 처연함이 깃들었다. 그리고 그 모습은 셰리로 하여금 저도 모르게 홀린 듯이 토르의 옆으로 바짝 붙어 앉게 만들었다.

자고로 상심한 미인의 위태위태한 모습은 남녀노소를 가릴 것 없이 보호 본능과 함께 어느 정도의 음심을 자극하는 법이다. 일과 시간 이후여서인지 다소 가벼워진 옷차림이라 작은 움직임에도 꽉 짜인 근육이 도드라졌다. 결국 셰리의 한 손이 토르의 어깨 위로 살포시 올라갔다.

"있잖아, 토르."

"아……."

움츠러든 그의 어깨를 펴 주려는 듯 셰리가 손가락으로 가볍게 더듬으며 쓸어내렸다. 토르의 고개는 더욱 수그러들었다. 그러나 어느새 조금 붉게 물든 목덜미는 감출 길이 없었다. 그런 태도에서 그가 제게 뭘 원하는지 깨달은 셰리의 두 눈이 조금 가느스름하게 변했다.

영 맹탕인 것처럼 직진만 할 줄 아는 곰인 줄 알았더니 어느 순간부터 새끼 여우처럼 굴 줄도 알게 된 모양이다. 너무 진지한 숙맥보다는 적당히 약은 면이 있는 게 낫다. 하지만 제 애정을 시험해 보려 하는 이러한 시도는 초장에 싹을 잘라야 한다는 걸 누구보다 잘 알았다.

'감히…….'

머릿속으로는 제법 괘씸하다고 생각했다. 그럼에도 애초에 타고나길 매몰찬 성격이 못 되는 셰리의 손가락은 여전히 토르의 어깨를 벗어나지 못했다. 본래도 출중한 미모였지만 동정을 탈피하고부터는 어딘지 모르게 제법 농염한 색기마저 흘러나와 더욱 냉정하게 굴기 어려워지고 있다.

이런 점에 있어서는 차라리 고지식하고 뻣뻣하게 굴 때가 나았다는 생각이 들었다. 그렇게 힘겹게 그의 어깨에서 손을 떼어 낸 셰리가 집무실 책상 쪽을 향해 등을 돌리고 일어섰다. 그녀가 그의 곁에 붙어 묘한 분위기를 연출하자 서운한 와중에도 내심 무언가를 기대했던 토르의 턱에는 힘이 들어가 약간 굳은 상태였다.

"내일 일찍 출발해야 할 테니 이만 쉬는 게 좋겠어. 호위 병력들 소집도 있을 테니 오늘은 기사단 숙소에서 보내도 좋아."

마치 그의 일정을 배려해 주는 듯한 말투였다. 하지만 사실상 그녀의 침실 안쪽 방으로부터의 축객령이었다. 그 사실을 모를 리 없는 토르의 고개가 번쩍 들렸다. 무언가 더 말하고 싶은 것처럼 입을 달싹거렸다. 그러나 제게서 등을 돌린 셰리의 모습이 퍽 완고해 보였다.

결국 토르는 조각조각 난 감정들을 간신히 끌어 모아 자리에서 느리게 일어섰다.

"……예, 편안한 밤 되시길."

* * *

그렇게 잔뜩 상처받은 듯한 토르의 모습이 떠올라 셰리는 간밤에 잠을 설쳤다. 한숨을 내쉬며 마차의 푹신한 등받이에 몸을 기댔다. 황도에 가서 일어날 일들에 대해 생각해 두어야 할 것이 한두 가지가 아닌데……. 토르에 대한 복잡한 감정들로 마음이 불편해서 매일 기계적으로 검토하던 서류의 글자조차 눈에 들어오지 않았다.

이미 올린 남작가와의 약혼에 대한 검토를 해 주십사 황도에 계신 아버지께 전보를 부쳤다. 그러니 아마 지금쯤이면 소식을 받아 보셨을 테다. 순전히 어른들의 욕심으로 맺어졌던 린데카이르 공작가와의 파혼으로 유난히 자책하던 아버지셨다.

그로부터 진작 그녀의 혼사에 대한 전권을 위임받았기에 아마 큰 문제없이 승낙이 떨어질 테다. 그리고 셰리가 황도에 도착할 때쯤이면 약혼에 대한 소문이 알음알음 퍼져 나가 있으리라. 아닌 척해도 파혼하자마자 도망치듯 사교계를 떠나 2년간 얼굴을 비치지 않았으니 호사가들에게는 좋은 안줏거리가 되겠지.

'아, 이런 건 다시 겪고 싶지 않았는데……. 그래도 한 번쯤은 겪어야 했으니까.'

사실 신분으로 셰리와 대적하기 어려울 또래 영애들보다는, 올린 남작가와의 혼사에 대해 이미 맹렬하게 주판알을 튕기고 있을 노회한 귀족들과 귀부인을 상대하는 일이 더 신경 쓰였다.

아마 셰리가 그저 어린 후작가의 후계자 영애였다면 이리저리 부침이 예상되었을 테다. 그러나 부유한 란델 공국의 '올리비아'인 그녀와 진심으로 척을 지고 싶어 하는 자는 없을 터. 그래도 어느 정도 버거운 시선들은 감수해야 했다.

"출발하겠습니다, 셰리 님."

연속으로 이어진 장거리 이동으로 쌓인 피로 누적이 셰리의 눈꺼풀을 잠시 내리눌러서인지, 마차 문을 두드린 노크 소리와 아가씨를 부르는 토르의 낮은 목소리가 그녀의 귀에 닿지 못했다.

기다려도 반응이 없자 그는 급하게 벌컥 문을 열어젖혔다. 그러다 등받이에 파묻히듯 잠든 셰리를 보고 안도의 숨을 삼켰다. 그런 토르의 모습에 시중을 들기 위해 대기하던 메이드는 당황하여 안절부절못하는 기색이 역력했다.

"저어……."

"마리, 너는 저쪽 다른 마차에 타거라."

"집사장님, 하지만 아가씨를……. 예."

마리라고 불린 시중 담당 메이드는 결국 마지못해 다른 사용인들이 탄 마차로 올라탔다.

집사 가우렌이 문틈으로 잠든 셰리를 확인한 뒤 토르에게만 들리도록 짧게 주의를 주었다. 그의 역할은 후작령에 남아 부재한 주인의 자리를 채우는 것이었으니까.

"어제도 말했지만 이런 식은 곤란합니다, 톨체르 경."

가우렌의 말에 그제야 토르는 꾸벅 고개를 숙였다. 가우렌도 파혼 이후 처음 마주치게 될 전(前) 약혼자 에드윈 공자가 가장 염려되었다. 황도에서 어떤 일이 벌어질지는 모르지만 호위 기사까지 모든 사교 행사에 대동하기는 어렵다는 걸 알고 있다. 그래서 토르에게 요청한 바가 있었다.

'아무리 그래도 경은 백작가의 영식이 아닙니까. 황도에서는 가급적 아가씨의 곁을 지키도록 하세요.'

'예? 그건 당연히…….'

'호위 기사의 본분을 이야기하는 게 아닙니다. 경도 알고 있지 않습니까. 이번에 황도에 가면 누가 있을지.'

혹시 모를 에드윈 공자와의 조우에서 아가씨의 보호막이 되어 주길 바랐다.

그러나 그렇다고 해서 이 자가 곧 새롭게 약혼을 할 공녀님과 스캔들의 대상이 될 경우까지 용인해 주겠다는 뜻은 아니었다. 토르에게 갖고 있는 일종의 연민과 안쓰러움과는 별개로 가우렌은 언제나 미하르쉘 후작과 제 아가씨가 우선이었다.

"경을 완전히 믿고 아가씨를 맡기는 게 아닙니다. 무엇보다 우선 황도로 올라가면 아가씨를 바라보는 그 눈빛부터 숨겨야 할 겁니다."

"예······."

역시 티가 많이 났던 모양이다. 속으로는 뜨끔했지만 토르는 가만히 눈을 내리깔아 익숙하게 내부의 동요를 감추었다. 그의 태도에 대해서라면야 해 주고픈 말이 더 많았다. 하지만 셰리도 별말 없던 일에 대해 주제넘게 나서 서는 안 된다는 생각에 가우렌은 일말의 우려를 그대로 삼켰다.

그리하여 피곤했을 셰리가 조금이라도 눈을 붙이도록 조심스럽게 출발한 마차 안에서, 토르는 그녀의 맞은편에 앉았다. 그리고 그의 아가씨를 샅샅 이 두 눈에 담았다. 아마 그녀도 잠을 설친 모양이겠지만 토르는 거의 뜬눈 으로 밤을 새웠다.

수백 번, 수천 번을 생각해도 아가씨가 저를 내치면 모를까, 제가 먼저 셰리의 곁을 떠나는 것은 불가했다. 그렇다면 이제 저는 그녀에게 어떤 존 재가 되는 것일까. 비록 아직 약혼 단계에 불과하다고 해도 저와 셰리는 공 식적인 관계는 될 수 없다.

······기껏해야 정부일까.

토르를 낳고도 오랫동안 백작가의 후처로 인정받지 못했던 제 어미와 그에 대한 수군거림은 어린 그에게도 꽤 큰 상처가 되었다. 불륜도 아니었고 상처 (喪妻)한 지 오래된 백작과 평민도 아닌 엄연한 자작가 귀족 영애의 결합이었 지만 덜컥 아이부터 가져 버린 터라 내부에서 반발이 더 컸다고 했다.

그래서 어느 누구보다도 정부라든가, 사생아, 서자라는 단어에 민감했던 토르에게 작금의 상황은 더 괴로웠다. 다시 시간을 되돌린다고 할지라도 처 음을 아가씨에게 바친 것을 후회하지는 않는다. 다만 날이 갈수록 비죽비죽 자라나는 제 욕심이 버거웠다.

처음부터 감히 닿을 수 없는 관계라는 걸 알고 시작했다. 그랬는데도 단순히

'질투'라는 귀여운 단어로 표현하기 어려울 만큼 그녀에 대한 마음이 깊어져 내내 번민하게 된다.

모처럼 차려 입은 기사복이 제 가슴을 조이는 것 같았다. 토르가 미간을 찌푸리며 답답한 명치를 꾹꾹 눌렀다.

"……어? 으응, 토르?"

셰리가 반쯤 뜨인 눈으로 토르를 응시했다. 토르는 크게 숨을 들이쉬었다. 홀로 있을 때는 제 심장을 까맣게 먹어 치울 것 같던 체증이 저 눈동자를 본 순간 씻은 듯이 사라졌다. 아아, 제 모든 고민과 가치관, 어린 시절부터의 열패감까지도 지금 이 사랑 앞에서는 무력하구나.

"왜 여기에 같이 타고 있어? 메이드는 어디 가고."

서서히 의식이 돌아온 셰리는 왜 그가 제 마차에 함께 타고 있는지 의아해했다. 그런 그녀의 앞에 토르는 기꺼이 무릎을 꿇었다.

"……셰리 님의 곁에 있고 싶습니다."

길고 긴 고뇌의 터널 끝은 역시 아가씨의 곁이었다.

많은 것들이 생략된 말이었다. 하지만 충분히 그의 뜻을 알아챈 셰리가 기쁜 듯이 미소 지었다. 토르도 사람인 이상 그녀 곁에 선 자에 대해 완전히 질투심을 감추지는 못할 것임을 알고 있다. 일단은 이런 어정쩡한 관계라 해도 그녀 역시 아직은 토르를 원했다.

제법 단호한 말투와는 달리 파르르 떨리는 기다란 속눈썹을 바라보며 셰리가 조금은 새침하게 쏘아붙였다.

"그럼, 호위 기사는 아가씨 곁에 있어야지."

얼마 안 되는 사이에 얼마나 마음고생을 했는지 다소 수척해 보이는 모습과 까칠해 보이는 입술이 안쓰러웠다. 그러나 결국 셰리는 티 내지 않았다.

* * *

황도 근방의 도시로 가는 마법진이 있는 도시에서 쉬어 가기로 한 셰리 일행은 일대에서 가장 큰 숙소를 통째로 빌렸다. 호위 기사로서의 충심을 증명한 덕분인지 토르는 다시 셰리가 머무는 객실에 딸린 작은 방에 짐을 풀었다. 하지만 오지 않는 잠을 청하며 여전히 자리에서 뒤척거렸다.

'달이 너무 밝아서 그런 건가.'

커튼을 마저 치려고 상체를 일으킨 순간이었다. 그 언젠가와 마찬가지로 제 몸의 반만 한 베개를 끌어안은 잠옷 차림의 셰리가 방문을 열고 들어왔다.

토르의 몸이 긴장으로 움찔 떨렸다. 이미 밤의 열락을 충분히 알아 버렸지만 이런 일에는 좀처럼 익숙해지지 않았다. 과연 그 떨림은 놀라서였을까, 아니면 이후의 상황을 기대하는 마음에서 온 것일까.

잔뜩 굳어 왜 오셨냐고 묻지도 못하는 토르에게 셰리는 천천히 다가왔다. 그러고는 그의 침대에 한쪽 무릎을 살짝 올렸다. 그녀가 알 듯 말 듯한 묘한 미소를 지은 채 입을 열었다.

"토르, 나 여기서 자면 안 돼?"

"……."

토르는 그때와 달리 부정하지도, 그렇다고 허락하지도 못하고 침묵했다. 그런 그의 모습에 셰리가 저항하지 못하는 단단한 어깨를 밀어 침대로 쓰러뜨렸다.

"아?"

순식간에 시야가 반전된 상태로 셰리를 올려다보게 되었다. 토르는 멍한 머리가 제대로 돌아가지 않는다고 생각했다. 이틀 연속 제대로 잠을 자지 못해서인 탓도 있지만 유난히 밝은 달빛이 쏟아지는 가운데 제 위에 올라탄 그녀의 모습이 지나치게 비현실적으로 느껴져서였다.

그러니까…… 그러니까, 정말 이런 전개를 바라고 결심한 것은 아니었다.

정말, 정말로 주신께 맹세코 토르가 아까 마차에서 그녀의 곁에 있고 싶다고 했던 것은 말 그대로 아가씨의 지근거리에 머물고 싶다는 의미였다.

아니, 언젠가 여건이 허락된다면 다시 저를 그런…… 쪽으로 필요로 하실 수도 있다는 생각을 안했다면 거짓말이지만.

사실 아까 마차 안에서도 내내 서류 업무를 처리하느라 정수리만 내보이는 셰리 님의 모습에 몰래 마른침을 삼키곤 했다. 단순히 이동수단으로 여겼던 마차에서도 그런 일이 가능하다는 것을 알게 되어서인지 온몸의 세포가 그녀의 작은 움직임에도 음란하게 반응했다.

그래서 토르는 아가씨 모르게 손가락에 힘을 주어 허벅지를 찔러 대며 음심을 억눌렀다. 확인해 보진 않았지만 분명 멍이 들었을 것이다. 그래도, 그 상황에서도 셰리가 그를 다시 품어 줄 것이라고는 감히 기대하지 않았다.

지난날 그녀와의 밤을 떠올리며 홀로 번뇌에 몸부림치더라도 그건 오롯이 제가 감당해야 할 몫이라고 여겼다. 그래서 아가씨가 제 몸 위로 천천히 올라오는데도 아무런 반응도 못하고 두 눈만 끔뻑이고 있었던 건지도 몰랐다.

'이건, 꿈인가?'

전혀 기대하지 않았다고 했지만 내심 제 마음 깊숙한 곳에서 이런 전개를 바라고 셰리의 곁에 머무르기로 결심한 것이고, 그 무의식이 꿈으로 나타난 것일지도 모른다. 꿈이라고 해도 구태여 깨고 싶지 않았다. 토르는 최대한 움직이지 않으려 애쓰느라 몸에 힘이 잔뜩 들어갔다.

셰리는 깔고 앉은 배에 힘이 들어가는 걸 느꼈다. 그래서 멀뚱히 저를 바라보기만 하는 토르의 뺨을 가볍게 쓸었다.

"……싫어?"

"곧, 곧 약혼 발표도 하실 거고……."

굳이 마차에 동승하면서까지 저와 단둘이 있을 시간을 만든 토르였다. 심지어 곁에 남고 싶다고 하기에 약혼자가 생기더라도 계속 관계를 유지하겠다는 뜻일 줄 알았는데……. 아직 거기까지는 마음 정리가 덜 되었나. 워낙 처음부터 보수적으로 꽉 막히게 굴었던 토르를 알기에 셰리는 이제 이 정도는 이해했다. 그녀가 오랜만에 관대한 얼굴로 웃었다.

사실 이렇게 빨리 마음을 추스르고 결정을 내릴지 몰랐는데 그것만으로도 기대 이상인 셈이 아닌가. 그러니 나머지는 제가 손수 극복하도록 도와주는 것도 나쁘진 않다. 이왕 결심한 것, 쓸데없이 시간을 끄는 것은 그녀의 성미와 맞지 않기도 하고.

"싫으면 언제든 밀어내."

"······."

그러나 밀어내는 순간 그대로 끝, 이란 말이 생략되어 있음을 토르는 경험으로 알고 있었다. 아직 그녀와 밤의 관계를 이어 갈 것에 대해 깊이 생각해 보지 못한 그였다. 하지만 어리석게 지금의 기회를 놓치고 싶지 않은 것도 솔직한 마음이었다.

풀어놓은 풍성한 머리채를 한쪽 어깨로 가지런히 넘긴 셰리가 그와 똑바로 눈을 마주친 채로 천천히 고개를 숙였다. 살짝 위로 치떠진 올리브색 눈동자가 '정말로 거부할 거야?'라고 묻는 듯했다.

······거부할 수 있을 리가.

긴장감으로 조금 거칠어진 토르의 숨결이 고스란히 느껴지는 거리에서 셰리가 멈췄다. 잠시 그와 코끝을 맞대었다. 그렇게 그의 반응을 지켜보다 그대로 고개를 살짝 틀어 입을 맞추었다. 확실히 마음고생이 심했었는지 평소와는 다르게 버석하게 마른 입술이 느껴져 멈칫했다. 하지만 그것도 곧 제가 부드럽게 만들어 주면 될 일.

"읍······!"

토르의 입술보다 한참 작은 그녀의 입술이 부드럽게 그의 윗입술과 아랫입술을 차례로 삼켰다. 토르는 셰리의 부드러운 입술 감촉을 제대로 느끼지도 못할 만큼 굳어 있었다. 이윽고 그의 입가를 분홍빛 작은 혀가 스윽, 하고 훑자 드디어 낮은 신음이 그의 입을 비집고 흘러나왔다.

어디까지 버티는지 보자는 식으로 날름날름 토르의 입술을 집요하게 핥았다. 그러다 셰리가 기습적으로 그의 가슴 정중앙을 꼬집었다.

"윽, 으흣."

옷을 한 겹만 입었는지 유두가 노골적으로 빳빳하게 서기 시작했다. 그녀의 혀는 토르의 벌어진 잇새로 당당하게 침입했다. 예전과 달리 도망갈 생각도 못하고 굳어 있는 그의 혀에 그녀가 곧바로 가 닿았다. 저돌적이기까지 한 셰리의 키스에 토르의 몸 안에서 순간 뜨거운 피가 돌았다.

꼬집혔는데도 안 깨는 것을 보아하면 꿈은 아닌 모양인데…… 아닌가, 꼬집히면서 아픈 게 아니라 성감을 느꼈으니 역시 꿈인 건가. 여전히 혼몽한 정신으로도 그녀가 제게 키스해 준다는 사실이 눈물겹도록 행복했다.

"뭐, 모른 척하고 싶다면 그것도 좋아. 그럼 가만히 있기나 해."

벌써 입술에 반들반들하게 묻은 타액을 혀로 훔치며 셰리가 상체를 일으켰다. 천천히 잠옷 단추를 하나씩 풀어 나갔다.

동정인 시절에도 하나씩 하나씩 벽을 허물면 그 뒤로는 거부감 없이 따라왔으니 이번에도 크게 다를 것은 없을 테다. 그 벽을 깨부술 만한 성가심은 감수할 수 있을 정도의 남자였다. 토르는.

토르만 변한 것이 아니라 셰리도 그에 한해서는 공들이는 것을 아끼지 않게 되었지만 아직 그런 자각까지는 부족했다.

잠옷 단추가 풀려 나가며 속옷을 입지 않은 셰리의 맨살이 드러나기 시작했다. 그러자 토르는 그곳으로부터 눈을 떼지 못하고 목만 울렁거렸다. 달빛을 등지고 역광인 상태라 그녀의 뽀얀 가슴골 음영이 한층 더 자극적으로 보였다.

허리 즈음까지 이어진 단추를 모두 풀어 낸 셰리가 양쪽 어깨로 잠옷을 끌어 내렸다. 그러자 완전히 드러난 상반신의 여체에 토르의 숨이 일순 거칠어졌다. 차라리 아무것도 모를 때는 흥분보다도 민망함과 수치스러움이 더 컸었는데……. 이제는 거센 충동질만이 토르의 심장을 둥둥 울렸다.

"아, 하으……."

저 달빛처럼 빛나는 가슴을 제 손에 꽉 차게 쥐면 크림같이 뭉글거리며 달라붙어 오는 촉감이라든가. 두 손으로 모아 쥐어 아찔하게 드러나는 가슴 계곡에 코를 파묻었을 때 진하게 맡아지던 살 내음이라든지. 이미 알고 있는 감각을 참아 내는 것이 더 고통스럽다는 걸 깨달은 토르의 몸이 흥분으로 뜨겁게 달궈졌다.

멍하던 그의 눈에 찰랑찰랑하게 고인 열기를 발견한 셰리의 입가에 기꺼운 미소가 걸렸다. 아직도 그 잘난 도덕심으로 간신히 자제하고 있는 모양이지만 본래 이런 타입을 함락시키는 즐거움이 더 큰 법이다.

여전히 그가 그녀의 가슴에서 시선을 떼지 못하고 있는 사이, 토르의 몸에 걸쳐진 홑겹의 옷이 가슴 위까지 끌어올려졌다. 그리고 셰리의 가느다란 손가락이 섬세하게 그의 유륜을 따라 빙빙 돌았다. 드디어 토르의 입에서 다급한 신음 소리가 터져 나왔다.

"아, 핫. 웃……."

"대답이 없으니 대신 몸한테 물어봐야겠지?"

야릇한 목소리로 새살거리는 셰리의 목소리가 작은 악마같이 느껴졌다. 그러나 아까부터 제대로 된 사고를 하기 힘들어진 토르는 이를 악물고 그저 제 손에 잡히는 시트만 움켜쥘 뿐이었다. 차라리 아가씨께서 저를 엉망진창으로 범해 주셨으면 하고 바라는 이 마음은…… 역시 어딘가 고장 난 게 틀림없었다.

"팔 좀 들어 봐."

그녀가 끝끝내 제 상의를 완전히 벗겨 냈다. 그런데도 반항하기는커녕 팔을 들어 협조한 토르의 눈가가 또 발개졌다. 상의를 탈의하는 과정에서 셰리의 풍만한 맨가슴이 얼굴에 와 닿은 까닭이다. 저도 모르게 혀를 내밀어 핥고 싶은 충동을 가까스로 참아 낸 열기가 대신 눈가로 몰렸다.

원하는 반응을 보이기 시작하는 그의 모습에 셰리도 천천히 젖기 시작했다. 그녀가 뒤로 한 손을 뻗어 이미 불룩해진 토르의 중심을 짚었다. 그의 몸이 크게 흔들렸다.

"아…… 흑."

아무래도 가장 민감한 그곳에 닿는 자극은 참기 힘들었나 보다. 불쌍하게도 팽팽하게 당겨진 바지 안에서 꿈틀거리기만 하는 물건에게 동정심이 들었다. 셰리의 나머지 손이 뒤로 가 그의 바지춤을 움켜잡았다.

"아, 안 돼요……."

"토르 몸은 대답이 좀 다른데? 이제 몸한테 물어본다고 했잖아."

토르는 당혹스러웠다. 정말로 안 된다기보다는 반사적으로 나온 대답이란 걸 뻔히 아시면서. 약 올리듯 방글거리며 그의 다리 사이에 자리 잡은 셰리가 바지와 드로어즈를 한 번에 잡고 끌어 내렸다. 고개를 모로 돌리고 시선을 피한 채로도 토르는 그녀가 벗기기 쉽게 엉덩이를 슬쩍 들었다. 그런 그의 모습이 참을 수 없이 귀여웠다.

토르는 너무 쉽게 서 버린 지조 없는 제 물건을 탓하며 이를 악물었다. 그의 배 위로 다시 살포시 내려앉은 셰리는 두 손으로 그의 유두를 튕기며 드러난 목덜미에 입을 묻었다. 다문 잇새로도 끙끙거리는 소리가 새어나왔다. 필사적으로 참아 내며 토르는 눈을 꼭 감아 버렸다.

"읏!"

다른, 다른 생각을 해 보자. 조금이라도 이 성감에 허덕이지 않을 만한 생각을…….

이제 곧 약혼자가 생기실 분이다. 그러니 이런 관계는 상대를 기만하게 되는 것이 틀림없다. 그런데, 그랬는데……. 이상하게도 거부할 수가 없었다. 평소에는 버젓이 애인을 두고 다른 이성과 친밀하게 구는 자들을 보며 불쾌해했으면서 막상 그 상황에 처하자 도저히 끊어 낼 수가 없는 제 자신이 한심했다.

이미 견고했던 이성의 벽에 금이 가기 시작했다는 것을 그도 직감했다. 그러나 토르는 제 쪽에서 먼저 적극적으로 응하지는 못했다. 차라리, 차라리 아가씨께서 빨리 저를 타락시켜 주셨으면 좋겠다. 비겁하지만 그게 제

22년간 쌓아 온 도덕심과의 최대한의 타협이었다.

"세, 셰리 님……."

"흠, 역시 안 되겠지."

아무리 그래도 일행들의 보는 눈이 있기에 토르의 목에 흔적을 남기는 건 위험했다. 셰리가 가볍게 핥고 빨던 목덜미에서 서서히 아래로 내려왔다. 그녀가 집요하게 괴롭혀 약간 붉어진 그의 유두를 입에 담았다. 그리고 동시에 엉덩이를 더 내려 그의 남근을 강하게 스쳤다.

"아, 학…… 큭, 훗."

왼쪽만 편애해 주면 오른쪽이 섭섭해 할까 싶어 옆으로 입술을 옮겨 둘 다 어여뻐해 주었다. 어느새 셰리의 속옷도 그의 액체와 그녀의 애액으로 흠뻑 젖어 들어갔다. 서서히 달뜬 열기가 올라오기 시작한 그녀의 눈동자 위로 얕은 고민이 스쳤다.

'넣을까?'

어차피 내일도 황도에 들어서기까지는 한참 마차를 타고 가야하니 오랜만에 삽입해도 될 것 같은데……. 고민은 길지 않았다.

골반 어드메에 묶인 속옷 끈을 풀어서 침대 밖으로 던져 냈다. 그러자 셰리의 비부가 그의 뜨거운 기둥 위로 착, 하니 달라붙었다. 기분 좋은 촉감과 열기, 이미 학습된 쾌감에 대한 기대를 불러일으키는 맨살의 감각에 둘 모두에게서 앓는 듯한 소리가 흘러나왔다.

"아, 하아."

"……읏."

처음엔 천천히 공을 들여서 잔뜩 약 올린 다음 그를 함락시키려 했다. 하지만 셰리도 다소 마음이 급해졌다. 그녀가 아직 허리에 걸쳐져 있던 잠옷을 완전히 벗어 냈다. 그 바람에 잠옷 자락에 감춰진 아래가 적나라하게 드러났다. 토르의 엉덩이에 더욱 힘이 바짝 들어갔다.

드디어, 드디어…….

기대감에 가득 차 꺼떡거리는 육중한 남근을 바라보던 그녀의 얼굴에 조금 난감한 기색이 어리었다. 그러고 보니 일반적인 남성의 크기와 그 궤를 달리하는 물건이었다. 제 내부는 아직 겉으로만 질척한 상태인데 과연 저것을 고통 없이 받아들일 수 있을 것인가.

금방이라도 삽입할 것처럼 굴다가 멈칫한 그녀의 고민을 알아챈 토르의 입이 바짝바짝 말라 왔다. 빨리, 빨리 저를 어떻게든 해 주셨으면 좋겠는데…… 쓸데없이 커다란 물건이 아가씨를 고민하게 하는 모양이었다. 이러다가 삽입을 포기할까 두려워진 토르의 뇌는 자기합리화를 시도했다.

"그, 그, 아무리 그래도 셰리 님을 다치게 하면 안 되니까……."

"……음?"

제 가슴 위에 얹어진 두 팔을 잡아당겨, 끌려온 그녀의 보들보들한 엉덩이를 손으로 받쳐 들었다. 그러고는 제 얼굴 위로 셰리의 비부를 위치시켰다. 의아한 표정으로 토르가 하는 대로 끌려온 그녀의 얼굴에 순간 놀라움이 스쳐 지나갔다.

아직도 제가 가르쳐 주지 않은 것들에 대해서는 무지한 줄 알았는데. 종종 저도 깜짝 놀랄 만한 짓들을 시도한다. 셰리는 핥기 편하도록 그의 얼굴 양옆으로 무릎을 꿇고 상체를 세웠다. 그녀가 침대 헤드를 잡은 순간이었다.

"꺄핫."

그의 얼굴에서 아름답지 않은 이목구비가 없었으나 토르의 콧대는 유난히 높고 날카롭게 잘 뻗은 편이었다. 그 예쁜 콧대가 그녀의 갈라진 틈 위로 닿는 게 느껴졌다. 그것도 족히 일주일은 굶다가 먹음직스러운 음식 냄새라도 맡은 아이처럼 숨을 길게 들이쉬는 감각이 적나라할 정도로.

잠시 아래의 체향을 만끽하던 토르는 못 참겠다는 듯 그대로 덥석 그녀의 아래를 입술로 크게 덮어 버렸다.

"으응!"

따뜻하고 축축한 입술로 그저 가두어지기만 했을 뿐이었다. 가볍게 느낀 셰리의 몸이 바르르 떨렸다. 그렇게 떨림이 잦아들자 토르의 입술 사이로 조심스럽게 혀가 빠져나왔다. 다시 한번 두툼하게 겉을 쓸어 올리는 감각에 이번엔 셰리의 고개가 뒤로 넘어갔다.

"힉?"

그녀의 엉덩이를 잡고 올바른 자리로 이끌었던 토르의 두 손은 다시 얌전히 제자리로 돌아와 시트만을 꾸욱 움켜쥐었다. 혓바닥 전체를 써서 몇 번인가 아래를 느릿하게 훑어 올린 토르가 파들거리는 셰리의 반응을 잠시 살폈다. 그러더니 혀를 조금 뾰족하게 세워 한 꺼풀 벗겨 드디어 안으로 조금 더 파고들었다.

겉면의 살덩이도 보드라웠지만 틈 안은 미끌미끌한 점막이라 또 느낌이 달랐다. 마치 그녀와 키스할 때 입 안의 점막을 혀로 샅샅이 훑던 느낌과 비슷했다. 토르는 새어 나오는 음액을 꼴깍꼴깍 삼켜 가며 간질였다. 그의 얼굴을 사이에 두고 무릎을 꿇은 자세에서 집요하게 핥아지자 급격하게 아랫배에 힘이 들어갔다. 그 바람에 셰리의 다리가 그의 머리를 조였다.

"하, 아아. 토르. 조, 조금만, 읏, 천천히."

이름이 불리자 멈칫하던 것도 잠시, 토르는 셰리가 한 말을 듣지 못하기라도 한 것처럼 굴었다. 혀에 더 힘을 주어 속도를 올려 지분거렸다. 결국 그녀의 몸이 토르의 얼굴 위로 주저앉았다. 그러자 그때까지도 시트만 부여잡고 있던 그의 손이 빠르게 올라와 셰리의 엉덩이를 받쳐 들었다.

"아악, 학, 그만…… 그만."

침대 헤드를 꽈악 붙잡은 채로 몰려드는 성감을 참으려 해 보았지만 슬슬 한계가 오고 있었다. 평소에 음부를 핥는 애무를 받는 건 항상 침대에 등을 대고 눕혀진 채였다. 이런 불안정한 자세는 겪어본 적이 없었다. 그래서일까. 가장 민감한 곳을 정신없이 자극당하자 절정감이 평소보다 빠르게 밀려오고 있었다.

그래서 토르의 길쭉한 혀가 애액이 흘러나오는 질구의 주위를 빙빙 돌다가 쑤욱 진입하는 순간, 끝내 셰리의 몸은 쾌감으로 하얗게 물들어 버리고 말았다.

"……흐! 아으, 아으윽, 흑……."

"후, 후우."

토르의 눈빛이 음험하게 짙어졌다. 저번에 보였던 그녀의 반응을 참고했을 때, 질구보다는 그 위의 둥글고 작은 부분을 더 잘 느끼는 것 같았다. 그런데 아직 그곳은 제대로 핥아 보지도 못한 채 예상보다 빠르게 몸이 풀려 버렸다. 아쉬웠다. 그래서 토르는 그녀의 질구에 아예 입을 갖다 대고 잔뜩 흘러나온 꿀물을 쪽쪽 빨아먹기 시작했다. 절정의 여운이 완전히 다 가시기도 전이었다.

"꺄, 흐앗."

허리 힘이 풀린 터라 침대 헤드를 붙잡은 채 바들바들 팔만 떨고 있던 셰리의 입에서 신음이 새어 나왔다. 다시 한번 가볍게 오르가슴을 느낀 셰리는 힘겹게 몸을 일으켜 그의 배 위로 주저앉음과 동시에 토르의 상기된 한쪽 뺨을 꼬집었다.

"뭐, 뭐 하는 거야. 그걸 왜 다 마셔."

딱히 그녀를 괴롭히려는 의도는 아니었던 듯했다. 흥분으로 양 볼이 완전히 발그레해진 셰리와 눈이 마주친 토르가 퍼뜩 놀라며 고개를 움츠렸다.

"그게, 흘러내리면…… 아까워서."

"……."

셰리는 할 말을 잃었다. 정작 닳고 닳은 남자들보다 그녀를 더 자극하는 말을 골라 하는 건 타고난 재능의 영역일까. 그것도 이렇게 부끄러워하는 기색이 역력한 표정으로 말이다. 심지어 셰리를 흥분시키고자 의식적으로 한 행동이 아니라 저도 모르게 해 버렸다는 태도는 그녀의 심장을 저릿하게 만들었다.

"으휴. 저, 정말!"

다시 제 아래가 촉촉하게 젖어들며 약간 빠끔거리는 게 느껴졌다. 셰리가 더욱 붉어진 얼굴을 숨기며 상체를 일으켰다. 그러고는 이제 터질 듯이 부풀어서 크게 꺼덕거리는 토르의 것을 잡아챘다. 그 순간 고개를 숙인 채로도 토르가 윽, 하고 낮은 신음을 흘렸다. 셰리는 그 반응을 무시하며 제 아래 입구에 맞추어 밀어 넣었다.

다행스럽게도 여전히 뻑뻑하고 버겁긴 했지만 내부는 꽤 눅진눅진하게 풀려 있었다. 방금 토르의 말에 어딘지 모르게 부끄러워진 셰리였기에 더 이상의 허락을 구하지 않고 다소 억지로 그것을 제 내부로 진입시켰다.

"윽, 셰리 님……."

삽입으로 분위기 전환을 해 보려던 그녀의 목적은 달성한 듯 보였다. 하지만 여전히 중간부터는 생살을 비집고 들어가는 기묘한 감각이 들었다. 셰리의 허리가 잠시 멈칫했다.

한편, 이미 한차례 절정이 온 그녀의 내부에 가타부타 말도 없이 삽입되어 느껴지는 그 부드러운 압박감에 토르는 숨을 들이켰다. 그렇게 그는 여전히 삽입되고 있는 제 물건과 아가씨의 아래를 눈앞에서 마주했다.

"아……."

첫 경험의 첫 삽입 때를 제외하고는 지금껏 이미 다 삽입된 후 내부를 출입하는 모습만 보아 왔을 뿐이었다. 그것만으로도 차고 넘칠 만큼의 자극이 었거늘, 천천히 제 것을 그 작고 가녀린 몸 안에 힘껏 욱여넣는 모습에 다시금 마음이 동했다.

이대로 허리를 쳐올려 완전히 그녀의 내부에 파묻히고 싶다는 충동과 뿌리 끝까지 느릿하게 삽입되는 장면을 지켜보고 싶다는 충동이 치열하게 맞부딪쳤다.

토르가 이를 악물고 아가씨의 몸에 제가 온전히 허락받는 순간을 지켜보는 가운데, 드디어 대강의 삽입이 끝이 났다. 겨우 삽입 정도로 온 신경을 집중했던 그녀가 그의 위에 내려앉은 채 이마의 땀을 훔쳤다. 갈수록 삽입이 수월해지고는 있었지만 여전히 각오가 필요한 오버 사이즈였다.

"흐, 잠깐만."

등줄기에 배어난 땀으로 긴 머리카락이 달라붙어 불편했다. 셰리가 침대 끝자락에 아슬아슬하게 걸쳐져 있던 제 잠옷 주머니를 뒤져 머리끈을 꺼내들었다. 그러고는 새빨간 머리카락을 높이 올려 하나로 묶으며 그제야 토르의 표정을 확인했다.

'싫은 건 아니었던 것 같은데, 왜 저런 얼굴이지?'

넣는다고 언질을 주지 않았음에도 전혀 반항하지 않았으니까. 하지만 흥분과 기대로 가득 찬 눈빛일 것이라는 예상과 달리 토르의 눈은 몽롱하게 풀려 있었다. 셰리가 마저 머리를 묶으며 고개를 한쪽으로 갸웃 기울였다. 그러자 급기야 그의 입이 약간 헤 벌어졌다.

토르는 그토록 원하던 아가씨의 내부에 제 것이 완벽하게 틀어박힌 상황보다도, 쏟아지는 달빛 아래에서 늘씬한 나신을 드러내고 머리를 묶기 위해 두 팔을 활짝 들어 올린 아가씨의 모습에 넋이 나간 상태였다.

처음부터 아름답다고 생각해 왔고 지금까지도 그래 왔으며, 앞으로도 그녀는 아름다울 것이라고 생각했지만 매번 새롭게 반할 수밖에 없는 제 아가씨였다.

아, 제가 지금 그런 분 아래에 깔려 있구나. 거기에 생각이 미치자 갑작스럽게 고양감이 몰려왔다. 그 감각을 충실하게 반영한 토르의 물건이 셰리의 안에서 크게 움찔거렸다.

"앗, 꺅."

"······하아. 아······."

이대로 움직이지 않고 그녀의 얼굴과 나신을 눈에 담는 것만으로도 사정할 수 있을 것 같았다. 급격한 흥분에 토르의 눈가가 촉촉하게 젖어들었다.

잔뜩 달아오른 것 같은데도 용케 허리 짓을 하지 않고 버티는 토르의 모습에 셰리가 새침하게 그를 쏘아보았다. 약혼자가 있는 상대와 부적절한 행위를 한다는 사실이 그렇게나 받아들이기 힘든 일인가. 하지만 그렇다면 밀어내지도 않는 이중적인 태도는 대체 무엇이란 말인가. 결국 그녀의 손으로 끝까지 그 이성의 벽을 무너뜨려 주어야 순응할 셈인가 보다.

뭐, 셰리로선 바라 마지않던 바이기도 하고 애초에 그러기 위해서 오늘 그의 방에 찾아왔으니. 토르의 위에 올라탄 셰리의 허리가 천천히 앞뒤로 움직였다.

"아핫, 큭."

단순하게 아래에서 위로 퍽퍽 박아 대는 것 밖에 하지 못하던 토르였기에 느릿하게 내부 점막끼리 비벼지는 느낌은 생소하게 느껴졌다. 그의 곱상한 얼굴이 잔뜩 일그러져 신음을 참아내는 모습을 위에서 바라보는 건 셰리에게도 퍽 흥분되는 일이었다. 그래서인지 그녀의 허리가 점점 더 빠르게 움직였다.

조금 더 깊이 꾹 눌러 집어넣고 둥글게 허리를 굴리자 끝내 그의 목이 뒤로 젖혀졌다. 그 모습이 어찌나 매혹적이던지……. 이제는 분명 꽤 한계일 텐데. 저렇게 가엾게 목에 핏대를 세우면서도 여전히 시트만 쥐어뜯으며 버티고 있다.

덕분에 그와 관계한 이래 처음으로 셰리가 원하는 속도와 적당히 즐길 만한 쾌감의 정도로 천천히 하나씩 절정의 계단을 밟아 올라갈 수 있었다. 그녀의 아랫배에 서서히 힘이 주어졌다.

아, 곧…….

나른하게 온몸에 퍼져 나가는 쾌감을 만끽하며 셰리가 길고 하얀 목을 뒤로 꺾었다. 그렇게 다가온 절정을 맞이하려는 순간이었다.

"앗."

순식간에 그의 배 위에 올려져 있던 팔이 확 잡아당겨졌다. 그러더니 커다랗고 뜨거운 손으로 그녀의 뒤통수를 감싸 제 위로 셰리를 엎드리게 했다. 뒤이어 여태까지 어떻게 참았나 싶을 정도의 속도로 그녀의 안을 들쑤시기 시작했다.

"앗, 흐앗, 아, 안 돼."

"흡, 으흑, 윽, 큿"

셰리의 귀 옆으로 씩씩거리는 신음을 내뱉으며 거칠게 허리 짓을 시작하는 토르는 완전히 이성을 잃어버린 듯했다. 그녀가 놀라 몸을 빼려 하자, 잔뜩 힘이 들어가 근육이 불거진 팔로 셰리의 몸을 꽉 껴안아 제게 완전히 밀착시켰다.

"……홋!"

막 절정에 달할 준비를 하며 좀 더 촉촉하고 매끈하게 부풀어 올랐던 내벽이 마구잡이로 쓸려갔다. 그 지나친 자극에 셰리가 소리도 내지 못한 채 그의 단단한 팔 안에서 몸을 떨었다. 그녀의 내부가 절정에 달해 그의 것을 조였을 게 분명했다. 그런데도 한차례 앓는 소리만 낸 토르는 추삽질을 멈추지 않았다.

이게 단순히 절정에 다다라서인지, 지속적으로 가해진 쾌락이 극한에 도달해 뇌가 녹아내리는 느낌인지. 이제는 뒤죽박죽 섞여, 아예 사고 자체가 불가능해진 셰리가 비명에 가까운 신음을 내질렀다.

"으아아, 흐앙, 흐으웃."

목이 쉬지 않을까 걱정될 정도로 신음이 쏟아져 나왔다. 토르가 잡혀 있던 그녀의 뒤통수를 제게 끌어당겨 게걸스럽게 입을 맞추며 소리를 삼켜냈다.

"읍, 으읍, 응, 으……!"

"하, 읍."

그렇게 신음 소리마저 둘의 입 사이로 까맣게 먹혀들어가자 방 안에 남은 것은 질척이는 액체가 맞부딪혔다가 튀기는 낯 뜨거운 소리뿐이었다.

지나치게 자극된 감각의 과잉으로 셰리의 감은 눈가에 눈물이 아슬아슬하게 맺혔다. 제가 그를 삼켰다고 생각했는데 언제나 정신을 차려 보면 토르에게 저도 반쯤 먹혀 있는 기분이 들었다.

그러나 그런 느낌이 어쩐지 나쁘게 느껴지지 않았다. 토르라면, 그라면…… 조금 더 먹혀 들어가도 괜찮을 것 같기도 했다.

하지만 그녀도 스스로 무슨 생각을 하고 있는지 정확히 알지 못했다.

정신없이 몰아치는 원초적인 자극 아래 그러한 자각은 의식 아래로 아스라이 가라앉았다.

셰리가 두 번인가 더 온몸을 떨어 대고 나서야 자제심의 대가를 받아 냈다고 생각하는 모양이었다. 토르가 그녀 안으로 깊숙하게 저를 묻어 해방시켰다. 마치 짐승이 제 암컷을 다른 수컷에게 빼앗기기라도 할세라 이를 드러내듯이, 절박하게 끌어안은 팔에 힘이 더욱 들어갔다.

"아, 하아, 후우……."

한참 만족할 만큼 그녀의 내부에 제 씨물을 쏟아 낸 토르가 거친 숨을 내뱉었다. 뒤이어 눈물로 엉망이 된 속눈썹을 들어 올렸다. 그와 마찬가지로 숨을 고르느라 정신없어 보이는 셰리의 심장이 빠르게 쿵쿵거리는 소리가 바짝 맞닿은 가슴으로 고스란히 느껴졌다.

그녀의 눈가를 비집고 흘러나온 눈물을 조심스레 손가락으로 훔쳤다. 땀에 젖은 동그란 이마에 입을 꾸욱 맞췄다.

'아, 결국 저질렀다. 또 참지 못했어. 아니, 사실 참기 싫었어.'

그래도 나름 도덕적이라고 생각했던 제 안의 무언가가 반쯤은 허물어진 느낌이었다. 아가씨를 만나고부터 제 철벽같은 이성과 도덕의 요새가 형편없이 무너져 가 이제는 간신히 형태만 유지되는 모양새였다.

눈도 뜨지 못한 채로 가쁜 숨만 색색 뱉어 내는 셰리의 감은 눈과 코, 볼 등에 자잘하게 입 맞추었다. 그녀의 진정을 도우며 토르는 생각했다. 이왕 이렇게 된 거, 아가씨께서 전부 싹 다 밀어 버리시고 오롯이 그녀만을 위한 새로운 성을 세워 주시면 좋을 텐데, 라고.

여전히 토르의 위에서 축 늘어져 후회를 즐기던 셰리의 눈꺼풀이 천천히 들렸다. 대부분은 토르의 입 속으로 먹혀 들어갔지만 그 와중에도 얼마나 소리를 질러 댔는지 목이 잠긴 것이 느껴졌다. 큼큼대며 목소리를 가다듬은 그녀가 조금 힘 빠진 듯한 웃음을 지으며 제 볼을 토르의 뺨에 비볐다.

"……그러니까, 이제 토르도 공범이네?"

"……"

차마 반박하지 못하고 셰리의 눈길을 피하는 그의 귓가가 다시금 달아올랐다.

* * *

이미 한번 선을 넘어 버린 뒤로는 토르가 더 적극적이었다. 눈치를 보면서도 은근히 엉겨 붙으려고 드는 그를 제지해야 했으니까.

그럼에도 포기 않고 내심 모자랐던 제 욕심을 은근슬쩍 비벼 대던 토르는 결국 황도까지 가는 길의 마차에서도 쫓겨나고 말았다.

축 늘어진 눈꼬리가 제법 안쓰러워 망설였다. 하지만 분별없이 굴기에는 일행들이 너무 많았다. 그리고 황도의 후작저에 도착하면 또 어느 순간 그를 어여삐해 줄 기회가 생기리라는 계산이 있어서이기도 했다.

사실 무엇보다도 토르는 한 번이지만 저는 지난밤 너무 여러 번 절정에 달한 탓에 체력이 간당간당했다. 보통 셰리도 하룻밤에 한 번으로 끝내는 법이 잘 없는데, 이 모든 건 그의 남다른 사이즈 때문이었다. 다른 이들보다 두세 배로 체력을 소진하게 만드는 듯했다.

'안 되겠어. 보양식이라도 먹어서 체력을 키워야지.'

겨우 스무 살인데도 다소 복에 겨운 걱정을 하던 셰리의 마차가 드디어 황도 후작저에 다다랐다.

"아……"

마차의 문이 열리고 저택의 중앙 현관 앞에 도열한 사용인들이 보였다. 그와 후작저의 모습도 함께 시야에 들어왔다. 셰리는 잠시 감회 어린 표정을 지었다. 언젠가는 다시 황도로 돌아와야 한다는 걸 알고는 있었다. 하지만 적어도 소후작의 지위를 얻거나 혼인 서약을 할 때라고 생각했다.

어린 시절에는 재무부의 일원으로 출사한 아버지 때문에 황도에 내내 머물렀다. 그렇기에 셰리에겐 후작령의 성보다도 이곳이 더 고향이라는 느낌이 강했다. 개국 공신인 고위 귀족의 저택답게 제국으로 승격되기 전의 옛 왕국의 양식에 따라 지어진 고풍스러운 건물이었다.

사실상 문화재라고 보아도 무방한 후작저의 웅장하고 예스러운 모습에 늘 많은 이들이 초대받길 원했다. 그러나 일찍이 안주인이 부재한 탓에 내부 행사를 주최할 이가 없었다. 후작가의 일원이 아니라면 먼발치에서 바라만 볼 뿐이었다. 그랬기에 그러한 후작저에서 일하는 사용인들의 자부심은 대단했다.

게다가 재무대신으로 황궁의 요직을 맡고 있는 주인어른과 누구나 입을 모아 대륙에서 가장 아름다워질 것이라고 일컬어지는 미모를 갖춘 고귀한 혈통의 능력 있는 후계자까지. 한 번 파혼했다는 사실은 셰리 정도 권세가의 후계에게는 별다른 흠조차 되지 못하였다.

다만 세간의 견해가 어떻든 간에 열여덟의 어린 아가씨가 겪기에 파혼은 꽤 벅찬 일이었다. 그랬기에 갑작스럽게 외가인 란델 공국의 영지로 요양을 명목삼아 떠난 이후, 무려 2년 만의 귀환이었다. 셰리는 잠시 회상에 빠졌다.

"와……."

"아가씨."

고용인들은 고개를 숙인 채 셰리가 마차에서 내리기만을 기다렸다. 그러나 지나치게 길어지는 정적에 하나둘 시선을 올렸다가 저도 모르게 나지막이 감탄을 내뱉었다.

무릇 성장기의 소년, 소녀란 단 몇 개월 단위로도 몰라볼 만큼 자라는 법이다. 2년이라는 적지 않은 시간을 건너뛴 그들의 아가씨는 만개하기 직전의 모습으로 나타났다.

날 때부터 보기 드물게 어여쁜 아기님이셨던 분이라 미인으로 자라실 것임을 의심치 않았다. 하지만 열여덟 살의 덜 여물었던 소녀는 어느새 여인의 초입에 막 들어서서 눈부신 자태를 자랑했다. 가장 앞서 마중을 나온 집사마저도 잠시 할 말을 잊은 채 아가씨께 손을 내민 자세로 굳어 버렸다.

'이런 것도 오랜만이네.'

이미 그녀의 미모에 익숙해진 후작령의 사용인들과 다른 반응이었다. 오랜만에 받아 보는 경탄 어린 시선에 새삼스러워진 셰리가 서둘러 집사의 손을 잡았다. 그러고는 사뿐사뿐 마차 아래로 내려왔다.

"데릭, 나 왔어."

"……어서 오십시오, 아가씨."

후작성 집사장인 가우렌과 형제인 집사 데릭의 안내를 받았다. 그렇게 그녀가 저택 로비로 들어설 때까지 고용인들의 시선은 감히 아가씨에게서 떨어지지 못했다. 업무가 과중하여 대부분의 시간 동안 저택에 내내 부재하시는 주인어른뿐이던 후작저에 때늦은 훈풍이 불어든 느낌이었다.

오랜만임에도 불구하고 익숙하게 제 방으로 향하는 계단을 오르는 셰리의 뒤로 집사와 토르가 따라붙었다. 이미 제 형으로부터 아가씨의 '호위 기사'의 존재를 언질 받았기에 데릭이 티 나지 않게 그를 흘끔거렸다.

이윽고 도착한 셰리가 제 방 응접실 소파에 기대앉았다. 그러자 집사가 토르를 예의주시하며 그녀에게 서신 하나를 건넸다.

"아가씨께서 황도로 올라오신다는 소식에 베게티 백작가로부터 도착한 서신입니다."

빠르게 서신을 읽어 내린 셰리의 미간이 설핏 좁아졌다.

"……토르."

"예, 셰리 님."

"혹시 마지막으로 부모님을 뵌 게 언제야?"

그녀의 질문에 그저 순종적으로 고개만 조아리고 있던 토르의 얼굴이 순간 당황으로 물들었다.

"……6년쯤 되었습니다."

"그럼 후작가로 오고 나서 한 번도 본가로 안 갔단 말이야?"

"……."

손에 쥔 편지지를 다시 곱게 갠 셰리가 한 손으로 이마를 짚더니 끙, 하는 신음을 내뱉었다. 호위 기사로 낙점되기 전까지는 그의 존재조차 몰랐기에 생각해 본 적이 없는 일인데…… 멀쩡히 부모 형제가 있는 그가 그렇게 오랫동안 본가와 연락도 없이 지내고 있었을 줄이야.

굉장히 조심스럽게 돌려 말하고는 있지만 훌쩍 자란 아들의 모습을 보여 주실 수는 없겠냐는 내용이었다. 편지의 어투에서 적지 않은 기간을 느꼈기에 물었고. 그런데 6년이나 백작가에 돌아가지 않았었다니.

누군가 이 사실을 안다면 후작가에서 기사들을 비인간적으로 부려 먹고 있다고 생각할지도 모를 일이다. 다른 어떤 영지와 비교해도 가문의 기사들에게 후한 봉급과 복리후생을 제공하고 있다고 자부했던 셰리의 자존심에 금이 가는 일이었다.

'토르를 침대로 끌어들일 생각만 하느라 내가 너무 무심했나 봐.'

새삼 자각해서인지 그녀의 양심이 아려 왔다.

그래서 셰리는 결정했다. 토르에게 황도에 있는 동안 충분히 휴가를 제공하겠다고 말이다. 도대체 제 주위의 아들들은 어쩌나 가족에게 무심한지…… 곧 약혼자가 될 레이먼드도 9년이나 본가에 얼굴을 비추지 않아 혈육들조차 처음에는 그를 못 알아보지 않았던가.

"백작님과 백작 부인께서 내게 연락을 주실 정도면 그동안 경에게도 서신이 갔을 터. 반응을 보아하니 전부 무시한 모양이군?"

평소 편하게 토르, 토르 부르다가 다소 굳은 얼굴로 '경'이라 일컫는 셰리의 모습이 낯설었다. 토르가 재빨리 그녀 앞에 무릎을 꿇었다.

"제 실력이 미진하여 본가에 갈 여력이 없었을 뿐입니다."

"……"

비록 그녀의 호위로서 얼굴과 몸 등 외모를 까다롭게 따지긴 했다. 그러나 기본적으로는 아가씨를 가장 가까이서 모시는 기사이다. 한스가 실력이 없는 자를 뽑았을 리도 없지만 검에 대해서 잘 모르는 셰리가 봐도 토르는 또래 사이에서는 적수가 없을 만한 상당한 실력자였다.

그런 기사가 커다란 덩치로 그녀 앞에 무릎을 꿇고 있었다. 침묵만 지키는 토르를 흘겨보던 셰리가 집사에게 손짓을 했다.

"지금 이 시간부로 호위 기사 '톨체르 베거티 경'에게 일주일간 휴가를 줄 테니 집사가 처리해 줘."

"예, 아가씨."

"그, 셰리 님. 저는, 괜찮……."

번쩍 고개를 든 토르의 입술에 손가락을 갖다 댔다. 그의 말을 막은 셰리의 목소리가 제법 단호했다.

"이건 경이 괜찮고 말고의 문제가 아니라 후작가의 차후 평판에 대한 문제이기도 하니, 반문 없이 따랐으면 좋겠어."

"……."

그렇게 토르는 후작저로 입성한 지 한 시간도 안 되어 황도에 위치한 백작저로 쫓기듯 떠나게 되었다. 그가 눈물을 삼키며 길을 나섰다.

* * *

"아버지, 다녀오셨어요!"

"셰리, 네가 왔다는 말을 듣고 어디 일이 잡혀야 말이지."

황도에서의 첫날, 셰리는 그녀가 도착했다는 소식에 몇 년 만의 정시 퇴근을 한 아버지와 감동의 재회를 마쳤다. 다음 날에는 그동안 바뀐 후작저를 이곳저곳 살펴보는 데 시간을 보냈다. 그리고 나자 더 이상 할 일이 없어진 셰리가 응접실 탁자를 톡톡 두드렸다.

근래에는 토르를 어떻게든 침대로 끌어들이려고 애쓰느라 그와 떨어져 있던 적이 별로 없었는데 막상 홀로 시간을 보내려니 적적하기 그지없었다. 토르 대신 호위 기사로 붙여 준 이도 매우 실력자로 보이긴 했다. 하지만 그녀의 외적 취향에 벗어난 자라 별 감흥이 없었다.

아니, 정정한다. 그녀의 외적 취향에서 벗어났다기보다는 토르의 미모를 자주 접하다 보니 셰리의 눈이 급격하게 높아진 탓이었다. 얼굴과 몸만 취향이면 모를까, 아직 다듬어져야 할 부분이 차고 넘치기는 해도 기본적으로 그와의 관계가 과하게 기대 이상이어서였다.

"흐음……. 이럴 줄 알았으면 좀 더 일찍 돌아오라고 할 걸 그랬나."

좀 쉬면서 곧 있을 약혼 발표에나 집중하라며 아버지는 그녀가 가져온 서류들을 전부 압수해 버리셨다. 그 덕분에 의도치 않게 할 일이 없어진 셰리는 매우 심심했다. 그런 그녀가 황도의 중앙 거리를 구경 나가게 된 것은 당연한 수순이었다.

종종 후작령에서도 카탈로그를 통해 유행에 맞는 드레스들을 구입하고는 했다. 그래도 마담 카엘리나의 부티크에 직접 방문하는 것은 2년여 만이었다. 당연하겠지만 거기서도 셰리는 무수한 시선을 받아 내야 했다.

"아, 저 분은 혹시……."

"어머나!"

새빨갛고 풍성한 머리카락은 미하르쉘 후작가의 상징이나 다름없었다. 대부분 단번에 그녀의 신분을 알아챘다. 그리고 뒤를 이은 건 뛰어난 미색을 2년 만에 조우한 놀라움이 담긴 시선들이었다. 지체 높은 고위 귀족치고는 까다롭지 않은 편인 셰리도 오랜만에 제게 쏟아지는 지나친 관심들에 입가가 살짝 굳었다. 확실히 황도와 사교계를 너무 오래 떠나 있었던 모양이었다.

저 중에 자신이 올린 남작가와 약혼 예정이라는 소문을 알고 있는 자들이 얼마나 될지는 모르겠다. 그러나 확실한 것은 내일이면 그녀와 그녀의 예비 약혼자에 대한 소식은 공공연하게 퍼져 있을 것이라는 사실이다.

"마담. 오늘은 날이 아닌가 봐. 다음에 다시 올게."

"어휴, 그러게요. 제가 조만간 후작저로 찾아뵙겠습니다. 공녀님."

결국 셰리는 추억이 깃들었던 단골 가게를 둘러볼까 했던 계획을 접었다.

이제는 매장을 3개로 확장한 마담 카엘리나의 아쉬운 듯한 배웅을 받으며 부티크를 나섰다.

"음? 아……."

그런 셰리의 눈에 언제부터 그 앞에 서 있었을지 모를 낯익은 문장을 단 까만 고급 마차가 들어왔다. 잠시 멈칫했으나 그녀는 아무렇지 않은 표정으로 마차를 지나쳤다. 그때, 셰리의 바로 앞에서 마차 문이 열렸다. 뒤이어 반질반질하게 손질된 구두를 신은 남자가 모습을 드러냈다.

절제되고 단정한 구둣발 소리는 잊으려야 잊기 힘들 정도로 익숙했다. 그래서일까. 셰리는 저도 모르게 크게 숨을 들이켜며 시선을 들었다. 기억하고 있었던 것보다도 조금 더 고개를 들어야 했다. 하지만 그녀의 시야에 들어온 이는 예상대로의 사내였다.

"……셰리."

"……."

그와의 재회에 염려했던 만큼의 큰 동요는 없었다. 그렇다 해도 역시 전혀 아무렇지 않은 것은 아니었나 보다. 그를 마주한 셰리의 손에 조금씩 힘이 들어갔다.

완벽하게 갖춰 입은 정장 옷차림임에도 급하게 나온 듯 다소 헝클어진 머리카락에 잠시 눈이 가닿았다. 금세 시선을 아래로 내린 그녀가 평소보다 짙어진 듯한 남색 눈동자와 마주하며 가볍게 무릎을 접었다 펴 인사를 건넸다.

"린데카이르 공자님을 뵙습니다, 무사 귀환을 감축드립니다."

"……."

"바쁘신 듯하여 보이니 저는 이만."

그에게서는 어떠한 답도 나오지 않았다. 그러나 다시 한번 힐끗 그를 쳐다본 셰리가 고개만 까닥인 채로 등을 돌렸다. 아직까지 치마를 잡은 손끝이 조금 파르르 떨리고 있었다. 그래도 이만하면 생각보다는 괜찮았다. 너무 갑작스럽게 예상하지 못한 곳에서 마주한 탓이지, 제 대응은 충분히 침착했고 또 고요했다.

그녀의 뒤를 따라오는 새로운 호위 기사가 다소 안절부절못하는 기색이 고스란히 느껴졌다. 하지만 그의 사정까지 봐줄 만한 여유는 셰리에게도 없었다. 아무렇지도 않은 표정으로 걸음을 내딛었다.

'왜 하필 이런 곳에서……!'

게다가 이곳은 황도의 중심상가였다. 황도엔 전승 기념 행사에 참석하기 위해 대부분의 귀족들이 상경하여 평소보다도 많은 이들이 운집해 있는 상태. 그런 이들의 이목이 쏠린 곳에서 쓸데없이 소문의 주인공이 되는 것은 사절이었다.

이미 그와 마주친 시점에서 무어라 말이 나오지 않는 것은 기대하기 어려울 테다. 하지만 부디 우연히 마주쳤고, 스치듯 서로 지나쳐갔다는 정도로만 기억되길.

그때, 평소보다 약간 빠른 걸음으로 한 블록쯤 걸어간 셰리의 귀에 익숙한 목소리가 들려왔다.

"셰, 아니, 공녀님?"

아아, 제가 억지로 보내 놓고도 그의 부재로 은연중에 허전함을 느끼고 있었던 모양이다. 목소리만 들렸을 뿐인데, 이토록 사무치게 반가운 것을 보아하니.

얼굴 가득 만연한 화색을 감추지 못한 셰리의 눈이 제 진짜 호위 기사를 담았다. 비록 그 혼자가 아니라 백작 내외와 함께였으나 현 상황에서 이보다 더 그가 반가울 수가 없었다.

"토르!"

"앗, 예. 아가씨…… 외출 예정이셨으면……."

갑작스럽게 튀어나온 애칭으로 토르가 조금 당황한 얼굴을 했다. 그는 왜 저를 부르지 않으셨냐고 말하려다가 입을 다물었다. 옆에서 눈이 동그래진 제 부모의 눈치를 보는 모양새였다. 셰리는 곁에 서 있던 호위에게 마차를 가져오라 눈짓했다.

그러고는 서둘러 잰 걸음으로 그들 일행 앞에 다가가 셰리가 최대한 예쁜 미소를 지으며 인사를 건넸다.

"베거티 백작, 백작 부인."

"아, 큼, 아, 안녕하십니까. 공녀 전하."

베거티 백작은 셰리가 후작가의 영애이긴 하나 동시에 공녀의 지위를 갖는다는 걸 가까스로 기억해냈다. 그녀는 베거티 백작과 그 부인과 눈을 맞추고는 마지막으로 토르에게 싱긋 웃어 주었다.

그 바람에 토르의 볼이 살포시 붉어졌다. 그리고 그런 그를 멀리서 주시하던 칠흑처럼 까만 머리카락의 사내의 눈매가 가늘어졌다.

* * *

셰리는 태어나면서부터 누군가의 비위를 맞출 필요성을 그다지 느껴 본 적 없는 신분이었다. 그런지라 특별한 일이 없는 한 초면인 자에게는 좀처럼 보여 줄 일이 없는 그녀의 곱게 접힌 눈꼬리가 백작 부처를 향했다.

서북 변방의 백작가라 황도까지 올라와 별다른 사교 활동을 하지도 않고 백작 본인이 출사도 하지 않은 탓에 제대로 백작을 본 것은 처음이었다. 옆에 있는 백작 부인이 딸뻘이라고 들었는데 대대로 변경을 지켜 온 무인 집안이라 그런지 백작은 초로의 나이에도 키가 크고 건강하여 젊어 보이는 모습이었다. 셰리가 고개를 갸웃했다.

'아니, 그냥 동안 정도가 아닌 것 같은데……'

백작 부인도 어딘가 앳된 모습이 남아 있는 귀여운 중년의 여인이었지만 백작이 실제 나이보다 너무 젊어 보여 두 눈을 의심했다. 게다가 얼굴만 보면 좀 곱상한 편인 토르에게 비해서 백작은 훨씬 선이 굵고 남자다운 외모였다.

비록 토르보다 색이 좀 바래긴 했으나 청록빛 머리카락과 보랏빛 계열 눈동자가 꼭 닮은 부자였다. 아무래도 머리색과 눈 색 모두 아버지인 백작으로부터 물려받은 듯했다. 갓 성인이 된 백작 부인을 후처로 들이기도 전에 덜컥 토르부터 갖게 했다기에 의외로 여색을 밝히는 자인가 했더니, 이제 보니 백작 부인이 육탄 공세를 펼쳤을 가능성이 농후해 보였다.

'그러고 보니 토르도 나이에 비해 앳된 얼굴이었잖아.'

……여태 진지하게 생각해 보지 않았는데 정말 저 집안에는 엘프의 피가 섞인 게 아닐까.

자각하지 못한 채였지만 셰리는 토르의 부모님과 그 혈통에 대해 관심이 생겼다. 그렇게 그들이 의례적인 이야기를 늘어놓는 사이, 토르는 갑작스러운 만남에 도근거리기 시작하는 제 가슴께를 꾹 눌러 진정시키려 애썼다.

아, 무려 이틀 만의 아가씨. 제 부모와 무언가 이야기를 주고받는 그녀의 얼굴만 바라보게 된다. 토르는 자꾸만 흐물거리는 입가를 단속하기에 바빴다.

문득 어딘가에서 날카롭게 꽂히는 것같이 강렬한 시선을 느끼고 주위를 둘러보았다. 그리고 그렇게 멀지도 가깝지도 않은 거리에서 조용히 그와 셰리를 응시하는 남자와 눈이 마주쳤다.

"……."

강한 오후의 빛에 한 줌의 영향도 받지 않는 듯한 새카만 머리카락에 어두운 남색 빛깔의 눈동자. 저의 마지막 기억에서보다 훌쩍 자라 완연하게 소년의 티를 벗어 낸 청년이 누군지 알아보는 것은 어렵지 않았다.

서서히 더워져 가는 날씨에도 그의 주변만은 삭풍이라도 몰아치는 듯 묘하게 온도가 낮아 보였다. 그리고 그 남자의 심기가 불편하다는 것쯤은 토르도 쉽게 알아챘다. 전쟁을 겪은 지 얼마 되지 않은 자 특유의 날것 같은 예기는 숨긴다고 숨겨지는 종류의 것이 아니었다. 그래서인지 주위의 다른 이들마저 감히 가까이 지나가지도 못하고 있었다.

'가만. 그러고 보니 저자가 서 있는 방향으로부터 아가씨가 걸어 오셨었는데.'

어쩐지 처음 마주쳤을 때 굳은 얼굴로 걸음이 좀 빠르시더라니……. 이미 조우하셨던 모양이다. 그래서 제 애칭을 그리도 반갑게 불러 주셨던 거겠지.

토르의 시선이 잠시 제 아버지와 어머니를 향했다. 부모님 두 분은 생전 처음 듣는 종류의 제 애칭을 듣고 다소 놀라신 눈치셨다. 이건 워낙 모두에게 다정한 공녀님이라 제게도 잘 대해 주신다고 둘러대면 될 일이다.

그리고 여전히 방긋방긋 웃는 낯으로 백작 부부와 한담을 나누는 셰리에게로 고개를 돌렸다. 토르의 눈길이 아직도 치맛자락을 꽉 부여잡은 그녀의 손에 가닿았다. 안 그래도 새하얀 피부가 창백해 보일 정도로 힘이 들어간 손등을 보니 순간 심장이 따끔했다.

'셰리 님…….'

저 작고 부드러운 손을 제가 잡아 드리고 싶다. 커다란 제 손 안에 가두고 괜찮다며 토닥여서 진정시켜 드리고 떨림이 가라앉을 때까지 구석구석 입 맞춰 드리고 싶었다.

하지만 지금은 그럴 상황도 아니고 아가씨도 원하지 않으실 것이다. 다른 이들 앞에서의 저는 감히 셰리 님의 손끝조차도 먼저 닿을 수 있는 주제가 못 되었다. 그 사실이 사무치게 가슴을 저며 와서 아린 느낌까지 들었다.

그리고 무엇보다…….

토르의 잇새로 뿌득거리는 소리가 작게 새어 나왔다. 제 앞에서는 다 잊었다는 듯 무심하게 구셨지만 역시 아무렇지도 않을 수는 없으신가 보다. 먼저 일방적으로 혼약을 깬 게 누구인데 이제 와서 갑작스럽게 그녀 앞에 나타난단 말인가.

제 아가씨를 놀라게 했다는 괘씸함도 있었지만 셰리에게 여태 그가 영향을 끼칠 수 있다는 사실이 어쩐지 분했다. 그래서 토르는 다시 그 새까맣게 가라앉은 남색 눈동자를 마주 노려보아 주었다.

"아, 그러게 말이에요. 그렇지, 토르…… 경?"

처음에는 오래간만에 만나는 부모님 앞이라 그런지 제 곁에 있을 때와는 또 다른 느낌으로 다소 누그러진 기색이었다. 그런데 어느 순간 갑작스럽게 토르의 기세가 일변했다. 그 모습에 셰리는 뒤돌아보지 않고도 그가 에드윈을 발견했음을 깨달았다. 하지만 안 그래도 알게 모르게 주목 받고 있는 이 상황에서 더 이상의 불필요한 소란을 만들어서는 아니 되었다.

"그, 그러니까. 토르 경 걱정은 하지 않으셔도 되어요. 그렇지, 토르?"

토르가 얼마나 후작가에 잘 녹아들었는지, 호위 기사로서 저를 얼마나 잘 보필하고 있는지 칭찬하며 셰리가 자연스럽게 화제를 전환했다. 그리고 살며시 그의 팔 위로 가볍게 손을 올려놓았다. 거의 손가락 끝만 닿은 수준의 접촉이었다. 하지만 순간 움찔한 토르는 대치 중이던 자세를 풀고 부끄러운 듯 고개를 숙였다.

"어머, 우리 톨체르가 말인가요? 세상에."

"……그렇습니까."

과연 예상했던 대로 어린 시절부터 썩 애교 있는 성정은 아니었던 모양이었다. 셰리의 칭찬에 백작 부부의 얼굴이 순수하게 기쁨으로 물들었다. 뒤이어 그의 팔에 올려진 그녀의 손으로 아까와는 비교도 되지 않을 정도의 맹렬하고 집요한 시선이 따라붙었다.

"아, 내 정신 좀 봐. 저희가 지금 예약해 놓은 식당으로 가려던 참인데, 저녁을 드시지 않으셨다면 공녀님께서도 함께하시겠어요?"

백작 부인은 먼저 살갑게 말을 붙여 주고 웃어 주는 셰리가 마음에 든 듯했다. 낯을 가려 사교계에도 잘 나타나지 않는다더니 조심스럽게 그녀에게 동석을 요청했다.

하나 있는 아들 녀석이 통 연락도 없다가 6년 만에 돌아와 놓고도 별다른 말을 하지 않아 답답하던 차였다. 조곤조곤하게 지난 사정들을 읊어 주는 셰리와 조금 더 함께 있고 싶은 건 당연했다. 게다가 원래부터 그다지 사교적이지 않고, 특히 여자라면 뒷걸음질부터 치던 토르가 고분고분하게 구는 여성은 처음 보아서이기도 했다.

'어쩜, 이렇게 아름다우신 분이 친절하시기까지…….'

고위 귀족인 어여쁜 소녀가 까탈스럽게 굴지 않고 다정하게 웃어 주는 모습은 백작 부인의 마음에 호감을 퐁퐁 솟아오르게 했다. 장성한 아들을 가진 부인이 눈을 빛내며 수줍게 청하는 모습이 마치 저보다 더 어린 소녀를 보는 것 같아서 셰리는 잠시 미소 지었다. 그러나 이내 아쉽다는 듯한 표정을 지었다.

"아, 말씀은 감사하지만……. 저 역시 황도에 돌아와 아버님을 뵙는 게 너무 오랜만이어서요. 당분간은 아버님과 함께 저녁을 들어야 할 것 같네요. 오랜만에 가족끼리 오붓한 시간을 보내시길."

대화에 거의 참여하지 않고 입을 꾹 다물고는 있었지만 누구보다 셰리의 말에 귀를 기울이고 있던 백작이 고개를 끄덕였다. 그 역시 무인인지라 아까부터 아슬아슬하게 이어지던 제 아들과 에드윈 공자의 눈싸움을 눈치채고 있었다.

"그, 저……."

여전히 뒤에서 자리를 지키고 있는 에드윈 공자의 존재를 의식한 토르가 무어라 말을 붙이려 입을 달싹거렸다. 그러나 마침 호위가 그녀 앞으로 마차를 몰아 왔기에 그만 입을 다물고 말았다.

그러고 보니 제가 없는 자리에 다른 호위가 붙었다. 그 당연한 사실이 제 자리가 얼마든지 대체될 수 있다는 뜻 같아서 입맛이 조금 쓰게 느껴졌다. 후작성에서부터 저와 종종 검을 맞대던 동료이지만 아가씨를 빼앗긴 것 같은 묘한 기분이 들었다. 그에게 대강 고개만 끄덕여 인사를 건넸다.

토르는 새로운 호위 기사의 손을 잡고 마차에 오른 셰리의 모습을 놓칠세라 눈 하나 깜박이지 않고 바라보았다. 그러고도 그녀의 마차가 완전히 시야에서 멀어질 때까지 그 자리에서 움직이지 않았다.

* * *

"아가씨, 아까부터 린데카이르가의 마차가 따라오고 있는 것 같습니다."

"……그냥 둬, 지금 길이 린데카이르가로 가는 길이기도 하니."

기세에는 둔한 일반인인 저도 뒷목이 쭈뼛 설 만큼 진했던 에드윈의 시선이다. 이 정도는 예상했던 바였다. 셰리는 어쩐지 갑작스레 피로해진 몸을 등받이에 뉘였다. 항상 흐트러지는 일이 없던 그가 급하게 온 기색이었으니 아마 제게 무언가 할 말이 있었겠지.

'하지만 이젠 그런 사정까지 고려해 줄 이유도 없고, 그러고 싶지도 않아.'

셰리는 아예 무시하기로 마음을 정했다. 분명히 제가 파혼 후 6개월이나 공국 영지에 틀어박혀 있었음을 모를 리 없다. 그런데도 아무런 연락도 없었던 남자다. 심지어 제가 후작령으로 돌아온 지 얼마 되지 않았을 시점에는 자진해서 출전까지 했다고 했다.

그런데 이제 와서 무슨 볼일이 남았다는 것일까. 그날 밤 우리는 전부 끝났는데…….

애써 묻어 두었던 제 과거의 조각과 그때의 감정이 떠오르려 했다. 셰리가 고개를 저어 생각을 털어 냈다. 그러고 보니 요즈음은 주인 곁에 달라붙지 못해서 안달인 강아지처럼 구는 모습의 토르만 보아 와서일까. 아까의 무표정하지만 날카롭게 곤두선 그의 태도는 정말이지 오랜만이었다.

그녀와 처음 호위 기사로서 만났을 때가 떠올랐다. 비록 그 정도로 적대적이지는 않았지만 딱딱하기 그지없던 모습을 생각하면 지금의 토르는 완전히 다른 사람 같았다.

그저 손끝만 일방적으로 그의 팔에 닿았을 뿐이다. 하지만 이틀 만의 접촉에 내심 설레는 마음이 들었다. 게다가 더는 동정도 아닌데도 여전히 쑥스러워하는 토르의 태도는 매번 그녀에게 묘한 정복욕을 불러일으켰다.

형님들이 괴롭혀서 악몽까지 꾸는 것 같아 보내 놓고도 내심 걱정했는데.

토르가 잘 지내고 있는 모습을 보니 마음이 놓였다.

아버지인 백작이 무뚝뚝한 성격인 듯해도 기본적으로 부모님 두 분의 애정을 충분히 받고 있는 듯 보였다. 그런 환경에서 형들이 그렇게 괴롭힐 수가 있으려나. 학대에 가깝게 괴롭힌다면 백작이 절대 좌시하지 않을 텐데……. 무언가 오해가 있거나 일반적이지 않은 사정이 있는 모양이다.

금세 셰리의 머릿속은 조금 전에 만난 토르로 꽉 찼다. 그때, 다소 다급한 듯한 호위의 목소리가 들려왔다.

"린데카이르가로 이어지는 갈림길을 지났는데도 여전히 일정한 간격을 유지한 채 따라오고 있습니다. 어찌할까요."

"하? 저쪽에서 뭔가 하지 않는 이상 그냥 아무 반응도 보이지 마. 너무 빠르게 가지도 말고 평소 속도대로 운행해."

원래 이런 성격이 아닌 걸로 알고 있었는데, 다른 이들의 눈에 띄면 어쩌려고 이렇게 막무가내로 구는지 모르겠다. 전쟁을 겪고 나면 사람이 변하기라도 하는 것인지…….

처음에는 의식적으로 그의 소식을 듣지 않고자 애썼다. 그리고 어느 정도 시간이 흐른 이후로는 정말로 아무런 감흥이 없어서 딱히 알아보려 하지 않았다. 그랬기에 셰리는 에드윈에게 무슨 일이 있었는지 아는 바가 거의 없었다. 아마 그가 그대로 전사했다고 해도 울지 않을 자신이 있었다.

모진 말로 저 자신을 다시 채찍질하면서도 셰리의 한 손은 지끈거리는 가슴을 꾹 눌렀다. 이대로 모른 척하고 이번 전승 기념 행사만 무사히 마친 후 다시 후작령으로 돌아가면 될 일이다. 그리고 저는 올린 남작 영식과 약혼하게 되겠지. 그렇게 몇 년 있다가 소후작이 되고 나면 혼인하고, 후계도 낳고. ……이미 그렇게 흘러가기로 결정된 일이었다.

'더 이상 변할 것은 아무것도 없어.'

지금 이렇게 마음이 무거운 것은 고작 2년밖에 지나지 않았기 때문이다. 제 예상보다 너무 일찍 서로 마주쳐 버린 탓이다.

아까 마주쳤던 그 남자의 눈동자가 어떤 빛을 띠고서 저를 쳐다보고 있었는지 기억해 내지 않으려 애썼다. 곧 시가지의 일이 아버지의 귀에도 들어가게 될 텐데 더 이상 아버지가 미안해하며 쓸쓸한 기색을 내보이는 걸 원치 않았다.

끼익, 하는 소리와 함께 후작저의 커다란 철제 정문이 열리고 셰리의 마차가 들어서기 무섭게 문이 닫혔다. 다행히 린데카이르가의 공자님인 제 전(前) 약혼자도 더 이상의 문제를 일으키고 싶지는 않은 모양이었다. 더는 정문에서 소리가 들려오지는 않았다.

"휴."

셰리는 저도 모르게 안도의 한숨을 토해 내고 애써 웃는 낯을 그 위로 덧씌웠다. 그러고는 후작이 기다리고 있을 다이닝 룸으로 향했다.

후에 집사의 말을 들으니 밤이 한참 깊어서야 린데카이르가의 마차가 발길을 돌렸다고 했다. 정문에서 보일 리도 없겠지만 셰리는 다음 날 해가 밝아 올 때까지 제 방의 커튼을 단단하게 쳤다. 그리고 끝끝내 단 한 번도 열어 보지 않았다.

Ⅸ. 호위 기사의 위치

"어서오시오. 미하르쉘 후작저에 오신 것을 환영합니다."

"아, 환대에 감사드립니다. 듣던 대로…… 너무나 아름다운 저택이군요."

처음에는 전승 기념 행사에만 참여하려 했던 일정이었다. 그러나 전쟁으로 인해 2년 동안 열리지 않았던 황실 주도의 데뷔탕트 연회가 곧이었다. 그곳에도 레이먼드와 참석하기로 급작스레 결정되었다. 그래서 올린 남작 일가는 후작저에 초청받았다.

직계 가족 간의 만남은 셰리 측으로 사정으로 예상보다 조금 빠르게 이루어진 편이었다. 그러나 흔쾌히 승낙한 올린 남작가의 배려 덕에 응접실 안의 분위기는 훈훈하기 그지없었다.

"아하! 저도 제 아버님과 할아버님께 칸토 자작님에 대해 정말 많이 듣고 자랐습니다."

"허허. 그렇습니다, 올린 남작. 후대에 우리가 이런 인연을 맺게 될 줄 작은 아버님께서도 모르셨을 겁니다."

선대 후작과 그 동생인 칸토 자작으로부터 이어진 인연과 그에 얽힌 추억으로 시작된 대화는 무난하게 약혼 일정으로 이어졌다.

"그럼 황도의 일정이 마무리 되는 대로 약혼 발표를 하실 생각이십니까?"

"황도에서는 후작저에서 소수만 초대하는 형식으로 했으면 하는데. 어떠십니까? 정식 예식은 시간이 많이 걸릴 테니, 후작령으로 돌아간 후로 합시다."

"저희는 아무려면 다 좋습니다. 각하와 공녀님의 일정에 따르겠습니다."

그간 쌓인 회포를 다 푼 모양인지 처음의 모습은 떠올릴 수 없을 만큼 올린 남작은 안정적으로 보였다. 그런 그가 아버지 후작의 마음에도 든 모양이었다. 과연 아버지께서 후작성에서의 첫 만남 때 그가 벌인 소란을 아신다면 어떤 반응을 보이실지 궁금하긴 했다. 하지만 굳이 다 된 약혼에 재를 뿌릴 필요는 없지. 셰리는 가만히 앉아 미소만 지었다.

이미 다 정해진 사항들을 서로 다시 확인하는 자리였기에 묵묵히 자리만 지키고 앉아 있는 그녀에게 레이먼드가 손을 내밀었다.

"어른들께서 이야기를 나누시는 동안 저희는 잠시 따로 시간을 가져도 될까요?"

"……."

"아버지, 그래도 될까요?"

또다시 남작가 세 식구들의 동공이 심하게 흔들리는 모습이 심상치 않았다. 그러나 마침 지루했던 셰리가 빙긋 웃으며 내밀어진 손을 잡고 일어섰다. 그녀가 의외라는 듯 맞잡은 손에 시선을 주었다. 펜만 잡던 손이라 부드럽기 그지없는 도련님 손일 줄 알았더니 조금 메마르고 건조한 손이었다.

그다지 화려하게 차려입지는 않았지만 타고난 이목구비와 머리색 덕분에 불꽃처럼 화려한 청년이었다. 심지어 셰리의 곁에서도 그 화사함을 잃지 않는 예비 사위의 미모에 후작이 호탕하게 웃으며 허락했다.

"하하. 하긴 서로 익숙해질 시간을 줬어야 했는데, 잊고 있었군. 다녀오거라."

불순물이라고는 하나도 섞이지 않은 듯한 반짝이는 금발 아래 드러난 미형의 얼굴이 눈부셨다. 둘이 그렇게 서 있으니 그야말로 그림 같은 선남선녀의 모습이라서 모두의 얼굴에 흐뭇한 기색이 맴돌았다.

아직 약혼을 한 사이도 아닌데 단둘이 밀실에 있기는 서로에게도 어색한 일이었다. 자연스럽게 그 발길은 정원으로 향했다. 지난번에 봤을 적에는 정원에 관심이 많은가 했는데, 그는 가히 역작이라고 불릴 만큼 꾸며진 풍경에는 눈길도 주지 않았다. 대신 연신 셰리에게만 시선을 두었다.

나란히 서서 걸어 보니 생각보다 훨씬 키가 큰 남자였다. 눈을 마주치려면 고개를 한껏 들어야 하는 터라 셰리는 그에게 손을 얹은 채로 앞만 보고 걸었다. 여태 몇 번이나 보았다고 벌써 제게 보이는 과한 호감이 다소 부담스러웠다. 그러나 제 미모로 인한 개연성일 거라고 그녀는 스스로에게 애써 설득했다. 셰리가 먼저 말을 걸었다.

"갑자기 데뷔탕트 연회에 파트너로 참석해 달라고 해서 놀라셨겠네요."

"아, 아닙니다. 저는 한 번도 그런…… 연회에는 참가해 본 적이 없어서 무척 기대됩니다."

기대된다는 말과 달리 그녀의 손을 힘을 주어 잡는 긴장한 모습에 셰리가 빙그레 웃었다. 비록 그들이 데뷔탕트의 주인공으로 참가하는 것은 아니나 이번 무도회는 오랜만에 열리는 연회이니만큼 제국 미혼 남녀들이 대거 참석할 것이 뻔했다. 셰리는 한 명의 영애라기보다 이미 널리 알려진 후계자였기에 굳이 데뷔탕트를 치르진 않았다. 그래도 그에 대해 배운 바는 있었다.

제국은 여타의 왕국과 다르게 특이하게도 데뷔탕트가 영애들만의 전유물이 아니었다. 후계자가 아닌 영식들 중 성인 즈음에 이른 자들 역시 저를 내보이는 연회이기도 했다. 데뷔탕트를 치르는 그 해의 주인공들을 제외한 미혼의 젊은 남녀들도 서로의 상대를 물색하기에 용이하다는 이유로 연회에 참석하곤 했다.

물론 제국을 이끌어 나갈 젊은 사교계이기에 그곳도 귀족 사회의 축소판과 다름없었다. 지난밤 에드윈의 기행에 대해 곰곰이 생각해 보던 셰리가 갑작스 럽게 데뷔탕트 연회에 객원으로라도 참여하기로 한 것 역시 쓸데없는 소문을 조기 진압하기 위한 의도였다.

'별다른 대화가 오가지는 않았지만. 그래도 어제 모습만 보면 사정을 모르는 사람들에겐 분명 이상하게 보였을 거야.'

이슈는 더 큰 이슈로 덮는 것이 가장 효과적이라는 점을 모르지 않았다. 그리고 나면 곧 공적을 논하기 위한 회의가 열릴 것이고, 전승 기념 파티로 모두의 이목이 쏠리게 될 것이 뻔한 일이니까.

"그러고 보니 드레스 코드를 정해야 하는데. 올린 영식, 아니, 레이먼드는 특별히 선호하는 색이 있나요? 아, 흰색은 빼고요."

"드레스 코드…… 말입니까. 사실 저는 그런 쪽으로는 잘 알지 못합니다."

레이먼드의 얼굴에 난처한 기색이 어렸다. 화사하다 못해 화려한 외모를 지닌 그는 의외의 구석이 있었다. 레이먼드가 얼굴을 붉혔다. 그렇게 주빈들의 드레스 코드인 흰색을 피해 갖고 있는 정장에 대해 이야기하다 보니 저도 모르게 깊은 후원까지 들어와 버렸다. 보통 아주 친밀한 사이가 아니고서야 들이지 않는 곳이었다. 하지만……

'어차피 약혼자가 될 테니 이 정도는 괜찮겠지.'

결국 레이먼드는 제가 가진 옷은 전부 칙칙한 무채색의 정장일 뿐이란 사실을 실토하고 말았다. 그렇게 그들의 드레스 코드는 남색으로 정해졌다. 저로 인해 셰리의 선택권이 좁아져 레이먼드는 미안한 기색을 숨기지 못했다. 다소 시무룩해진 표정이 누군가를 떠오르게 했다. 그런 그의 찬란한 허니 블론드를 바라보던 그녀가 저도 모르게 흘러내린 머리카락 끝을 건드렸다.

"아, 미안해요. 이렇게 진한 황금빛은 처음 봐서……."

"……괜찮습니다. 어릴 때는 훨씬 옅었다던데 자랄수록 진한 금발이 됐다고 하더군요."

손가락엔 겨우 끄트머리만 살짝 닿았을 뿐이었다. 하지만 다소 어색해진 분위기 때문에 셰리가 당황한 얼굴로 화제를 전환했다.

"……그러고 보니 얼마 전에 칸토 지방으로 시찰을 다녀왔어요."

"올린 상회 본점에 다녀가셨다는 말은 들었습니다."

잠시 셰리가 멈칫했다. 제가 칸토 지방에 다녀온 것을 이야기한 적이 있었나? 아니, 당시에 후작가 마부가 올린 상회에서 숙식을 해결했으니 뒤늦게라도 관계자의 귀에 소식이 들어가기라도 한 모양이지.

그렇다고 해도 그곳에서도 마법 반지를 낀 채 '해리스'로 행세하여 본래대로라면 본점에 다녀간 것은 레이먼드가 알아낼 수 있는 정보가 아니었을 테다. 그러나 이미 상회 수뇌부 사이에서는 공공연한 비밀이기도 했다. 그러면 그만큼 그가 이미 상회 운영 전반에 깊숙하게 참여하고 있다는 뜻일까. 그렇다 해도 아직은 마탑 연구소 소속일 텐데?

나중에 따로 그에 대해 알아봐야겠다고 생각하며 셰리가 우선은 고개를 끄덕여 대꾸해 주었다.

"거기서 꽤 훌륭한 곡물주를 팔더라고요."

"아, 혹시 닭고기 조림과 야채수프가 주 메뉴인 식당 아닙니까?"

"레이먼드……도 가 봤어요?"

"레이라고 불러 주셔도 됩니다. 예, 음식보다는 술로 유명한 곳이죠."

분위기가 미묘하던 차에 공통의 대화 거리를 찾은 셰리의 얼굴이 환하게 밝아졌다. 저렴한 가격에 비해 맛도 깔끔하고 처음 맡아 보는 향이 만족스러웠다고 재잘대는 그녀의 모습에 레이먼드의 눈이 따뜻한 빛으로 물들었다.

"가능하면 후작령이나 황도에서도 유통하고 싶은데…… 그렇게 입소문이 난 술이 왜 내륙으로 들어오지 못했을까요."

"상회 차원에서도 시도했었다고는 합니다만, 이동 시 온도와 움직임에 민감해서 맛이 쉽게 변한다고 하더군요."

그러면서 밀폐 용기를 만드는 수고와 움직임이 거의 없는 마법 장치가 된 짐차. 더불어 온도 유지와 보관 문제에 드는 비용이 '저렴한 판매 가격'

이라는 장점을 상쇄한다고 설명해 주는 그를 셰리가 새삼스럽게 올려다보았다.

마법 공학 전공자에 9년 동안 본가에도 들르지 않고 연구에만 매진했다기에 물정 모르는 샌님 타입인 줄 알았다. 정말로 의외였다. 아주 낮은 목소리가 아니라 잔잔하게 깔리는 조곤조곤한 미성이 더해져 설명도 귀에 쏙쏙 꽂히게 만들었다.

맞장구치며 반응해 주는 셰리 덕분인지 신이 나서 주류 판매의 수익 구조에 대한 견해를 피력하던 레이먼드가 핫, 하고 놀라며 미미하게 볼을 붉혔다.

"아, 죄송합니다. 너무 저만 떠들었군요."

"아니에요. 올린 상회의 마도구 유통은 사실상 레이먼드가 관여했다더니⋯⋯. 어떻게 단기간에 발전했는지 잘 알겠어요."

단지 올린 상회와 혼약을 통해 결속을 다지고 싶은 것이었지, 그에게 경영 지식까지는 바라지 않았는데 볼수록 의외의 면모를 가지고 있었다. 역시 상회 내부의 운영에 레이먼드가 깊숙하게 개입하고 있었던 모양이었다. 새삼스러운 사실에 셰리의 눈이 반짝거렸다.

외모도 합격, 집안도 딱 적당하고, 성격도 이만하면 좋아 보였다. 게다가 대륙 최고의 아카데미 조기 입학이라면 머리도 좋은 남자일 것이 분명했다. 그러니 남은 것은 침대에서 어떨 것인가인데⋯⋯.

사생아 따위는 만들 생각은 추호도 없기에, 결혼하고 나면 고정적인 파트너가 될 남편과의 속궁합은 중요한 요소 중 하나였다. 적어도 보고서에 아무것도 드러나지 않았던 만큼 활발한 성생활을 해 온 것 같지는 않았다. 과연 그 부분까지 제 기준에 흡족하게 찰 수 있을까?

그녀의 빤히 바라보는 시선에 레이먼드는 눈을 피했다. 그러고는 어딘지 부끄러워 보이는 기색의 그가 필사적으로 다음의 대화 주제를 찾으려 애썼다.

"그, 그, 그러고 보니 셰⋯⋯리 님께서 곡물주에도 관심 있으신 줄 몰랐습니다."

"……?"

뜬금없는 소리에 셰리의 얼굴에 의아하다는 빛이 떠올랐다. 제 술 취향에 대해서는 알려진 바가 없을 텐데 곡물주가 그렇게 의외인가. 원하던 대로 분위기 전환에는 성공했지만 떨떠름해진 셰리의 표정에 레이먼드가 당황하여 변명조로 덧붙였다.

"평소 증류주를 즐기시는, 아니, 보통 귀족들의 취향은……."

"왜요, 아직 어린 영애이니 달콤한 과실주만 마실 것 같던가요?"

레이먼드는 제 혀끝을 깨물고 싶었다. 하마터면 트라나이츠 바(bar)에서 자주 마시던 셰리의 취향에 대해 아는 척할 뻔했기 때문이다. 다행히도 그녀가 발끈하여 꽂힌 부분은 다른 방향인 것 같았다. 하지만 매일 셰리에 대해 생각하다시피 하다 보니 아까부터 자꾸만 말실수를 하고 있었다.

"그게, 아니라…… 아, 후작령에서는 과실주의 주세가 낮은 편이라……."

괴팍하기로 유명한 교수들 앞에서도 술술 잘만 나오던 말이 뒤죽박죽 뒤엉켰다. 레이먼드의 얼굴이 빨갛게 달아올랐다. 맨 처음에 만났을 때도 그러더니 셰리는 어리다는 취급에 대해 민감하게 반응하는 듯했다. 저와 다섯 살이나 차이가 나니 실제로 어린 것은 맞다. 하지만 이미 어엿한 후계자의 모습을 갖추고도 나이로 평가절하당하는 게 못마땅했던 모양이었다.

쩔쩔매는 레이먼드를 가늘게 뜬 눈으로 잠시 응시하던 셰리가 이번은 그냥 넘어가겠다는 듯 흥, 소리를 내며 뒤돌아섰다. 몰래 안도의 한숨을 내쉬며 그녀의 곁으로 다가간 레이먼드의 눈에 정원 곳곳에 자리한 스프링클러가 들어왔다.

"저건, 스프링클러가 아닙니까?"

"그러고 보니 마법 공학이나 마도구 전공이면 저런 마법석을 이용한 도구도 만드는 건가요?"

"제가 연구하던 분야는 마법석의 효율적 이용에 관한 것이지만…… 그렇습니다."

올린 상회에서 납품받은 것인지 그의 눈에도 제법 익숙한 모양새였다. 관련 제품을 더듬어 생각해 보던 레이먼드의 입에서 감탄사가 나왔다.

"황도에는 아직 한정적으로 풀린 제품인데 역시 이곳에 먼저 설치되었 군요."

"황궁만 아니라면 보통 후작가에 가장 먼저 들여오는 편이라고 들었어요."

역시 부의 수준으로 둘째가라면 서럽다는 동부 유력 가문의 수장다운 면 모였다. 지금의 후작도 훌륭한 가주라는 것이 중론이었지만 이제 갓 성인이 된 후계자의 역량이 이리도 뛰어나니 앞으로의 미하르쉘가가 기대되는 것이 사실이었다.

그리고 그러한 셰리 곁에서 제가 보필할 것이라는 생각이 레이먼드를 조금 들뜨게 했다. 처음에는 단순히 겉모습에 반해서 그녀를 좇아왔지만 볼수록 당당하고 자신 있는 모습이 그를 사로잡았다. 아직, 아직은 조금 이르지만…… 정식으로 약혼을 하고 천천히 서로를 알아가고 나면, 조금 더 깊은 관계가 될 수 있지 않을까.

지난날 비밀스럽게 함께했던 그녀와의 만족스럽던 관계를 생각하자 온몸 에 열이 오르기 시작했다. 그 열기를 애써 억누르며 레이먼드가 고개를 들어 셰리를 찾았다. 그가 간략하게 비전공자용으로 쉽게 풀어 한 설명 때문인지 셰리는 그동안 무심히 지나쳤던 스프링클러에 흥미가 생겼다. 그래서 산책 로를 벗어나 가까이에서 그것을 살펴보고 있을 때였다.

"앗, 아가씨!"

순간 스프링클러에서 주황색으로 점멸하는 빛과 더불어 마법석이 가동 되었다. 그 기운을 감지한 레이먼드가 급히 몸을 날려 셰리를 감쌌다. 급 한 마음에 여태껏 머릿속으로만 익숙하게 지칭하던 '아가씨'라고 부르던 호칭을 사용한 것도 눈치채지 못한 채였다.

쏴아아아아-

정해진 급수 시간이 되었던 모양이었는지 물줄기가 시원하게 뿜어져 나왔다. 온몸으로 물을 맞으며 그가 그녀를 감싸 안은 채 물이 닿지 않는 범위로 물러섰다.

이어진 물세례도 그렇지만 갑작스럽게 낚아채인 채 품에 안기고 말았다. 놀란 셰리가 안 그래도 커다란 눈을 동그랗게 뜨고 레이먼드를 올려다보았다. 품 안에 안긴 채로 느껴지는 그의 심장 소리가 워낙 크게 느껴진 탓이다.

'왜 이렇게 심장이 크게 뛰어? 그 정도로 놀랐나?'

저의 행동으로 많이 놀란 것일까……. 하지만 도대체 이렇게 갈빗대를 부수고 나올 만큼 쿵쿵거리는 심장 박동은 무어란 말인가. 그가 셰리보다 한참 키가 큰 탓에 역광으로 가려진 물기 어린 얼굴이 눈에 들어왔다.

가늘고 살짝 곱슬거리는 금발이 물에 젖어 더욱 색이 진해 보였다. 만난 순간부터 나른한 눈매를 휘어 웃는 모습만 봤던 터라 깊게 팬 보조개에만 눈이 갔지, 오른쪽의 눈물점에 대해 별 감흥이 없었는데…….

제가 언젠가 그를 '성화에서 튀어나온 천사 같은 미남'이라고 생각한 적이 있던가. 이 시간부로 그 평가는 폐기되어야 마땅했다. 머리끝이 젖어 방울방울 작은 물방울이 떨어지는 남자의 모습은 그를 이루고 있는 찬란한 색들에도 불구하고 더없이 퇴폐적이었다.

바짝 끌어안은 셰리로 인해 마음이 동한 레이먼드의 유혹적인 낯은, 딱히 아직까지 그를 이성으로 생각해 보지 않았던 그녀의 마음을 뒤흔들어 놓았다. 게다가 공부만 했다면서 검을 쓰는 자들과 비교해도 손색없는 탄탄한 몸이 고스란히 느껴졌다.

"아."

한편, 이토록 가까이서 셰리를 보는 것은 몇 달 만이라 레이먼드는 머릿속이 터져 나가는 기분이었다. 아까 약혼을 하고 천천히 다가가겠다고 했던가, 제가? 이미 그녀를 알아 버린 몸인데 무얼 믿고 참을 수 있다고 호언장담을 했는지 모를 일이다.

오랜만에 그토록 꿈꾸던 여체를 끌어안은 감각에 레이먼드의 맑은 유리알 같던 눈동자가 다소 짙어진 순간, 멀리서 그들을 찾는 소리가 들려왔다. 그는 제게 안긴 셰리의 이마에 입술이라도 누르고 싶은 충동을 가까스로 이겨냈다. 그리고 이내 그녀를 안은 팔을 풀어내며 헛기침을 했다.

"……괜찮으십니까."

"으응, 레이먼드는요?"

"저야 이 정도는…… 아가씨만 젖지 않으셨으면 되었습니다."

순간 조성된 야릇한 분위기 때문이었을까. 레이먼드가 또다시 그녀를 평소와 다르게 '아가씨'라고 불렀다. 그런 사실도 약간의 기시감만 남긴 채 넘겨 버린 셰리가 붉어진 제 볼을 식히려 손부채질을 했다.

"마침 저희를 찾는 것을 보니 돌아갈 시간이 되었나 봅니다."

정원을 산책하러 갔다가 깊은 후원으로 들어선 것도 모자라 흠뻑 젖어 나타난 레이먼드로 인해 다들 놀란 기색이었다. 그러나 스프링클러를 살펴보다가 그리 되었다는 말에 수긍하는 기색이었다.

"아, 하지만 내일 연회 준비를 위해서 이만 돌아가 보아야 하는데, 시간이……."

"아가씨. 말씀대로 타월을 가져왔습니다."

"고마워, 데릭. 미안하지만 레이먼드. 이걸로 잘 닦고 돌아가도록 해요."

급한 대로 보드라운 타월들을 잔뜩 안겨 배웅했다. 그때, 정문까지 이어지는 도로를 따라 달리던 올린 남작가의 마차가 마침 후작저로 급히 들어서던 토르와 스쳐 지나갔다. 토르는 창문 너머로 슬쩍 보이던 금발을 저도 모르게 노려보았다. 그렇게 정문을 통과하는 마차를 지그시 주시하던 그가 후작저를 향해 발을 재게 놀렸다.

짧지 않은 거리였지만 초조해진 토르는 빠르게 주파했다. 그런 그의 눈에 배웅을 마치고 아직 들어가지 않은 아가씨와 집사가 들어왔다. 후작 각하께서는 이미 저택 안으로 들어가신 모양이었다. 집사인 데릭과 들뜬 낯으로 한참 이야기를 나누던 셰리는 숨을 몰아쉬며 나타난 토르를 발견했다.

"토르?"

"경은 아직 휴가 중이 아닙니까."

"……."

처음 보았을 때부터 저를 탐탁지 않게 여기는 기색이었던 집사의 뾰족한 말투에 토르의 우직한 고개가 조금 수그러들었다. 셰리가 내일 데뷔탕트 연회에 갑작스럽게 참석하게 되었다는 말을 듣고 놀라 일단 달려오기는 했다. 그러나 이렇게 되면 아가씨의 명을 어긴 셈이 되기 때문이었다.

"지, 지금은 호위 기사가 아니라 베거티 영식으로 찾아뵌 것, 입니다."

호위 기사로서가 아니라 정말로 베거티 영식 자격으로 방문하였다면 주인의 허락 없이 정문을 통과할 수도 없었을 것이다. 턱도 없는 변명에 집사의 미간이 잠시 좁혀졌다. 하지만 이마가 촉촉하게 젖을 정도로 땀을 흘리며 변명하는 토르의 모습이 안쓰러워 셰리가 손을 저어 집사를 물렸다. 그러고는 정원으로 그를 이끌었다.

휴가 중인 호위 기사가 명을 어기고 저택 안까지 들어선다면 집사에게 더욱 미운털이 박힐 것이 분명했다. 게다가 무슨 일인지 몰라도 마차나 말도 타지 않고 달려온 기색이 심상치 않았다. 이미 레이먼드와 걸어 나온 길을 도로 되짚어 올라가며 셰리가 그의 손에 들린 바구니에 눈길을 준 채로 물었다.

"갑자기 무슨 일이야?"

"……셰리 님께서 내일, 연회에 참석하신다는 소식을 들어서……."

"와, 황도 안에 있으니 소식이 빠르긴 빠르네."

토르의 눈이 금세 침울함으로 축 처졌다. 자신이 이리 급하게 달려온 건 빠르게 퍼져 나간 소식에 대한 놀라움이 아니었다. 제게는 일언반구도 없이 다른 이에게 그녀의 소식을 듣게 했던 서러움 때문이었지. 토르는 여전히 땀을 흘리면서도 닦을 생각조차 하지 못하고 서 있었다. 셰리가 아까 잔뜩 안겨 주고도 남아 마침 들고 있던 타월을 조심스레 뺨에 눌러 대었다.

"……."

"그게 뭐가 급한 일이라고 이렇게 뛰어왔어?"

그리 오래 떨어져 있지 않았음에도 꼭 오랜만에 듣는 것 같은 다정한 목소리였다. 토르는 속에서 무언가 울컥 치받는 기분이 들었다. 그녀에 비하면 커다란 덩치를 한껏 숙였다. 그리고 셰리가 꾹꾹 눌러 닦아 주는 대로 얼굴을 맡긴 그가 말없이 아가씨만 응시했다.

또 그녀가 한없이 약해지고야 마는 처연한 표정이었다. 토르의 이마까지 다 훔쳐 낸 셰리가 그의 손에 들린 제법 부피 있는 바구니를 가리켰다.

"이건 뭐야?"

"오늘 어머니께서 셰리 님께 꼭 드리고 싶다고 손수 만든 디저트입니다."

아직 그의 손에 들린 바구니를 슬쩍 열어 보았다. 그 안에는 쿠키와 타르트 같은 디저트가 잔뜩 있었다. 셰리가 손을 맞부딪히며 아이처럼 좋아했다.

"세상에, 백작 부인께서 손수 만드신 거라고?"

"예…… 어제 무척이나 감사드린다고."

땀이 날 정도로 달려오면서도 어떻게 바구니는 용케 흔들리지 않게 운반해 온 걸까. 언뜻 보아도 뭉개진 것 없이 온전해 보였다. 잠시 아버지와의 저녁 시간이 얼마나 남았는지 계산해 보던 셰리가 그를 그대로 세워 둔 채로 정원을 빠져나갔다가 다시 돌아왔다.

"아직 저녁 식사까지 세 시간 정도 남았으니까 티타임하기엔 딱이네. 마실 것도 안에 들어 있고."

"백작령에서 갓 짜낸 우유로 만든 밀크티라고 들었습니다."

평소 단 것을 아주 즐기는 편은 아니었지만 어제의 일로 내내 신경 쓰느라 당분이 부족했던 참이었다. 셰리가 앞서서 아까 레이먼드와 함께했던 깊숙한 후원으로 토르를 이끌었다. 어제처럼 닿는 둥 마는 둥 했던 접촉이 아니라 손목을 잡고 있었다. 아가씨의 손길이 못내 기꺼웠던 그의 마음 속 서운함이 어느새 녹아 사라졌다.

후작성처럼 방대한 규모로 웅장한 느낌이 나는 정원은 아니었다. 대신 다소 한정된 면적을 알차게 채워 꾸민 후원은 그 조화로움이 감탄을 자아 낼 정도였다. 하지만 그 어떠한 조경도 어제 잠시간의 만남으로는 부족했던 셰리의 모습을 채우기라도 할 듯 응시하는 토르의 시선을 앗아가지 못했다.

딱히 급한 일이 있지 않는 한 내밀한 후원까지는 사용인들이 발길을 하지 않았다. 그렇기에 다소 편안하게 풀린 기색으로 셰리가 바구니를 받아 들어 테이블 위에 펼쳤다.

"음……?"

라즈베리가 콕콕 박힌 쿠키에, 딸기가 올려진 타르트까지. 토르가 가져온 디저트는 밀크티를 제외하고는 전부 베리류를 주재료로 한 것들이었다.

"……내가 딸기를 좋아했던가?"

"아, 예전에 생크림과 딸기를 함께 드시는 것을 즐기시는 것 같아서……."

사실 생크림과 딸기를 먹으려던 것이 아니라 토르의 입술을 먹기 위한 메뉴 선정이었다. 하지만 여전히 순진무구한 그는 그녀가 딸기를 좋아한다고 여겼나 보다. 제가 잘못 안 것이냐는 표정으로 우물쭈물하는 토르를 보자 비어져 나오는 웃음을 숨길 수 없었다. 셰리의 입매가 보기 좋게 올라갔다.

"사실, 딸기는 그렇게까지 좋아하진 않아. 근데 이제 앞으로 딸기를 보면 토르가 생각날 것 같아."

"아?"

그러고 보니 저와 스킨십을 하고 나면 토르는 얼굴이 새빨갛게 달아오르곤 했다. 하필 청록색 머리카락이라 그럴 때의 토르는 꼭 딸기 같기도 했다.

셰리는 손짓으로 토르를 자리에 앉히고 먼저 타르트를 입에 넣었다. 과연 제가 가져온 타르트가 맛있을지를 걱정하는 것인지, 그것을 삼키는 그녀의 입술을 눈으로 탐하는 것인지 몰라도 지켜보는 토르의 목울대가 울렁거렸다.

"와, 엄청 맛있네?"

"다행입니다."

들고 오느라 끝이 살짝 뭉그러져 보이는 것을 가장 먼저 맛본 셰리의 눈이 진심 어린 놀라움으로 가득 찼다. 황도에서 유명한 디저트 가게의 것에 지지 않는 맛이었다. 그러고 보니 백작령의 특산품으로 질 좋은 우유가 유명했다. 역시 우수한 재료의 중요성이 잘 느껴졌다.

'그런데 분명히 백작 부인이 만들었다고 하지 않았어?'

마치 제가 칭찬받은 것처럼 귀 끝이 미미하게 붉어진 토르의 모습에 셰리가 제가 집어 든 타르트를 유심히 살폈다. 그러고 보니 쿠키도 그렇고 타르트도 대부분은 멀쩡한 모양인데 한두 개만 모양이 조금 어설픈 것들이 섞여 있었다.

"이거, 혹시…… 토르가 만들었어?"

"저, 저는 옆에서 어머니께서 만드시는 것을 보고 조금만, 흉내 내어 보았을 뿐입니다."

과연, 들고 오는 과정에서 뭉그러진 것이 아니라 초보자인 토르의 손을 거친 터라 이런 모양이었나 보다. 어쩐지 제가 다른 것들을 두고 그것을 먼저 집어 들 때 움찔하는 기색이더니.

검만 잡던 저 커다란 손으로 쩔쩔매며 난생처음 반죽을 하고, 조심스레 딸기를 썰었겠지. 그리고 그걸 타르트 위에 올려놓았을 테다. 상상하자 참을 수 없이 그가 귀엽게 느껴졌다. 딱 보아도 모양이 미진한 구석이 눈에 띄었지만 제가 먹어 주길 바라는 마음에서 굳이 한두 개를 섞어 가져온 듯했다.

생각할수록 부끄러움이 몰려오는지 토르는 한 손으로 입을 가리며 고개를 돌렸다. 그 모습에 어쩐지 장난기가 동한 셰리가 들고 있던 포크를 놓았다. 그러고는 맨손으로 남은 타르트를 들어 그의 입가에 가져다대었다.

"자아, 토르도 한 입 먹어 봐야지."

"앗, 저는 만들 때 이미……."

혹여나 아가씨께 형편없는 것을 선보이게 될까 봐 이미 점심을 걸러도 될 정도로 맛을 본 토르였다. 하지만 셰리가 제게 빠히 눈을 마주쳐 오며 손수 내밀어 주는 타르트 조각에 홀린 듯이 입을 벌렸다.

마치 예전의 어느 날처럼 약간 깊숙하게 손가락을 넣었다. 그렇게 그에게 작은 조각을 먹인 셰리는 여전히 시선을 마주했다. 뒤이어 제 손가락에 남은 부스러기와 크림을 혀를 내어 핥았다.

"으."

토르가 침음을 흘리며 움찔했다. 그때와는 달리 타액만이 아니라 더한 체액도 서로 교환한 사이였다. 그러나 여전히 비슷한 정도의, 아니 더 애가 타는 듯한 갈증을 느껴졌다. 어느새 토르의 눈빛이 몽롱해졌다.

"더, 더 맛을 봐야…… 알 것 같습니다."

"그걸로는 부족해?"

이미 타르트에 대한 대화가 아님을 셰리도, 토르도 알고는 있었다. 짐짓 모른 체하며 다시 타르트 조각을 그의 입에 밀어 넣는 그녀의 손가락이 이번엔 조금 더 깊었다. 토르는 이제 서서히 일렁이기 시작한 욕망을 숨길 생각이 없어 보였다. 셰리가 피식 웃으며 손가락으로 가볍게 그의 혀를 건드렸다.

"하아, 셰리 님."

처음에는 모시는 아가씨에게 품게 된 음심에 번뇌했다. 그 벽을 넘고 나자 곧 약혼자가 생기게 될 셰리와의 관계를 그렇게 주저하기도 했다. 이제 또 하나의 벽을 부수고 나자 토르는 본인이 먼저 원하는 것처럼 굴었다.

말 잘 듣는 아이는 싫어하지 않았다. 게다가 가끔 이렇게 깜찍한 짓을 하니 어떻게 그를 놓아줄 수가 있을까.

예비 약혼자인 레이먼드에게 설렘을 느낀 지 불과 한 시간도 안 되는 사이에 또 다른 남자의 유혹에 흔들리는 셈이었다. 하지만 유감스럽게도 셰리는 그 정도에 죄책감을 느끼는 타입은 아니었다.

토르가 무언가에 홀리기라도 한 듯 가느다란 손목을 붙들고 그녀의 손가락 사이사이에 혀를 얽어 훑어 내렸다. 그러면서 끈적지게 셰리의 눈을 응시했다. 마치 제 손가락을 간지럽히는 두툼한 혀로 사실은 다른 곳을 맛보고 싶다고 말하는 것처럼.

여전히 그의 입에 손을 물려 둔 채로 셰리가 천천히 다가갔다. 그러고는 이미 여러 차례 겪어 보아 알고 있는 단단한 허벅지 위로 걸터앉았다. 비스듬하게 그의 허벅지 위로 올라앉은 터라 제법 무게가 느껴졌을 텐데도 토르는 어떠한 무게감도 느끼지 못한 기색이었다. 그가 움찔거리며 셰리의 허리를 가볍게 감싸 안았다.

손가락에 묻었던 크림은 진작 다 핥아지고 없었다. 남은 타액을 토르의 옷자락에 슥슥 닦아 낸 셰리가 이번에는 그의 입가로 고개를 들어 쪽쪽 쪼듯이 입을 맞추었다.

"아……."

"칠칠치 못하게 입가에 뭘 묻히는 건 예전이랑 똑같네?"

그가 묻혔다기보다는 그녀가 토르의 입 안으로 타르트를 밀어 넣으며 묻힌 흔적이었다. 하지만 토르에겐 아무래도 상관없는 일이었다. 그의 아가씨가 그렇다면 그런 것이다.

토르가 약간 더 힘을 주어 끌어안았다. 셰리는 그의 말랑말랑한 입술에 슬며시 꾹 하고 도장을 찍어주었다. 이제는 알아서 제게 입 맞추기 편하도록 고개를 숙인 모습이 어여뻤다. 토르는 기분 좋은 듯이 눈을 감고 속눈썹을 파르르 떨었다. 이윽고 입술이 떨어지자 그가 눈꺼풀을 들어올렸다.

가까이서 그의 눈동자를 보는 게 한두 번도 아니었다. 이번에도 흥분으로 짙어진 채 열기를 피워 내는 보랏빛 보석안이 아름다웠다. 셰리의 눈가가 미미하게 떨렸다. 이미 뜨끈뜨끈해진 품 안에 갇힌 그녀의 심장이 거세게 뛰었다. 하지만 미처 그에 신경을 쓰지 못할 정도로 셰리도 그에게 푹 젖어든 채였다.

제 가슴팍에 가볍게 손을 올리고 빤히 올려다보는 셰리의 모습에 이미 그의 중심부는 꽤 달아오른 상태였다. 그녀의 허리와 등을 감싸 안은 두 팔 중 오른손이 슬금슬금 기어 올라오는가 싶더니 그대로 셰리의 목덜미를 받쳤다.

"셰리 님……."

여전히 먼저 입맞춤할 타이밍을 잡는 데에는 서툴렀다. 머뭇거리는 토르의 모습에, 셰리가 가슴이 몽글몽글해지는 기분을 느끼며 눈을 감아 주었다. 그제야 그녀가 허락했다는 뜻임을 깨달았는지 그가 천천히 목덜미를 당겨 입술을 비볐다.

"읍, 으응."

아직도 셰리에게 닿는 모든 순간이 애틋하고 떨리고 조심스러웠다. 이상도 하지, 그녀를 떠올리면 손발이 저릿해질 만큼 야릇한 기분만 드는데도 막상 기회가 생겨 먼저 닿으려고 하면 왜 이렇게 제가 작아지는 느낌인지 모르겠다.

그녀의 곁을 떠난 지 고작 이틀이었다. 아가씨와 함께 있을 때는 어떻게 지나가는지도 알 수 없을 만큼 시간이 모래알처럼 흩어지곤 했다. 그런데 홀로 남으니 지독하게 길고 지리한 순간뿐이었다. 셰리에게 줄 디저트를 만들겠다고 나선 어머니를 만류하기는커녕 그것을 핑계로 그녀를 만나러 갈 이유가 생겼다며 내심 들뜬 제 자신을 발견했다.

'보고 싶었습니다. 이젠 한시도 떨어져 있고 싶지 않아.'

열여섯 살에 홀연히 편지만 남겨 놓고 백작가를 나가 제대로 된 연락도 없이 훌쩍 장성해 온 아들을 반겨 주시는 부모님께는 죄송했지만 내내 아가씨 생각으로 초조했다. 제게는 낯설고 생소하기만 한 후작저를 익숙하게 거니는 그녀를 보자 막연한 조바심까지도 들었다.

그가 모르는 것이 당연한 셰리의 과거와 추억에까지 욕심이 났기 때문이었다. 약혼 상대가 있는 아가씨와 부정(不貞)을 저지른다는 얄팍한 도덕심을 걷어내고 나자 그동안 꾹꾹 눌러 두기만 했던 소유욕이 고개를 들었다.

하지만 그러한 마음을 온전히 드러내기에는 언제 셰리에게 내쳐질지 모르는 불안정한 그의 지위가 간신히 최후의 보루 역할을 하고 있었다. 겨우 사나흘에 불과했지만 별장에서 아가씨와 함께 보냈던 시간이 사무치게 그리웠다. 오롯이 단둘이 존재하고 서로에게만 집중할 수 있었던 꿈같은 나날이었는데.

토르의 숨이 일순 거칠어지며 셰리의 입술 위를 그대로 덮었다.

"으응. 자, 잠깐, 토르……! 훗."

두 눈을 감은 채로 제 키스를 받아주는 그녀가 사랑스러웠다. 이렇듯 지금과 같은 순간들 역시 아깝고 안타까워 보드라운 입술을 훑어 내릴수록 힘이 들어갔다. 혀를 넣어 삼키듯 하는 키스도 원초적인 본능을 자극하는 느낌이 들어 짜릿했다. 하지만 이렇게 서로의 부푼 살덩이가 비벼지는 아슬아슬한 키스도 좋았다.

어떻게 해야 저를 호위 기사 이상으로 봐 주실까, 언제까지 제게 필요를 느껴 주실까.

어딘지 애달픈 눈빛으로 입맞춤을 이어가던 토르의 눈가가 또 불그스름해졌다. 세간에서는 몸만 이어지면 만사형통인 것처럼 이야기하기에 정말로 그것이 최종 단계인 줄 알았는데, 이어지기 전보다 더 괴로운 순간들이 문득문득 찾아왔다.

셰리 님이 내일 연회에 참석하신다는 소식을 전언으로 들어야 했던 바로 조금 전처럼 말이다. 6년 만에 돌아온 막내가 어색했는지 형님들은 예전과 다르게 그를 조심스럽게 대했다. 그중 한 분이 토르더러 그럼 내일 연회의 호위는 다른 이가 맡느냐고 스치듯 물어온 것이 발단이었다.

'다, 다시 한번 말씀해주십시오. 셰리 님이…… 말입니까?'

'아니, 내일 데뷔탕트에 파트너를 데리고 참석하신다고 들어서. 자, 잠깐 이것 좀 놓고…….'

그토록 슬금슬금 피해 다니던 형님이지만 저도 모르게 성큼 다가가 따지듯 물은 뒤 무작정 후작저로 달려왔다. 조금 더 멀끔한 새 옷을 갖춰 입고 신경 써서 머리 손질도 한 뒤, 저녁시간 즈음 찾아뵈려던 계획 따위는 까맣게 잊었다.

형님 앞에서 표정 관리할 겨를 없이 다급한 기색을 드러냈으니 무언가 이상한 낌새를 눈치채셨을지도 모르겠다. 그래도 그때는 도저히 침착하게 대처할 수가 없었다. 그리고 그가 후작저에 들어섬과 동시에 정문을 빠져나가던 올린 남작가의 마차.

'레이먼드 올린······.'

토르의 눈이 일순간 사납게 번뜩였다. 어렴풋이 예상하고는 있었지만 내일 아가씨의 파트너로 그자가 자리하겠지. 공식적인 자리에서 셰리의 옆자리라니······. 자신에겐 감히 기대하는 것조차 허락되지 않은 위치였다. 그래도 마음의 준비도 없이 갑작스럽게 닥친 현실이 버거웠다.

시야를 스치듯 지나간 화려한 금발을 떠올리자 문득 조급증이 든 토르의 혀가 그녀의 입 안을 급하게 파고들었다.

"음, 읍."

예고 없이 침입해 온 혀에 셰리가 숨이 막혀 고개를 돌리려 했다. 그러자 그녀의 목덜미를 단단하게 쥔 토르의 손에 힘이 들어가 이를 저지했다. 대신 달래듯 혀를 조금 뒤로 뺐다. 편안해진 호흡을 내뱉으며 셰리가 그의 목에 팔을 걸었다. 그 바람에 그녀의 가슴이 쿵쿵 뛰는 제 가슴팍과 맞붙어 눌리는 감각이 아찔했다.

사실은 누구와도 이런 감각을 공유하고 싶지 않았다. 공식적이든 비공식적이든 제가 다 독점하고 싶었다. 만약 셰리가 조금만 더 무른 성정이었다면 저만 바라봐 달라고 졸랐을지도 모른다. 기실 지금도 그러고 싶었다.

내일 연회에 꼭 나가셔야만 합니까, 그렇다면 제가 아가씨를 모시고 가면 안 됩니까, 제가 곁에 서 있을 수는 없습니까. 아직은 약혼 전이니까······ 단 한 번만이라도.

수차례의 키스 경험으로 어떻게 하면 셰리를 달아오르게 할 수 있는지 토르는 벌써 깨우친 상태였다. 어느덧 꽤 마음이 동한 듯 그녀가 제 가슴을 더욱 가까이 그에게 밀착시켰다.

"하······."

맞붙은 입 사이로도 야릇하게 새어나오는 그 신음을 참기가 어려웠다.

더, 더 닿고 싶다. 그렇게 생각하자 목덜미를 받치고 있던 손이 저절로 내려가 그녀의 등 뒤 단추로 가 닿았다.

셰리의 입 안을 쓸 듯 타액을 훔쳐 낸 토르가 이미 질척해질 대로 젖은 입술을 잠시 아쉽게 떼어냈다. 그러고는 잔뜩 쉰 목소리로 입을 열었다.

"옷, 벗겨도 됩니까."

"웃, 응. 그치만 밖이니까 전부 다는 말고……."

무아지경에 취해 키스하느라 잠시 잊었지만 아무리 셰리의 개인적인 후원이라고 해도 이곳은 엄연히 밖이었다. 소문이 나지 않게 처신해 오느라 단 한 번도 야외에서 관계를 맺어 본 적이 없었다.

'하, 위험한데……. 그렇다고 멈추기는, 싫어.'

저녁 시간이 될 때까지는 찾지 말라고 했으니 감히 누구라도 제 명을 어기진 않을 터이다. 그렇다고 해도 이곳은 황도인데다가 아버지도 계신 후작 저였다. 위험하다고 이성이 경고를 보냈지만 이미 본능에게 반쯤 먹힌 셰리에게는 그 경고가 제대로 닿지 않았다.

토르가 서투르게 목 뒤부터 이어진 단추를 따내려갔다. 그러는 동안 그를 껴안고 가슴팍에 얼굴을 묻은 그녀의 뺨이 앞으로의 열락을 기대하며 발그레해졌다.

전부 뜯어 버리고 싶은 충동을 누르고 얌전히 단추만 푸는 데 열중한 그의 얼굴을 힐끔 훔쳐보았다. 눈가가 좀 붉어진 것 말고는 대체로 무표정해 보였다. 그에 반해 심장은 곧 폭발하기라도 할 것처럼 뛰고 있었다.

그러고 보니 토르가 여태 먼저 옷 벗기고 싶다고 말한 적이 있었던가. 술 마시고 했을 적에는 그녀의 허락과 동시에 거의 찢다시피 옷을 벗겨 냈던 것도 같았지만 적어도 멀쩡하게 제정신인 상태로는 처음이었다. 거기다가 이렇게 사방이 탁 트인 야외에서…….

갈수록 착실하게 대담해져 가는 그의 모습이 기대되면서도 하루하루 제게 빠져드는 것이 뻔히 보여 조금 걱정이 됐다. 약혼하고 혼인하기까지 몇 년 정도 시간이 있기야 할 테다. 하지만 그가 쉽사리 감정을 정리할 수 있으려나.

'그때도, 지금도 너무 섣부르게 건드렸나.'

잠시 회의감이 들었다. 그때, 셰리의 드러난 등을 토르가 가볍게 손가락으로 쓸어내렸다.

"앗."

"허리 부분에 있는 리본은……."

저나 토르가 과연 사용인들이 매어 준 것처럼 완벽하게 리본을 다시 맬수 있을 것인가. 잠시 고민하던 셰리가 고개를 저었다. 드러난 살갗에 미약한 소름이 오스스 돋는 것을 느끼며 셰리가 흘러내린 옷에서 팔을 빼내었다.

점점 따뜻해지는 날씨에 슬립을 입지 않았기 때문인지 바로 가슴 속옷이 보였다. 새하얗게 빛나는 풍만한 살결도 고스란히 드러났다. 그 모습을 뚫어져라 바라보던 토르가 눈빛으로 그녀에게 허락을 구했다.

"……좋아."

셰리가 고개를 끄덕이자마자 기다렸다는 듯 속옷 위로 손이 올라왔다. 약간 그을린 피부의 커다란 손은 가슴을 움켜쥐었다. 처음의 어딘가 어설펐던 손짓과 달리 이제는 제법 능숙하게 가슴을 어루만지며 다시 그녀에게 입을 맞췄다.

부드러운 살이 몇 번씩이고 뭉그러졌다. 가슴 윤곽 전체를 주무르던 토르의 양쪽 검지가 속옷 안쪽으로 동시에 들어와 그녀의 유실을 건드렸다.

"흣, 읍."

그러고는 자연스럽게 따라들어 온 엄지를 함께 이용하여 셰리의 정점을 꼬집듯이 튕겨냈다. 순간 그녀의 허리가 튀자 잠시 손을 빼서 셰리의 두 팔을 제 목 뒤로 두르게 하고는, 토르가 거추장스러운 가슴 가리개를 아래로 끌어내렸다.

"흐, 으응. 토르…… 여기 밖인데."

"셰리 님이 워낙 작으셔서 제 몸에 가려져 안 보입니다."

아니, 보일 수 있는 시야각은 한쪽 방향만 있는 게 아니잖아. 뻔뻔스럽게 둘러대는 그에게 무어라고 반박하려는 셰리의 허리가 또 튀어 올랐다. 그녀의 허리를 들어 올려 다리 사이에 몸통이 들어가도록 마주 앉힌 그가 고개를 숙여 셰리의 유두를 물었기 때문이었다.

"까앗, 흣."

"……소리는 제가 못 가려 드립니다."

여전히 그녀의 가슴에 입을 문 채로 응수하는 토르가 얄미워 셰리가 입을 앙다물었다. 제 손끝만 닿아도 벌벌 떨던 동정남이 이제 침대 위에선 종종 저를 놀려먹으려 들었다. 정원에서도 한참을 들어와야 하는데다 제가 있는 것을 알린 이상, 어지간한 사람은 근처로 다가오지도 않을 것을 알지만 조심해서 나쁠 것은 없었다.

제 가슴팍에 닿은 그의 머리카락을 한 움큼 잡아당긴 셰리가 새침하게 쏘아붙였다.

"토르야말로 들키면 호위 기사든 베거티 영식의 이름으로든 영영 저택에 발도 못 붙일 텐데?"

"……."

다시 생각해도 아까의 변명은 형편없었다는 것을 새삼 깨달은 토르의 볼이 붉어졌다. 밀려드는 부끄러움으로 그녀의 가슴골에 고개를 푹 박은 그의 머리카락을 살살 부드럽게 쓸어주었다. 셰리가 낮게 속삭였다.

"그럼, 맛있는 디저트를 만들어 온 영식에게 답례로 뭘 드리면 될까요?"

난생처음 셰리에게 제대로 된 존댓말을 들어 본 토르의 목덜미가 새빨갛게 물들었다. 애칭도 좋고, 편한 말투도 좋다. 하지만 다른 평범한 영식들을 대하듯이 존대해 주는 아가씨의 어조가 제가 간절히 꿈꾸던 망상을 부추겼다.

아가씨와 호위 기사라는 수직적 관계가 아니라 약혼자나 평범한 연인 같은…… 그런, 그런 관계 말이다. 이제는 목덜미를 넘어 귓불까지 뜨거워지는 기분을 느끼며 토르의 심장이 다시 한번 요동쳤다.

"저는, 저는…… 셰리 님이……."

목구멍으로도 선연하게 심장박동을 느낄 수 있을 만큼 가슴이 두근거렸다. 차마 아가씨를 원한다는 말은 입 밖으로 꺼내지도 못했다. 그저 셰리의 허리를 꼭 껴안은 채 가슴에 더 깊게 얼굴을 묻어 숨겼다.

정말로 제가 원하는 것을 주시겠다는 것도 아니고 분위기상 장난스럽게 꺼내신 말인 것을 안다. 이 정도의 농담도 재치 있게 받아치지 못하는 저가 한심스럽기 그지없었다. 하지만 벌겋게 달아올랐을 것이 분명한 볼썽사나운 얼굴을 보일 수가 없어 고개를 푹 숙였다.

셰리가 흐응, 하고 토르의 머리카락을 쓰다듬으며 가려지지 않는 목덜미를 응시했다. 얼굴을 가리면 무엇 하나. 목덜미며 귓가며 온통 얼룩덜룩하게 물들었는데…… 혹시 역할극 같은 것을 좋아하는 타입인가. 그러고 보니 토르를 여태 제 아랫사람으로만 대했지, 영식 취급을 해 준 적이 없었다.

"상을 줄까? 아니, 상을 드릴까요?"

"……"

존댓말로 묻자 셰리가 깔고 앉은 토르의 물건이 움찔거렸다. 보아하니 이 상황극에 반응하는 것만은 확실한 모양이었다. 조심스레 그의 머리를 잠시 떼어내고 비스듬히 몸을 돌려 테이블 위에 놓인 타르트 위의 크림을 손가락 가득 찍었다.

"저는 영식께 따로 드릴 것이 없으니……."

방금 전까지 토르가 희롱하던 제 가슴 위의 정점에 크림을 느릿하게 발랐다. 그리고 남은 것은 토르의 입 속으로 쏘옥 넣어 주었다. 그러자 쑥스러워서 어쩔 줄 몰라 하던 숫기 없는 모습은 어디론가 사라지고 일변한 그의 형형한 눈빛이 셰리에게마저 오싹한 전율을 일으키게 했다.

"……그럼 사양 않고."

"읏."

토르는 먼저 입 안에 들어온 그녀의 검지를 일부러 혀를 길게 내어 핥았다.

뒤이어 바로 셰리의 가슴으로 덤벼들었다. 여태까지와 달리 이를 내어 잘근잘근 무는 애무에 셰리는 아랫입술을 꽉 물었다.

신음을 크게 내지 못하는 터라 갈 곳 없어진 성감들로 그녀는 그저 바르르 떨기만 했다. 토르는 셰리의 양팔까지 모아 꽉 껴안았다. 이어서 딸기처럼 붉어진 과실 사이 갈라진 틈을 슬쩍 이로 긁었다.

"아! 흐앗. 안 돼."

그가 제 양팔까지 결박하다시피 안은 터라 몸부림을 칠 수도 없었다. 셰리의 고개가 뒤로 당겨졌다. 토르는 자꾸 제게서 벗어나려는 듯 허리를 뒤로 젖히는 여체를 제 쪽으로 바짝 끌어왔다. 그가 도드라진 쇄골을 따라 입 맞추고는 다른 쪽 가슴을 향해 이를 드러냈다.

끊임없이 그녀의 반응을 보아 가며 아프지 않을 정도로만 가슴을 물어 오는 자극은 결국 셰리의 아래를 흥건하게 적셨다. 이로 물어 타액으로 범벅이 된 유두가 공기 중에 노출되자 스치는 미풍에도 연이어 자극받아 몸이 움찔거렸다.

"하, 아아……."

토르는 셰리더러 들으라는 듯 쪽쪽거리는 소리를 부러 내어 가슴골을 따라 내려가며 입술을 옮겼다. 그러다 그의 턱이 미처 풀지 못한 허리끈에 닿았다. 마음 같아서는 더 아래로 내려가야 하지만 아가씨의 명을 어기고 리본을 풀 수도 없는 노릇이다.

잠시 고심하던 토르가 천천히 그녀를 들어 올려 제가 앉아 있던 의자에 앉히고 발치에 무릎을 꿇었다. 약간의 통각과 합쳐진 쾌락에 여전히 숨을 몰아쉬던 셰리가 의문을 표하기도 전이었다. 그의 손이 살포시 드러난 발목과 치맛자락을 잡았다.

"흐, 안 돼. 걷으면 다…… 보이잖아."

"……안 보이게만 하면 되나요?"

평소보다 강하게 자극당한 가슴으로 셰리는 판단력이 조금 흐려진 상태였다. 그래서 오로지 아가씨의 몸을 탐하고자 하는 욕망으로 온몸의 세포가 각성된 상태인 토르의 의도를 파악하기 힘들었다.

한편 셰리의 허락을 기다리던 그의 눈에 옅게 풀물이 든 끝자락이 들어왔다. 저와 함께 걸어 들어온 길은 깔끔하게 잘 정리된 길이다 보니 풀물이 들 일이 없었다. 그런데 생긴 지 얼마 안 된 것 같은 풀물이 치맛자락에 스며들었다는 건……

순전히 제 억측일 수도 있지만 아까 마주쳤던 올린 남작가의 마차가 계속 머릿속을 빙빙 맴돌았다. 저는 후작저 후원은 고사하고 정원조차도 처음 들어와 봤는데 그 자는……. 다시 겪어도 익숙해지지 않는 불쾌감에 토르의 눈매가 약간 일그러졌다.

"안 보이기만 하면 괜찮, 아니. 잠깐, 잠깐만!"

정작 제 치마에 풀물이 들었는지 알지도 못한 채, 셰리는 또 무심코 고개를 끄덕이려 했다. 그러다 무언가 불길한 예감에 아까 한 말을 다시 번복하려던 순간이었다.

"꺅, 자, 잠깐."

얇지만 풍성한 치맛자락을 불쑥 헤치고 들어온 토르의 입술이 바로 허벅지 안쪽 살로 가닿았다. 아무리 품이 넉넉한 치마라고는 하나 여간한 체구가 아닌 그의 몸을 다 가리기엔 역부족이었다. 머리와 겨우 어깨 끄트머리만 가리는 것이 고작이었다. 게다가 셰리의 상체는 다 벗은 것이나 마찬가지였다. 누가 보든 무슨 일이 벌어졌는지 이해하지 못할 광경이 아니었다.

"안 돼, 안 돼. 밖에서는……"

"상을 주세요, 공녀 전하."

눈앞에 보이는 것이 아니라 치마 안에서 낮게 울리는 목소리가 기묘하게 탁했다. 순간 압도당한 셰리는 움찔, 발버둥을 멈췄다.

아까부터의 상황극을 계속 이어 갈 요량인지 평소처럼 '셰리 님'이나 '공녀님'도 아닌, 제대로 된 경칭까지 붙여진 호칭이었다. 그걸 토르의 목소리로 듣자니 어쩐지 낯부끄러웠다.

대답은 없었지만 움직임을 멈춘 그녀가 허락했다고 생각하는 것인지 토르가 대뜸 속바지 위로 입술을 가져다 대었다.

"흡."

이렇게 바로 밀부로 향할지 몰랐던 터라 셰리가 치맛자락을 필사적으로 움켜쥐고 신음을 참았다. 그녀가 다리를 오므리려 하자 토르가 허벅지를 잡아 눌렀다. 그리고 급기야 혀를 뾰족하게 세워 속옷 위의 갈라진 틈을 긁어 댔다. 가슴도 그렇고 달라진 호칭에 충실하려는 것인지 평소와는 다른 애무 방식이었다.

치맛자락에 가려져 아무것도 안 보이는 상태에서 그의 혀 놀림과 숨결만 느껴야 했다. 이 모든 상황이 여태 겪어 보지 못했던 경험이라 당황스러웠다. 하지만 또 어떤 면에서는 그런 점이 흥분을 더 부추겼다. 그 안의 속옷은 물론이고 속바지가 둘의 체액으로 젖어 제 기능을 못하게 되었는데도 토르는 끈질기게 속도와 강도를 조절하며 할짝거렸다.

결국 먼저 애가 탄 사람은 셰리였다. 도대체 무슨 바람이 불어서 이런 상황극을 시작하게 된 것인지는 몰라도, 장단을 맞춰 주기로 한 그녀가 눈을 질끈 감고 속삭였다.

"그냥, 그냥…… 벗겨 주세요."

열심히 핥느라 못 들었을 법한데도 기다렸다는 듯 속바지와 속옷이 한 번에 벗겨져 나갔다. 그의 혀가 저번에는 미처 달래 주지 못해 아쉬웠던 도톰하게 튀어나온 윗부분에 닿았다. 이미 꽤 진행된 애무와 처음 겪는 야외 정사라는 장소적 특수성에 의한 스릴 때문인지 토르가 입을 대기도 전에 그 작은 성감대가 빨갛게 부풀어 있었다.

"흐앗, 핫, 앗. 자, 잠깐. 흡. 흐윳!"

벗겨 달라는 말은 아무리 작은 소리로 흘리듯이 말해도 금방 알아들었으면서! 제게 불리한 그녀의 말은 못 들은 척하는 그가 얄미워 셰리의 눈이 또 새치름해졌다. 혹시나 소리가 새어 나갈까 제 손으로 입을 막고 끙끙거리던 셰리가 가벼운 절정감에 몸을 떨었다.

그제야 그녀의 치맛자락을 들추고 일어난 토르가 선 채로 고개를 숙였다. 여전히 입을 막고 있는 셰리의 손등에 입을 맞추었다.

"다음으로 또 공녀 전하의 상을 받으려면 뭘 해야 하나요."

"……."

정말로 귀족 영식을 흉내 내기라도 할 모양인지 짓궂어 보이는 미소가 입가에 걸려 있었다. 그런 것도 그에게 퍽 잘 어울려 셰리는 핀잔도 주지 못하고 씨근덕거리기만 했다. 치마폭에 휩싸여 있던 탓인지 청록색 머리카락이 잔뜩 헝클어졌다. 하지만 지저분하긴커녕 평소 단정하고 금욕적인 모습에 퇴폐미가 더해질 뿐이었다.

그러고 보니 셰리만 잔뜩 벗겨져서 이리저리 만져지고 핥아졌다. 토르는 부스스해진 머리와 입가에 번들거리는 체액만 제외하면 처음 그녀를 만나러 온 모습 그대로나 마찬가지였다. 이왕에 상황극을 시작했으니 그것을 끝내는 것도, 상을 주는 것도 윗사람인 셰리가 결정할 일이다.

"제가, 줄 상은 아직인데요."

"……?"

셰리의 말에도 토르는 순진한 눈망울을 빛내며 멀뚱히 서 있기만 했다. 그의 허리춤을 낚아챈 그녀가 서둘러 버클을 풀러 바지를 끌어 내렸다.

"앗, 셰리 님."

"저는 영식에게 제 이름을 허락하지 않았습니다만."

흘러내리다 만 제 바지춤을 엉거주춤하게 쥐고 있던 토르가 그 말에 얼굴을 붉히며 손에 힘을 풀었다. 하긴, 정말로 평범하게 만난 남녀 사이라면 이름을 허락받는 것부터 시작이었을 테다. 비록 제가 아끼는 질투심에 눈이 멀어 좀 과하게 행동한 감이 없지 않았는데 아가씨는 이런 저를 야단치지도 않으시고. 무언가를 더 하고 싶으신 걸까.

배운 것을 반복하거나 응용하는 것은 제법 자신이 있었지만 아직 겪어 보지 못한 방식들은 뭘 어찌해야 하는지도 몰랐다. 그로서는 셰리가 드로어즈를 벗겨 내려도 입술을 꾹 깨물고만 있을 뿐이었다. 벌건 대낮에, 그것도 야외에서 벗겨지는 경험은 죽을 것같이 수치스러웠지만 제 분신은 눈치도 없는지 꺼덕거리기만 했다.

"밖에서 벗겨지고도 이런, 상태라니. 역시 영식은 꽤 음흉한 데가 있네요."

"아, 그건…… 그건 제 의지로 할 수 있는 부분이 아니라……."

"응? 토르가 일부러 움직이는 거 아니었어?"

"……일정 부분은, 제가 통제할 수 없습니다."

여태 꽤 남자를 알 만큼 알아 왔다고 생각했는데 이런 디테일까지는 모르고 있던 셰리의 눈이 동그래졌다. 그러고 보니 맥이 뛰는 속도와 비슷하게 흔들리는 것 같기도 했다. 제 물건을 코앞에서 관찰하는 그녀의 얼굴을 보니 참을 수 없이 부끄러웠다. 결국 토르가 손에 벌개진 얼굴을 묻으며 고개를 푹 숙였다.

"그냥, 어떻게든 빨리, 해 주시면……."

"흠, 그럴까…… 요?"

그래도 바깥은 처음인데 삽입까지는 좀 과한 것 같지? 아무래도 신음도 참기 힘들 터이고, 내일 연회에 참가하려면 체력도 좀 아껴 두어야 하니까.

잠시 주위를 두리번거리던 셰리가 테이블 위의 남은 디저트들을 바구니 안으로 대강 쓸어 담듯 정리하더니 그 위로 등을 보이며 엎드렸다. 그러고는 뭘 어찌해야 할지 몰라 반쯤 헐벗은 채로 멀뚱하게 서 있는 토르의 손을 잡아 제 치맛자락을 쥐여 주었다.

"넣기에는 우리가 그렇게 친밀한 사이는 아니니, 이번에는 저번처럼 비비는 걸로 할까요?"

"저번처럼이라 하심은……."

"마차 안에서 할 때처럼 내 허벅지 사이에 넣고 하면 돼. 아니, 돼요. 기억하지?"

"……."

사실 중간부터는 이성을 잃은 채로 허리만 놀렸던지라 잘 기억나지는 않았다. 하지만 토르는 떨리는 손으로 셰리의 치마를 걷어 올렸다. 이미 허벅지에 힘을 줘 모으고 있던 그녀의 하얀 살결이 먼저 드러났다. 이윽고 전과 같이 탐스러운 엉덩이가 눈에 들어왔다.

"아……!"

"넣지 말고 다리 사이에 바짝 올려 끼우면 돼."

"예, 예……."

토르는 저절로 입 안에 고이는 침을 꼴깍 삼키며 다가섰다. 그의 양손이 그녀의 엉덩이를 조심스레 움켜쥐었다. 그러고는 잔뜩 흥분해 말간 액체를 질질 흘리기 시작한 제 것을 약간 벌어진 다리 틈 사이로 밀어 넣었다.

"흐, 뜨거워."

"하, 하아……."

저것도 분명 사람 몸에 달린 신체의 일부일진대 종종 지나치게 뜨겁게 느껴질 때가 있었다. 그사이에 이미 허벅지 사이로 타고 흐른 셰리의 애액 때문에 그의 분신은 별 마찰 없이 부드럽게 안착했다. 토르의 허리가 천천히 움직였다.

"아, 이것도…… 좋습니다."

"흐, 흐응. 약간 빨리 해도……."

너무 감질나도록 느리게 움직여서인지 셰리는 조급해졌다. 제 엉덩이를 슬쩍 움직여 이미 화가 날대로 난 그것을 자극했다. 그러자 이성을 잃지 않은 상태에서의 나른한 성감도 제법 나쁘지 않다고 생각하던 토르의 눈빛이 빠르게 일변했다.

이번에도 그는 너무 쉽게 이성을 잃고야 말았다. 허리 짓이 급격하게 빨라졌다. 기껏해야 좀 전보다 약간 속도를 높이는 정도로만 기대했던 셰리의 몸이 속절없이 흔들렸다.

"앗, 앗. 자, 잠깐…… 이번엔, 너, 너무 빨라……."

"흐, 흐아. 아, 하아."

여전히 중간이 없는 남자였다. 또 말이 안 통하는 상태가 된 토르의 모습에 새어 나오는 셰리는 신음을 억지로 참으며 두 눈을 질끈 감았다. 이래서야 삽입하는 것과 크게 다를 바가 없지 않은가.

게다가 이미 한 번 절정에 달해 보았던 그녀의 아래는 토르의 것을 잔뜩 기대했다. 다행히 그가 그녀의 엉덩이만 붙들고 있었기에 가까스로 몸을 비틀어 토르를 저지시킬 수 있었다. 셰리가 체념한 듯 한숨을 내쉬었다. 움직임이 잦아든 상태에서도 여전히 흥분을 주체하지 못하고 있는 그가 몸을 들썩거렸다.

"하, 더, 더 하고 싶은데……."

"……그냥, 넣어 볼까?"

"아, 그렇지만 소리가…… 아니, 예. 넣고…… 싶어요."

이왕 이렇게 된 거, 다른 체위를 경험시켜 주는 것도 나쁘지 않을 것 같아 셰리가 까치발을 들며 엉덩이를 조금 치켜들었다. 그 바람에 엉망으로 젖어 붉어진 속살이 적나라하게 드러났다. 토르의 눈앞이 아찔하게 물들었다.

"대신 처음엔 천천히 넣어야 돼."

토르는 눈 아래가 잔뜩 붉어진 채 빠르게 고개를 끄덕였다. 그의 손이 역시 질척해진 제 기둥을 잡아 아가씨의 입구를 찾아 그 끝을 맞추었다.

"아, 어디로……."

"웃, 응. 약간만, 아래로."

정상위나 셰리가 위에 올라탄 자세와 달리 뒤에서 제대로 삽입해 보는 것은 처음이었다. 그래서인지 제대로 된 위치를 잡지 못하는 듯했다. 그런 토르를 위해 그녀가 뒤로 손을 뻗어 그의 손을 잡고 이끌었다. 빠끔거리는 질구에 뭉툭한 머리 부분이 닿자 그곳이 제가 들어갈 곳임을 기억해 낸 토르가 쑤욱 허리를 들이밀었다.

"악, 윽. 천천히, 하라니까."

"큽, 흐, 흐으. 다, 다 넣어도 됩니까."

이미 중간까지 밀어 넣어 놓고 참 빨리도 물어본다. 헛웃음이 나왔지만, 생각보다 무난해진 삽입에 셰리가 허락의 의미로 살짝 끄덕였다.

그러나 그러고 나서 곧바로 후회했다.

"흐앗, 흡."

"하, 하앗. 아, 너무…… 좁아서."

도대체 천천히 넣으라는 말을 행동 하나하나 할 때마다 해야 하는지……. 단번에 끝까지 몸이 꿰뚫린 그녀의 등이 뻣뻣하게 굳었다. 여태까지의 자세와는 완전히 반대의 각도로 들어온 탓에 새로운 길이 만들어진 기분이었다.

셰리의 몸이 경직된 것이 느껴졌는지 토르가 숨을 헐떡이면서도 잠시 멈춰서서 그녀의 등을 쓸어 주었다. 덕분에 서서히 힘이 풀어졌다. 약간 생소한 삽입감에 익숙해지고 나자 그녀의 아래가 오물거리며 그의 것을 물어 당기기 시작했다.

"셰리 님, 셰리 님. 아……."

"처, 천천히…… 천천히 움직여 봐."

이성을 잃지 않기 위해 아랫입술을 세게 짓씹으며 토르가 느릿하게 허리짓을 시작했다. 그의 것이 제 안으로 들어올 때는 뱃속을 긁어 올리는 듯한 기분이 들다가도 천천히 빠져나갈 때는 명치 언저리에서 싸한 느낌이 쾌감이 되어 몰아쳤다.

워낙 큰 물건이라 그런지 이제는 그 모양새나 길이, 촉감까지 고스란히 생생하게 느껴졌다. 허벅지에 갖다 댈 적엔 그렇게 뜨겁게 느껴지던 것이 제 안쪽도 다 녹여 버렸는지, 아니면 정말 말 그대로 두 몸이 하나가 되어 버린 것인지 이젠 딱 알맞게 느껴졌다.

"으응, 흐응."

"후……."

점점 이성을 잃지 않는 데 익숙해져 가는 토르도 기분 좋은 듯 나른한 신음을 토해냈다. 제법 여유가 생기니 제 앞에 엎드린 채 흔들리는 셰리의 몸도 눈에 들어왔다. 테이블 위에 납작하게 붙어 있던 탓에 꽉 눌려 비집고 나온 그녀의 가슴 살집이 뒤에서도 보일 정도였다.

홀린 듯이 바라보다 셰리의 몸통 아래로 손을 넣어 잠시간 소홀히 대했던 풍만한 가슴을 쥐어 잡았다. 그 바람에 그녀가 놀라 저도 모르게 물고 있던 토르의 것을 꽉 조여 버렸다.

"으."

순간 머릿속을 강타한 쾌락에 외마디 비명이 나직하게 흘러나왔다. 잠시 굳었던 토르가 결국 또 본능에게 제 자신을 내어주고야 말았다.

"앗, 아아아앗. 흐앙, 안 돼! 읍."

예고도 없이 씩씩거리며 거칠게 허리 짓을 시작해 버린 그 때문에 이곳이 야외란 것도 잊고 셰리가 울음 섞인 신음을 내질렀다. 이성을 잃은 상태로도 소리를 크게 내면 안 된다는 사실을 기억한 모양인지 토르의 커다란 손이 그녀의 입을 막았다.

"으흡, 흣, 흑."

"아흑, 큿."

도대체가 한번 몰아치기 시작하면 정신을 차릴 수 없이 그녀의 몸 안으로 쾌락을 한꺼번에 주입시켰다. 결국 셰리는 제 입을 막은 토르의 굵직한 팔에 매달려 울기만 했다. 여전히 기교 없이 우직하게 아래에서 위로 박아 대고 있을 뿐이지만 폭풍처럼 몰아치는 속도와 그 크기 때문에 그녀의 몸은 다소 가여울 정도로 휩쓸렸다.

지나친 쾌락으로 제가 울고 있다는 것도 모르고 흔들리던 셰리의 몸이 급격하게 절정을 맞았다. 그에게 꿰뚫린 아래도, 얼굴도 각각의 체액으로 엉망진창이 되어 입이 막힌 채로 흐느꼈다.

"흑, 흐흣."

"……하."

잠시 셰리를 기다려 주는가 싶더니 안쪽의 경련이 다 가시는 것을 기다리지 못한 토르가 다시 허리 짓에 박차를 가했다. 이를 바득바득 갈며 사정감을 간신히 참아 낸 그의 이마에서 굵은 땀방울이 쉴 새 없이 셰리의 등 위로 떨어져 내렸다.

호위 기사가 되었든, 평범한 귀족 영식이 되었든…… 뭐가 되었든 간에 지금 아가씨를 안고 있는 것은 저였다. 이 순간만큼은 오롯이 제 여자였다.

제가 그녀를 잡아먹은 것인지, 셰리가 그를 물고 놓아주지 않는 것인지 아무래도 상관없었다. 제 마음을 알아주지 않으셔도 좋았다.

'그 약혼자라는 자보다 내 몸이 더 쓸모 있다면 될 일이야.'

늘 쓸데없이 커다랗기만 하다고 여겼던 제 흉물의 존재가 처음으로 만족스럽다는 생각이 들었다. 아무리 둔한 그라고 해도 관계 이후 만족하여 점점 제게 관대해지는 아가씨를 알아채고 있었기 때문이다.

연속으로 또 새하얗게 밀려오는 절정을 이기지 못하여 잡고 있던 토르의 팔에 셰리가 손톱을 세웠다. 동시에 파들거리며 그의 것을 끊어 내듯 조여 왔다. 기절할 것 같은 쾌감에 저항하지 못한 그도 이번에는 셰리의 안에서 같이 진득한 쾌락을 쏟아내었다.

누구도 가르쳐 준 적 없지만 사정하면서도 본능적으로 더 깊은 안쪽을 향해 꾹꾹 허리 짓을 했다. 그렇게 마지막 한 방울까지 제 씨물을 털어 낸 토르가 만족스러운 숨을 내뱉으며 제 품 안의 아가씨를 꽉 껴안았다.

X. 진심과 타이밍-에드윈 (1)

그러니까, 에드윈에게 그녀와의 첫 만남은 그에게 있어서도 최초의 기억에 가까웠다. 에드윈이 세 살 즈음 되던 어느 날이었다. 그 나이 또래의 아이들이 으레 그러하듯 낮잠을 자고 일어난 에드윈은 어딘가 어수선한 저택 분위기를 느꼈다. 여전히 잘 떠지지 않는 졸린 눈을 비비며 그는 소란스러움의 근원인 응접실로 향했다.

"이렇게 예쁜 아기님은 처음 뵈어요."

"공자님도 정말 예쁘셨지만⋯⋯."

"제 엄마인 예레나를 닮았으니 이 아이는 제국에서 제일 예쁜 아가씨로 자랄 거야. 그렇지, 셰리?"

언젠가부터 우울한 낯으로 방에만 계시던 어머니께서 환하게 웃고 계셨다. 고용인들과 그다지 살갑지 않으신 걸로 알고 있었는데⋯⋯. 어머니는 완전히 다른 사람이 되신 것처럼 품 안에 무언가를 안고 들떠 보였다.

한동안은 저를 안아 주시지도 않고 방에 찾아가면 늘 주무시고 계시다는 이유로 얼굴도 보기 어려운 어머니였다. 분명 제 어머니이지만 너무 낯설어서 어린 에드윈은 응접실 문고리만 잡은 채로 다가가지 못하고 힐끔대기만 했다.

"도련님, 여기서 무얼 하시는……."

"으응? 에드?"

공작저 집사장의 아들인 프레이가 멍하니 서 있던 그에게 말을 걸었다. 그제야 문간의 에드윈을 발견한 공작 부인이 활짝 웃으며 그에게 어서 이리 오라 손짓을 했다. 쭈뼛대며 어머니 곁으로 다가간 작은 소년에게 그녀는 품에 안고 있던 작은 아기를 보여 주었다.

"에드윈, 아기란다. 이름은 카셰이라, 셰리야."

듣자하니 동생이라는 것은 어느 날 갑자기 어머니의 품에 안겨서 나타나는 작은 아기라고 했었다. 저를 가르치던 선생이 한 말을 기억해 낸 에드윈이 눈을 감고 색색 숨을 내쉬는 작은 생명체를 조심스레 살피며 말했다.

"……아기, 요? 그럼 이게 제 동생인가요?"

"어머, 얘도 참."

귀여운 공자님의 뜬금없는 말에 공작 부인과 사용인들이 꺄르르 소리를 높여 웃음을 터뜨렸다. 하긴 한마디 설명도 없이 대뜸 아기를 보여 주었으니 그렇게 생각할 법도 했다.

어딘가 고소하고 달달한 냄새가 나는 것 같아, 에드윈은 아기에게로 조금 고개를 숙여 근처를 킁킁거렸다. 그 모습을 흡족하게 바라보던 그녀가 제 아들에게만 들리도록 귀에 대고 작게 속삭였다.

"동생이 아니라, 네 부인이 될 거란다."

"……?"

부인? 부인은 어머니가 부인이 아닌가? 다들 공작 부인이라고 부르던데……

의아한 표정으로 입을 달싹거리던 에드윈의 옷깃을 누군가 잡아당겼다. 갑작스러운 힘으로 저를 이끈 것과 눈을 마주친 소년의 남색 눈동자가 크게 뜨였다.

"브, 으브브……."

"아기님께서 깨셨나 봐요."

길다란 속눈썹을 깜박이며 저를 똑바로 응시하던 올리브색 눈동자. 가까이서 자세히 보니 단순히 올리브색이라고 칭하기만은 어려운 빛을 품고 있었다. 오묘한 눈동자가 퍽 아름다워서 에드윈은 그만 말을 잃었다.

감히 귀한 공작가 공자의 멱살을 쥐어 놓고도 꺄꺄, 거리며 천진하게 웃는 아기의 모습은 오래오래 그의 기억 속에서 지워지지 않았다.

* * *

"아인, 같이 가아. 아인."

"아인이 아니라 에드윈."

"아우인?"

"……."

저녁이 되면 제 아버지인 후작 품에 안겨 후작저로 갔다가 아침이면 공작저로 와 지내던 작은 아기는 어느덧 네 살 생일을 목전에 두고 있었다.

천사처럼 예쁜 얼굴로 모두를 홀리면서도 아주 어린 아기 시절부터 꼬마소녀는 고집이 셌다. 하지만 존재 자체만으로도 공작가를 환하게 밝혔다. 그녀가 자라는 모습을 보며 공작 부인은 다시 예전의 활기를 되찾았고, 그런 부인을 보면서 공작 역시 내내 흐뭇한 미소를 지었다.

어머니는 제게도 더없이 다정하게 대해 주셨지만 어쩐지 모두의 관심을 저 작은 꼬마에게 빼앗긴 것 같아 여섯 살의 에드윈은 종종 샘이 났다.

하지만 지금은 돌아가셨다는 저 아이의 어머니가 공작 부인의 단 하나뿐인 절친한 친구였다는 이야기를 듣고는 애써 질투하지 않으려 노력했다. 그렇게 생각하니 태어나서 한 번도 어머니의 얼굴을 보지 못했다는 셰리가 못내 가엾게 느껴져서였다.

그렇다고 해도 또래의 아이라고는 저밖에 없었던지라, 뜀박질을 할 수 있게 되었을 때부터 제 뒤를 졸졸 따라다니는 붉은 머리카락의 셰리는 솔직히 귀찮았다. 하지만 무엇보다 가장 싫은 것은.

"으응, 아인. 나 다리 아포오."

"……그럼 업힐래?"

어떻게 하면 제 천사 같은 외모를 효과적으로 사용하는지 벌써 깨달아 버린 그녀에게 알면서도 번번이 넘어가는 제 자신이었다.

이제 막 검술 훈련을 시작한 여섯 살 어린아이에게 네 살의 무게란 그리 만만한 것은 아니었다. 그래서였을까. 무덥게 내리쬐는 햇살 아래를 걷는 에드윈은 얼굴은 금세 땀범벅이 되었다. 따라오지 말라고 했는데도 기어이 그 짧은 다리로 쫓아와 저를 업게 만들더니, 결국 업힌 채로 잠든 모양이었다. 어깨 너머로 슬쩍 보이는 빨간 머리통이 작게 오르락내리락 했다.

이마에서 뚝뚝 흘러내리는 땀을 훔치지도 못하면서 에드윈의 입가에는 작게 미소가 떠올랐다. 이 정도면 반쯤은 제가 키웠다고 봐도 되지 않을까.

후들거리는 다리를 간신히 놀려 저택 앞에 도착하자 놀란 집사와 사용인들이 잠든 소녀를 받아 들었다. 이제 막 부집사가 된 프레이가 벌겋게 달아오른 공자님의 얼굴을 차가운 물수건으로 훔쳐 주며 작게 질책했다.

"도련님께서 업고 오실 일이 아니라 저희를 부르시지 그러셨습니까."

"……아니야. 별로, 무겁지도 않았고 무엇보다…… 내 부인이 될 거라고 하셨으니까."

햇볕에 달아오른 것인지 부끄러움으로 붉어진 것인지 알 수 없을 만큼 빨갛게 익은 어린 공자의 뒷말은 거의 기어들어 가는 속삭임에 가까웠다. 그래도 프레이는 용케 알아듣고 기특하다는 듯한 표정을 지었다.

작은 주인님은 똑똑하고 담대하나 어린아이답지 않게 무뚝뚝하고 다소 냉랭하다는 평이 있었다. 그런 분이 알게 모르게 풀어질 때는 저 어린 공녀님에 관련된 일뿐이었다.

땀을 대강 다 닦아 내자 에드윈은 다른 사용인에게 안긴 셰리를 따라 저택 안으로 쪼르르 걸음을 옮겼다. 공자님의 뒷모습을 바라보며 프레이가 나직하게 되뇌었다.

"저도 언젠가는 셰리 님을 정식으로 모시게 되길 고대하고 있겠습니다."

* * *

또 언젠가처럼, 약간은 들뜬 분위기였던 공작저가 요 며칠 싸늘하게 가라앉았다. 제가 하고 싶은 것이라면 그것이 말이든, 행동이든 딱히 가리지 않았던 셰리마저 그 커다란 눈을 굴리며 눈치를 볼 정도였다.

에드윈은 어느 순간부터 방에서 나오지 않는 어머니를 기다리다 오늘도 방문 앞에서 발길을 돌리려했다. 그의 옷깃이 살짝 잡아당겨졌다. 무겁기 그지없는 저택의 분위기를 느꼈지만 누구도 제대로 설명해 주지 않아 조금 심통이 난 표정의 셰리였다.

"아윈, 부인께선 왜 요즘은 셰리를 찾지 않아?"

"아윈이 아니라 에드윈."

한숨을 포옥 쉬며 그가 그의 이름을 정정해 주었다. 분명히 이제는 똑바로 발음할 수 있음에도 불구하고 셰리는 고집스럽게 매번 에드윈을 '아윈 (Erwin)'이라고 불렀다.

잠시 그들이 약간 투닥거리며 서 있는 동안 방문이 열리고 왕진 가방을 든 주치의가 걸어 나왔다. 누가 봐도 어깨가 축 처진 채로 나오던 그가 공자와 공녀를 보고 황급히 고개를 숙였다.

"공자님, 그리고 공녀님."

"부인께서 어디 아프신 거야?"

"……."

셰리의 물음에도 주치의는 난처한 표정으로 입을 꾹 다물어 버렸다. 그때, 주치의가 열어 둔 문 사이로 날카로운 목소리가 터져 나왔다.

"셰리? 밖에 셰리니?"

아들인 저도 움찔할 만큼 무언가 오싹하고 예민한 목소리였다. 그런데도 셰리는 조금의 망설임도 없이 방 안으로 뛰어 들어갔다. 그리고 곤란해하는 주치의와 함께 들어온 에드윈이 본 것은, 며칠 사이에 완연히 병색이 짙어진 모습으로 앙상해진 어머니와 그런 그녀에게 강하게 끌어안긴 셰리였다.

"흑, 아가. 왜 이제야 왔니, 아가."

"……죄송해요."

셰리는 공작 부인이 두문불출하는 사이에도 몇 번인가 공작저로 왔었다. 단지 공작 부인을 만나지 못했을 뿐. 하지만 아무 말 없이 너무나 가냘파진 부인을 마주 껴안아 주었다. 어느새 어린 소녀의 얼굴도 금세 눈물범벅이 되었다.

"……."

무슨 영문인지 몰라 멀뚱히 서 있던 에드윈은 아주 나중에야 알았다. 진짜 제 동생이 될 수도 있었던 작은 생명이 영영 어머니를 떠났다는 사실을.

그래도 셰리와 접촉하고부터는 그토록 거부하던 미음도 잘 먹고 천천히 건강을 회복해 나가면서 공작 부인은 점차 웃음을 되찾았다. 그렇게 살얼음판 같았던 공작저의 분위기도 서서히 예전의 모습을 되찾아 갔다. 겨우 여섯 살에 불과한 데다 심지어 이 집 식구도 아닌 여자아이로 인해 저택 모두가 울고 웃었다.

불현듯 다른 이들이 셰리더러 '공녀'라고 칭하는 것이 의아해진 에드윈이 스승에게 여쭈어본 적이 있었더랬다. 황녀도, 공작가의 여식도 아닌 후작가의 영애에게 왜 다들 공녀 전하라고 부르는 것이냐고. 제가 여태 보아 온 어떠한 예법서에서도 그런 법도는 없어서였다.

비록 그 궁금증을 다 해결하고도 란델 공국의 유래와 지금은 사라진 신성 제국에 얽힌 역사에 대해 한참을 들었어야 했으나, 에드윈은 내심 놀랐다.

좀 예쁘장한(아니, 사실은 처음부터 늘 예쁘다고 생각했다) 후작 영애로만 생각했던 셰리가 저와 크게 다르지 않은 지위를 갖고 있으며, 란델 공국의 영향력을 생각하면 사실상 황녀에 준하는 대우를 받는다는 것을 알게 되었기 때문이었다.

* * *

"그럼, 가서도 늘 몸조심하렴. 편지하마."

"린데카이르가 공자로서 늘 몸가짐을 바르게 하거라."

"예, 다녀오겠습니다. 아버님, 어머님."

열넷이 된 귀족가 자제들이 그러하듯 에드윈도 아카데미에 입학했다.

보통 고위 귀족 자제의 경우나 후계자들은 가문에서 자체적으로 수학하고는 했다. 하지만 그는 아카데미로 가는 것을 택했다. 굳이 아카데미에 무언가를 배우러 간다기보다는 더 넓은 세상을 보고, 다소 부족했던 사교성과 사회성을 길러오길 바라는 공작 부처의 의사도 함께 반영되었기 때문이었다.

누군가를 떠올리느라 마차에 오르는 그의 발이 잠시 멈칫했다. 그러나 그 망설임도 잠시, 에드윈은 착석하여 마차 문을 닫았다. 마부가 막 이랴, 소리를 내며 말들을 채근하자 서서히 마차의 바퀴가 굴러가기 시작했다.

그 순간, 다그닥거리는 소음을 뚫고 울음 섞인 목소리가 그의 귀를 파고들었다.

"아윈!"

"공녀님, 위험합니다."

요즈음 예산 감사 기간이라 바빠진 재무부 업무로 귀가하지 못한 후작 때문에 공작저에 맡겨졌던 셰리가 잠옷 바람으로 울면서 마차를 뒤쫓아왔다.

"도련님, 어찌할까요? 마차를……"

"더 지체하다가는 늦어, 그냥 계속 가."

"……."

셰리에게는 아카데미에 가야 한다는 사실을 전하지 못하고 차일피일 미루고 말았다. 그래서 어제 그녀가 보는 앞에서는 차마 예정대로 출발하지 못했다. 하지만 더 미룰 수는 없었다. 이미 일정에 차질이 생긴 참이다.

결국 셰리 앞에서 우물쭈물하다가 당분간 못 볼 것 같다는 이야기도 전하지 못한 에드윈은 새벽에 도망치듯 출발해 버렸다.

피가 나도록 입술을 짓씹다가 에드윈이 마차 창문을 열어 고개를 내밀었다. 그런 그의 눈에 뛰어오다가 넘어졌는지 주저앉아 엉엉 우는 붉은 머리카락의 소녀가 아프게 박혀 들었다.

아카데미행을 결정하고부터 새로운 곳에서의 생활을 기대하며 분명 들떴던 나날도 있었는데…… 배정받은 기숙사 방 침대에 누운 그는 어딘지 모를 허전함과 더불어 마지막에 봤던 셰리의 모습 때문에, 결국 그날 밤 쉽사리 잠을 이루지 못했다.

그럼에도 사람은 적응의 동물이라는 말이 딱 맞는 것이라 에드윈은 천천히 아카데미 생활에 익숙해져 갔고, 한 달에 한 번 정도 오는 편지는 유일하게 그를 미소 짓게 했다.

저를 걱정하면서도 내심 높은 학업 성취를 바라는 어머니의 편지도 물론 반가웠지만 같이 동봉된 셰리의 편지가 더 기다려지는 것이 사실이었다. 약간 어설프던 글씨체가 반듯해지는가 싶더니 수려하게 쓰려고 애쓴 기색이 느껴질 때도 있었다.

[오늘은 셰리 혼자 공작저에서 역사 수업을 들었어. 아윈이 매번 틀리던 마도 시대 부분이야.]

[타이슨 준남작은 아윈도 알지? 그 사람이 또 내 걸음걸이를 보고 지적

했어. 본인은 안짱다리인 주제에 왜 나한테만 뭐라고 하는 거야!]

여전히 그녀 혼자 공작저에서 받는 수업에서의 진도에 대해 말해 주기도 하고, 가끔은 까탈스러운 예법 스승에 대한 험담도 쓰여 있었다.

[안녕! 아윈도 벌써 열여섯 살이구나. 열여섯은 데뷔탕트도 할 수 있는 나이니까 앞으로 존댓말을 쓸게, 요. 아카데미 근처에 큰 분수가 새로 생겼다던데, 어떤가요? 아! 나도 아카데미에 갈 걸 그랬다, 요. 그럼 이만 줄이도록 하겠소.]

에드윈이 열여섯 살 생일을 맞고부터는 데뷔탕트가 가능한 나이이니 어른 대접을 해 주겠다며 어설프게 존댓말로 시작되었던 인사말이 어느새 다시 익숙한 반말로 돌아왔다가 어색한 반존대로 돌아가는 등. 한 통의 편지 안에서도 뒤죽박죽 섞인 어투를 써서 좀처럼 웃지 않는 그가 크게 웃음을 터뜨리기도 했다.

우는 그녀를 그대로 내버려 두고 떠난다는 말도 없이 매정하게 가 버린 그에게 혹시 화가 나지 않았을까 걱정했었다. 하지만 긍정적인 성격으로 금세 잊은 모양이었다.

셰리 특유의 향내가 아직 옅게 배어 있는 편지지를 쥐고 크게 숨을 들이쉰 에드윈은 편지를 소중하게 접어 서랍 안에 차곡차곡 채워 두었다.

* * *

아카데미 2년차가 되고부터는 방학 때 시간을 내어 황도의 공작저로 가곤 했다. 그러나 안타깝게도 그때마다 셰리는 아버지를 따라 후작령에 내려간 탓에, 그는 꽤 오래 그녀를 보지 못했다. 하지만 자주 편지를 주고받는 터라 그렇게 멀게 느껴지지 않았다.

직접 얼굴을 마주 보게 되어 왜 말도 없이 떠났느냐고 질책할 그녀의 눈빛을 받으니 어떨 때는 그 시기를 가능하면 미루고 싶은 마음도 있었다. 공작저로 갈 때마다 셰리가 얼마나 아름답게 자라나고 있는지 귀에 못이 박이도록 들었다. 그러나 그의 머릿속의 그녀는 언제나 열두 살의 어린아이였기에 다소 심드렁하게 흘려보냈다.

그렇게 늘 평소와 같이 에드윈이 셰리와 만나지 못한 열여덟 살 여름방학의 끄트머리였다. 뒤늦게 키와 골격이 갑작스럽게 자라느라 성장통으로 몸이 뻐근했다. 아카데미로 향하는 마차로 오르기 위해 부모님과 막 작별 인사를 나누던 순간이었다.

"아윈! 공작 부인, 공작님!"

"오, 셰리. 내 아가."

후작가 마차에서 무언가가 굴러 떨어지듯 뛰어내렸다. 그러고는 대뜸 공작 부인에게 폭 안긴 새빨간 머리카락의 소녀의 뒤통수가 너무나 낯설었다. 그러나 그대로인 말투도, 약간은 달라졌지만 충분히 익숙한 목소리도 모두 그의 머릿속에서 존재하던 열두 살 꼬마 아가씨였다.

그가 잠시 멍하게 서 있는 사이, 공작 부처와 인사를 다 나눈 소녀가 뒤에 서 있던 에드윈을 향해 천천히 몸을 돌렸다. 그 바람에 따가운 여름 햇살이 안 그래도 타오르는 것처럼 채도 높은 붉은 머리카락 위에서 산산이 부서지며 흩날렸다.

그를 올려다보며 동그랗게 뜨인 맑고 오묘한 빛의 올리브색 눈동자가 반가운 기색을 담고 휘어지는 순간, 에드윈은 잠시 시간이 멈추었다고 생각했다. 아니, 실제로 제 숨은 멈추었는지도 모르겠다.

늘 몸가짐을 바르게 하라는 잔소리를 빼놓지 않는 공작 부인덕에 더운 여름에도 빠짐없이 채우고 다니던 교복 목깃이 답답하게 느껴졌다. 갑작스러운 갈증으로 목이 타들어 가고 늘 냉정을 잃지 않았던 심장이 갈빗대를 뚫고 나오기라도 할 듯 요란하게 뛰었다.

바짝 굳어 뚫어져라 아무 말 없이 그녀의 얼굴만 응시하고 있는 그가 이상했는지 셰리가 고개를 갸웃거렸다.

"아윈, 혹시 나 잊어버렸어? 아니, 잊어버렸어요?"

"……아니, 아니. 셰리……."

누군가 목을 조르기라도 하는 것처럼 뻣뻣하게 굳은 목에서 쉰 듯한 목소리가 겨우 새어 나왔다. 변성기를 거치며 안 그래도 저음으로 낮아진 음성이었다. 에드윈의 목소리가 갈라진 탓에 더 낮게 들리자 셰리가 또다시 놀란 표정을 지었다.

"와, 진짜 어른 목소리다."

"……."

유난히 어색해하는 에드윈의 반응을 눈치챈 공작 부인이 셰리를 재촉했다.

"막 아카데미로 돌아가려던 참이란다. 오랜만에 셰리도 배웅해 주렴."

"아, 이번에도 제가 늦었네요. 아쉬워라."

그렇게 웃는 낯을 유지한 채 셰리는 아주 어릴 적의 어느 날처럼 몸통을 부딪치듯 안겨 왔다. 그 바람에 그의 몸은 더욱 딱딱하게 굳었다. 차마 마주 안아 주지도 못하고 눈만 크게 뜬 에드윈을 껴안고 있던 그녀가 그대로 고개를 들었다. 그리고 그를 올려다보았다.

"그럼, 아윈. 조심히 다녀오세요."

"……."

에드윈의 눈동자를 빤히 바라보다 헤헤 웃으며 대답을 기다리는 셰리를 응시하는 그의 눈이 속절없이 흔들렸다. 안 그래도 차이 났던 눈높이가 더 차이가 심해져서 한참이나 시선을 내려야 했다. 하지만 이번에는 목소리조차 낼 수 없이 경직된 그가 겨우 고개를 끄덕였다.

그러자 미련 없이 그에게서 몸을 떼어 낸 셰리가 공작 부인 곁으로 쪼르르 다가갔다. 활짝 웃으며 손을 흔들어 주는 셰리에게서 한참이나 시선을 떼지 못하던 에드윈은 푸르릉거리는 말 울음소리에 비로소 정신을 차렸다. 그리고 차마 움직여지지 않는 몸을 삐걱삐걱 움직여 겨우 마차로 올라탔다.

"……."

곧 마차가 출발하고 여전히 얼떨떨한 기분으로 앉아만 있던 그가 급하게 몸을 일으켜 마차 창문 너머로 고개를 내밀었다. 제 부모님과 무언가 신나게 이야기를 나누다 제가 저들을 바라보고 있다는 것을 깨달았는지, 셰리가 한 번 더 손을 흔들어 배웅해 주었다.

그렇게 정문을 통과할 때가 되어서야 자리에 바르게 착석한 에드윈은 뒤늦게 오른 열기에 새하얀 볼을 빨갛게 물들였다. 그리고 아카데미에 도착할 때까지도 이미 빠르게 뛰기 시작한 심장에서 손을 떼지 못했다.

오랜만에 보아서인지 반가운 기색을 내비치는 동기들을 무시하고 에드윈은 제 방으로 빠르게 올라왔다. 그가 옷도 갈아입지 않은 채, 침대에 아무렇게나 털썩 누웠다.

오면서 몇 번이고 곱씹었던 그녀의 얼굴, 여전히 친근하게 아윈이라고 부르는 목소리. 그리고…… 그리고 여름이라 얇게 입은 옷 너머 느껴지는 부드럽게 뭉그러지던 살의 감촉.

거기까지 생각이 미친 에드윈이 뼈마디가 두드러진 마르고 큰 손을 들어 제 얼굴을 벅벅 문질렀다. 미쳤군, 완전히 미쳤어. 그 애는 갓난쟁이 시절부터 보아 온 여동생이나 다름없는 아이였다.

그러니까…… 그 아이가 성년이 될 때까진 2년이 남았던가.

또다시 이상한 곳으로 번지려 하는 생각을 멈추려 에드윈은 급기야 팔을 올려 제 눈을 꾹 눌러 완전히 가려 버렸다. 그러나 어느새 얼굴은 물론이고 붉게 물든 목덜미는 전혀 감추지 못했다.

그리고 그날 밤, 그는 처음으로 몽정했다.

* * *

"갑자기 그건 왜?"

"……그냥, 우리 나이면 보통은……."

생전 먼저 말거는 법이 없이 찬바람 쌩쌩인 린데카이르 공자님이 웬일인가 싶었다. 갑자기 이런 생뚱맞은 질문을 하다니. 동기인 제드가 머리를 긁적였다. 워낙 타인에게 관심이 없어 보여 제게 약혼자가 있다는 사실도 모를 줄 알았는데 제 말을 듣고 있긴 했었나 보다.

"아니, 우리도 워낙 어릴 때 약혼했기도 하고. 누님이, 아니, 도로시가 나보다 네 살 많으니까."

"……."

어서 말해 보라는 듯 형형해진 에드윈의 눈동자에 결국 두 손을 든 그가 한숨을 내쉬었다.

"어른들은 내가 열일곱 살 때부터일 거라고 어렴풋이 알고는 계시지만 사실 열여섯 살 생일날 그렇게 됐지, 뭐."

"그럼 보통은 약혼 관계일 경우 열여섯 살 이후로는 암묵적으로 그런, 그런 관계가 되기도 하나?"

"다 그런 건 아니고, 딱히 정해진 것도 아니지만…… 아니, 갑자기 그런 건 왜 묻는데? 4년간 만난 적도 없다면서?"

"……."

무언가 생각에 잠긴 표정으로 침묵하는 에드윈을 바라보는 제드의 얼굴에 서서히 경악이 서렸다.

"설마 이번 방학 때 무슨 일이 있었던 건 아니지? 가만, 네 약혼녀가 벌써 데뷔탕트를 치를 나이던가."

"……출발하기 직전에 아주 잠깐, 얼굴만 봤다."

"그럼 도대체 왜? 어, 잠시만…… 음, 아니지?"

여전히 무표정하지만 귓가와 목덜미가 새빨갛게 물든 그의 친우의 모습에 제드는 이마를 짚었다.

"약혼자랑 사랑에 빠지는 건 아주 바람직한 일이긴 한데…… 너, 그렇게 쉽게 누굴 좋아하는 타입이었어?"

"사랑, 까지는 아니야."

"어쩐지 공작저에서 편지가 왔다고 하면 말도 없이 사라지더니. 왜, 오랜만에 얼굴 보니까 이젠 여자로 보이디?"

"말조심해, 이제 열여섯 살이다."

황도에 있는 제 연인이자 약혼자인 도로시로부터 겨우 열여섯에 불과한 셰리 공녀가 얼마나 아름다운지 귀에 못이 박이게 들어온 제드는 혀를 끌끌 찼다. 그렇게 많은 여자들이 고백해 와도 눈길 하나 안 주고 고고한 척 하더니, 네놈도 남자이긴 했구나.

* * *

갑작스레 예고도 없이 찾아온 감정에 부정도 해 보았다. 하지만 그 다음 달에 온 셰리의 편지를 뜯으며 덜덜 떨리는 제 손에 결국 에드윈은 그제야 더 이상 저항하지 않기로 했다. 차라리 인정해 버리고 나니 수없이 잠 못 이루던 불면의 밤은 사라지고, 다음 방학을 손꼽아 기다리는 소년만이 남았다.

그렇게 졸업하기 전 마지막 겨울 방학이 돌아오자 에드윈은 미리 공작저로 서신을 보내 미리 양해를 구해 두었다. 그렇게 설렘으로 가득해 불규칙하게 날뛰는 제 심장을 억누르며 셰리가 있는 후작령으로 향했다.

예년보다 빠르게 찾아온 추위에 새하얀 토끼털 망토를 두르고 그를 마중 나온 제 약혼자는 지난여름보다 더 성숙해진 모습이었다. 그녀를 바라보는 에드윈의 눈가가 파르르 떨렸다. 저번에 셰리가 그랬듯 이번에는 제가 먼저 안아 주고 싶었지만 차마 용기가 나지 않았다. 그저 빈 주먹만 여러 번 쥐었다 펼 뿐이었다.

아카데미에 가기 전보다 훨씬 과묵해진 에드윈을 위해 그녀가 먼저 손을 잡아 주지 않았다면, 그는 한 달 내내 셰리의 소매조차 스치지 못했을 것이다. 정말로 좋아한다면 셰리가 준비가 될 때까지 기다려 주라는 제드의 말을 여러 번 곱씹었다. 에드윈은 그녀와 함께해 행복하면서도 매일 억눌러야 하는 음심으로 번뇌하고 또 괴로워했다.

아직도 둘 다 꼬마이던 시절인 줄 아는지 겁도 없이 덥석덥석 닿아 오고 안겨 오는 셰리가 야속하기도 했다. 하지만 에드윈은 정말로 몇 년이고 기다릴 수 있었다. 뒤늦게 여자로 느꼈다지만 이미 그들은 이어지기로 예정된 사이였으니까.

비록 산고로 셰리의 어머니가 일찍 작고하긴 했어도, 모두의 애정 속에서 자라난 덕에 그녀는 구김살 없는 성격에 밝고 천진했다. 기본적으로 다정한 성품이지만 공과 사는 엄격히 구분하고, 고위 귀족으로서의 품위도 잃지 않는 단호함이 에드윈의 눈에도 대단해 보였다.

그리고 아카데미에서 수학했어도 상위권을 차지했을 것이라 확신되는 어마어마한 공부량과 학식에, 그는 여태껏 제가 갖고 있던 셰리에 대한 고정관념을 완전히 폐기해야 함을 절실히 느꼈다. 하긴 더 어린 나이일 때도 그녀는 가끔 그를 놀라게 할 정도의 영리한 꼬마였다.

그래도 처음 보았을 때 제대로 한 마디 말도 먼저 꺼내 보지도 못했던 예전에 비하면 많이 발전했다. 지난 한 달간 에드윈은 먼저 셰리의 손을 잡기도 하고, 떨리는 손으로 그녀의 어깨도 살짝 감싸 안을 수 있을 정도의 괄목할 만한 관계 발전을 이루어 냈다.

그래서 다음 날, 아카데미로 향하기 전 마지막 저녁 만찬 자리에서 그는 조심스럽게 제 욕망의 한 자락을 들춰 보였다.

"셰리, 내가 졸업하면…… 공작저에서 지내는 게 어때?"

"황도에 있을 때는 이미 공작저에 자주 들르고 있는걸요."

"그러니까 자주, 가 아니라. 아예 공작저로 들어오는 건……"

한 달 동안 어떠한 접촉에도 단정한 표정을 유지해 왔었는데 하필 이 순간 그의 귓가가 붉게 타올랐다. 결코 무슨 일이 있길 바라고 한 말은 아니지만, 같이 내내 붙어 지내다 보면…… 가능할지도 모를 그 어떠한 상황들을 떠올려 버린 탓이었다.

"후후, 아원이 그렇게 말해 주는 건 고맙지만 이제 내년부터는 나도 후계자 수업도 본격적으로 시작해야 하고…… 음, 그러면 아버지가 너무 외로워지시니까요."

"……."

그 순간 벼락같은 충격이 그의 머릿속을 강타했다. 후작가의 후계자……? 그러고 보니 그동안 전혀 생각해 본 적 없었는데 미하르쉘 후작가에는 자녀가 셰리뿐이다. 후작 부인과 사별한 후작이 사생아가 있기는커녕 후처도 들이지 않았기 때문이다.

어째서 한 번도 제대로 생각해 보지 않았는지 모를 새삼스러운 깨달음이었다. 셰리와의 마지막 만찬을 어떻게 끝냈는지조차 기억나지 않았다. 가장 좋은 손님방에 누워 멍하니 천장을 바라보던 에드윈은 그날 밤, 오랜만에 전혀 잠들지 못했다.

다음 날 배웅해 주며 안겨 오는 셰리의 등을 간신히 마주 안아 도닥거려 주긴 했으나 여전히 그의 손은 미세하게 떨리고 있었다. 설렘과 충격 모두가 그 이유였다.

아카데미에 도착한 에드윈은 예법과 역사 강의를 맡은 교수에게 당장 달려가 물었다. 두 고위 귀족 후계자간 혼사가 이루어지는 경우, 그 거처와 후사를 잇는 것에 대해 어떤 선례가 있는지를.

언젠가 이런 날이 올 줄 알았다는 듯 난처한 미소를 지은 예법 교수의 대답은 퍽 충격적이었다.

'자작가 이하의 후계와 고위 귀족 후계의 결합'이라는 선례가 하나 존재하기는 했다. 그러나 그 자작가가 가신 가문이었고 이미 영지가 없었기에 자연스럽게 흡수되는 쪽으로 정리되었다고 했다. 게다가 그나마도 혼인 서약 시에 자작가 후계권을 영구히 포기하겠다는 선언을 해서 가능했던 일이라고 교수가 덧붙였다.

지난 한 달간 셰리가 후작령에 어떠한 애착을 갖고 있는지 제 눈으로 직접 확인했던 에드윈의 눈앞이 깜깜하게 물들었다. 아마 가능하지도 않겠지만 설령 폐하께 혼인 허락까지 받는다고 하여도 셰리가 후작가를 잇는 것을 절대 포기하지 않으리라는 확신이 들었다.

"그럼, 그럼…… 애초에 성사되지도 않을 저희 약혼이, 어떻게 이루어진 겁니까."

"내가 알기로는…… 황녀 전하께서, 아니 공작 부인께서 폐하께 간곡하게 부탁하여 일단 명목상으로 이루어졌다고 하더군."

후들후들 떨리는 다리를 간신히 일으켜 교수에게 꾸벅 인사를 한 에드윈은 바로 아버지인 공작 각하께 서신을 써 내려갔다. 저와 셰리가 제대로 된 약혼 관계인 것은 맞는지, 혼인이 가능한 사이인지, 향후 각자의 후계권은 어떻게 하기로 한 것인지 알고 싶다고 쓴 그의 필체는 공작이 간신히 알아볼 수 있을 만큼 엉망이었다.

그리고 며칠 뒤 도착한 아버지의 회신은 끝내 에드윈을 주저앉게 만들었다. 간략히 말하자면 린데카이르 공작가와 미하르쉘 후작가의 혼약은 일정한 조건하에 구두로만 합의된 사항이며, 그 조건이 '어느 한쪽 집안에 또 다른 정당한 후계자가 확보될 것'을 내용으로 한다는 것이었다.

다시 말하면 그나 셰리 중 한 명은 후계권을 영구히 포기해야 하며, 그 경우에도 적법한 다른 후계자의 존재를 필요로 했다. 하지만 양쪽 집안에 자식은 각각 하나뿐이었다. 그 말은 둘 모두가 성년이 되는 해에 해제될 혼약이었다는 뜻이나 다름없었다.

그 길로 아카데미 도서관에 틀어박힌 에드윈은 제국의 모든 법전과 다른 왕국의 법전과 역사서까지 닥치는 대로 정독해 나갔다. 수업 시간에만 겨우 출석하고 수면 시간도 최소로 줄여 가며 미친 듯이 방법을 찾으려 애썼다. 에드윈의 고운 피부는 이내 거칠어졌고, 은은한 분홍빛을 띠던 눈 밑도 거뭇하게 물든 지 오래였다.

모두 그의 기이한 행동의 이유를 궁금해했으나 몇몇 교수들만이 그 이유를 짐작할 뿐, 예민하게 날이 선 에드윈의 태도에 감히 다가오지도 못했다.

그렇게 마지막 학기도 종료되어 졸업을 일주일 남겨 둔 어느 날, 지친 기색으로 책 더미 위에 쓰러져 잠든 에드윈의 곁에 고대사 전공 교수가 조용히 다녀갔다.

선잠을 자고 일어난 그의 눈에 너무 오래되어 모서리가 바스라지기 시작한 책의 펼쳐진 페이지가 들어왔다. 그것은 제국으로 승격되기 이전인 옛 왕국 시절의 귀족 승계권에 대한 법률서로, 이미 사문화되어 아는 사람이 거의 없는 내용이 적혀 있었다.

[……예외적으로 두 가문에서 추후 태어난 자녀에게 계승권을 승계하는 내용으로 사전 합의하는 경우, 혼약이 법적으로 인정될 수 있으나 이 경우에도 10년 이내에 둘 이상의 적법한 승계권자가 존재하지 않을 시 그 혼약은 소급하여 효력이 소멸한다.]

정리하자면 셰리와 에드윈이 혼인하여 둘 이상의 자녀를 낳게 될 시에 각각에게 린데카이르가의 후계권과 미하르쉘가의 후계권을 승계한다는 조건으로 법적인 혼인이 가능하다는 뜻이었다. 절망으로 가득했던 에드윈의 눈동자에 색이 돌아오기 시작했다. 혹자들이 동 트기 전 가장 어두운 새벽 하늘같다고 찬양했던 남색으로 다시 반짝거렸다.

비록 옛 왕국 시절의 법이긴 했으나 명시적으로 폐지된 바도 없었고, 제국에서 새로운 대법전을 만들며 규정되지 않은 사항에 대하여는 구법

(舊法)과 관습법에 따른다고 했으니 해 볼 만한 싸움이었다.

당장 졸업하면 황도로 돌아가 재상이신 아버지에게 귀족 회의에서의 공론화를 요청할 생각으로 가득 찬 에드윈은 몇 달 만에 제 방 침대로 돌아와 편안히 잠들었다.

* * *

"왜, 왜 안 된다는 겁니까."

"이건 우리 제국이 작은 소국에 불과할 때 만들어진 법이다. 그만큼 귀족 수도 적었고, 지금과는 상황이 완전히 달라."

"그래도, 그래도 건의드려 볼 수는 있지 않습니까."

"……네가 서신을 보내고 나서 가만히 있을 거라고 생각은 안했다만, 이런 것까지 찾아올 줄이야. 잘 듣거라, 에드윈. 지금도 형제가 많은 가문에서는 계승권을 차지하기 위해 온갖 일이 벌어지고 있는데, 이런 식으로 한 세대를 건너뛰어 승계가 가능하다는 법 조항이 살아난다면 더 엉망진창이 될 게다."

"……그러면, 그러면 특별법 형식으로 제정하면."

단호한 표정으로 고개를 젓는 아버지 앞에서 에드윈이 고개를 떨구었다. 제 사랑의 결실을 위해 자칫하면 제국을 혼란으로 몰아넣을 수도 있는 법을 제정해 달라고 무작정 떼를 쓸 수도 없는 노릇이었다.

그러면, 이것도 안 된다면…… 저는 어찌해야 하지. 가만히 앉아 이 유명무실한 약혼 관계조차 소멸되는 것만을 기다려야 하나. 아니, 무슨 일이 있어도 그것만은 용납할 수가 없었다.

아카데미만 졸업하고 나면 곧 성년이 되는 셰리와 연인으로 발전하리라는 그의 달콤한 소망이 물거품처럼 사그라들었다.

두문불출하며 방 안에만 틀어박힌 에드윈의 모습에 놀란 공작 부인이 문을 두드려도, 심지어 셰리가 찾아와도 얼굴조차 내보이지 않았던 그는 한 달 만에 결연한 낯으로 공작의 집무실을 두드렸다.

"아버지, 아니, 공작 각하. 제 소공작 지위 수여를 연기해 주시기 바랍니다."

"또 무슨 일이냐, 네가 후계권을 포기하기라도 하려고? 그게 너 혼자 포기 하겠다고 되는 일인 줄 알아?"

살갑게 굴지는 않아도 여태 반항 한번 없던 얌전한 아들이었다. 그런 에 드윈의 반항에 공작이 급격히 피로해지는 기분을 느끼며 이마를 감쌌다. 얼굴이 해쓱해질 만큼 살이 빠져 다소 날카로워 보이기까지 하는 에드윈의 눈빛은 단호했다.

"제가, 야만족과의 전쟁을 끝내고 오겠습니다."

"뭐?"

기가 막힌다는 표정을 지으며 공작이 의자에 깊게 몸을 기대었다. 아무리 제 아들이지만 이제는 이놈이 제정신이 아니라는 것을 인정해야 할 것 같았다. 속이 부글부글 끓어 튀어나오려는 노성을 겨우 억누르며 공작이 이를 갈았다.

"전쟁터가 어디 어린애들 놀이터인 줄 아느냐? 백 년도 넘게 이어진 전쟁이다. 네가 끝내고 싶다고 해서 끝날 전쟁이었으면……!"

"그러니, 제가 끝내고 돌아오면 폐하께서 제 소원을 하나 정도는 들어 주실 것이 아닙니까."

점차 고조되는 공작의 말을 차갑게 끊어 낸 에드윈의 눈빛은 흔들림이 없었다. 어릴 적부터 정이 없는 모습에 누굴 닮았나 했더니……. 사랑에 목 숨도 걸겠다는 것을 보아 꼭 저를 닮은 모양이었다.

그래, 저 나이대의 혈기란 말린다고 되는 것이 아니다. 그러니 후방에라 도 보내서 지금 내뱉은 말이 얼마나 치기 어린 헛소리인지 깨닫게 해 주는 것도 나쁘지 않았다.

"……그래, 어디 한번 네 마음대로 해 보거라. 내가 폐하께 말씀드려 보마. 단, 내가 봐주는 것은 여기까지다."

"감사합니다, 아버지."

그렇게 비밀스럽게 잡힌 에드윈의 출정 날짜는 정확히 6개월 뒤였다.

* * *

아카데미를 졸업하고 한 달하고도 조금 더 모습을 드러내지 않았던 린데카이르가의 공자는 사교계에 복귀했다. 이미 미하르쉘 후작가 아가씨의 인형 같은 미모에 익숙해진 이들도 감탄을 금치 못할 만큼의 청년이었다. 갓 소년 티를 벗은 고귀한 흑발의 미남자는 순식간에 화제가 되었다.

이미 혼약자가 있음을 익히 알기에 미혼의 영애들과 여식을 가진 귀부인들은 입맛을 다시면서도 어쩔 수 없이 물러났다. 그러나 거대 가문의 후계자끼리의 혼약이 불가함을 이미 알고 있는 소수의 귀족들은 호시탐탐 제 딸을 들이밀 기회만 엿보고 있었다.

그래서 린데카이르가에서 일방적으로 미하르쉘가에 파혼을 선언했을 때, 그 소문은 만 하루도 되지 않아 온 황도에 퍼져 나갈 수 있었다.

침통한 표정의 집사에게서 파혼서를 건네받은 셰리가 파들파들 떨며 얇지 않은 재질의 종이를 와그작, 구겼다. 졸업식에도 못 오게 하고, 황도에 돌아와서도 만나 주지도 않더니 이런 식으로 파혼을 해?

마지막으로 주고받았던 편지도 전혀 문제없이 평소와 같았다. 그를 만나러 공작가에 들렀을 때마다 공작 부인은 여전히 그녀에게 다정했으며 고용인들은 예비 안주인인 셰리에게 깍듯하기 그지없었다.

다른 이들은 몰라도 공작 각하와 제 아버지 사이의 대화를 엿들은 적 있는 그녀는 이 모든 상황이 시한부라는 걸 알고 있었다. 그래도 제 안온한 유년 시절을 조금이나마 길게 누리고 싶어서 모른 척했다고 한다면, 그게 그렇게 큰 욕심이었을까.

마침 북경 지역의 야만족과의 전쟁이 다시 발발해 회의에 참석하신 아버지께서 집에 계시지 않길 망정이지, 먼저 이 서신을 보셨더라면 당장 에드윈의 멱살부터 잡으러 가셨을 터였다. 눈앞이 새빨개질 정도로 분노한 셰리는 서둘러 마차를 준비시켜 공작저로 향했다.

유산 후 몸이 약해지신 공작 부인이 휴양지로 떠나신 틈을 타, 기습적으로 파혼을 선언한 모양이었다. 그러나 이런 일은 종이 쪼가리가 아니라 직접 대면하여 그 이유를 들어야 했다. 저는 그럴 자격이 있었다.

이미 해가 져 어스름한 공작저 정문을 빠르게 통과한 셰리가 마차에서 내렸다. 그러자 기다리고 있었다는 듯 에드윈과 집사장, 부집사만이 마중을 나와 있었다. 미리 고용인들을 모두 물려놓은 것으로 보아 그도 그녀가 찾아올 줄 알고 있었던 모양이다.

머리끝까지 화가 난 셰리가 무어라 쏘아붙이려다 나이 지긋한 집사장의 주름진 촉촉한 눈가를 보고는 살며시 아랫입술을 깨물었다. 설령 그를 책망하려 한다고 해도 이렇게 보고 들을 눈과 귀가 있는 공개적인 장소에서는 안 된다. 가까스로 치밀어 오른 분노를 억누르며 셰리가 이를 악물고 낮게 읊조렸다.

"아윈, 이야기를 좀 했으면 하는데요. 여기서는 말고요."

"……내 방으로 올라가지."

"도련님!"

부집사장인 프레이가 하얗게 질려 만류했다. 그러나 이미 등을 돌려 제 방으로 향하는 에드윈을 따라 셰리가 빠르게 걸음을 옮겼다. 그렇게 방 안으로 들어서자마자 그녀가 잔뜩 날카로운 목소리로 입을 열었다.

"어떻게, 어떻게 된 건지 설명 좀, 부탁드려요."

"쓰여진 그대로야."

"이렇게 갑자기 파혼하겠다고요? 왜요?"

"어차피 우리는 혼인을 할 수 없는 거, 잘 알고 있잖아. 정해진 수순이었어."

그 말에 셰리가 슬며시 아랫입술을 깨물었다. 이제 와서 처음 듣는 이야기인 척할 생각은 없었다. 애초에 에드윈이 깨달은 것보다 훨씬 더 일찍 셰리는 알고 있던 사실이긴 했으니.

　하지만…… 그래도 적어도 10년 안으로는 잠정적으로나마 유효한 혼약이었다. 언젠가 깨어질 혼약이라고 해도 에드윈만 모른 척해 준다면 사실상 그녀의 어머니나 다름없는 공작 부인과 공식적으로 이어져 있을 수 있다. 그런 관계를 셰리는 조금만 더 오래 누리고 싶었다.

　그리고 아주 어린 시절부터 제 남편이 될 것이라고 믿고 있었던 에드윈과의 관계에 대해 무어라 쉽사리 정의 내릴 수는 없었지만…… 그는 제 미래의 부군이자 형제나 다름없었으며, 가장 오래된 친구이기도 했다.

　그렇기에 에드윈이 정말 저를 여동생으로라도 생각했다면 이런 식으로 일방적인 통보는 있어서는 안 됐다. 어느 순간부터는 제게 좀 부담스러울 정도로 다정하게 굴어서 잠시 설렜던 적도 있었다. 그래서 이러한 그의 배신이 더 뼈아프고 고통스러웠다.

　"……새로운 연인이라도 생기셨나요?"

　"그런 거 아니야, 절대!"

　셰리의 속이 터져나갈 만큼 내내 침착하던 에드윈이 버럭 소리를 높였다. 아무리 제가 짓궂게 장난을 쳐도 목소리 한번 크게 낸 적 없는 그의 화난 기색에 그녀의 어깨가 잠시 움찔했다.

　"그럼, 왜 지금인가요? 어차피 시간이 흐르고 나면 없어질 혼약이잖아요."

　"……지금이 아니면 안 될 이유도 없잖아."

　그러니까 그걸 왜 저와 한마디 상의도 없이 저지른 것이냐고 소리치려던 셰리가 입을 꾹 다물었다. 귀한 대접만 받아 온 공자면서 웬만해서는 적극적으로 제 의견을 먼저 피력한 적도 없던 그였다. 그런 사람이 이렇게 나온다면 제가 뭐라고 한들 필시 그 결정은 이미 되돌릴 수 없을 것이다.

　십여 년을 알고 지내 온 자에게 부지불식간에 얻어맞은 뒤통수도 얼얼

했지만 당장 내일이면 사교계에 퍼질 망신살에 셰리는 눈앞이 아찔했다. 그래, 좋아. 그쪽에서 먼저 끝내자고 했으니 번복하고 싶지도 않고 그럴 생각도 없다.

이미 마음이 떠나 간 남자를 억지로 붙잡아서 제게 무슨 이득이 있단 말인가. 설마 제가 이만한 남자를 또 못 만날까.

다만 그와의 약혼이라는 관계에 묶여 허비한 제 인생 전부의 세월이 아쉽고 분했다. 분명 에드윈과의 혼약으로 좋은 추억이 훨씬 더 많았지만 분노로 눈이 뒤집어진 셰리에게는 악에 받친 억울함만이 남았다.

"좋아요, 파혼하죠. 끝내요."

"……."

제가 먼저 파혼하자고 했음에도 그 순간, 에드윈의 얼굴이 울듯이 일그러졌다. 파르르 떨리는 입가를 일자로 꾹 다물어 단속한 그가 무언가를 간신히 참는 듯 목울대만 가만히 울렁거렸다. 평소처럼 무표정해 보여도 오랜 세월을 함께해 온 덕분에 셰리는 그가 크게 동요하고 있단 걸 알아챘다. 아주 약간이지만 통쾌함을 느꼈다.

"대신, 나는 내 평생을 보상받아야겠어요."

"내가 할 수 있는 것이라면, 기꺼이."

에드윈은 눈물을 삼키려 잔뜩 쉰 목소리를 내면서도 체념한 듯 고개를 숙였다. 그런 그를 눈 하나 깜박이지 않고 노려보던 셰리는 그가 처음 들을 법한 유혹적인 목소리로 속삭였다.

"아윈, 당신의 처음은 내가 받아야겠어요."

"……응? 무슨?"

의아한 표정으로 고개를 든 그의 눈가가 조금 발개진 것을 눈치챘으나 그녀는 모른 척 입을 열었다.

"나랑 자요. 그럼, 더 이상 린데카이르가에는 그 책임을 묻지 않겠어요."

"……."

늘 냉랭하고 단정하기만 했던 그의 하얀 피부가 당황한 낯으로 붉게 물들어 갔다. 하지만 그 꼴은 참으로 기꺼운 광경이어서 셰리의 붉은 입꼬리가 슬쩍 위로 올라갔다.

* * *

"잠깐, 아니, 잠깐 멈춰."

"……왜요."

"꼭 옷을 다, 벗어야 하나?"

"그럼 옷을 입고 어떻게 해요?"

에드윈은 씻고 나온 지 얼마 되지 않아 까만 머리카락이 물에 젖은 채로 셰리의 아래에 깔려 있었다. 그가 필사적으로 제 가운을 움켜쥐었다. 불도 다 꺼 달라고 해서 꺼 주고, 불안해하는 기색이길래 커튼도 다 쳐 주고, 한참이나 걸린 샤워 시간까지 전부 배려해 주었더니 결정적인 곳에서 그가 미약하게 반항을 했다.

"아무리 생각해도, 이건…… 이건 아닌 것 같은, 읍."

어두워서 제대로 보이지는 않지만 얼굴이 잔뜩 붉어졌을 것이 뻔했다. 그가 셰리의 시선을 회피하며 거부하려는 기색을 내비치자 그녀가 에드윈의 입을 막았다. 물론 입술로.

둘 모두에게 첫 키스일 입맞춤을 파혼한 당일에 했다는 점이 아이러니했다. 그러나 셰리도 에드윈도 처음 맛보는 말캉하고 달콤한 감각에 말을 잃었다. 어린아이들이 하는 것 같은 가벼운 맞부딪힘으로 시작해 조금 더 깊게 파고 들어갔다. 그러더니 셰리가 작은 혀를 조금 내밀었다. 에드윈이 화들짝 놀라 그녀를 밀어냈다.

"안 돼, 안 돼!"

"……별로인가요?"

"아니! 그게, 아니라."

처음 겪어 보는 생소한 느낌을 안 그래도 부족한 말재간으로는 표현할 길이 없었다. 그가 제 입술만 자근자근 깨물었다. 정말로, 맹세코 싫어서가 아니었다. 오히려 상상해 왔던 것보다 너무, 너무 좋아서…… 좋아서 문제였다. 제 결심이 흔들릴 것만 같았다.

내내 좋아서 어쩔 줄 모르던 첫사랑과의 첫 입맞춤에 설레는 남자의 순정을 셰리가 알 리 없었다. 그녀는 말없는 그에게 다시 키스를 시도했다. 너무 저돌적으로 시도한 탓에 딱, 하고 이가 맞부딪치는 소리가 났으나 이번에는 에드원도 거부하지 않고 그녀에게 매달렸다.

한참 어설프게 서로의 혀와 타액을 교환하자 필사적으로 가운을 사수하던 그의 손의 힘이 서서히 풀렸다. 셰리는 그 틈을 놓치지 않고 가슴 쪽으로 손을 집어넣어 벗겨냈다. 그 바람에 에드원이 또다시 작게 의미 없는 반항을 했으나 끝내 체념하고 그녀에게 몸을 맡겼다.

둘 다 동정인 남녀가 만난 경우의 전희란 서툴고 엉망진창이기 그지없는 게 당연했다. 셰리와 에드원도 한참을 서로의 몸을 붙잡고 끙끙거리며 시험해야 했다. 결국 부끄러움에 그녀의 유두는 물어 보지도 못한 채 그 주위만 조금 할짝거린 에드원의 아래쪽으로 셰리가 손을 가져대었다.

"잠깐, 아니, 너무 빨라."

"한 시간째 아무것도 안 하고 있는데, 이러다 날 샐 거예요?"

"그건, 그건……."

부디 처음만은 제가 시도하게 해 달라고 에드원이 간청했다. 그 정도는 양보해 줄 용의가 있었던 셰리가 침대에 등을 대고 누워, 잔뜩 흥분한 기색을 억누르는 제 약혼자를 올려다보았다. 반쯤은 분풀이로, 반쯤은 자포자기한 마음으로 그와 밤을 보내기로 한 결정이었지만 후회는 없었다. 아주 예전부터 그녀의 첫 상대는 에드원이라고 정해 놓았었으니까.

"……거기 아니에요."

"……."

그의 부정을 의심한 적은 없었다. 그래도 이렇게까지 무지하고 서툴 줄은 몰랐지만…….

"조금, 조금 더 아래."

"여, 여기?"

"아니, 그것보단 조금 위에."

제대로 된 입구를 찾고도 번번이 삽입에 실패하는 에드윈 때문에 조금이나마 서려 있었던 긴장감이 모두 사라지는 기분이었다. 결국 셰리가 그의 것을 잡고 제 아래에 맞춘 다음, 허리에 다리를 감아 있는 힘껏 잡아 당겼다.

"윽."

"……하, 아, 아파."

각오는 했지만 생각보다 더 아팠다. 어릴 적 나무에 올라갔다가 떨어졌을 때보다 더 아프고 아찔한 감각에 잠시 기절했던 듯 눈앞이 까맣게 물들었다.

아직 그녀와 그의 사이에 틈이 있는 것으로 보아 전부 삽입되진 않은 듯했다. 벌써부터 셰리의 옆구리 양옆을 간신히 팔로 지탱한 채 바들바들 떨고 있는 에드윈의 뺨을 그녀가 조심스레 감싸 올렸다.

"아파요……?"

"아니, 남자는 보통 괜찮다고 하니까. 그보다, 네가……."

"안 아프다면 거짓말이지만, 생각보다는 참을 만하네요."

"미안, 미안하다."

천천히 넣으면 살이 쓸려서 더 아플 것 같으니 그냥 한 번에 끝까지 다 넣어 달라는 그녀의 말에 에드윈이 고개를 끄덕거렸다. 조심스레 셰리의 허리를 두 손으로 붙잡은 그가 단번에 그녀의 몸을 완전히 꿰뚫었다.

"……흣! 윽."

"흐아, 하……."

정말, 정말로 통속적이고 진부한 표현이라고 생각하지만 뜨거운 불꼬챙이에 찔려 몸이 두 쪽으로 갈라지는 것 같은 느낌이었다. 생소한 고통으로 턱이 달달 떨리고 눈에서는 저도 모르는 사이에 눈물이 흘러내리고 있었다. 하지만 셰리는 어딘가 후련했다.

안녕, 내 평생의 시간들. 안녕, 내 약혼자.

그 뒤로 에드윈의 허리 짓이 어설프게 이어졌다. 처음의 찌를 듯한 둔통은 서서히 가라앉았지만 미미한 고통이 계속해서 셰리의 의식을 갉아먹었다. 처음이라 어쩔 수 없는 다소 빠른 사정감이 에드윈에게 몰려왔고, 그 감각에 면역은커녕 저항하는 방법조차 몰랐던 남자는 그대로 휩쓸렸다.

"큭! 웃, 흐……."

체력과 심력 모두를 소진하게 만들었던 둘의 첫 정사는 그렇게 끝났다.

누가 먼저랄 것도 없이 껴안고 기절하듯 잠든 두 사람 중 먼저 정신을 차린 쪽은 셰리였다. 다행히 아직 동도 트지 않은 깊은 새벽이었다. 앞으로 수습해야 할 일들이 잔뜩인데 이런 스캔들까지 더해지면 큰일이니 어서 돌아가야 했다.

움직일 때마다 두들겨 맞은 것 같은 밀려오는 근육통을 이를 악물고 참아내며 셰리는 몸을 일으켰다. 아무렇게나 벗어 둔 옷가지에 팔다리를 꿰었다. 허벅지를 타고 무언가가 주르륵, 흘러내리는 감각이 느껴졌지만 제대로 닦아 낼 정신은 없었다. 그대로 속옷을 입고 속바지로 덮어 감출 뿐.

얼마나 땀을 많이 흘렸는지 에드윈은 이마에 엉망으로 머리카락이 달라붙은 채 잠이 들어 있었다. 그 와중에도 잘난 남자의 얼굴을 잠시 응시하다가 얼굴을 가까이 갖다 대었다. 희고 매끄러운 볼에 입을 맞출 생각이었지만 마지막에 마음이 바뀌었다. 그렇게 고개를 떼어 내리던 참이었다. 다급한 손길이 그녀의 손목을 잡아챘다.

"큼, 음…… 깼어?"

"네, 아침이 되기 전에 돌아가야죠."

"……."

잔뜩 지친 기색으로 뜨여진 그의 눈동자에 생전 처음 보는 애절함이 그렁그렁했다. 하지만 셰리는 모른 척 고개를 돌렸다. 이럴 거면 도대체 왜 파혼을 하자고…….

"사실은, 그러니까. 사실은…….”

"아뇨, 이제는 뭐가 어찌 되었든 상관없어요. 약속대로 끝내 줄게요."

"……."

짐짓 냉정하게 그의 팔을 떨쳐 낸 셰리가 그대로 자리에서 일어나 문을 향해 걸어갔다.

한 걸음, 또 한 걸음. 이제 저 문을 열고 나가면 영영 그와는 끝이었다. 연약한 맨발로 불에 달군 쇠바늘밭을 걸어가는 것처럼 심장이 아려 왔다. 하지만 이게 다 첫 경험으로 인한 근육통일 뿐이라 애써 위안하며 셰리가 문고리에 손을 얹었다.

"셰리…….”

"부디 다음번에 뵐 때는 미하르쉘 공녀로 불러 주시기 바랍니다, 에드윈 공자."

달칵, 문을 열고 나오니 익숙한 얼굴인 부집사 프레이가 침통한 표정으로 서 있었다.

"댁까지 모실 마차가 준비되어 있습니다, 공녀님."

"……그동안 고마웠어."

셰리를 위해 준비된 마차를 배웅하고 프레이는 서둘러 에드윈의 방으로 돌아왔다. 그리고 충직한 집사가 본 것은 맨가슴을 쥐어뜯듯이 붙잡고 소리 없이 오열하는 도련님이었다.

둘 모두에게 가혹하고 잔인한, 상처만 가득한 밤이었다.

* * *

"학, 하악. 흑, 훗."

"사령관님. 괜찮으십니까?"

정말로 순간의 일이었다. 에드윈이 혼란을 틈타 야만족의 우두머리인 탈라크의 목숨을 앗아 간 것은. 비록 옆구리를 조금 베이긴 했으나 저를 제압하고 있던 자의 단검을 빼앗아 탈라크의 경동맥에 꽂아 넣고 손잡이를 비틀었다.

그것만으로도 힘이 다했던 터라 그대로 주저앉았다면 필시 저도 야만족 잔당들에게 살해당했을지도 몰랐다. 그러나 다행히도 마침 적절한 타이밍에 도착한 지원군에 의해 그는 겨우 목숨을 보전했다. 1년 안에 끝내고자 아버지의 명령을 어기고 최전방에 뛰어들어 결국은 포로로 잡혔으나, 마지막에 살아남은 쪽은 저였다.

지긋지긋한 야만족 놈의 목을 꿰뚫으며 에드윈이 한 생각은 하나였다.

끝났다, 이제 정말로 끝났다. 돌아갈 수 있다, 드디어.

자잘한 전후 처리와 제 부상의 치료 때문에 조금 늦어지긴 했으나 황도를 향해 금의환향하는 에드윈의 머릿속을 차지하는 것은 언제나 그랬듯 단 한 명의 여자였다.

'빨리, 빨리 황도로 돌아가서……'

그날 밤 이후로 너무 서둘러 파혼을 결정한 것은 아닐까 수만 번도 넘게 고민했다. 하지만 위험천만한 전쟁터의 최전방에 참전한다는 것은 전사(戰死)할 수 있다는 가능성도 기하급수적으로 높아진다는 것을 의미했다. 적어도 셰리가 제 싸늘한 시체를 끌어안고 울도록 내버려두고 싶지 않았다.

그녀가 그렇게 바로 다음 날 도망치듯이 란델 공국으로 떠나지만 않았더라도 파혼을 번복하든지 사실대로 모든 것을 털어놓고 기다려 달라고 매달렸을지도 모를 일이었다. 지금에 와서 무엇이 옳았을 일인지 알 수는 없지만 최대한 빨리 전쟁을 끝내기 위해서 말 그대로 그는 목숨을 걸었다.

다행히 그의 그녀는 에드윈이 출정하기 직전에 후작령으로 돌아왔다고 들었다. 극복해내 주어서 고마웠고, 혼자 내버려 두게 되어 미안했다. 다 저 좋을 대로 한 해석에 불과하다는 것은 알지만 제가 전쟁터로 가 있던 1년

반이라는 기간 동안 누군가와 약혼하였다는 소식도 들려오지 않았다. 그래서 에드윈은 황도로 돌아오는 내내 설렘과 두근거림을 감출 수 없었다.

이제는 폐하께 허락만 받고 나면, 전부 다, 모조리 다 말하고 용서를 빌 것이다. 제가 못나고 겁이 많아서 차마 사실대로 털어놓지 못했노라고.

"에드……. 무사히, 정말, 무사히 돌아왔구나."

출정한 지 1년 반 만에 전쟁 영웅이 되어 돌아온 에드윈을 껴안아 주는 공작 부인의 눈가에 눈물이 가득했다. 셰리와의 파혼 소식에 그 길로 달려와 그의 뺨을 내려친 후, 제가 출정하는 날까지 저를 보려하지도 않았던 어머니였다.

제가 포로로 잡혔던 소식은 극소수만 알고 있었던 것이라 아마 모르셨을 테다. 하지만 최전방에 투입된 아들 걱정에 조금은 주름이 깊어진 모습이셨다. 명을 어기고 최전방에 멋대로 출전한 에드윈 때문에 서신으로 노발대발하셨던 아버지 역시 말없이 그의 어깨를 두드려 주셨다.

"에드윈 린데카이르. 백 년 전쟁을 끝내고 귀환했습니다."

그때 이후로 한 번도 울지 않았는데 어쩐지 목이 메는 것이 느껴졌다. 에드윈이 한쪽 무릎을 꿇고 고개를 숙여 인사를 올렸다. 그는 그날, 공작저에 하나뿐인 후계자가 무사히 살아 돌아왔음에도 왜 마냥 들뜬 분위기만은 아니었는지 눈치챘어야 했다.

"안 돼. 안 돼……."

다음 날, 전승 기념 파티로 모든 행사가 마무리되고 나면 미하르쉘 가문이 약혼 발표를 예정하고 있다는 소식을 부집사인 프레이에게 전해 들었을 때는 정말로 제정신이 아니었던 것 같았다.

무작정 말에 올라탄 에드윈은 셰리가 있다고 보고받은 의상실 앞에 도착했다. 뒤늦게 마차로 뒤따라온 프레이가 주변의 시선을 의식해 마차로 오르길 권하지 않았다면 내내 그녀가 나올 때까지 서서 기다릴 작정이었다.

그리고 마침내 의상실 문이 열리며 새하얗고 고운 팔이 눈에 들어왔다. 제 주인을 알아본 심장이 불안정하게 쿵쿵거리기 시작했다. 저를 만류하는 프레이를 뿌리치고 무작정 나와 셰리의 앞에 섰다. 마지막으로 본 것이 성년이 되었던 때이니까 지금의 그녀는 스무 살이 되었을 터이다.

그때보다도 더 물이 올라 이제는 완연히 앳된 소녀티를 서서히 벗어 가는 모습을 마주하자 눈앞이 아찔해졌다. 정말, 정말로 보고 싶었다. 포로로 잡혀서 이대로 끝이 나는가 싶은 순간에도 오로지 아쉬운 것은 마지막으로 그녀를 보지 못하고 죽는 것이었다.

영 말이 없는 제가 막사에서 중얼거리며 재회의 연습을 할 정도로 하고 싶은 말이 참 많았다. 눈을 감고도 줄줄이 말할 수 있을 만큼 수없이 연습했는데 막상 그녀의 앞에서 서게 되자 아무 말도 나오지 않았다.

"……셰리."

누가 제 목소리를 앗아 가기라도 한 것처럼 쉽사리 떼어지지 않는 입을 열었다. 그리고 겨우 꺼낸 말은 고작 그녀의 이름 정도였다. 그마저도 저를 빤히 올려다보는 셰리의 모습에 제대로 끝맺지도 못했다.

눈앞의 셰리는 추억 속의 그녀를 꺼내어 곱씹고 또 곱씹어 본 모습보다도 눈이 부시게 아름다웠지만 딱 하나, 제 기억과 기대 속의 그녀와 다른 점이 있었다.

그것은 바로 저를 바라보는 셰리의 눈빛이었다. 가까이서 보면 볼수록 사람을 홀리는 눈동자도 변하지 않았건만 건조하고 메마른 시선이 날카로운 칼이 되어 에드윈의 심장을 후벼 팠다. 야만족들의 기습으로 등과 옆구리를 베였을 때도 느끼지 못했던 고통이 엄습했다.

눈빛뿐만 아니라 냉랭하기 그지없는 찬 목소리가 그를 훑고 지나갈 때까지도 에드윈은 눈앞의 현실을 도저히 믿지 못했다. 심지어 마지막 그날, 적어도 '에드윈 공자'로는 불러 줬던 그녀가 딱딱한 어조로 '린데카이르 공자'라고 하자 일순 몸이 휘청거릴 뻔한 것을 겨우 참아 내었다.

그에게 등을 돌리고 **빠르게** 멀어지는 그녀가 그날 밤과 겹쳐 보여 놓칠 저도 모르게 따라붙었다. 뒤에서 프레이가 따라오며 끊임없이 그의 옷자락을 잡아당겼으나 무작정 옮기는 걸음을 멈출 수는 없었다.

"아."

그리고 그는 결국, 예전의 제게 지어 주던 어여쁜 미소를 다른 사내에게 보이는 셰리를 발견하고야 말았다. 수줍은 미소를 지으며 미미한 홍조를 띠는 그 사내는 분명히 남자의 얼굴을 하고 있었다. 옆에 나란히 서 있던 백작 부처는 전혀 의식도 하지 못한 에드윈의 사나운 눈길이 제 경쟁자에게 가 달라붙었다.

감히, 감히 어떤 자식이…… 급기야 이를 갈며 기세를 끌어 올렸다.

"도련님!"

그 모습에 기겁한 프레이가 무례함도 잊고 에드윈을 세게 잡아당겼다. 그러나 돌덩이라도 된 듯 그는 꼼짝도 하지 않았다.

제 눈빛을 느꼈는지 호승심 가득한 보랏빛 눈동자가 마주해 왔다. 그러자 야만족 놈들을 베어 낼 때보다 더 진득한 살심이 들끓었다. 누구지, 황도의 귀족 영식 중 저런 자가 있었나. 제가 전해 들은 셰리의 예비 약혼자와 다른 외양에 에드윈의 머리가 **빠르게** 돌아갔다.

그리고 그런 그들의 대치는 셰리가 그 자식의 팔에 손을 올리는 순간 절정으로 치달았다. 격정을 이기지 못하고 검을 찾아 제 빈 허리춤을 더듬거리던 에드윈의 얼굴이 분노로 **싸늘하게** 식었다. 누가 보아도 셰리가 먼저 토르에게 손을 댄 모양새였으나 그런 것 따위 질투에 눈이 돌아 버린 남자에게는 아무것도 중요하지 않았다.

토르 일행과 일별하고 후작가 마차에 올라탄 셰리의 뒤를 쫓은 에드윈은 손으로 입을 막으며 초조함에 다리를 떨었다.

'어째서……. 하, 안 돼.'

2년, 단 2년이었다. 제게는 고통스러웠을지언정 한없이 짧은 시간이었지만 그녀에게는 그렇지 않을지도 몰랐다. 왜 제가 없는 동안 그녀 곁에도 아무도 없을 것이라고 확신했을까. 먼저 잔인하게 끝을 낸 쪽은 바로 그였는데.

그때 셰리에게 경멸 어린 눈초리를 받더라도, 설사 뺨을 맞고, 종아리를 걷어차이고 며칠 간 그녀가 말을 걸어 주지 않는 한이 있더라도. 전부 털어놓았어야 했다. 조금의 미움도 받고 싶지 않아 그저 회피해 오기만 하던 제 어리석음이 모든 것을 망쳤다.

지금이라도, 그래도 아직 늦지 않았다면 모든 것을 이야기하고 용서를 빌고 싶었다. 제가 어리석었노라고.

그렇게 결심해 놓고도 차마 후작저의 문을 두드릴 용기가 나지 않아 한참을 셰리의 방이 있는 방향을 향해 서성거렸다. 에드윈에게 후작저 집사가 다가왔다.

"공자님, 무슨 용건이 있으십니까?"

"……내가 셰리를 만날 수 있겠는가?"

"저희 아가씨에게 용건이 있으시다면 날이 밝은 후 정식으로 방문을 요청해 주시면 검토해 보겠습니다. 그것이 아니라면 이만 돌아가 주시기 바랍니다."

정중한 축객령이었다. 하지만 데릭의 눈빛은 다소 무례하고 적대적이기까지 했다. 그제야 에드윈의 발걸음이 멎었다.

* * *

비록 데뷔탕트를 치르는 주인공의 자격으로 참석한 것이 아니라고 하더라도 어느 정도의 주목을 받으리라는 것은 예상하고 있었다. 오히려 그것이 바로 셰리가 의도한 결과이기는 했다. 그러나 이토록 등장한 내내 연회장 모두의 시선을 독차지하는 것은 결코 그녀가 바라던 바가 아니었다.

"어딜 가든 저희의 약혼 소식이 화제인 것은 익히 알고는 있었지만……이거 참."

"……."

레이먼드가 고개를 숙여 셰리의 귀에 대고 속삭이자 안 그래도 쏠려 있던 시선의 농도가 더욱 짙어졌다. 그 시선 중에 제게 유난히 적대적인 눈빛도 섞여 있음을 의식한 레이먼드가 다른 손을 들어 그의 팔 위에 얹힌 그녀의 떨리는 손을 감싸 주었다.

그 순간, 온몸이 찌릿할 만큼의 살기가 잠시 닿았다가 떨어져 나간 터라 그는 잠시 헛웃음을 지었다. 매끈한 볼에 얕게 팬 보조개가 드러났다. 다시금 레이먼드에 눈길이 몰리긴 했으나 이내 흩어졌다. 굳이 고개를 들어 찾아보지 않아도 지금 연회장에서 가장 주목 받고 있는 이들이 누구인지는 자명했다.

황도에 소문이 자자한 약혼의 주인공인 셰리와 그녀의 약혼자가 될 레이먼드, 대뜸 예고도 없이 참석한 전쟁 영웅 린데카이르 공자, 에드윈. 거기에 더해 어느 가문 영식인지 제대로 알려진 바는 없지만 갑자기 나타난 청록색 머리카락의 미청년인 토르까지.

* * *

"보셨어요? 어느 가문의 영식일까요."

"세상에. 엘프, 엘프 아닌가요?"

"귀를 보세요. 엘프는 아니지만…… 정말 멋진 분이네요."

엘프 같은 외양의 토르가 먼저 나타나자 홀은 금세 시끌벅적해졌다. 데뷔탕트를 앞둔 어린 영애들은 물론이고, 주빈이 아닌 영애들도 그가 누군지 알고 싶어 몸을 들썩였다. 등장 후 말없이 구석의 벽에 가 붙어 서 있는 그에게 차마 말을 걸지 못하고 서로 복잡하게 시선만 교환하던 그때. 이미 등장이 예고된 셰리와 레이먼드가 등장했다.

"아, 오늘의 주인공들이 등장하셨군요."

"저 영식의 미모도 예사롭지 않네요."

예정된 커플임을 나타내기라도 하는 듯 남색으로 드레스 코드를 맞춰 나타난 그들의 모습에 연회장은 잠시 찬물을 끼얹은 듯 고요해졌다. 이미 그 미모로 유명했던 셰리도 셰리였지만 그녀의 옆에서 에스코트를 맡은 청년 역시 어딘가 마음이 경건해질 정도의 미남이었던 탓이다.

"올린, 올린 남작가라고 하지 않았습니까? 그 올린 상회?"

"그 집안에 저런 잘생긴 영식이 있었다니."

모두들 맹렬하게 기억을 되짚는 사이, 잠시 잊힌 듯했던 토르가 그제야 가려진 벽의 그늘에서 걸어 나왔다. 그 바람에 제 예비 약혼자와 등장하면서 의례적으로 입에 걸치고 있던 셰리의 우아한 미소가 잠시 흐려졌다.

레이먼드는 제 팔 위에 올려진 손의 작은 떨림을 눈치챘다. 그리고 그제야 눈에 띄는 외모를 가진 그녀의 호위 기사를 알아보았다. 그러고 보니 지난밤 독주에 진탕 취해서 침대에 널브러져 있던 그 남자였다. 덕분에 스릴에 취한 셰리와 잊을 수 없는 밤을 보내긴 했으나 그때와는 미묘하게 달라진 둘의 분위기를 어렵지 않게 알아챘다.

'그사이에 침대에 들이는 사이가 되었나.'

직접 목격했던 바도 있고, 바텐더나 지배인에게 물어 그들의 사이가 평범한 호위 기사와 아가씨 그 이상도 이하도 아닌 것 같다는 판단을 내렸었는데……. 두 달이라는 시간 동안 무언가 진전이 있었던 모양이었다. 그렇지 않다면 저 자가 마치 제 것을 억지로 강탈해 간 자를 보듯이 저를 노려보고 있을 리가 없으니 말이다.

'이 연회에 참석한 걸 보아하니 어느 가문의 귀족 영식이긴 한 것 같다만.'

그게 저와 무슨 상관이란 말인가. 이미 셰리를 처음 만났을 때부터 그녀를 거쳐 간 남자가 많다는 것을 짐작하고 있었기에 레이먼드는 새삼스럽게 다른 남자의 존재에 충격받지 않았다.

다만 이제는 제가 그녀의 옆자리를 차지하게 된 만큼 누가 우위에 있는지 똑똑히 알려 줄 필요는 있었다.

천천히 다가오는 토르에게 시선을 붙들린 셰리의 한쪽 손을 들어올렸다. 레이먼드는 그 손등에 가볍게 입을 맞추었다. 그러자 건방진 그자의 발걸음이 멈추고, 그녀의 눈이 레이먼드를 향해 돌아갔다.

"아, 레이먼드……."

"첫 춤은 당연히 저와 함께 하시겠지요?"

무어라 셰리가 대답하기도 전에 이번에는 아까보다 더한 웅성거림이 연회장을 덮었다. 그때, 홀의 커다란 문 사이로 온통 까맣게 차려입은 키가 큰 남자가 뚜벅뚜벅 걸어 들어왔다. 등장하기 전부터 이곳에 참석한 목표가 어디에 있는지 알고 있었다는 듯 그의 시선은 처음부터 누군가에게 고정되어 있었다.

몸에 딱 맞는 새까만 정장이 안 그래도 하얗고 곱상한 그의 얼굴을 더 빛나게 했다. 여기저기서 끙끙 앓는 듯한 소리가 들려왔다. 본래부터 말수도 없고 냉랭하기 그지없었으나, 그래도 풋풋한 기색이 남아 있었던 남자였다. 그런데 전쟁터에서 그러한 면모가 말끔히 제거된 그는 어딘지 모르게 날카롭고 위태위태한 모습이 되어 돌아왔다.

속을 알 수 없는 고요한 남색 눈동자가 집요한 빛을 담아 셰리를 응시하고 있다는 것을 연회장의 모두가 다 알았다. 그러나 어느 누구 하나 입을 열어 감히 말조차 꺼낼 수 없는 상황에서 에드윈의 걸음이 드디어 셰리 앞에서 멈추었다.

"카셰이라 공녀, 제게 부디 첫 춤의 영광을."

"……."

"……."

이곳의 모두가 에드윈과 셰리의 파혼을 알고 있을진대, 그는 누구도 그 사실을 모른다는 듯이 굴었다. 심지어 그녀를 에스코트 중인 레이먼드의 존재조차 명백하게 무시한 언사였다.

심상치 않은 분위기에 불안한 눈길들만이 오가는 가운데서 셰리는 당황스러웠고, 조금은 수치스러웠으며, 조금 많이 분노했다. 더구나 미혼의 귀족들이 참석한 연회이기에 작금의 상황을 중재할 만한 높은 작위의 어른이 부재했다. 사실상 이 중에서 제일 지위가 높은 사람이라고 볼 수 있는 이가 셰리와 에드윈이었으니 말이다.

이것까지 계산했는지는 알 수 없지만 2년 만의 제 사교계 복귀를 망친 것도 모자라 뭘 잘했다고 이리도 당당하게 나오는 것인지 기가 막혔다. 마치 무대 위에 오른 광대라도 된 것처럼 굴욕감에 얕게 떨던 그녀가 여전히 레이먼드에게 잡혀 있는 제 손에 힘을 주었다.

"……죄송하지만 저는 이번 연회에서 이미 정해진 파트너가 있어, 거절하겠습니다."

첫 춤을 에스코트한 상대와 추는 것이 불문율이긴 했으나 두 번째 이후의 춤마저 반드시 그와 추어야 한다는 법은 없다. 그래서 보통 다른 이성의 요청은 부드럽게 순서를 미루는 것이 관례였다. 그러나 셰리는 다소 도전적으로 턱을 들어 에드윈을 빠히 응시하며 단호한 거절의 말을 입에 담았다.

보통 이러한 경우 다시는 동일한 연회에서 춤을 요청하지 않았다. 애초에 지독하게 원수지간이 아니고서야 춤 한 번을 거절하는 일 자체가 별로 없었으니 말이다.

"어머. 무슨 일일까요."

"크흠!"

셰리의 거절이 고요하지만 커다랗게 홀을 울리자 연회장이 갑작스러운 소곤거림으로 소란스러워졌다. 저들도 도대체 무슨 일이 일어난 것인지 궁금하겠지만 정작 이 사태의 내막이 궁금한 쪽은 셰리였다.

얼마 전 거리에서 마주쳤을 때부터 그에게서 무언가 이상함을 느끼긴 했다. 2년 전 그렇게 헤어지고 만남은커녕 서신 한번 오간 적이 없이 관계가 단절되었으니 한 번은 풀어야 할 매듭이기도 했다. 과거가 어찌 되었든 그녀는 미래의 후작이 될 몸이었고, 에드윈은 공작이 될 자였으니.

하지만 그게 이 자리여서는 안 될뿐더러, 이런 식으로 이루어져서는 더더욱 안 될 일이었다. 아주 어린 시절부터 알아 온 자이기에 제가 어느 정도는 그에 대해서 안다고 생각했는데 그것은 셰리 혼자만의 착각이었던 모양이었다.

어느 누구 견제하는 자 없이 금이야 옥이야 귀하게 자란 공자님답지 않게 에드윈은 조용했고, 화를 내기는커녕 감정 자체를 잘 드러내지 않는 편이었다. 그렇다고 사용인들에게마저 편한 도련님은 아니었으나 까다롭게 구는 법이 없어 공작저는 늘 조용했다.

제가 어릴 적부터 아무리 짓궂게 굴고 까불거려도 늘 수면이 잔잔한 호수처럼 평정심을 유지하는 재미없는 남자였다. 먼저 손을 내밀지는 않았지만 그렇다고 셰리가 내민 손을 무시하지는 못하는 그런, 그런 소년이었다. 함께 지내면서 그저 냉랭하게만 보이는 그 얼굴에 종종 나타나는 표정을 가장 잘 아는 사람은 그의 부모님도 아닌, 바로 셰리였다.

아카데미에 가면서 셰리에게 한마디 말도 없이 떠나 배신감에 떨게 하더니, 또 보낸 서신에는 꼬박꼬박 답장을 해 주어 마치 아무 일도 없다는 듯 굴었다. 그러다가 한참 만에 재회한 후로는 철이라도 들었는지 새삼스럽게 제게 잘해 주려는 모습이 아주 가끔 설레기도 했고, 또 조금은 적응하기 힘들기도 했다.

그래도 주위에서 공자가 드디어 제 약혼녀를 의식하게 되었나 보다, 라고 호들갑을 떨기에 그게 자신에게 나쁘지 않은 일이라고만 여겼었다. 이러니저러니 해도 한때는 성인이 되고 나면 그와 결혼을 하게 될 것이고, 당연히 그와의 사이에서 아이를 보게 될 것이라 믿어 의심치 않았었으니까.

그 조용한 공자가 갑작스럽게 제 뒤통수를 치지만 않았어도, 결국 그들의 약혼이 자연스럽게 끝이 날 그날까지 천천히 정리할 수 있을 일이었다. 그날 에드윈이 끊어 낸 것은 단순히 저와 그와의 관계만이 아니었다.

18년간 어머니처럼 믿고 따랐던 공작 부인과 무뚝뚝한 얼굴로도 종종 제게 다정했던 공작 각하까지, 한순간에 제게서 생살을 뜯듯 찢어내 버린 것이었다. 서툰 첫 경험으로 몸도 아팠지만 마음이 더 아팠었다.

'아가씨, 어른이 된다는 건 그런 의미가 아니긴 하지만 말입니다. 뭐, 좋습니다. 좋아요. 그렇게 해서 마음이 풀리신다면 제가 도와드리지요.'

그때, 최소한의 식사만 하며 방에 틀어박힌 저를 다시 끌어낸 이가 예전 호위 기사였던 한스였다. 처음부터 어딘지 껄렁껄렁하고 엉덩이가 가벼워 보이는 남자였지만 아무리 그래도 제가 모시는 어린 아가씨에게 먼저 손을 대는 분별없는 자는 아니었다. 다만 아가씨가 제 방 테라스에서 지켜보고 있는 줄도 모르고 별장의 사용인들과 돌아가며 놀아났을 뿐.

처음에는 호기심이었고, 나중에는 지켜보는 것만으로는 몸이 달아 제 흥분을 주체하기 힘들어져서였다. 그래서 셰리는 어설프게 그에게 명령했고, 그는 본디 가벼운 성정대로 아가씨의 명을 받들었을 뿐이었다. 그저 그렇게 시작된 조금은 이상한 사제 관계였다.

모르는 척하면서도 셰리의 상태가 어떤지 알고 있었던 그에게서 많이 위안받았고, 또 한스가 알려주는 '유희'란 것을 겪으면서 그녀는 과거의 상처를 극복해 냈다. 지금이야 웃으며 이야기하지만 에드윈과의 파국은 2년 전의 셰리가 홀로 감당하기 어려운 고통이었다.

'감히…… 이제 와서.'

뻔뻔하다 못해 당당하게 다가오는 그에게 그녀는 당연하게도 분노했다. 게다가 마치 제가 피해자라도 된 듯 상처받은 표정은 셰리를 더 기막히게 만들었다. 완전히 극복해 낸 줄 알았던 상처가 세월을 양분 삼아 일종의 애증이 되어 그 벌건 속살을 드러냈다.

살아오는 내내 그날의 에드윈을 제외하고는 누구에게도 모욕당해 본 적 없는 오만한 자존심이 다시금 상처를 입었다. 그리고 셰리에게 가학적인 충동을 느끼게 했다.

다 잊은 줄 알았는데…… 다시 만나면 미래의 제국을 이끌어 나갈 각료로서, 고위 귀족으로서 과거 따윈 잊고 담담하게 마주하려 했건만.

여태 딱히 악한 마음을 먹어 본 바가 없는 셰리는 문득 이자를 상처 입히고 싶어졌다. 그를 제가 겪었던 아픔의 일부라도, 아니 그보다 더 많이 고통스럽게 몸부림치도록 만들어 주고 싶어졌다.

그래서 부러 눈꼬리를 휘어 환하게 웃으며 레이먼드의 팔에 다정하게 제 팔을 끼워 넣었다. 그녀를 향해 내밀어진 에드윈은 손은 아직 거두어지지도 않았건만, 매정하리만큼 단호하게 셰리의 눈길은 그를 외면했다.

"레이, 물어볼 것도 없이 첫 춤은 당신의 것이 아닌가요?"

"아, 물론입니다. 셰리……."

에드윈을 도발하고자 일부러 친근한 척 레이먼드의 애칭을 불렀다. 그러자 다행히도 눈치 빠른 그가 그녀의 애칭으로 응수하며 잡힌 팔에 힘을 주었다. 레이먼드는 오른쪽의 눈물점이 도드라지도록 따스하게 웃으며 매력적인 보조개를 내보였다.

비록 그녀의 알량한 복수심에 끌어들이고자 한 행동이지만 연회장이 다 환해지도록 미소 짓는 레이먼드의 모습에 셰리의 눈이 잠시 흔들렸다. 그리고 그 광경을 멀찍이서 바라보는 토르의 눈동자에도 어느새 어둠이 내려앉았다.

* * *

나이를 막론하고 모인 이들 중 가장 지위가 높은 두 사람의 신경전에 몇 년 만의 데뷔탕트를 손꼽아 기다리던 오늘의 주인공들이 울상을 지었다. 어찌어찌 데뷔탕트의 첫 순서를 마치고 어딘지 모르게 차분해진 분위기 속에서 홀의 가운데로 나선 이는 마치 아무 일도 없었다는 듯이 미소 짓는 셰리와 그녀의 파트너 레이먼드였다.

전통적으로 데뷔탕트의 주인공은 철저히 해당 나이대의 미혼 남녀인 만큼 누군가 주도적으로 나서서 발언을 하지 않는 것이 일반적이지만, 이번만큼은 셰리가 상황을 정리할 필요가 있었다. 무엇보다 앞으로도 사교계에 계속 출입하려면 추측성 스캔들이 횡행하도록 두는 것은 막아야 했다.

"그동안 후계자 수업으로 인해 황도에 오랜만에 방문한 터라 제가 사교계 예법에 미숙한 모습을 보여 드렸네요. 정식으로 인사드립니다. 카셰이라 올리비아 미하르셸입니다."

치맛자락을 살포시 잡고 우아하게 고개를 끄덕이는 셰리의 모습에 모두의 눈동자가 다시금 빠르게 돌아갔다. 미들 네임인 '올리비아'를 군이 언급한다는 것은 그녀가 현재 후작가 후계자 지위에 더불어 란델 공국의 권위를 내세운다는 뜻이었기 때문이었다.

짐짓 상냥한 척 눈매를 휜 셰리가 제 옆에 선 레이먼드의 팔에 가볍게 손을 올려 그를 올려다보며 말을 이어 나갔다.

"여기, 제 약혼자가 될 올린 영식을 정식으로 소개해 드릴 기회가 마침 생긴 것 같군요. 일정이 허락된다면 여기 계신 분들을 저희 약혼 발표 날 후작저에 초대하고 싶습니다. 제 오랜 친우인 '린데카이르 공자'를 포함해서요."

"……."

그녀의 말이 끝나기가 무섭게 다소 들뜬 웅성거림이 좌중으로 퍼져 나갔다. 본디 쉬이 초대받기 어려운 후작저인 데다가 그마저도 후작 부인이 작고한 이후로는 손님을 맞는 일이 전무하였던 탓이다.

간단히 선언 정도로 끝날 일을 급격하게 키웠으니 집사인 데릭과 사용인들에게는 날벼락이 떨어질 일이었다. 하지만 지금의 셰리에게는 다른 선택지가 없었다.

순식간에 치정 스캔들이 될 뻔한 상황을 제 약혼 파티로 덮은 셰리가 손짓으로 두 번째 춤곡의 시작을 이끌었다. 잔잔한 전주가 흐르자 아까의 냉랭한 분위기는 온데간데없이 삼삼오오 짝을 이룬 남녀가 홀의 중심부로 몰려들었다.

한층 풀린 공기 속에서도 그녀와 레이먼드를 주시하는 시선들은 여전했기에 셰리의 살며시 들린 입꼬리에 미미하게 경련이 일었다. 익숙하게 대중을 휘어잡아 분위기를 반전시키는 그녀의 모습에 레이먼드는 내심 감탄했다.

'아직 어린 아가씨라고 생각했는데……. 역시 대귀족 가문의 후계자는 다르군.'

누가 보아도 미련이 뚝뚝 떨어지는 모양새인 전 약혼자를 오랜 친우로 둔갑시키기엔 다소 어색함이 없지는 않았다. 그래도 순발력 있게 후작저에서의 약혼 발표를 언급한 덕에 현재 연회장은 소문이 자자한 후작저 출입에 대한 기대로 가득 차 있었다.

춤을 추려는 인파에 밀려 홀 바깥에 우두커니 서 있는 에드윈을 슬쩍 곁눈질한 레이먼드의 입가에 빙글거리는 미소가 걸렸다. 어디에 몸을 숨겼는지 모르겠으나 분명히 저희 둘을 주시하고 있을 그녀의 호위 기사도 아마 공자와 같은 표정이리라.

괜스레 불필요한 귀엣말과 접촉으로 두 남자의 따가운 시선을 불러 모은 레이먼드는 정말로 제 앞의 예비 약혼녀가 마음에 들었다. 스승님의 말씀은 틀렸다. 누군가에게 몸도 마음도 전부 사로잡힌다는 것이 그가 경계한다고 해서 거부할 수 있는 일이 아니었다.

제게도 찾아온 달콤한 감정을 일말의 저항 없이 받아들인 레이먼드가 다시금 낮고 그윽한 목소리로 셰리의 주의를 자신에게로 환기시켰다.

"그럼, 앞으로는 레이라고 불러 주시는 거지요?"

"아, 그게…… 그럴까요? 그럼."

조금 긴장한 낯으로도 싱긋 웃어 보이는 셰리의 모습에 레이먼드의 심장도 기분 좋게 도곤도곤 뛰었다. 마주 잡은 손에서 느껴지는 미약한 맥동과 체온, 보드라운 살결과 그 체취까지. 역시 조잡한 대체물로는 따라잡을 수가 없는 감각들이었다.

어느새 서로에게 흠뻑 빠져 성공적으로 첫 춤을 마무리한 둘에게로 쭈뼛거리며 몇몇 무리가 다가왔다. 그녀와는 초면인 것으로 보아 레이먼드와 아는 사이인 듯싶은데 그들조치도 그의 모습이 생소한지 계속해서 힐끔거렸다.

"아…… 레, 레이먼드? 야, 약혼 축하한다. 축하드립니다, 공녀님."

"감사합니다, 선배님."

여전히 미소를 잃지는 않았지만 어딘지 온도가 내려간 레이먼드의 목소리에 셰리가 살짝 눈썹을 들어 올렸다. 그리고 보니 아카데미 시절의 사진이라고 남아 있던 것들은 전부 앞머리로 얼굴을 가렸었다. 얼굴에 상처가 있는 것도 아니고, 주눅 드는 성격도 아닌 듯한데 무언가 사정이 있었던 모양이다.

기억에 딱히 남아 있지 않은 것으로 보아 유력 가문의 자제들이 아니어서인지 과하게 셰리의 눈치를 보았다. 그녀가 웃으며 눈치껏 잠시 자리를 피해 주었다. 보고서에는 학내 괴롭힘 같은 것은 적혀 있지 않으나 미묘한 신경전이 있었는지도 모를 일이다.

'아카데미나 연구소 시절에 대해 더 자세히 알아봐야겠는데…….'

셰리가 내딛는 걸음을 따라 모두들 길을 비켜 주었다. 그 덕에 수월하게 홀의 가장자리로 자리를 옮긴 그녀의 앞에 익숙한 손이 내밀어졌다. 요 몇 달간 누구보다도 셰리와 가장 많이 닿아 왔던, 그을린 피부색의 그 손이었다.

"제, 제게 다음 춤의 영광을, 주시면……. 큼."

"아……!"

어찌나 긴장했는지 첫 음에서 목소리가 뒤집어졌다. 미성의 주인을 뒤늦게 알아차린 셰리가 가벼운 탄식을 내뱉었다. 그리고 보니 입장할 때 토르를 보았는데도, 워낙 에드윈이 막무가내로 구는 통에 그것을 수습하느라 잠시 그를 잊고 있었다.

그도 방금 전의 제 약혼 발표를 새삼 다시 들었을 것이라 생각하니 못내 안타까운 마음이 들었다. 레이먼드의 것과는 다르게 다소 크고 거친 손이 약하게 떨리는 모습이 눈에 들어왔다. 셰리가 저도 모르게 토르의 손부터 덥석 잡았다.

"기꺼이."

"……."

그제야 그가 구부정하게 굽혔던 몸을 펴고 떨리는 눈을 들었다. 그녀와 마주쳐 오는 눈가가 조금 붉었다. 그 바람에 다시 모두의 시선을 모으는 결과가 되기는 했으나 셰리는 이번에는 크게 신경 쓰이지 않았다. 설령 기혼자라 하더라도 두 번째 춤부터는 친분이 있는 자와 추기도 하니 특별한 일도 아니었다.

아카데미 선후배로 보이는 자들과 여전히 담소를 나누고 있는 레이먼드에게 눈짓으로 동의를 얻은 셰리가 엉거주춤하게 서 있는 토르를 홀 중앙으로 이끌었다.

은밀하게 서로의 몸은 나누었을지언정 이렇게 공개된 장소에서 마법 반지 따위로 모습을 감추지 않고 나란히 서는 것은 처음이었다. 그 사실이 못내 기꺼워 토르의 목울대가 울렁거렸다.

호위 기사로는 이러한 연회에 참여할 수 없었다. 오늘도 오로지 베거티 백작가 영식의 자격으로 참석하였기에 아가씨의 곁에 설 수 있었다.

에드윈 공자의 등장과 더불어 공개적으로 약혼자를 소개하는 그녀에게 상처받지 않았다면 거짓말이지만 그는 필사적으로 제 불쾌감을 억눌렀다.

각오하고 또 각오했던 일이었건만 실제로 닥쳐오자 그것은 제 예상보다도 훨씬 더 끈적하고 음습한 감정을 불러일으켰다.

저와 지위 차이가 까마득한 공자라는 것을 알고 있으면서도 그자가 뻔뻔스럽게 제 아가씨에게 손을 내미는 순간에는 이가 갈리는 것을 막을 수 없었다. 그리고 셰리와 그녀의 약혼자가 될 이가 다정하게 서로를 마주하며 춤을 추는 것 역시…… 생각보다 괴로운 광경이었다.

이대로 돌아갈까 고민도 해 보았지만 홀로 남아 그들 중 누군가와 시간을 보낼 아가씨를 상상하며 고통 받는 것보다는 직접 제 눈으로 목격하는 것이 나았다. 그 덕에 지금 이렇게 그녀와 손을 잡고 춤을 출 기회도 얻지 않았는가.

어둑한 조명 아래 편한 옷차림의 셰리도 물론 아름다웠지만, 눈이 부실 정도로 밝은 곳에서 한껏 꾸민 상태의 그녀는 감히 말로 표현하기도 어려울 만큼 어여뻤다.

단지 아가씨의 한때 유흥을 위한 상대로도 충분히 만족했었다. 아니, 만족한다고 생각했었다. 하지만 어느 순간부터 제 마음 속 균열을 틈타 끈질기게 자라난 욕망이 저에게 속삭였다. 정말로 이대로, 이 정도로 만족할 수 있냐고.

겉으로 표현하기는커녕 차마 상상만으로도 셰리가 눈치챌까 싶어 섣불리 시도하지 않았던 그녀의 옆자리가 욕심이 나, 토르는 눈을 질끈 감았다. 이렇게 가까이에서 제 눈을 본다면 눈치 빠른 아가씨가 알아채실까 봐 그것이 가장 겁이 났다. 저절로 눈가로 열이 몰리고 목구멍에 뜨끈한 무언가가 확 치받치듯 올라왔다.

그런 그의 복잡한 속내를 알 리 없는 셰리는 단순히 토르가 긴장한 것으로 보아 가볍게 팔을 쓸어내렸다. 안 그래도 힘이 들어가 있던 단단한 팔이 움찔거리자 그녀가 작게 소리 내 웃었다.

"춤, 배워 본 적은 있는 거야?"

"……아주 예전에, 있습니다. 그리고 어제도 열심히……."

"아, 연습했어?"

아랫입술을 지그시 깨물고 순종적으로 고개를 끄덕이는 모습이 덩치와 어울리지 않게 귀여워, 셰리는 저도 모르게 머리를 쓰다듬고 싶은 것을 참아 냈다. 아마 빠르면 내일이라도 이 미청년이 후작가의 기사라는 사실이 알려지긴 할 터이지만 지나치게 친밀한 모습을 보이는 것은 다소 위험했다.

후작가 기사 정복을 입은 모습도 꽤 멋있었다. 하지만 연회를 위한 예복을 갖춰 입은 토르의 모습은 훨씬 근사했다. 다른 남자들보다 조금 짧은 듯한 머리도 그의 단정하고 잘난 이목구비를 더욱 잘 드러나게 해서인지 셰리의 마음에 쏙 들었다.

'백작 가문의 자제만 아니었어도 약혼자 후보에 넣을 법했을 텐데.'

그런 생각이 그녀의 머리를 잠시 스쳐 지나갔다. 후작 부군의 가문이 큰 영향력을 행사하는 것을 막기 위해 남작가와 자작가의 자제만을 고려했던 터라 토르는 아예 그 대상에 오르지도 못했다. 물론 가문 소속 기사를 부군 후보로 삼기 애매했던 탓도 있었다.

꾸며 놓으니 더 잘난 제 호위 기사에게 꽂히는 뭇 영애들의 시선을 즐기며 셰리가 조금 오만한 표정으로 턱을 살짝 들어올렸다. 잘생긴 이 남자의 모든 처음은 제가 다 가져갔다. 이 자리에서 다른 남자와 약혼을 하겠노라 공식적으로 발표한 것은 잠시 잊은 채로 그녀는 토르와 보통의 경우보다 약간 더 밀착하여 두 번째 춤을 만끽했다.

그녀의 리드를 따라오기 급급하던 초반의 모습과 달리, 몸을 쓰는 기사라 그러한지 금세 능숙해진 모습으로 춤을 마무리한 토르가 셰리는 더없이 만족스러웠다. 어쩜 춤조차도 잠자리에서와 같이 배움이 빠른지.

"즐거운 시간이었습니다. 신사분."

"아, 저 역시 레이디의 즐거움이 되어 영광입니다. ……셰리 님."

"뒤에는 붙이면 안 되지, 토르."

살짝 가빠진 호흡을 추스르며 마무리 인사 후 셰리가 아쉽게 손을 떼어냈다. 그러나 그녀가 뒤돌기 무섭게 머리 위로 기다란 그림자가 드리워졌다. 알고 있던 것보다 훨씬 낮아진 목소리에 익숙하지 않은 말투였지만 굳이 뒤를 돌아보지 않아도 누구인지 알아보는 데에는 충분했다.

"제게도 다음 춤을 함께하는 영광을 주시겠습니까."

"공자, 저는 분명 아까……."

"전쟁터에서 돌아온 '오랜 친우'의 청을 거절하지 말아 주십시오."

"……."

상황을 무마하고자 꺼냈던 친우라는 호칭을 다시 되돌려 받았다. 셰리가 입술 안쪽 살을 슬며시 깨물었다. 단단하게 버티고 선 모습을 보아하니 쉽게 물러서지는 않을 듯했다. 모두가 지켜보고 있는 이때, 굳이 그와 실랑이를 벌여 겨우 가라앉혀 놓은 여론을 들쑤실 필요는 없었다.

미미하게 찡그려졌던 미간을 펴고 부러 더 활짝 웃은 셰리가 에드윈의 내밀어진 손에 닿을 듯 말 듯 손끝만 살짝 걸쳤다. 그러나 에드윈은 끝내 그 손끝을 잡아당겨 기어코 제 손 안에 온전히 넣었다.

"앗?"

그가 미처 숨 돌릴 틈도 없이 홀의 가장 중앙으로 그녀를 이끌었다. 마치 이 데뷔탕트 연회의 주인공이 저와 그녀라는 듯이 말이다.

"……이제 와서 이러는 이유가 있나요?"

"내게 이야기할 시간을 조금만 내줘."

"우리가 더 할 이야기가 있던가요."

"……."

대외적인 미소로 입매는 올라간 채였으나 눈빛만은 무미건조하기 그지없었다. 셰리의 모습에 거침없이 행동하던 에드윈이 잠시 멈칫했다. 그녀와 만나기 전에는 무어라고 용서를 빌어야 하나 수없이 고민했고, 얼마 전 거리에서 마주치고 나서는 조바심이 밀려와 무작정 셰리와 이야기를 해야 한다는 강박에 사로잡혀 있었다.

정중히 요청하면 그녀가 얼마간의 시간을 내주리라 당연하게 생각했다. 비록 지금은 아무런 관계도 아니지만 저는 셰리가 겨우 옹알이나 하던 그 시절부터 알아 온 사이였으니까.

그러나 연회장에 들어서자마자 금발의 사내와 친밀하게 붙어선 셰리를 보고는 그만 눈이 돌아 버렸다. 뭐라고 말을 시작해야 그녀에게 사죄하고픈 마음이 잘 전해질지 고심했던 지난 시간이 무색했다. 그래서 제 행동이 무례했다는 것도 잊고 말았다.

"저 남자가 그럼……."

"예, 제 약혼자가 될 올린 영식이지요."

"……."

매번 크고 작은 연회에 참여할 때마다 저 자리는 아주 당연하게도 제 자리였다. 단 한 번도 의심해 본 적 없었고, 셰리의 옆에 제가 있는 것은 의심할 틈도 없는 법칙과도 같았다. 그저 약혼을 한다더라, 하는 말을 듣고 눈앞이 아찔했을 때와 비교도 되지 않을 정도의 충격이 에드윈을 후려쳤다.

전언으로 금발의 남작가 영식이라고 듣기는 했으나 그녀의 약혼자라는 존재가 실체화되어 직접 그것을 목도하는 것은 전혀 다른 감각이었다. 생각보다도 더 잘난 남자의 외모에 한 번도 느껴보지 못한 위기감이 몰아쳤다.

그러니까 저 남자와 셰리가 약혼을 하고 결혼을 하면, 매 순간을 함께하고 잠자리도 하게 될 것이며…… 그날 밤 저와 했던 그런, 그런 일도…….

'아나, 정말 예뻐. 셰리.'

'아, 흣. 좋아…….'

참을 수 없는 질투심에 치미는 토기를 억눌렀다. 에드윈이 정신을 차린 것은 그녀가 제 손을 외면하고 다정하게 그자에게 애칭을 속삭이던 때였다. 한때는 그가 아무런 감흥도 없이 당연하게 불렀던 그녀의 애칭이 너무도 쉽게 다른 남자의 입에서 흘러나오는 경험은 잠시 숨 쉬는 것을 잊을 만치 생소한 고통이었다.

그 뒤 셰리의 약혼 발표도, 새하얀 옷을 차려입은 남녀가 빙빙 돌며 첫 번째 곡에 맞추어 춤을 추는 것도 그의 머릿속에는 제대로 들어오지 않았다. 단지 그녀가 익숙한 듯 부르던 남자의 애칭과 '오랜 친우'라던 발언만을 누더기가 되도록 곱씹고 또 곱씹을 뿐이었다.

퍽 다정해 보이는 셰리와 그녀의 새로운 남자가 첫 춤을 나누는 모습은 차라리 눈을 돌리고 싶을 정도로 에드윈의 가슴을 갈기갈기 찢어 놓았다. 그 둘 말고도 춤을 추는 남녀는 많았으나, 홀 안에서 그들에게만 조명을 따로 비추어 주는 것처럼 에드윈뿐 아니라 모두의 시선은 한곳으로 가 박혔다.

헤집어진 심장이 터진 상처를 주체하지도 못하는 와중에, 건방지게도 그녀에게 춤을 청하는 그때 봤던 청록색 머리의 남자를 발견한 그가 급기야 뿌드득 소리가 나도록 이를 갈았다.

이후 알아본 결과 남자는 베거티 백작가의 막내 영식이자 현재는 셰리의 호위 기사를 맡고 있더랬다. 직감적으로 그녀와 친밀한 사이라는 것을 알아채서인지 아까 그 약혼자인 남자에게보다도 더한 적개심이 솟구쳤다.

그녀를 바라보는 눈빛하며 느슨하게 풀린 입가, 그의 친밀한 접촉을 어떠한 어색함도 없이 익숙하게 받아들이는 셰리의 모습. 전쟁을 겪으며 더욱 날카로워진 그의 본능이 진짜 제 적수는 저 청록색 머리칼의 호위 기사라고 말하고 있었다.

감히 단언하건대, 저자는 자신과 비슷한 부류였다. 어쭙잖게 겁을 주어서는 셰리의 곁에서 떨어져 나갈 것 같아 보이지 않았다.

종종 제게 지어 주곤 했던 셰리의 달콤한 미소를 받는 남자가 미치게 부러웠다가 그녀의 허리를 마치 제 것이라도 되는 양 감싸 안은 그의 손에 분노하는 통에 에드윈의 머릿속은 강렬한 감정들이 뒤죽박죽 섞여 들어 제 기능을 잃었다.

그래서 조금 전에 셰리에게 거절당했던 것도 잊고 다시 손을 내밀었다. 아니, 사실은 그녀가 저와의 문제를 크게 키우고 싶어 하지 않는 것을 무의식중에 이용하려 했을지도 모르겠다.

제가 연회에서 셰리에게 접근했다는 사실은 빠르면 이미 부모님의 귀에 들어갔을 수도 있다. 돌아가면 호되게 혼이 나겠지만 지금 그에게 그런 사소한 사실이 중요한 게 아니었다.

2년 만에 겨우 닿은 손끝이 너무 달아서, 그토록 그리워했던 그 감각이 눈물 나도록 좋아서 에드윈은 다른 사정 따위 기꺼이 잊었다. 멀리서 보았을 때는 복잡한 제 심경 때문에 제대로 보지 못했던 셰리의 얼굴에서 눈을 뗄 수가 없었다.

오랜만이지만 몸에 밴 습관대로 손을 마주 잡고 그녀를 내려다본 그는 비로소 그 2년이라는 세월이 길었다는 것을 인정했다. 저도 더 자랐지만 셰리는 티가 날 정도로 훨씬 성숙해져 있었다. 매혹적으로 더 깊어진 눈매와 통통했던 젖살이 어느 정도 빠져 갸름해진 얼굴이 이제는 빈말로라도 어리다고 말할 수 없을 정도였다.

소녀가 여인이 되어 가는 그 시간 동안 옆에서 지켜보지 못한 것이 그렇게 아쉬울 수 없었다. 어차피 이렇게 될 것이라면 그때 저는 참전하지 말았어야 했던 게 아닐까. 아니, 애초에 파혼을 하지 말고 사실대로 털어놓고…….

"이번에는 넘어가지만 앞으로는 무례를 용서치 않을 겁니다."

마치 머릿속에 새기기라도 할 듯이 셰리의 얼굴을 뚫어져라 바라보던 에드윈의 상념이 무심한 그녀의 목소리에 산산이 깨어졌다. 아무 관계없는 타인을 보듯이 감정이라곤 보이지 않는 셰리의 목소리와 말투가 그의 말문을 막았다.

"……그때는 하지 못한 이야기가 있어."

"후작저로 공식 서한을 넣어 주시면 답변해 드리죠."

절절 끓는 듯한 에드윈의 눈빛에 내심 당황한 것은 셰리도 마찬가지였다. 파혼하던 날 밤, 다소 감정적인 면모를 보이던 그를 기억하고는 있지만 출정하기 전까지 연락 한번 없던 남자였다. 후방도 아니고 최전선에서 목숨을 걸고 전쟁을 치르고 나면 사람이 달라질 수도 있다. 하지만 그녀에게는 도무지 영문을 알 수 없는 변화였다.

'나한테 도대체 왜 이러는 거야.'

드물게 갖고 싶고, 하고 싶은 것이 있어도 떼를 쓰긴커녕 굳이 욕심조차 내비치는 법이 없던 과묵한 공자가 영 딴 사람이 되어 돌아왔다. 눈빛과 행동만 다른 사람 같은 정도가 아니었다.

원래도 고개를 들어 올려다봐야 할 만큼 큰 키였으나, 그사이에 더 자랐는지 목을 아예 꺾듯이 쳐다봐야 할 지경이었다. 그리고 하도 함께 춤을 많이 췄던 경험 때문에 알고 싶지 않아도 알게 되었던 팔 근육의 정도라든가 몸의 단단함이라든가 하는 것들이 완전히 달라졌다. 도저히 같은 사람으로 느껴지지 않았다.

조금 아이 같던 보송보송한 체취마저 이젠 거의 느껴지지 않았다. 완연한 남자 그 자체의 짙은 체취로 바뀌어서 솔직히 당황스러웠다.

'이 사람이 정말…… 내가 알던 에드윈이라고?'

비록 입으로는 냉정하게 내뱉으면서도 도대체 끈질기게 청하는 저 사정이 과연 무엇인지 셰리는 조금은 궁금하기도 했다.

어차피 이제 곧 레이먼드와 약혼하게 된 마당에 에드윈과 허심탄회하게 과거를 정리하고 새로이 건설적인 관계를 도모하는 것도 나쁘지 않을까, 하는 생각이 들었음을 부정하지 않겠다.

무엇보다 제 손을 꽉 잡은 그의 손이 평소와 달리 너무도 뜨거워서 잠시 예전의 추억을 더듬게 되었다. 그가 아카데미 방학 기간에 무작정 후작령으로 찾아와 지냈던 한 달 남짓의 그 시간 말이다.

아주 어릴 적에는 놓아 달라고 해도 제 손을 꼬옥 잡고 질질 끌고 다니더니 오랜만에 만난 그는 손끝이 스치는 것도 곤혹스러워했다. 아무 생각 없이 셰리가 먼저 잡았던 에드윈의 손은 어릴 때와 달리 아주 컸고, 지금처럼 뜨거웠으며 땀에 젖어 조금 축축했다.

잠시 다른 생각에 빠진 그녀를 가만히 바라만 보는 에드윈의 속이 바짝바짝 타들어 갔다. 벌써 춤곡이 다 끝나 가는데 저는 셰리의 눈길 한 번 제대로 붙잡아 놓지 못했다. 도대체 어떻게, 어떻게 해야…….

그의 애타는 심정과 상관없이 그렇게 세 번째 춤곡이 끝났다. 셰리는 인사말조차 없이 무례하지 않을 정도로만 고개를 끄덕인 뒤 미련 없이 에드윈에게서 등을 돌렸다.

약혼자 이외의 남자들과도 춤을 추는 모습에 용기를 낸 자들의 요청을 무르고 셰리는 휴게실로 향했다. 그런 그녀의 뒷모습만 하염없이 응시하던 에드윈이 마침 비어 있던 테라스 안쪽으로 조용히 몸을 숨겼다.

셰리가 급격하게 몰려오는 피로감을 달래려 제게 배정된 전용 휴게실 소파에 편하게 앉자마자 다급한 노크 소리가 들려왔다.

"무슨 일이지?"

"린데카이르 공자께서⋯⋯."

하, 기어코 제 개인 휴게실까지 따라온 모양이었다. 어딘지 모를 이질감이 느껴지긴 했으나 그녀는 함께 자라온 에드윈의 본성을 믿었다. 그렇기에 셰리는 그를 안에 들였다. 물론 문 앞을 지키고 있던 사용인에게 단단히 입단속을 하는 것을 잊지 않고서 말이다.

"그래서 하고 싶으신 말이 뭔가요."

"⋯⋯잘못했어."

에드윈은 그녀의 맞은편 소파에 앉았던 몸을 일으켜 무작정 무릎을 꿇었다. 그의 모습에 기어코 셰리의 입에서 헛웃음이 터져 나왔다. 주위에 아무도 보이지 않는 것처럼 막무가내로 행동하기에 얼마나 대단한 말을 하려나 했더니.

"공자가 제게 죄송할 일을 하셨던가요."

"둘만 있을 때는 제발, 제발 그렇게 말하지 마."

"그럼요?"

"예전처럼⋯⋯ 아윈, 아니, 에드윈이라고 해도 좋아. 그러니까 제발⋯⋯."

그렇게 아무 관련 없는 사람 부르듯이 부르지 마, 라는 말이 턱 끝까지 차오른 그가 차마 내뱉지 못하고 제 손으로 입을 덮었다. 그랬다간 셰리에게서 그럼 무슨 사이냐는 말이 돌아올까 봐 겁이 난 탓이다.

그 모습을 바라보는 셰리는 기가 막혔다. 무슨 심경의 변화가 있었는지 몰라도 2년 만에 조우하여 한다는 말이 고작 호칭 정정이라니. 아까 제가 그저 상황을 모면하려고 했던 친우라는 관계가 아쉬워진 것은 아닐 터였다.

세상천지에 어떤 친우가 그런 눈빛으로 바라본단 말인가.

파혼 후 에드윈이 어느 순간부터 어렴풋이 저를 여자로 보고 있었던 것은 아닐까 생각해 보지 않은 것은 아니었다. 하지만 셰리를 여자로서 좋아했다면 그의 파혼 선언은 더더욱 말이 되지 않았기에 진작 폐기한 가정이었다. 셰리가 복잡한 얼굴로 이마를 짚었다.

황궁 사용인에게 입단속을 시켰다고는 하나, 과거 약혼 관계였던 남녀가 단둘이 한공간에 오래 있는 것은 구설을 야기할 수 있다. 조급해진 그녀는 혼자 비련에 빠져 고개 숙인 에드윈을 다그쳤다.

"좋아요, 파혼에 대해 이야기하고 싶은 거죠? 들어 줄 테니, 되도록 짧게 말해 주세요."

"아, 나는…… 나는."

"괜히 시간을 끌 작정이라면 이만 일어나겠어요."

"미안해, 미안하다. 내가 어리석었어."

무릎을 꿇은 채로 양 허벅지 위에 올려진 그의 주먹이 바들바들 떨렸다. 하지만 별 감흥 없이 바라보던 셰리의 얼굴에 얼핏 짜증이 스쳐 지나갔다. 역시 아까 잠시 떠오른 추억에 넘어가는 것이 아니었다. 이제 와서 미안하다는 말이 무슨 소용이 있다고. 그 말을 들을 시점은 이미 2년이 넘었다.

모든 일에는 '적절한 때'라는 것이 있다. 그것은 중요한 정책을 결정하는 사항에만 국한되는 것이 아니라 사람과 사람 사이의 아주 사소한 일에도 주요하게 해당됐다. 그래서 그 시기를 놓치면 오히려 애써 덮고 넘어간 상황을 악화시키는 경우도 있었다. 바로 지금처럼.

더 이상 말이 통하지 않음을 직감한 셰리가 입술을 파르르 떨었다. 그대로 일어나 휴게실을 빠져나가려 걸음을 옮겼다. 그러자 침통하게 머리를 숙이고 있던 에드윈이 번쩍 고개를 들고는 다급하게 외쳤다.

"전쟁에서 공을 세워서 정식으로 혼인을 인정받고 싶었어."

"뭐, 라고요?"

"이전, 이전 왕국 시절에 사문화된 법률이 있었어. 그걸 예외적으로 승인받을 수만 있다면 우리가 혼인할 수 있는 사이가……."

"그게 파혼과 무슨 상관이죠?"

나가려던 발길을 돌려 어느새 에드윈의 앞까지 도달한 셰리가 차갑게 그의 말을 끊었다. 후회와 미련, 두려움이 범벅된 눈빛으로 그녀를 잠시간 응시하던 그가 다시 얼굴을 푹 숙였다.

"내가…… 죽을 수도 있다고 생각했으니까."

"당신이 죽으면 다른 남자와 혼인하면 되는 일이에요. 설마 내가 공자와 의리라도 지키려고 수절할 줄 알았어요? 난 후작가의 하나뿐인 후계자야."

"……내가 전사했다는 소식을 듣고, 우는 모습을 보고 싶지 않았어."

기어들어 가는 목소리로 읊조린 에드윈의 변명에 셰리는 정말이지 오랜만에 분노로 머리가 하얘지는 기분을 느꼈다. 셰리가 화가 나서 바들바들 떨리는 가느다란 팔을 들었다. 뒤이어 그의 목깃을 움켜잡고 그녀와 시선을 마주하게 했다.

"그럼, 나한테 말했어야지."

"……."

"뒷일이 걱정되어서 나와 관계를 정리해 놓고 출정할 거였다면, 그게 파혼한 이유였다면, 더더욱 당신은 나한테 그걸 말했어야 했어."

"……미안하다."

전쟁 영웅인 그에 비하면 미약하기 그지없는 힘일 텐데도 에드윈은 순순히 끌려왔다. 그리고 목이 졸린 듯한 음성으로 작게 내뱉는 그의 모습에 셰리는 멱살을 쥐어 잡은 손에 더욱 힘을 주었다.

그래서, 그게 뭐·어쨌다고. 마치 그녀를 위해서라고 말하는 것 같지만 결국 모든 것은 에드윈, 본인을 위한 변명에 불과했다. 그다지 감동스럽지도 않은 이유를 지금 알았다고 해서 그녀의 지난 2년과 당시의 상처받은 마음이 없었던 일로 되는 것은 아니었다. 그리고 셰리는 결코 그렇게 두지 않을 작정이었다.

제가 에드윈이 달라진 것 같다고 했었던가. 아니, 완전히 틀렸다. 겉모습은 조금 달라졌을지 몰라도 그는 여전히 이기적이어서 너무도 쉽게 회피라는 껍질 안으로 숨어 버리는, 제가 알던 에드윈 그대로였다.

"……셰리."

다시 만난 이후로 무심한 표정만 짓던 셰리였다. 그렇기에 비록 부정적인 방향이라고 해도 제게 어떠한 감정 한 자락이라도 내주는 것이 내심 반가웠다. 그의 창백하게 질린 낯이 조금 붉어졌다.

"그땐, 아직 어리니까. 그런 상황을 이해하기 어려울 거라고 생각했어."

"하, 어리다고요?"

마치 아기였던 셰리를 처음 만났던 그날처럼, 멱살을 잡히고도 올리브색 눈동자에 취해 몽롱한 눈빛을 하고 있던 에드윈에게 그녀가 한 자 한 자 짓씹듯이 속삭였다.

"정말로 어리다고 생각했다면 그날 밤, 넌 날 끝까지 거부했어야지."

"……."

입술만 달싹이며 무어라 말을 잇지 못하는 그를 두고 셰리는 그대로 휴게실을 빠져나갔다.

이튿날. 종전에 따른 공적을 논의하는 회의의 주요 참석자였던 에드윈이 불참했다는 소식이 황도 전역으로 퍼져 나갔다.

〈2권에서 계속〉